Cherry Chic

Ella, yo y la gran idea de ser valientes

ellas.
Montena

Primera edición: abril de 2020

Printed in Spain – Impreso en España

ISBN: 978-84-18038-68-6
Depósito legal: B-1.638-2020

Compuesto en Compaginem Llibres, S. L.

Impreso en Romanyà Valls, S. A.
Capellades (Barcelona)

GT 3 8 6 8 6

Penguin
Random House
Grupo Editorial

Para Paula y Alba.
Aún sois muy pequeñitas, pero algún día...
Algún día os contaré cómo es que sois las culpables
de que mamá sea valiente.

Prólogo

Adam y Victoria. Victoria y Adam. Dicho así, parecen dos simples nombres, ¿verdad? Como si en el mundo no existieran cientos, o miles, de Adams o Victorias. Y por mundo creo que me refiero a mundo literario, sí, creo; digo «creo» porque no estoy segura de que ellos no hayan traspasado la línea que divide la realidad de la ficción. O tal vez sí estoy segura, pero me da miedo reconocerlo por si pensáis que estoy un poco loquita.

Pero ¿quién no ha viajado al centro de la Tierra con Julio Verne o a Fantasía con Michael Ende? Cuando unos personajes y un entorno entero sobre el papel se cuelan en tus huesos es inevitable hacerlos reales y vivir su historia en primera línea. Y eso es lo que me ha pasado a mí con ellos, entre otras muchas cosas, que se han colado en mi sistema sin posibilidad de retorno.

¿Y si les ponemos apellido? Vamos a ponerles apellido: Victoria Corleone y Adam Lendbeck.

Ah, claro, es que a Adam y a Victoria muchos de nosotros ya los conocemos. Porque conocemos a sus padres y sus historias de amor. La de Daniela Acosta y Oliver Lendbeck en *Mi canción más bonita* (ópera prima de Cherry) y la de Julieta León y Diego Corleone en *A la de tres: ¡Te quiero!* (primer libro de la serie Sin Mar). Y a propósito de estar loquita, la culpa la tiene ella, Cherry, porque ha creado un mundo tan mágico, fresco e increíble en torno a estas dos familias que es imposible no enamorarse de todos ellos. ¿Y haber visto que hay un después del «y vivieron felices y comieron perdices»? Brutal.

Aquí es donde entran ellos, Adam y Victoria, que se conocen desde niños y que... No, no puedo deciros más porque tenéis que descubrirlo vosotros. A Victoria con su desparpajo y vitalidad, con su pelo de color rosa y ese magnetismo que desprende por cada poro de su piel. A Adam con sus miradas incendiarias y su pose de canalla de los buenos, con su sentido de la responsabilidad y su cámara fotográfica. La historia que ellos nos van a contar es lo más bonito que yo he leído en mucho tiempo. Es mágico y real. Y el entorno que los rodea, el físico y el familiar, extraordinario. Porque Cherry es extraordinaria, como escritora y como persona. ¿Sabéis lo que me ha pasado a mí con ella y con sus personajes? Os lo voy a contar.

Es bastante normal que las autoras creemos lazos, nos conocemos y conectamos, igual que se crean amistades en cualquier otro trabajo; y es bastante normal que nos cojamos cariño entre nosotras y entre nuestros personajes, porque hablamos de ellos a menudo (demasiado a menudo, aquí también estamos un poco loquitas, sí) y nos ayudamos con las dudas y la parte difícil, porque no siempre es fácil entenderlos o ser capaces de plasmar en el folio en blanco lo que ellos nos cuentan en nuestras cabezas y hacerles justicia. Así que es bastante normal que una autora se encariñe con los personajes de otra autora. Lo que no es normal es que una autora comience a sentir a los personajes de otra como suyos, que los entienda y que hasta sea capaz de pensar como ellos o de saber lo que dirían en cualquier situación. Y eso es lo que me ha pasado a mí con ellos. Es la primera vez en mi vida que me sucede y... es maravilloso.

Cherry Chic, eres maravillosa. Y valiente. ¿Y sabes qué? Que el mundo es para los valientes. El mundo es para Victoria. Para Adam. Y para ti. Es para *Ella, yo y la gran idea de ser valientes*.

Os quiero un montón. A todos.

No dejéis nunca de volar. Porque entonces dejaría de existir la magia.

SUSANNA HERRERO

1

Piso la arena blanca con la cabeza alta y una seguridad que estoy muy lejos de sentir. A un lado y al otro, el césped que decora los jardines delanteros de las encantadoras casas de madera. Respirar. Tengo que acordarme de respirar y cambiar la cara de bicho disecado que debo de tener ahora mismo.

Me quito las Converse rojas y camino descalza. Me clavo las pequeñas piedras de la arena y, lejos de molestarme, sonrío, porque echaba de menos esta sensación. Cuando era niña, me encantaba correr descalza por aquí. Al principio era molesto, incluso me hacía alguna herida, pero pasados un par de días y con los pies acostumbrados, era una maravilla sentir la tierra sin las barreras que para mí significaban los zapatos. Mi padre siempre me ha dicho que, en eso, mis hermanos y yo somos iguales que mi madre. Según él, yo tengo muchísimos más rasgos suyos. Según mi madre, somos una versión mejorada de ella. A veces nos llama generación 2.0.

A través de mis auriculares suena *A Thousand Miles*. Podría apagar el mp3; debería, de hecho, porque en cualquier momento alguien va a reconocerme, vendrá a saludarme y acabaré gritando por encima de una música que solo yo oigo. Ya me ha pasado otras veces, pero el caso es que, cuando la música suena, mi mente se apaga, y en días como hoy eso se agradece muchísimo.

—No pasa nada —me repito en un susurro—. Todo está bien.

Quizá, si lo repito tanto como sea posible, acabaré creyéndolo y volveré a ser la Victoria alegre y despreocupada de siempre. Además, más me vale aplicarme el cuento, porque en mi familia me conocen tan bien que, en cuanto me miren, sabrán que ocurre algo. Ese es mi mayor temor y, al mismo tiempo, mi mayor deseo.

Quiero mirar a mi padre y que sepa que algo va mal, pero que no haga preguntas. Imposible, porque mi padre es un neurótico en todo lo que concierne a nosotros, y a la mínima monta una investigación que ni el CSI en sus mejores tiempos, pero, oye, mi deseo sigue ahí. De mi madre mejor no digo nada, porque ella puede reaccionar de cualquier manera.

Y, de todas formas, ¿por qué me preocupo tanto? El tema está solucionado, he tomado las decisiones correctas y, si no es así, pues que me den por el mismísimo aire del norte y así aprendo para la próxima. Joder, con lo poco que me gusta estar amargada y darle vueltas a la cabeza y la rachita que llevo.

Esto se arregla en cuanto localice el cáliz de oro. O, lo que es lo mismo, la barra libre que seguro que han montado para la celebración.

—¿Rosa? —No sé si me sobresalta más el grito o el tirón en la oreja para arrebatarme el auricular. Está a mi espalda y procuro no sonreír, pero me resulta inevitable en cuanto me rodea y se pone frente a mí con cara de indignación—. ¿En serio, Vic? ¿Rosa? No te pega nada.

—Sabrás tú lo que me pega o no me pega —contesto con chulería.

—Te pegaba el azul.

Toca mi melena, tan igual y, a la vez, tan distinta a la suya. Tenemos el mismo largo, por debajo de los hombros, pero ella mantiene el castaño natural y yo luzco un bonito rosa chicle que me pareció de lo más acertado cuando lo descubrí en la carta de colores. El pensamiento me duró hasta que me vi en el espejo. Por supuesto, no admití estar arrepentida y salí de la peluquería con la frente en alto y la confianza en mí misma que siempre me ha caracterizado.

Joder, solo hace unos días y siento que ha pasado un año entero.

—¿Insinúas que este no me queda bien?

—No es que no te quede bien, es que no te pega. No sé, es demasiado dulce para ti.

—Soy muy dulce.

—Uy, sí, tanto como la pimienta.

Me río y empujo su hombro con firmeza, pero sin llegar a hacerle daño. Con mis hermanos y mis primos, las cosas siempre son así. No es que no sepamos demostrarnos afecto, pero lo hacemos de una forma un tanto... especial. Lo que, traducido, quiere decir que tenemos una facilidad pasmosa para patearnos el culo y abrazarnos en un lapso de tiempo relativamente corto.

—¿Vas a abrazarme de una vez o piensas quedarte lo que queda de día ahí de pie, criticándome?

Ella se abalanza sobre mí y vuelvo a reír. A veces olvido que somos gemelas. Que nuestras caras son idénticas en esencia, aunque la mía haya lucido distintos piercings en el pasado y mi pelo haya pasado por toda la carta de colores, prácticamente.

Emily, mi hermana, no solo se parece a mí en el físico. Las dos tenemos un carácter fuerte y un optimismo innato. Ella, sin embargo, procura no llamar mucho la atención y viste de manera informal; bonita, pero no llamativa.

Yo... Bueno, yo soy un poco distinta, y llamar la atención nunca me ha supuesto un problema. Era una de esas niñas que sostenían la mirada cuando alguien las observaba y, cuanto más tiempo pasaba, más seguridad ganaba. Todavía es así, solo que estos son tiempos raros. Difíciles. Pero pasará... Todo pasa.

—Mamá está como loca porque lleva llamándote desde ayer sin respuesta.

—Ah, sí, apagué el móvil durante el vuelo.

—¿Y aún lo tienes apagado? Te ha vuelto a llamar hace un rato.

—Sí, me olvidé de encenderlo.

Mi hermana eleva las cejas, y no es de extrañar, teniendo en cuenta que yo vivía pegada al móvil, de forma casi literal. La sola idea de que siga preguntando me pica tanto que me pongo a hablarle de lo que he comido en el avión mientras la hago caminar hacia el césped del jardín principal, donde estará toda la familia.

¿Y qué se celebra?, te preguntarás. Pues nada más y nada menos que el inicio de las vacaciones. Parece poca cosa, pero si conocieras a mi familia, comprenderías que es un gran evento. Un gran gran gran evento. No es solo que mi madre tenga tres hermanos de su misma edad, pues son cuatrillizos, es que, además, todos están casados y tienen hijos, con lo que la lista de primos es casi interminable. Además de ellos está Babu, mi primo, que en realidad es como si fuera un hermano más, porque cuando nosotras nacimos, él ya vivía con mis padres. Ahora también está casado y con hijos. Somos tanta gente que, para ir de vacaciones, alquilábamos autobuses. En serio, lo hacíamos, y lo siguen haciendo, los que todavía viven en mi urbanización, que son casi todos. Reconozco que en mi etapa adolescente me parecía una cutrez eso de montarme en un autobús con mi extensa familia y pasar las vacaciones en un camping del sur, pero fue una etapa temporal de la que me recuperé más o menos rápido. Más o menos, porque aún hoy en día sufro algún que otro ramalazo de niñata.

Además, debo reconocer que muchos de mis mejores recuerdos tienen como escenario este camping junto al mar. Sus casitas de madera, su arena blanca, sus piscinas, sus parques infantiles y hasta sus discotecas arrancan momentos de mi memoria que espero no olvidar nunca. También tengo recuerdos regulares y malos, claro, pero como todo aquello ya pasó, prefiero no pensar en ello.

Volviendo al tema que me ha traído hasta aquí: cada año se celebra una fiesta de inicio de vacaciones que empezó organizando uno de los dueños del camping, Fran. Yo adoraba esas fiestas porque me encontraba con sus hijas y porque él también tiene un montón de hermanos y, por ende, un montón de sobrinos. Juro por lo más sagrado que a veces pensé que en el camping se alojaban más niños que adultos. La fiesta del inicio de las vacaciones era y es la excusa perfecta para comer hasta reventar, beber hasta reventar y atiborrarnos de cuantos dulces y chucherías pudiéramos soportar. Bueno, eso cuando éramos niños; ahora muchos intentan controlarse. Yo no, yo sigo ingiriendo azúcar como una cerda, como si me la fueran a quitar en cualquier momento. De hecho, mientras caminamos hacia el césped, tengo claro que mis objetivos son una cerveza fresca y un paquete de alguna guarrería azucarada y no del todo aconsejable para la salud.

—Te aviso ya de que el decorado de este año no es luminoso: han optado por luces acogedoras, así que no empieces a quejarte de que las fotos no te salen como quieres.

—Tranquila, creo que hoy voy a dejar el móvil apagado.

—Ya, claro. —Mi hermana suelta tal carcajada que la miro frunciendo el ceño.

—¿Qué? ¿No me crees? —Niega con la cabeza—. Pues vas a llevarte una gran sorpresa; tú vigílame y verás.

Ella me observa de reojo. No es que yo la mire, pero lo sé. Emily siempre me mira de reojo cuando empieza a sospechar que algo no va como a ella le gustaría.

Nos adentramos en el césped y, cuando oigo los gritos de mi familia, sonrío. Es automático. Hay gente que necesita oler el turrón para volver a casa. O un caldo, receta de toda la vida de la familia. O un perfume. Yo no. Yo, para saber que estoy de vuelta en casa, lo que necesito es oír los gritos de todos mientras discuten por cualquier chorrada que a otra familia no le llevaría más de dos minutos resolver, pero que en la nuestra puede ser motivo de agravio durante días. ¡Puede que meses!

—¡Os estoy diciendo que si ponemos las mesas en U, cabemos más! ¡Os lo estoy diciendo! Pero ¡a mí nadie me hace caso! ¡¡¡Nadie!!!

Uno de mis tíos, Álex, grita a varios de mis primos mientras estos fingen mostrarse arrepentidos de no seguir sus órdenes al pie de la letra. En realidad, tanto ellos como mi tío, y como yo misma, sabemos que no se arrepienten lo más mínimo y que van a seguir haciendo su santa voluntad, pero es mejor no llevarle la contraria al tío Álex cuando se enerva.

—Alejandro, ¿por qué no vamos a dar un paseo?

Esa es mi tía, y su mujer, Eli, que ha acudido rauda y veloz, como siempre, para calmar un poco la situación. Mi tío se resiste, pero ella se acerca, susurra algo en su oído y consigue arrastrarlo sin protestar. Prefiero no pensar qué es lo que le ha dicho, porque otra de las virtudes reseñables de esta familia es que pocas parejas son capaces de reprimir sus impulsos románticos. Y está bien, pensarás, el amor es precioso, pero cuando se trata de mis tíos, o, peor, mis padres, yo prefiero tener una imagen menos gráfica de cuánto se quieren.

Y hablando de padres, busco a los míos entre la multitud; aún estoy un poco lejos y nadie ha reparado en mí, así que quiero tenerlos localizados para ir hacia ellos porque, en cuanto la familia se dé cuenta de que al final he venido, van a rodearme y ya no voy a poder abrazarlos hasta que la marea de manos me acerque a ellos. No es una exageración. ¡Ojalá lo fuera! He visto hinchas en estadios de fútbol menos intensos que mi familia.

A la primera a la que diviso es a mi madre. Está intentando que mi hermano Edu, en plena adolescencia, despegue los ojos del móvil para centrarse en ella.

—Deja que me acerque un poco sin que me vea —le susurro a Emily.

—Con ese pelo, lo tienes jodido.

—Chis, ven.

Tiro de su mano y rodeo el césped. Aprovecho los troncos de los árboles; todavía estamos lejos y, si conseguimos pasar desapercibidas, llegaremos a unos cinco metros de ellos sin que nadie más nos vea.

Soy una persona positiva. Es algo que deberías saber, porque esta es una misión prácticamente imposible. Mi hermana lo sabe, y yo también, pero, aun así, lo intentamos.

—¿Qué demonios hacéis?

Me sobresalto al oír una voz que no es la de Emily detrás de mí, y me vuelvo con decisión y cierta molestia.

—¿Cómo has conseguido ponerte ahí sin que te vea?

Mi hermana Mérida eleva las cejas y me mira como si yo fuese idiota. Puede que tenga razón.

—¿De verdad crees que te estás camuflando bien? —Asiento, y ella bufa—. Vic, te ha visto todo el jodido camping, pero están esperando que dejes de hacer el ridículo y saludes.

—No te creo.

—Es cierto. Fíjate bien, no dejan de mirarte de soslayo.

Me fijo, tal como me pide, y tiene razón, mal que me pese. Mis primos me observan con sonrisas que van desde la alegría hasta la sorpresa. Muchos no esperaban que viniera, lo sé, y eso me recuerda que, últimamente, he roto demasiadas promesas.

—Supongo que no sirvo para detective.

—Pues no. —Mérida frunce los labios con ese gesto tan típico de las adolescentes, aunque ella odia que la considere adolescente porque ya es mayor de edad, pero para mí siempre será una niña. Es lo que hay—. Ese pelo no ayuda. Me gusta.

—Gracias, a mí también.

—Yo estuve a punto de teñírmelo de verde, ¿sabes? Pero cuando se lo comenté a papá, montó un drama de narices porque dice que ya tiene bastante con una rebelde sin causa que juega a ponerse los colores del arcoíris en su pelo. Anda muy gruñón últimamente. Te echa de menos.

Y ahí está. La punzada de culpabilidad. La certeza de que mi empeño por alejarme les hace daño. Intento que ni Mérida ni Emily noten mi dolor y lo consigo. Tengo un máster en disimular mis emociones, así que ni siquiera me sorprende que no se den cuenta de que por dentro estoy más rota que nunca.

Qué difícil es casar una reputación de alocada y despreocupada con unos sentimientos que, a ratos, me asfixian de la peor manera. Esta no soy yo, no me reconozco en este mar de incertidumbre y, a veces, desánimo, pero no sé muy bien cómo volver a encontrarme.

Supongo que por eso he vuelto a casa. A ellos. Si no puedo volver a ser yo misma aquí, entonces no volveré a serlo nunca.

—Está bien —dice Emily—. Ya sabes que, en el fondo, a papá le encanta gruñir.

Sonrío y asiento, intentando convencerme y alegrándome de que la extraña conexión que Emily y yo sentimos no se haya evaporado. No es que sepamos en todo momento lo que siente la otra, pero sí es cierto que, gracias a ser gemelas, hemos crecido como uña y carne. Nos conocemos tan bien que somos capaces de leernos con solo un par de detalles que se salgan de lo normal. Y yo estoy mostrando algo más que un par de detalles, así que no es raro que Emily haya detectado ya que algo no va bien.

—¿Dónde está, por cierto?

Ellas señalan el final del césped, la franja que da a la arena de la playa. Mi padre juega con mis primos más pequeños al fútbol. Es moreno, tiene el pelo rizado y unos ojos preciosos. Su cuerpo se mantiene en forma gracias a su trabajo, y su sonrisa es calmada y cariñosa casi siempre. Dicen que Emily y yo tenemos sus mismos ojos, aunque no hayamos heredado mucho de su personalidad tranquila y responsable.

Me acerco a él ignorando las miradas del resto de la familia. Incluso mi madre deja de gritar a mi hermano cuando repara en mi presencia. Sonríe, pero no se acerca a mí. No me extraña. Si hay alguien capaz de percibir mi estado de ánimo, incluso por encima de Emily, esa es ella.

Me trago el nudo que crece en mi garganta y, cuando mi primo se percata de mi llegada e interrumpe el juego, mi corazón empieza a latir desenfrenadamente.

Mi padre se vuelve, siguiendo su mirada, y, cuando sus ojos encuentran los míos, siento como si estuviera en medio de un mar a la deriva y solo él tuviese un barco capaz de alcanzarme y llevarme a un puerto seguro.

—¡Cariño!

—Papá...

Su sonrisa no se desvanece a medida que se aproxima a mí, pero sé que ha notado mi voz temblorosa porque sus pasos se aceleran y, en pocas zancadas, está abrazándome y besando mi cabeza. Mi cuerpo tiembla y apenas puedo contener las lágrimas. Aspiro su aroma y siento, por primera vez después de mucho tiempo, que estoy a salvo.

—No sé qué ha pasado, pero todo va a estar bien, te lo prometo —susurra él junto a mi oreja—. Ya estás en casa, mi vida. Ya estás en casa...

Y le creo, porque Diego Corleone jamás ha incumplido una promesa.

2

Apenas tengo tiempo de recrearme en el abrazo de mi padre. Unas manos rodean mi cintura y, al volverme, atisbo la sonrisa de mi madre en mi hombro.

—¿Quedan besos para mí o se los está llevando todos el poli?

—Para ti siempre queda algo, aunque sean migajas.

—No seas cabrona, niña, que a impertinente, si quiero, te gano.

Suelto una risotada y la abrazo mientras mi padre se ríe entre dientes. Mi madre es la mujer con menos filtro que conozco, así que no dudo ni por un instante que pueda ganarme. A eso, a alocada, a valiente... Hay muchos campos en los que ella ganaría. Y, para mí, además, es la mejor madre del mundo. Quizá por eso me siento un poco tonta ahora mismo, porque no sé qué demonios he hecho fuera tanto tiempo. Solo han sido unos meses, lo sé, pero teniendo en cuenta lo mucho que necesito el contacto físico con ellos, parece una vida entera.

—¿Te ha prometido el poli partirle las piernas al causante de que tus ojos no brillen como deberían?

—Me ha prometido que todo estará bien. Es más que suficiente —susurro en su oreja.

—Es verdad, lo de partir piernas me pega más a mí. Te prometo, cariño, que arrancaré de cuajo las entrañas de quien haya osado dañarte. ¿Quién ha sido? Dame un nombre y yo haré el resto.

Vuelvo a reírme y beso su cuello antes de apartarme y mirarla a los ojos.

—¿Cómo sabes tú que mis ojos no brillan igual si no nos hemos mirado hasta ahora?

—Tú me miras ahora. Yo llevo haciéndolo desde que entraste.

Touchée.

No lo dudo ni por un momento.

—Me alegra estar en casa —susurro.

Ella enmarca mis mejillas con las manos, me observa detenidamente y me doy cuenta, no por primera vez, de lo grande que es Julieta León, aunque físicamente sea más bien bajita.

—Vamos, tengo una cerveza fresca y una bolsa de chuches reservadas para ti.

—Yo quiero una cerveza fresca —dice mi hermano Edu.

—Tú, agua, y con las notas que has sacado, agradece que no te ponga al sol y te diseque. ¡Y dale un abrazo a tu hermana!

Mi hermanito resopla tanto que uno de los mechones indomables que caen por su frente se mueve. Me mira, sonríe y me abraza con fuerza.

—Me alegra que hayas vuelto. A ver si me echas un cable para que me dejen ir al concierto que hay en la playa el finde que viene.

—¡No vas a ir! —exclama mi padre desde la poca distancia que nos separa.

Yo miro a mi madre. Es raro que ella no le permita ir, porque Edu es su niño adorado, así que imagino que hay una razón de peso.

—¿Tan mal han ido las notas? —pregunto.

Me siento mal de inmediato al percatarme de que no tengo ni idea del asunto. Puede parecer una tontería, pero en mi familia presumimos de estar al tanto de cada detalle de la vida de los demás, para bien y para mal.

—Seis le han quedado. No ha suspendido más porque les habrá dado pena, o algo —comenta mi madre—. Tú sabes que yo no soy muy exigente, no pretendo que todos mis hijos saquen matrícula, pero una cosa es suspender alguna y otra, reírse de los profesores, de nosotros y de todo. Menudo año se ha pegado, el mamón. —Mi hermano frunce el ceño, pero mi madre es una mujer que dice claramente lo que piensa, y no va a detenerse solo porque él se muestre enfurruñado—. Pero no te preocupes, corazón, que te voy a dar el verano de tu vida.

Edu traga saliva y yo disimulo una sonrisa. A mi madre no le pega nada ponerse tan seria, pero entiendo que la situación lo requiere. Desde luego, suspender tantas solo puede significar que se ha dedicado a hacer el vago todo el curso. Debería haber valorado si le compensaba a cambio de sufrir a nuestra madre de malas todo el verano...

—No has estado muy fino —le digo.

—Ya... Te he echado de menos. Estoy como traumatizado.

Me dedica una sonrisa canalla que me pone muy difícil no reírme. Este jodido niñato va a ser un rompecorazones. Se parece mucho a mi padre, a excepción de un par de rasgos que ha heredado de mi madre, pero el genio, y su personalidad, viaja entre la seriedad de mi padre cuando algo le interesa y el desparpajo de mi madre cuando pretende salirse con la suya, o sea, la mayor parte del tiempo. Su pelo moreno, algo rizado y despeinado le da aspecto de chico revoltoso; su pose desgarbada ayuda a hacerlo más atractivo. Dios, si a esta edad es así, no quiero pensar en cuando sea adulto...

No tengo tiempo de darle más vueltas, porque el resto de la familia se abalanza sobre mí. Por lo visto, han decidido que están cansados de esperar que los abrace uno por uno, y aquí estoy, intentando no asfixiarme por sus excesivas muestras de cariño y sonriendo, aunque esté agobiada, porque, como ya he dicho, estar en casa es un placer.

Mis tíos, mis primos e incluso algunos vecinos de toda la vida del camping vienen a saludarme, así que hasta pasada media hora no consigo un poco de calma y esa cerveza que mi madre me prometió a mi llegada.

Me siento en un banco de piedra que hay junto al césped y, en cuanto doy el primer sorbo, siento la compañía de mi primo Noah.

—¿Estás bien?

Me muerdo el labio con fuerza. Mi primo tiene algo; mi hermana dice que es un don, pero yo creo que solo es lo suficientemente observador como para detectar nuestro estado de ánimo. Que tengamos la misma edad y nos hayamos criado a una calle de distancia también tiene que ver. En mi familia los secretos no existen, se divulgan con facilidad y nadie tiene derecho de ofenderse, porque para eso está la familia, para lo bueno y para lo malo. Quizá por eso me aislé estos meses fuera. Pensaba que no quería que supieran tanto de mí, pero, en realidad, lo que no quería era que vieran el tipo de persona que estaba llegando a ser.

—Lo estaré —digo sin más.

—No has sacado el móvil desde que has llegado.

—No. He decidido disfrutar de mi vuelta sin interferencias.

Él me mira con extrañeza, sabedor de que eso, en mí, es más raro que comer piojos, pero es tan prudente que guarda silencio y bebe de su cerveza sin hacer más preguntas. Es lo bueno de Noah, que sabe cuándo debe callarse. Es, junto con su padre, de los poquitos prudentes de esta familia.

—Eh, tú, ¿piensas pasarte la tarde bebiendo y contemplando el paisaje? —pregunta mi hermana Mérida—. Tenemos seis barreños de globos de agua y muchas ganas de una buena guerra.

—Déjala, es una cagada. Ahora le importa más mantener la pose de niña bonita que meterse en una pelea justa.

El que ha hablado es Björn, otro de mis primos, el hijo mayor de mi tía Amelia y mi tío Einar, un islandés que aprendió a hablar español a medias y así sigue, con una lengua de trapo y una desenvoltura que enamoran. Björn solo tiene dos años menos que yo, por eso le revienta que lo trate como si fuera un niño pequeño, que es justo lo que voy a hacer ahora mismo.

—Ya veo que has dedicado estos meses sin vernos a madurar y convertirte en todo un hombre. —Él, lejos de ofenderse, me saca la lengua y me guiña uno de sus ojazos azules—. ¿Te has puesto cremita? No queremos que te quemes con este sol, y tienes piel de bebé.

—Soy medio vikingo, primita; no te preocupes por mí y procura que ese pelo no destiña.

No tengo tiempo de replicar: un globo revienta en mi frente y, cuando quiero darme cuenta, oigo la risotada de mi gemela desde el otro extremo. Es suficiente para que la sed de venganza se apodere de mí. Echo a correr y, antes de darme cuenta, todos los primos, que somos muchísimos, como ya estás descubriendo, nos sumergimos en una guerra de globos de agua que empieza como un juego y acaba con mi madre cogiendo la manguera y proclamándose ganadora por la puerta grande. Esto solo lo superaría que alguien cogiera un extintor del camping. Eso ya lo hicimos un año y Fran, el dueño, acabó dándonos una charla de más de una hora. Merecida, por supuesto.

Cuando la noche se cierra, me siento como si hubiese corrido una maratón. Estoy agotada y todavía tenemos que cenar, aunque hayamos estado picando chuches y porquerías varias toda la tarde. Mis maletas siguen en recepción, donde las dejé al entrar, y el estrés liberado me aviva las ganas de darme una ducha y dormir, pero sé que no es posible, aún queda mucha noche por delante.

—¿Puedo saludar ya a la protagonista indiscutible de la fiesta?

Sonrío de inmediato mientras mi abuelo materno se sienta a mi lado. Es el mayor de todos nosotros y se supone que debería agobiarse con tanta gente, pero después de criar él solo a cuatrillizos, no hay absolutamente nada que asuste o agobie a Javier León.

—Creo que te di un buen achuchón al llegar, así que, en realidad, ya nos hemos saludado.

—Yo, por saludar, me refiero a charlar con mi nieta favorita.

—Te he oído antes darle las gracias a Ariadna por traerte una cerveza y asegurarle que es tu nieta favorita.

—El concepto «favorito» es muy relativo. —Suelto una risita, porque mi abuelo no tiene vergüenza, y él se acaba riendo conmigo—. Te veo bien físicamente. Estás preciosa.

—Gracias, tú también estás muy guapo.

Él sonríe y sus ojos se arrugan un poco. Mi abuelo puede tener cierta edad, pero siempre será un hombre atractivo. Y si no, que le pregunten a su mujer, Sara. Mi abuela murió en el parto, pero, para mí, Sara es una abuela de pleno derecho. Está en mi familia desde antes de nacer yo, así que es lógico.

—No he acabado. Te veo bien físicamente. Estás preciosa, pero...

—¿Pero...? —pregunto un poco tensa.

—Estás rara. Apagada. No sé, cualquier otro año, a estas alturas, ya te habrías bebido hasta el agua de los floreros, estarías cantando a grito pelado o retando a alguno de tus primos a un juego estúpido mientras apuestas cosas aún más estúpidas. Como el año que hiciste una carrera con tu prima Valentina y apostasteis llevar un disfraz de franela en pleno agosto durante dos días.

—Dios, cómo sudaba la pobre, hasta le salió sarpullido. —Me río ante el recuerdo y, cuando veo su sonrisa comprensiva, suspiro—. Supongo que he madurado.

—Pues no sé si me gusta. O, mejor dicho: no sé si me lo creo.

—Abuelo...

—La madurez es una cosa y perder la alegría es otra. Lo primero es un proceso lógico en todas las personas, menos en tu madre. —Sonreímos y sigue—: Lo segundo es una pena, y nada, nada debería justificar nunca la pérdida de la alegría. Nada debería ser tan importante como para pagar un precio tan alto.

Tiene razón. Yo no soy así, a mí me encanta hacer el tonto, reír, saltar, bailar, jugar, divertirme como si tuviera diez años. Mi espíritu siempre ha sido mucho más joven que mi cuerpo. Y sí, sé que, con veintitrés, soy joven en todos los sentidos, pero me refiero a que mucha gente en mi familia y fuera de ella pensaba que me había quedado en los diez años de edad mental. Y no solo no me importaba que lo pensaran, sino que estaba orgullosa. Ahora, en cambio, bailo en una cuerda desconocida; tengo la sensación de que voy a caer en cualquier momento y ni siquiera sé lo que hay abajo.

Aun así, mi espíritu, ese que tantos dolores de cabeza ha provocado a mi vecindario, a mi familia y a mis amigos, me tira desde dentro. Casi diría que lo noto en las entrañas, gritándome que estoy perdiendo un tiempo precioso y que mi abuelo tiene más razón que un santo. Quizá por eso me levanto y anuncio a la familia que, después de cenar, tenemos que jugar al escondite, y la apuesta debe ser tan fuerte como para que solo los valientes se atrevan.

Antes de acabar la frase, mi primo Björn, por ejemplo, sonríe con el reto pintado en los ojos. Es evidente a quién ha salido tan kamikaze este chico, porque mi tía Amelia es dulce y sosegada como pocas. Mi tío Einar, en cambio, es extravertido y dicharachero como pocos.

El primero en sumarse es él, seguido de cerca por todos mis hermanos, incluido Edu. Mi prima Ariadna, hija de mi tía Esme y mi tío Nate, se apunta, y Noah, su hermano mayor, decide ejercer de árbitro para que nadie haga trampas. Queda mi prima Valentina, hija de mi tío Álex y de mi tía Eli, que se apunta sin pensarlo. Lars y Eyra, los pequeños de mi tía Amelia, también se meten en el saco. Y casi hemos cerrado el cupo de participantes cuando los hijos de Marco empiezan a protestar porque quieren jugar. Nollaig tiene doce años, el pelo del color del fuego (heredado de su madre) y la sonrisa rápida de mi tío. Es mi prima, porque Marco en realidad es mi primo hermano, pero a todos los efectos él es mi hermano y ella, mi sobrina, aunque la gente no lo entienda. Sé que toda esta situación es complicada, pero prometo que irás conociéndolos poco a poco.

—Quiero jugar —dice muy seria.

—Tienes doce años. No —contesta Mérida.

—¡Quiero jugar!

—Si juegas, tendremos que dejar de apostar a lo grande, niña. Para la próxima será. —Este es Edu, así que entiendo que ella monte en cólera, porque solo se llevan tres años.

—Mira, niño, si tú juegas, yo juego. ¡Y punto!

—Si tú juegas, yo juego —apunta Diego, su hermano.

Yo suspiro, porque esto va a convertirse en una pelea de dimensiones épicas, y miro a Marco, deseando que él haga algo.

—No jugáis ninguno de los dos. —Los niños protestan y él alza las manos—. No jugáis y punto. Yo, en cambio, me sumo.

Los adultos protestan. Dicen que si Marco puede jugar, ellos también. Marco y Erin, su mujer, se justifican porque ellos no están en la misma franja de edad y, por lo tanto, pueden relacionarse con nosotros, los jóvenes, y con ellos, los no tan jóvenes. Mi madre monta el drama del siglo porque dice que a ella nadie la llama vieja y sale indemne. Mi padre intenta calmarla y mi abuela se mea de risa mientras se apropia de otro botellín de cerveza. Verás tú la castaña que va a coger con la tontería de hacer de observadora.

Yo me río y desespero a partes iguales, porque amo y odio que mi familia no pueda ponerse de acuerdo ni para un simple juego, pero al final llegan Fran y Martín, dueños del camping, y ponen orden mientras aseguran que todos podemos jugar y que ellos vigilarán que nadie haga trampas. Yo creo que es un despropósito que toda mi familia juegue al escondite y, acto seguido, la pelea es quién se la queda y cuál es la apuesta. Al final acordamos que el último en ser encontrado podrá elegir, junto con el buscador, quién de la familia tiene que pasearse en tanga por la calle principal del camping. En caso de que pierdan los menores de edad, el castigo será recorrer la calle con un ridículo disfraz de *La Sirenita* que Fran guarda de cuando sus hijas eran pequeñas. Todos estamos conformes; echamos a suertes quién será el buscador y sale elegida Mérida, que se frota las manos al pensar que podrá escoger al perdedor. Yo no sé si las bases de este juego son justas del todo, pero, aun así, me preparo para esconderme lo mejor posible. No sería mi primera vez recorriendo el camping en tanga por una apuesta, pero tengo la adrenalina a mil y el desafío me corre por las venas, así que estoy deseando ser la última y poder elegir quién cumplirá.

Cuando mi hermana empieza a contar, echo a correr en la misma dirección que Emily, mi gemela.

—¡Apártate o nos confundirán! —me grita.

—Apártate tú, ¡no te jode!

Mi hermana pone los ojos en blanco, pero gira en una de las calles. Hemos delimitado el área para que no tengan que buscarnos por todo el camping, así que no hay tanto espacio para esconderse. Elijo una tienda de campaña junto a un árbol. Nosotros solemos dormir en los bungalows, por lo que no tengo ni idea de quién es el dueño, pero solo espero que ni mis primos ni yo nos llevemos alguna por delante, que tampoco sería la primera vez y luego Fran se pone hecho una fiera, con toda la razón del mundo.

Mi hermana termina de contar. Me acuclillo y distingo, a lo lejos, cómo encuentra sin ningún esfuerzo a los primeros miembros de la familia. Me río con nerviosismo porque, joder, echaba de menos a esta panda de locos. Mérida empieza a caminar hacia donde estoy y me doy cuenta de que, o cambio de sitio, o me encontrará rápido, así que levanto los pies con cuidado de que las hierbas, secas por el verano, no hagan ruido y me coloco junto a un árbol de tronco grueso. A las malas, puedo ir rodeándolo para quedar fuera de su ángulo de visión.

Pierdo a mi hermana de vista; supongo que estará entre las tiendas o árboles buscando a mi familia, porque uno a uno van saliendo de morros y protestando por haber sido cazados. Mi cabeza se desconcentra un par de veces, pero tengo la situación controlada, o eso creo, porque de pronto noto una mano en mi cintura y unos labios que susurran cerca de mi oído.

—Pillada.

Me cabrearía por haber sido descubierta, pero es que la voz no ha sido de Mérida. Ni siquiera ha sido una voz de mujer. Es ronca, gutural, casi hipnótica.

Me vuelvo bruscamente y ahogo un grito justo antes de insultarlo, porque solo él podría sobresaltarme de una forma tan tonta.

—¡Vic, pillada! —grita Mérida.

Ignoro por completo a mi hermana y me centro en los ojos oscuros y penetrantes que me miran. En sus cejas elevadas, su pelo negro despeinado, su barba y su sonrisa ladeada.

—Adam Lendbeck —susurro a modo de reconocimiento.

Él asiente levemente con la cabeza, saca un cigarro del bolsillo trasero de su pantalón, lo enciende, da una calada, expulsa el humo al tiempo que apoya el hombro sobre el árbol, cruza los pies y me sonríe sin despegar los labios ni alterarse lo más mínimo.

—Hasta que volvemos a encontrarnos, Victoria.

3

Mi hermana vuelve a llamarme para que me reúna con los pillados y miro a Adam sin contener mi rabia.

—Esta me la pagas, te lo juro.

—Vaya... Yo también me alegro de verte.

Pongo los ojos en blanco. Decirle que me alegro de verlo no sería mentir, pero tampoco una verdad completa. No lo esperaba, eso está claro. Adam es hijo de Daniela Acosta y Oliver Lendbeck. Ella es dueña de una parte del camping, pero deja que sus hermanos lo manejen porque vive casi todo el año en Los Ángeles, donde regenta uno de los estudios de fotografía con más prestigio a nivel internacional. Oliver es un compositor y tatuador, también famoso, con dos estudios en España y otro, el más importante, en Los Ángeles. Era de esperar que sus cuatro hijos aprendieran a amar el arte en todas sus formas. Al contrario que nosotros, ellos son tres chicos y una chica. Además, dos son gemelos, como en nuestra familia. Es una casualidad que nuestros padres cuentan una vez al año, mínimo.

Adam es uno de los gemelos y se pasa la vida viajando y fotografiando estrellas para la empresa de su madre. Cuando no tiene compromisos, se va a conocer países y fotografiarlos, también. A veces pienso que su madre lo parió ya con la cámara en las manos, porque es casi imposible verlo sin alguno de sus juguetes encima. En los últimos años era raro que viniera al camping más de un par de días o tres seguidos, pero no puedo juzgarlo por eso, porque yo he hecho lo mismo.

—¿Qué estás haciendo tú aquí?

Adam alza las cejas y mira en derredor con cara de extrañeza.

—Hasta donde yo sé, este camping es mío.

—De tu madre, y solo una parte.

Él se ríe entre dientes y vuelve a dar una calada a su cigarro.

—Sí, lo que sea. ¿Y tú? ¿Qué haces aquí?

Su español es fluido, pero el acento estadounidense es innegable. Siempre me hizo gracia que él y sus hermanos hablaran de un modo tan peculiar, y eso que yo tengo a mi tío Einar, que es para darle de comer aparte.

—Hasta donde yo sé —digo imitando su tono petulante—, mi familia siempre veranea aquí.

—Tu familia, sí. Tú, no.

—Los tiempos cambian.

—Es un cambio demasiado grande. ¿No había una fiesta o festival en el que lucir palmito en Dubái, Nueva York o Francia, por ejemplo?

Me revienta su tono impertinente. Me revienta y me divierte, porque me da la oportunidad de sacar mi lengua afilada a pasear. Por eso me alegro y no me alegro de verlo. Incomprensible, lo sé; con Adam Lendbeck las cosas suelen ser así.

—He decidido lucirlo en el sur, que también merece que este cuerpo serrano se deje caer por aquí. ¿Y tú? ¿No tienes que meter la cara entre las tetas de alguna supermodelo? —Él bufa y yo esbozo un gesto de inocencia—. Uy, perdón. Quería decir «cámara» en vez de «cara».

—¿Y querías decir algo en vez de «tetas»? —pregunta con malicia.

—Pues teniendo en cuenta la talla que suelen usar, quizá debería.

Él intenta disimular una sonrisa con un carraspeo. Nos conocemos demasiado bien.

—Quizá deberías dejar de juzgar a las mujeres por su aspecto. Tú tampoco eres la más pechugona del mundo.

—Ya, pero estamos hablando de dónde metes tú la cara, y estás muy lejos de poder tener alguna posibilidad con este escote, querido.

Él no contesta, pero me mira fijamente y eso es mucho peor, porque los ojos de Adam brillan. Lo juro, irradian un brillo natural que hipnotiza. Es como si pudiera ver más que el resto y, aunque yo sea una experta en esconder mis sentimientos, me jode tener que estar alerta.

—¿Estás bien?

Pero, por Dios, ¿por qué todo el mundo me pregunta eso? A ver si al final no voy a ser tan buena disimulando como creo.

—Divinamente, ¿por?

—Es raro verte aquí, y lo digo en serio.

—Echaba de menos a mi familia.

La rotundidad de mis palabras deja claro que digo la verdad. No es toda la verdad, vale, pero es una gran parte. Adam es de las pocas personas que conozco con el mismo apego familiar que los León. Seguramente porque los Acosta son tan intensos como nosotros.

Asiente una vez y mira con una sonrisa hacia donde se han reunido todos.

—Te entiendo.

—¿Y tú? ¿Por qué estás aquí?

—Más o menos por la misma razón. Mi madre me pidió que me tomara un descanso y que viniera unos días para disfrutar de la familia.

—Y el niño mimado no puede negarse a nada que mami pida, ¿verdad?

—Que tú hables así es curioso, porque a mimada no te gana mucha gente. —Suelto un bufido para ocultar una sonrisa, porque en eso también tiene razón—. ¿Entonces? ¿Cuándo te vas?

—No me voy —admito antes de pararme a pensar que estoy dándole demasiada información—. Me quedo todas las vacaciones y vuelvo a Sin Mar con ellos.

La sonrisa desaparece de su rostro.

—¿Qué ha pasado, Victoria?

—¡Vic! —grita mi hermana Mérida—. ¡Vamos! ¡Hora de elegir al perdedor!

No puedo evitar sonreír, porque mi hermana acaba de darme la salida que ya estaba necesitando. Le guiño un ojo a Adam.

—Nos vemos, Lendbeck.

Él asiente con la cabeza una sola vez y me observa mientras me alejo. Lo sé, aunque no me vuelva para comprobarlo. Estoy segura de que, si lo hiciera, me encontraría esas luciérnagas que tiene en los ojos fijas en mí.

—Bien, ¿quién es el pringado que va a pasearse en tanga por el camping? —pregunto cuando llego donde está mi familia.

Las risitas que se oyen de fondo me dan la primera pista.

—Pues teniendo en cuenta que he ganado yo... —dice Björn, mientras me temo lo peor— y que todos te hemos echado mucho de menos, creo que lo ideal es que te castiguemos un poquito por haber tardado tanto en volver.

—Estarás de coña, ¿no?

—No, en realidad, ya está decidido. —Mi hermana Emily me ofrece una de las cubetas en las que, hasta hace no tanto, descansaban los botellines de cerveza rodeados de cubitos de hielo—. Puedes dejar tu ropa aquí.

—El sujetador puesto, eso sí —apunta mi prima Valentina—, para que veas que somos buenas personas.

Le hago un corte de mangas que solo sirve para que mi familia se venga más arriba. Empiezan a tararear la famosa *You Can Leave Your Hat On* y, de ser otra persona, me moriría de vergüenza, pero soy Victoria Corleone León. La vergüenza no es un gen que abunde en mi familia, así que, en vez de sufrir un ataque de timidez, me subo a uno de los bancos de piedra y le doy a mi público lo que pide. Mi padre y mi hermano son los únicos que se tapan los ojos. Creo que mi hermano, además, pide que se los arranquen. La adolescencia lo ha vuelto muy melodramático.

Tardo tres minutos de reloj en quedarme con unas bragas altas de semitransparencias y flores bordadas y un sujetador a juego. Puede parecer menos sexy que un tanga, pero me consta que es un conjunto sensual, a la vez que cómodo. Casi sonrío por la decepción que pinta la cara de mis primos y mis hermanos. Los cabrones seguro que estaban deseando que me paseara por el camping con un tanga rojo.

—Eso no vale —se queja mi hermana—. Dijimos «tanga».

—Con esto se ve la misma piel que con un tanga, Mérida. No seas antigua.

Ella tuerce el gesto, pero acaba admitiendo que es cierto. Las flores tapan los puntos más estratégicos y las transparencias dejan mucho a la vista.

—Bien, la procesión empieza aquí. Tienes que pasearte por todas las calles principales del camping y, para asegurarnos de que cumples, vamos a acompañarte —explica Lars.

Suelto una carcajada. Está claro que los mamones solo quieren ser partícipes de mi paseíllo de la vergüenza, como lo llamarían algunos. Yo, en cambio, les pido que me canten algo. Ellos se animan; no todos, porque mi padre y mi hermano se han quedado en el césped con cara de horror, pero mi madre se arranca con uno de los grandes éxitos de Camela. Que podía haber escogido otra canción, pensarás, pero es que entonces no podríamos pasar a la Historia como una de las familias más zumbadas del mundo.

Los huéspedes del camping, ansiosos de diversión y algo que contar, me jalean, y yo saludo y lanzo besos como una reina en el desfile del día nacional de mi país. Muevo el culo y doy vueltas mientras mi familia se ríe y escandaliza a partes iguales.

Cuando todo acaba y vuelvo al banco de piedra, el propio Fran Acosta, dueño principal del camping, me da una cerveza y la promesa de entregarme un diploma por valiente antes de que nos vayamos. Es otra de las cosas geniales de Fran. Va concediendo diplomas en nombre del camping a la gente que participa en los juegos, concursos y demás. Las apuestas familiares no deberían entrar, pero somos amigos, así que, con los años, empezó a hacer excepciones, y ahora más de uno en la familia lucimos orgullosos distintos títulos, que van desde el que peor baila *La Macarena* hasta este que va a darme a mí.

Pido un aplauso, porque nadie más lo hace, y cuando acabo de saludar a mi público y me alzo, veo a Adam acercarse hacia donde está la familia, que lo recibe con los brazos abiertos y distintas muestras de cariño. Luego se aproxima a mí, que estoy comiendo una brocheta de chucherías para complementar mi botellín de cerveza.

—Bonito conjunto. —Vuelve un poco la cabeza y me mira de arriba abajo.

Lejos de avergonzarme, me levanto, sonrío y doy una vuelta completa para que me observe a conciencia.

—¿Verdad? No todo el mundo puede lucir algo como esto con dignidad.

—Desde luego. Y, aun así, ¿a cuánta gente has convencido de que se compre uno igual?

La risa se me corta en seco. No puedo evitarlo, y él se da cuenta, así que, aunque intento recomponerme, no sirve de mucho.

—¿Has decidido seguirme toda la noche por el camping?

—No, venía a saludar a tu familia y a felicitarte por tu paseíllo, pero ahora que sé que te pasa algo, es posible que sí decida seguirte un poco.

—No me pasa nada, y te prohíbo seguirme.

—Sí te pasa, y tú a mí no me prohíbes nada. Eso déjalo para tus lameculos.

—Adam...

—Victoria, no me des órdenes. Sabes de sobra que conmigo no puedes.

—Yo no estaría tan seguro —siseo—. Ni se te ocurra joderme las vacaciones, Lendbeck.

—Lo mismo te digo, Corleone.

La tensión es tan palpable que, cuando su gemelo hace acto de presencia, lo agradezco en el alma y me lanzo hacia él en una carrera sin frenos que acaba conmigo enganchada a sus caderas y con él perdiendo el equilibrio y cayendo al suelo.

—Joder, cómo me suena ese movimiento —dice mi padre desde un lateral.

—Vaya mierda de reflejos, Ethan —protesto—. ¿Y tú te haces llamar bailarín profesional?

—Las bragas transparentes me han despistado —se justifica antes de echarse a reír.

—No te pases, niño. Y tú, levanta de ahí y vístete de nuevo. —El tono de mi padre es tan grave que procuro no reírme.

—Deja que la niña luzca cuerpazo. Ya tendrá tiempo de taparse cuando se le caigan las tetas. —Esa es mi madre, que de diplomacia anda justita.

—Pues tú las tienes caídas y no te tapas una mierda —interviene Álex, su hermano.

A continuación, la familia se enzarza en una discusión acerca de lo descarada que es mi madre y lo culpable que debería sentirse por haber educado a alguien tan desvergonzada como yo. Mis hermanas se parten de risa y Edu intenta dar un sorbo a una cerveza a escondidas aprovechando la situación. Mientras tanto, yo me pongo el pantalón y la camiseta y vuelvo a abrazar a Ethan.

—¿Cómo estás? —pregunto con una gran sonrisa.

—No tan bien como tú. ¿Crees que hay alguna posibilidad de que nos revolquemos juntos en alguna parte antes de acabar las vacaciones?

Suelto una carcajada. Acaricio su torso desnudo con la yema de los dedos y me muerdo el labio con sensualidad impostada.

—Demasiado pan para tan pocos dientes, cariño.

—Por ti me compraría una dentadura postiza, nena.

La risa vuelve a brotar de mi pecho y él me imita, porque los dos sabemos que la tensión sexual entre nosotros es inexistente, pese a que me embobe a menudo con sus movimientos, incluso cuando camina. Será su profesión, ya que es bailarín y coreógrafo. No lo sé, solo sé que, cuando lo veo moverse, no puedo evitar fijarme en la cadencia de su cuerpo. Me consta que el resto de las féminas de mi familia piensan como yo.

—¿Estáis todos aquí, entonces? —digo.

Me interesa de verdad la respuesta, porque me consta que les resulta muy complicado unirse debido a que son muchísimos en la familia. De eso entiendo bastante, la verdad.

—Sí, después del último susto con mi abuelo, queremos estar juntos unos días.

—¿Está todo bien con él?

—Tuvo un derrame. ¿No te enteraste?

Me siento mal en el acto. Estoy segura de que mi familia está al tanto. ¿Por qué no me dijeron nada?

«Quizá porque has estado más pendiente de ti misma que del resto del mundo desde... Ni siquiera recuerdo desde cuándo.»

Me encantaría acallar a mi conciencia, pero es difícil, porque tiene razón. He estado tan inmersa en mi propia vida que he olvidado preocuparme por los demás. Puede que me interesara por los más cercanos, pero hay mucha gente a la que quiero y a la que he ignorado de mala manera. Trago saliva. Ethan, que se da cuenta de mi incomodidad, me abraza y palmea mi costado con cariño.

—Todos estamos liados, nena, no te preocupes.

—Lo siento mucho. ¿Está bien?

—Sí, sí. Fue solo un susto, y está claro que tiene que cuidarse, pero está bien. ¿Y tú? ¿Hasta cuándo te quedas?

—Todas las vacaciones. —Él arquea las cejas, incrédulo, y sonrío—. Sí, señor. Voy a disfrutar de mi familia como hace mucho que no lo hago.

—Me parece genial. Cuento contigo en más de un plan Acosta, entonces.

—Y yo contigo en más de un plan León.

—Corleone León, niña —apostilla mi padre desde un lateral.

Me echo a reír porque a mi padre siempre le ha picado que en la familia, a veces, nos hagamos llamar «los León». No es que quiera obviar su apellido, es que es una forma de englobarnos a la gran mayoría. Solo Adam tiene tendencia a llamarme por mi primer apellido. Claro que también es el único que me sigue llamando Victoria, y no Vic. Bueno, mis padres, cuando se cabrean, también lo hacen.

Y hablando del rey de Roma... Lo veo alejarse por el césped después de despedirse de la familia y frunzo el ceño, porque a mí no me ha dicho ni adiós.

—Tu gemelo sigue siendo el simpático de los dos, ¿eh? —le comento a Ethan, que se echa a reír y chasquea la lengua.

—Él se ha quedado el papel de reservado y misterioso y a mí me ha tocado el de simpático y sexy. También soy el más guapo.

—Evidentemente —convengo con recochineo—. Que vuestra cara sea un calco es lo de menos.

—Tú mejor que nadie deberías saber lo que jode que alguien no reconozca la esencia individual de cada uno de nosotros, aunque seamos gemelos. Además, yo tengo más tatuajes.

—Eso te lo concedo. Y, aun así, te queda mucho camino para parecerte a tu padre. Por cierto, quiero hablar con él. Estoy dándole vueltas a algo... especial.

—Si es una locura, cuenta con él —asume riéndose—. Ha salido con mi madre a cenar, pero mañana estará por aquí. ¿Nos vemos?

—Hecho. Cuídate, Eth.

—Lo mismo digo, chica de pelo rosa. —Me guiña un ojo y acaricia las puntas de mi melena—. Me gusta.

Se aleja con paso lento y oigo un suspiro a mi lado. Me vuelvo y veo a mi prima Valentina mordiéndose el labio inferior y mirándolo con una cara de vicio tremenda.

—Si no supiera que luego vamos a arrepentirnos, ya habría logrado que cayera. Está para hacerle de todo, el mamón.

—¡Elizabeth! ¡Oye las cosas que dice tu hija! —exclama mi tío, o sea, su padre, horrorizado.

Mi prima y yo nos partimos de risa mientras él se queja de la mala boca de su hija. Mi tía intenta calmarlo. El pobre lleva fatal eso de que su niña haya crecido y tenga vida sexual. Bueno, yo creo que eso es algo que llevan mal todos los padres, pero mi tío fue un mujeriego en su época, mujeriego de libro, y vive sufriendo por si su niña ha heredado el gen de la alergia al compromiso.

—Siempre puedes proponerle ser tu follamigo. No creo que pusiera muchas objeciones.

Mi prima se recoge su larga melena rubia en una coleta, y cierra sus ojos azules, como los de su padre, con un suspiro.

—Ni hablar, supondría meterme en problemas, y ya tengo bastantes. No hay necesidad de buscar más.

—En eso llevas razón.

—Además, tengo toda mi fe puesta en las juergas que vamos a corrernos estas vacaciones. Porque vamos a irnos de juerga. No puedes fallarme, Vic.

—Dalo por hecho. —Paso un brazo por sus hombros y beso su cabeza.

—No sé de qué habláis —dice mi hermana Emily, que se mete entre las dos y nos abraza—, pero si la primera noche ha sido así, no tengo dudas de que este va a ser un verano que no olvidaremos nunca.

Miro su rostro, tan igual y tan distinto al mío, y sonrío mientras deseo en lo más hondo de mi ser que tenga razón.

Ojalá este verano sea inolvidable.

Ojalá pueda volver a ser yo misma poco a poco.

Ojalá me ayude a curar las cicatrices que aún sangran.

Ojalá.

4

Aparto el pie de Emily de mi cara por enésima vez en lo que va de noche y resoplo. A ver si se hace de día ya y solicito otro bungalow en recepción, porque esto de dormir con mi hermana en una sola cama, mientras Mérida campa a sus anchas en otra y Edu, en el sofá, yo no lo veo. Mis padres dicen que aquí cabemos a la perfección, y a mí me da vergüenza recordarles que cabíamos a la perfección hace diez años; ahora es apretado y no hay necesidad, se pongan como se pongan.

—Te lo digo en serio —susurro—. Como vuelvas a ponerme el pie en la cara, te comes el mío hasta la campanilla.

—Chis, calla, que vas a despertar a Mérida.

Miro a nuestra hermana pequeña, que ronca como un cerdo resfriado, y pongo los ojos en blanco. A esa no la despertaría ni un grupo de bailaores de flamenco taconeando al lado de su cama.

—Pero ¿por qué no podemos tumbarnos para el mismo lado?

—Porque ocupamos menos así. Tú hazme caso a mí, que yo de esto entiendo.

—Tú que vas a entender ni entender —murmuro de mala gana.

—Chis.

Suspiro, llena de frustración, y miro mi reloj de pulsera, porque el móvil sigue apagado debajo de la almohada. Las seis de la mañana. No he conseguido dormir ni dos horas y ya estoy deseando levantarme. Cuando Emily vuelve a ponerme el pie encima, decido que se acabó. Ya dormiré más cuando anochezca de nuevo, pero así no puedo seguir.

Me levanto de la cama, me dirijo a la pequeña cocina de madera y preparo la cafetera con el mayor sigilo posible. Obviamente, no hay sigilo que logre que el poli no se despierte, así que, apenas el aroma empieza a impregnarlo todo, mi padre aparece y me observa con ojos hinchados e interrogativos.

—Mi vida, es muy pronto. Vuelve a la cama.

—No tengo más sueño. Ve tú.

—¿Estás bien?

—Sí, tranquilo.

—Deja que te sirva el café.

—Papá, soy capaz de preparármelo solita.

—No he dicho lo contrario, pero mi niña está en casa y me apetece mimarla un poco. ¿O acaso no puedo?

Guardo silencio por respuesta y lo veo pasearse por la estancia mientras prepara la taza, la sacarina y una cucharilla. La cafetera silba y él se apresura a apagarla y verter el líquido en la taza.

—Ha sobrado un poco. ¿Te importa si te acompaño?

—¿No quieres dormir más?

—No. Igual es buena idea salir a correr antes de que el calor apriete.

Asiento y le señalo el porche, indicándole que lo espero allí. Salgo en silencio y miro a mi hermano Edu, que duerme a pierna suelta en el sofá. Ni se ha inmutado con el ruido que hemos hecho. Me siento en el banco de madera que hay en el pequeño porche y observo las estrellas titilando a lo lejos. He perdido la cuenta de los lugares en los que me he sentado a ver las estrellas, y hay algunos en los que es especial. En Sin Mar brillan de un modo distinto, con más fuerza, pero también aquí. Hay algo que atrapa.

Cuando mi padre sale, me pilla sonriendo y aspirando el aroma del césped mojado.

—Pocas cosas calman tanto como el olor a tierra húmeda —susurro.

Él sonríe y se sienta a mi lado en silencio. Esto es lo mejor de mi padre. Sabe respetar los silencios. Mi madre, en cambio, necesita llenarlo todo de palabras. No es una queja, a menudo soy como ella, pero últimamente mi estado de ánimo ha necesitado a gente como mi padre.

No, gente como mi padre, no. A mi padre, porque no hay otro como él.

—¿Algún día me contarás lo que ha pasado? —pregunta, después de largos minutos en silencio, cuando el horizonte empieza a tornarse gris.

—He hecho muchas cosas mal.

—Todos nos equivocamos.

—He traspasado muchas líneas. Muchas, papá. Más de las que puedas imaginar.

La vergüenza tiñe mi voz y él se da cuenta, porque es raro que yo me avergüence de mi comportamiento. Sé que está mal, que debería hacerlo más a menudo, pero ser alocada, impulsiva e inmadura jamás me ha supuesto un problema. Mi padre lo sabe igual de bien que yo, así que no me extraña que sus hombros se tensen con mi confesión; es consciente de que, al decir esto, admito que la situación es más grave de lo que me gustaría.

—¿Has herido a alguien?

—A más de una persona, me temo.

Mi padre asiente, rodea mis hombros y sigue mirando al frente.

—¿Te has disculpado, al menos?

—Con algunas, sí. Con otras, no.

—¿Te arrepientes?

—Sí.

Suspira, frota mi piel con suavidad y da un sorbo a su taza antes de hablar.

—No somos perfectos, Victoria. Los seres humanos estamos hechos para errar en nuestras decisiones y comportarnos de modo inadecuado a veces. No intento justificarte, porque no sé qué has hecho, pero, si estás arrepentida de verdad, deberías concentrar tus fuerzas en arreglarlo.

Entiendo sus palabras y, aunque una parte de mí quiere seguir mintiendo u obviando la realidad, otra está deseando soltar lastre y confesar todo lo que ocurre. Lo pienso unos instantes y, al final, decido no hacer una cosa ni la otra. Una verdad a medias es mucho mejor que nada, o eso me repito de manera constante.

—Me he vuelto una cretina con personas que trabajaban para mí. He faltado al respeto a mucha gente en los últimos tiempos con mis llegadas a deshoras, mis salidas de tono y... bueno, siendo una pésima versión de mí misma.

—Entiendo.

—No he sido un modelo de comportamiento y, hasta ahora, ni siquiera me arrepentía.

Él solo asiente y a mí la vergüenza me embarga, porque odio sentirme así con respecto a mi vida de los últimos tiempos. Odio no haberme dado cuenta antes, cuando había solución. Ahora... ahora todo se está enrareciendo, da miedo y no sé cómo frenarlo.

—¿Y ahora? ¿Te arrepientes? —Asiento y él besa mi cabeza—. Ese parece un buen comienzo, cariño.

—Lo he dejado, papá. Para siempre.

—Para siempre es mucho tiempo —susurra él.

—Lo odio. Lo llevo odiando meses.

—No tienes que hacer nada que no quieras.

—¿Por qué eres tan bueno conmigo? —Mis ojos se llenan de lágrimas que contengo, porque odio llorar—. Te estoy diciendo que me he portado mal. Mal de verdad, papá, no como cuando tenía cinco años y cometía alguna trastada.

—No soy tan bueno, Victoria. Es solo que...

Guarda silencio, pero decido insistir. La intriga me puede.

—¿Qué?

—Reconozco a alguien atormentado cuando lo veo. Lo reconozco desde que Marco apareció en mi vida.

La mención del primo al que siento como un hermano me eriza la piel. Sé que su infancia fue complicada. Apareció en la vida de mi padre cuando tenía diecisiete años y todo el odio del mundo concentrado en su pecho. Reclamó su parte de la herencia porque había descubierto que su padre, Marco, hermano del mío, había muerto siendo adolescente. Sé por el propio Marco toda la historia. Sé que sufrió abusos y malos tratos toda su infancia. Junto a Erin, vivió una serie de horrores en los que no me gusta pensar, porque la garganta se me cierra de rabia y pena, a pesar de que hace muchos años de aquello. Ahora están bien, han tenido dos hijos, y Babu, como mis hermanos y yo lo llamamos, es un hombre feliz, pero hubo un tiempo en que no fue así.

—Él tenía excusa —le digo a mi padre—. Había padecido una infancia de mierda. La mía ha sido muy feliz.

—Las circunstancias que llevan a una persona a comportarse de una determinada forma pueden ser muy distintas. Marco me hizo mucho daño al principio y yo pensé que era por el odio que tenía dentro. Años después, supe que era por amor. Solo intentaba hacer lo que creía correcto.

—Ese es el problema —replico—. Yo no he tenido motivos de peso para perder el control como lo he hecho. No tengo justificación.

—Puede ser, pero te arrepientes y atormentas a cada minuto del día. Lo veo en tus ojos, pequeña, a mí no puedes mentirme. —Tiene razón. Mentir a Diego Corleone es imposible—. Dime qué más hay, Victoria. Deja que te ayude, cariño.

Medito un instante. Estoy tentada de decirle que creo seriamente que algo en mi cabeza ha dejado de funcionar. Que la ansiedad ha hecho estragos en mí más de una vez y el miedo que me provoca me está comiendo por dentro, como si de un monstruo se tratara. Pienso en decirle que, a veces, no sé dónde están los límites. Quiero decirle todo eso, pero sonrío y niego de manera imperceptible, porque no puedo plantarme aquí y soltar toda mi mierda para amargarles las vacaciones. Ese solo sería otro acto egoísta y, si algo tengo claro, es que mi egocentrismo selectivo tiene que desaparecer o, al menos, dejar de salpicar a la gente a la que más quiero; así que sonrío, palmeo su pierna y doy un sorbo a mi café.

—Ahora que estoy aquí, estoy bien. Todo irá bien, papá. Solo necesito distraerme y disfrutar de vosotros. Os he echado mucho de menos.

Si fuera mi madre, me amenazaría con quemarme la ropa si no le cuento todo lo que ocurre, pero mi padre no es así. Él solo sonríe sin despegar los labios, vuelve a besar mi cabeza y me sugiere que vaya a correr con él. Hace un siglo que no hago deporte, aunque de cara a la galería haya jurado que lo practico a diario infinidad de veces. El café me ha despejado y aquí no tengo nada en lo que entretenerme, salvo comerme la cabeza hasta que el resto de la familia despierte, así que acepto el plan, me cambio de ropa y, justo cuando echamos a correr en dirección al mar, el amanecer se abre paso. Sonrío mientras el viento me da en la cara y pienso en los planes que llenarán el día. Siento una punzada de nostalgia por mi móvil y aprieto el paso. Pasará, es cuestión de tiempo.

Calculo que apenas llevamos media hora corriendo por la arena y ya siento que mis costados arden. Debería darme vergüenza que mi padre me dé semejantes palizas, pero tengo asumido que él siempre ha cuidado su cuerpo como un templo. Yo lo he cuidado como un templo en ruinas, deportivamente hablando.

—¡Se acabó! No puedo más. —Me paro en seco y mi padre para conmigo. Su respiración apenas está agitada y lo odio un poco por ello.

—¿Sabes lo que necesitas? —Lo miro resollando y niego—. Una ducha y un buen desayuno.

Sonrío. Sí, en eso tiene razón. Voy a darme la vuelta, pero apenas tengo tiempo de empezar a caminar cuando sus brazos rodean mi cintura. Es demasiado rápido y fuerte para mí. Mi grito de sorpresa se une al de estupefacción cuando me echa al hombro y corre hacia el mar. Palmeo su espalda y pataleo, pero no sirve de nada. El agua nos salpica mientras nos adentramos y, cuando le llega a la cintura, me suelta como si fuera un saco de patatas. Me sumerjo tragándome una maldición y medio litro de agua salada.

Salgo, buscándolo para montarle el pollo, pero cuando cojo una bocanada de aire y abro los ojos, me quedo paralizada. El sol saliendo, la brisa corriendo por mi piel mojada. El alivio inmediato de mi cansancio por la carrera, el agua resbalando por mi cuerpo. La risa de mi padre de fondo.

Las protestas mueren en mis labios. Mi padre flota con los ojos cerrados y la risa reverberando aún en su pecho. Podría hacerle una ahogadilla por sorpresa, pero no lo hago, porque la adrenalina corre por mis venas y hacía mucho que nada me emocionaba para bien.

Lo imito, me tumbo y, aun con el peso que siento en las zapatillas empapadas, disfruto del sol calentando mi cara ahora que todavía no es abrasador. La calma que domina la playa a estas horas y el aire más puro que he respirado en mucho tiempo.

Siempre quise soplar un diente de león
y hacer lo que quiera que la nieve haga en verano.

Miro a mi padre, que sigue con los ojos cerrados y ha empezado a cantar una de mis canciones favoritas en la infancia.

—¿Olaf, de *Frozen*? ¿En serio? —pregunto ahogando una pequeña carcajada.

Él no contesta. En cambio, alza el tono y sigue cantando, esta vez a grito pelado.

Un té con limón,
mi nieve tostándose al sol
y consiguiendo un magnífico bronceado.
Habrá una brisa cálida y no un frío asolador.
Sabré lo que le pasa al agua sólida con el sol.

Cualquier otra persona se habría muerto de vergüenza. Mi padre, en el pasado, lo habría hecho, porque esto es mucho más propio de mi madre; por eso sé que, en el fondo de toda esta locura, se halla el deseo de hacerme sentir mejor. Por eso y porque no conozco el pudor, me uno a los coros y, así, como ángeles en el agua, seguimos cantando hasta desgañitarnos.

Ya no puedo esperar,
mis colegas alucinarán.
Imagina lo guay que seré yo en verano.
Frío y calor se habrán conocido.
Ponerlos juntos tiene sentido.
Uno en invierno está acurrucado, mas dadme el verano y seré un feliz... muñeco de nieve.
Y cuando llegue, no habrá nada mejor
que estar muy relajado al sol soltando vapor.
El cielo será azul y allí estaréis tú y tú.
¡Y haré lo que quiera que haga la nieve en verano!
¡Verano!

Acabamos la canción y nos echamos a reír de buena gana antes de zambullirnos de nuevo y salir.

—¿Sabes qué deberías hacer? —comenta mi padre mientras caminamos hacia el camping—. Organizar una maratón de películas de dibujos. Te encantaba eso.

Tiene razón. Adoro las películas infantiles. A decir verdad, solía ir al cine con tiempo para que los niños no me quitaran mi asiento favorito. Me compraba un cubo enorme de palomitas y soñaba como una niña pequeña. Hubiera soñado mejor echando a todos los niños de la sala, todas las veces, pero no se puede tener todo en este mundo.

Hace mucho que tampoco hago eso, así que decido que tiene razón.

—De hecho, hablaré con Fran, a ver si nos presta el proyector y su jardín. Así podemos estar todos.

Mi padre asiente y me dice que es una gran idea. Tanto Fran como sus hermanos tienen propiedades dentro del camping. Son varios bungalows apartados, rodeados por un muro privado que esconde un césped alucinante en el que los Acosta tienen por costumbre tumbarse a ver películas en verano. Y como resulta que tenemos confianza de sobra y, como ya he dicho, la vergüenza no se cuenta entre mis dones, decido que voy a darme una ducha y buscar a Fran de inmediato. Primero, conseguir el proyector y que me deje usar el césped; luego, comunicárselo a la familia y ver quién se apunta. Eso no es problema porque sé que Emily, como mínimo, me acompañará. Le encanta, pero además es su obligación como gemela apoyar mis planes para subirme el ánimo. Al revés sería igual.

Cuando llegamos a nuestro bungalow, mi madre se enfada porque nos hemos ido a bañarnos con ropa y a hacer el indio sin ella.

—Estabas dormida, pequeña —le recuerda mi padre.

—Pues me despiertas, poli, me despiertas. Que para otros menesteres no tienes problemas en despertarme.

—Mmm, es que esos despertares son tan jodidamente buenos.

—Dios santo, que alguien me arranque las orejas —murmuro mientras me encierro en el baño para darme una ducha y ponerme ropa seca.

Cuando salgo, ignoro el morreo que mis padres se están dando en la cocina y me escabullo hacia la recepción. Allí me dicen que Fran aún no ha pasado a dar los buenos días, que estará en su casa, así que me doy un paseo y, al llegar y tocar al portero, me abren de inmediato.

Nada más entrar saludo a Wendy, su mujer, y le pregunto por sus tres hijas, que son más o menos de mi edad, año arriba, año abajo.

—Están trabajando, pero saben que has vuelto y me han dicho que esta tarde piensan buscarte.

—Genial, tengo ganas de verlas. ¿Y Fran? ¿Está?

—Sí, pero en casa de Oli y Dani. ¿Por qué no te pasas por allí?

Asiento y salgo hacia el bungalow indicado. No está lejos. Como he dicho, los dueños comparten terreno y jardín, así que solo tengo que cruzar el césped. Toco con los nudillos en la puerta y, cuando Daniela Acosta abre y me ve, me dedica una gran sonrisa.

—¡Pequeña Victoria! Ven aquí.

Me dejo abrazar mientras sonrío por su peto deshilachado y sus Converse, iguales que las mías. Me encanta el estilo de Daniela, jamás la he visto renunciar a su esencia, y eso es algo que valoro mucho.

—Vengo buscando a Fran, pero si está Oliver, mato dos pájaros de un tiro.

—Es tu día de suerte. Están discutiendo en la cocina. ¿Quieres café?

—No, gracias, ya he tomado.

—¿Has comido?

—No.

—Voy a prepararte algo.

—No hace falta, Dani. Comeré ahora cuando vuelva al bungalow. No te molestes.

—No es molestia; estoy preparando algo para los chicos, de todas formas.

—¿Dónde están, por cierto?

—Junior y Ethan deberían aparecer en cualquier momento. Daniela está roncando y probablemente siga así hasta bien entrada la mañana, y Adam salió temprano con su cámara. Ya sabes...

Sonrío por respuesta y puedo ver el orgullo en sus ojos. Mejor que Adam no esté, porque tan temprano no estoy lista para una batalla verbal, la verdad.

Entro en la cocina y me encuentro a Fran dando gritos y a Oliver sonriendo y tomando un sorbo de café, tranquilo. El primero, tan enérgico e intenso para todo. El segundo, tan observador y sosegado la mayor parte del tiempo. Es raro verlos pelear, porque normalmente con quien Fran discute es con Daniela, su hermana, que es igual que él, así que presto atención a la pelea antes de interrumpir.

—Me vas a decir tú a mí lo que tengo o no tengo que poner en mi restaurante, vamos, es que es el colmo.

—Solo te he sugerido que sirvas comida extranjera.

—¡Ya sirvo comida extranjera!

—Antes lo hacías más a menudo. Creo que era algo que distinguía al camping y se está perdiendo.

—Pero, vamos a ver. ¿Voy yo a tu estudio a decirte cómo tienes que pintarrajear a la gente? ¿A que no? ¡Pues no me toques las pelotas con el chiringuito, Oliver!

—Solo he dicho...

—¡Ya he oído lo que has dicho! Y la respuesta es que haré lo que me salga de los huevos. ¿Te lo digo en chino?

—No sirves la comida de otros países, me vas a decir en chino nada... —murmura con ironía.

Fran se queda cortado un momento, porque odia que Oliver le dé esas réplicas para las que, obviamente, no tiene salida. Seguramente va a soltar otra ristra de improperios, así que carraspeo y me hago notar. Los dos se alegran mucho de verme, me abrazan y alaban lo guapa que estoy.

—Me da la vida ese pelo. —Oliver se ríe y acaricia mis puntas rosas.

—Gracias —contesto en tono presumido, y ellos se echan a reír—. De hecho, me iría bien hablar contigo en tu estudio, cuando puedas. Tengo un par de ideas rondándome por la cabeza.

—Cuenta con ello. ¿Te va bien hoy por la tarde? Puedo cerrar más tarde y así hablamos tranquilos.

—¡Genial!

Se me ilumina la cara al saber que me recibirá tan pronto, porque me consta que Oli tiene una lista de espera enorme. Esta es otra de las ventajas de que nuestras familias estén tan unidas.

—Y de mí, ¿qué quieres? —pregunta Fran.

Pongo cara de niña buena, porque me ha calado a la primera, y carraspeo de nuevo para asegurarme de que mi voz sale dulce y tranquila.

—Me preguntaba si sería posible organizar con los chicos una noche de cine en vuestro césped. Hace mucho que no veo una peli de dibujos y siento que mi niña interior se muere de pena.

—Tu niña interior se estará muriendo de pena, pero tu vena melodramática está al cien por cien, no te preocupes.

Me giro en redondo cuando oigo su voz. Aprieto la mandíbula. Ahí está, Adam Lendbeck, su media sonrisa y su cámara colgada del cuello. Lo fulmino con la mirada y pienso que, como me joda el plan, le va a faltar camping para correr.

Él, lejos de amedrentarse, ensancha su sonrisa, así que intuyo que no va a ponérmelo fácil.

Una lástima, con lo bien que iba el día...

5

Me siento en un taburete frente a la isla de la cocina e ignoro a Adam. Él, en cambio, tiene otros planes, porque ocupa el que hay justo a mi lado.

—¿Prefieres tortitas o tostadas? —me ofrece Daniela.

—Tostada. Una pequeña; no tengo mucha hambre.

Ella asiente y, dos minutos después, pone dos tostadas gigantes en un plato delante de mi cara. Arqueo las cejas y la miro con el morro torcido.

—De verdad, no tengo hambre.

—Pues come sin hambre —resuelve—. Has perdido peso, tienes que cuidarte.

—Me cuido. —El sonido estrangulado de Adam, a mi lado, hace que lo fulmine con la mirada—. Me cuido.

—¿He hablado? —pregunta con fingida inocencia y un toque de arrogancia.

No dejo de mirarlo mal hasta que oigo la risa de Oliver, que se sienta a mi otro lado.

—¿Quieres contarme ahora algo de lo que te ronda la cabeza? —Lo miro con los ojos muy abiertos y él sonríe con dulzura—. Acerca del tatuaje, quiero decir, aunque puedes contarme todo lo que quieras.

Frunzo el ceño, molesta por haber pensado que quería saber más de lo que hay en mi cabeza. Estoy obsesionada. Tengo que relajarme, pero es difícil con Oliver Lendbeck mirándome fijamente. Ya no es solo su cuerpo, lleno de tinta casi por completo, ni su pelo negro salpicado por alguna cana que lo hace aún más sexy, ni esos ojos de mirada intensa, ni el carisma que desprende. Es su sonrisa dulce, su voz ronca y suave y el magnetismo que tiene desde... siempre.

Pienso en su pregunta, pero soy demasiado consciente de que no estamos solos y, esta vez, no quiero que nadie interfiera en mi idea, así que niego con la cabeza y sonrío.

—Prefiero contártelo a solas, si no te importa.

—Por supuesto, seguro que así es más divertido el resultado.

Me guiña un ojo, coge una de las tostadas que hay en el centro de la mesa y da un bocado antes de besar a Daniela y despedirse para ir a trabajar.

—Así que quieres organizar una noche de cine —comenta Fran retomando el tema que me ha traído hasta aquí.

—Sí, me encantaría recordar viejos tiempos.

—De acuerdo. Os prestaré el proyector y haré que limpien el jardín por si haces fotos.

—No hará falta, Fran. He apagado el móvil.

Soy consciente del silencio que se extiende en la cocina y aprieto un poco la mandíbula. Ya suponía que la gente se extrañaría, pero no pensé que de verdad los dejara tan sorprendidos. Eso me hace pensar hasta qué punto estaba enganchada.

—Pero ¿estás bien, niña? —pregunta Fran con suavidad.

—Sí, solo quiero disfrutar de las vacaciones sin entrometimientos.

Otra vez ese sonido de la garganta de Adam. Doy un bocado a mi tostada; apenas llevo la mitad, pero siento que no me entra nada más en el estómago.

—Me la voy a llevar para el camino —le digo a Daniela.

—He criado a cuatro hijos, cariño. No vas a engañarme así. Al menos cómete una.

Suspiro y pienso que podría negarme. No pueden obligarme a comer, pero es cierto que he perdido peso y necesito hacerlo, aunque mi estómago esté en un puño por la tensión constante. Anoche me inflé de chucherías y cerveza, que es mucho más insano, así que solo tengo que masticar e irme a disfrutar de mi día de vacaciones.

Al principio es incómodo, siento la vista de los tres clavada en mi nuca, pero consigo acabar y, cuando me despido, quedo con Fran en que celebraremos la sesión de cine esta misma noche. Se lo agradezco muchísimo, porque es un sol de hombre, y me despido de ellos para volver al bungalow con mi familia.

Apenas he salido de la casa cuando oigo su voz tras mi espalda:

—He hablado con Alexia.

Me paro en seco y me vuelvo con fingida calma.

—¿Por qué? ¿La has llamado? —No necesito alzar la voz para que se dé cuenta de que ardo de rabia.

—No. Me ha llamado ella para pedirme que te convenza de cogerle el teléfono.

—Imposible. ¿Cómo sabe ella que estamos juntos, aquí?

Adam suspira, saca el móvil de su bolsillo y, después de teclear algo en él, me muestra un vídeo. Un vídeo mío de anoche haciendo el paseíllo de la vergüenza por el camping.

—Está circulando por las redes; te hicieron un directo —explica antes de que yo pregunte—. Etiquetaron la ubicación, ella lo vio y me llamó esta mañana para probar suerte. Cuando le dije que yo también estaba aquí... Bueno, sumó dos más dos.

—¡Ni siquiera son las doce! ¿A qué hora te ha llamado?

—Lo bastante temprano como para que me haya merecido la pena salir a pasear después de colgar.

—Puta gente cotilla —murmuro con rabia.

Obviamente, en mi deseo por olvidarme un rato de mi vida, no pensé que en ese paseíllo cualquier desconocido podría reconocerme. Siempre he cometido el error de relajarme al llegar aquí, o a casa. Como si pudiera ser yo misma y olvidar que hay cosas que no debería hacer si no quiero aparecer luego expuesta en las redes.

—¿Te preocupa esto? —pregunta Adam.

—Ni lo más mínimo —miento. Alzo la barbilla y me aseguro de esbozar mi gesto más arrogante—. Total, no se ve nada que no haya entregado ya antes a mi público. De formas mucho peores, de hecho.

—No hagas eso —susurra con tranquilidad.

—¿Hacer qué?

—Hablar de ti misma como si no fueras más que... —Elevo las cejas y él niega con la cabeza—. ¿Sabes qué? Déjalo. Llama a Alexia. Está cabreada.

Se vuelve y hace amago de entrar en casa, pero lo detengo.

—¿Qué te ha contado? ¿Qué sabes?

—Nada —admite Adam mirándome por encima del hombro—. Porque no he querido saber nada, no porque ella no estuviese dispuesta a contármelo.

—Vaya. ¿Qué ha sido de tu interés por averiguar lo que me ocurre? ¿Se ha esfumado con la noche?

Él sonríe ligeramente, con ironía, y sacude la cabeza. Cuando habla, lo hace con voz firme y serena.

—Quiero saber la verdad, Victoria. Y si algo tengo claro, al contrario que tú, es que la verdad nunca está en las palabras de tus supuestos amigos, así que voy a esperar a que seas tú quien me la cuente.

—No lo haré.

Él sonríe y asiente imperceptiblemente.

—Ya veremos. Nos vemos esta noche.

Se va y me deja aquí, bullendo de rabia por no poder darle la respuesta que merece. Maldito engreído de las narices.

Vuelvo al bungalow; mis padres han salido ya y mis hermanos siguen durmiendo a pierna suelta. Le tiro un cojín en la cabeza a Emily, que gruñe y abre un ojo para mirarme mal.

—Más te vale tener una buena excusa para hacer eso.

—Estoy estresada.

—Pues vete a la mierda, que en lo que vas y vienes, te desestresas. Y deja de darme a mí la lata.

—Levántate. Vamos a la playa, o a jugar a algo, o a beber.

—¿A beber por la mañana? —Mérida se despereza en la cama y nos mira a las dos antes de bostezar—. Si cogéis un pedo antes de las ocho de la tarde, os la vais a cargar —canturrea.

—*Nos* la vamos a cargar. Tú te vienes con nosotras.

—Ni hablar. Ahora que soy mayor de edad, soy responsable y...

—Te vienes —digo tajante.

Ella chasquea la lengua, pero cinco minutos después las dos están vestidas con el biquini y un vestido ligero encima. El pelo, ondulado y negro, de mi hermana pequeña brilla cuando salimos a la calle. Nosotras también somos morenas, pero ella es distinta. Es más Corleone, como Edu, y se nota.

—Bueno, ¿qué queréis hacer? —plantea, bostezando de nuevo—. Yo opto por alquilar un rato las motos de agua.

—¿Tienes dinero para alquilar tres? —pregunto arqueando las cejas.

—Contaba con que pagaras tú. —Como no contesto, suspira dramáticamente y se encoge de hombros—. También podemos alquilar un hidropedal.

Emily y yo nos reímos, pero, al llegar a la playa y descubrir que hay unos con toboganes incorporados, no lo pensamos. Antes de abandonar la orilla, Björn, Lars y Valentina se han apuntado. El resto de los primos irán apareciendo gradualmente, pero, de momento, es hora de disfrutar de la mañana.

Saltamos desde el tobogán, hacemos el indio, nos empujamos y nos tiramos al agua para rescatarnos tantas veces que, al cumplirse las dos horas de alquiler del hidropedal, estoy tan agotada que no queda ni rastro de la tensión que había acumulado ya de buena mañana.

Tengo que llamar a Alexia, lo sé, y lo haré, pero no ahora.

No todavía.

Vamos a comer al restaurante de Fran. Bueno, a veces lo llamamos restaurante; otras, chiringuito... No nos aclaramos mucho, pero lo que sí sabemos a ciencia cierta es que tiene el mejor pescado de la zona, y una terraza frente al mar con unas vistas maravillosas.

Todos los primos nos sentamos juntos. Nuestros padres ocupan otra hilera de mesas, porque si tenemos que reunirnos todos en la misma, ocuparíamos la terraza de punta a punta. El jaleo es tal que no puedo dejar de sonreír.

El pelo impregnado de sal marina, los pies llenos de arena y los gritos de mi familia bloqueando mis pensamientos. Esto es justo lo que necesitaba.

Por desgracia, la tranquilidad no es eterna y, antes de acabarme mi dorada, mi primo/tío/hermano Marco, alias Babu, se acerca a donde estoy y señala mi plato.

—Cuando acabes, quiero dar un paseo contigo.

Besa mi cabeza y trago saliva mientras asiento. Mierda. Miro a Emily, que se encoge de hombros, como diciéndome que no tengo alternativa, porque así es.

Si ya me ha costado media vida no derrumbarme ante mi padre, no sé cómo voy a poder enfrentarme a Babu. Tal es mi nerviosismo que no puedo terminarme el plato y ni siquiera pido postre. Prefiero acabar con esto cuanto antes, así que me levanto, le hago una señal para que sepa que estoy lista y nos marchamos del restaurante ante las miradas nada disimuladas de nuestra familia.

—¿A dónde prefieres ir?

—La verdad es que no dispongo de mucho tiempo —admito—. Tengo muchísimas cosas que hacer. Esta noche vamos a proyectar una película en el césped de los Acosta y...

—Victoria, ¿qué has hecho?

Su forma de cortar mi diatriba no es rara. Marco no es un hombre al que le guste andarse por las ramas. Es de esas personas que prefieren atajar el problema de raíz para poder dedicarse a otra cosa cuanto antes.

Mi padre siempre ha dicho que le viene de su infancia, cuando no tenía más remedio que afrontar los golpes que la vida le daba. Yo prefiero no pensar en eso, porque imaginar a una de las personas a las que más quiero en el mundo malviviendo de esa forma me revuelve el estómago hasta el punto de querer vomitar.

—Lo he dejado.

—¿Por qué?

—No puedo... no podía más. Era todo mentira, Babu. —Trago saliva y me agarro las manos con fuerza—. Una mentira de la que fui parte demasiado tiempo.

Él guarda silencio y asiente.

—¿Estás lista para hablar de ello?

—Ya te lo he dicho.

—Me refiero al detonante. Algo habrá pasado para hacerte reaccionar. Algo ha prendido la chispa. —Guardo silencio y él se para en mitad de nuestro paseo a ninguna parte, se pone frente a mí y sujeta mis hombros—. Yo, mejor que nadie, sé lo acuciante que puede ser la necesidad de guardar un secreto. Yo sé lo que cuesta hablar, aunque al hacerlo te liberes. No voy a obligarte, pero escúchame, pequeña. Estoy aquí. —Mis lágrimas caen mucho antes de que pueda frenarlas—. No tienes que luchar sola contra lo que sea que te acose. Tú no estás sola. Nunca lo has estado.

—Cuando me fui, sí.

—Estábamos allí, en tu cabeza. Dentro de ti. Puede que hayas intentado apartarnos un poco, pero, en lo esencial, seguimos ahí para ti.

—No quería dejaros fuera, es que... es que... me perdí, Babu. Me perdí tanto...

Mis labios tiemblan y me abraza con cuidado. Aspiro su olor a cítricos y sollozo, porque, con él, fingir se hace imposible. Quizá por conocer su historia. Puede que por saber lo mucho que me adora. No lo sé. Solo sé que, a su lado, las mentiras se desvanecen y los fantasmas que me atormentan parecen apaciguarse un poco.

—Puede que ahora te sientas así, pero un día descubrirás que, a veces, es necesario perderse. Si no te pierdes, si no te equivocas de camino, nunca sabes a ciencia cierta cuál es el correcto. El mejor para ti. —Cierro los ojos y su abrazo se intensifica—. Un día todo esto no será más que un mal recuerdo.

—¿Cómo estás tan seguro?

—Porque tengo miles de malos recuerdos que cada vez se desvanecen más.

—¿Cómo lo conseguiste sin hundirte?

—La familia —musito—. La familia lo es todo. La que te toque, la que elijas, da igual. Escoge a las personas que quieres que sean parte de tu familia y aférrate a eso sin descanso.

—¿Babu? —susurro contra su camiseta.

—¿Sí?

—Gracias por ser mi familia.

Sus brazos me estrechan y juraría que siento cómo su corazón se acelera. Besa mi cabeza y murmura en voz baja, apenas audible:

—Siempre, pequeña. Siempre.

—Cuando esté lista, yo...

—Cuando estés lista, sabrás qué hacer. Eres inteligente, no tengo dudas de que acertarás.

—Últimamente no lo he hecho. No del todo.

—Afrontar las cuentas pendientes también implica ser inteligente. Y valiente.

Trago saliva y no contesto. No me siento valiente ahora mismo. Al revés. Mi móvil sigue apagado, y yo me limito a esconderme en este rincón del mundo porque sé que, si vienen a buscarme, mi familia dará la cara por mí. Como una niña pequeña que busca que la defiendan porque no encuentra la voz ni las ganas de hacerlo.

El problema es que no soy una niña, y ellos no se merecen llevar esa carga sobre los hombros, así que me despido de Marco y me encamino al bungalow a por mi móvil.

Lo enciendo y descubro que, tal como esperaba, el mundo que una vez creé, sin tener idea ni expectativas, sin darme cuenta, está a punto de echárseme encima.

Ignoro cada notificación y mensaje, privado y público, y busco el número de Alexia. Descuelga al segundo tono.

—¿Se puede saber dónde coño estás y por qué no coges el teléfono?

Su primera frase ya me hace poner los ojos en blanco.

—No hagas como si no lo supieras. Adam me ha dicho que lo has llamado.

—Pequeño chivato incapaz de guardar un secreto.

Aprieto los dientes. Puede que Adam y yo tengamos una guerra abierta desde siempre, pero eso no implica que vaya a dejar que alguien lo insulte.

—Es una persona decente. Quizá no lo valoras porque hace mucho que dejaste de ver esa cualidad en los que te rodean.

—Cuidado, Victoria. No te pases.

—¿Qué quieres, Alexia?

—¿Cómo que qué quiero? Llevas sin actividad demasiadas horas. Tienes que empezar a trabajar.

Esa era mi vida. Unas horas desconectada podían significar una gran pérdida de dinero. Estaba en un punto en el que me sentía tan atrapada huyendo como quedándome donde supuestamente debía.

—Lo he dejado. —Procuro hablar con voz firme.

—Has tenido una rabieta, lo entiendo, pero no lo has dejado. No puedes.

—Sí puedo.

—No puedes. Tienes contratos, obligaciones que cumplir.

—La mayoría de las veces ni siquiera firmé un contrato como tal —alego.

—Tienes contratos, compromisos, promesas. Llámalo como te dé la gana, pero no puedes dejarlo y hacer estallar todo. Como representante tuya...

—Pero ¿representante de qué, Alexia? ¡Ese es el problema! —exclamo fuera de mí desde el porche del bungalow—. No comprendes que no hay nada que representar. ¡Soy un puto fraude!

—No sé qué te ha dado con eso, de verdad que no lo entiendo.

Cojo aire con fuerza porque no quiero insultarla. No quiero hacer nada que empeore esta situación, pero es que soy yo. Los problemas están ligados a mi nombre desde que nací. No sirvo para obedecer, ni para acatar lo que se me dice solo por miedo a las consecuencias. No valgo para tenerle miedo a nada. Por eso no me reconozco de un tiempo a esta parte. Por eso me abochorna ver el tipo de mujer en el que me estaba convirtiendo. Por eso no voy a dejar que Alexia siga manejando unos hilos que no debí cederle nunca.

—No sé cómo lo vas a arreglar, Alexia. No sé si tendré que pagar por incumplimiento en algunos casos, devolver productos en otros o mandar escritos pidiendo perdón. No lo sé, lo único que sé es que no pienso volver. Se acabó, y voy completamente en serio.

—¿Y qué vas a hacer ahora con tu vida? —Su risa me llega ronca, cargada de malicia—. Eres *influencer*, Victoria. *Influencer*. No sabes cantar. No sabes actuar. No sabes hacer nada excepto lucir palmito y vender lo que se te dice.

Aprieto la mandíbula y trato de que sus palabras no me calen. Es curioso que, para Alexia, este trabajo sea lo más importante del mundo y que, al mismo tiempo, me infravalore constantemente por no tener una profesión definida.

—Sí, soy *influencer* —le escupo por teléfono—. Y no me avergüenza serlo, Alexia. Lo que me avergüenza es el tipo de persona en que eso me ha convertido.

—De verdad que no te hacía tan mojigata.

—¡Que dejes de insultarme, joder! ¡¡¡No vuelvas a insultarme en tu puta vida, Alexia!!! —grito fuera de mí.

Tan fuera de mí que, al alzar la mirada y encontrarme con Adam de frente, a los pies del bungalow, me quedo congelada, porque es evidente que me ha oído.

Alexia se ha puesto a gritar como una loca. En temperamento, siempre hemos estado muy igualadas. Ese ha sido uno de nuestros problemas. Solo uno, porque ha habido muchísimos.

Adam se acerca a mí con paso firme mientras mi corazón se desboca. No es normal verme tan seria, ni mucho menos al borde de perder los nervios. Disimular es tan complicado que, por un momento, valoro la opción de salir corriendo y esquivarlo, pero no soy tonta. Eso me dejaría aún peor, así que me quedo en el sitio hasta que él me alcanza, aparta el móvil de mi oreja y se lo lleva a la suya. Alexia sigue gritando, puedo oírla perfectamente, pero él se limita a elevar las cejas y cortar su diatriba de raíz.

—Me sorprende tu dominio del libro de los insultos, Alexia. Es una pena que no vayas a decir ni uno más. —Ella debe de añadir algo, pero Adam habla de nuevo con voz grave y calmada—: Si vuelves a llamar a Victoria, si vuelves a atosigarla o molestarla, vas a tener problemas. Problemas serios. —Silencio mientras escucha lo que sea que ella esté diciendo, mientras a mí el corazón se me detiene de golpe—. Más que amenaza, a mí me gusta llamarlo «promesa». Hasta pronto.

Cuelga el móvil con suavidad y me lo extiende sin alterarse lo más mínimo. Lo tomo. Carraspeo y busco en mi interior una excusa plausible para todo esto. Mi cabeza va tan rápido que apenas logro concentrarme en nada. Abro la boca para hablar, la cierro. Espero unos segundos y, cuando vuelvo a abrirla, él se adelanta:

—Tenías una cita con mi padre, ¿no? —Asiento—. Una suerte que justo tuviera pensado ir a verlo. ¿Vamos?

No quiero ir. Joder, no quiero ir, pero si no lo hago, voy a quedar como una cobarde. Más aún, quiero decir.

Sé que Alexia no es tonta. No volverá a llamar de inmediato; no porque le tenga miedo a Adam en sí, sino a su familia. Sabe que, si Adam quiere, puede joderle muchos negocios. Lo que no sabe es que Adam sería incapaz de causar daño por placer. Lo conozco, aunque él piense que no. Es un alma libre, adora ir a su aire, y no es tan extravertido como Ethan. Reservado, sí. Misterioso, incluso, pero no es el tipo de hombre que se venga de alguien a la mínima de cambio, por eso me sorprende tanto lo que ha hecho.

—Será más fácil si hacemos como si no hubiera pasado nada, Victoria —susurra—. Por ahora.

—¿Por ahora? ¿Qué es esto? ¿Una especie de perdón? ¿Me estás haciendo el honor de esperar a que yo te cuente lo que pasa en mi jodida vida?

Él, lejos de enfadarse por mi tono chulesco, me ofrece una media sonrisa y se vuelve con las manos en los bolsillos.

—Será mejor que nos vayamos ya. Mi padre odia la impuntualidad, excepto si se trata de mi madre.

Muy a mi pesar, lo sigo, porque sería estúpido acudir a mi cita con su padre por otro camino solo para no cruzármelo. Estúpido y de cobardes. Acompaso mis pasos a los suyos y, durante todo el trayecto hacia el estudio de tatuajes, primero andando y después en coche, solo puedo pensar en tres palabras.

«Jodido Adam Lendbeck.»

6

Adam

La miro de reojo mientras entramos en el estudio de mi padre. Me cuesta un mundo disimular mi admiración. Está metida en problemas. Problemas serios. Es evidente por muchas razones, una de ellas, el estado en el que la he encontrado antes de venir aquí. Ver a Victoria tan desquiciada es raro, diría que roza lo imposible. Ella es más de pelear por lo que cree, con una sonrisa afilada y dosis extra de ironía. Perder los nervios no es su estilo y, sin embargo, ahí estaba. Gritando al teléfono como si no pudiera soportarlo más.

Ahora, en cambio, camina con la espalda recta y la barbilla alzada. Como una reina desafiando al mundo. Es algo que aborrezco y que me fascina en la misma medida.

—Princesa de pelo rosa —dice mi padre cuando la ve—. Llegas pronto, tengo un cliente dentro.

Victoria sonríe con una dulzura que reserva para unos pocos y se encoge de hombros.

—Te espero.

—¿Sí? Entra en mi despacho y sírvete un café, si quieres.

—Genial. Gracias, Oli.

Mi padre le guiña un ojo y me sonríe antes de meterse en la cabina en la que está trabajando. Yo me acerco para saludar a Sandra, la recepcionista.

—Voy a por ese café —anuncia Victoria.

—Diría que cafeína es lo último que necesitas —sugiero.

—Es una suerte que lo que tú digas me importe lo mismo que la hierba seca que he pisado al bajar del coche, entonces.

Me sonríe con ternura, como si no hubiese roto un plato en su vida, pero no es la misma sonrisa que ha brindado a mi padre hace un momento. Esta está cargada de veneno disimulado; el reto despunta en sus ojos cuando se vuelve y entra en el despacho. Sonrío de medio lado y miro a Sandra elevando una ceja.

—No tengas en cuenta su maravillosa educación. No duerme bien últimamente —digo para disculparla.

—¡Te he oído, Lendbeck!

Sandra suelta una risita.

—¿Siempre es así? —susurra.

—No, desde luego que no. Hoy tiene un día bueno.

Sandra vuelve a soltar una risita y Victoria se asoma por el marco de la puerta del despacho.

—Eh. —Me hace un gesto del todo obsceno con su dedo corazón.

La ignoro y miro a Sandra, que parece tensa. Le sonrío y le guiño un ojo nuevamente.

—Es su forma de demostrar cariño, no te preocupes.

—Vaya...

—¿Cómo llevas el trabajo? ¿Mucho lío?

—Sí, pero tu padre es genial. Gracias de nuevo por ayudarme con esto, Adam.

Conocí a Sandra hace unos años en el pueblo. Su padre está prejubilado a raíz de un accidente laboral que lo obligó a dejar de trabajar. La pensión es mínima; su madre limpia en algunas casas para ingresar dinero extra, pero cuando Sandra me dijo que estaba buscando algo a la desesperada, no dudé en sugerirle a mi padre que la entrevistara. Él ya cuenta con una recepcionista que lleva años a cargo de este sitio, y que debe de estar desayunando ahora mismo, pero accedió. Le dio trabajo después de conocerla, más como un favor a mí que otra cosa, aunque le dejó claro que estaba a prueba y que, si no encajaba, se iría. Sin embargo, hace un par de días me dijo que Sandra es eficiente como pocas y que absorbe a gran velocidad todo lo que Marla, la recepcionista fija, le enseña. Incluso esta última está encantada de ver su carga de trabajo aligerada.

—Yo te conseguí la entrevista, pero el resto ha sido cosa tuya. Mi padre está contento contigo, y ahí no tengo nada que ver.

Sus ojos se iluminan con mi cumplido y me alegra detectar un ápice de esperanza en ella. No me gustó verla tan apagada cuando me pidió ayuda.

—Eh, Lendbeck, hay dónuts —dice Victoria detrás de mí con la boca llena y una gran taza de café en las manos—. ¿Quieres?

—No, gracias.

—¿Quieres, Sandra? —Ella niega con la cabeza y se muerde el labio—. Mejor, a más tocamos.

Mi amiga se sonroja. Sandra no es la más lanzada, pero su repentina timidez resulta extraña.

—Es Vic Corleone —susurra en mi dirección, aprovechando que Victoria ha ido a meterse otro dónut en la boca.

Es un tema que me preocupa. Esta mañana le costaba tragar una tostada y, no obstante, se está atiborrando de dónuts como si se los fueran a quitar. Algo raro, teniendo en cuenta que está más delgada que la última vez que la vi. Frunzo el ceño y redacto una nota mental para más tarde.

—Sí. ¿Y?

—Soy superfán. ¿Podrías...? —Extiende un papel por encima del mostrador y sus mejillas se colorean.

Elevo las cejas. Otra vez.

—¿Quieres un autógrafo? ¿De ella? ¿En serio?

—Lo que quiero es una foto con ella, pero imagino que eso es pasarse.

Me río entre dientes y entro en el despacho buscando a Victoria.

—Eh, ¿puedes hacerte una foto con Sandra? Le haría ilusión.

Victoria resopla y puedo ver el hastío en sus ojos un segundo antes de que asienta. Da un largo sorbo a la taza de café y, cuando pasa por mi lado, la paro.

—¿Qué?

—Aquí. —Con la yema de mi pulgar, retiro los restos de azúcar en la comisura izquierda de su boca—. No queremos que aparezcas en internet pareciendo un ser humano normal y corriente, ¿verdad? Eres la gran Vic Corleone.

Algo relampaguea en sus ojos apenas unas milésimas de segundo. Suficiente para darme cuenta. Odio. Resentimiento. Indiferencia fingida. La conozco tan bien...

—Vamos a hacernos esa foto —le dice a Sandra.

—¿De verdad? No quiero molestarte —apunta mi amiga.

—No es ninguna molestia. —Coge el móvil que la chica ya tiene en la mano y me lo lanza—. Haz algo de provecho y dispara, Lendbeck.

Sonrío por respuesta y disparo un par de fotos mientras Victoria pasa un brazo por los hombros de mi amiga, que, a juzgar por su cara, está más emocionada que un niño con carta blanca en una tienda de chucherías. Le doy el móvil cuando acabo y ella se vuelve hacia Victoria.

—¿Puedo subirla a Instagram?

—Claro. No te olvides de etiquetarme.

Mi amiga asiente, ajena a lo que sea que esté pensando Victoria. Yo, en cambio, no dejo de fijarme en la tensión de su cuerpo.

—Me encanta tu pelo, por cierto.

Ella sonríe y vuelve al despacho sin decir nada más. Como una diva que se retira a su camerino, llenando el espacio del estudio con su presencia. Y no es porque sea famosa, es porque ella... lo llena todo. Se las ingeniaría para hacerse notar en un campo de fútbol atestado de gente. Haría que su jodida presencia lo llenara todo porque tiene ese don. Supongo que por eso ha conseguido que millones de personas estén pendientes hasta de sus respiraciones.

Y, sin embargo..., no es ella. Todas esas posturas perfectas, esos platos suculentos, esos viajes a lugares paradisiacos y esa vida de película no encajan con Victoria. En ella solo encaja el caos, lo imprevisible. Más de dos millones de seguidores y ninguno sabe que disfruta más de una película de dibujos con sus hermanos que de un día en la cubierta de un yate, por ejemplo.

Es todo mentira. Esa no es Victoria, y creo que por fin se ha dado cuenta, pero no estoy seguro, y tampoco sé qué ha desencadenado su regreso aquí. Hay algo, estoy convencido, y voy a enterarme de qué es; a mí no puede engañarme. Llevo toda la vida rodeado del supuesto glamour que venden los famosos. Parte de mi trabajo es venderlo, también. He fotografiado a modelos en lencería haciéndolas ver perfectas, etéreas, deseables, cuando en realidad solo pensaban en terminar para poder comer o descansar. He visto a actrices y actores dar órdenes a mi equipo como si fueran perros callejeros y, en las fotos, irradiar una dulzura del todo irreal. Estoy familiarizado con el mundo de mentiras y postureo de Hollywood y, sin embargo, nada de eso me jode tanto como ver a Victoria fingir ser alguien que no es.

Al principio no era así. Sus redes eran normales. Una chica alocada que compartía sus idas y venidas con su familia. Su día a día. Poses naturales, sonrisas de alegría verdadera y retazos de una vida que la hacía feliz, hasta que vino a casa, a Los Ángeles, y todo cambió. En aquel entonces tenía el pelo verde con mechas rojas. Le pidió un tatuaje a mi padre y, cuando acabó, él subió una foto a las redes, en las historias de Instagram. Era imposible no hacerlo, y no solo por su pelo. Su sonrisa, su descaro, palpable a través de la pantalla. Su... libertad. Era libre, y se notaba tanto que no seguirla no era una opción. Enganchaba con solo una foto. Aquello sirvió para que su cuenta aumentara en unos miles de seguidores en cuestión de horas. Victoria flipó y rio a carcajadas, bromeando acerca de su inminente fama. No lo decía en serio, pero fue lo que ocurrió cuando mi madre puso en su perfil de Instagram una foto de Victoria tomando el sol con un bañador iridiscente, los labios rojos, unas gafas de sol de cristales redondos y amarillos y un batido de fresa servido en copa de balón con una sombrilla de papel adornándola. Se veía su tatuaje, pero no era lo único que llamaba la atención. Lo peor, o lo mejor, según se mire, es que no estaba posando. De verdad estaba tomando el sol así. Tan surrealista como desconcertante. Entiendo que la gente volara a su perfil para seguirla. Se sentían atraídos por ella. Normal. Ya no solo por el pelo, de un color distinto cada cierto tiempo, sino por los tatuajes que salpicaban su piel, su estilo único para vestir, fuera de lo común, y una sonrisa capaz de arrodillar al capullo más arrogante del planeta. Frescura, locura, sinceridad, era todo eso hasta que el asunto empezó a tornarse serio. Algunas marcas la buscaron y ella aceptó colaborar. Se lo pasaba bien y encima cobraba, ¿qué más podía pedir? Ese fue el detonante. Fue a más. Todo. Las colaboraciones, los seguidores, la exposición de su vida. No sé qué demonios pensó mientras todo eso pasaba, pero sé que la Victoria que está aquí, en un camping al sur de España, no es la misma que abrió una cuenta en Instagram con total naturalidad. Hay sombras bajo sus ojos, y una tensión en sus hombros que no estaba ahí al principio.

Y está Alexia, y todos sus supuestos amigos. Esos que se dedican a lo mismo que ella, pero que no son buenos para ella. No la mayoría, al menos. De cualquier forma, antes de que transcurriera un año, su nombre resonaba en los círculos privados de las altas esferas. La he visto pasearse por más fiestas de las que podría contar. Fiestas a las que yo asistía en representación de la agencia de mi madre o invitado por el famoso de turno para que tomara fotos de todo.

Alexia la guiaba entre la gente y ella sonreía, charlaba y se movía sin mostrar el más mínimo pudor. La he visto bailar con un vestido de transparencias y el pelo pintado de azul turquesa en medio de una fiesta en la que todos los invitados vestían tonos oscuros y una elegancia rigurosa, dando la nota, para bien o para mal. Haciendo que preguntaran quién era, con curiosidad, atracción o desprecio, pero sin poder despegar los ojos de ella.

La he visto manejarse en fiestas en las que actrices y actores intentaban hacer ver que ellos eran mejores. Que su trabajo valía más. No se amilanó ni una sola vez. No perdió la sonrisa nunca, ni una vez. Una sonrisa fácil, rápida, afilada, irónica, cargada de muy mala hostia. Una sonrisa que era muchas cosas, menos sincera. Pero ella era feliz así, era muy feliz; lo aseguró tantas veces que acabé creyéndola, igual que su familia.

Por eso no entiendo qué hace aquí. No comprendo su mirada perdida de anoche, cuando pensaba que no la veían, ni el descontrol hoy por teléfono, ni el mal humor escapando de su pequeño cuerpo más de lo que a ella le gustaría. Es como haber asistido a la construcción de un castillo y que, a falta de la última torre, empiece a bambolearse y resquebrajarse sin razón aparente.

—¡Adam! —Abandono mis pensamientos para encontrar a mi padre frente a mí. Estaba tan ensimismado que no me he dado cuenta—. ¿Estás bien, hijo? Te has quedado un poco ido.

—¿Un poco? Debe de tener un mundo interior del tamaño de la imaginación de J. K. Rowling. Madre mía, qué manera de empanarse.

—Vic, no seas mala —murmura mi padre con una escueta sonrisa.

—Perdón, tito Oli.

Pongo los ojos en blanco y mi padre ahoga una risa entrecortada. El truco de llamarlo «tito» para ablandarlo y llevárselo a su terreno es tan antiguo como el respirar, pero eso no evita que se salga con la suya y que mi progenitor acabe rendido a su carita de niña buena.

—Vamos, anda. Ya no tengo más clientes y soy todo tuyo.

—No digas eso delante de otras mujeres, Oli. Podría llevar a confusión, y quiero mucho a Daniela.

Una carcajada de mi padre y un entornar de ojos mío, de nuevo.

—Después de tantos años, Daniela está bastante segura de que no hay otra para mí. Eso, y que eres como otra hija.

—Cierto. Creo que los hombres de verdad acabaron en vuestra generación. Mis tíos, mi padre, tú... Ya no hacen hombres así.

Mi padre vuelve a carcajearse mientras la guía hacia la cabina. Yo suspiro y camino detrás de ellos, hasta que Victoria se percata.

—¿A dónde vas?

—¿Cómo que a dónde voy? Dentro.

—No, ni hablar. Esto es privado.

Pongo las manos en mis caderas.

—¿Qué vas a hacer?

—Algo que no es de tu incumbencia.

—Vas a cometer una tontería, ¿verdad?

—¿Qué te hace pensar eso?

—Tienes toda la pinta de hacer tonterías.

Ella entrecierra los ojos, aprieta la mandíbula un instante y, después, afloja los hombros y sonríe.

—¿Sabes qué? Tienes razón. Es una tontería, así que no me importa lo más mínimo que entres.

¿Ya está? ¿Así de fácil? Mi padre alterna la mirada entre los dos sin querer hablar y, tras unos segundos, carraspea y se rasca la nuca.

—¿Entramos?

Ella lo hace sin mirarme y me quedo aquí, debatiéndome entre entrar o esperar en la recepción con Sandra. Quizá no debí dar por hecho que iba a entrar, pero... yo qué sé. Cuando se trata de Victoria, a veces, no razono bien.

—Mueve el culo aquí, Lendbeck. Querías ver lo que voy a hacerme y ahora no tienes escapatoria.

Bien. Duda resuelta. No sé cómo cojones me las arreglo para terminar cabreándola siempre, pero aquí estamos. Ella, sentada en la camilla, y yo, cerrando la puerta y apoyándome contra ella, de pies y brazos cruzados.

—¿Hay que diseñar la idea o la tienes? —pregunta mi padre esterilizando el mostrador, los materiales y preparándolo todo.

—La tengo, la tengo.

—¿Y bien? ¿Qué va a ser?

Ella sonríe pletórica, pone su cara más dulce y habla:

—Quiero un helado de fresa.

—Un helado de fresa.

No es una pregunta. Mi padre solo repite sus palabras. Yo estoy asimilando la información.

—Un cucurucho de fresa de estilo *old school*.

Mi padre parece sorprendido solo unos segundos antes de sonreír y asentir.

—Me encanta el estilo *old school*. ¿Un cucurucho de fresa?

—Con planetas, estrellas y una luna de caramelo. —Da un par de palmadas y sonríe, encantada con su idea.

—Bien. ¿Dónde lo quieres?

Ella me mira, sonríe y contesta sin ningún pudor:

—En el culo.

—No vas a hacerte un puto cucurucho de fresa en el culo, Victoria. No es eso lo que querías hacerte al venir aquí, estoy seguro.

Las palabras salen de mi boca antes de poder retenerlas, y ella, lejos de amedrentarse, alza la barbilla en mi dirección y me sonríe con malicia.

—No, no era la idea, pero ahora lo es.

Sé muy bien lo que está haciendo. Está dejándome claro que, si quiere, puede apartarme de sus planes, y para lograrlo ni siquiera necesita echarme a un lado. Me quedo sin saber qué quería tatuarse, vale, pero no va a tatuarse un puto cucurucho en el culo. Miro a mi padre para que me ayude, pero él solo sonríe y se pone a prepararlo todo, evitándome. Claro, no debería extrañarme, teniendo en cuenta que su cuerpo está cubierto casi al completo por tatuajes de todos los estilos, unos más bonitos que otros, pero todos con una historia detrás.

—Me voy —le digo en tono serio—. Me voy, y hazte lo que sea que tuvieras en mente, Victoria, pero no hagas eso.

—Ahora que lo he pensado, ya no puedo quitármelo de la cabeza. Me encanta.

—No se decide así, de la nada, que vas a tatuarte algo. ¡No es así! Díselo, papá.

—Oli, ¿no os hicisteis un tatuaje juntos Daniela y tú a los pocos días de conoceros?

Mi padre la mira, luego me mira a mí y se encoge de hombros con una media sonrisa.

—Lo siento, colega, acaba de pillarme.

Me quedo con la boca abierta mientras mi padre diseña el puto cucurucho y Victoria se tumba en la camilla boca abajo. Tengo la esperanza de que pare esto en algún momento, pero unos minutos después se baja el pantalón sin ningún reparo y la aguja zumba. Yo miro hacia otro lado.

Así es Victoria Corleone. Capaz de hacerse un tatuaje improvisado para demostrarte que nadie, más que ella, dispone algo en su vida.

7

Cuando salimos de la cabina en la que Oliver me ha tatuado, miro de reojo a Adam. Está serio. Más serio de lo que ya es normal en él, quiero decir. Sé que no le ha hecho ninguna gracia que me haya tatuado de una forma tan impulsiva, pero la verdad es que no me arrepiento lo más mínimo.

No era esto lo que quería cuando vine aquí, es obvio, pero ahora que lo tengo, creo que tenía que estar en mi culo. Es un helado de fresa precioso, con estrellas, planetas y una luna de caramelo. ¿Cómo no voy a estar contenta? Es increíble.

—No me puedo creer que lo hayas hecho.

Me río de Adam y palmeo su hombro.

—Algún día deberías dejar de infravalorarme.

—No te infravaloro. Al contrario, siempre pienso que eres más inteligente de lo que al final resultas.

Pica. Eso pica, pero me encojo de hombros y no dejo que lo vea.

—Eso se llama envidia... —canturreo solo para ponerlo de los nervios.

No funciona, al menos en apariencia, porque se limita a bufar, apostarse en el mostrador de recepción y sonreírle a Sandra.

—¿Qué tienes que hacer esta noche?

—Nada, me quedaré en casa. ¿Por?

—Vamos a ver una peli en el jardín. ¿Te apuntas?

Aprieto los dientes cuando Sandra acepta, encantada con el plan. No conozco a la chica, así que no puedo decir que me caiga mal, pero esta noche era para mi familia. Para los Acosta también, sí, pero ellos son considerados familia. Me jode, y mucho, que Adam involucre a alguien externo. Es como si lo hiciera a conciencia, para molestarme. Lo pensaría, pero sé que no tiene la maldad necesaria para comportarse así, y tampoco usaría a Sandra, así que me limito a disimular y, cuando Oli sale para darme la crema que debo aplicarme en el tatuaje hasta que se cure, pago y me despido.

—Nos vemos por el camping.

—Espera, te llevo —se ofrece Adam.

—No. —Sonrío con frialdad y le guiño un ojo—. Quédate. Me apetece pasear un rato.

—¿Con el culo recién tatuado?

—Será como tener a alguien sobándomelo constantemente.

Oliver se carcajea y yo salgo del estudio intentando controlar mi rabia. Puede que me pique el culo lo suficiente como para notarlo con cada paso, pero no por eso me voy a quedar aguantando las tonterías de Adam, mucho menos si se le ocurre ponerse a tontear con Sandra, así que camino por el pueblo hacia el paseo marítimo. Al llegar, enfilo una de las pasarelas de madera que llevan a la playa. Me descalzo para sentir la arena en los pies y arrugo los dedos de placer. Si algo he aprendido en los últimos tiempos es que, a veces, las cosas más sencillas son las que más reconfortan.

Camino hacia las dunas que hay en un extremo y busco un hueco entre dos de ellas para relajarme, lejos de la vista de los muchos turistas que se agolpan por aquí para tomar el sol, bañarse en las aguas cristalinas o deslizarse por las dunas como si de un tobogán se tratase.

Me quito la camiseta y me quedo con un sujetador negro con transparencias. Seguramente sea escandaloso que esté de esta guisa aquí, pero he visto biquinis mostrar mucho más y, de todas formas, me da lo mismo que me miren. Extiendo la camiseta en la arena y me siento encima. Con el short vaquero que llevo, no me fío de sentarme directamente y que los granos de arena me rocen el tatuaje. Contemplo el mar durante un rato tan largo que las nubes rosas empiezan a cernirse sobre el horizonte y el sol empieza a ponerse. Debería volver a casa. Volver a encender el móvil. Hacer algo, sea lo que sea, pero me quedo aquí, justo aquí. El sol avanza en busca de las nubes, que parecen acogerlo. El mar ruge y la playa empieza a quedarse desierta. Nunca he comprendido a las personas que dan la espalda a una puesta de sol. Es una experiencia tan increíble... Ellos se lo pierden.

Yo me lo perdí mucho tiempo, recuerdo, y la punzada de odio hacia mí misma se agita, clavándose un poco más.

Cuando era pequeña, a veces, me sentaba con mis padres a observar los atardeceres. Mi padre decía que no estaba de más dar gracias por otro día. Mi madre decía que no estaba de más sentarse y hacer el vago un rato. Los dos tenían razón, a su manera. Respiro el aire puro y me concentro en disfrutar de algo que he ignorado mucho tiempo. Peor. Las veces que no lo ignoré, lo vendí. Hasta eso. Hasta los atardeceres.

Inspiro por la nariz y, cuando el sol se esconde tras el mar, despidiéndose hasta el día siguiente, me tumbo y dejo que mi pelo entre en contacto con la arena. Anochecerá pronto y debería volver, porque esta playa no está demasiado iluminada, pero es tan jodidamente agradable estar aquí que aguanto un poco más. El color del cielo, la tranquilidad y el silencio, sobre todo esto último, hacen que cierre los ojos y me empape de cada sensación que recorre mi cuerpo, intentando recargar las pilas antes de volver al camping. De todas formas, la expectativa de ver la película, sabiendo que Adam y Sandra estarán en algún rincón juntos, me hace sentir incómoda, no porque él no pueda quedar con quien le dé la gana, sino porque ella sobraría. Sobraría en mi territorio, aunque suene injusto. He hecho y sentido tantas cosas injustas últimamente que no puedo evitar preguntarme si estoy convirtiéndome en una mierda de persona.

El pensamiento me provoca una punzada en los ojos, los cierro, pero al momento me obligo a abrirlos y mirar al cielo, donde empiezan a aparecer algunas estrellas. Las miro fijamente y me pregunto cuántas personas hacen lo mismo que yo ahora. Cuántas almas buscan las respuestas necesarias en el firmamento. Cuántas se rompen con cada segundo que pasan a solas, como si no se soportaran a sí mismas. No estoy bien si estoy con gente y estoy peor si me quedo sola. A lo mejor el problema es que me he negado durante mucho tiempo a decirme algunas verdades. Me he enfrentado a todo el mundo, menos a mí misma, a esta versión de mí, y quizá debería, pero no será hoy. No todavía.

Cierro los ojos de nuevo y me concentro en la fresca brisa que recorre mi pecho casi desnudo. Huelo la sal del mar y sonrío. No. No será hoy. Hoy solo importa respirar un poco. Dejar de pensar, aunque sea un ratito.

No sé qué hora es cuando despierto, pero cuando mis ojos se encuentran con el cielo negro y cientos de estrellas titilando para mí, maldigo y me muevo para levantarme, consciente de que me he quedado dormida y mi familia estará preocupada. Frunzo el ceño al tocar la chaqueta vaquera que me cubre. Esto no estaba cuando me tumbé y...

A mi lado, Adam está acurrucado de costado y dormido. Su mandíbula está tensa, y me muerdo el labio, presa de culpabilidad. Lo zarandeo con suavidad y susurro su nombre. Abre los ojos un poco y me mira. Sé cómo me ha encontrado: no es la primera vez que me escondo en las dunas. Una vez, de pequeña, provoqué que toda la familia me buscara, incluso la policía, hasta que dieron conmigo. También ese día me dormí mirando el cielo, y nunca olvidaré las lágrimas de mi madre cuando por fin me encontró. La voz ronca de mi padre pidiéndome, casi en una súplica, que nunca más me marchara sin decir a dónde iba. Desde ese día tuve mucho cuidado de no dormirme cuando viniera a relajarme, pero hoy... Hoy la necesidad de escapar de todo ha podido con la razón, supongo.

—La película... —susurro, pese a que estamos solos.

—Eligieron *Toy story 4*. Siempre he sido más de la 1.

—Sandra...

—Estaba cansada.

Es mentira, lo sé, y debería sentirme mal por ella, pero cuando miro esos ojos oscuros y preocupados, todo lo que hago es acercarme a su cuerpo, tumbarme de nuevo y tender su cazadora por encima de los dos. Adam sigue mirándome cuando cierro los ojos, porque si los mantengo abiertos, igual me echo a llorar, y es lo último que quiero.

—Gracias —susurro, tan bajito que no sé si me ha oído.

El silencio se prolonga unos segundos antes de oír su voz ronca y baja.

—Me gusta. —Abro los ojos ligeramente, sin entender—. El tatuaje. Me gusta.

Suelto una risita y me acerco más aún, hasta que nuestros cuerpos se rozan.

—Lo sabía. Eres adicto a todo lo que yo haga, confiésalo.

—Ni muerto —gruñe.

Río de nuevo y me vuelvo, de cara al cielo y rozando todavía su cuerpo con mi costado. Adam me imita poco después y contemplamos las estrellas durante tanto tiempo que memorizo la posición de algunas de ellas.

—¿Estás bien? —pregunta de pronto. Lo miro, pero sus ojos siguen clavados en el cielo—. Solo dime si estás bien. —Toma aire, como si cada palabra le costara un mundo—. Por favor.

Su preocupación se me clava dentro, y lo odio. Odio ser consciente de que está herido por no saber, por mi empeño en mantenerlo fuera de todo lo que tenga que ver con este desastre en el que se ha convertido mi vida. Las lágrimas vuelven a mis ojos, pero carraspeo y miro al cielo rápidamente. Por un momento pienso en no contestar, aunque eso implique poner un ladrillo más en el muro que he levantado a mi alrededor. Es más fácil así para mí, pero no para él, de modo que busco su mano con la mía y, cuando la encuentro, la acaricio. Sus dedos se enroscan con los míos de inmediato. No nos miramos. Diría que los dos aguantamos la respiración ante el contacto. Al final, hablo. Con voz ronca, pero hablo:

—Lo estaré.

Un apretón de su mano como respuesta. Sonrío y agradezco en silencio que no diga nada, porque no sé cuánto puedo aguantar sin romperme. Nos quedamos así, en silencio, mirando al cielo y sabiendo que, cuando nos levantemos, nuestra guerra seguirá en pie para nutrirnos y seguir danzando en este baile que empezamos hace mucho mucho tiempo.

—¡Vamos, Vic, date prisa o llegaremos tarde!

Busco las chanclas a toda prisa y salgo corriendo detrás de mi hermana, que ya va por el camino hacia la casa de los Acosta. Cuando llegamos, nos encontramos con que mis primos nos han adelantado y sus primos, también, así que nos cuesta unos minutos acceder a ellos. Junior, Adam, Ethan y Daniela sonríen y abrazan a todo el mundo hasta que nos abrimos paso. Creo que tenemos más derecho que nadie porque llevamos sin vernos todo un año. Cuando nos vimos la última vez, yo tenía solo seis años. Los siete me han hecho muy mayor. Ellos son mayores. Daniela tiene dos años más que yo; los gemelos, cuatro más, y Junior, seis más, así que me esfuerzo para que vean cuánto hemos crecido también nosotras.

Cuando por fin llega nuestro turno, Ethan, uno de los gemelos, me abraza con tanta fuerza que me quejo, por si me deja sin respiración. Él se ríe y abraza a Emily mientras yo hago lo mismo con Junior y Daniela. Adam es el último, y sonrío mientras lo abrazo fuerte porque lo he echado mucho de menos. Él me alza un poco en brazos y me enfurruño; no soy una niña pequeña. ¡Tengo siete años! Aunque él tenga once, somos casi iguales.

—¡Adivina! Ya sé coger olas —le anuncio orgullosa.

—Eso tengo que verlo —contesta él sonriendo.

Me gusta Adam. No habla tanto como Ethan y no tenemos muchas cosas en común, pero siempre me trata bien. Lo que no me gusta es que se comporte conmigo como si fuera una niña pequeña, por eso voy a demostrarle que ya no lo soy.

—¿Quieres verlo esta tarde?

—Hecho.

—¿Qué pasa esta tarde? —pregunta Ethan.

—La pequeña Victoria dice que sabe surfear.

Frunzo el ceño por lo de «pequeña», y Ethan se ríe con él y dice que eso tiene que verlo. Me molesta tanto que no se lo crean que los hago apostar. Por cada ola que coja, tienen que comprarme un helado. Aceptan, y busco de inmediato a Emily para contárselo e incluirla en la apuesta.

Al final cojo dos olas antes de que otra, enorme, me revuelque tanto que papá se mete en el agua corriendo para ayudarme. Cuando me toma en brazos, escupo toda el agua que me he tragado, toso y lloro un poco, porque me he asustado mucho. Él me lleva hasta la orilla y me dice que lo he hecho muy bien, pero yo no lo creo, y cuando Adam y Ethan se acercan a mí, me da tanta rabia que me vean llorar como una niña pequeña que escondo la cara en el cuello de mi padre y no los miro, aunque me pregunten cómo estoy.

—No os preocupéis, chicos. Victoria está cansada. Seguro que dentro de un rato quiere jugar.

—Lo has hecho genial, Vic —dice Ethan—. Te debemos dos helados.

Estoy a punto de sonreír, pero entonces oigo a Adam:

—Claro. Está muy bien para tener siete años. No te sientas mal.

Arrugo la cara de nuevo y decido que ya no voy a sonreír, porque odio que me trate como si fuera una niñita. ¡No lo soy! Soy mayor y podría ganarle a todo lo que quisiera, por eso me da rabia cuando Óscar no me deja ir con ellos al parque o con los patinetes, o a tirar con arco. Por eso y porque veo a Adam muy pocos días al año. Quería demostrarle que ya soy mayor y que puedo ir con él a todas partes, por eso estaba tan contenta de poder coger olas, porque es algo superdifícil, pero ahora, por culpa de esa estúpida ola, seguirá pensando que soy pequeña.

—¿Quieres que vaya contigo a la tienda y que te compre el helado? Así no te pierdes.

Me enfado, porque lo dice como si no pudiera ir yo sola, así que despego la cara del cuello de mi padre y lo miro mal.

—¡Sé dónde está la tienda, Adam! Dame el dinero que he ganado y vete a donde quieras.

Él se encoge de hombros y le pide a Ethan que me pague. Este lo hace y luego los dos se van y yo me quedo aquí pensando que los niños de once años son un asco y se creen superguáis, pero cuando yo tenga once, se va a enterar.

8

Entramos en el camping cuando pasan de las cuatro de la mañana. La puerta para los vehículos se cierra a las doce, así que nos toca caminar todo el trayecto hasta los bungalows, que están al final. En realidad, Adam se queda en casa de sus padres, que está justo antes de los bungalows. Vamos en silencio; no hemos hablado mucho más, pero, aun así, me siento como si me hubiese desahogado. Supongo que ha bastado respirar aire puro y el salitre para sentirme mejor.

—¿Qué toca mañana? —pregunta cuando casi llegamos al cruce en el que nos separamos.

Me encojo de hombros y sonrío.

—No tengo ni idea. ¿No es genial?

Él hace amago de replicar, pero, al final, asiente y me guiña un ojo.

—Lo es. ¿Quieres que te acompañe?

—¿Tienes miedo de que vuelva a desaparecer? —Cuando no responde, intuyo que sí, de manera que asiento—. Vamos.

Ajustamos el paso y, al llegar frente al bungalow, frunzo el ceño al ver a mi padre dormido en la hamaca que cuelga del porche.

—Papá Corleone esperando a su niña —murmura Adam con una breve sonrisa—. Nos vemos, Victoria.

Diría algo en defensa de mi padre, pero es evidente que está esperándome, así que me limito a reír entre dientes y alzar una mano en dirección a Adam.

—Igualmente, Lendbeck. Nos vemos.

Subo los escalones y palmeo suavemente la mejilla de mi padre, que entreabre los ojos y, cuando me ve, sonríe.

—Hola, cariño. ¿Lo has pasado bien?

—Muy bien, pero no hacía falta que me esperaras.

—No te estaba esperando. —Arqueo una ceja, porque no se lo cree ni él—. Tenía un calor horrible y pensé que aquí estaría más fresquito.

—Ya... Bueno, en ese caso, que descanses.

Él se queda en silencio un segundo, sabiendo que, si no rectifica ahora, tendrá que dormir el resto de la noche en la hamaca. Y no es que sea incómoda, es que mi padre no es capaz de estar una noche entera sin mi madre, así que al final sonríe con un matiz de culpabilidad y alza las manos antes de bajar de la hamaca.

—Vale, pero solo quería asegurarme de que estabas bien. Es mi responsabilidad como padre, así que no puedes enfadarte.

—No lo hago.

—¿No?

Niego con la cabeza y pienso, no por primera vez, en la muchacha que le habría reprochado falta de confianza por este gesto sin entender que solo es preocupación.

—No. Buenas noches, papá.

—No has estado en la peli —dice cuando abro la puerta y ya le doy la espalda—. Me lo ha dicho tu prima Valentina. ¿Estás bien, cariño?

Trago saliva, porque es la segunda vez que oigo esa pregunta esta noche. Vuelvo la cara sobre mi hombro y contesto lo mismo que la primera, porque no se me ocurre qué otra cosa puedo decir:

—Lo estaré.

Él asiente con gesto serio. No es la contestación que quería, pero tampoco va a presionar, lo conozco. Entro, me doy una ducha rápida y, cuando salgo del baño, mi padre ya duerme abrazado a mi madre y esta última me mira desde la cama. Levanto la mano en su dirección y sonrío, y ella pestañea en respuesta. No soy tonta, sé que Julieta está conteniéndose y que, cuando decida abrir el interrogatorio, voy a tener muy pocas opciones. Por suerte, ese día no será hoy. Me meto en la cama con Emily y la abrazo con fuerza antes de quedarme dormida. Lo último que recuerdo es la mano de Mérida estirada desde su cama, rozando la mía. Eso y el pensamiento de que puede que mi vida esté patas arriba, pero qué bonito es tener a esta gente por familia.

Los días se suceden con rapidez. Playa, surf, películas, juegos nocturnos, apuestas, carreras, concursos de comer, de beber, de saltar y hasta de escupir. Cada noche me voy a la cama reventada y con la sensación de haber sanado un poco más. Luego recuerdo la última vez que hablé con Alexia. Una semana. Ese es el tiempo que me ha proporcionado para que me reponga del todo antes de volver. Ha conseguido posponer mis compromisos, pero tengo que volver. Ella lo sabe, y yo también, pero cuanto más tiempo paso aquí, menos ganas tengo de irme.

Además, están los Acosta; tampoco quiero separarme aún de ellos. Ayer fui con las chicas Acosta y las de mi familia a una cala que no conoce demasiada gente. Bebimos tinto de verano caliente e hicimos toples durante tanto tiempo que acabamos quemándonos. Llegamos al camping un poco borrachas, quemadas, con el pelo lleno de arena y sal y con una sonrisa tontorrona en la cara imposible de borrar.

—¿Sabéis qué deberíamos hacer? —dice Candice, la hija mayor de Fran Acosta, en un momento dado—. Deberíamos tatuarnos el mismo cucurucho que tú, Vic.

Suelto una carcajada y las reto.

—No tenéis ovarios.

—A mí no me importaría, ¿eh? —secunda Emily. Me mira—. Sería nuestro segundo tatuaje idéntico.

Recuerdo el que nos hicimos al cumplir los dieciocho. Nuestras huellas dactilares formando un corazón en la nuca. No es laborioso, pero sí especial para nosotras. Cuando Mérida cumplió la mayoría de edad, se sumó, y nosotras ampliamos el nuestro para añadir su huella. Cuando Edu los cumpla, quiere hacerlo también, así que buscaremos la manera de incluirlo.

Esta vez no se trata de un dibujo con tanto significado. En realidad, solo me lo hice para joder a Adam, pero ahora que todas lo dicen, no dejo de pensar que sería genial.

—Yo me apunto —indica Valentina—. Lo quiero en la pelvis. Eh, Dani, ¿puedes convencer a tu padre de que nos tatúe a la vez?

—¿Ahora mismo? No sé hasta qué punto va a hacerle gracia que esté tan contenta. —Señala el tinto que lleva en la mano y suelta una risita—. Pero podemos intentarlo.

—¿Habláis en serio? —pregunto, cada vez más anonadada.

—Vamos a hacer de este verano algo inolvidable —declara mi prima Ariadna—. Yo también me apunto.

—Pero ¡si te dan pánico las agujas! —exclamo riendo.

—Por ti, lo que sea.

Me río, pero lo cierto es que tengo que morderme el labio para no echarme a llorar. No porque vayan a hacerlo, que no lo sé, sino por la mera intención. Porque siempre saben cómo levantar mi ánimo.

—Tenemos que hacerlo ya, en caliente. Si no, seguro que nos acojonamos —dice Valentina—. Dani, llama a tu padre.

—Quizá deberíais dejarlo para cuando nos despejemos —sugiero.

—Yo es que siempre he querido tatuarme borracha —confiesa Candice.

—Verás cómo se pone papá —se ríe Elizabeth.

—Yo prefiero no pensarlo, pero también me apunto —añade Lola, la última hermana.

Y así, de la nada, me veo montada en el jeep de Daniela. Nos hemos repartido en dos coches y, antes de poder darme cuenta de lo que realmente ocurre, estamos entrando en tropel en el estudio y Oliver nos espera con mirada paciente y los brazos cruzados.

—Hola, papi.

Daniela pone una cara tan de niña buena que se me escapa la risa, porque nosotras hemos hecho eso mil veces con nuestro padre.

—Hola, princesa. Tú dirás para qué necesitabas que me quedara aquí, porque estoy agotado y solo quiero volver a casa.

Creo que intuye lo que se le viene encima, pero su hija no se detiene. Se aparta de la cara su larga melena castaña y sigue sonriendo como si fuese un ángel recién caído del cielo.

—Verás, hemos visto el tatuaje que le hiciste hace días a Vic y, jo, es una pasada.

—Ajá.

—Hemos pensado que sería un recuerdo maravilloso que todas tuviéramos uno igual.

—Ajá.

Oliver se envara cada vez más, y la tensión de las chicas es palpable, porque ahora que tienen la idea, ya no piensan dejarla ir con facilidad.

—Será una cosa rapidita, y pagaremos —dice su hija a toda prisa, sabiendo, igual que yo, que es complicado que acepte.

—No puedo cobrarle a mi hija por tatuarla, Daniela. Además, habéis bebido.

—Pero estamos superlúcidas, tito —asegura Lola—. Mira, mira.

Se pone a ejecutar un extraño baile a la pata coja mientras sus hermanas concluyen que es una gran idea imitarla. Antes de lo que dura un pestañeo, todas hacen el indio, mientras Sandra y Marla, las recepcionistas, se ríen e intentan poner cara de póquer cuando Oliver las mira. Yo creo que sería mejor estarse quietecitas, pero no puedo decirlo ahora que ya están metidas en el papel.

—Si mañana seguís queriendo hacerlo, yo me ocupo, pero no creo que sea buena idea hacerlo así. Es muy precipitado.

—A Vic se lo hiciste y se le ocurrió sobre la marcha —replica Mérida—. ¿Por qué ella puede cometer locuras y nosotras no? ¿Porque es la *influencer* y famosa?

—Influencia es un rato, sí —dice Oliver, exasperado, antes de reírse entre dientes y mirar a su hija—. Llama a tu madre. Lo que ella diga.

—¡Venga ya! ¿Qué tiene que ver ella en esto? Además, papá, ya soy mayorcita para decidir lo que quiero y lo que no quiero en mi cuerpo.

—Y que se va a negar, menuda es Daniela —susurra Eva, la hija de Tina y de Samuel Acosta, dueño también del camping—. Tú lo sabes, tito. Se va a poner en plan dramática.

—Es que no creo que sea una buena idea.

—Te juro que no te pido nada más en la vida —sentencia Daniela. Oliver eleva las cejas con incredulidad, y yo lo entiendo. A ver, ahí no ha estado fina la niña, las cosas como son—. Te pediré, pero menos.

Él se ríe, nos mira una a una y se frota los ojos.

—¿Por qué me buscáis siempre para estas cosas? ¿Cómo les explico yo luego esto a vuestros padres?

—Pues como lo que es —apostilla mi prima Ariadna, alzándose como la voz de la razón—. Mujeres libres y mayores de edad que han decidido que quieren en su cuerpo un recuerdo de unas vacaciones especiales. —Busca mi mano y la aprieta—. Hacía mucho que no estábamos todas juntas, es normal que queramos inmortalizarlo.

Yo me muerdo el labio para no reírme, porque a Oliver, por la vía sentimental, se lo van a ganar. Yo lo sé, y él también lo sabe, porque mira a sus recepcionistas como si fuera un animal herido de bala. Marla, la mayor, se encoge de hombros, como si estuviera resignada.

—Tú lo hiciste con mamá... —susurra Daniela—. Lo hiciste cuando apenas hacía días que os conocíais. Nosotras nos conocemos de toda la vida.

—Joder, lo caro que va a salirme ese tatuaje —murmura Oliver—. Voy a llamar a tu madre. —Daniela hace amago de protestar y él la para—. Tú serás una mujer adulta y mayor de edad, pero yo soy el tatuador, además de tu padre, y prefiero consultarlo con ella, Daniela. Es lo que hay.

Se mete en su cabina sin dar opción a réplicas y Daniela tuerce el morro, porque con su madre nunca se sabe. Es tan imprevisible como... pues como ella misma, que no es que haya salido al vecino.

Oliver vuelve unos minutos después con semblante serio, me mira y me apunta con un dedo.

—Vas a responder por esto cuando se me echen encima, Vic. —Suspira y señala a las chicas—. De una en una y sin volverme loco, por favor.

Ellas gritan; Oliver frunce el ceño, pero intenta contener una sonrisa, y yo me río a carcajadas, porque esto es tan genial que no hay palabras para describirlo.

Las siguientes dos horas el estudio es una mezcla de gritos, lamentos, risas histéricas y crema. El abdomen, la pelvis, la nuca y el tobillo son los lugares elegidos. Nadie se lo hace en el culo, como yo, porque dicen que eso sería de copiona total. Yo me río y les digo que no me importa, pero alegan que se sentirían como las fans que me copian en todo. Entiendo lo que quieren decir. Mi trabajo ha consistido en vender mi físico, mi modo de vida y... pues todo lo que se podía vender. Un par de veces he agotado las existencias de una camiseta por ponérmela. Eso hace que las marcas se vuelvan locas dando y exigiendo a cambio. Una trampa casi mortal. Casi.

Despejo mi cabeza y me concentro en lo que ocurre aquí. No es hora de pensar en el pasado, aunque estemos a sábado y me queden solo horas de libertad, según el ultimátum de Alexia.

Cuando llegamos al camping, nos enfrentamos a las preguntas de nuestros padres y a las miradas de todos, porque las chicas no entienden de disimulo y enseñan sus tatuajes con orgullo y chulería. Eyra, la hija de mis tíos Einar y Amelia, se enfada, porque ella también es chica, pero aducimos que no tiene la mayoría de edad. Ella se enfurruña, y mi prima Nollaig la sigue. Pongo los ojos en blanco y me río mientras voy en busca de una cerveza. Esta noche vuelve a haber barbacoa, en el jardín privado de los Acosta esta vez, porque Fran dice que luego petamos el césped comunitario y se le quejan los clientes, con toda la razón del mundo.

—Pues no me hubiese importado tatuarme ese cucurucho, la verdad. —Mi madre se acerca a mí.

Me río, segura de que lo dice completamente en serio, y beso su mejilla al tiempo que paso un brazo por sus hombros.

—El que tú te hiciste en su día mola mucho más.

No lo digo por decir. Hace muchos años, cuando mis padres ni siquiera estaban juntos, mi madre se tatuó el cartel de la película *La novia cadáver* en el culo. Mi madre lo cuenta como algo genial y mi padre dice que fue, probablemente, una de las cosas que más lo enganchó a ella, porque, de alguna forma, acabó acompañándola a hacérselo, pese a que los dos se llevaban fatal. Por un momento pienso en Adam y en la coincidencia y me río. La diferencia es que mis padres acabaron liándose y nosotros no haremos nada de eso. No estamos destinados a ser pareja. Estamos destinados a ser solo... Adam y Victoria. Nada más.

—¿Te preparo una hamburguesa?

—No tengo mucha hambre. Ahora comeré alguna patata.

—Llevas toda la semana comiendo mierda. —La miro y ella alza las manos—. Lo sé, sé que no soy la más indicada para decirlo porque me alimento de bastantes porquerías, pero al menos como las veces que toca, Victoria. Necesitas algo más que patatas esporádicas o algunas chuches regadas con cerveza para subsistir.

—De verdad, no tengo hambre.

—Pues tendrás que comer sin hambre, porque el poli y yo estamos preocupados y algo acojonados con tu actitud, así que no te quedan muchas opciones.

Trago saliva. Mi madre siempre ha sido, para muchos, directa en exceso, pero yo he agradecido que no se haya guardado nada de lo que piensa para sí misma. Gracias a eso hemos crecido con un carácter fuerte y una personalidad propia, fruto de lo que veíamos en casa. Ahora, sin embargo, me viene bastante mal que ponga las cartas boca arriba, pero sé que no va a dejarlo pasar más. Me ha dado una semana y ha decidido que es hora de hablar, así que solo me queda tomarme la cerveza lo más rápido que pueda y afrontar lo que viene.

—No tenéis que preocuparos. Estoy bien.

—Eso decías cuando te llamábamos por teléfono, y aquí estás, con el móvil apagado y huyendo de tu vida.

—Oye, que si molesto, me lo dices y me largo, ¿eh?

—Deja el victimismo para otra, Victoria, a ti no te pega nada.

Tiene razón, así que suspiro y me encojo de hombros.

—No me gusta en lo que se ha convertido mi vida. Tengo derecho a cambiarla, ¿no?

—Lo tienes. ¿Qué harás para dar los pasos definitivos?

—Ya lo he hecho —digo lentamente—. He venido aquí y he apagado el móvil.

Mi madre chasquea la lengua, me quita el botellín y se bebe lo que queda de un sorbo.

—Cómo odio tener que ponerme seria, de verdad, pero es que lo que tú has hecho no es dar los pasos definitivos para dejarlo, Victoria.

—Ah, ¿no?

—No.

—¿Y qué es, según tú?

—Huir. Esconderte. Pretender que el mundo olvide que eres alguien importante para millones de personas.

—No es para tanto...

—Lo es. Mira, cariño, nadie en este mundo la ha cagado más que tu madre, en todos los aspectos, así que no vas a asustarme contándome lo que sea que ocurra. Nada hará que dejes de ser mi niña intensa y preciosa. Nada hará que deje de quererte más que a mi propia vida, así que suelta de una vez qué es lo que pasa para que podamos buscar una solución.

—Ay, mamá... —murmuro, con las lágrimas a punto de caer.

—Julieta, pequeña... —Mi padre se acerca, pero ella alza una mano en su dirección.

—No, Diego. Esto, sea lo que sea, tiene que acabarse.

—Pero igual es mejor hablarlo en casa —comenta mi padre en tono conciliador.

Mi madre se vuelve hacia él y empiezan a discutir sobre cuándo es mejor que me sincere. Y yo me quedo aquí, sintiéndome como cuando tenía nueve años y no se ponían de acuerdo para imponerme un castigo. Ansiosa y deseando largarme, pero sin atreverme.

Noto un tirón en mi mano justo cuando más abstraídos están en la discusión. Me giro y veo a Adam a mi lado. Su mirada es suficiente para que trague saliva y asienta. Él tira de mi mano de nuevo y me arrastra con rapidez por el jardín, fuera de la vista de todo el mundo.

—Me has salvado el culo, Lendbeck —susurro, aún con la voz tomada—. Ahora sí que te debo una.

—Me la debes. Y no te preocupes, pienso cobrármela.

Su tono me tensa, pero sus dedos aprietan de nuevo los míos y decido que no importa qué tenga que hacer, porque ganar una noche más de libertad antes de confesar lo ocurrido bien lo merece.

9

Cuando dejamos atrás la zona reservada a su familia, la curiosidad empieza a vencerme, pero no tanto como para preguntar a dónde vamos, porque, sea a donde sea, me vale con que esté lejos de mi familia. Sé que esto es una huida tonta, porque tendré que enfrentarme a todo mañana, pero estoy en un punto en que unas horas más sin hablar me parecen suficientes para recomponerme, aunque en el fondo algo me diga que no se trata de eso, sino de miedo. Miedo a que sus miradas de cariño se transformen en otras de reproche. A que no puedan entender. A que...

—Ya casi estamos —dice él mirando hacia atrás.

Nuestras manos siguen unidas, pero es él quien encabeza nuestra caminata hacia el bosque que se extiende junto a la playa.

—Muy a lo oscuro me estás llevando tú. ¿Son buenas tus intenciones?

Su risa baja y entrecortada provoca la mía.

—Mis intenciones son las que son. Si te parece mal, puedes volver y afrontar el interrogatorio de tus padres.

—Me parece que me quedo. No por cobardía, conste. Es que se está fresquito por aquí.

Su risa se oye de nuevo, y estoy a punto de seguir con mi diatriba cuando tropiezo con una rama y me caigo de rodillas. No sería tanto drama si estuviéramos en la playa aún, pero esta zona está llena de piedras y ramas secas y sé, aunque no me vea, que tengo las rodillas ensangrentadas.

—Joder —murmura él—. ¿Estás bien?

—Sí, sí, no es nada que no se quite con agua. Tengo un poco de tierra pegada.

Adam me ayuda a levantarme, se agacha, saca su móvil para encender la linterna e inspecciona mis rodillas.

—Cuando lleguemos, te limpiaré un poco; no parece nada más que un par de rasguños.

Guardo silencio porque me sabe mal decirle que el par de rasguños escuecen. No digo nada porque tengo fama de ser un tanto dramática a veces y no quiero que se incremente, pero por dentro voy pensando que no me vendría nada mal una caja de tiritas de los Minions, por ejemplo.

—¿Queda mucho? —En realidad no nos hemos alejado demasiado, apenas unos minutos. Diría que esto sigue siendo terreno del camping, pero no estoy segura.

—Ya casi estamos.

Y tiene razón. Solo un par de minutos más tarde, me veo frente a un árbol imponente, con un tronco supergrueso y unos escalones de madera enroscados. Miro hacia arriba y abro la boca exageradamente. Busco a Adam en la oscuridad. Apenas distingo algunos rasgos suyos por la luz de luna, suficiente para ver que tiene pintada una sonrisa en la cara.

—¿Es tuya?

—Sí.

—¿Tienes una jodida casa árbol?

—Yo no diría tanto. No es más que un mirador con unas vistas... interesantes.

—¿Tienes un puñetero mirador y no has dicho nada en todos estos años?

—Lo saben mis hermanos y mis primos.

—Pero ¡nosotros, no! Deberíamos haberlo sabido. Es insultante.

Esta vez su risa suena alta y clara.

—¿Y qué habría sido de mi intimidad, entonces?

—¿Lo has construido tú?

—En parte. Me ayudó mi padre. Fue un proyecto padre-hijo de esos que tanto se esmeraba en emprender con cada uno de nosotros. La idea era construir una casa.

—¿Pero...?

—Bueno, digamos que mi padre se llevó toda la habilidad para hacer tatuajes y componer música. Le quedó poca para las construcciones. —Suelto una carcajada y él me secunda—. ¿Quieres subir?

—¡Eso no se pregunta! —exclamo.

Vuelve a reírse, saca el móvil y me ilumina con su linterna de nuevo. Yo busco los peldaños y subo con cuidado. Hay una cuerda a modo de barandilla, pero, como comprenderás, no es muy fiable. Menos mal que no tengo vértigo, porque está altísimo. Seguramente ese es el motivo de que esté tan arriba: librarse de visitas indeseadas.

En cuanto piso los tablones, sonrío. Aquí tiene una barandilla mucho más firme, de barrotes de madera. El espacio no es muy grande, pero suficiente para dos o tres personas. Adam sube y, cuando llega arriba, coloca el móvil en un hueco del árbol para que tengamos luz.

—Las fotos desde aquí siempre me parecen una puta pasada.

Me fijo en que lleva su cámara colgada del cuello. Una de ellas. No es raro que no me haya dado cuenta hasta ahora, porque ver a Adam con una cámara colgada del cuello es como verlo vestido. Creo que verlo sin ella me escandalizaría tanto como verlo desnudo. Puede que más.

—¿Eso es lo que haces aquí? ¿Sacar fotos?

—Sí y no. Vengo, hago fotos, me tumbo, miro las estrellas, medito. ¿Te suena?

Sonrío, porque es lo mismo que hago yo en las dunas.

—¿Por qué nunca me lo has dicho?

Adam se encoge de hombros con naturalidad.

—Es mi sitio. Era algo íntimo para mí. Especial y único.

Entiendo el punto, pero...

—¿Por qué me has traído hoy, entonces?

—Lo necesitabas. —Me mira con la intensidad que siempre acompaña a Adam y vuelve a sacudir los hombros—. Necesitabas un refugio, y yo tengo uno.

Lo dice como si nada. Como si no acabara de ofrecerme una salida a un callejón que me atosiga. Una salida temporal, porque no podemos quedarnos aquí para siempre, sí, pero una salida, al fin y al cabo.

—Es genial, Lendbeck.

—¿No vas a decir nada de la falta de decoración?

Puede parecer una pregunta inocente, pero no lo es. Habla de todos esos sitios en los que a menudo me fotografío para las redes. Lugares en apariencia especiales y únicos. También los había normales, por supuesto, pero sé que Adam va por ahí. Lo conozco demasiado bien.

—Mi móvil sigue apagado, ¿recuerdas? Ya no soy *influencer.*

Él se saca un paquete de pañuelos de papel del bolsillo, extrae uno y limpia mis rodillas con suavidad antes de contestar:

—Eso es una tontería.

—Porque tú lo digas.

—Lo es. Eres *influencer.* No puedes dejar de ser algo de un día para otro.

—Sí puedo. Se llama renunciar.

—Lo que tú has hecho no es renunciar, es salir corriendo.

Otro. Hasta las narices estoy del discursito. Retiro mis piernas bruscamente para que no las toque más y lo miro mal.

—No sabía yo que me había escapado de mi madre para que me des la charla tú.

—No es eso, joder.

—Eso es lo que deberías hacer. Dejar de joder.

—¿Yo? Pero ¡si soy parte de tus soluciones la mayoría de las veces!

—Porque te da la gana. ¿O acaso te obligo yo?

—No, desde luego, la culpa es mía. Soy un puto pringado que odia verte mal, qué le vamos a hacer.

Me quedo en silencio con los dientes apretados. Con Adam siempre es así. Todo parece ir como la seda y, de pronto, estallamos. Y nos vale cualquier tema, ¿eh? Puede ser la chorrada más grande, no importa. Es una mierda, porque hay poca gente que me comprenda como él, pero también hay poca gente que me cabree como él, y es así desde siempre. No entiendo por qué nos pasa esto, pero no he hecho nada por cambiarlo, y me consta que él tampoco. Suavizar nuestros caracteres no es una opción, porque dejaríamos de ser nosotros mismos y eso resultaría demasiado raro.

Guardamos silencio varios minutos, pero no es un silencio como el del otro día en las dunas. No, este es incómodo y está cargado de cosas sin decir, por su parte y por la mía. No puedo seguir así, me siento a punto de explotar constantemente. Ya no es que los demás me presionen, es que yo no dejo de hacerlo, porque soy muy consciente de que no lo estoy haciendo bien. Esconderme en un agujero no solucionará nada, pero volver y coger el toro por los cuernos me da demasiado miedo.

Quizá... A lo mejor... Bueno, tal vez solo necesito desahogarme un poco. Aunque sea un poquito. Miro de reojo a Adam y trago saliva, rezando para que esta no sea una mala idea.

—No podía soportarlo más —susurro en voz tan baja que apenas me oigo a mí misma. Él, sin embargo, me mira de inmediato. No hace ningún gesto, espera a que yo siga, y lo hago, aun con dudas—. Era un infierno, Adam. Era un puto infierno la mayor parte del tiempo.

—¿Qué pasó?

Mis labios tiemblan, pero me obligo a hablar. No tengo que contarlo todo, bastará con dejarle ver una parte. La última. Si lo viera todo, me odiaría tanto como me odio yo, y no sé si puedo soportarlo.

—Tenía una sesión fotográfica en un campo de arroz, en Bali. Viajé casi treinta horas haciendo escalas. Tomé un relajante para poder dormir un poco en el último avión y, cuando bajé, ni siquiera sabía con claridad dónde estaba. Tenía desfase horario, sueño atrasado y estaba al borde... Al borde de todo, Adam. Del pánico, del cansancio extremo, de la irritabilidad, de perder mi salud física y mental. Llegué al hotel y, cuando no me dieron la suite principal, monté en cólera. Le grité al recepcionista y, más tarde, al encargado. Me dieron la suite, pero eso no arregló nada. Seguí furiosa; últimamente he estado furiosa por todo. Me miraba en el espejo y lo que veía no casaba con lo que yo sentía por dentro. Por eso me teñí de rosa esta vez. Era un esfuerzo por recuperar la alegría.

—No es que los otros colores fueran discretos o tristes —dice Adam con una leve sonrisa, seguramente intentando distender la situación y hacérmelo más fácil.

Intento sonreír, pero solo me sale una mueca.

—Apenas pude dormir porque allí era por la mañana, así que me dirigí al punto de encuentro, donde nueve *influencers* más desayunaban antes de coger un bus que nos llevaría a los famosos campos de arroz. La promoción del desayuno y de las instalaciones del hotel también entraba en el contrato, así que saqué el móvil y me puse a ello. Algunos compañeros me saludaron, pero los ignoré. —Lanzo un suspiro de pesar. Me siento, apoyando la espalda en el tronco, y continúo mi relato—: No es que los ignorase a conciencia, es que no me importaban. Para mí solo existía lo que tenía que hacer, cuanto antes, y cuando uno se acercó, bufé y me fui de su lado, dejando claro que no quería hablar con él ni con nadie. Era como saludar a un jodido ogro. Veía sus miradas y sabía lo que pensaban. «¿Cómo puede vender que es feliz y extravertida si es una cabrona sin educación?» —Adam hace amago de interrumpirme, pero lo evito palmeando su rodilla, pues se ha sentado a mi lado—. No lo suavices, Lendbeck. Era justo así. Puede que diera aún más asco del que yo creo. Si esta historia la contara alguna de las personas que estuvieron allí, probablemente no encontrarías el valor de mirarme a la cara. Ni siquiera yo lo encuentro para mirarme al espejo, a veces.

—Estabas estresada y agotada. Es normal, hasta un cierto punto, que actuaras con ese despotismo.

—Adam...

—Conozco a muchos famosos, Victoria. Muchos. Actores, modelos, cantantes, otros fotógrafos de renombre... Sé bien cómo puede comportarse el ego dado el momento.

—¿Conoces a alguien que haya tirado al fotógrafo a un campo de arroz? —Me río secamente y empujo su costado con el mío—. Mejor todavía, porque tú eres fotógrafo: ¿te han tirado a un arrozal, Adam? Hay agua marrón, con pinta de asquerosita, ¿sabes?

Me mira con la boca, literalmente, abierta. Está tan pasmado que sería gracioso, de no ser por el bochorno que todavía me recorre cuando lo rememoro. He cometido muchas locuras en mi vida. Muchas. Pero nunca había tratado mal a nadie. No así, desde luego.

—Joder.

—Eso pensaron todos cuando el fotógrafo me tocó para reubicarme. Solo quería cambiar mi posición porque yo no atendía bien las indicaciones, y reaccioné empujándolo. No quería que cayera al agua. No quería... —Suspiro y cierro los ojos—. Ni siquiera sé cómo Alexia ha conseguido arreglar el desastre. Las personas que nos vieron se quedaron tan asombradas que no me dirigieron ni una mirada en lo que restaba de día. Le pedí perdón mil veces al fotógrafo y él aceptó las disculpas obligado, porque sabía que no podía cabrearme más, lo que me hace sentir aún peor.

—Bueno, fue un error. —Bufo, y él rectifica—: Un gran error, pero no tiene por qué suponer el fin de tu carrera.

—Ese mismo día, cuando llegué al hotel, sufrí tal ataque de ansiedad que me comí todo lo que había en el minibar.

—Vaya.

—Y me bebí una botella de tequila. Yo solita.

—Entiendo.

—La lie pero bien.

—No sé si quiero saber.

Casi se me escapa la risa, porque su tono es neutro, pero sé que de verdad duda. Aun así, sigo, porque ya no hay quien me pare. Él quería saber y ahora va a darse cuenta de hasta qué punto puedo ser despreciable.

—Cogí tal borrachera que apenas podía hablar. Intenté dormir, pero me resultaba imposible, así que me tomé uno de esos relajantes que ya había tomado para volar. Perdí el conocimiento. Cuando desperté, estaba en el hospital; me habían hecho un lavado de estómago y apenas recordaba nada de la noche anterior. —El cuerpo de Adam es una tabla, de tenso como está. Apoyo la cabeza en el árbol y trago saliva—. No dejé que nadie me viera así, ni siquiera Alexia. Estaba agotada. Te juro que nunca me he sentido tan cansada. Cuando me dieron el alta, volví al hotel, hice la maleta y me largué sin decir nada más. Fui a Nueva York, pero después de dos días con aspecto de zombi y bebiendo más de la cuenta, sentí que necesitaba un destino más tranquilo, así que volé a Londres. —Adam carraspea y yo me río sin humor—. Lo sé. No fue tranquilo, tampoco. Hice el imbécil algunos días y volví a preparar las maletas. Y aquí estoy.

Adam guarda silencio unos instantes. Cuando habla, lo hace en tono bajo y bronco.

—Debiste llamarnos. A tu familia. A mí. A alguien. No debiste pasar por eso sola.

—Era lo mínimo que merecía —susurro.

—Victoria, no puedes castigarte así por...

—No fue un caso aislado, Adam. Vale, no he tirado a más fotógrafos a arrozales, pero en los últimos tiempos he estado tan desquiciada que apenas podía soportar que me dieran una orden. Odiaba cada contrato que firmaba, pero lo hacía porque... —Me muerdo el labio un segundo antes de seguir, pero él pone una mano justo encima de mi rodilla, para no rozarme los arañazos, y la aprieta con suavidad.

—¿Por qué?

—Porque hubo un tiempo, al principio, en que sí era feliz mostrándome tal como era. Cuando no había tantas obligaciones, ni compromisos, ni los patrocinadores exigían ciertas poses o cierta actitud. Cuando podía ser yo misma de verdad, y no la marca en la que me han convertido.

—Todavía eres tú. —Niego con la cabeza, pero él se mueve y se acuclilla frente a mí—. Claro que sí. Eh, mírame. —Lo hago, con la boca más temblorosa de lo que me gustaría—. La Victoria que hay ahora frente a mí eres tú. La que hizo aquel desfile la noche en que llegó también eras tú. La que sonríe como si nada le importara y actúa en virtud de lo que siente, más que de lo que debe, también. Y la que se tatuó un cucurucho en el culo solo para darme una lección. Sigues siendo tú, solo que una versión un poco perdida de ti misma.

Me muerdo el labio y estoy a punto de confesarle que llevo más de un año sufriendo ataques de pánico y ansiedad. Que antes de venir aquí apenas dormía si no era con ayuda de relajantes. Que no he comido como debería en mucho tiempo, y aún sigo sin hacerlo. Que hay días, muchos días, en que siento que no puedo respirar de tanto como me aprietan los miedos y el estrés. Trago saliva con fuerza y quiero decirle que siento que mi propia imagen se ha vuelto contra mí para hundirme en lo más hondo. Que, a veces, imagino a una Victoria despiadada metiéndome la cabeza en una bañera llena de agua y no dejándome salir hasta que creo que voy a morir asfixiada. Que llorar ya no ayuda, y que el sonido de las notificaciones en el móvil me hace hervir de angustia y rabia. Quiero decirle todo eso, pero en sus ojos veo que lo que le he contado es suficiente por hoy. Es suficiente para mucho tiempo. No necesita saber que lo que le he dejado intuir solo es la punta del iceberg, así que respiro hondo y me las apaño, no sé ni cómo, para sonreír.

—Sí —miento—. Sí, seguro que estos días aquí servirán para encontrarme.

—El lunes, cuando Alexia te llame, dile que no estás lista para volver.

—No servirá de mucho, fue clara en sus indicaciones.

—A la mierda las indicaciones.

Lo miro elevando una ceja, porque no es normal que él hable así.

—Esa lengua, Lendbeck.

—Necesitas descansar más. Tienes que pasar más tiempo con nosotros para volver a encontrar a esa Victoria a la que tanto echas de menos.

El plan es sencillo y me encantaría poder ceñirme a él, pero no sé si, cuando llegue el lunes, Alexia amenazará con denunciarme por todos los contratos incumplidos. Aun así, tomo aire, lo suelto lentamente y asiento, porque no puedo hacer otra cosa más que intentar reponerme y atravesar esta situación como pueda. Por mí, pero, sobre todo, por ellos. Por Adam, que me mira esperanzado, como si de verdad unos días aquí pudieran solucionar el caos que es mi vida ahora mismo. Por mis hermanos, abuelos, tíos y primos, que desean que vuelva a ser yo al cien por cien, y, sobre todo, por mis padres, porque no puedo ni imaginar cómo se quedarían ellos al averiguar la verdad. Es algo que me provoca tanto dolor que decido en el acto que ellos solo pueden tener un mínimo de información. Nada que los haga sufrir en exceso. Nada que les indique que su hija traspasó ciertas líneas hace mucho tiempo y no sabe bien cómo regresar sin dejarse en el camino lo poco que queda de ella.

10

Adam

Hay más. Lo sé. Siempre he sabido cuándo Victoria me miente u oculta información. Era apenas una niña cuando intentaba engañarme para que la llevara con nosotros a la discoteca, o cuando me juraba que su padre le había dado permiso para conducir las motos de agua, entre otras cosas. Sé bien cuándo miente; en cambio, nunca sé cuándo voy a encontrarme con la Victoria sincera que abre su corazón ni cuándo va a cerrarse en banda de nuevo, escondiendo el mundo que guarda dentro de sí misma. Un mundo en ruinas, a juzgar por lo poco que me ha contado.

Quiero ayudarla, pero no sé cómo, y eso es lo que está volviéndome loco. No entiendo hasta dónde llegan sus heridas. No puedo limpiarlas con cuidado, como he hecho con sus rodillas. No funciona así, aunque me joda admitirlo.

Supongo que, aunque no me guste, solo me queda estar a su lado e intentar que no se ahogue en los sentimientos que emergen de ella.

—Esto mola más que mis dunas —susurra, ajena a mis pensamientos.

—Las dunas no son tuyas —murmuro, más por inercia que por tratar de molestarla.

Ella se ríe un poco y me empuja con su hombro.

—Pero ¿es que nunca puedes tener la bocaza cerrada?

—Has dicho que mola más que tus dunas, y no son tuyas. —Sonrío y me encojo de hombros—. Esto, en cambio, es mío, y te lo presto cuando quieras.

—¿Es en serio?

—Sí, pero no puedes traer a nadie. Este sitio es solo mío y, ahora, si lo necesitas, tuyo.

—¿Ni siquiera a tu hermana?

—Mucho menos a la metomentodo de mi hermana —gruño, arrancándole una breve carcajada que me alivia por dentro—. Sería capaz de montar un botellón aquí arriba.

—Qué mala fama le das...

—Se la ha ganado ella solita a pulso. De mis hermanos solo se libra Junior.

—Porque es igual de soso que tú.

—Si por soso entiendes que no está zumbado, como Ethan y Daniela, sí.

Victoria vuelve a reírse y, al cabo de unos segundos, carraspea.

—¿Significa eso que yo también estoy zumbada?

—Tú eres la reina de las zumbadas, cariño —le digo con dulzura.

Ella se ríe porque sabe que, en realidad, siento debilidad por todos mis hermanos por igual. Es cierto que Ethan y Daniela tienen un carácter abierto y extravertido que no casa mucho con Junior y conmigo, que tenemos personalidades más reservadas. A mí me gusta pensar que somos observadores, sin más. Mi padre es así y no le ha ido nada mal. En cambio, Eth y Daniela van por la vida a corazón abierto, igual que mi madre. Y no soy tonto: que yo no sea así no significa que no lo envidie, a veces, porque viven las cosas con una intensidad que, aunque en muchas ocasiones me resulta agotadora, otras me cautiva irremediablemente.

Volviendo a Victoria, sé que también se ríe porque sabe que nunca me ha molestado su carácter extravertido, o espero que lo sepa.

—En todo caso, la princesa. Creo que mi madre es la reina desde hace muchos años, según mi familia.

—Cierto, pero ella también es adorable.

—¿Y yo no? —Guardo silencio para cabrearla. Y funciona, porque bufa y me da un manotazo—. Pero mira que eres imbécil cuando quieres.

Me río entre dientes y atrapo su mano antes de que me golpee de nuevo. Acaricio sus dedos con suavidad y los dejo ir mordiéndome el labio.

—Estás tan guapa cuando te enfadas...

—Entonces últimamente estoy preciosa, según tú.

—Eres la princesa zumbada más bonita del mundo.

Victoria se ríe, me hace un corte de mangas y chasquea la lengua.

—Debería teñirme el pelo de otro color. Morado, quizá.

—Déjalo rosa. Está bien. —Suspiro—. A no ser que, ahora que te he dicho que el rosa está bien, tengas aún más ganas de cambiártelo.

Ella deja salir una risa sincera que me alegra, porque no ha soltado muchas desde que llegó al camping.

—No, mira, voy a concederte eso. Al menos por un tiempo. Tú me dejas tu mirador y yo mantengo mi pelo rosa unos días más.

—¿Solo unos días?

—Hasta que me dé el *flus*.

—O sea, dentro de nada.

Victoria vuelve a reírse y se encoge de hombros.

—¿Y qué más te da? Me marcho el lunes.

—No es verdad.

—Tengo que irme, Adam.

—No tienes billete.

—Lo sacaré mañana.

—No te vas.

—Sí, claro que sí. Alexia no aguantará más tonterías. No puedo enfrentarme a un montón de denuncias a la vez.

—Puedes: te has hecho rica.

Su risa lo llena todo, pero niega con la cabeza.

—No es por dinero, es por... mi imagen. Ya está bastante dañada.

Pienso en eso y, aunque me joda, reconozco que tiene razón, pero no quiero que se vaya. Todavía no. A mí me queda una semana en el camping y quiero que esté aquí, conmigo. Con nosotros, quiero decir. Con toda la familia. La suya. Y la mía. Y... pues eso. Que no quiero.

—Trabaja desde aquí.

—¿Qué? —Su risa vuelve a resonar, y tengo la sensación de que el puto bosque lo agradece, porque justo nos llega una brisa que me eriza el vello de la nuca—. ¿Cómo voy a trabajar desde aquí?

—¿Qué pasa? Puedes hacerte fotos en la playa, en el césped, en el bosque, en las dunas. ¿No es suficiente categoría para ti?

—Claro que sí, no digas tonterías. No es eso, lo que ocurre es que tengo que viajar.

—¿A dónde?

—No lo sé. Supongo que me lo dirá Alexia cuando le pregunte.

—Exige trabajar desde aquí.

—Ay, Adam... —Suspira y apoya la cabeza en mi hombro.

Ni confirmo ni desmiento que me encante que haga eso.

—¿Qué? —murmuro—. Tú eres la estrella, nena.

Ella suelta un bufido y guarda silencio unos segundos. Cuando vuelve a hablar, lo hace con voz ronca.

—No quiero ser la Victoria exigente de los últimos tiempos. Precisamente por eso vine aquí.

—No lo serás con nadie, salvo con ella. Necesitas descansar más, Victoria. Pueden mandarte aquí los productos. Venga..., va. Por favor.

Ella hace una pausa que se me antoja eterna y, al final, asiente.

—Lo voy a intentar, ¿vale?

—Esa es mi chica.

Beso su cabeza y los dos nos quedamos en silencio mirando el bosque, el mar y las estrellas. Pasado un rato, percibo su temblor, así que me quito la chaqueta y se la tiendo por encima. No nos dormimos, como nos pasó en las dunas, pero cuando queremos darnos cuenta, es de madrugada y el silencio se hace notar, sobre todo a lo lejos, en el camping, donde ya no hay música.

—Deberíamos volver —susurra desperezándose.

Asiento, porque tiene razón, y volvemos al camping en silencio. No sé en qué piensa ella, pero yo no dejo de darle vueltas a que ojalá pueda quedarse más tiempo. Esta semana, entre una cosa y otra, se me ha pasado demasiado rápida, y tengo la sensación de que acaba de llegar.

La acompaño hasta el bungalow y, por un momento, me imagino a sus padres esperándola en el porche, pero al llegar lo encontramos vacío. Creo que intuyen que Victoria necesitaba un respiro, no lo sé.

—¿Nos vemos mañana? —pregunta cuando ya ha subido el escalón del jardín.

—Sí, los chicos me dijeron esta tarde que irán a hacer una ruta en kayak.

—Genial, seguro que Emily ya nos ha apuntado. —Sonrío por respuesta y ella me imita—. Hasta mañana, Lendbeck.

—Que duermas bien, princesa zumbada.

Su risa me acompaña hasta que entra en casa.

Camino de vuelta a la mía, atravieso el jardín privado y entro sin hacer ruido. Me dirijo al cuarto que comparto con Ethan y, al entrar, me lo encuentro jugando a la Play. Casi treinta años y está tan enganchado como cuando tenía quince. Sin embargo, no lo critico mucho, porque a mí también me gusta jugar de vez en cuando.

—Eh. —Me tira el mando sobrante y señala un extremo de su cama—. ¿Dónde te has metido?

—He estado en el mirador.

—¿Con Vic?

—¿Cómo lo sabes?

—Te vi llevártela a hurtadillas.

—No me la llevé —bufo—. Ella vino conmigo libremente.

—Ya. —Se ríe y se echa a un lado cuando me siento en la cama—. Llámalo como quieras, pero Diego está que trina. Te lo digo porque quizá es buena idea que mañana te mantengas alejado de él y de Julieta.

—Pero si no he hecho nada.

—Te has llevado a su niña.

—Ni me la he llevado ni es una niña —contesto indignado—. A lo mejor el problema es que no aceptan que Victoria ya es mayorcita. Deberían darse cuenta.

—Eso es cierto. Todavía recuerdo el día en que me di cuenta yo de que ya no era una niña.

—¿Cuándo?

—Cuando me quedé embobado con el culazo que tiene. —Lo empujo y se ríe—. Joder, es verdad. Me impresionó tanto darme cuenta de que era el culo de la pequeña Vic que no la miré más en lo que restaba de día. Ni a ella ni a Emily.

—Cretino —murmuro mientras inicio una partida.

—Como que tú no se lo has mirado... —Me quedo en silencio y se ríe—. Será que no te he pillado veces...

—Eso es mentira.

—Eso es verdad, joder. A mí no me engañes, que soy tu gemelo y te caerá un castigo divino.

—Juega y calla.

—¿Qué pasa aquí? —pregunta Daniela entrando en el cuarto de pronto.

—Nada —mascullo.

—Hablamos de que Adam mira a menudo el culo de Vic.

—¡Serás imbécil! —exclamo.

—Es un culazo —dice Daniela—. Tranquilo, hermanito, yo te entiendo. Lo que no entiendo es que nunca mires el de Emily.

Ethan y ella se parten de risa mientras yo rezongo y hago amago de levantarme, pero entonces Daniela se me echa encima de tal forma que los dos volvemos a caer en la cama.

—Quita, loca.

—De loca, nada. ¿Dónde has estado?

—Se ha llevado a Vic al mirador.

—Uy, uy, uy. ¿Hay algo que nos quieras contar? Qué feo eso de raptar a una de las princesitas de los Corleone León, hombre.

—¡Que yo no he raptado a nadie, joder! Hemos ido a estar tranquilos, nada más.

—Diego te va a partir las piernas cuando te vea. Estaba supercabreado.

—Hombre, no creo que se ponga tan violento —replica Ethan—. A lo mejor se conforma con una colleja.

—Ni me va a partir las piernas ni me va a dar una colleja. Su hija vino conmigo voluntariamente y no hemos hecho nada malo.

—Estaban manteniendo una conversación importante —dice Daniela.

—Entonces que se lo recriminen a Victoria, no a mí.

—¿Qué pasa aquí? —nuestro hermano mayor, Junior, se asoma a la puerta.

Yo resoplo, porque es el que faltaba, aunque, bien mirado, no está mal que alguien ponga un poco de cordura en todo esto. En realidad se llama Oliver, como mi padre, pero todos le decimos Junior. Tiene el pelo rubio oscuro, los ojos azules y una sonrisa amable que gusta a todo el mundo. Si Ethan y yo somos parecidos a mi padre, y mi hermana, a mi madre, él es clavado a mi tía Wendy y a mi abuelo, y encima es cirujano. Es normal que mis padres, mis abuelos, mis tíos y cualquiera pierda el culo con él, aunque a Ethan y Daniela les dé rabia. Sé que, en el fondo, tanto ellos como yo queremos a nuestro hermano con locura, a pesar de que sea tan serio. Más que yo, que ya es decir.

—Adam ha raptado a Vic y se la ha llevado al mirador a mirarle el culo —anuncia Daniela.

Yo la miro con los ojos como platos. La capacidad que tiene esta mujer para liarlo todo es alucinante.

—Pero ¿a ti qué coño te pasa en la cabeza? —pregunto.

Ella se encoge de hombros y me empuja para dejarle un hueco a Junior. Vamos a ver, la cama es de noventa y aquí ya somos tres. A este ritmo vamos a parecer un puto chiste.

—¿Es eso verdad?

Junior me lo pregunta directamente porque conoce a mi hermana, pero imagina tú que la loca se lo suelta a cualquiera ajeno a la familia. ¿Qué pensarían de mí?

—Claro que no, joder. Diego y Julieta estaban atosigando de mala manera a Victoria.

—Si por atosigar entendemos que unos padres quieran saber qué coño le pasa a su hija, supongo que sí —acepta Ethan.

—Como iba diciendo —continúo, ignorando a mi hermano—. Estaban atosigándola, porque era evidente que ella no quería contar nada todavía. Si no está lista, no tienen que presionarla.

—¿Y por eso te colocaste la armadura y te la llevaste en tu caballo blanco? —repone Daniela.

—Yo, si nos vamos a poner con las risitas a cada cosa que diga, me callo y se acabó el tema.

—Qué sieso eres, por Dios —murmura mi hermana—. Venga, sigue.

—Le di la mano y le pregunté con la mirada si quería salir de allí.

—¿Cómo se pregunta algo con la mirada? —Ethan se ríe—. ¿A base de guiños? ¿Te pones bizco? ¿Haces la metralleta?

—¿La metralleta? —pregunta Junior.

Mi hermano Ethan empieza a pestañear a toda hostia y, aunque no quiera, acabo soltando una carcajada.

—Eres un imbécil —le digo.

—Bueno, sigue con el relato.

—No hay mucho más que contar. Ella me dio la mano y nos fuimos. Pensé llevarla al mirador porque la vi agobiada y aquel sitio no lo conoce nadie, a excepción de vosotros.

Todos guardan silencio y, después de un momento, es Junior el que habla:

—Entonces has llevado a Vic al mirador en el que nos tienes prohibido entrar. —Guardo silencio, porque no me esperaba el reproche, la verdad—. Pues sí que tiene que tener buen culo.

Mis hermanos estallan en carcajadas mientras yo miro a Junior con odio concentrado. ¡Se supone que este es el modosito!

—Deberías fijarte mañana, Junior. En el de ella o en el de Emily, que son iguales. Redonditos, alzaditos, una maravilla.

—Ya está bien, joder, sois unos cerdos —protesto—. ¿Y tú? —Miro a mi hermana Daniela—. ¿No te indigna que hablen así de otra mujer?

—Me indigna más que esas cabronas tengan mejor culo que yo, la verdad.

Vuelven las risas, así que me levanto y me voy al baño a darme una ducha, porque cuando se ponen así, son insoportables. Me desnudo, me meto bajo el chorro de agua y cierro los ojos para intentar relajarme. El problema es que, de tanto hablar del culo de Victoria, no puedo evitar rememorar el movimiento que hacía mientras subía al mirador delante de mí. Aprieto los dientes y maldigo a mis hermanos en silencio. Cuánto odio que al final me acaben metiendo estas imágenes en la cabeza, joder. Ajusto los mandos para que el agua caiga helada y, cuando salgo, unos minutos después, lo hago más relajado y dispuesto a ser conciliador con ellos.

El problema es que, al entrar en el cuarto de nuevo, me encuentro con que Daniela y Junior se han apoderado de mi cama y se han quedado fritos. Entrecierro los ojos y valoro seriamente sacarlos a base de puntapiés, pero al final miro a Ethan, que ronca en el centro de su cama, abierto de brazos y piernas, y decido que él también se merece pasar una noche de infierno. Le doy un empujón que casi lo empotra en la pared contra la que está pegada la cama y me meto, ignorando sus gruñidos y quejas.

Dormimos poco porque, cuando por fin cierro los ojos, ya está a punto de amanecer y, a las doce en punto, mi madre entra en el dormitorio, sube la persiana sin miramientos y nos grita que ya está bien de hacer el vago.

—Además, ¿no ibais a coger los kayaks hoy? ¡Pues venga! Andando.

—Nena, ¿no deberíamos ser más delicados al despertarlos? —dice mi padre de fondo.

—¡Tienen casi treinta años, Oli! Como no nos pongamos serios, no los echamos de casa en la vida.

Mi padre se ríe y ella lo acompaña mientras pone la radio a toda hostia y nos hace gruñir aún más. Que la canción elegida haya sido *Hoy quiero confesar*, de Isabel Pantoja, no ayuda. Cuánta maldad en un cuerpo tan pequeño, de verdad.

—«Hoy quiero confesar que estoy enamorada, pa' matar los rumores de aquella esquina; que me gusta el perfume de claveles y que llevo en el alma Andalucíaaaaaaaa.»

Miro a mi hermana Daniela sin sorprenderme, porque cuando escucha una copla suele venirse arriba y olvida que es medio estadounidense. A ella, a diva, no la gana nadie. Por lo menos ha heredado el don para la música de mi padre y no resulta desagradable.

—Dios, estoy molido —dice Junior—. Esta niña es un terremoto hasta dormida.

—Esta niña dejó de ser niña hace mucho. Cuando quieras, te doy una paliza y te lo demuestro.

—Esa vena violenta deberías mirártela —insinúa Ethan a mi lado antes de sonreírme y tirarme un beso—. Buenos días, bombón. Menos mal que no hemos hecho la cucharita, porque he soñado algunas cosas que me han puesto la tienda de campaña de tamaño familiar.

Salgo de la cama de un salto mientras él se ríe a carcajadas. Le hago un corte de mangas y cojo del armario un bañador y una camiseta.

—¿A qué hora es lo de los kayaks?

—Quedamos a las tres con el resto. Lo que no sé es si habrá para todos —contesta Ethan.

—Lo echaremos a suertes, entonces —sugiere Daniela.

—Y si no, ya saldrá otra cosa para hacer —respondo.

—Contigo hay que tener cuidado, no sea que raptes otra vez a Vic.

Miro a Junior y hago mi segundo corte de mangas del día. Ellos vuelven a reír a carcajadas y yo salgo en busca de un desayuno tardío sin querer pensar que, en realidad, si en el sorteo me quedo sin kayak, espero que Victoria corra mi misma suerte...

11

El desayuno es tenso, cosa rara en nuestra familia, porque no somos de guardarnos nada. Mi padre y mi madre están cabreados, se nota, pero hago como si no me diera cuenta. Intento no parecer alegre ni triste, para no agitar lo que sea que sientan ahora mismo. Lo mejor que puedo hacer es mostrarme lo más neutral posible.

—¿Hay sal? —pregunto.

—Está en la cocina. Voy a por ella; intenta no desaparecer en el proceso —dice mi madre.

—Pequeña... —murmura mi padre mirándola con dulzura.

Yo miro a mis hermanas, que a su vez me miran a mí. No necesitan hablar, sé bien lo que intentan decirme sin palabras. «La has cagado pero bien.» Lo sé, y me sabe mal, pero me sabría aún peor joderles las vacaciones, así que intento pensar que, en el fondo, esto lo hago por ellos.

—Está muy dolida —susurra mi padre mirándome—. Puedo entender tus razones, pero le has hecho daño, Victoria. —Trago saliva; sin embargo, él no se detiene—. En realidad, no, no entiendo tus razones, pero tú sabrás, hija.

Enfoco la vista en la mesa mientras él se levanta. Lo observo de reojo, veo cómo abraza a mi madre por detrás y besa su cabeza antes de coger la sal, susurrar algo en su oído, volver y ponerla junto a mi plato sin decir nada más. Y el corazón se me rompe un poquito, porque no sé si esto, al final, más que protegerlos, es herirlos por las buenas. No dejo de pensar en que no quiero que sufran y resulta que ya están sufriendo. No lo soporto, no puedo soportar que mi madre esté así por mi culpa. Ella, que jamás se pone tan seria o distante. Cuando vuelve, lo hace en silencio, y me doy cuenta de lo importante que es para nuestra familia cuando nadie habla en la mesa durante el desayuno. Nadie. Es como si no fuésemos capaces de mantener un tema si ella no está de humor. Sé que, si nos pusiéramos, hablaríamos de algo, claro, pero es que no estamos acostumbrados a ver a mi madre tan... callada. Ella, aunque se enfade, siempre habla y deja ver lo que siente. Ahora, en cambio, desayuna un poco, si es que a los dos bocados que ha dado a la tostada se los puede llamar desayunar, y se levanta para lavar los platos que se apilan en el fregadero. La situación es tan rara que mi hermana Emily me da un puntapié por debajo de la mesa. Sé lo que quiere decir. Que hable de una jodida vez, que lo arregle, y tiene razón, pero me da tanto miedo lo que piensen de mí...

Al final, cuando mi padre se levanta para salir del bungalow con ella, lo agarro de la mano con fuerza. Él se queda a medio levantar y yo miro mi plato intentando concentrarme, porque no sé hasta dónde voy a poder contar para que me entiendan sin que sepan toda la verdad.

—Tuve un ataque de ansiedad. O de pánico, según como se mire. —Mis hermanos permanecen como estatuas, mi padre se sienta y mi madre sigue mirando el fregadero, pero ha dejado de lavar platos—. Empujé sin querer a un fotógrafo a un arrozal, en Bali. Después fue cuando tuve el ataque.

Trago saliva pensando a toda prisa si debería contar lo que ocurrió en el hotel o no. Al final decido que sí, porque es una forma de que entiendan que no es una chiquillada, pero el resto... el resto me lo guardo, igual que con Adam, así que me lanzo y cuento lo del desfase horario, lo del relajante que había tomado y lo de la borrachera y el segundo relajante que me dejó KO. Para ese entonces, mi madre ha vuelto a su sitio en la mesa y me mira con los ojos muy abiertos, como si no pudiera creerse que haya sido capaz de callarme algo así.

—¿Estuviste inconsciente en el hospital y no nos llamaste?

—Hombre, a ver —susurra Emily, en un intento de mitigar la tensión—. Si estaba inconsciente, no podía llamarte.

Edu suelta una risita, que tapa haciendo ver que bebe de su batido cuando mi padre lo fulmina con la mirada; Mérida me observa con sus inmensos ojos oscuros como si de pronto me hubiese convertido en un alienígena, y mis padres... Bueno, ya puedo vacilar de haberlos dejado pasmados, algo que es bastante complicado.

—¿Cómo te dieron la receta para el relajante? —pregunta mi padre con calma.

Reconozco que no contaba con sus dotes de poli para despejar ciertas incógnitas.

—Eso da igual. El caso es que los tomé y me sentaron mal.

—Lo que te sentó mal, en realidad, fue mezclarlo con el alcohol como si fueras una estrella del rock & roll pasada de rosca. —Mi padre coge aire y lo suelta con lentitud, como si intentara controlarse por todos los medios. Posiblemente porque así sea—. ¿Has tomado relajantes en situaciones parecidas antes?

—No —contesto con rotundidad.

—¿Otro tipo de pastillas que te ayuden a... mantenerte?

Aprieto la mandíbula y lo miro con determinación, porque no quiero que tenga dudas.

—No me drogo, si es lo que quieres saber.

—Victoria, joder —dice después de chasquear la lengua—. Solo intento ver hasta dónde llega todo esto.

—Fue un puto relajante con una borrachera que me dejó KO. No estuvo bien, lo sé, pero no es algo que vaya haciendo por los hoteles del mundo. Por lo general, controlo mi vida.

Me callo que, últimamente, esa frase no se ajusta por completo a la realidad. Es parte de lo que no necesitan saber. Miro a mi madre, que sigue sospechosamente callada. Parece reflexionar unos segundos y, cuando habla, me deja a cuadros, como es costumbre en ella.

—¿Hacía calor en Bali?

—Eh... Sí, claro. Mucho.

Ella asiente, da un trago al café de mi padre y suspira.

—Por lo menos refrescaste al pobre fotógrafo.

Abro la boca para contestar, pero la carcajada de mi hermana Emily me lo impide. La miro mal e intento, por todos los medios, no reírme, porque me siento fatal por lo que hice.

—Fue una cerdada —afirmo—. Me porté como una imbécil integral.

—No te lo niego, hija, pero tampoco es que hayas matado a nadie.

—Quizá no deberíamos suavizar actitudes que está claro que son reprobables, pequeña —dice mi padre.

—Yo no suavizo nada. Lo que hizo está mal. —Me mira y asiente—. Muy mal, pero todo el mundo la caga alguna vez en la vida. Me preocupa más el ataque de ansiedad que tuviste después. ¿Te ha pasado más veces? —Guardo silencio y ella frunce el ceño—. Entiendo. ¿Tienes muchos ataques de pánico?

—Algunos —susurro distraída—. Nada que no pueda controlar.

—Hombre, acabaste lanzando a un pobre fotógrafo a un arrozal. Yo no diría que eso es «controlar» —ironiza Mérida.

—Ya ves —sigue Edu—. Habría que ver la cara que se le quedó al pobre. Aunque, si ese es el precio que hay que pagar para estar cerca de tías buenas en biquini, a mí no me importaría pagarlo.

—La tía buena, en este caso, era tu hermana mayor. —Emily alza las cejas.

—Ya, yo pensaba en las otras. Lo de mi hermana me da asco.

—¡Eh! —exclamo ofendida.

—Sin ofender —se excusa él con sonrisa de niño bueno.

Me río, mal que me pese, y vuelvo a observar a mis padres, que se miran entre ellos y mantienen una de esas conversaciones silenciosas que tan habituados estamos nosotros a presenciar. Al final el que habla es mi padre, pero ya se podía haber quedado callado, porque lo que dice no me hace ninguna gracia.

—¿Te has planteado ir a un psicólogo, Vic? —pregunta con suavidad—. Samu Acosta también está por aquí de vacaciones y me consta que hace terapia presencial y online. Podrías hablar con él y...

—No necesito un jodido psicólogo.

—Eh, cuida esa boca —me reprende mi madre.

—¡Tú eres la peor hablada de esta familia!

—Sí, pero ahora estamos hablando de ti y soy tu madre, así que cuida esa boca.

Chasqueo la lengua y me revuelvo en la silla, incómoda al máximo con el planteamiento.

—He tenido ansiedad y estrés, eso es todo. No necesito un psicólogo que me diga que me relaje.

—Creo que hacen mucho más que eso, cariño. —Hago amago de protestar, pero mi padre me corta—. Babu acudió a uno un montón de tiempo y lo ayudó mucho.

—Babu tuvo una madre drogadicta y prostituta que llegó a permitir que abusaran de él. ¿De verdad vas a comparar?

Mi padre suelta un suspiro de cansancio y se mesa el pelo.

—Oye, solo digo que estás muy tensa. Quizá tienes que aprender a gestionar tu vida de otra forma.

—Y bajar el ritmo de trabajo —sugiere mi madre—. Necesitas descansar más para no cruzar de nuevo el límite.

—En eso estoy de acuerdo —intervengo, deseando que se olviden del tema del psicólogo—. De hecho, voy a llamar a Alexia para pedirle que me mande trabajo que pueda hacer desde aquí y así quedarme una semana más. No quiero volver este lunes.

Eso los alegra, no pueden disimular, pero es Emily la que se levanta y me abraza con fuerza, antes de besarme las mejillas con tanto ahínco que acabo quejándome.

—Es que, como gemela, me tienes bastante abandonada, la verdad.

—No digas chorradas. Estoy siempre contigo.

—Menos cuando te vas con Adam.

—A ese ya lo pillaré —dice mi padre de pronto—. Mira que llevarte así, por las buenas.

—Papá, él no me llevó. Me fui yo.

—Te fuiste porque te cogió la mano. Pero, vaya, que ya lo pillaré. Tengo una semana para hacerlo, y ninguna prisa.

—Haz el favor de no meterte con Adam, ¿eh? Que es como de la familia.

—No, es que, entre el padre tatuándote el culo y el niño raptándote, ya me empiezan a tocar los huevos. —Señala a mi madre con el dedo—. Esto yo lo aguanto porque somos como familia, que si llegan a ser unos desconocidos, ya habríamos tenido follón.

—No seas troglodita, poli. —Mi madre se ríe y palmea su brazo—. Tu hija es una mujer adulta y es la única responsable de largarse y dejarnos plantados. Y el tatuaje se lo hizo porque le salió del mismísimo. Tiene a quién parecerse. ¿O ya no te acuerdas del que me hice yo?

—Es distinto.

—¿Por qué?

—Porque tú no eres mi niña.

—Ay, papá, qué antiguo suenas. Yo que te tenía por un hombre moderno y joven... —comenta Mérida.

—Y lo soy. Y guapo, además. —Mi madre suelta una carcajada y él la mira mal—. ¿Es mentira?

—Es verdad, es verdad. Y creído, un rato, pero forma parte de tu encanto, poli, yo te quiero igual.

Mi padre bufa y, antes de seguir con la conversación, se vuelve y me mira intensamente. Tan intensamente que me pone nerviosa, porque una cosa es que yo sea una tía valiente y otra que mi padre no me infunda respeto. Siempre se las ha ingeniado muy bien para conseguir que le tuviéramos respeto y admiración a partes iguales. Y todo sin ponernos una mano encima jamás. Como padre, tiene un diez el poli.

—Piensa lo del psicólogo. Solo por probar, no te vendría mal. No decidas nada ahora, solo... piénsalo.

Asiento, porque ponerme a malas no tiene ningún sentido. No hay nada que pensar, no necesito un psicólogo. Puedo manejar esto yo solita. Además, en toda la semana que he pasado aquí no he sufrido ningún ataque como tal, así que yo diría que es cuestión de aprender a relajarme. Y hablando de eso... Tengo que llamar a Alexia. No va a hacerle ninguna gracia, lo sé, así que decido que lo mejor es no postergarlo más y salgo al porche con el móvil en la mano. Lo enciendo y enseguida me asaltan miles de notificaciones. Miles, sí. Es una jodida locura. La llamo; ella me contesta con amabilidad y dulzura, como si temiera que yo vaya a dar un paso atrás y le diga que no voy a subir en el avión que me tiene reservado para mañana, seguramente. Y eso es justo lo que hago. Ella protesta, grita, me insulta con alguna que otra indirecta y, al final, acepta que más vale trabajar desde aquí que seguir con el móvil apagado, porque no quiero ni pensar en el montón de dinero que hemos perdido en toda una semana. Si estar un día desaparecida ya es raro, perderse siete habrá servido para que hablen de mí barbaridades. Estoy tentada de rastrear mi nombre en Google, pero hace mucho aprendí que eso solo sirve para ponerme de mala hostia, por la cantidad de mentiras y rumores que sueltan a diario en medios serios y otros que, de serios, tienen lo que yo de pelirroja natural. Nada.

—Empiezas mañana —me dice—. Dos historias y una publicación en el *feed* con varias imágenes promocionando tu teléfono y dejando claro que has estado descansando y disfrutando de unas buenas vacaciones mientras tomabas las mejores fotos.

—Creo que no tengo ninguna foto decente de mis vacaciones para el *feed*, a no ser que cuente una en la que salgo intentando ganar el concurso de comer merengue, claro.

—Si no tienes fotos, ya tienes trabajo para hoy. Es en serio, Vic, se acabaron las tonterías. Concédeme por lo menos esto.

—Sí, está bien —accedo—. Mañana por la tarde publico y así me da tiempo de trabajar por la mañana.

Ella acepta a regañadientes y me advierte que me enviará por mensajería urgente varios productos para que empiece a mover las redes cada día.

—Y no olvides meter algunas historias reales de tus vacaciones. A la gente le aburre ver solo publicidad. Quieren más de ti.

«Quieren más de ti.»

Es la frase estrella en mi vida desde que esta locura empezó. A menudo tengo la sensación de que, por más que doy, nunca es suficiente. Intento controlar mi genio. Exponerme no me molesta, la verdad, me gusta hacer el tonto en redes y no me cuesta subir algún vídeo o foto haciendo el ganso, pero no quiero implicar demasiado a mi familia y soy consciente de que, estando de vacaciones, es inevitable que salgan si no quiero acabar poniendo siempre el mismo contenido. Por suerte, mis hermanos suelen aceptar salir conmigo, y no es raro que circulen vídeos nuestros bailando en discotecas o brindando en alguna barbacoa. Incluso Edu aparece, y eso que no me hace gracia, al ser menor de edad, pero tendrías que ver cómo se ponen muchísimas chicas cuando lo saco. Me perturba saber que mi hermanito despierta el deseo de tantas mujeres siendo un adolescente y casi prefiero no pensar en lo que pasará cuando sea adulto.

Concreto los detalles con Alexia, aviso a mi familia del trato al que hemos llegado y Emily se ofrece de inmediato a hacerme un par de fotos antes de que vayamos a la playa para coger los kayaks. Me pongo un biquini de tanga negro y una cazadora vaquera y salgo al césped, donde Emily toma varias fotos en distintas poses. Nada del otro mundo, seguramente borre el ochenta por ciento de las imágenes, y las seleccionadas pasarán por varios filtros antes de ser subidas a las redes. Puede parecer un coñazo, pero, cuando te habitúas, es un trabajo casi mecánico.

La mañana se nos pasa volando: comemos un par de ensaladas ligeras para no llenarnos mucho antes de montar en los kayaks y avisamos a nuestros padres de que nos marchamos. Eso sí, me cambio el biquini por un bañador con escote pronunciado y pernera alta, pero, aun así, más discreto que el primer conjunto. Además, con este se me ve parte de la nalga, pero no entera, así que mi nuevo tatuaje queda más enigmático. Tampoco es que me importe llevar tanga en la playa, la verdad, pero creo que para hacer ejercicio este modelo es más cómodo. Además, si paramos en mitad de la ruta, como suele ser costumbre, podré hacerme fotos nuevas.

Llegamos a la playa cuando casi todos se arremolinan ya frente a Martín Acosta, otro de los hermanos de Daniela, encargado de las actividades acuáticas y del sorteo, porque no puede darnos todos los kayaks a nosotros y dejar al resto del camping sin nada. Además, normalmente hay que reservar para usarlos, y nosotros somos tan caraduras que nos colamos. No digo que esté bien..., pero es lo que hacemos.

—La cosa va así. Cada uno escribirá su nombre en un papelito y lo echará en esta bolsa. Después los iré sacando de uno en uno sin mirar y, cuando se llene el cupo, se acabó. El resto podrá cogerlos mañana a la misma hora.

Todos estamos de acuerdo y, cuando el sorteo se lleva a cabo, me alegra salir elegida para hoy. Emily, en cambio, se queda fuera, igual que Mérida. Resoplo y me voy fijando en los seleccionados. Björn saca unas fotos de mierda, el pobre. Mi prima Ari no lo hace mal, pero se cansa enseguida; Valentina está más pendiente de hacerse selfis que de fotografiar a nadie; Lars adora usar mi móvil para hacer calvos; Noah disfruta más fotografiando el paisaje, así que voy a fastidiarlo si le pido que esté pendiente de mí y...

—Bonito bañador. —Adam, a mi lado, eleva una ceja y echa la cabeza hacia atrás para mirarme el culo descaradamente—. Muy bonito, sí.

Pongo los ojos en blanco y sonrío.

—Buenas tardes, Lendbeck. Tienes una cara de enfermo que flipas. ¿Has dormido bien?

—Me encanta cuando nos decimos cosas bonitas. —Me río y suspira—. He dormido poco pero bien. ¿Has hablado con Alexia?

Su insistencia no me parece extraña. Sé bien que, después de mi confesión, estará preocupado por mí, así que asiento y le cuento lo ocurrido.

—Ahora solo necesito hacer las fotos que supuestamente tendría que haberme sacado en una semana y empezar a darles caña a las redes. De hecho, estaba buscando a alguien que me hiciera...

Me paro en seco y sonrío lentamente, poniendo cara de niña buena y pasando un brazo por sus hombros.

—¿Alguien que te hiciera...? —pregunta entrecerrando los ojos y dedicándome una de esas miradas de sabelotodo.

—Verás, pequeño. Resulta que yo necesito un fotógrafo y tú te dedicas a ello. ¿No te parece una preciosa casualidad del destino que los dos hayamos entrado en el turno de hoy para los kayaks?

—¿Estás queriendo decir algo en concreto?

Contengo las ganas de volver a poner los ojos en blanco, retiro el brazo de sus hombros y bufo.

—Pues claro que estoy queriendo decir algo. Cuando te haces el tonto, no puedo contigo. —Él se ríe entre dientes y yo vuelvo a resoplar—. ¿Me harás las fotos?

—No traigo la cámara buena, solo la acuática.

—Ni falta que hace. Tiene que ser con mi móvil; es para promocionarlo.

—Soy fotógrafo, Victoria. Yo hago fotos buenas o no las hago.

—¡Este móvil es lo puto mejor del mercado, Lendbeck! —exclamo de mala hostia—. Deja tu clasismo para con las cámaras y hazme el favor.

—Pídemelo bien.

Aprieto los dientes y vuelvo a mirar a mi familia en busca de alguien que pueda ocuparse de esta tarea, pero hasta yo me doy cuenta de lo absurdo que sería elegir a otro teniendo un fotógrafo profesional al lado. Además, tampoco me cuesta tanto ser educada, así que asiento y mascullo:

—Por favor.

—Por favor, ¿qué más?

—¿Cómo que qué más? ¿Qué más quieres?

—Algo como: «Por favor, Adam, tú que tienes esas dotes privilegiadas para la fotografía, ¿podrías ayudarme?».

—Tú te flipas. —Me río, pero él arquea una ceja y chasqueo la lengua—. Vas en serio —afirmo más que pregunto.

—También puedes llamarme «príncipe Adam», si lo prefieres. O «amo Adam».

Me río y niego con la cabeza. Este se cree que me va a ganar a mí en una batalla verbal. Parece que no me conoce, de verdad.

—Si las fotos no son lo bastante buenas, Alexia va a insistir tanto en que viaje a vete tú a saber dónde que no me van a quedar muchas opciones. Pensaba que habíamos acordado que tú querías que pasáramos estos días juntos, pero, tranquilo, voy a pedirle a Lars que se ocupe.

—Pero ¡si por cada dos fotos que te hace una es de su culo! —exclama. Me encojo de hombros; él me agarra del brazo y coge el móvil que llevo en la mano cuando apenas he dado un paso—. Vale, pero quiero los créditos en las redes.

—No sabía yo que andabas necesitado de más fama.

—Me la pela la fama, pero si vas a ponerte en mis manos, quiero el reconocimiento público. Qué menos. —En eso tiene toda la razón, así que asiento—. Y, para compensar que me haces trabajar con un móvil, me dejarás hacerte una sesión con mi equipo.

—Lo último que quiero es una sesión profesional, Adam.

—Será relajado. Tú eliges el lugar, la ropa y cada detalle. Yo solo pongo mi equipo y mi trabajo. Joder, si te estoy haciendo un regalazo.

Me río. Adam es uno de los fotógrafos más prestigiosos del mundo. En realidad, siempre he tenido ganas de colaborar con él, porque me encanta cómo trabaja, claro que eso no voy a confesárselo ni muerta. Su ego no necesita que yo lo alimente, así que me limito a suspirar, como si estuviese haciendo un enorme esfuerzo para aceptar sus reglas. Asiento y frunzo los labios.

—Vale. Tú me haces algunas con el móvil hoy, y yo me pongo en tus manos mañana por la mañana. Ya buscaré el sitio.

—La gran Vic Corleone en mis manos... Me relamo de pensarlo.

Le hago una mueca con la boca y, cuando voy a hablar, mi primo

Lars grita que es la hora, así que Adam y yo nos adelantamos y cogemos un kayak para los dos. No hemos hecho más que salir cuando oigo el clic de la primera foto.

—¡Tienes que esperar a que pose! —le digo desde la parte delantera del kayak—. Además, ¡tienes que remar! ¿O piensas dejar que yo lo haga todo?

—No te preocupes, nena. Puedo con varias tareas a la vez.

Bufo, pero se me escapa la risa antes de poder controlarla. La ruta dura dos horas y media, pero intuyo que me van a parecer siete, por lo menos. Cuando casi volcamos por culpa de un mal movimiento de Adam, lo confirmo.

Ay, qué tardecita nos queda por delante...

12

Adam

Empezaré admitiendo que los kayaks no son lo mío desde... nunca. No es que sea malo en los deportes acuáticos. De hecho, el deporte se me suele dar bien, pero no congracio mucho con los que implican un alto nivel de equilibrio, lo que es, en parte, estúpido, porque en mi trabajo es importante mantener el equilibrio. En cambio, es montarme en el jodido kayak y empezar a repartir mal el peso de mi cuerpo. Me siento como un elefante encima de un flotador infantil intentando no tocar el agua. Y eso que no soy grande. Mi complexión es más bien delgada, aunque esté fibroso. Tampoco ayuda mucho que Victoria parezca saber remar solo para un lado, porque a la derecha rema bien, pero a la izquierda le cuesta y se nota. Por un momento, incluso nos imagino dando vueltas en círculos hasta que alguien venga a enderezarnos. Por suerte, nos vamos desenvolviendo más o menos, pero yo no descarto acabar empapado de agua de aquí a que se cumplan las dos horas y media que dura el recorrido.

Conseguimos enderezar el kayak lo justo para igualarlo al de Ethan y Daniela. Junior se ha quedado fuera hoy. Mi hermana me mira y sonríe de una forma que no me gusta. Cuando empieza a cantar *Can You Feel The Love Tonight*, de *El rey león*, aprieto los dientes y la miro mal. Fatal. Mi hermana canta bien, muy bien, ya lo he dicho alguna vez, pero es que no lo hace por eso. Lo hace por Victoria y por mí, o por lo que sea que se esté montando en su cabeza. Cuando Ethan la acompaña en un dúo, es un hecho: mis instintos asesinos alcanzan niveles muy poco recomendables.

—¿Qué coño se han fumado estos? —dice Victoria mirándome por encima del hombro.

El movimiento, por nimio que pueda parecer, hace que el kayak se tambalee.

—¿No los conoces? Siempre están cantando.

Ella frunce el ceño, pero asiente una sola vez, como si fuese cierto. A ver, que lo es. Mi hermano Ethan es un gran bailarín y coreógrafo. No canta bien, pero tampoco mal. Se defiende. Aprendió de pequeño, todos nosotros aprendimos, pero es Daniela la que tiene una voz capaz de hipnotizar a muchos. Aun así, sé bien que no lo hacen para entretenerse. Cantan para joderme, como dos niñatos sin otra cosa mejor que hacer. La canción acaba, por fin, y Victoria decide que se merecen un aplauso, lo que me deja a mí encargado de los remos y con un kayak a punto de volcar cuando decide que también se merecen que choque los cinco.

—¿Te puedes estar quieta de una vez? —protesto—. ¡Al final nos caemos de verdad por tu culpa!

Ella se ríe y, al ver que me molesta, se agarra a los laterales del kayak y empieza a balancearse. Si es que no sé para qué cojones dejo que vea lo que pienso. Ya debería haber aprendido que Victoria funciona así: si intuye que algo me molesta, se esmera en hacerlo con todas sus ganas. No me quejo, ha sido nuestra dinámica muchos años y yo hago lo mismo, pero es que ahora no me apetece una mierda bañarme, la verdad. Y eso que hace calor.

—¿Puedes parar?

Victoria se levanta un poco para dar una culada; yo elevo las cejas porque, a ver, joder, tiene un culazo, y con el bañador, más. Mi hermano suelta una carcajada y lo fulmino con la mirada. Él eleva una ceja y yo le hago un corte de mangas. Si fuera el de Emily, también... O, bueno, quizá no, pero no pienso admitirlo de viva voz.

—¿Me has mirado el culo? —pregunta ella con una sonrisa vanidosa.

—Por Dios, deberías dejar tu ego de lado. Estoy demasiado preocupado por caerme al agua como para mirarte nada.

Mentira. Dios, qué mentiroso soy.

—Mejor, porque no te permito que me mires el culo.

—Victoria, si quiero mirarte el culo, lo haré y no te darás ni cuenta, a no ser que yo quiera.

—¿Y por qué ibas a querer que yo supiera que me miras el culo? —pregunta mirándome con arrogancia.

Me tomo mi tiempo en contestar. Eso la pone aún más nerviosa, y me gusta ponerla nerviosa. Me relamo los labios con lentitud y extiendo una sonrisa segura y torcida.

—Bueno... Quizá para alimentar ese ego gigante que tienes, o para demostrarte que aprecio tu culo. Pero, para eso, tendría que querer mirártelo.

—Claro. Y no es el caso.

—En absoluto.

—Qué suerte entonces que vaya a hacer la sesión de mañana en tanga, ¿verdad?

Acaba de decidirlo. Lo sé. La conozco. Y por un momento pienso que va a percatarse de mi reacción, porque es imposible no reaccionar ante eso. Ya la he visto en tanga antes, en la vida real y en las redes, pero siempre de lejos, como algo distante, no para dejarse fotografiar por mí. Ni confirmo ni desmiento que mi entrepierna haya sufrido cierto tirón, pero eso es porque soy hombre; es natural. Mi boca, por suerte, sigue inmune a sus provocaciones.

—Espero que sea un tanga bonito, al menos.

—Yo no tengo tangas feos.

—Bueno... —Lo pongo en entredicho. Ella se mece con tanta fuerza que un poco de agua entra en el kayak—. ¡Victoria, joder!

—Eso por meterte con mis tangas.

Sonríe con amplitud y no le contesto, porque ya vamos muy por detrás del resto, incluso de Ethan y Daniela. A este ritmo, cuando lleguemos será hora de volver.

Nos dirigimos hacia las rocas de la derecha. Hay una cueva en la que se puede entrar con el kayak a duras penas, porque la entrada es estrecha, pero, una vez dentro, el espacio se ensancha y color del agua es maravilloso. Al principio me daba claustrofobia, pero después de las primeras veces lo superé y ahora incluso he entrado buceando por mi cuenta alguna vez, solo para hacer fotos. No me extraña que Victoria me guíe hacia allí. Es probable que quiera alguna foto y, como me he comprometido a hacérselas, no me quejo.

Atravesamos las rocas y nos vemos envueltos por la penumbra que siempre rodea este sitio. El mar está en calma; de otra forma no podríamos entrar, sería una muerte segura. La luz se filtra entre las rocas del techo, lo justo para que nos veamos reflejados y para iluminar el agua de un color casi turquesa.

—¿Me haces una foto? —pregunta extendiendo el móvil en mi dirección.

Asiento y dedico los siguientes minutos a fotografiarla desde atrás, mirándome por encima del hombro. Estiro el brazo para enfocar desde un ángulo lateral e incluso me atrevo a ponerme de pie y tomarle una mirando hacia arriba y sonriendo. Está jodidamente preciosa con el mar rodeándola y el sol arrancando destellos en ese pelo rosa. Tan preciosa como para que yo me arriesgue a caer al agua.

—Hazlas bien, ¿eh? Que tengo que empezar a subir material cuanto antes.

—Las hago todo lo bien que se puede con una cámara de móvil.

—Los móviles hoy en día son mejores que muchas cámaras.

Ahogo una queja y me siento. Se acabó la sesión, porque me jode lo más grande que me compare un móvil, por bueno que sea, con una cámara. Ya no es que la segunda haga fotos de mejor calidad, no, es el encuadre, el concepto lo que cambia. Me jode mucho, no lo niego, que cualquiera enfoque con un móvil y piense que ser fotógrafo es así de fácil. Que no tiene mérito. Puede que la empresa sea de mi madre y que yo tuviera el puesto asegurado, pero aun así tuve que estudiar a fondo y luego practicar como un condenado hasta que mi trabajo empezó a ser aceptable. Mi madre jamás se habría conformado con menos, y mira que ella nos ha contado muchas veces que, de joven, era la persona más inmadura sobre la faz de la Tierra. Yo la creo, porque a alguien han tenido que salir Ethan y Daniela, y no ha sido a mi padre, que, pese a sus cientos de tatuajes y sus pintas al vestir, siempre ha estado bastante centrado.

—¿Alguna vez te has parado a pensar que, si cayéramos al agua ahora y no supiéramos nadar, nos moriríamos? —pregunta Victoria.

Abandono mis pensamientos para mirarla con las cejas alzadas y soltarle alguna frase irónica, porque el comentario es la hostia, pero entonces me doy cuenta de que está pensativa. Demasiado pensativa.

—No vamos a caer al agua —le digo—. Y, si lo hacemos, sabemos nadar.

—Ya, pero si no supiéramos, o si hubiera resaca, moriríamos.

La miro fijamente y soy consciente de que no bromea, ni exagera. De verdad está pensando en la posibilidad de morir aquí si las circunstancias se dan. Frunzo tanto el ceño que mis ojos se convierten en dos rendijas.

—¿Estás bien?

—¿Eh? Sí, sí. Claro. ¿Salimos ya?

—Sí, será mejor —murmuro, aún sorprendido por su actitud.

Ella, en cambio, abandona ese extraño comportamiento y vuelve a ser la chica dicharachera y bromista de siempre en cuanto atravesamos el arco de la entrada y el sol nos abrasa la piel.

El camino de vuelta no es silencioso, sino todo lo contrario. Victoria se lanza a cantar y, a diferencia de mi hermana, ella lo hace como el culo, pero con el genio que tiene, cualquiera le dice nada. Me martiriza con un amplio repertorio de sintonías de dibujos animados y, cuando empiezo a estar hasta los huevos, le pido que cante algo más actual. Más adulto.

—Venga, vale, te voy a cantar una de mis favoritas y que no está relacionada con dibujos animados.

A continuación, se lanza en una carrera desenfrenada de gritos y gallos que tiene como finalidad joder el trabajo del pobre compositor.

Y el caso es que la letra me suena, pero como esta mujer tiene el mismo oído que una piedra, no consigo dar con la tecla.

—¡Hostias! —grita mi hermana, acercándose de nuevo a nosotros. Ellos no han entrado en la cueva todavía—. ¿Estás intentando cantar la de *Mediterráneo*, de Dylan Carbonell?

—¿Intentando? —Victoria frunce el ceño—. No lo estoy intentando. La estoy cantando.

Ethan suelta una carcajada tan grande que su kayak se desestabiliza.

—Pobre Dylan. La próxima vez que lo vea le diré que una tía con un culo de infarto y una voz de gallina de corral abandonado intentó cantar su canción.

—¡Mira, pedazo de gilipollas, si no sabes entender el arte, pues dilo y punto! —Se me escapa una risa, que corto de inmediato cuando Victoria mira hacia atrás con dos fusiles en los ojos—. ¿Tienes algo que decir, Lendbeck?

—¿De lo de tu culo o de lo de la gallina? —Su cara de mala hostia se intensifica y yo remo marcha atrás. Ya ves tú la gilipollez, si vamos los dos en el mismo kayak y esto no nos alejará—. Es un gran culo, ya te lo he dicho.

—Imbécil —sisea ella. Luego suspira, endereza la espalda y rema hacia delante, por llevarme la contraria y tocarme los cojones, seguramente—. Pero sí, tengo un gran culo. Y una gran voz que no se valora lo suficiente.

Yo carraspeo, mi hermano se ríe de nuevo y Daniela canta, ahora sí, la canción de *Mediterráneo*. Joder, qué pedazo de voz tiene la enana. No lo digo en alto porque valoro mis huevos y no quiero que Victoria me los corte, pero es que se agradece mucho tener buena música —cantada por una buena voz— para regresar de nuestra excursión.

Cuando volvemos a pisar la arena, Victoria se dirige con pasos rápidos hacia el camping. La sigo casi sin despedirme de mis hermanos.

—¿A dónde vas?

—Me meo. Y como no acelere ya, voy a tener que hacerlo en la orilla. ¿Y tú? ¿A dónde vas? ¿A limpiarme cuando acabe?

—Joder, qué cerdada —protesto.

Ella ríe en respuesta. Debe de ser fantástico y liberador ir sin filtros por la vida. La sigo, intentando no reírme con los saltitos que pega, porque si le doy coba, es capaz de enfrascarse en una discusión conmigo y mearse encima. Enfilamos el camino principal y maldigo estas chanclas, que creo que son las de Ethan. Me hacen un montón de daño, y Victoria camina demasiado deprisa. En realidad, no sé por qué demonios la sigo, la verdad, pero la sigo. Es una cosa que nosotros solemos hacer. Seguirnos uno al otro. Y lo peor es que no se limita a hoy. No. Ojalá.

Yo, a Victoria, la sigo sin darme cuenta desde... Pues no sé, no me acuerdo. A veces creo que desde siempre.

Ella me sigue desde... Joder, no sé. Desde siempre. Nosotros somos así.

no tengo mucha idea del sexo en la práctica es sonreír. Él ya ha llegado hasta el final con varias chicas, así que le hago caso.

Fiona gime, aprieta mi polla y yo me muerdo el labio. Ojalá ella alcance el orgasmo ya. Ojalá yo me dé cuenta de que lo alcanza, porque no tengo ni idea de la cara que se supone que pone una chica cuando se corre. He visto porno, pero intuyo que lo que sale ahí no es muy real.

Nos hemos ocultado detrás de unos bungalows que aún no están ocupados, y eso me pone todavía más nervioso. Como nos pille alguien, me la voy a cargar. Mi padre seguro que lo entendería, porque él ya me ha hablado alguna vez del sexo y solo le preocupa que no use protección, pero mis tíos... Ellos no tomarían muy bien que esté a punto de practicarlo a escondidas en el camping. Sobre todo, Fran.

El pensamiento hace que me enfríe un poco y, en el fondo, lo agradezco, porque el asunto iba demasiado deprisa. Fiona hace unos ruiditos en mi boca que me ponen a mil de nuevo y noto cómo sus piernas se tensan y sus músculos vaginales aprietan mis dedos. Joder, eso ha sido bueno. Quiero hacerlo otra vez. Ella respira con dificultad, como si acabara de trotar durante un montón de tiempo, y yo sé, porque lo sé, que he conseguido que se corra. Al final, era cuestión de seguir mi instinto para saberlo. Ahora sí que sonrío, esta vez sin fingir, porque me gusta esto. Me gusta verla relajada y sonriente, como si acabara de hacerle un gran regalo.

—Te toca —susurra.

Su espalda está apoyada en el bungalow, pero se desliza hacia abajo hasta ponerse de rodillas. El corazón me late tan fuerte que creo que hasta ella puede oírlo. Baja mi pantalón y me muerdo el labio cuando roza, por encima del bóxer, mi erección. ¿Va a...? Joder, sí, va a hacerlo.

Cierro los ojos, apoyo las palmas de las manos en la pared del bungalow y me preparo para sentir su lengua. En cuanto noto la humedad de su boca, oigo un llanto que hace que mi espalda se ponga rígida. Abro los ojos y miro en derredor, pero no veo nada. Entro en la boca de Fiona intentando concentrarme, pero el llanto se intensifica y acabo por apartarme y subirme el pantalón.

—¿Qué pasa? —pregunta ella.

—Tengo que irme —murmuro. Fiona me mira como si no entendiera nada—. Lo siento, de verdad. Tengo que irme.

Ella frunce el ceño, pero asiente mientras yo echo a correr y me alejo del césped escudado por las luces apagadas, debido a que no hay nadie alojado en esta parte del camping. Recorro unos metros siguiendo los gritos y llantos y, cuando doblo la esquina de la calle, me encuentro con Victoria en el suelo y con su hermana Emily, que intenta cogerla en brazos.

—¿Qué ha pasado? —pregunto acercándome a ellas—. ¿Qué hacéis aquí?

—Creo que se ha roto un pie. —Emily llora, asustada—. Te estábamos espiando, pero te perdimos la pista. Victoria ha saltado la valla de ese bungalow para ver si estabas ahí y...

Señala un punto cercano a aquel en el que yo me encontraba y aprieto los dientes. Si llega a verme así con Fiona...

—¿Por qué me has seguido? —replico, enfadado, al tiempo que me agacho y examino su pie.

Está muy hinchado, pero tenemos que llegar a la enfermería, así que la ayudo a ponerse en pie, aunque sea a la pata coja.

—¡No me grites! —exclama llorando—. Me duele mucho.

—Eso te pasa por seguirme —digo en tono molesto.

En realidad, no es que esté tan enfadado, pero me pone muy nervioso saber que podría haberme visto en esa situación. ¡Solo tiene once años! Ella todavía no entiende de estas cosas. Hago que se suba a caballito sobre mi espalda mientras Emily la ayuda.

—¡Tú siempre me sigues a mí! —grita enfadada—. Nunca me dejas hacer nada divertido, pero tú sí puedes irte por ahí con esa guiri, ¿no?

—Fiona es estadounidense, como yo —repongo por encima del hombro.

—¡Me da igual de dónde sea! —Hace un puño con mi camiseta a la altura de los hombros y luego se retuerce para bajar—. ¡Suéltame! ¡No quiero ir contigo a ningún lado!

—Pero ¿qué te pasa? —pregunto cabreado—. ¡No sabemos si tienes el pie roto! ¿Por qué eres tan cría?

—¡No soy ninguna cría, estúpido!

—Vic, vamos, deja que te lleve. Yo no puedo contigo —dice Emily bastante nerviosa.

—¡Pues me voy andando!

Se limpia las lágrimas con los antebrazos y coge aire antes de apoyarse en el suelo. Qué cabezona es, joder. Sus mejillas se vuelven blancas, y sé que, si no se ha roto el pie, le ha faltado poco, así que me agacho, le rodeo las piernas por debajo del culo y me la echo al hombro. No es difícil: solo tiene once años y está muy delgada. El problema es avanzar, porque ella me pega en la espalda y grita que la baje durante todo el camino. Grita tanto que muchos campistas se nos quedan mirando. Si no estuviera herida, la dejaría sin dudarlo, pero no pienso permitir que empeore solo porque es demasiado orgullosa.

Cuando por fin llegamos a la enfermería, Emily corre a avisar a sus padres y yo me quedo con ella.

—Déjame, Adam. ¡Vete con tu guiri!

—Y dale —murmuro—. ¿Qué mosca te ha picado, Victoria? Fiona es una amiga, y puedo hacer lo que me dé la gana con ella. ¡Y tú no deberías seguirme! —exclamo, enfadado y asustado al mismo tiempo, porque no quiero que ella llegue a ver nunca lo que Fiona y yo hacemos.

—¡Vale! Entonces deja de seguirme tú a mí. ¿Te enteras? ¡No se te ocurra seguirme más en lo que te queda de vida!

Estoy a punto de contestarle, pero Diego y Julieta entran corriendo en la enfermería y Victoria vuelve a llorar mientras ellos la abrazan. Solo es una niña, quizá me he pasado de duro, pero tiene que entender que yo hago cosas que ella no puede hacer, ni ver. Ya se le pasará. Al final comprenderá que, cuando yo la sigo, no es lo mismo, porque lo hago solo para asegurarme de que está bien y de que no comete una locura, como saltar una valla y acabar con un pie roto. ¡Por ejemplo!

Ella vuelve a gritarme que salga y lo hago, porque la conozco y sé que lo mejor para que se le pase el berrinche es enfriarse un poco. Es pequeña, pero tiene mucho genio. Ya me entenderá cuando llegue a mi edad.

Al principio pienso en volver a buscar a Fiona, pero cuando Julieta sale y nos confirma a mis hermanos, a los hermanos y primos de Victoria y a mí que se ha roto el pie, decido que es mejor que vaya al hospital con ellos. No por nada, pero si quiere gritarle a alguien... le irá bien que yo esté por allí. Ya me encontraré con Fiona en otro momento de las vacaciones. Ahora lo importante es que la pequeña Corleone se encuentre un poquito mejor.

13

Salgo del baño y pongo los ojos en blanco cuando veo a Adam apostado en la fachada de los lavabos comunitarios. Sabía que me había seguido, pero, sinceramente, esperaba que se hubiera ido a hacer cualquier cosa de fotógrafo famoso. Bastante tengo yo con ducharme y vestirme para cenar esta noche con mi familia y pensar en el conjunto de mañana. ¿Para qué le habré dicho que la sesión será en tanga? Esta boca me pierde. Es que me pierde, aunque yo no quiera.

—¿No te han dicho que acosar es un acto muy feo? —le digo chasqueando la lengua—. Niño malo.

Él se enciende un cigarro y se encoge de hombros.

—No tengo nada mejor que hacer.

—Deberías dejar esa mierda.

—Lo haré... un día de estos.

—¿Cuando te mueras?

Adam pone los ojos en blanco. Mi dramatismo con respecto al tabaco se la suda, pero no me canso de echarle en cara que se meta mierda en el cuerpo.

—Intentaré que sea un poco antes.

—No entiendo por qué sigues haciéndolo.

—Algunas piensan que es sexy.

—Tan sexy como pasar la lengua por un cenicero, sí.

—¿Quién ha dicho nada de pasar la lengua por ningún sitio? ¿Estás imaginando cochinadas conmigo, Corleone? Niña mala.

Me acerco a él con una sonrisa chulesca. No ha nacido el hombre que me intimide. Mucho menos si se trata de Adam. Puede que me ponga nerviosa a veces, pero es de otra forma y por otros motivos. Coloco el dedo índice en el centro de su pecho y empiezo a descender, mordiéndome el labio con sensualidad estudiada.

—¿Quién ha hablado de cochinadas, Lendbeck? ¿Pasar la lengua por un cenicero te parece algo estimulante? No es una imagen que pueda excitar a una mujer.

—Te sorprenderías —susurra él clavando sus ojos oscuros en los míos.

Odio que no se achante nunca. Lo odio tanto como lo adoro.

—¿Es así como te las llevas a la cama? ¿Fumándote un cigarro y dedicándoles esa mirada de misterio e intensidad? Como todo un chico malo.

La yema de mi dedo llega a la hendidura de su ombligo y lo toco sin vergüenza. La respiración de Adam ni siquiera se altera. Por el contrario, ladea una sonrisa y alza la mano en la que no sujeta el cigarro para apartar un mechón de pelo de mi cara y meterlo tras mi oreja.

—Nunca en todos estos años te he oído quejarte de mis miradas.

—No es lo peor de ti —acepto.

—¿Y qué es lo peor, según tú? ¿Mi boca de cenicero?

—Por ejemplo.

Adam da una calada a su cigarro a escasos centímetros de mí. Tan cerca que, como se le ocurra echarme el humo, va a enfrentarse a una Victoria muy encabronada. Por suerte, es un hombre inteligente. Se acerca a mí hasta tenerme a no más de cinco centímetros. Sonríe, vuelve la cara y expulsa el humo antes de aproximar sus labios a mi oído, al tiempo que atrapa mi mano en su ombligo.

—No te haces una idea de lo que puede lograr esta boca de cenicero, nena. No deberías soltar el veneno de esa lengüita con tanta facilidad.

—Estoy segura de que has soñado con esta lengüita y su veneno en más de una ocasión. Confiesa, Lendbeck. ¿Cuántas pajas han caído pensando en mí antes de fumarte el cigarrito de la victoria?

Su risa ronca y gutural llena el espacio entre los dos. Se separa de mí pasándose la lengua por los labios.

—No sabía que estabas tan interesada en mi actividad sexual.

—Darle al manubrio como un mono no se considera actividad sexual. Pregúntale a mi hermano adolescente.

Esta vez su risa es divertida, y carraspea mientras se aleja definitivamente de mí, caminando hacia atrás.

—Apuesto a que te encantaría saber cuántas veces me toco, aunque sea sin pensar en ti.

—¿Y en quién vas a pensar, si no? Mira esto, muchachote. —Me señalo, y él se muerde el labio de una forma que me arranca algo en el estómago. Algo raro que me desestabiliza. Carraspeo, confundida, y me pongo las gafas de sol que llevo enganchadas en el biquini, agradeciendo como nunca que los cristales sean de efecto espejo—. En fin, me encantaría quedarme aquí y charlar sobre tu falta de sexo, pero tengo una cena familiar a la que asistir.

—Te veo mañana —dice él sin más, como si no le importara que ponga fin a nuestra pequeña batalla dialéctica—. Acuérdate de llevar el tanga. No queremos que la gente piense que eres una mujer de poca palabra, ¿verdad?

Le hago un corte de mangas, me vuelvo y, cuando oigo su risa entrecortada, aprieto el paso y la mandíbula, porque tengo la ligera sensación de haber perdido, y no me gusta. Por eso y porque algo en mi estómago sigue encogido. Resuelvo que es hambre. Una ducha, una buena cena y todo volverá a su lugar, estoy segura.

La cena es... caótica. De hecho, creo que «caos» es la palabra que mejor define a mi familia. Todos gritan, se pelean por la comida —pese a que lo que hay en la mesa podría alimentar a un regimiento entero— y hablan de varios temas a la vez.

—Eh, tita, ¿quieres ver algo genial?

Centro mi atención en Diego, el hijo de Babu y Buba. O sea, Marco y Erin. Tiene diez años y es una miniatura de mi padre. Y del suyo, porque Babu ya es una miniatura de mi padre. Me doy cuenta de que, contando a mis hermanos, a Babu, a Diego y a mí, hay muchísima gente que se parece a mi padre en esta mesa. Eso sí que es tener genes poderosos.

—Claro. Tú dirás.

Él mete la mano en el bolsillo y saca una hoja doblada. La despliega y me la muestra con una sonrisa orgullosa. Ha dibujado a su padre con una capa de superhéroe y a su madre con un arco y una flecha, como si también fuese una superheroína. O una luchadora. No está claro. Lo que sí está claro es el inmenso talento que tiene. Si con solo diez años es capaz de dibujar así, no puedo imaginar lo que hará en diez más.

—¿A que es cojonudo?

—¡Diego! —exclama Erin desde el otro lado de la mesa.

—Perdón —susurra de inmediato.

Ella lo mira con firmeza un segundo más, pero acaba sonriendo y negando con la cabeza. Vuelve a la conversación que mantenía con mi madre, y el niño me presta su atención de nuevo.

—¿A que es la hostia? —pregunta, en susurros tan bajos que casi tengo que leerle los labios.

Me río y le revuelvo el pelo, negro y encrespado.

—Lo que es la hostia es que prefieras susurrar a dejar de decir tacos. —Él se ríe con cara de pillo y lo imito—. Y el dibujo es muy muy bueno. Eres impresionante, peque.

—No me llames «peque». ¡Ya tengo diez! —Me río y él me entrega el dibujo—. Toma. Está firmado. En unos años, cuando sea famoso, podrás venderlo y forrarte.

Se oyen varias risas en la mesa, la de mi Babu principalmente. Lo miro y elevo una ceja con socarronería.

—Este niño te ha salido demasiado espabilado.

—¡Es un genio! —dice con orgullo—. No solo hago niños guapos, sino con mentes brillantes.

—Estoy totalmente de acuerdo —sigue Erin, mirándolo también con orgullo.

—Qué fatiga dais —murmuro, y me llevo la copa de vino a los labios para ocultar una sonrisa.

—Es por la práctica —continúa Babu—. Practicamos incontables veces antes de que llegaran al mundo, y, claro, eso se nota.

Edu y Eyra hacen gala de sus revueltas hormonas adolescentes e imitan el gesto de vomitar metiéndose los dedos en la boca. Mi prima Nollaig está tan horrorizada, seguramente después de imaginar a sus padres en actitud cariñosa, que apenas puede mencionar palabra alguna, y el resto nos reímos. Lo hacemos hasta que oímos la voz de mi prima Valentina, que lleva un rato dándole al agua bendita y está más contenta de lo conveniente.

—Ya quisiera yo tener con quién practicar para el día de mañana, pero llevo una temporada de sequía patética.

—¡Valentina! —exclama mi tío Álex. O sea, su padre—. No hables de sexo en mi presencia, te lo pido por favor.

—Oh, venga ya. Soy una mujer adulta, papá.

—Para mí eres una niña. Y virgen. Totalmente virgen.

Mira, la carcajada que soltamos al unísono todos los primos se debe de oír en África, por lo menos.

—Eso es machista, retrógrado y, teniendo en cuenta tu historial, del todo ilógico.

—No querer imaginarme a mi hija practicando sexo no es machista, es lógico, joder.

—Es machista porque no quieres que me toque otro hombre.

—¡Tampoco quiero que te toque otra mujer! Así que no lo es. En lo que a mí respecta, eres totalmente asexuada.

Mi prima lo fulmina con la mirada y da un sorbo a su copa. Ay. Esto no va a acabar bien, ya lo veo venir. Ella tiene un genio de mil demonios, heredado de él, y él… pues tiene el mismo genio, pero con bastantes más años.

—¿Y qué pasa con mi hermano?

—¿Qué pasa con tu hermano? —pregunta mi tío.

—Cielo... —canturrea Eli, su mujer y mi tía—. Calma.

No sé si se lo dice a mi tío o a mi prima, pero ninguno de los dos se detiene. Tampoco es que nos pille por sorpresa.

—¿También te molesta imaginarlo acostándose con chicas?

—¡Pues claro! —exclama mi tío para mi sorpresa, porque eso no lo esperaba. Él bufa y sigue—: A ver cómo cojones tengo que explicar que no quiero imaginar a mis hijos practicando sexo. ¿De verdad lo mío es lo raro? ¡Porque lo contrario me parece de enfermos!

—Una cosa es que no te guste imaginarlo, que es razonable, y otra que no aceptes que a tus hijos les encanta practicar sexo. Bueno, a mí me encanta. Por Óscar no hablo.

—A Óscar también le encanta, la verdad.

Todos nos giramos hacia esa voz y nos quedamos patidifusos cuando lo vemos. Está en la entrada del jardín de nuestro bungalow, que ha sido el elegido para la cena esta vez. Mi primo Óscar. El mayor de todos nosotros. Un jodido genio en la cocina que ya cuenta con tres estrellas Michelin. ¡Y aún no ha cumplido los treinta! Aunque le falte poco. Es la imagen del trabajo duro y el éxito. Guapo, guapísimo. Educado. Simpático. Culto. Cariñoso. Lo tiene todo, el mamón. Creo que siempre ha sido el mejor de mi generación. No es adoración de prima... o puede que un poco, pero de todas formas es la verdad. Óscar, en realidad, no es hijo biológico de mi tío. Cuando Eli y Álex se enamoraron, él tenía seis años, y ya por aquel entonces, al parecer, destacaba por ser un crío encantador y un enamorado de la cocina. La verdad es que, para nosotros, que no comparta sangre con mi tío es lo de menos, porque cuando nacimos, él ya estaba en la familia, y nunca, ni una sola vez, hemos sentido que desentonara o que tuviera celos de su hermana por ser hija biológica de los dos; él es hijo de Álex, aunque no compartan el mismo ADN. De hecho, lo recuerdo como un hermano paciente y amoroso. Bueno, paciente ha sido con todos, la verdad, porque hemos sido una panda de cabrones, con edades demasiado próximas entre nosotros, y Óscar, por ser el mayor, ha tenido que tragar muchas cosas. Y aun así no se ha quejado nunca. Es un héroe. Y esto tampoco es pasión de prima. O sí. Un poco, sí.

Mi tía Eli llora y se abalanza sobre él tan rápido que apenas la vemos. Mi tío Álex no se queda atrás. Olvida el alboroto que estaba montando hace solo un momento y abraza a mi primo con fuerza mientras le da la bienvenida. No me extraña que se emocionen. Óscar suele ir por casa mucho más que yo, pero últimamente está tan liado con el restaurante que regenta en París, donde vive, que ha pasado un par de meses sin venir a España. Eso en él es muchísimo. Pienso, con cierto arrepentimiento, que yo he estado fuera bastantes meses más y ni siquiera me he planteado cómo se sentirían mis padres al respecto...

Muevo la cabeza, intentando despejar el sentimiento de culpabilidad, y me levanto para abrazarlo. Dejo que toda la familia vaya por delante, porque siempre he pensado que, en un reencuentro, el que abraza el último es el más afortunado. Los primeros tienen que apartarse rápido, conscientes de que deben dejar paso al siguiente, pero la última es la que puede disfrutar de unos minutos sin prisas. Por suerte, los memos de mis primos no han llegado a la misma conclusión que yo y se pisan sin misericordia, como si Óscar fuera la única fuente de agua en el desierto.

Mientras espero, me fijo en sus pantalones vaqueros gastados, su camiseta negra lisa y sus Adidas blancas, impolutas, y pienso, lo primero, que esas zapatillas estarán negras antes de que acabe el día, y lo segundo, que está guapísimo, pero, cuando me concentro en su cara, veo el cansancio acumulado. Sus ojeras son tan profundas como lo eran las mías al llegar aquí, creo, pero él parece relajado, así que me tranquilizo al darme cuenta de que su cansancio, probablemente, no se deba a lo mismo que el mío. Claro que Óscar es demasiado cabal e inteligente para dejarse dominar por sentimientos tan... feos. Una vocecita me grita al oído que yo no tengo la culpa de haber colapsado, pero otra, mucho más fuerte ahora mismo, me dice que sí, que la culpa es toda mía por no saber parar a tiempo. Al final, entre voces internas, se me pasa el rato y, cuando quiero darme cuenta, un olor dulce y embriagador me envuelve. Es él, que huele a tierra mojada y cosas ricas. A veces, galletas. A veces, verduras. A veces, salsas exóticas. Así huele Óscar. A tierra mojada y a hogar.

—¿Cómo está mi chica favorita? —pregunta en mi oído.

Cierro los ojos con una sonrisa y me muerdo el labio para no emocionarme.

—Seguro que eso se lo dices a todas.

—Puede, pero ninguna tiene el pelo del color del algodón de azúcar.

Me río y beso su hombro mientras me refugio un segundo en su abrazo. Qué alto es, el mamón, y qué bien me viene eso para sentirme protegida.

—Estoy valorando cambiar al celeste.

—Me gusta más el turquesa. Harías juego con el mar.

—Dios, me encanta.

Él se ríe entre dientes. Me separa de su cuerpo, pero, lejos de soltarme, me sujeta por los hombros y me mira con intensidad. Sus ojos azules se conectan a los míos como si de esos walkie-talkies que nos fabricaba con vasos de papel y cuerda se tratara. Su barba está más larga que otras veces, pero no lo suficiente para resultar molesta. Sus ojeras son profundas, sí, pero se lo ve bien. Cansado pero feliz.

—París te echa de menos, *chérie.* Y yo también.

—Dios, tienes que follar un montón al meter palabras francesas en frases españolas y viceversa.

Él suelta una carcajada, me abraza de nuevo y besa mi cabeza al tiempo que acaricia mi espalda.

—Lo digo en serio. ¿Vendrás a verme pronto?

—Seguro. De momento vamos a disfrutar de esta semana juntos.

—¿No te vas? —exclama con cierta sorpresa—. Pensé que solo venías para una semana. Eso me dijo mi madre por teléfono.

—Voy a trabajar desde aquí esta semana. Os echo mucho de menos. Creo que nos merecemos estas vacaciones.

—Nos las merecemos, estoy de acuerdo. Aunque yo tengo que marcharme el viernes.

—¿Solo cinco días? —protesta mi tía haciendo un puchero—. Pensé que te quedarías hasta el domingo.

—Imposible. Los sábados son un infierno, y tengo demasiadas cosas pendientes. —Como mi tía sigue haciendo pucheros, me suelta y va hacia ella. La abraza y besa su frente de una forma adorable—. Aprovecharemos al máximo estos cinco días.

—Seguro que sí —afirma Valentina, dándole otra vez al vino—. Por cierto, hermanito, ¿qué tal tu vida sexual?

—¡Valentina, joder! —grita mi tío.

Ella suelta una carcajada y se le echa encima con tanto ímpetu que lo desplaza del sitio.

—Eres tan previsible, papi.

Mi tío gruñe y todos nos reímos mientras volvemos a ocupar nuestros asientos. Bueno, antes de eso nos peleamos por tener a Óscar al lado. Gana Valentina, porque nos amenaza con patearnos el culo si no dejamos a su hermano en paz.

—¿Vas a comerte eso? —pregunta Diego a mi lado.

—Tienes diez años, niño —le digo incrédula—. Es imposible que sigas teniendo hambre con todo lo que has comido.

—¡Estoy en pleno desarrollo! Pregúntales a mis padres.

Me río y le paso mi plato antes de perderme de nuevo en las conversaciones enredadas y caóticas de mi familia. Óscar intenta contar cómo avanzan los preparativos para abrir su primer restaurante en España. Valentina sigue bebiendo como una jodida vikinga y, hablando de eso, mis primos, los verdaderos hijos de un vikingo, se pelean por ver quién dormirá esta noche en el sofá de su bungalow. Noah se ríe de algo que ha dicho Nollaig, y mi prima Ariadna, por raro que resulte, está quieta en medio de toda la escena con una cara que me hace pensar en las ollas a presión.

—Eh —susurro en su dirección, moviendo la mano para llamar su atención.

Ella me mira y parpadea. En ese instante dos lagrimones le ruedan por las mejillas.

—Cariño... —Mi tía Esme se da cuenta de inmediato y agarra su mano desde el otro lado de la mesa.

—Mamá.

—¿Sí?

—Soy lesbiana. —La familia entera se queda en silencio y ella arranca a llorar sin ningún tipo de control—. Lo siento. Dios. Lo siento. No quería decirlo así, pero Óscar está aquí, la familia entera está aquí, y yo... Yo... Lo siento.

Mi tío Nate se levanta de su sitio y mi primo Björn le cede el suyo, que es el contiguo a nuestra prima. Ella sigue llorando cuando él coge su otra mano y se sienta.

—Ariadna, cariño, mírame. —Ella lo hace y él sonríe—. Ya lo sabíamos.

—¿Qu-qué?

—Sabemos que eres homosexual desde que tenías diez años, aproximadamente.

—En realidad, yo pensé que era algo que estaba más que claro —dice mi madre—. No me esperaba una salida del armario oficial. Pensé que no había armario siquiera del que salir.

Mi prima nos mira a todos con los ojos como platos. La verdad es que para mí tampoco ha sido nunca un secreto. De hecho, hemos hablado a veces de chicas que nos parecían preciosas. Supongo que ella pensaba que disimulaba, pero no lo hacía una mierda, sinceramente. Y tampoco debería.

—Pero es que no me gustan nada los hombres. Nada de nada —insiste, mirando a su madre esta vez.

—Lo sabemos, mi vida. ¿Dónde está el problema?

—Pues... eh... —Sus lágrimas se han cortado en seco y ahora parece más desconcertada que atormentada—. No sé. Yo... no sé. Supongo que no hay problema, ¿no?

—El único problema aquí es que ahora salimos a menos tías por cabeza en el camping —dice Lars, ganándose una colleja de su padre en el acto.

—Bien hecho —murmuro—. Eso ha estado totalmente fuera de lugar, primito.

—Era por aligerar un poquito el ambiente, joder. Venga, Ari, ¿de verdad pensabas que estabas siendo disimulada?

Mi prima está tan bloqueada que me entra la risa. Bueno, me entra a mí y a media mesa. Ella, al darse cuenta de nuestra actitud, suelta el aire de golpe y se ríe, pasándose una mano por la frente y el pelo.

—He estado agobiada toda la vida por... nada.

—No, no es por nada, es porque lo sentías como un secreto —puntualiza su padre—. Espero que ahora ya quede claro que no hay nada que esconder. No con nosotros.

—Brindo por eso. —Mi padre alza su copa y señala a Ariadna—. Por una vida sin secretos, princesa.

Mi prima se emociona de nuevo, esta vez para bien, espero, y todos brindamos por ella y por su salida del armario. Un armario que solo estaba en su cabeza, porque los demás no la metimos en él, pero imagino que, a veces, aunque algo sea muy evidente, se vive distinto desde dentro. Lo que para otros pueden ser simples sombras, para nosotros pueden ser verdaderos monstruos.

Y pienso con cierta ironía que, al final, de todos nosotros, la que oculta los peores secretos, la de los monstruos más aterradores, soy yo.

Qué bien, ¿no?

14

Adam

Espero a que mi padre abra la sandía que vamos a comer de postre mientras observo el mar desde nuestro porche trasero. Esta casa es privada, está separada del camping por un muro, pero, dentro del recinto, cada uno de mis tíos tiene la suya, así que el césped principal es común y los porches traseros son privados y todos dan al mar.

—¿Estás bien, cariño? Has estado muy callado —pregunta mi madre.

La miro y evito decirle que mi cabeza está en otra parte. En otro jardín, en el que seguramente ahora haya tal alboroto que el guardia de seguridad tenga que llamarles la atención en algún momento para que bajen el volumen de sus voces. Y, dentro de ese jardín, está ella. Victoria.

Pienso en lo que pasó esta tarde, cuando su dedo descendió por mi pecho con lentitud y mi entrepierna cobró vida con rapidez. Con demasiada rapidez. Trago saliva de nuevo y recuerdo el pánico que sentí al agarrar su mano y apartarla de mí. Sonreí como si no ocurriera nada, como si ella no me afectara lo más mínimo. Conseguí, incluso, mantener mi respiración tranquila, pero mi pulso latía a tal velocidad que, de haber permanecido a su lado un poco más, habría oído el galope de mi corazón.

Joder.

No sé qué cojones ha significado eso. O sea, sí lo sé. Ha sido una erección causada por Victoria. Pero es que... es que nosotros no somos así. Nos provocamos mucho siempre, pero no hasta el punto sexual.

Que su bañador fuera sexy a rabiar no es excusa. La he visto con tan poca ropa que, a día de hoy, para mí, solo su pubis es un misterio, porque un par de veces he presenciado accidentes en los que sus pechos han quedado al descubierto. A ella tampoco le ha importado demasiado. De hecho, es dada al toples cuando se junta con las chicas, y en alguna apuesta ha terminado corriendo por el camping casi en pelotas. Y sí, puede que en esos momentos yo haya pensado que tiene un cuerpo de infarto. Y sí, puede que me haya acelerado un poco y que algo se haya removido en mí, también físicamente, pero nunca delante de ella. Al llegar a casa, puede, pero no delante de ella. No. Nunca.

La culpa es de mis hermanos, que me han hecho tomar conciencia de que, en efecto, estoy más pendiente del culo de Victoria de lo que sería conveniente para mí. Del culo y de todo lo demás, porque hoy he sido consciente de cómo la miro. He descubierto, para mi absoluto horror, que no es algo reciente. Que en algún puto punto de mi vida he empezado a mirar a Victoria con otros ojos. Ojos de hombre... Que no es que antes no lo fuera. Es que ella entraba en la categoría de «familia» y, por lo tanto, yo no la contemplaba como una mujer sexualmente activa. Cierro los ojos y suspiro. Suena a estupidez incluso en mi cabeza.

¿Cómo puedo decir que nunca me he fijado en ella como mujer si cada vez que nos hemos visto hemos acabado pegados el uno a la otra como lapas? No hacemos nada más que picarnos y bromear, sí, pero el caso es que no lo hacemos con los demás. No así. Es distinto entre nosotros. Siempre lo ha sido, y creo que ahora soy consciente de que, tal vez, y solo tal vez, la tensión sexual entre nosotros tenga algo que ver. Que la hemos enterrado bajo un montón de pullas, guerras dialécticas y retos, pero siempre ha estado ahí.

Bueno, todo esto contando con que ella sienta algo parecido, que seguramente no sea el caso, pero es que admitirlo ya es aceptar que soy imbécil. Más aún, quiero decir.

Esto me va a explotar en la cara. Es imposible que salga bien. Es Victoria, por el amor de Dios. Con ella todo es complicado de por sí, sin meter ninguna variable extraña en la ecuación. Ahora, simplemente, seremos una bomba a punto de estallar en cualquier momento.

No. No seremos. Yo seré. Ella estará tan tranquila, como siempre, divirtiéndose a mi costa y pasándoselo en grande provocándome. El problema es que, por lo pronto, no ha conseguido llevarme al límite, pero ahora...

Ahora tampoco lo hará, me digo a mí mismo muy en serio. Que mi cuerpo haya respondido a su toque, a su cuerpo, no significa que vaya a dejarle ganar todas nuestras batallas. Todo lo contrario. Si acaso, esto hace más interesante nuestra relación. Relación de amistad, se entiende. O no...

Joder. Yo qué sé.

—¡Adam! —Mi hermana me zarandea por el hombro y yo despego los ojos del mar para mirarla a ella—. ¿Qué demonios te pasa? ¿Te has drogado?

—Creo que voy a ir a surfear —respondo.

—Sí, se ha drogado —zanja mi hermana—. O se ha drogado o se nos ha terminado de quedar tonto. En cualquier caso, una desgracia para esta familia.

—Cariño, es de noche —interviene mi madre mientras mi padre reprende a mi hermana con la mirada.

—¿Y qué?

—Surfear de noche no me parece una gran idea.

—Tú lo has hecho. Y papá.

No es mentira. Recuerdo cómo nos han contado muchas veces que no han sido pocas las ocasiones en que se han metido con las tablas en el mar para coger olas nocturnas.

—Nuestro pasado nos va a tocar los cojones a menudo. Me voy dando cuenta —susurra mi padre.

Mi madre le da un codazo que pretende ser disimulado, pero no lo es.

—Dejadlo en paz —dice Ethan—. Si quieres surfear, te acompaño.

—No soy un crío que necesite vigilancia —contesto frunciendo el ceño.

—No he dicho eso. He dicho que te acompaño porque, ahora que lo comentas, también me apetece.

—Yo también voy —se apunta Daniela.

—Tú mejor te quedas —rebate Junior—. Tenemos una revancha pendiente con la Play.

Mi hermana aprieta los dientes, porque odia debatirse entre dos planes, pero Junior le lanza esa supermirada de hermano mayor y, al final, claudica.

—Pero ¿no sería mejor esperar a mañana? Podéis ir al amanecer. La salida del sol es una pasada desde el mar —insiste mi madre.

—Dani, déjalos —susurra mi padre.

—Pero, Oli...

—Son mayores ya, nena. Mayores y responsables. No harán locuras, ¿verdad? —pregunta en nuestra dirección.

Negamos de inmediato, y ella suspira y murmura que surfear de noche ya es suficiente locura. En voz más alta no lo dice porque sabe que ella lo ha hecho. Ellos han hecho muchas cosas que nosotros repetiremos, no por desafiarlos, sino porque llevamos sus mismos genes aventureros. Quizá Junior menos, pero hasta él ha dado sus buenos sustos a mis padres a lo largo de su vida. Además, estamos muy lejos de ser unos niños. No necesitamos su permiso, pero es más fácil si nos vamos sabiendo que mi madre lo aprueba. Al final, sonríe y asiente antes de hacernos prometer que no nos quitaremos el ojo de encima uno al otro. Aceptamos, por descontado, cogemos la tabla y nos vamos al mar sin probar la sandía.

Dos horas después, estamos exhaustos. He cogido bastantes más olas que Ethan, que está enfadado porque dice que se las robo, pero ha merecido la pena, ya que me noto un poco más calmado. Aún tengo mi escena con Victoria repitiéndose en alguna parte de mi cabeza, pero ya no pienso en las variantes. En lo que habría pasado si hubiese permitido que ella viera hasta qué punto su caricia para ponerme nervioso surtió efecto.

—¿Qué tienes planeado para mañana? —pregunta Ethan—. Los primos, Daniela y yo habíamos pensado ir al pueblo a emborracharnos.

—Así me gusta, que hagáis planes de provecho —digo riéndome.

Estamos sentados cada uno en nuestra tabla, mirando hacia el fondo del mar, pero sin intención de coger más olas. De hecho, nos hemos adentrado a conciencia para estar más tranquilos y descansar un poco. El agua me gotea del pelo y la luna luce inmensa, que son dos cosas que no están relacionadas, pero en las que pienso al mismo tiempo.

—¿Vendrás o no?

—No sé. Mañana tengo que ayudar a Victoria con una sesión de fotos por la mañana. No sé si surgirán planes para la tarde.

—O sea, que, si es que sí, nos plantas a nosotros, tu familia, por ella. —Guardo silencio y Ethan se ríe—. Tío, sí que estás pillado.

—¿Qué? No digas gilipolleces. Simplemente quiero aprovechar con ellos antes de que se vayan. A vosotros os veo más.

—Con ellos, no. Con ella. Deja de mentirte. Es patético y me da vergüenza viniendo de mi gemelo.

Miro su rostro, tan igual al mío, y le frunzo el ceño.

—No miento. ¿Tan malo es que quiera pasar tiempo con ella?

—No, eso es lo normal desde siempre. Lo malo es que a estas alturas del partido todavía no caigas en el porqué.

—¿El porqué de qué?

—El porqué de que, si Victoria entra en un radar de un kilómetro a la redonda, tú no seas capaz de pensar en nada más. Podría ponerse a arder el árbol en el que estuvieras apoyado mirándola y no te enterarías.

—Menuda estupidez —refunfuño.

—Estupidez, ¿eh? A ver. ¿De qué color era el bañador de Vic hoy en el kayak?

Trago saliva al recordarlo y niego con la cabeza.

—¿Qué más da?

—¿De qué color era el de Emily? —Mi cara debe de delatarme, porque sonríe—. No lo sabes. En cambio, te sabes hasta el color del hilo con el que está cosido el de Vic.

—Eso es...

—Y luego está el hecho de que te pone enfermo verme tontear con ella. Enfermo de verdad. A veces he pensado que serías capaz de vomitar al vernos en acción.

—No digas tonterías.

—Vale. Pues si son tonterías, no tengo por qué avisarte de que mañana voy a invitarla a nuestros planes, ¿no?

—Por mí, como si te la llevas a dar la vuelta al mundo —murmuro. Sumerjo las puntas de los dedos en el mar intentando calmar el nudo que crece en mi pecho, porque es grande y desagradable y no quiero sentirlo.

—Venga, pues está decidido. Mañana tú le haces las fotos por la mañana y yo me la llevo de fiesta por la tarde-noche. A ver qué opina ella cuando le diga que me gustaría que echáramos un polvo de amigos.

Aprieto los dientes y lo miro mal. Muy mal.

—¿Qué cojones es un polvo de amigos?

—¿No te da una pista la denominación? Es bastante explícita.

—No vas a acostarte con ella.

—¿Por qué no?

—Porque no te gusta.

—Está buena que te mueres, tiene un culazo y a mí me encanta el sexo. No veo ninguna razón por la que no hacerlo.

—Os vais a cargar vuestra amistad.

—Qué va, tendremos claro que solo es sexo. Vic es muy liberal en ese aspecto. Como una sesión de ejercicio, pero con un final infinitamente más placentero.

—Cállate.

—Como una forma más de practicar alguna de mis coreografías. De hecho, puede que nos pongamos creativos. Siempre que la veía hacer el puente siendo adolescentes me preguntaba cómo sería colarme por debajo y poner la boca en su...

—Ethan... —Mi tono es amenazador, pero él se limita a reírse.

—Apuesto lo que sea a que me pagaría el favor con una gran mama...

—¡Que te calles, joder!

No lo pienso: me abalanzo sobre él sin importarme una mierda que estemos en el mar. Mi tabla tira de mi tobillo y la suya se gira cuando lo empujo, pero lo derribo, que es lo que importa. Ethan no se queda quieto y, dada su complexión y su agilidad, tiene relativamente fácil deshacerse de mí. Forcejeamos en el mar, yo con frustración y él, con una diversión que me saca de mis casillas.

—¡Vaya! Mi hermanito el impasible perdiendo los nervios al imaginar la boca de Vic en mi polla. Pero tú no sientes nada, ¿verdad?

—¿Eres consciente de la falta de respeto que es hablar así de ella? —pregunto enfadado, intentando llegar de nuevo a él.

—Una falta de respeto sería pedírselo directamente, hermanito. ¿Crees que aceptaría? A lo mejor si le digo que puede fantasear con que soy tú...

La ira me come. Yo no soy así. No sé qué pasa, pero siento que me ciega hasta el punto de empujarlo de verdad. Muy de verdad. Él se sorprende y, un segundo después, me devuelve el empujón. Estamos en el mar, no hacemos pie y esto se está complicando, porque los dos permanecemos atados por los tobillos a nuestras tablas, pero eso no impide que forcejeemos, esta vez más en serio, hasta que, sin darnos cuenta, una ola más alta de lo previsto nos revuelca y nos separa. El problema es que mi tabla se ha enredado con la suya y, al intentar emerger, noto que las dos tiran de mí. Me angustio por un momento; la oscuridad y mi cansancio, debido al forcejeo con Ethan, no ayudan, y cuando por fin consigo salir a la superficie, no me percato de que tengo la tabla justo encima. Le doy un manotazo, pero la tensión de la cuerda al estar enredada hace de las suyas y, cuando vuelve a mí, me da en la ceja con el pico y me hace gritar de dolor. El agobio me supera; trago agua y siento que esto puede acabar muy mal. Por suerte o por desgracia, mi hermano me sujeta y me ayuda a echarme sobre la tabla. Él ha debido de soltarse, porque la suya sigue pegada a la mía.

—Tranquilo, Adam —dice en un tono grave. Preocupado, diría—. Venga, colega, respira, no me acojones. ¡Adam!

Le hago caso, porque estoy tan tenso que apenas puedo respirar. Me esfuerzo por coger aire y me aferro a la tabla mientras él palmea mi espalda y me susurra palabras tranquilizadoras. No sé cuánto tiempo pasa. Puede que segundos. Quizá minutos enteros. Solo sé que, cuando estoy más calmado, la vergüenza recorre mis extremidades con la velocidad de un Ferrari. ¿He agredido a mi hermano? He agredido a mi hermano. A mi gemelo, además, que es, probablemente, la persona a la que más adore del mundo.

Busco su mirada y no puedo fijarme en sus ojos, pero sus dientes brillan en la noche cuando me sonríe.

—Eth, yo... —Me trago la frustración y sacudo la cabeza—. Lo siento. Lo siento mucho.

—Vamos fuera —dice él con calma.

Asiento. Desenredamos nuestras tablas y salimos del mar en silencio. Al llegar a la arena, toco mi ceja y me doy cuenta de que sangra. Notaba la zona mojada, pero di por hecho que era agua.

—Déjame ver —susurra Ethan colocando las manos en mi frente y haciéndome sisear—. Es posible que esté partida. Mierda, tío. Mamá va a despellejarnos por esto.

—Lo siento.

—Deja de disculparte. He sido un capullo.

—No quería pegarte. —Él arquea su ceja y yo suelto el aire que he retenido—. Bueno, sí quería. No sé qué me ha pasado. No soy nada violento, Eth. Tú lo sabes.

—No me has hecho daño, Adam. Cálmate. Yo no debí llevarte al límite de esa forma. —Suspira y apoya las manos en mis hombros—. Solo quería que admitieras tus sentimientos.

—¿Qué sentimientos? —pregunto sin entender.

Sin entender y bastante acojonado, la verdad.

Él suspira y me mira como si lo aburriera sobremanera mi comportamiento. Y tiene razón. Soy un puto cobarde. Está claro que Victoria es, hasta el momento, la única persona que ha conseguido que yo pierda el férreo control sobre mí mismo que normalmente mantengo. Ya sé que esto no ha sido más que un forcejeo entre hermanos, pero me ha servido para darme cuenta de hasta qué punto estoy jodido. Hoy he reaccionado porque ya me ha pillado rayado por lo ocurrido, pero eso no significa que sea nuevo. Al contrario. Suspiro, me paso la mano por el pelo húmedo y presiono mi ceja, intentando que deje de sangrar. Creo que sí está partida.

—Mira, tío, ya no voy a insistirte más. Cuando estés listo para aceptar lo que sea que te pasa por la cabeza, el cuerpo y el corazón, búscame. Yo estoy aquí, hermano. Yo siempre estoy aquí, aunque seas un poco capullo. —Sonríe y chasquea la lengua—. Sinceramente, me hubiese ofendido que no la defendieras con esa energía.

—Maldita sea, Ethan...

—Me he puesto muy gilipollas. Lo siento.

Niego con la cabeza y me siento en la arena, ignorando mi herida y el hecho de que debería curármela cuanto antes.

—Hoy me he empalmado con ella, Eth.

Espero que mi hermano se ría de mí, pero cuando miro hacia arriba, todo lo que veo es sorpresa en sus ojos.

—No jodas. ¿Qué ha pasado? —Se lo cuento todo y, cuando acabo, él resopla—. Tío, demasiado has aguantado. Yo habría estado palote desde que su dedo me tocara. Si aguantaste hasta que llegó a tu ombligo es que eres un héroe.

—Ethan, joder, es en serio. —Me aprieto los ojos con las palmas de las manos y resoplo, frustrado—. No sé cómo cojones voy a aguantar la sesión de mañana. Ahora que he reaccionado tan descaradamente una vez...

—Los dos sabemos que vas a empalmarte. —Hago amago de protestar, pero se sienta a mi lado—. No lo digo por joderte, Adam. Creo que hasta ahora has controlado tus impulsos porque la veías inalcanzable.

—Ahora también lo es.

—No. Algo ha cambiado.

—Nada ha cambiado. Ella sigue siendo Vic Corleone. Una de las mayores *influencers* de este país.

—Y tú eres Adam Lendbeck. Uno de los mejores fotógrafos del mundo. No irás a decirme que te sientes inferior, ¿verdad?

—No. Pero ella es demasiado... demasiado. Adora ser libre. Nunca le hemos conocido una pareja.

—Esas cosas pueden cambiar.

—Yo no sé si quiero que cambien. Yo no sé lo que siento, Eth. Yo solo sé que, cuando la miro, tengo las mismas ganas de acercarme que de salir corriendo. —Él me mira y yo vuelvo a resoplar—. ¿No vas a decirme nada?

—No puedo. Estás demasiado bloqueado. Demasiado ofuscado aún para darte cuenta de lo que ocurre.

—¿Y qué ocurre, según tú?

—Mira, tío, deja que pasen estos días. Ve mañana a la sesión, compórtate como el profesional que eres y sigue tratándola como hasta ahora.

—Contaba con eso —digo, pasando por alto el hecho de que no ha contestado mi pregunta.

—Las cosas fluirán, Adam. Ya lo verás.

—Como me empalme y se dé cuenta, voy a pasar el puto bochorno de mi vida.

—A lo mejor es eso lo que necesitáis de una puta vez —murmura mi hermano.

—Te he oído —comento de mala leche.

Él se ríe y se levanta.

—Yo solo digo que lleváis toda la jodida vida picándoos de mala manera, y eso de «los que se pelean se desean» me parece tan real en vosotros que es un insulto que no os hayáis percatado. Sinceramente, sois muy cortitos.

—Ella no me desea.

—Yo creo que sí, pero está en un guindo, como tú. Se tiene que dar la hostia. Ya le llegará el momento.

—Te equivocas.

—Espero, con sinceridad, que no, porque he apostado quinientos pavos a que tengo razón.

—¿Qué? —pregunto mientras él se levanta, recoge su tabla y echa a andar. Lo sigo raudo—. ¿Qué cojones quiere decir eso? ¿Con quién has apostado acerca de Victoria y de mí?

Ethan no contesta. En su lugar, suelta una carcajada que resuena en toda la puta playa. Si no fuera mi hermano y si yo no fuera tan pacífico (sin contar mi arrebato de antes), volvería a abalanzarme sobre él.

Al despertar, no me siento mucho mejor que cuando me fui a dormir. Junior me curó el corte de la ceja cuando llegamos y no hizo preguntas, muy en su línea, pero me miró de una forma que me erizó el vello de la nuca. Daniela, en cambio, ha hecho todas las preguntas del mundo, pero no hemos respondido a ninguna.

Entro en el baño, me miro en el espejo y me doy cuenta de que tengo un aspecto de puta pena. Ya no es que tenga la ceja partida, es que la zona de alrededor se ha puesto morada.

—Por lo menos no fue en el ojo —dice mi padre desde el marco de la puerta.

Lo miro; lleva pantalones vaqueros gastados y ceñidos, una camiseta blanca y tiene los brazos cruzados. Sonríe, pero puedo leer la preocupación en sus ojos.

—Pica un poco —admito.

—¿Vas a contarme lo sucedido? —Guardo silencio y asiente—. Entiendo.

—Fue una estupidez, en realidad.

Él no contesta de inmediato. Entra en el baño, se sitúa detrás de mí y me mira a través del espejo. Y da igual que yo tenga casi treinta años, porque cuando Oliver Lendbeck me mira así, me siento como si tuviera cuatro y acabara de hacer una trastada de esas que no se olvidan con un par de carantoñas.

—Espero que seas consciente de que cruzaste un límite al intentar pegar a tu hermano. —Abro la boca y él eleva las cejas—. ¿Qué? ¿Pensaste que no intuiría que os peleasteis? Os conozco demasiado bien.

—Oye, papá...

—No sé lo que ocurre, pero espero que, cuando estés listo, cuentes conmigo y sepas ver que estoy aquí para ti. ¿Entiendes, Adam? —Hago un gesto afirmativo. Él pone las manos en mis hombros y los aprieta—. Siempre estaré aquí para ti, igual que tu madre.

—Gracias —susurro con voz ronca.

Él asiente una sola vez y sale del baño. Cuando ya está en la puerta, se vuelve y me sonríe.

—Ethan dice que tienes una sesión privada con Vic. Salúdala de mi parte.

—Jodido bocazas —musito mientras mi padre se marcha, riéndose entre dientes.

Ahora mismo tengo unas ganas locas de buscarlo y zarandearlo aún más, pero ya voy tarde, así que paso por la cocina, cojo un café frío de la nevera y le prometo a mi madre que pararé en algún momento para comerme la manzana que ha metido en mi mochila, como si de un niño se tratara.

—Ya hablaremos de esa ceja partida.

—Oye, mamá, soy un hombre adulto y...

La mirada que me dedica frena mi diatriba.

—He dicho que ya hablaremos, Adam.

—Sí, señora —murmuro, porque soy adulto, pero también inteligente. Ponerme a discutir ahora con ella no me reportará nada, así que beso su mejilla y salgo de casa.

Al levantarme, tenía un mensaje de Victoria indicándome que nos veríamos en las dunas para empezar allí la sesión. Hace un calor de muerte y la mochila con la cámara pesa lo suyo, pero cuando llego y la veo, me olvido de la queja que pensaba presentarle.

Está tumbada en la arena tomando el sol. Lleva un jodido tanga negro. Da igual que esté boca arriba, sé que es un tanga porque los laterales apenas están conformados por una tira finísima de tela. La parte de arriba lleva encaje y... Eso no es un biquini, joder. Es un puto conjunto de ropa interior. Que ya sé que parece lo mismo, pero no lo es, porque esto evoca más... intimidad. Esto es como darme munición para imaginarla así en una cama y... y...

Pues eso. Que menos mal que me he puesto un bañador ancho y un bóxer ajustado debajo, porque cierta parte de mi cuerpo ya está en pie de guerra y todavía no he podido decir ni hola.

Esto va a ser un puto suplicio, ya verás.

15

—¿Ropa interior negra? No es muy original.

Abro los ojos para encontrarme con Adam. Lo miro a los ojos, pero lleva puestas sus gafas de sol, así que no puedo percibir bien su expresión. Ya sabía yo que iba a protestar me pusiera lo que me pusiese. He estado a puntito de usar un conjunto fosforito con estampado de cebra, pero me he controlado en el último instante. ¿El motivo? Quería sorprenderlo. Y puede parecer que esa opción hubiese sido más acertada para este fin, pero es que estoy segura de que Adam esperaba algo estrafalario. Lo veo en su postura, aunque su entrada haya sido una pulla. Y está bien, no tengo quejas, porque nuestro continuo tira y afloja me aviva. Me estimula, incluso.

—Ya que te cedo el honor de fotografiarme, podrías haberme traído uno de esos, al menos —digo señalando su café.

—¿El honor? Soy uno de los mejores y voy a trabajar gratis para ti. Este —apunta hacia el café— me lo tendrías que haber tenido preparado tú. Por suerte, soy un hombre de recursos y me he surtido por mi cuenta.

—Me apuesto el culo a que te lo ha dado tu mami.

—Si pierdes esa apuesta, ¿tu culo pasa a ser mío? ¿O cómo? —Bufo, y él sonríe—. Arriba, que tenemos trabajo que hacer.

—Hazme la primera tumbada, así nos ahorramos la pose luego.

—No.

—¿No?

—Eso he dicho. No. —Arqueo una ceja y él, otra—. Mi cámara. Mi trabajo. Mis normas. Mis órdenes, Corleone.

—¿Sabes una cosa, Adam? He dormido mal.

—¿Y?

—Que, si ya puedo tener un genio de mil demonios durmiendo ocho horitas, imagina lo que puede pasar si me tocas los ovarios más de la cuenta cuando apenas he pegado ojo.

—¿Qué ha pasado? ¿Has descubierto que Papá Noel no existe y te has pasado la noche llorando amargamente sobre tu almohada?

Intento controlar la risa que me provocan sus palabras, porque lo último que necesita este hombre es que lo animen con un mínimo gesto.

—Peor. He tenido un sueño erótico y, al despertar, no tenía con quién aliviarme.

—¿No tienes dedos?

—No los suficientes para hacer todo lo que soñé...

Él suelta una carcajada y se quita las gafas de sol.

—Vale. Tú ganas.

Empiezo a sonreír, pero me paro en seco cuando descubro su ceja. Me levanto de inmediato y me acerco a él.

—¿Qué ha pasado? —pregunto, acariciando su frente y mirando el corte con preocupación, porque es bastante feo. Parte de su párpado está morado, y hace una mueca cuando toco sobre la herida—. ¿Te duele?

—No es agradable. —Posa una mano en mi cintura y la aprieta con delicadeza—. No te preocupes, no es nada.

—Pero ¿cómo...?

—Una noche movida, también la mía. —Debe de leer las preguntas en mi cara, porque suspira y vuelve a acariciar mi costado—. Salí a surfear. Me caí y la tabla me golpeó la ceja.

Mi ceño sigue fruncido. No es que no crea sus palabras, pero Adam es un gran surfista, igual que sus hermanos. Practican con asiduidad, no solo en estas playas, sino en Estados Unidos, Australia, Hawái o dondequiera que viajen y haya mar. Anoche no había oleaje, el mar estaba muy calmado y...

—Mientes —afirmo más que pregunto.

Él suspira, da un sorbo a su café y luego me lo tiende.

—¿Conoces esa famosa frase de película que dice: «Un penique por tus pensamientos»? —Asiento, y él alza su café—. Un café para que dejes de tenerlos.

Ahí está. Ni confirma ni desmiente y aquí se acaba el tema. Me muero de ganas de saber qué pasó en realidad, pero conozco a Adam. No va a soltar prenda, así que me bebo el resto de su café en silencio y lo observo sacar la cámara y organizarlo todo para comenzar con la sesión.

—De acuerdo —susurro—. ¿Cómo empezamos?

—Dime tu idea y luego yo te diré las mías.

Me parece justo, así que le cuento las poses que tenía planeadas. Él está de acuerdo con todas, las llevamos a cabo metódicamente y, casi una hora después, le llega el turno de sugerir.

—¿Aún practicas yoga? —Asiento. Él sonríe—. Quiero verte hacerlo.

—¿En serio? ¿Aquí?

—Aquí. Para mi cámara y para mí. Dale, Corleone.

—¿Qué postura te interesa?

—Tú haz yoga con naturalidad. Yo me ocupo del resto.

Me encojo de hombros. No tenía pensado nada parecido, pero supongo que puede funcionar. Empiezo calentando un poco y, a medida que transcurre el tiempo y mis músculos responden, dejo que las posturas lleguen y voy encadenándolas según mis propias necesidades. Postura del guerrero uno y dos, la montaña, el triángulo, Marichi, el gato, la vaca y, para acabar, la postura del loto mirando hacia el sol. En todas me concentro para sacar el máximo beneficio, pero en todas oigo el constante clic de la cámara de Adam. Al principio me saca de mis pensamientos, pero reconozco que sabe cómo moverse sigilosamente. No habla, solo me rodea y enfoca su objetivo de forma discreta pero incesante. Con tanta habilidad y discreción que hasta que no acabo no me doy cuenta de que le he proporcionado un repertorio visual de lo más completo en ropa interior. Lo miro de reojo, pero Adam no parece afectado en absoluto. ¿Y por qué debería? Es un fotógrafo de renombre, y gran parte de su trabajo consiste en fotografiar a supermodelos ligeras de ropa. Estoy segura de que su cámara y él han presenciado escenas mucho más sensuales que esta y eso me tranquiliza.

Bueno, para ser sincera, más que tranquilizarme me hace fruncir el ceño, pero porque sé que, con toda probabilidad, más de una vez alguna de esas modelos ha acabado en su cama. Y ni siquiera habrá tenido que seducirlas. Le bastará con esa media sonrisa y esas miradas intensas que tan bien maneja. Muchas veces le he preguntado por ello, pero él se limita a sonreír y encogerse de hombros. Así es Adam: el puto amo de la ambivalencia.

¿Y por qué me molesta? Es una gilipollez. Él puede acostarse con cuantas tías se le pongan por delante. No debería molestarme, pero lo hace. Creo que es porque lo considero de mi familia. También me molesta imaginarme a Björn, por ejemplo, en plena faena. Arrugo el gesto. Eso, más que molestarme, me da arcadas. No quiero imaginar a mi familia así.

Lo de Adam es una cuestión lógica. Me da repelús imaginarlo acostándose con las tías con las que trabaja. No es ético ni profesional. Que él no ha confirmado nunca que lo haya hecho, pero sé que ha sido así. Lo sé porque yo me he tirado a algún fotógrafo de vez en cuando. No al de Bali, claro, a ese pobre ya no lo veré en la vida...

—Te has tensado de repente —susurra acercándose a mí y acuclillándose a mi lado—. Vamos a la orilla, quiero probar algo.

Lo sigo en silencio, intentando despejar mi mente, porque el torbellino de pensamientos que me inunda ahora mismo no va a traerme nada bueno.

—¿Te llevo algo? —pregunto al verlo cargado con la mochila, la cámara y los arreos que ha sacado antes y que no ha vuelto a meter en su sitio.

—No, estoy acostumbrado a esto. —Me sonríe por encima del hombro y hago una mueca que pretende ser una sonrisa—. ¿Qué te pasa? Se te ha ensombrecido el carácter de pronto.

—Nada.

—Ay, cuánto peligro tienen los «nada» —murmura. Estoy por contestarle una bordería, pero entonces señala la orilla y vuelve a hablar—: Túmbate boca abajo y quítate la parte superior. —Elevo una ceja y él suspira con impaciencia—. No miraré, joder, pero hazlo.

—Me importa tres mierdas si miras, Lendbeck. A estas alturas mis tetas son casi de dominio público.

Él me mira mal. Odia que hable de mí misma en estos términos. Lo sé. Yo también lo odio, pero, por alguna razón, no puedo dejar de hacerlo. No del todo. Y es raro, porque no tengo problemas de autoestima respecto a mi físico. Estoy contenta con mi cuerpo. Lo que hay por dentro es otra historia... Probablemente por eso agredo verbalmente mi aspecto, para que case con todo lo que está mal en el interior.

Adam hace amago de hablar, pero me despojo del sujetador y lo echo a un lado antes de que lo consiga. No quiero que me diga que deje de hablar así. No quiero que reafirme lo que yo ya sé: que soy mi peor enemigo. Aun así, lo miro de frente, orgullosa de lo que soy. De mi cuerpo, que no es perfecto, pero es mío y es suficiente para quererlo. Ojalá pudiera aplicar lo mismo a mi interior. Algún día...

Observo su reacción alzando la barbilla. Sé que otras veces me ha visto los pechos: en accidentes en el mar, en alguna foto por internet, puede, cuando me han cazado desprevenida. En una de esas carreras que emprendía por el camping cuando perdía una apuesta. Pero nunca así, de frente, estática, solo para él y su cámara.

Él me mira con la intensidad que lo caracteriza. No sonríe, pero tampoco está serio en extremo. Parece... concentrado. Profesional. Alza la cámara, coloca el ojo en el visor y oigo el clic antes de tener tiempo de preguntarle qué hace. No me importa que me haga fotos así; sé que no las publicaré en Instagram y que él no las usará, pero de todas formas no me molesta.

—Túmbate boca abajo —susurra.

Es algo que me sorprende. Da órdenes, pero en un tono tan suave que es imposible negarse o sentirse ofendida. Lo miro un poco más y él, a su vez, me observa a través de su cámara.

Obedezco. No tiene sentido rebelarme cuando estamos en plena sesión. Me tumbo boca abajo con los pies hacia la orilla y, cuando siento la humedad en ellos, sonrío, porque hay pocas cosas que me gusten tanto como el mar. Inhalo y coloco mis brazos en la arena, apoyo la frente sobre ellos y me quedo a la espera de oír el clic del disparador. Tan concentrada estoy en ello que, cuando siento sus dedos en la espalda, me sobresalto.

—Deja que te haga un dibujo —pide él en tono conciliador.

Inclino la barbilla a modo de asentimiento y apoyo la mejilla en mis brazos mientras lo miro. Adam coge un puñado de arena y lo derrama sobre mi espalda con cuidado. Repite el proceso y luego su palma se apoya en mi piel. Siento los granos correr por mi espalda y su mano a través de ellos. Es como si extendiera una fina sábana de arena sobre mí. Su gesto sigue siendo de concentración absoluta, pero sus ojos... Siempre me he preguntado cómo consigue imprimir tanta intensidad en sus ojos. Es increíble que hasta haciendo algo tan nimio como esto parezca que esté viendo más allá. Sus dedos empiezan a trazar líneas en mi espalda y sonrío cuando llega a mi costado y me hace cosquillas.

—¿Qué es? —pregunto.

—Luego lo verás —dice con una pequeña sonrisa—. Por ahora, intenta no moverte.

Sus dedos se deslizan una y otra vez. Añade arena. Quita. Vuelve a añadir y, en algún momento, suelta la cámara y las dos manos están en mi espalda. Y no sé si es el sol abrasador o que no estoy muy centrada, pero llega un punto en que cada movimiento enciende algo dentro de mí. Sus trazos ya no me parecen trazos, sino caricias, y cuando las yemas de sus dedos se acercan a mi culo o bajan un poco por mis costados, aproximándose a mi pecho, me descubro pensando que ojalá siguiera.

Entonces es cuando sé que esto tiene que acabar pronto, porque el sol empieza a afectarme más de la cuenta. Mi respiración trastabilla y me percato, acojonada, de que se está haciendo muy evidente lo mucho que me alteran sus manos. Carraspeo, en un intento de serenarme, y decido cargarme la tensión a patadas. Es una suerte que se me dé tan bien.

—¿No crees que te estás recreando mucho? —pregunto en tono jocoso—. Cualquiera diría que te gusta toquetearme, Lendbeck.

Su risa baja y ronca llega como traída por el mar y, joder, qué sexy es, aunque odie reconocerlo.

—Ya casi está.

Estoy a punto de hacer una broma con respecto a una posible erección, para sentirme mejor, cuando oigo de nuevo el clic. Adam está arrodillado a mi lado y ni siquiera me atrevo a mirarlo, porque no sé si he conseguido controlar del todo mi reacción ante sus manos y por nada del mundo pienso darle munición para utilizar en mi contra. Eso ya lo hice una vez, hace mucho tiempo, y no salió bien. Ahora solo me queda calmarme, dejar que me fotografíe, darme un baño en el mar y tomarme algo fresco que me devuelva a mi estado natural.

Si es que tanto sol no es bueno.

Me miro en el espejo y sonrío. Me encanta este biquini. Realza la forma de mis pechos, ahora que por fin se han dignado a desarrollarse. No son muy grandes, pero estaba tan harta de que no salieran que, cuando por fin lo han hecho, me parecen perfectos. Emily piensa exactamente igual que yo.

—¿Estás lista? —pregunta mi hermana desde el umbral de la puerta.

—Lista. —Sonrío y señalo mi cuerpo—. ¿Te gusta?

—Es una pasada. Ya me lo prestarás.

Ella se ha puesto un bañador liso porque dice que no está segura de que quiera hacer notar a los chicos que este año, por fin, tenemos tetas. Me callo que yo no quiero que todos se den cuenta, pero sí uno. El mismo que siempre se ríe de mí como si no fuera más que una cría a su lado.

Llegamos a la playa y buscamos con la mirada a los Lendbeck Acosta.

Llegaron esta mañana y, en vez de ir a buscarlos a su zona, les mandamos un mensaje para decirles que nos veíamos directamente aquí.

Mis primos se abalanzan a saludarlos, como siempre, y Emily y yo nos quedamos rezagadas. Me concentro en Adam y en cómo sonríe a todo el mundo. Está más guapo todavía que la última vez que lo vi. Lleva el pelo un poco más largo: le cae por los ojos en mechones negros y, cuando sonríe, le roza los ojos. Está más alto, también. Más... hombre. Se nota que ya tiene veinte años. Es todo un hombre, como suele decirse. Y yo, por fin, soy toda una mujer. Y no es que antes de tener tetas no me sintiera como tal, pero, hasta el año pasado, me sentía rara con él. Antes, cuando los dos éramos más pequeños, era fácil jugar y reír juntos. Pero luego creció, empezó a salir con todas esas chicas cuando venía, se perdía del mapa con facilidad y, aunque al principio lo seguía, entendí que no era buena idea. Sobre todo, cuando me partí un pie en un intento por ver qué demonios hacía con una guiri que veraneaba en el camping por entonces. No dejé de ser su amiga, pero fui consciente de que Adam y yo estábamos distanciados porque él ya era mayor y yo aún no.

Ahora es distinto. Tengo dieciséis años y ya no siento el pudor del año pasado, cuando quedarme en biquini era un suplicio porque todas mis primas y mis amigas tenían pecho y yo seguía luciendo cuerpo de niña. Emily también se cabreaba. Mi madre tuvo que prometernos en un momento dado que tendríamos pecho, que solo era cuestión de tiempo, y mi padre gruñía cada vez que se daba cuenta de que otra vez estábamos pensando en lo mismo. No entendía nuestra necesidad de sentirnos mayores en todos los sentidos; también en el físico.

Y, aunque ya el año pasado algún que otro chico se acercaba a nosotras, ha sido este verano cuando he notado que me miran. Que les llamo la atención. Que les gusto. Es una sensación rara saber que me observan en la playa, por ejemplo. A veces me desagrada, sobre todo si el que mira es mucho mayor que yo, pero otras, me gusta. Es raro, y algunas veces no me comprendo ni yo, pero supongo que eso forma parte de mi desarrollo.

—Victoria. —Adam se acerca a mí, por fin, y me abraza con fuerza mientras besa mi mejilla—. ¿Cómo estás? Te eché de menos.

—Y yo a ti.

Me muerdo el labio cuando noto mis pechos apretarse contra su torso desnudo. No tengo experiencia en el sexo aún; no por falta de oportunidades, sino porque los chicos con los que he tenido ocasión de hacerlo me han resultado... insuficientes. Está fatal pensar así, y jamás lo confesaré en voz alta, pero es la verdad. Yo necesito más. Yo quiero perder la virginidad con alguien mayor que sepa dónde tocarme. Cómo. Cuándo. Alguien que me mire como si fuera especial. Yo lo necesito a él.

Beso su hombro y obligo a mi corazón a calmarse.

—Estás distinta. —Sonríe cuando se separa de mí y acaricia mi pelo—. Más... mayor.

Sonrío, encantada con su apreciación.

—¿Qué te parece mi biquini de este año? —pregunto, apartándome del todo y dando una vuelta sobre mí misma.

—Precioso, como tú.

En serio. Si el corazón me latiera más rápido, estallaría. Reventaría aquí, a la vista de todos. Adam es tan jodidamente guapo. Tan sexy. Tan cariñoso. Tan. Tan. Tan. Tan él.

No sé en qué momento empecé a fantasear con él. Creo que siempre lo he visto con ojos distintos al resto de sus hermanos y primos. No me había dado cuenta de que lo que siento por él es más complicado que una simple amistad hasta que crecí y empecé a verlo con chicas. Al principio era muy pequeña, así que solo me molestaba que no jugara tanto conmigo. Los cuatro años de diferencia se notaban. Más tarde, cuando empecé a ser consciente de mi cuerpo, me percaté de que eran celos lo que me carcomía cuando lo veía besar a otra. Eran celos porque quería que me besara a mí. La primera vez que lo pensé tenía solo trece años. Ahora tengo dieciséis y, aunque todavía no sé a qué saben sus labios, sí he probado otros. Suficientes para saber que no son lo que quiero. Lo que quiero es a él. Quería que fuera mi primer beso y no pudo ser, pero será el primero en algo mucho más importante. Será el primero en enseñarme cómo es el sexo en la práctica, porque en la teoría lo tengo todo muy claro.

Nos distanciamos para que él pueda saludar al resto y, poco después, todos disfrutamos de un día de playa maravilloso. Adam me abraza y me pica, como siempre, pero yo intento no entrar al trapo y portarme bien. Siempre estamos peleándonos de broma, pero esta vez quiero que sea distinta.

Por la noche, en la fiesta que se celebra en la playa, sigo con el mismo biquini. No pasará de hoy. Quiero que lo hagamos hoy para poder repetir todas las vacaciones, así que intento ser simpática y no saltar ante sus pullas. Ethan dice que tengo un pavo que no me aguanto ni yo. A Emily también se lo dice, y ella le contesta toda una retahíla de insultos que me hacen reír a carcajadas. Esa es mi hermana. Yo me uniría, pero es que estoy más concentrada en Adam. Bailamos, bebemos y, cuando me riñe por coger una cerveza, le pongo mala cara y le aconsejo que me deje en paz, porque ya soy mayor. No legalmente para beber, vale, pero lo suficiente para saber que una no me hará daño.

—Además, tú hacías cosas mucho peores a mi edad.

—Cierto. Lo que no significa que quiera verte a ti hacerlas.

—Eso es injusto y machista. ¿No quieres que haga todo lo que tú hacías a mi edad porque soy mujer?

—No quiero que lo hagas porque eres tú, Victoria.

No sé bien qué significa esa frase, pero me pone un nudo en el estómago. Doy un sorbo a la cerveza para calmarme y le sonrío con lo que creo que es chulería.

—No te preocupes tanto por mí. Sé muy bien lo que me hago.

Él suspira y asiente, sonriéndome un poco y alejándose para charlar con la jodida Keira. La jodida Keira es una chica que lleva un par de años veraneando aquí. El verano pasado ya consiguió liarse con Adam y, al parecer, este tiene la misma intención. Dios, cómo la odio. Es alta, rubia, tiene unas tetas mucho más grandes que las mías y, lo peor de todo, Adam se las mira casi sin disimulo mientras hablan y se ríen. A mí no me las ha mirado ni una sola vez. ¡Ni una sola! Pero ¿qué tiene ella que no tenga yo? Aparte de lo evidente, claro.

Los vigilo y, cuando los veo alejarse hacia las rocas, no puedo evitar seguirlos. Ya sé que es una costumbre que abandoné hace mucho, pero esto es distinto, porque esta noche él y yo... Tendría que ser distinto. Me muerdo el labio y rezo para que no la bese. Por favor, por favor, por favor, que no la bese, porque no quiero besarlo sabiendo que sus labios han estado ahí solo un rato antes.

Me escondo tras unos matorrales y los veo sentarse en la arena. Ella suelta su larga melena rubia de la coleta y yo aprieto los dientes. Seguro que eso emboba al tonto de Adam. Cuando lo veo sonreír y acariciarle las puntas del pelo, contengo un suspiro de frustración, pero no es nada en comparación con lo que tengo que reprimir cuando él se acerca y la besa. Ya es un hecho: Dios no existe. Si existiera, habría hecho caso a mi plegaria. ¡No era tanto pedir, joder! Ella le devuelve el beso de una manera que me provoca arcadas, porque es intenso y... caliente. Es como ver en primera línea lo que yo querría hacer con él. Lo que quiero que él haga, y que hace en otra.

—Menos mal que has conseguido despegarte de la gemela lanzada —dice Keira riendo en un momento dado.

Frunzo el ceño. Esa soy yo, ¿no? Adam ríe un poco y muerde su barbilla.

—No seas mala.

—No lo soy. Solo me hace gracia que te mire con esa adoración.

—Es como una hermana para mí.

—Ella te miraba con algo más que fraternidad en los ojos, Adam. —Él muerde su cuello, Keira gime y yo contengo el nudo que se forma en mi garganta—. Apuesto lo que quieras a que fantasea contigo en secreto.

—No digas tonterías —susurra. La tumba en la arena.

—No son tonterías. Ya tiene dieciséis, ¿no? A esa edad yo ya había probado las mieles del sexo.

—Mmm, y has perfeccionado mucho la técnica desde entonces.

Voy a vomitar. Dios. Voy a vomitar. ¿Van a hacerlo aquí? ¿Delante de mis ojos? Keira mete la mano bajo el bañador de él y sé que está agarrándolo por la entrepierna. Sonríe cuando Adam gime y aprieta con más fuerza.

—Seguro que le encantaría hacer esto contigo.

—¿Mmm?

—A Vic, tonto. Seguro que le encantaría hacerte esto.

Adam cierra los ojos; incluso a la luz del fuego lejano y de la luna puedo verlo. Cierra los ojos y se ríe entre dientes.

—Venga ya, Keira. Es una cría. Probablemente todavía sea virgen.

—¿Y no te gustaría ser el encargado de acabar con eso?

Adam vuelve a reír. Se ríe en tono suave, bajo y ronco. Se ríe de mí, aunque no sepa que lo observo.

—¿Sabes lo que me gustaría? Que dejaras de hablar de Victoria. Joder, la tengo como una piedra y vas a conseguir que se me baje.

Keira lanza una carcajada, saca la mano de su bañador y lo empuja por el pecho hasta tumbarlo en la arena.

—No te preocupes, no pienso desperdiciar esta erección...

Cuando sus manos tiran del bañador de Adam, cierro los ojos, dejo que un par de lágrimas rueden por mis mejillas y me largo. No quiero ver a Adam desnudo. No así. No cuando acaba de cargarse mis ilusiones de un plumazo. Mis ilusiones y parte de mi autoestima. He sido tan estúpida que me doy asco. ¿Cómo pude pensar que yo podría excitarlo como hace Keira? O como hacen todas las que cada verano disfrutan de él. No sé cómo he podido ilusionarme. Adam nunca me verá con otros ojos, para él no soy más que una cría, como bien ha dicho, y yo he esperado hasta los dieciséis solo para sentirme tonta y ridícula.

Vuelvo a la playa y Emily se apresura a venir hacia mí.

—¿Qué ha pasado?

Mis ojos siguen cargados de lágrimas y, cuando me abraza, las dejo caer de una vez y en pocos segundos. Luego me los limpio y alzo la barbilla.

—Ha pasado que Adam es un imbécil y que jamás debí pensar en él en los términos equivocados.

—Pero...

—Se acabó, Emily. No voy a esperar nada más de él. Nunca.

Ella guarda silencio y asiente una sola vez. Sabe que, si hablo así, es porque algo gordo ha pasado. Entonces, Seth se acerca a mí.

—Ey, ¿quieres tomar algo?

Seth tiene el pelo rubio cenizo, adora el surf, lleva un collar hecho con conchas, su piel es bronceada, tiene una sonrisa blanca y perfecta y es el hermano pequeño de Keira. Y no sé si es todo lo primero o esto último lo que hace que yo sonría y asienta con determinación.

—Sí, quiero tomar algo. —Su sonrisa es inmediata y, cuando me pongo de puntillas y lo beso en los labios, se queda tan pasmado que no puede hablar—. Quiero tomarte a ti. ¿Qué te parece?

Al principio se queda sorprendido, pero, pasados unos segundos, su sonrisa se amplía; me besa de nuevo antes de coger mi mano y arrastrarme hacia el lado opuesto al que han ido Adam y Keira.

—Vic...

Mi hermana me mira con preocupación, pero le guiño un ojo y le sonrío con seguridad.

—No te preocupes. Esto no me llevará mucho.

La risa de Seth rivaliza con el ceño fruncido de mi hermana, pero me da igual. Sé que no va a detenerme porque, cuando decido algo, hay pocas cosas que puedan hacerme cambiar de idea. Y he decidido esto. Por rabia, por despecho, puede que por orgullo, pero, sobre todo, por el dolor sordo que siento dentro. Necesito emociones fuertes que lo hagan desaparecer. Necesito acabar de una vez por todas con mis esperanzas y empezar a asumir que Adam Lendbeck y yo nunca seremos más que amigos que se pican constantemente.

Pierdo mi virginidad entre dos palmeras, en un claro alumbrado por la luna. Seth es delicado y susurra constantemente palabras tranquilizadoras en mi oído. Posa su boca en mi entrepierna y consigue que llegue al orgasmo antes de ponerse un condón y entrar en mi cuerpo. Duele, y supongo que por eso me ha practicado sexo oral antes, pero ya suponía que lo haría y, al acabar, he conseguido adaptarme lo justo para que no resulte tan incómodo. No ha sido especial, pero al menos he alcanzado mi primer orgasmo a manos ajenas. O boca ajena, más bien.

—Joder, qué bueno ha sido —susurra jadeante cuando se separa de mí. Tira del condón para deshacerse de él—. ¿Estás bien?

Asiento y sonríe.

Lo observo con ojos fríos y le devuelvo la sonrisa, pero no es sincera. Cualquiera que me conozca un poco lo sabría, pero él no.

—Oye, Seth.

—¿Sí? —pregunta, sonriendo aún.

—Siéntete libre de contarle esto a quien quieras.

Él me mira incrédulo. Tiene solo un año más que yo. Contar que se ha follado a una de las gemelas lo hará quedar como un rey en la playa, pero, aun así, niega con la cabeza.

—No, Vic. No voy a negar lo que ha pasado, porque algunos se enterarán cuando ahora volvamos juntos y sudados, pero no voy a contarlo y no voy a dar detalles. Eso se queda para nosotros.

Mis ojos se llenan de lágrimas porque, después de todo, no lo he hecho tan mal. He perdido la virginidad con alguien por quien no siento absolutamente nada, pero que es honesto. Es mucho más de lo que podrían decir algunas.

Lo abrazo por respuesta, beso sus labios una última vez y volvemos a la playa. Nada más llegar, oigo algunos aplausos y risitas de gente a la que conozco y de otra que ni siquiera me suena. Me da igual. Me concentro en los ojos que me miran abiertos como platos, mostrando sorpresa y algo distinto. Enfado; rabia, quizá. Se acerca a mí, agarra mi brazo y, cuando habla, lo hace con una dureza que consigue sorprenderme.

—¿Qué cojones has hecho, Victoria?

Miro a Adam a los ojos, le quito la cerveza que tiene en los labios y me trago, junto con el líquido, las ganas de echarme a llorar delante de él. En cambio, le dedico una sonrisa altanera y le guiño un ojo.

—Despedirme de la infancia por la puerta grande, Lendbeck. ¿Quieres los detalles?

Algo brilla en sus ojos. No sé qué es, pero la noticia no lo deja indiferente. Aprieta la mandíbula y mira a Seth como si hubiese ahogado a una camada de gatitos con sus propias manos. Keira se acerca a nosotros y también se concentra en su hermano, pero ella, al revés que Adam, sonríe. Luego le da un codazo y susurra:

—Conque una cría, ¿eh?

No me quedo a esperar su reacción. Me alejo con la cerveza de Adam en las manos, me la bebo de un trago y le hago una seña a Emily. Nos vamos al bungalow y, aprovechando que mis padres y nuestros hermanos pequeños están en el jardín de Álex y Eli celebrando una barbacoa, me dejo llevar y le cuento entre lágrimas todo lo acontecido. Cuando acabo, su cara es un poema, y, si yo no estuviera tan rota por dentro, hasta me reiría, pero me siento tan jodidamente mal... Y, aun así, consigo limpiarme las mejillas y alzar el mentón lo justo para mantener un mínimo de dignidad.

—Se acabó, Em. Es mejor así, antes de empezar nada. Al menos no he hecho el ridículo lanzándome. Él jamás sabrá nada de esto. Nunca. Prométemelo.

—Te lo prometo. —Me abraza de nuevo.

Ahogo un sollozo y me juro a mí misma que esta será la última noche que llore por Adam Lendbeck.

No pienso dedicarle ni una lágrima más.

16

Adam

Enfoco la palmera que he dibujado en su espalda, la fotografío y procuro olvidarme de su trasero. Del tatuaje que se hizo hace días y de las ganas que tengo de morderlo. El tatuaje y su culo, sí. De lo preciosa que está así, tumbada boca abajo y dejando que la fotografíe a placer. Joder, creo que esto ha sido un error, pero un error que va a dejarme uno de los mejores recuerdos de mi vida, porque ver a Victoria frente a mí, exhibiéndose, echando atrás sus hombros y mostrándome sus pechos sin tapujos ha sido... No tengo palabras. Creo que habría podido correrme sin manos.

Así de jodido estoy.

Yo creo que el problema es que me he sugestionado. Llevo días dándole vueltas al tema de Victoria. Volver a verla. Las pullas. Los recuerdos. Se me junta todo, y por eso voy por la vida como un adolescente, incapaz de mantener mi cabeza relajada. De otras partes de mi anatomía ni siquiera hablamos.

Termino de fotografiarla y palmeo su muslo para que se levante. Ella lo hace perezosamente, estirando la espalda y los brazos, dejándome ver sus pechos de nuevo. Me muerdo el labio y, acto seguido, dejo de hacerlo, consciente de que el gesto dice demasiado acerca de cómo me siento. Sus pezones están erguidos y llenos de arena, y la tentación de aproximar las yemas de mis dedos es tan grande que carraspeo y señalo el mar, desesperado por poner cierta distancia entre nosotros.

—¿Vas a darte un baño para refrescarte?

—Sí. ¿Tú?

—Sí, pero después de ti. —Ella me mira sin entender y yo alzo la cámara—. No quiero dejar mis cosas aquí sin vigilancia.

—De acuerdo. Entonces voy yo primero.

Echa a correr, sorprendiéndome, y se lanza al agua de lleno, como si fuese una sirena y llevase demasiado tiempo fuera de su hábitat. Me río, porque siempre es tan jodidamente imprevisible...

Victoria se gira y nada de espaldas, agitando solo las piernas, con los brazos relajados y los pechos asomando por la superficie. No puedo controlarme. A lo mejor debería, pero no puedo. Vuelvo a encender mi cámara, enfoco y la inmortalizo mientras se mueve ajena a lo que hago. Luego se lo enseñaré; no se trata de hacerlo a escondidas, pero es que, si en condiciones normales ya me cuesta no retratarla constantemente, ahora que tengo permiso, y después de esta sesión, me resulta imposible contenerme.

Una. Dos. Tres fotos más. Se gira y se sumerge bajo el agua. Cuatro. Cinco. Seis. Capto el momento justo en que su cara sale a la superficie. La observo sonreír a través de la cámara y siento un nuevo pinchazo en mi entrepierna. Joder, es que estoy en un punto en que me empalmaría solo con que respirara un poco más fuerte de lo habitual en mi presencia. Se limpia de la cara los restos de agua y sal y abre los ojos mirando al sol. Su pelo rosa flota a su alrededor y, cuando empieza a nadar hacia mí, no puedo evitar disparar unas cuantas veces más, sabedor de que se me agota el tiempo. La última. Solo una más y luego paro. Prometido. Ella llega a la orilla, se alza cual reina majestuosa y camina hacia mí. Sonríe. Ahora. Es justo ahora. Disparo y la inmortalizo. Luego bajo la cámara y le sonrío.

—¿Cómo está el agua?

—Fresca. Limpia. Buenísima. Es una sensación maravillosa bañarse con un mirón de fondo. —Bufo, y se ríe—. Déjame ver.

Le tiendo la cámara y me quito la camiseta. Joder, el calor a estas horas ya es insoportable.

—¿Me la cuidas?

—Sí, tranquilo. Puedo verlas, ¿no? ¿O eres de esos artistas que no enseñan su trabajo hasta que está editado?

—Adelante. Estoy tan orgulloso de mí mismo que no me importa.

—Egocéntrico. —Enciende la cámara y sonríe al ver la última foto—. Dios, sí que estoy buena.

—Vanidosa.

Ella se encoge de hombros. Yo me río y me meto en el mar sin pensarlo más. En cuanto el agua salada lame mi piel, me doy cuenta de que es justo lo que necesitaba. Nado un poco y me recreo en la sensación de volver a tener mi cuerpo bajo control. Miro a Victoria a lo lejos, pero ella está absorta en la cámara y, cuando alza la mirada, lo hace con el claro objetivo de fotografiarme. Cierro los ojos y adopto la misma postura que ella tenía antes. Normalmente odio que toquen mis cosas, cuanto más, mis cámaras. Ni mis hermanos pueden acercarse. Ni siquiera mi madre, que es mi jefa y me ha enseñado de esta profesión casi más que los propios estudios. Mis cámaras son algo demasiado íntimo. Demasiado mío. Pero ahí está ella, apretando botones como si nada. Y lo peor es que no es la primera vez que la usa. Ni esta, ni las otras. Creo que cada verano ha conseguido hacerse, aunque sea unos minutos, con una de ellas. De hecho, llegó un punto en que empecé a considerarlo una tradición. Luego me iba a casa, pasaba las fotos al ordenador y me tiraba un rato intentando ver el mundo a través de sus ojos. De sus capturas. Frunzo el ceño. Es otra de las cosas en las que no he caído hasta ahora.

Joder. ¿Qué coño está pasando?

Me sumerjo en busca de respuestas, pero no llegan. Empiezo a difuminar los recuerdos que tengo con Victoria, que son infinitos, y ya no sé lo que sentía como amigo, casi como familia, o como un hombre que desea a una mujer. No sé en qué momento exacto cambió todo, porque hay recuerdos que antes veía de una forma y ahora, de otra. Como, por ejemplo, lo mal que me sentía cuando empezó a salir con chicos. La consideraba pequeña. Pensaba que se aprovecharían de ella. Debí haberme dado cuenta de que el papel de dama frágil e indefensa jamás le ha ido a Victoria, ni siquiera de adolescente. Me empeñé en justificar mis cabreos diciendo que era protección de amigo. Casi de hermano. Y quizá...

Mierda. No puedo pensar en eso. No todavía.

Doy unas cuantas brazadas y, cuando mente y cuerpo se apaciguan, vuelvo a la orilla, donde Victoria me fotografía de la misma forma que yo a ella.

—¿Disfrutas de las vistas? —pregunto en tono presumido.

—Estaba capturando tu arrogancia. Ha salido preciosa. ¿Me invitas a comer?

—Te he regalado una sesión gratuita, me he pasado la mañana trabajando, ¿y todavía quieres sacarme la comida? —Ella se ríe y yo tiro de las puntas de su pelo—. Me parece que debería ser al revés.

—Oye, que posar también es trabajar. Estoy molida.

—Pobrecita. ¿Necesitas un masaje?

—No me iría mal, ¿eh? —Suspira con desidia—. Pero lo que de verdad necesito es empezar a publicar. ¿Te importa si grabo un vídeo contigo? Para avisar de que se avecina sesión, y eso.

—¿Ahora?

—Sí, cuanto antes, mejor. Esta tarde tengo que empezar a subir contenido, aunque compartiré las que hicimos en los kayaks, así tengo tiempo de estudiar estas.

—Grabamos vídeo, comemos y seleccionamos las que más nos gusten. ¿Te parece? Puedo pasar por casa a por el portátil. Se verán mejor que en la cámara.

—O podemos ir a tu casa después de comer. ¿No tienes el ordenador de sobremesa? La pantalla de tu portátil es enana.

Estoy de acuerdo. En casa tenemos un ordenador de sobremesa acondicionado para que tanto mi madre como yo podamos trabajar. Incluso mi padre lo usa para sus diseños.

Victoria se abrocha el sujetador y se echa por encima un vestido de flores hawaianas que le queda de muerte. Dios, estas cosas antes no las pensaba. O las pensaba, pero me corregía tan pronto que lo olvidaba enseguida. Esto va de mal en peor... El caso es que se pone el vestido y grabamos un vídeo para su Instagram en el que ella explica básicamente que ha estado de vacaciones y desconectando, pero que está de vuelta con uno de los mejores fotógrafos del mundo. Me enfoca, y yo me limito a guiñar un ojo a cámara y luego mirarla a ella. Tengo redes —son necesarias— y un gran número de seguidores debido a la confianza que mis clientes depositan en mí y en nuestra empresa y a que ellos cuentan los seguidores por millones, pero no soy como Victoria. No vivo de proyectar una imagen más allá de lo que hago con mi cámara y las pinceladas que quiera mostrar de mi vida privada, que son muy pocas. Las redes son una parte de mi trabajo, pero guardo bastante de mi intimidad para mí. Ella se desenvuelve como pez en el agua. Sonríe, tira besos y promete no volver a desaparecer. Incluso jura que ha echado a sus seguidores muchísimo de menos. Cuando acaba y bloquea el móvil, esboza una mueca que me hace pensar en lo jodido que tiene que ser vender constantemente el producto en el que ella misma se ha convertido.

—¿Estás bien? —pregunto, consciente de que lo que sea que discurra por esa cabecita suya está poniéndola a prueba ahora mismo.

Ella sonríe como si no pasara nada, asiente y tira de mi brazo para arrastrarnos hacia su bungalow, porque quiere darse una ducha y quitarse los restos de arena.

—¿Dónde andan tus padres? —digo al darme cuenta de que el bungalow está vacío.

—Creo que hoy iban a comer con mis tíos Amelia y Einar. ¿Quieres ir a ducharte o me esperas?

—Te espero. Ya me ducharé luego mientras tú ves las fotos en casa.

Ella asiente, entra en su cuarto, coge algo de ropa y se encierra en el baño mientras yo salgo al porche a fumarme un cigarro. Trasteo un poco con las notificaciones y temas pendientes en mi móvil.

Cuando sale, lo hace con el pelo húmedo y un vestido largo azul marino con estampado de flores, un jodido escote hasta el ombligo y una puta raja que deja ver sus piernas cuando anda. Ah, sí, y unas Vans. Pero ¿quién va a fijarse en eso cuando hay tanto y tan bueno que ver en su cuerpo? Menuda tarde de mierda me espera.

—¿Qué tal estoy? Te has puesto palote nada más verme, ¿a que sí?

«Disimula, Adam, disimula.»

—Se te puede mirar sin sufrir. —Me ha salido de puta madre, a juzgar por sus ojos incendiados.

—Mira que eres idiota. —Suelta una carcajada y señala la puerta—. Anda, vamos, pero que sepas que te has quedado sin postre.

Sale delante de mí. Le miro el culo y pienso que, de todos modos, el postre que yo quiero no está en la carta.

—¡Hombre! El ladrón de hijas. Ya tenía yo ganas de cruzar unas palabritas contigo.

Diego se acerca a mí por el jardín mientras Julieta ríe y le advierte que suavice el tonito de energúmeno. Yo me limito a fruncir el ceño ligeramente, porque no entiendo bien su actitud. No lo hago hasta que caigo en la cuenta de cómo me llevé a Victoria la otra noche. Ya se me había olvidado, pero se ve que a él no.

—Buenas tardes, Diego. Íbamos a comer al restaurante. ¿Te vienes?

—Pues mira, sí.

—¡Diego, mi hermana nos está esperando! —exclama Julieta—. Deja de hacer el tonto y entra en casa. Hemos venido solo a... —Se calla con una risita cuando se percata de que su hija está presente y se sacude una pelusa inexistente del hombro—. En fin, que hemos venido para poco tiempo. Tenemos que estar de vuelta en unos minutos, así que deja en paz a Adam.

Han venido a echar un polvo rápido. No lo han dicho, pero la forma en que Diego se ha tensado y Victoria ha puesto cara de tener arcadas me lo deja claro.

—Tenéis que dejar de hacer eso delante de mí. En serio, joder, es bochornoso.

Su madre, lejos de tomarla en serio, pone los ojos en blanco y se ríe mientras agarra la mano de su padre.

—¿Prefieres que arrastre al poli dentro o que lo deje aquí interrogando a Adam? —Victoria no contesta—. Ya decía yo. Anda, grandullón, vamos.

—Espera. —Diego me señala con el dedo y me mira tan serio que, por un segundo, me asusto de verdad—. Escucha, chico, te he visto crecer y para mí eres como de la familia, pero si vuelves a secuestrar a mi hija...

—¡Papá, que me fui porque quise! —Victoria coge mi mano y tira con fuerza hacia la salida antes de señalar a su padre de la misma forma en que él me señalaba a mí. Resultaría gracioso de no ser porque Diego está cabreado de verdad—. Como no empieces a comportarte desde ya mismo, tú y yo vamos a tener problemas.

Acto seguido, me arrastra fuera del césped. Por un momento dudo si no será buena idea decir algo, pero creo que solo contribuiría a que uno de los dos se cabreara más, así que lo dejo estar y pienso, con una escueta sonrisa, que Victoria puede tener el genio desenfadado de su madre buena parte del tiempo, pero también las malas pulgas de su padre cuando es necesario.

La comida transcurre tranquila, para tratarse de nosotros dos. Nos retamos un par de veces y las pullas vuelan como una bandada de pájaros, pero, por lo demás, la verdad es que lo pasamos bien. Victoria no come con glotonería, como suele hacer siempre. Es una de las cosas que más me preocupan de ella últimamente. No come con ganas. Solo si se trata de chucherías o mierdas no del todo saludables. El resto, lo ingiere de manera mecánica. Como si se obligara.

—¿Quieres probar la carne? —pregunto cuando la veo apartar su plato de pescado sin haberlo acabado.

—Estoy llena.

—Eso quiere decir que no vas a tomar postre, ¿no?

—Me he guardado el hueco justo para uno de esos trozos de tarta de queso que prepara tu tío.

En otro momento me hubiese reído, pero es que... me preocupa. No creo que tenga un trastorno alimentario, pero sí creo que la comida es otra de las cosas sobre las que ha perdido perspectiva.

—Come un poco más de verdura, al menos.

—No me des órdenes, Adam. No soy una niña.

—Era una sugerencia.

—Guárdate tus sugerencias para ti.

Aprieto la mandíbula. Bien. Este tema es intocable. Ya van unos cuantos, y yo es que no sé andar así por la vida, y menos con Victoria. A mí lo de ir tanteando temas como si esto fuera un puto campo de minas no me va. Y a ella, tampoco, pero está actuando de una forma un tanto cobarde por algún motivo que empieza a acojonarme, porque tiene que ser algo grave para que tenga estos arrebatos. De todos modos, como no quiero ensombrecer su humor aún más, llamo al camarero y pido un par de trozos de tarta. Ella dice que con uno hubiese bastado y le digo que no, que yo el mío no lo comparto. Podría decir que es porque quiero que se coma uno entero, pero es que de verdad me toca mucho la moral compartir postre.

—Eres un puto borde.

—Mira quién fue a hablar —murmuro.

Volvemos a fruncirnos el ceño y, cuando llegan nuestros postres, comemos en silencio. Lo hacemos, al menos, hasta que Victoria mete su cuchara en mi plato y me roba un trozo.

—¡Eh! —exclamo mirándola. Devuelvo la vista a mi plato—. Joder, encima te has llevado de la parte con nata.

Estalla en carcajadas.

—No puedo creerme que sigas poniéndote tan cascarrabias con el tema de compartir los postres. —Coge un poco de su plato y me lo ofrece por encima de la mesa—. Ten, anda. No te me enfurruñes.

Lo acepto porque es lo justo. Y si no, que no me lo hubiese quitado. Me relamo la nata de los labios y me doy cuenta de cómo Victoria fija sus ojos en ese gesto. Mierda. ¿Le habrá gustado?

—¿Te gusta lo que ves? —pregunto elevando las cejas.

Ella parpadea y clava sus ojos en los míos. Sonrío con socarronería, y resopla justo antes de meterse un gran trozo de tarta en la boca.

—¿De qué hablas?

—De que te has quedado observando mi boca con una mirada que...

—Tú flipas. —Se ríe.

—Ya, lo que tú digas —contesto en tono condescendiente. Por joder, y eso, que se ve que todavía no hemos tenido suficiente trifulca. Soy un kamikaze, qué vamos a hacerle.

—No te he mirado una mierda, pero, si lo hubiera hecho, tampoco pasaría nada, teniendo en cuenta que te has pasado la mañana contemplándome medio en pelotas.

—Lo mío es por trabajo.

—Claro, no lo disfrutas nada.

—Apenas si me he fijado en que estabas medio en pelotas.

—Ya. No me has mirado las tetas.

—¿Qué tetas?

—Las de las rodillas, no te jode. ¿Qué tetas van a ser? ¡Estas! —Se aprieta el pecho y me mira con impaciencia.

Los comensales que hay a nuestro lado nos miran con gesto interrogativo, pero me limito a sonreír. Me encanta picarla. Se ve que me va la marcha.

—Ah, sí. No están mal.

—¿No están mal? —Arquea las cejas y rezonga—. ¿Eso es todo lo bueno que tienes que decir de mis tetas?

Los comensales siguen mirando. Ya no disimulan mucho. Se ve que también les va la marcha.

«No, joder. Claro que no es lo único que tengo que decir, pero no sé cómo podrías tomarte que te diga que en toda la puta mañana no he dejado de imaginarme mordisqueando esos preciosos pezones y lamiéndolos después.»

Frunzo el ceño. No. Definitivamente no es buena idea decirle eso, así que me encojo de hombros y suspiro, como si el tema me aburriera.

—¿Y qué quieres que diga?

Su mirada relampaguea y yo trago saliva. Esto la ha molestado de verdad y estoy tentado de rectificar, pero es que no sé lo que puedo decir y lo que no sin delatarme, porque ni yo mismo entiendo las conclusiones a las que estoy llegando.

—Vamos a tu casa. Quiero acabar el trabajo de una vez para poder largarme por ahí.

Trago saliva —de nuevo— de manera imperceptible. No quiero que se separe de mi lado, pero el tema la ha molestado. Y no la culpo. No se trata de que sea un poco vanidosa, que lo es. Se trata de que parece que nunca tengo nada bonito que decirle, cuando la verdad es que lo que tengo que decir es tan bonito que igual se da cuenta de que... Cierro los ojos, me los froto con las palmas de las manos y asiento.

—Sí, vamos.

Hago amago de pagar, pero ella dice que un trato es un trato. Lo paga todo y, cuando llegamos a casa y entramos en la cocina, prácticamente se lanza a los brazos de Ethan.

Mis padres y el resto de mis hermanos se ríen, pero a mí se me corta hasta la digestión. ¿Por qué conmigo no tiene esa facilidad para mostrarse cariñosa? ¿Por qué yo solo me merezco pullas y retos? ¿Qué cojones he hecho para que las mejores facetas de su personalidad siempre estén disponibles para otros y nunca para mí? Bueno, rectifico. No digo que su buen humor sea la mejor parte de ella, porque cuando se pone tocapelotas, también me gusta, pero me encantaría que algún día se me echara encima de esa forma nada más verme. Recuerdo un tiempo, cuando era más pequeña, en que lo hacía, pero luego creció y, simplemente, cambió conmigo. Quizá porque mi vena sobreprotectora siempre la ha puesto histérica. No lo sé, el caso es que tengo que realizar un esfuerzo notable para que nadie se dé cuenta de que me jode esta situación. Me jode que Ethan tenga la cercanía que yo no tengo y me jode aún más después de lo que pasó anoche, porque me siento no solo un mal amigo, sino un mal hermano.

—No se puede estar más buena que tú, joder. —Ethan la alza en brazos mientras la besa y la vuelve a poner en el suelo.

Ella besa su hombro con naturalidad y dulzura. Una dulzura que nunca me ha demostrado a mí.

«No lo pienses, Adam. No te atormentes más.»

Lo intento, voy a la cocina y cojo un botellín de agua de la nevera para intentar despejar mi mente. Cuando me vuelvo, la familia entera sigue hablando con Victoria, que se ha sentado mientras ellos terminan de comer. Bueno, todos menos mi padre, que clava los ojos en mí de una forma que me hace saber, sin ningún tipo de duda, que ya tiene una idea bastante aproximada de lo que pasó anoche, de lo que pasa hoy y, en definitiva, de lo que pasa conmigo. Y lo peor es que, por un momento, estoy tentado de pedirle que me lo explique, porque yo no entiendo una mierda.

No lo hago, claro. En su lugar, le sonrío y paso de largo por la cocina mientras aviso a Victoria de que voy encendiendo el ordenador.

Cuanto antes terminemos con todo esto, mucho mejor.

17

Miro a Adam con una sonrisa provocadora. Provocadora porque le estoy tocando los huevos a conciencia, no porque pretenda nada sexual.

—Como no quites el zapato de mi colcha, vamos a tener un problema. Ya no te lo digo más.

Casi me dan ganas de soltar una carcajada. Dios, qué previsible es. Después de saludar a la familia, me he metido en el cuarto, que es donde tienen instalado el ordenador grande, y me he tumbado en su cama sin preguntar. En Los Ángeles, por ejemplo, tienen un despacho enorme en casa solo para los ordenadores, pero esta vivienda es de veraneo y solo tiene lo necesario, así que Ethan y Adam comparten habitación y el ordenador reposa en un escritorio estándar a los pies de la cama de Adam.

Le doy dos puntapiés a mis zapatillas en su dirección y me río cuando una le roza el muslo.

—Uy, perdón.

Me mira mal y pongo cara de niña buena.

—Tú sigue tocándome los huevos y... —murmura mirando la pantalla.

—¿Y? —pregunto, esta vez con todo el desafío del mundo pintado en la cara.

Adam no contesta, lo que demuestra que, sí, está cabreado. Suspiro, compruebo la hora y me doy cuenta de que ya estoy dentro del horario en el que se supone que mis publicaciones tienen más visibilidad. Tengo editada una de las que hicimos ayer con el kayak, así que la cuelgo, silencio el móvil y me quedo mirando al techo. Pasados unos minutos, me entra sueño y me acurruco en su cama. Huele tanto a él... Adam insiste en que me acerque para examinar las mejores fotos, pero paso olímpicamente y le digo que se ocupe, que es el fotógrafo y me fío de él. Lo hago porque no me interesa. No me importa en absoluto cómo hayan salido. Lo mejor de la sesión ha sido hacerla. Sentirlo alrededor de mí fotografiando mi cuerpo, moldeándolo a su gusto para hacer el trabajo. El resto de la tarea me provoca tal desidia que prefiero no pensarlo.

—Victoria, ven, no te duermas. —Lo ignoro y él chasquea la lengua—. Está bien, entonces esta para Ethan; seguro que me lo agradece.

—Ni se te ocurra —le digo levantándome y mirando la pantalla.

Me quedo impactada en el acto. Soy yo, pero al mismo tiempo no me reconozco. Es la foto que me hizo Adam cuando lo miré retadora al quitarme el sujetador. Pese a lo que pueda parecer, lo que más llama la atención en la imagen no son mis pechos, sino mi cara. La barbilla elevada, los ojos entrecerrados, desafiantes; los labios llenos, y diría que sensuales, aunque está mal que lo diga yo. Además, la ha puesto en blanco y negro, así que mi pelo no llama la atención y mis tatuajes se ven, pero no es lo primero en lo que te fijas. Es... es... mi esencia.

Miro a Adam e intento disimular mi sorpresa. Cuando me fotografió así, pensé que lo hacía para provocarme y tener una imagen mía casi desnuda, pero esto es arte en estado puro. Es imposible que me pueda molestar por ello.

—Es preciosa —admito en voz baja.

—Eres tú —susurra.

Lo observo, pero sus ojos siguen fijos en la pantalla. Mierda. Ha pasado de ser el Adam tocapelotas, con el que me manejo a las mil maravillas, al Adam que dice cosas que me tocan demasiados puntos por dentro. Que sí, que serán dos palabras, pero yo me entiendo.

Cuando Daniela entra y se abalanza sobre mí, estoy tan agradecida por la interrupción que ni siquiera me quejo cuando su rodilla impacta con mi muslo.

—Oye, Ethan ha organizado para esta noche una fiesta que es una maravilla. Te apuntas, ¿no? Iremos a la feria que han montado en el pueblo, beberemos mojitos y daremos vueltas en las atracciones hasta que parezca que hemos bebido el triple de lo que en realidad hemos hecho. A medianoche nos iremos a Neptuno.

Neptuno es una inmensa y lujosa discoteca a pie de playa, en la ciudad. Hemos ido allí de fiesta en innumerables ocasiones y me consta que es mucha la gente que viene de fuera solo para pasar una noche allí. Conociendo a Ethan, ya tendrá uno de los reservados a su nombre. Miro a Adam, que sigue con la vista clavada en la pantalla y toquetea algo con el ratón. No sé si puedo aguantar un montón de horas más a su lado, y menos de fiesta. No es por él en sí, es por... Bueno, sí, es por él.

—Hermanito, no te digo nada porque doy por hecho que vienes, ¿no?

—En realidad, no. Estoy cansado.

No cuela. Y cuando me mira de soslayo, aprieto los dientes. Sí, sé que he dicho que no sé si quiero pasar más horas con él, pero no contaba con que él se librara de mí antes.

—¿A qué hora nos vamos? —pregunto.

La pequeña de los Lendbeck sonríe con tantas ganas que me contagia. Si Adam no quiere pasar más tiempo conmigo, mejor, porque yo con él, tampoco. Seguro que después de una noche de fiesta y baile consigo calmarme y soltar todo el estrés que he ido acumulando a lo largo del día.

—A las nueve. Ya verás, Vic. Esta noche va a ser mítica —dice Daniela.

Cuando Daniela tacha algo de «mítico», mejor no tomarlo a la ligera, la verdad, porque todavía recuerdo la vez que acabamos cantando y bailando *Lady Marmalade* a todo dar en la plaza del pueblo. Que no es para tanto, dirás, pero es que eran las ocho de la tarde de un día laborable y la plaza estaba llena de señoras que querían entrar a la iglesia de esa misma plaza para oír misa. Todavía recuerdo a Daniela quitándose la camiseta y girándola en alto al tiempo que cantaba a gritos y me muero del bochorno. Bueno, a ver, en esos instantes me moría de la risa, pero luego, cuando el alcohol dio paso a la cordura, el bochorno cogió sitio y ahí sigue desde entonces, reinando en el recuerdo de esa escena y de otras muchas. A ella le da igual, pero es que Daniela, al menos, canta bien. Lo mío fue para encerrarme y no dejarme ver más la luz del sol. Por otro lado, yo he tenido mis propios momentos de gloria, así que no debería echarle todas las culpas. En realidad, no me arrepiento, me lo he pasado en grande con ella, pero no sé si hoy quiero una fiesta de ese calibre.

Me tumbo otra vez en la cama y, cuando aspiro de nuevo el olor que desprende la colcha, sé la respuesta. Y es por eso, porque la sé, por lo que me levanto y me pongo las zapatillas.

—Me voy a casa a ponerme algo más... rompedor.

—Esa es mi chica. —Daniela me guiña un ojo y palmea mi culo—. Haz que me sienta orgullosa de ti, pequeña.

Pongo los ojos en blanco porque, a ver, solo soy un par de años más pequeña que ella, pero le encanta sentirse superior, aunque sea en edad. Es por el ego, que en esta familia lo siembran en macetas y se lo fuman por las mañanas. Y no digo más, porque en la mía tenemos árboles enteros llenos de lo mismo.

La entrada en la feria es un caos por nuestra culpa, porque nunca contamos con que somos muchos, muchísimos. Solo mis primos y mis hermanos ya ocupan un espacio considerable, y eso que nos hemos dejado a los menores en el camping. Si sumamos a los Acosta... Bueno, podría decirse que somos como un puñetero desembarco. En menos de media hora, copamos colas de atracciones y bebemos mojitos de un puesto ambulante como si de verdaderos vikingos asaltando un poblado se tratara. Yo me tomo solo una copa porque, aunque siempre me han encantado las alturas, últimamente me hacen sentir rara. Lo último que necesito es subirme en la noria y acabar potando desde lo alto.

—¿Qué te apuestas a que soy capaz de subir en el barco vikingo después de beberme tres chupitos seguidos? —desafía Lars a Björn.

Los dos van caminando delante de mí; yo pongo los ojos en blanco porque, con lo tranquila que es mi tía Amelia, ya podían haber salido a ella. Aunque sí es cierto que los tres, tanto ellos como Eyra, han heredado la generosidad desmedida de su madre. La necesidad constante de ayudar a los demás, ya sea en una organización o en una fiesta. Se dan con facilidad a la gente, y eso es maravilloso. Ojalá yo fuera un poco menos cabrona y más como ellos...

—Como vuelvas a potarte encima, papá se va a cabrear, tío, y ya la última vez me tocó a mí aguantar la chapa porque tú estabas medio ido con la resaca.

—Cobarde...

—Soy tu hermano mayor, tengo que cuidar de ti.

—Tú flipas. —La carcajada de Lars se oye alta y clara, porque mi primo no entiende de discreción, pero no me quejo. Yo tampoco—. De mí esta noche solo cuidará la chica que consiga llevarse este cuerpo serrano a un rincón oscuro.

Björn se ríe, lo vacila y lo ridiculiza, como buen hermano mayor, y así, de este genio, llegamos a la cola del famoso barco vikingo. Al final nadie ha tomado chupitos, y menos mal, porque la noche es larga y ya con los mojitos vamos servidos. Subimos en la atracción y, nada más empezar, sé que esto no va a gustarme. Oigo los gritos de diversión de mi familia y de los Acosta, pero solo puedo pensar que no me apetece una mierda alejarme del suelo a base de vaivenes. No lo digo, porque tengo una reputación que mantener, pero en mi estómago se aposenta un nudo que, a medida que el barco se mueve, va subiendo a mi garganta. La música retumba en mis oídos, igual que los gritos. Emily suelta una sonora carcajada a mi lado y la miro. Está extasiada. Tiene las mejillas encendidas y se nota que ella, al contrario que yo, sigue disfrutando de la experiencia tanto como siempre.

Las primeras mecidas no son tan malas. El barco va cogiendo impulso y, aun agarrándome a los barrotes de la jaula, lo llevo bien. El problema es que con cada mecida sube un poco más. No sé el tiempo que tarda en llegar a su punto álgido, pero sé que, cuando me veo arriba, en los pocos segundos que dura la subida, y antes de bajar, todo tipo de imágenes macabras me pasan por la mente. Imagino que la puerta de la jaula se abre y caemos en masa, estampándonos contra los hierros de la atracción. Veo la sangre de mi hermana derramada por todas partes y cierro los ojos.

«Tranquila, Victoria. Todo está bien. Esto es seguro.»

Emily grita. Mérida grita. Mis primos gritan. Lo hacen por la adrenalina, pero en mi cabeza los oigo gritar de un modo muy distinto. El pulso se me acelera, y no es por el vértigo. Es que, si cayéramos ahora, si algún engranaje de este cacharro se llegara a soltar...

—Respira. —Emily se coloca a mi espalda, agarra los barrotes que hay a cada lado de mi cuerpo y me aprieta contra el suyo mientras habla en mi oído—: Respira, Vic. Ya casi acaba.

Me doy cuenta de que mi cara de pánico debe de ser visible para cualquiera e intento recomponerme. Adopto una expresión neutra, o todo lo neutra que puedo, y cuando por fin el viaje infernal acaba, me quedo agarrada a los barrotes, temiendo que mis piernas no respondan.

Emily abre mis dedos uno a uno, pasa un brazo por mi cintura con disimulo y me ayuda a salir. Estoy tan tensa que creo que podría romperme en añicos si cayera al suelo ahora. Trago saliva y me obligo a no dejar salir la bilis. Lo controlo. Creo que lo tengo controlado, pero entonces veo una papelera al fondo y mis instintos se desatan. Camino con lentitud, intentando aparentar indiferencia, pero en cuanto llego, me agarro a los bordes, inclino la cabeza y vomito todo lo que he comido hoy. La familia entera va a darse cuenta de que algo anda mal. Volveremos a los interrogatorios, a las miradas confusas, a la preocupación... Joder.

—Pues yo sé de una que ya no va a beber más mojitos aquí —dice Emily a mi lado—. Si es que era de garrafón, joder, yo también me noto revuelta.

—Uy, pues lo dejamos todos —dice Daniela—. Aquí nadie va a ponerse malo antes del amanecer. ¡Os lo prohíbo!

Algunos se ríen, otros bromean con el famoso garrafón y yo levanto la cabeza de la papelera y miro a mi hermana.

—Gracias —susurro.

No me oye, la música en la feria es demasiado alta, pero lo lee en mis labios, lo sé. Se limita a acariciar mi pelo y mirarme como si intentara descubrir qué demonios pasa conmigo últimamente. Y, aunque una parte de mí está deseando contárselo todo, me callo, porque dejarlo salir no hará que sea más fácil. No hay nada que ella, ni nadie, pueda hacer para aliviar esto que me carcome por dentro, así que lo mejor que puedo hacer es recomponerme y disfrutar del resto de la noche.

Llegamos a Neptuno a las doce y media pasadas. Me cambio de ropa dentro del coche. A la feria he llevado un short con top, pero para la discoteca he elegido un vestido corto y ceñido, con flecos, que la marca me regaló hace unas semanas, antes de que todo estallara. Tiene un pronunciado escote en la espalda y es... llamativo, pero eso no me supone ningún problema. Subiré algunos vídeos, porque no sé si volveré a esta discoteca en lo que resta de semana, y tendré a Alexia contenta. A ver si así deja de darme el coñazo a diario. Me calzo las sandalias plateadas de tacón alto y maldigo antes de echar a andar. Esto me pasa por estrenar zapatos a lo loco, sin probármelos antes siquiera.

—¿Has acabado? —pregunta Emily desde fuera. Está apoyada en la ventanilla para que nadie me vea medio desnuda.

—Ya casi —mascullo antes de rociarme un poco de perfume y soltarme el pelo, que hasta ahora llevaba recogido en una coleta.

Bajo del coche y lo primero que oigo es el silbido de Ethan.

—¿Cuántos tíos crees que se dejarían arrancar las muelas por acariciar esa espalda desnuda?

Me río y lo empujo con cariño. Hubo un tiempo, hace años, en que un piropo de Ethan me ponía nerviosa, no porque fuera de Ethan, sino porque físicamente se parece tanto a él que... Pero al final, cuando las hormonas de la adolescencia me dejaron respirar un poco, comprendí que, igual que Emily y yo somos totalmente opuestas, aunque compartamos un físico casi idéntico, Ethan y Adam no se parecen en nada, salvo en el exterior. Ayudó mucho que a la hora de vestir tengan gustos dispares, como mi hermana y yo. No puedo imaginarme a Adam con un pantalón de cuero en pleno verano en el sur, pero ahí está Ethan, dispuesto a darlo todo. Y lo peor es que, de aquí a nada, él y sus pantalones estarán petándolo a lo bestia en la pista de baile, y las bragas del mundo se mojarán a la vez, deseando ser las seleccionadas para que él las baje esta noche.

—Me conformo con que ningún baboso se pase de listo, la verdad —le digo.

—Si eso ocurre, avísanos.

—Avísanos a nosotros, que somos los hombres de tu familia —replica Björn—. Noah, Lars y yo le pegaremos una paliza a quien sea por ti, primita.

—Yo no pienso pegar a nadie. —Noah frunce el ceño—. No soy violento.

—Además, sé defenderme solita y sin violencia —añado—, pero gracias.

—Somos tus primos. Es nuestra responsabilidad cuidar de nuestras mujeres.

—Santo Dios, qué hostia tienes. —Valentina clava un dedo en su pecho—. ¿Tienes idea de lo mucho que nos jode a las mujeres que nos tratéis como princesitas indefensas?

—Mujer, encima que uno mira por vosotras...

—Harías bien en vigilarte a ti mismo, no sea que tengamos que rescatarte de las garras de una rusa pasada de copas, como la última vez... ¿Te acuerdas?

Mi primo frunce el ceño y yo me río. No estuve en esa, pero Valentina me llamó para contarme que, si ella y Ariadna no hubieran llegado a aparecer a tiempo, Björn habría acabado devorado. No en el sentido literal, pero casi. Mi primo se pone serio un instante, pero acaba soltando una carcajada y encogiéndose de hombros.

—Mensaje captado.

Me río; en realidad mis primos no son tan energúmenos como a veces parecen por las lindezas que sueltan. Son unos cachos de pan. Un poco sobreprotectores, sí, pero en el fondo unos cachos de pan que no engañan a nadie, y a los que las chicas hemos llevado siempre a nuestro terreno sin demasiados problemas.

—Oye, ¿por qué no ha venido tu hermano? —le pregunto a Valentina, refiriéndome a Óscar.

—Se ha quedado viendo una peli con papá y mamá. Tiene que mimarlos para que no se pongan de morros y eso. Ya saldrá algún otro día de esta semana. Además, Óscar no es muy de desfasar, ya lo conoces.

Tiene razón. Mi primo se ha unido a nosotros en alguna que otra fiesta, pero por lo general se agobia con las multitudes y, viendo cómo está la entrada de la discoteca, queda claro que aquí esta noche hay una gran multitud.

—En fin... ¡Vamos allá! —digo.

—Ethan, ¿tienes el contacto para el reservado? —pregunta Daniela a su hermano. Cuando este asiente, sonríe—. Bien, entonces vamos directos sin esperar la cola.

Seguimos a Ethan y, cuando llegamos a la puerta, y mientras él habla con el portero, alguien grita mi nombre en la cola de gente que espera poder entrar. Me giro y, al localizar al dueño de la voz, no puedo menos que esbozar una sonrisa.

—Cada año más preciosa que el anterior —susurra acercándose a mí y besando mis mejillas, recreándose un poquito, quizá, pero no puedo tomármelo a mal.

—¡Seth! —Sonrío y lo abrazo—. Qué alegría verte. Y yo que pensé que este año no te dignarías a aparecer por el sur...

—¿Y perderme mi cita anual? Ni loco. Llegamos este finde y nos quedamos un par de semanas. ¿Tú?

—Me voy a finales de esta semana.

Hace amago de responder, pero entonces aparece a su lado una chica rubia, preciosa y con cara de mala persona. Bueno, igual esto último no es cierto y se debe, en parte, al asquito que yo le tengo desde... siempre.

—La gran Vic Corleone veraneando de nuevo con su familia. ¿Qué tal?

—Hola, Keira. —Sonrío y me siento orgullosa de conseguirlo, aunque soy consciente de que es una sonrisa falsa a más no poder—. ¿Qué tal?

—Bien, aquí, haciendo cola como los simples mortales.

Seth la interrumpe con una risa que pretende ser carraspeo. No es muy sutil, pero al menos rompe nuestro contacto visual. Tengo la certeza de que a Keira yo le gusto tanto como ella a mí. De hecho, de no haber estado ella, habría invitado a Seth y sus amigos al reservado, pero es que paso de tragármela toda la noche, la verdad.

El problema es que, al parecer, soy la única que piensa así.

—No tenéis que esperar cola. ¿Sois muchos? —pregunta Ethan.

—Cinco, contándonos a nosotros —apunta Keira.

—Venid con nosotros. Tenemos reservado.

—No hace falta, de verdad, pero gracias.

Seth sonríe y yo lo imito por inercia. Está guapo, aunque siempre lo está. Sigue teniendo el pelo rubio ceniza; las pecas de su cara dan muestra de que el surf sigue siendo su único amor verdadero, y las pulseras de sus manos, así como sus collares, lo rejuvenecen.

—Tonterías —insiste Ethan, interrumpiendo mi repaso a Seth. Lo mato. Yo es que lo mato. Ojalá lo tuviera más cerca para clavarle el tacón en el pie—. Tenemos un reservado grande y somos amigos, joder.

Yo no diría que somos amigos, en realidad. Keira se tiró a Adam varios veranos, aunque nunca llegaron a tener una relación, y Seth fue el chico con el que yo perdí mi virginidad. Siempre le estaré agradecida por lo bien que se portó, pese a que me arrepienta de los motivos que me llevaron a... El caso es que, después de aquello, nos hicimos amigos, y hoy en día nos llevamos muy bien, aunque nos veamos poco. La última vez, hace un par de años en Hawái. Yo viajé por trabajo, y sabía por su Instagram que él llevaba una temporada viviendo allí. Le mandé un privado, quedamos, nos pusimos al día y acabamos echando un polvo en la playa, que me hizo rememorar el primero y que me dejó con una sonrisa en los labios porque, joder, los dos hemos mejorado mucho desde entonces. Nos volvimos a ver meses después, pero no repetimos. Creo que aquella vez nos acostamos de nuevo solo para demostrarnos que podíamos hacerlo mejor, pero ambos tuvimos claro que éramos dos amigos practicando sexo puntual. Nada más. Sin embargo, eso no quita que sepa reconocer que está como un tren esta noche.

—Bueno, si insistes...

Vuelvo a la realidad para encontrarme con la sonrisa de Keira, que avisa a los tres amigos que faltan para que se unan a nosotros.

Y yo que pensaba que la noche por fin iba a mejorar...

18

Adam

Abro los ojos cuando oigo unos aplausos. Me fijo en la televisión y en la película que, en teoría, estamos viendo. Es un bodrio, pero echamos a suertes quién elegía, ganó mi padre y le bastaron un par de carantoñas para regalarle el privilegio a mi madre. Puse los ojos en blanco, porque yo ya sabía que elegiría una bazofia. Mi madre es la mejor haciendo fotos y nefasta eligiendo películas. No se puede tener todo. Y lo peor es que ahora mismo está dormida, con la cabeza apoyada en las piernas de mi padre, que acaricia su pelo con aire distraído mientras se concentra en el bodrio-peli.

Junior ha acudido con Óscar a la cancha de baloncesto para jugar un poco. La verdad es que no me extraña que sean tan buenos amigos. Son distintos en muchas cosas, pero hay otras en las que se complementan tan bien que casi parecen más gemelos que Ethan y yo.

El caso es que, de alguna manera, he logrado quedarme a solas con mis padres y joder lo que, a todas luces, iba a ser una noche de pareja. Ahora mi madre está dormida, mi padre intenta concentrarse en la mierda de peli y yo estoy aquí pensando por qué cojones no me habré ido de fiesta con los chicos.

Ah, sí, porque quería mantenerme alejado de Victoria. Tomar distancia y meditar en frío sobre lo que sea que esté pasando. Una decisión de mierda, como muchas de las que tomo últimamente, así que no me extraño de nada. Saco mi móvil y accedo a la carpeta que comparto con el ordenador. Abro la subcarpeta con las fotos de hoy y vuelvo a mirarlas todas una a una. No como algo erótico, sino porque el resultado me hace pensar que da igual que me haya pasado toda la mañana cámara en mano; nunca me cansaría de hacerle fotos a Victoria Corleone. Es algo que he sabido siempre, pero hoy, por distintas razones, me acojona un poco.

Distancia. Necesitamos distancia. Creo que ella también lo piensa, porque esta tarde, cuando dije que no iría de fiesta, ni siquiera hizo el amago de protestar. ¿Que si me molestó? Sí, la verdad es que sí, pero bueno, no es nada que no vaya a superar.

—Creo que voy a irme a la cama —murmuro después de un rato más.

—Es tarde —corrobora mi padre—. Se te ve cansado.

—Ha sido un día muy largo.

—Pero ¿ha merecido la pena?

Lo miro y lo sopeso un instante. Las pullas, las sonrisas rápidas, su cuerpo casi desnudo...

—Sí.

—Entonces el cansancio merece la pena, ¿no?

Miro a mi padre con una sonrisa y asiento. Tiene toda la razón del mundo.

—Desde luego, pero ahora voy a darme una ducha, meterme en la cama e intentar dormir. —Me estiro y protesto cuando me cruje la espalda—. De verdad que estoy molido. Buenas noches, papá.

—Buenas noches, hijo.

Echo a caminar en dirección al baño cuando oigo la voz de mi hermana a través del móvil de mi padre y la risa de este.

—¿Qué ocurre? —pregunto sobre mi hombro.

—Tu hermana está dándolo todo en Neptuno. Y no es la única.

Alza el móvil y me lo enseña. En principio pensaba sonreír en respuesta y seguir mi camino, pero me fijo en que quien maneja el móvil no es mi hermana, sino Victoria. Solo se ve a Daniela bailando con Valentina y brindando mientras miran a la cámara, pero no es eso lo que llama mi atención, sino el hecho de que, si Victoria está grabando, significa que también se está ocupando de su móvil. El *story* de mi hermana acaba y mi padre baja el brazo y teclea algo.

—Voy a pasar mi noche como todo un padre de familia, inspeccionando las redes de todos para hacerme una idea de cómo de intensa se va a poner la fiesta.

Me río, pero me acerco a él de manera gradual. Cuando estoy detrás del sofá, apoyado en el respaldo de la plaza en la que él está sentado, hago un enorme esfuerzo por no pedirle que se meta directamente en la cuenta de Victoria. Que podría hacerlo yo, pero entonces quizá sería muy evidente mi interés.

Mi padre busca la cuenta de Ethan y, al ver que hay *stories* recientes, entra. Nos tragamos su vídeo gritando como un poseso en el barco vikingo. Un segundo vídeo gritando. Un tercer vídeo gritando. En el cuarto enfoca a los demás, ya era hora, y me fijo en que Victoria no grita. Está agarrada a los barrotes y su hermana Emily la tapa casi por entero, porque la abraza desde atrás para poder agarrarse, supongo. El siguiente vídeo es bebiendo mojitos. El siguiente es un *boomerang* brindando con mojito. Joder con Ethan, qué poquito creativo es, de verdad. Pero bueno, no voy a quejarme porque, gracias a que ha estado inspirado para subirlo todo, me hago una idea de cómo se está desarrollando la noche. En el siguiente están ya en la discoteca; la música retumba tanto que hasta en el móvil se siente en forma de ruido distorsionado y muy desagradable. Todos bailan. Todos brindan y todos parecen la mar de felices. Cuando acaba, apenas he podido ver a Victoria de refilón.

—¿Debería preocuparme la cantidad de alcohol que tus hermanos parecen beber cuando salen? —pregunta mi padre de pronto.

—Por Ethan no me preocuparía. En cuanto las vacaciones se acaben, hará una dieta depurativa y volverá a ser el tío de siempre que cuida su alimentación.

—Sí, es verdad.

—Y Daniela... —Suspiro y me rasco la nuca—. No creo que tenga un problema, pero es evidente que está un poco... descontrolada.

Mi padre sonríe, mira hacia abajo y acaricia la mejilla de mi madre en un gesto tan tierno que se me atraganta un poco.

—Sí, me recuerda mucho a alguien... —susurra.

Sonrío porque imagino que, para él, debe de ser emocionante tomar conciencia de en qué nos hemos convertido todos nosotros. Es verdad que mi hermana aún no ha encarrilado su vida, pero ya lo hará. Tiene tiempo y un espíritu capaz de lograr cualquier cosa.

—En fin, ahora sí, me voy a dormir.

Mi padre asiente, pero, antes de que me gire, vuelve a mirar el móvil.

—Mira, actualización de tu hermana. Voy a estar muy entretenido esta noche.

Me río entre dientes y echo a andar. El problema es que oigo su voz. No la de mi hermana, sino la de Victoria, y no puedo resistir la tentación de deshacer los tres pasos que ya había dado. Vuelvo a mirar el móvil y lo primero que veo es que se ha cambiado de ropa, pero eso no me extraña. Muchas otras veces lo ha hecho. No es el cambio lo que llama mi atención, sino el vestido elegido. Los flecos se mueven al compás de sus caderas mientras mi hermana la enfoca. Se ríe, da vueltas y se muestra ante la cámara desvergonzada y descarada, pero controlada. Lo siguiente en el Instagram de mi hermana es una foto donde aparece con su hermana Emily en una pose natural, pero no es natural. Es postureo máximo. Lo sé, la conozco demasiado bien y, aun así, me sorprende verlas, tan iguales en apariencia y tan distintas en realidad. Emily con un vestido negro, elegante, precioso. Victoria con sus flecos, su pelo rosa y sus sandalias de tacón de infarto. Contengo un suspiro. Victoria Corleone León en esencia pura. Joder, qué bonita es.

—Se acabó de nuevo —murmura mi padre antes de suspirar—. Creo que voy a llevar a tu madre a la cama.

—Papá, joder —replico molesto.

Él se ríe y niega con la cabeza.

—A dormir, hijo, a dormir. Y si quisiera llevarla con otro propósito, tampoco podrías decir nada. Es mi mujer y estoy en mi casa, chaval.

—No necesito saber nada de vuestra vida sexual.

—No iba a contarte nada, pero eres tú el que no deja de mencionarlo. Yo iba a decir que voy a dejar a tu madre en la cama y tumbarme a seguir a tus hermanos un poco más por las redes. Si no lo hago, me sentiré como un padre que no se obsesiona lo suficiente con la vida de sus hijos, ¿no crees?

—Podrías entrar en las redes de los León. Me juego lo que quieras a que todos están subiendo cosas.

—Buena idea. Voy a entrar en el perfil de Victoria.

Hombre, por fin. Entra en su cuenta oficial. No hay imágenes de la feria, sino directamente de la discoteca. Ha subido una foto de cuerpo entero, sonriendo y sosteniendo una copa, que refleja aún más postureo que en la que sale en la cuenta de mi hermana, y ya era complicado superarlo.

—No hay más —dice mi padre.

—Ve al otro.

Él no se para a juzgar mi insistencia. Entra en el buscador y teclea las siglas que Victoria puso a una cuenta de Instagram privada en la que sube publicaciones mucho más personales. Ahora que lo pienso, creo que esa fue la primera prueba de que algo estaba cambiando en ella. Que ya no se identificaba con Vic Corleone. O sí, pero había dejado de tener ilusión por darse al cien por cien a gente que no la conoce. No lo sé, lo que sí sé es que en esta cuenta hay mucho más contenido ahora mismo. Mi padre entra en Stories y empezamos a ver: selfi con sus dos hermanas. Selfi con mi hermana. Vídeo con Ethan mordiéndole el cuello, que hace que yo me muerda el labio tan fuerte que casi sangro. Selfi de grupo, donde muchos aparecen cortados porque nadie tiene el brazo tan largo como para abarcar a toda la familia. Vídeo con Björn. Vídeo bailando con Seth. Selfi con... Espera. Espera. Espera.

—Espera —le pido a mi padre—. Dale al anterior.

—¿Eh?

—El anterior. Dale.

Mi padre me hace caso y, cuando lo vuelvo a ver, aprieto los dientes. Sí, es Seth. Me cago en mi suerte. ¿Qué demonios hace él allí? ¿Y con ella?

—¡Anda! Es Seth, ¿no? —pregunta mi padre.

—Sí —mascullo.

—No lo he visto por el camping estos días. Estará recién llegado.

No contesto y él pasa al siguiente vídeo, donde se ve a Seth tomándose un chupito de tequila con Victoria. Brindan, se lo beben del tirón y luego él, en vez de tomarse la sal de su propia mano, coge la de Victoria y le chupa la muñeca, donde siempre se la pone. Aprieto los dientes con tanta fuerza que me duele la mandíbula, porque he fantaseado con hacer ese mismo gesto alguna vez, de fiesta... Y lo cortaba en seco, porque no soy nadie para fantasear con algo así, pero que él lo cumpla me jode muchísimo. En el siguiente vídeo sale Daniela bailando con Victoria y Seth intentando interponerse con otra ronda de chupitos. Antes de tener que ver el mismo proceso, interrumpo a mi padre.

—¿Sabes qué? No me parece bien que Daniela y Ethan estén bebiendo tanto sin vigilancia.

—Pues...

—Pero me pienso encargar de eso. Voy a ir, porque está visto que, si no voy yo, no se frenan. Esos dos cabezas de chorlito son capaces de coger tal pedo que no sepan ni volver a casa.

—Claro. Y tú no puedes consentirlo.

—Desde luego que no. Sé que te encantaría ir a controlarlos, pero no te preocupes, yo me encargo.

—Ajá. —Mi padre eleva las cejas y sonríe antes de carraspear—. Definitivamente, tus hermanos necesitan que alguien se presente allí y los obligue a comportarse.

—Y ese alguien seré yo.

—Claro.

—Bien.

—Bien.

Me giro, tomo las llaves del coche de mi padre y, cuando ya estoy casi en la puerta, lo oigo llamarme.

—Oye, hijo...

—¿Sí?

—Saluda a Victoria de mi parte.

Me dedica una sonrisa que me hace fruncir el ceño.

—¿Victoria? Sí, vale, pero yo voy por mis hermanos, que están descontroladitos.

—Sí, claro. Por supuesto.

Ese tonito... No me gusta, pero como tengo prisa, lo dejo estar y salgo de casa. Me subo en el coche y caigo en la cuenta de que estoy vestido con un vaquero negro con rotos y una camiseta blanca básica. Igual no es la indumentaria más adecuada, pero no voy a perder tiempo en cambiarme. Mis hermanos necesitan que alguien les recuerde que beber como si fueran a instaurar en cualquier momento la ley seca no es sano. Cojo el móvil, compruebo el Instagram de Victoria y, cuando veo a Seth lamerle la cara y a ella soltar una carcajada, ahogo un gruñido. No es que me importe tanto, es que se les está yendo de las manos. Como sigan así, acabarán en orgía, y no puedo permitirlo.

Alguien tiene que poner un punto de cordura en todo esto.

—Oye, te estoy diciendo que mi familia está ahí dentro, en un reservado. ¡No estoy intentando saltarme la cola por las buenas!

El portero me mira desde sus cuatro metros de altura, o será que a mí me parece que es enorme, y niega con la cabeza.

—Si no sale alguien a buscarte, no entras.

Resoplo, saco el móvil y le enseño un *story* de mi hermano.

—¿Lo ves? ¡Somos clavados! Es mi gemelo y está ahí dentro.

—¿Y quién me asegura a mí que no estáis peleados a muerte? A lo mejor tu hermano no quiere verte ni en pintura y tú estás aquí intentando aprovecharte de que sois gemelos para colarte en la discoteca. No entras.

Lo miro con la boca abierta y suelto una risa incrédula. Este tío todo lo que tiene de grande lo tiene de retorcido.

—Vale, pues voy a llamarlo... otra vez.

—Es lo mejor.

Resoplo, marco el número de Ethan y espero. No lo coge. Claro, es que el muy imbécil puede pasarse la noche subiendo *stories*, pero cuando se trata de responder una llamada, no está pendiente del móvil. Vuelvo a entrar en Instagram para dejarle un mensaje privado (manda cojones tener que llegar a esto) y entonces veo que Daniela justo ha actualizado sus *stories*. Ni siquiera entro a ver qué ha añadido. La llamo por teléfono y ella sí me lo coge.

—¿Adam? —pregunta, o más bien grita, a través del móvil.

—¡Oye! ¡Sal a la puerta! ¡Estoy aquí!

—¿Qué?

—¡Que salgas a la puerta!

—¡No oigo nada, Adam! ¿Estás bien?

—¡Que salgas aquí, joder, Daniela!

El portero chasquea la lengua y juro que le ha faltado reprenderme por decir un taco. Es muy remilgado para ser un mastodonte con aspecto de montaña asesina.

—¿Adam? —Cierro los ojos y suspiro—. ¡Espera! ¡Voy a salir para poder oírte!

Resoplo, pero no cuelgo; esta es capaz de llamarme una y otra vez. Espero unos minutos, lo que ella tarda en atravesar la discoteca y salir, y, cuando la veo aparecer, agradezco que haya venido a la calle y no a la terraza del recinto. Supongo que le pillaba más cerca.

—¡Ya era hora! —exclamo.

Ella me mira con los ojos como platos y el teléfono en la oreja.

—Oh, Dios mío. ¿Quién se ha muerto?

—¿Eh?

—No juegues conmigo, Adam. Tú nunca vendrías a estas horas, y menos vestido con la misma ropa que has llevado todo el día. Dispara. ¿Quién se ha muerto?

Está a punto de echarse a llorar y, cuando voy a frenar sus malos pensamientos, me interrumpe el portero:

—Tío, ¿se ha muerto alguien? Lo siento, joder, no sabía que querías entrar por eso.

—¡No se ha muerto nadie! —exclamo cuando mi hermana ahoga un sollozo.

—Ah, ¿no? ¿Y qué haces aquí?

Calibro rápidamente mis opciones. Decirle que vengo a vigilarla la cabreará tanto que igual no me deja entrar con ella, y el portero está esperando el mínimo indicio para darme una patada en el culo, así que meto las manos en el bolsillo y me encojo de hombros.

—Me apetecía tomar una copa. He visto un par de vuestros *stories* y me he animado.

Ella frunce el ceño. Sabe que miento. Ahora solo espero que sea lo bastante inteligente como para no hacer más preguntas.

—¿Y no se te ha ocurrido arreglarte un poco más? ¿Peinarte? No sé, lo normal.

Caigo en la cuenta de que mi pelo está despeinado de tantas veces como me he pasado las manos por él, de la playa y hasta del sofá. Pero, joder, no es para tanto. Y el vaquero con rotos y la camiseta tampoco son para tanto. Informal, sí, pero no está mal. Aquí hay niñatos cometiendo verdaderos atentados contra la vestimenta y nadie dice nada.

—¿Me estás diciendo que estoy feo?

—Tú nunca estarías feo, hermanito —dice ella con una sonrisa. Estira la mano y me guiña un ojo—. Anda, vamos.

—Entonces ¿no es un hermano con el que no os habléis porque es un capullo? —pregunta el portero.

Daniela suelta una carcajada y yo lo fulmino con la mirada.

—Este es, probablemente, el más bueno de nosotros.

—Se te olvida Junior —le recuerdo a Daniela.

—Cierto. —Mira al portero y sonríe—. Es el segundo más bueno. El otro es que no parece ni de este mundo.

El portero se encoge de hombros y nos da paso, por fin. La música nos recibe en cuanto entramos, atronadora y, bajo mi punto de vista, de poca calidad, pero en estos sitios y a estas horas, vale cualquier cosa para bailar y beber, supongo. Atravesamos el local, subimos las escaleras que llevan a la planta de los reservados y, ya en la entrada del nuestro, la busco con la mirada. Hay una maldita multitud en este reservado. Como sigan invitando a gente, habrá más personas aquí que en la pista de baile. Hago un barrido general y ni siquiera me importa que Ethan esté tumbado en un sofá mientras una desconocida le lame un chupito del pecho.

Maldita sea. ¿Dónde cojones está?

—Allí —dice mi hermana, situándose detrás de mí, abrazándome por el estómago y señalando a Victoria, que baila con Ariadna.

—Yo no...

—Tú, sí. Deja de mentirme. Deja de mentirte a ti mismo y ve a por ella de una jodida vez, hermanito.

Suelta mi cuerpo y me deja aquí con una mezcla de tensión y anticipación que no estoy disfrutando. Aun así, me controlo, como casi siempre; avanzo hacia Victoria mientras pienso que esos putos flecos fueron confeccionados para que yo divagara en miles de fantasías y, cuando estoy detrás de ella, aprovecho una columna para apoyarme y parecer despreocupado. No hablo; sería inútil con todo este ruido. Me limito a contemplar el contoneo de su cuerpo y a esperar que se percate de mi presencia. Lo hace pocos segundos después. En un giro con carcajada incluida, que me deja medio atontado. Por suerte, me recupero rápido de sus efectos, al menos esta vez. Cuando sus enormes ojos se clavan en mí, sonrío despacio y la miro de arriba abajo a conciencia.

—Buenas noches, Corleone. Bonito vestido. Cuando te mueves, ofrece unas vistas... interesantes.

Ella me mira con los ojos como platos y yo intento, por todos los medios, que no note que mi corazón late a un ritmo nada recomendable.

19

Intento reponerme a toda prisa de la sorpresa, pero sé que él la ha detectado en mi expresión. Es imposible que no lo haya hecho porque, como siempre, ha sabido aparecer de la nada. Cómo odio que haga eso. Observo su camiseta blanca y sus pantalones gastados. La camiseta es la misma que llevaba esta mañana, y el pantalón se lo puso al regresar de la playa. Ni siquiera se ha cambiado. Es un pasota en lo que a moda se refiere, y lo peor de todo, sin ninguna duda, es que está guapísimo. Dios, cómo lo detesto.

—Qué sorpresa... —le digo acercándome a él. Solo me saca dos pasos, porque está prácticamente pegado a mí. Me concentro en escudriñarlo de arriba abajo con una sonrisa maliciosa—. ¿No te ha dado tiempo a ducharte antes de venir?

—Tenía cosas más importantes que hacer.

—¿Como por ejemplo...?

No dejo que note que el pulso se me ha disparado y que, por un momento, mi corazón se salta un par de latidos pensando que ha venido por mí. Adam da un paso, el último que había de dar para dejarnos a escasos centímetros el uno del otro, y sonríe lentamente, emulando a un enorme gato que acaba de acorralar, por fin, al ratón.

—Vi por Instagram que la fiesta se estaba poniendo interesante y decidí unirme. ¿Hay algún problema?

—Desde luego que no. Eres libre de ir de fiesta a donde quieras. Es solo que pensé que estabas muy cansado...

—Y así es, pero...

—¡Eh! ¡Adam!

La voz de Keira se impone entre nosotros, y eso que la música está a toda hostia. Adam la mira y su sonrisa pasa de ser premeditada y contenida a ser rápida y afectiva. Intento que no me moleste, pero lo hace. Dios, qué estúpida soy.

—¡Ey! ¿Cómo estás? —Ella suelta un gritito y, literalmente, se tira a sus brazos. Adam, en vez de frenarla, lanza una carcajada y la rodea con cuidado—. Yo también me alegro de verte.

Me refreno para no arrancarle los pelos a Keira. De verdad, no tenía suficiente con aguantarla esta noche, que encima tengo que ver cómo Adam babea por ella. ¿Para qué ha venido? Con lo bien que estaba en su puñetera casa. Reparo entonces en sus palabras. Ha visto por Instagram la fiesta... ¡Ya! ¡Claro! Lo que ha visto el muy imbécil es a Keira, seguramente, y le ha faltado tiempo para venir cual perrito faldero. De verdad, esta chica tiene que follar como los ángeles, porque en cuanto aparece en escena, el gilipollas de Adam pierde el culo por ella. Y sí, ya sé que estoy diciendo muchos tacos, pero a mí el mal humor me suelta la lengua. Más todavía, quiero decir.

—Eh, Vic, ven aquí. ¡Ronda de chupitos! —exclama Seth mientras me lleva hacia donde Valentina y Ariadna me esperan—. ¡Eh! Hola, Adam.

El susodicho mira a Seth sobre el hombro de Keira y se limita a asentir una vez en su dirección. Hay que ver, con lo bien que se lleva con su hermanita, y lo mal que parece caerle él. Supongo que el misterio reside en que a él no puede tirárselo.

Seth insiste en la ronda de chupitos. Maldita sea. No quiero otro chupito. Quiero arrancarle a Keira las pestañas postizas, porque son postizas, pero me obligo a sonreír y asentir.

—¡Oye! ¡Ese es mi hermano gemelo! —grita Ethan a mi lado.

Sé que mira a Adam, pero no me digno a dejar de darle la espalda. Por mí puede irse al infierno.

—Qué perspicaz, Eth.

Él suelta una carcajada y, lejos de ofenderse, tira de mi mano y me tumba en el sofá.

—Te toca ser fuente.

—Imposible con este vestido.

Desoye mis palabras. Abre lo justo mis piernas para colar una de sus rodillas entre ellas y se tumba sobre mí, sujetándose con los brazos a ambos lados de mi cuerpo.

—Juraría que antes eras más creativa...

Me río. Este chico es un caso. Mis ojos viajan inevitablemente a Adam. Me mira fijamente mientras Keira le cuenta algo y le acaricia el torso. Cuando se da cuenta de que yo también lo miro, desvía sus ojos y centra, de nuevo, su atención en ella.

Ethan besa mi mejilla antes de coger una botella de tequila y hacerla bailar ante mis ojos.

—¿Lista?

Sé que, en realidad, está pidiéndome permiso. Y no pensaba hacerlo, porque hoy no me apetece nada jugar a esto, pero Keira acaba de pasar las uñas por la barba de Adam y algo en mi interior bulle de mala manera, así que sonrío a Ethan lentamente, con descaro, y le quito la botella antes de derramar un poco de líquido sobre uno de mis muslos. Mi amigo se ríe, desciende y pasa la lengua por él. No es erótico. No siento absolutamente nada, salvo algunas cosquillas. En lo que a mí se refiere, podría ser un perrito y me sentiría igual. Ethan y yo no nos atraemos físicamente, aunque sé que mucha gente piensa que sí. Él es intenso, cariñoso y descarado. Justo como yo. Siempre hemos congeniado porque solemos tener las mismas ideas de mierda y el mismo comportamiento del que muchas veces deberíamos arrepentirnos, pero no lo hacemos. No obstante, la chispa nunca ha saltado. Ni una sola vez. Ni siquiera por casualidad. Eth dice que es porque, en el fondo, me ve como a una hermana. Puede que tenga razón. Eso no quita, sin embargo, que estemos dando un pequeño espectáculo.

—¿Me toca probar?

Miro a Seth y, aunque sonrío, es distinto. Con él es distinto porque sí hemos tenido sexo antes. Aun así, es un amigo más, y los dos tenemos claro que, después de la última vez, ya de adultos, lo mejor es que no nos acostemos más. No funcionaríamos. Son cosas que, simplemente, se saben. No obstante, tengo mucha menos confianza con él que con Ethan. Estoy a punto de decir que no quiero jugar más a esto, de verdad. Vuelvo a mirar a Adam y, por un segundo, solo un segundo, dejo que mis ojos hablen por mí.

«Ven aquí. Interrumpe esto.»

Adam, en cambio, no me mira. No esta vez. Supongo que es el destino. Me recupero justo a tiempo de ver a Keira reír y tirar de él hacia donde estamos.

—¿Qué tal si jugamos a dos bandas? —pregunta sentando a Adam justo a mis pies—. Me apetece beber un poco de tequila.

Él me mira. Hay algo en sus ojos, pero no sé el qué. Por un instante, parece decir lo mismo que decía yo hace un momento, pero no puede ser. No puede ser, ¿verdad? No. Él no querría que yo interrumpiera algo así. Dios. Joder. Esta situación me estresa demasiado.

«¿Por qué has tenido que venir, Lendbeck? ¿Por qué no te has quedado tranquilo en casa?»

Como era de esperar, él no contesta. Sus ojos se centran en Keira; sonríe e inclina la cabeza. Ella, que tonta no es, derrama el líquido en su cuello, y un segundo después Adam lo lame tan eróticamente que tengo que desviar mis ojos de ellos y parpadear, porque el dolor ha llegado rápido y profundo, como aquel día, hace ya años, en la playa. Intento contenerlo; ha pasado mucho tiempo, pero no puedo evitarlo.

¿Sabes lo que me gustaría? Que dejaras de hablar de Victoria. Joder, la tengo como una piedra y vas a conseguir que se me baje.

Sus palabras de antaño todavía reverberan en mi cabeza. «Es una cría», dijo también, negándose a reconocer a la mujer que empezaba a habitar en mí. Y supongo que sigue siendo así, a juzgar por su comportamiento. No debería doler. Ha pasado demasiado tiempo. Lo superé.

Lo que sentía no era amor, sino una tontería adolescente que se diluyó con el paso de los días. Me lo digo, me lo repito muchas veces mentalmente, pero el caso es que sigue doliendo, así que ya no sé qué debo hacer. Qué tengo que hacer para que amaine.

Y probablemente esta no sea la opción adecuada. No lo fue en su día. Pero, aun así, tiro de Seth, cojo la botella que hay sobre la mesa, al lado del sofá, y ni siquiera compruebo si es tequila o no. Hago que Seth se siente en el sofá, me subo a horcajadas sobre él, ignorando los centímetros que mi vestido ha subido por mis piernas, y derramo un poco de alcohol en mi escote. Él tampoco es tonto, sabe bien lo que toca, y alcanzo a vislumbrar su sonrisa segundos antes de sentir su lengua en el inicio de mi escote. Agradezco que no sea profundo, porque si con Ethan la sensación fue del todo inocente, con Seth es rara. Su lengua y sus labios no deberían incomodarme, pero tampoco me agradan. No sé qué demonios estoy haciendo y, cuando miro a un lado, a Adam, veo que Keira ha copiado mi actitud, sentándose sobre él a horcajadas, mientras él sigue mirándome. No analizo sus ojos porque acabo de decidir que esto, sea lo que sea, es más de lo que estoy dispuesta a soportar. Me aparto de Seth justo a tiempo, porque he empezado a notar una erección que no pienso aliviar yo. Él lo sabe por eso, en cuanto lo dejo libre, se va a por una chica que, no sé por qué, está en el reservado. Seguramente la ha traído Ethan, como a casi todas las demás.

Camino para salir de aquí y le hago una seña a Emily, que deja a Mérida con nuestras primas y viene tras de mí de inmediato. Sonrío. Qué bonito es tenerla a ella, de verdad. No me la merezco. Y esa certeza hace que se me llenen los ojos de lágrimas reprimidas. O quizá esa ha sido la gota que ha colmado el vaso, no lo sé. Mi hermana agarra mi mano, como si supiera que estoy conteniendo dentro un tsunami a punto de alcanzar su punto álgido. Tira de mí, desviándome del camino, y me lleva hacia la terraza de la discoteca. En cuanto la brisa marina nos asalta, inspiro con fuerza y dejo ir el aire poco a poco. Era justo lo que necesitaba. Observo las palmeras, la piscina decorada con velas y flores sobre el agua, las camas balinesas y el mar al fondo. Es una pasada de sitio, y tengo tantos recuerdos en casi todos los rincones de este local, buenos y malos, que es como estar en casa. Una casa ruidosa, con música buena a veces, regular otras, y mala a menudo y de madrugada. Una casa que ha visto cómo dejaba de ser una adolescente que intentaba colarse y me convertía en una adulta que no necesitaba enseñar el DNI, pero que seguía siendo inmadura en muchos aspectos.

—Ven, vamos a conseguir una cama —dice mi hermana.

—¿Tú has visto la cantidad de gente que hay aquí? Es imposible.

Mi hermana otea la línea de camas más próxima a la playa y, cuando divisa su objetivo, nos arrastra hacia allí. Son cuatro los chicos que la ocupan; no deben de tener más de dieciocho o veinte años, fuman en cachimba, son guapos y ni de coña van a dejarnos la cama. O eso pienso. En mis tiempos buenos, habría buscado la forma de hacerme con la situación, pero ahora mismo estoy tan saturada que...

—Eh, chavales, ¿qué os parecería entrar en uno de los reservados lo que resta de noche?

Ellos nos miran con interés. Sus sonrisas son amplias, imagino que los cuatro están pensando en montárselo con gemelas. Qué previsibles son los chicos cuando alcanzan la mayoría de edad, de verdad. Son todo hormonas y... más hormonas.

—¿Con vosotras? —pregunta uno.

—Mejor. Es un reservado en el que están nuestros amigos con un montón de chicas y chicos. Barra libre, sofás grandes y cómodos, vista privilegiada de la pista de baile...

—¿Y no tenemos que pagar nada? —pregunta otro, receloso.

—Nada. Solo preguntad por Mérida y decidle que os manda Emily Corleone.

Ellos se levantan y yo me río cuando se apresuran para entrar en la discoteca.

—¿Crees que nuestra hermana podrá manejarlos? —le planteo a Emily.

—Mérida ni siquiera les hará caso más allá de darles entrada. —Se ríe y se encoge de hombros—. No triunfarán con nadie de nuestra familia, pero con el montón de desconocidos que hay ya en el reservado... a saber.

Sonrío y me dejo caer en la cama, cerrando los ojos y soltando un suspiro.

—Gracias por esto —le digo con sinceridad.

Ella sonríe y, cuando un camarero se acerca, pide un par de cócteles San Francisco sin alcohol.

—Creo que ya hemos tomado suficientes chupitos y copas.

—Otras veces hemos bebido muchísimo más.

—Sí, pero otras veces tú no parecías a punto de derrumbarte.

Touchée. Desvío mis ojos hacia la playa y pienso en la vez que salté desde esta terraza, semidesnuda, por una apuesta perdida, hace cinco años. Solo cinco años. A veces parece un siglo...

—Háblame, Vic. Dime qué está pasando.

—No está pasando nada —musito.

Ella chasquea la lengua y, cuando mis ojos se encuentran con los suyos, atisbo la preocupación y el miedo. Es lo último lo que me hace tragar saliva.

—Tú jamás has tenido vértigo. Y lo de antes en el barco vikingo ha sido... —Traga saliva y niega con la cabeza—. Mirarte era como mirar a un perro a punto de ser sacrificado. Estabas aterrorizada, y eso me ha acojonado de verdad. Tú no te aterrorizas nunca. Tú no piensas las cosas. Tú solo... vives. Y no te veo vivir, Vic. Dirás lo que quieras, pero no te veo vivir de verdad, como hacías antes.

Parpadeo para contener las lágrimas. No debería haber venido aquí. Y no me refiero a la discoteca, sino a todo, a estas vacaciones en general. Solo estoy consiguiendo cargar a mi familia con mis problemas, y aunque me gustaría decir que aún estoy a tiempo de dejarlos al margen, sé que ya es imposible. Al menos, con Emily.

—Los ataques de pánico que os conté —susurro—. ¿Te acuerdas?

—Ella asiente y yo trago saliva—. Puede que no sean tan esporádicos como dije.

—Pero... ¿por qué?

—No lo sé —admito—. No sé qué sucede en mi cabeza, Em. Solo... solo sé que los pensamientos malos llegan y no puedo controlarlos. —Vuelvo a pestañear, porque esto es muy difícil—. A veces temo estar volviéndome loca. Loca de verdad, ¿sabes?

—No te estás volviendo loca. Es ansiedad. —Niego con la cabeza y aprieto los ojos—. Es ansiedad y no la estás tratando. Ignorarla no hará que desaparezca.

Tiene razón. Lo sé. Pero no sé cómo solucionarlo. No, cuando el foco de esto sigue iluminándolo todo con demasiada fuerza. Dejar de lado el trabajo ahora mismo no es posible, demasiados compromisos pendientes y, de todas formas, ¿qué voy a hacer si no? Ya sé que soy joven, pero me he encargado de vivir deprisa y ahora no sé a qué más podría aspirar en la vida. Y es triste de narices, la verdad. Noto cómo la respiración se me acelera y me obligo a calmarme. Pensarlo no hará que mejore.

—Me ocuparé de ello —le aseguro a mi hermana. Ella no me cree, pero sonrío con fuerza y esperanza, aunque sea un poco—. Lo haré. De verdad.

Emily suspira, consciente de que no va a sacarme más por el momento, y asiente con brusquedad.

—¿Y Adam?

—¿Qué pasa con Adam? —pregunto.

—No te hagas la tonta. Habéis pasado el día juntos; la otra noche te llevó con él y ahora está aquí, de pronto, solo porque...

—Porque ha visto a Keira por Instagram y ha venido corriendo. —Mi hermana arquea las cejas y yo me río secamente—. Fuerte, ¿no?

—La jodida Keira —murmura.

Keira pasó a ser «la jodida Keira» aquella noche y, desde entonces, ni mi hermana ni yo le hemos profesado mucho cariño. No es que antes se lo tuviéramos, pero, al menos, no le teníamos tirria.

—Tiene algo —digo al fin—. Da igual lo mal que nos caiga, porque tiene algo que lo engancha. Y está bien, ya me da igual. No soy aquella niña enamorada y tonta, Em. Se acabó hace mucho.

—A veces pienso que lo tuyo con él no acabará nunca.

—Vaya, gracias por los ánimos —suelto con amargura.

—No, o sea... Joder, Vic, no quería decirlo así. Es solo que... No sé, a veces él te mira como si... Como si le importaras.

—Le importo. Sé que me quiere, pero no de la forma que insinúas. Soy como una hermana para él.

—No. O sea, sí; por cómo se portó en el pasado, parece que sí, pero luego hay veces en que... no lo parece. Y estas vacaciones en concreto está distinto. Menos contenido. Como si ya todo le diera igual.

—No es verdad.

—Lo es, Vic. Joder, lo hemos comentado y todo.

—¿Quiénes? —indago con nerviosismo.

—Mérida y las primas. Nadie más. Y ellas no saben lo que ocurrió. Yo jamás se lo he contado a nadie. Solo comentan que Adam parece demasiado interesado en ti.

—Bueno, pues se equivocan.

—Oye, Vic, a lo mejor...

—¿No lo has visto, Emily? ¿No has visto a Keira a horcajadas sobre él chupando su cuello? ¿No has visto cómo la abrazaba? Está aquí por ella. Joder, si eso no es suficiente para entender que él nunca va a mirarme de otro modo, entonces no sé qué puede serlo. —Mi hermana mira su regazo; yo chasqueo la lengua, acercándome a ella y abrazándola—. Lo siento. Joder, lo siento. Tú no tienes la culpa de nada.

—Tranquila. —Me devuelve el abrazo y, cuando nos separamos, me pasa mi copa sin alcohol y alza la suya—. Vamos a brindar por nosotras, venga. Por ti, hermana. Por la fuerza que sé que tienes para sortear cada bache que la vida ponga en tu camino.

Sonrío, emocionada, y carraspeo antes de levantar mi copa.

—Por ti, hermana. Ojalá la vida sepa darte todo lo que mereces.

Bebemos y, al bajar nuestras copas, nos abrazamos. Estoy a punto de decirle que es una de las mejores cosas de mi vida, pero sé que acabaría llorando y, para no gustarme llorar, estas vacaciones me estoy luciendo, así que me limito a besar su hombro y estrecharla con más fuerza.

—Victoria.

Su voz me tensa tanto que temo romperme. Me separo de mi hermana y observo a Adam. Está a los pies de la cama, sus hombros tan rígidos como mi cuerpo, y su mandíbula se aprieta mientras me mira con ojos intensos y ¿enfadados?

—¿Qué quieres, Lendbeck? —Ni siquiera intento reprimir mi mal humor—. ¿Has acabado de follarte a Keira?

Mi hermana ahoga un sonido que no sé si es jadeo o risa y bebe de su copa tratando de calmarse.

—Emily, ¿nos dejas solos?

—Emily se queda.

—¿Tanto miedo tienes de que estemos solos? —pregunta con malicia.

Elevo la barbilla por inercia y me levanto de la cama, dispuesta a no dejarle ver hasta qué punto me acojona que nos quedemos solos. Coloco un dedo en su mentón y ladeo su cabeza.

—Sin marcas, esta vez. Parece que Keira ha aprendido el arte del disimulo, no como antaño.

Sabe muy bien a qué me refiero. A los mordiscos que ella le dejó no un verano, sino varios, en el cuello. Los mordiscos que me recordaban que yo nunca tendría el placer de estar tan cerca de él.

—¿De verdad quieres que hablemos en estos términos? Porque podría preguntarte si no te notas los muslos pegajosos al andar después de haber tenido a mi hermano dándote lametones en ellos. O mejor hablemos de tu escote y de Seth. ¿Quieres?

Aprieto la mandíbula. Es justo, yo he hecho lo mismo, pero, joder, cómo ha escocido. Lo sabe, leo el arrepentimiento en sus ojos justo antes de que lo tape con algo más... ardiente.

—Yo creo que mejor me voy —susurra Emily.

—Gracias —dice Adam.

—Tú te quedas —digo yo al mismo tiempo.

El suspiro irritado de Adam me importa tres mierdas, pero a Emily no. Se pone en pie y me mira con algo parecido a una súplica.

—Luego nos vemos, ¿vale? No estaré lejos.

—Emily...

Ella aprieta mi mano en respuesta. Y lo sé. Sé lo que intenta decirme: «Puedes con esto». Sea lo que sea. Signifique lo que signifique.

En cuanto mi hermana se aleja, Adam se enciende un cigarro. Y juro que estoy a punto de partírselo en dos, porque solo lo hace para sacarme de mis casillas, o eso creo.

—Muy bien, Lendbeck. Di lo que quieras para que pueda largarme de aquí. O mejor te largas tú y me dejas tranquila.

—¿Qué coño te pasa?

—¿A mí? ¿Qué te pasa a ti? ¿Para qué has venido a buscarme? ¿No estabas entretenido ahí dentro con Keira?

—Victoria...

—Recordando viejos tiempos, ¿verdad? ¿No era eso lo que querías? Porque si no era eso, no entiendo a qué has venido.

—A verte —contesta con calma.

—¡Me refiero a la discoteca! —exclamo exasperada.

—Y yo, joder. ¡Y yo!

Lo miro con los ojos como platos y él, de pronto, se mueve nervioso. Más nervioso de lo que yo acostumbro a verlo. Se mesa el pelo, después la barba y, al final, apaga el cigarro en un cenicero cercano antes de volverse y mirarme. Yo sigo aquí, a cuadros, así que, cuando me doy cuenta de que espera que hable, no estoy segura de que la voz vaya a salirme.

—¿Qué dices? —pregunto en un susurro—. Has venido a buscarla a ella después de verla en Instagram. Me lo has dicho.

—Yo no te he dicho una mierda. Tú te has montado tu película, como siempre, y me has asignado a mí el papel que te ha convenido.

—Tú has dicho...

—¡Sé lo que he dicho! Que he venido aquí después de mirar Instagram. ¡Ni siquiera sabía que Keira estaba aquí, joder! En cambio, a ti con Seth sí que te he visto. ¿Qué tal? ¿Habéis rememorado viejos tiempos ya?

—No es de tu incumbencia —murmuro.

—¡Y una mierda que no! ¡Y una mierda, Victoria!

Nunca lo he visto tan enfadado, y mira que nos hemos enfadado veces, así que, en vez de calmarme para que él se calme, me lanzo y escupo parte de la porquería que llevo por dentro, que también es mucha.

—No lo es. —Clavo un dedo en su pecho y lo miro con furia—. No lo es desde nunca. Ni él, ni yo, ni lo que hagamos juntos. Puedo hacer lo que me dé la gana, que es exactamente lo que has hecho tú siempre, Lendbeck. Ni se te ocurra aplicar la ley del embudo conmigo.

—Ni la del embudo ni ninguna otra. ¡Contigo no hay ley que valga!

Nos quedamos en silencio. Yo, porque no sé qué decir. Y él, porque ya ha dicho demasiado, supongo.

—¿Qué estás haciendo aquí, Lendbeck? —le digo con cansancio al cabo de unos segundos en los que nos estudiamos como si fuésemos un enigma.

—¿Te has liado con él? —Entrecierro los ojos y señala con la cabeza el interior de la discoteca—. Seth. ¿Os habéis vuelto a liar?

—Te repito que eso no te incumbe.

—Vamos a entrar en bucle, ¿no? Yo digo que sí me incumbe; tú, que no, y así podemos estar toda la puta noche.

—¡Es que no te incumbe! ¿Qué más te da? Tú tienes a Keira, como siempre, y yo nunca te lo he echado en cara, porque no tengo derecho. Y tú tampoco lo tienes a reprocharme nada a mí.

—¿Os habéis liado o no?

Odio cuando se pone tan cabezón.

—Y si lo hemos hecho, ¿qué? ¡A lo mejor me he levantado con ganas de regalar besos! ¡A lo mejor...!

Me callo, pero no porque me interrumpa. O sí. Lo hace, pero no como esperaba. Sus labios encuentran los míos con tanta violencia y rabia que no me da tiempo a gestionar lo que sucede. Primero llega el dolor del choque y luego... luego el conocimiento. Adam me está besando. A mí. Es tan... Tan desconcertante que, de primeras, ni siquiera consigo cerrar los ojos. El problema es que mueve los labios, muerde el mío inferior, y de mi garganta escapa un jadeo antes siquiera de poder dar una orden a mi cerebro para que registre esto con un mínimo de lógica. Sus párpados están cerrados. Sus manos se aferran a mi cintura y me aprieta contra él. Mis manos se agarran a sus antebrazos, porque es lo único que he logrado hacer, por inercia, para no caerme. Me tiemblan las piernas; me doy cuenta cuando su lengua pide paso en mi boca. Se lo doy y le devuelvo el beso con la misma intensidad, frenesí y furia que él. Dios, qué bien besa, aunque esté enfadado. Aunque yo también lo esté. Y qué bien sabe, aunque haya fumado antes. Da igual. Es un sabor único. Es Adam. Joder, es Adam, y la certeza es suficiente para que me rinda un poco más y alce mis manos con vacilación, dudando, hasta sus hombros. Adam pasa de tener las suyas en mi cintura a estrecharme contra su cuerpo. Cambia el ángulo y me besa más profundamente, más intensamente, si es acaso posible. Gimo. O puede que haya sido él quien ha gemido. El caso es que se oye un gemido y, un segundo después, mi mano se enreda en su nuca y él se tensa y me estruja tanto que noto una opresión en el pecho. Con la misma violencia con que arrancó el beso, nos separamos y nos quedamos abrazados, mirándonos a los ojos, él con vehemencia; yo con asombro. Respirando como si acabásemos de correr una maratón.

—¿Qué...? —pregunto.

Él parece tan anonadado como yo.

—Supongo que también me he levantado con ganas de regalar besos...

En cuanto las palabras salen de su boca, siento como si un baño de agua helada me cayera encima. Es eso. Es el juego de poder que nos traemos entre manos desde... siempre. Es la certeza de que él no quería besarme. Solo lo ha hecho para demostrarme que puede ganar también esta batalla. Me separo de su cuerpo con tanta brusquedad que doy un traspié y, cuando intenta ayudarme a incorporarme, doy un tirón con mi brazo.

—Pues no sé tu cupo, pero el mío ya está lleno por hoy. Tu hermano, Seth y ahora tú. —Sonrío con la poca entereza que me queda y me encojo de hombros—. A lo mejor has ganado, Lendbeck, pero ahora me voy a casa.

—¿Qué...? ¿Cómo que he ganado...? —Echo a andar y él me sigue—. Victoria, espera. Joder, espera un poco.

No espero. Camino más rápido, y Adam, que tonto no es, me deja ir. Sabe muy bien que, si me presiona ahora, vamos a acabar mal. Peor, quiero decir. Mando un wasap a Emily para decirle que me voy a casa. No soporto más esta mierda. Para él no habrá significado nada, estoy segura, pero a mí me ha removido demasiadas cosas. Me ha recordado que, hasta no hace tantos años, para mí él era el puto mundo. Lo era todo, aunque yo fuera una niñata, y ahora esto... Saber que solo me ha besado para salirse con la suya es mucho peor que no haberlo besado nunca. Es algo que, simplemente, me supera.

Salgo de la discoteca, me monto en uno de los taxis que ya se apostan en la puerta y le doy la dirección del camping. Media hora después, me he deshecho del vestido y estoy metida en mi cama intentando controlar las lágrimas.

—Jodido Adam Lendbeck —murmuro—. No sabes cuánto me gustaría odiarte...

20

Adam

¿Supongo que también me he levantado con ganas de regalar besos? ¿De verdad? ¿No había otra puta frase que decir? Miro en derredor y, por un momento, espero que alguien venga a entregarme el premio al más imbécil de la noche. Esto ha sido un error. Todo. Venir cegado por los celos y estos sentimientos que me devoran de mala manera; plantarme ante Victoria; dejar que Keira se subiera sobre mí a horcajadas. Joder, ese ha sido un error de los grandes. Buscar a Victoria otra vez y besarla...

No.

Espera.

Besarla no ha sido un error.

Es lo único que tengo claro. Puede que las formas no hayan sido las mejores, pero besarla jamás podría ser un error porque ella... Y sabe... Me he sentido como... Joder. Como entrar en el paraíso con pase vip. Me aprieto los ojos con las palmas de las manos intentando decidir qué hacer ahora y, cuando me doy cuenta de que Victoria se ha ido, cuando me percato de verdad de ese hecho, decido que lo primero es lo primero, así que me dirijo al reservado, busco a Emily y la aparto a un lado.

—Oye, Victoria se ha marchado.

—¿Qué? ¿A dónde?

—A casa. Eso espero, al menos. Yo iría detrás, pero... —Hago una mueca, porque no es de mi agrado admitir esto—. Creo que es mejor que vayas tú.

Emily asiente de inmediato, se vuelve y, antes de alejarse de mí, me encara de nuevo.

—¿Qué le has hecho? —Miro hacia donde mis hermanos bailan como gorilas, literalmente, y ella clava un dedo en mi pecho—. Dime qué le has hecho, maldita sea.

—La he besado. —La miro a los ojos y me concentro en mantener toda mi atención en ella—. La he besado en mitad de una discusión y luego la he cagado con una frase del todo inapropiada.

—¿Una frase?

—Ajá.

—¿Qué le has dicho?

—Algo que no debía, ¿vale? La he cagado, ya está. Ve con tu hermana y asegúrate de que está bien porque, si voy yo, la cosa acabará peor.

—Pero ¿para qué la besas? ¿Tú no has venido para ver a Keira? ¿Estás jugando con ella? ¿Es eso?

Suspiro exasperado, la tomo de la mano y la aparto aún más del reservado, porque estamos empezando a llamar la atención.

—Oye, Em, ni estoy jugando con ella ni he venido a ver a la jodida Keira. He venido a buscar a Victoria porque, al ver en Instagram cómo bailaba con Seth... Bueno, porque sí y punto. La he cagado y lo arreglaré, pero esta noche, no. Esta noche no querrá verme más. Ya iré mañana a pedirle disculpas.

—¿Por besarla?

—¡No! —La respuesta es tan inmediata que hasta yo me quedo paralizado, pero, una vez pronunciada, no me arrepiento—. No, por besarla, no. Por lo demás.

Ella me mira muy seria durante unos instantes que se me antojan eternos, porque lo que tendría que hacer es irse con su hermana de una puta vez para que esté acompañada y no se sienta peor de lo que yo la he hecho sentir. Algo debe de ver en mi cara, porque al fin asiente y sonríe un poco.

—Ya era hora, Adam...

Se vuelve y se va, dejándome con la palabra en la boca. ¿Ya era hora? ¿Ya era hora de qué? ¿De cagarla? ¿De besarla? ¿De que montáramos el pollo que hemos montado en público? Joder, la hemos armado en público. Entro de inmediato en su Instagram con el estrés mordisqueándome la nuca, busco su cuenta oficial y me voy a los etiquetados. No hay nada, al menos de momento. Como nos hayan grabado... Joder.

¡Joder! ¡Joder! ¡Joder!

—Eh, hermano. Bebe un poco de esto. Te veo muy tenso, tío.

Ethan me ofrece una botella de un licor que no distingo, pero me da igual. Doy un trago, hago una mueca y lo apunto con el dedo antes de cedérsela de nuevo.

—Como vuelva a verte pasar la lengua por los muslos de Victoria, lo del otro día te va a parecer una caricia.

Mi hermano alza las manos con una carcajada y me mira con los ojos como platos.

—Vaya...

—¿Qué?

—No, nada, que ya era hora.

—¡Otro! ¿Que ya era hora de qué, joder?

—De que admitieras que tus cabreos cuando me acerco así a ella son por celos.

—¡No he admitido tal cosa!

—Ah, ¿vas a seguir negándolo?

—No, lo que quiero decir es que... Bueno... ¡Que no lo vuelvas a hacer! ¿Entendido?

—Vale, tío, tranquilo. Pero, eh, ten en cuenta una cosa: no soy el único que disfruta de estos juegos. En realidad, yo no lo veo como algo sexual. No con ella. En cambio, otros... —Señala a Seth con los ojos y yo tenso la mandíbula—. Quizá deberías hacerle la advertencia a él.

—No pienso acercarme a él. No me fío de mí mismo, y es algo que no me hace sentir orgulloso. Mejor me voy ya.

—¿Por qué? Ve con Vic, hombre. Dile de una vez lo que sientes.

—No puedo.

—¿Por qué no puedes? Joder, Adam, mira que intento animarte por las buenas, por las regulares y por las malas, pero es que no hay forma contigo.

—No puedo porque se ha ido.

—¿Ido?, ¿a dónde? ¡Si la noche está en lo mejor! —Hago amago de contestarle, pero alza una mano—. Un segundo. Es importante. ¡Eh! Hola, preciosa. —Saluda a una chica rubia de ojos azules e inmensos... atributos, y luego señala a Ariadna, la prima de Victoria—. ¿Ves a aquella preciosidad de allí? Pues es mi amiga y le gustas.

La rubia se muestra sorprendida solo un segundo antes de sonreír y dirigirse hacia Ari.

—¿Qué...? ¿Por qué has hecho eso?

—Ari tiene que soltarse. Necesita un polvo.

—Creo que eso puede decidirlo ella, Ethan.

—¡Ethan! —La susodicha viene hacia nosotros tan enfadada que, por un momento, barajo la opción de largarme y dejar a mi hermano solo ante el peligro—. Como Björn, Lars o tú volváis a hacer esto te juro que te despellejo. ¡Te lo juro! ¡Dejad de buscarme chicas!

—Hay que ver cómo te pones. Encima de que solo quiero que eches un polvo y disfrutes de tus vacaciones.

—Puedo buscar un polvo cuando me apetezca sin vuestra ayuda. ¿Está claro?

—Clarísimo.

Ari se va, y mi hermano bebe de la botella y mira en derredor.

—Realmente necesita un polvo.

—¿Por qué no te ocupas de tus propios asuntos, Ethan?

—Porque los demás vais tan lentos que me desesperáis. Como tú con Victoria. Dios, eso ya no es ir lento. Es que, si fueras un poquito más despacio, caminarías hacia atrás.

Un día de estos le partiré la boca. Lo juro. Solo por ir tan sobrado siempre. Lo haré en serio, y no como el otro día. Resoplo. ¿A quién pretendo engañar? Yo adoro a este imbécil, mal que me pese.

—La he besado, Eth.

—¿Qué...? —Mi hermano deja escapar una risa seca y sube los brazos al cielo—. ¡Alabado sea Dios! Espera un momento, voy a pedirle al DJ que ponga alguna canción donde repiquen campanas y...

—No sé para qué cojones te cuento nada —le digo cabreado—. Me largo.

—Eh, eh. Espera. —Sigo caminando, no me interesa una mierda lo que tenga que decirme, pero Ethan me agarra del brazo y me vuelve para quedar frente a frente—. Perdona. Perdona, tío, soy un poco imbécil a veces, ya me conoces. —Guardo silencio y él sonríe, esta vez sin atisbo de guasa—. Cuéntame cómo ha ido.

Ojeo sobre su hombro la multitud que se congrega bajo nosotros, bailando y bebiendo, y me tomo unos segundos para decidir si quiero hablar o no. Al final, me lanzo. Se trata de Ethan; puede que a veces sea un capullo, pero sigue siendo mi gemelo y una de las personas en las que más confío.

—Mal. Ha ido mal. Fatal. Como el culo.

Se lo cuento todo, incluyendo gran parte de los diálogos, para que pueda hacerse una idea precisa, y cuando acabo, él aprieta los labios y niega con la cabeza.

—Bueno, con vuestra trayectoria, es normal que piense que no ha sido más que un juego o un arrebato.

—No lo ha sido. Ethan, yo...

Me paso la lengua por los labios y medito mi respuesta. Yo, ¿qué? No ha sido un juego, está claro. Un arrebato, puede, pero, aun así, no me arrepiento. Ha sido como... como desatar un huracán. Como romper diques de contención que ni siquiera yo era muy consciente de que tenía. Diques enormes. No es algo de este verano. Es algo que, probablemente, se ha ido concentrando durante años hasta que ha explotado sin remedio. Ahora solo tengo que pensar qué hacer con lo que estoy descubriendo y cómo acompasarlo a mi actitud de aquí en adelante.

—No sé qué hacer —admito—. No me arrepiento de haberla besado, pero le he dicho esa estupidez después y... No sé. Se ha ido muy enfadada.

—Bueno, no creo que sea algo insalvable. Has cabreado a Vic infinidad de veces.

—Nunca como esta noche. Es distinto.

—No, te parece distinto porque habéis compartido un beso, pero, hermano, por muy bueno que haya sido, ella sigue siendo Vic y tú sigues siendo Adam. La esencia es la misma, aunque vuestra relación esté cambiando. Solo tienes que conseguir adaptarte a esta nueva situación.

Miro a mi hermano atentamente. Su traje de chaqueta impoluto, su pelo bien peinado, su barba cuidada. Es una versión exacta de mí y, al mismo tiempo, somos tan distintos que me sorprende que algunas personas no logren distinguirnos.

—Ese es un gran consejo, y más viniendo de ti.

—¿Qué puedo decir? —Da un sorbo a la botella y se encoge de hombros—. Soy un genio. —Me río entre dientes, mal que me pese. Él sonríe y me palmea el brazo—. Oye, déjala dormir y mañana, con calma, ve y sé tan razonable como siempre. Déjale claro lo que quieres de ella.

—Ya... La cosa es que no sé bien qué es lo que quiero de ella.

—Sí lo sabes. Llevas sabiéndolo años, pero eres el puto amo del autoengaño. Toma, anda. —Me estampa la botella en el pecho y sonríe—. Vete a tu mirador, bebe, reflexiona y mañana toma una decisión.

Guardo silencio, porque el consejo no me parece mal del todo, aunque creo que eliminaré la bebida de la ecuación, pero no se lo digo porque está tan animado que me da penita.

—Vale. Lo haré.

—¡Ese es mi chico! —Palmea mi mejilla y sonríe—. Ahora, si me disculpas, voy a olvidarme de los asuntos de los demás para ocuparme, por fin, de los míos.

Va derecho hacia una pelirroja, que lo recibe con una sonrisa espléndida y un destello en la mirada que me deja claro que mucho se tiene que torcer la situación para que no acabe enredada con mi hermano.

Salgo de la discoteca y paso en el mirador del árbol lo que resta de noche, pensando. Pensando e intentando tomar las decisiones correctas.

El amanecer llega demasiado pronto para mi gusto, teniendo en cuenta que mi cabeza sigue embotada, pero creo que, de entre todo lo que circula por mi mente ahora mismo, hay algo que está claro: quiero volver a besar a Victoria. Lo que me lleva a asumir que es posible que haya querido hacerlo desde hace unos años. Y puede que también deba confesar que no soporto ver a Seth porque sé que fue con quien perdió la virginidad, dato que me ofreció ella misma en cuanto tuvo oportunidad. Puede, y solo puede, que entonces ya me molestara la idea de que alguien saliera con ella. La veía pequeña para mí, sí, era un capullo que me creía muy mayor, pero una parte de mí, una un poco retorcida de la que no me siento muy orgulloso, quizá estaba esperando que alcanzara la mayoría de edad. O puede que me hubiese lanzado en algún momento... No, en realidad, probablemente, no. Lo que sí empiezo a entender es por qué me han caído mal todos los líos de Victoria: puede que estuviera un poco celoso. Un poco. Otro de los motivos es que todos eran unos capullos impresentables. Yo también, no me quito méritos, pero a mí mismo tengo que aguantarme. A ver, qué remedio.

No sé bien cómo voy a actuar en función de todo lo que he descubierto en estos últimos días, pero sé la dirección en la que quiero ir. Puede parecer contradictorio, pero no lo es. Sé que quiero volver a besar a Victoria, eso lo tengo clarísimo. También sé que ella está cabreada. Ahora mismo, son las dos únicas cosas de las que pienso ocuparme. El resto... ya lo iré resolviendo.

De momento voy a casa, me doy una ducha, ignoro las mil preguntas de mi madre sobre dónde he estado y por qué no he llegado borracho al amanecer, como Ethan y Daniela, y voy al restaurante del camping, donde mi tío prepara la fiesta ibicenca de este viernes. Allí me encuentro con Junior y Óscar desayunando.

—¿Qué pasa, parejita? —Me acomodo a su lado en la barra—. Oye, María, ¿me pones unos churros para llevar? —le pregunto a la camarera.

Ella me sonríe y se pone a ello mientras yo cojo la mitad del bocata que mi hermano aún no se ha comido.

—¡Pide uno, joder!

Me río. En mi familia todos somos igual de egoístas con la comida. Es una tradición familiar, y las tradiciones no se rompen. Me habría ofendido que no se enfadara.

—¿De qué habláis?

—Repasábamos nuestros contactos en común —dice Óscar—. La organizadora de eventos a la que contrato normalmente se ha quedado embarazada y, después de varios problemillas, le han mandado reposo y le han dicho que ahora su embarazo es de alto riesgo.

—Qué mal —murmuro, y doy un sorbo al ColaCao de mi hermano. Joder, es tan santurrón que no bebe ni café.

—Sí. Ahora estoy sin organizadora de eventos, con la compra del restaurante de España a medias y una fiesta que celebrar en París en cuestión de semanas. —Suspira y se frota los ojos—. Estoy bien jodido.

—¿Necesitas un organizador de eventos? —indaga mi tío Fran desde el otro lado de la barra.

Lo miro mientras mastico y pienso que mi tío es como el mismísimo Dios. A veces parece que está en todas partes. Todo lo oye y todo lo ve. O es Dios, o es que tiene hiperdesarrollado el sentido del cotilleo.

—Lo necesito casi tanto como respirar.

—Yo tengo uno.

—¿Qué? ¿En serio?

—Claro. Está veraneando aquí mismo, además.

Óscar eleva las cejas y se ríe, incrédulo.

—No me estarás tomando el pelo.

—Yo no bromeo con estas cosas. Tengo un organizador de eventos que, además, es muy muy bueno. Lo sé porque ha trabajado para mí varias veces y, de hecho, está echándome una mano desinteresadamente con la fiesta ibicenca de este viernes.

—Vale, ¿y puedo hablar con él? ¿Trabaja fuera de España?

—Sí, claro. De hecho, es americano. Empezó allí.

—Genial. —Óscar suelta el aire a trompicones y se ríe—. Es genial. ¿Cuándo me lo presentas?

—Cuando me firmes por escrito que me regalas cinco cenas en tu restaurante. Cinco vales para mis niñas, mi mujer y para mí.

Junior y yo nos reímos al tiempo que Óscar arquea una ceja.

—¿Es una especie de chantaje? ¿Si no te lo doy, no me lo presentas?

—A mí me gusta llamarlo «cadena de favores».

Nosotros nos carcajeamos y Óscar, al final, también. Acepta el trato, porque una cosa es tomarlo a risa y otra que mi tío no vaya totalmente en serio, y Junior y él se quedan esperando a que mi tío traiga al famoso organizador. Yo, mientras tanto, recojo los churros y vuelo al bungalow de Victoria. El problema es que, al llegar, no hay nadie. Frunzo el ceño, porque aún es temprano para que hayan salido.

—Están pasando el día fuera —dice Álex, el tío de Victoria, desde el jardín de la casa de al lado—. Puedes darme los churros a mí, si quieres.

—¿Dónde están?

—Mi hermana dijo algo de hacer una excursión, pero conociendo su habilidad para el deporte, igual han ido a recorrer tiendas de chucherías. A saber.

—¿Y cuándo vuelven?

—¿Y yo qué sé? No soy su sombra. ¿Me das un churro o no?

Resoplo y valoro volver a casa o hacer algo para distraerme. Al final decido que, para empezar, voy a dormir un poco, teniendo en cuenta que se me ha ido la noche reflexionando. Antes de eso le mando un wasap, pero ni siquiera lo lee.

Cuando me levanto, es hora de comer. Desbloqueo el móvil; sigue sin contestar. Voy de nuevo al bungalow, pero aún no hay nadie. Estoy empezando a ponerme de los nervios, y no ayuda nada que mi hermano no deje de guiñarme el ojo de manera descarada cada vez que alguien nombra a los León durante la comida.

Al final, la respuesta, a medias, llega en forma de Instagram. Edu sube en su cuenta un vídeo desde un barco. Un momento...

—¿Victoria está en nuestro jodido barco? —pregunto de malas pulgas a toda mi familia.

Mis hermanos y mis padres andan desperdigados por el salón viendo una peli. Lo sé, en mi casa vemos muchas pelis. Ellos me miran con distintos grados de sorpresa y, al final, es mi madre la que habla:

—Diego me lo pidió prestado hace días para una excursión con su familia. ¿Qué tiene de malo?

—¿Y no se te ha ocurrido decírmelo, mamá?

—No has preguntado.

—¿Que no he...? ¡Joder, mamá!

—¡Eh! —exclama mi padre—. Cuida tu tono. Esta todavía es mi casa, y como vuelvas a hablarle a tu madre así, te echo fuera de una patada en el culo. ¿Entendido?

Aprieto los dientes. Tiene razón. El tono ha sido del todo innecesario, así que intento calmarme y miro a la mujer a la que más quiero del mundo. Una de ellas, al menos.

—Perdona. No quería hablarte de ese modo.

—Tranquilo, cariño. El amor te vuelve un poco imbécil, pero a mí también me pasó en su día. Y a tu padre, ni te digo.

—¡Eh! Acabo de defenderte —protesta el susodicho antes de echarse a reír—, pero tienes razón.

Bufo.

—A mí el amor no me vuelve de ninguna manera... —Cuando me

doy cuenta de que he dejado en evidencia que quizá sí estoy sufriendo de amor, me paralizo. Bufo de nuevo y entro en bucle—. Amor, dice... Lo que pasa es que tengo una conversación pendiente con... las gemelas, y llevo todo el día buscándolas.

—Llámalas —propone mi madre—. Llama «a las gemelas». —Y sí, hace el gesto de las comillas y todo.

Estoy a punto de sugerirle que deje el tonito sarcástico cuando se me ilumina la bombilla.

—En realidad, tengo una idea mucho mejor.

Un cuarto de hora después, doy vueltas con la moto de agua del camping. Esta playa no es tan grande, y Diego no se iría tan lejos con el barco. Me lleva unos minutos, pero, al final, los localizo. Sonrío, me acerco y, cuando estoy junto a un lateral, los observo reír y tomar helado. Victoria lleva un biquini fosforito de estampado animal, que es lo más cutre que he visto en mucho tiempo, pero, sorprendentemente, le queda de maravilla. O, en realidad, no es tan sorprendente. A ella todo le queda como un jodido guante. Es la última en percatarse de mi presencia, y me encargo de tener una sonrisa lista para cuando sus ojos se encuentren con los míos. Lo hacen. Echan chispas. Está preciosa, joder.

—Buenas tardes —digo mientras sonrío lentamente y apago el motor—. ¿Puedo unirme a la fiesta?

21

—¿Qué demonios haces tú aquí?

La pregunta podría haber sido mía. De hecho, debería haber sido mía, pero quien la ha formulado ha sido mi padre, que mira a Adam como si fuera Lucifer a punto de sacrificar una camada de gatitos.

—Pasaba por el barrio —contesta el otro.

Pongo los ojos en blanco. Con esa actitud no va a conseguir que mi padre se relaje. Mi madre, en cambio, suelta una carcajada y lo invita a subir al barco, porque, claro, a mi madre cualquier actitud fuera de lo normal la conquista. ¡Y evidentemente esta es una actitud fuera de lo normal!

El día está resultando... extraño. La noche fue una mierda, pero al levantarme y ver la ilusión con que mis padres esperaban nuestro día en familia, no he podido negarme. Me he puesto el biquini más llamativo que tengo solo para animarme un poco (y, de paso, hacer alguna foto para las redes desde el barco), he subido a bordo y he intentado por todos los medios dejar de pensar en Adam. En la boca de Adam. En las manos de Adam y en lo jodidamente bien que me sentí los segundos que nos abrazamos hasta el punto de que nos costara respirar. Lo he intentado con todas mis ganas, pero solo he conseguido el efecto contrario. No ayuda que Emily y Mérida me miren constantemente con la sospecha pintada en la cara. No he tenido tiempo de contarle nada a mi gemela, y la otra ni siquiera sabe por qué me marché sola y sin despedirme de la discoteca, así que las dos están con la mosca detrás de la oreja.

—Pequeña, yo no veo bien que lo invites a subir —dice mi padre, sacándome de mis pensamientos.

—Es su barco, poli. No seas cromañón.

—No es suyo. —Mi padre gruñe y se cruza de brazos, se sienta en el borde del yate y estira sus largas piernas—. Es de su padre. Este no tiene nada, hombre.

—Tengo un mirador con vistas al mundo —dice Adam sonriendo y guiñándome un ojo.

Ay, joder, cómo odio el latigazo de mi estómago. Él sube la moto a la plataforma destinada para ello en el yate y luego besa a mi madre en las mejillas como si llevara un año sin verla.

—Bonito bañador, jefa.

—Gracias. Yo quería ponerme en toples, pero mi hijo adolescente está un poco sensible con el tema.

—Es que no es agradable ver las tetas de mi madre —interviene Edu.

—Por lo general me daría igual —sigue Julieta—, pero he querido tener la fiesta en paz. Aguantar a un adolescente de medianamente buen humor ya es infernal; imagina cabreado y dentro de un barco en alta mar.

Adam se ríe, Edu se enfurruña y yo me recojo el pelo en una coleta e intento mirar para todas partes, menos para él. Mi padre se sienta a mi lado y pasa un brazo por mis hombros.

—No te preocupes, cariño. No voy a dejar que te lleve otra vez.

Pongo los ojos en blanco y se me escapa una carcajada mientras palmeo su pierna.

—Agradezco tu extremada sobreprotección, papá, pero te repito que aquella noche me fui porque quise.

—Te obligó. Mi niña no haría algo así.

Esta vez nos reímos todos, porque somos muy conscientes de que he hecho cosas mucho peores. Y las que no saben, claro... En realidad, mi padre siempre ha sido sobreprotector, pero no hasta este punto. Lo miro fijamente y me pregunto qué ve esta vez en la situación para ponerse tan intenso. Que sí, que de por sí es el típico padre que siempre está encima de nosotros, pero ahora es distinto. Se tensa cada vez que Adam se acerca, y sé de buena tinta que le tiene mucho cariño, igual que a su familia, así que no lo entiendo.

—¿Quieres una cerveza? —pregunta mi madre.

—Pero ¡no le ofrezcas nada! Que entonces no se va en la vida.

Me río y me froto los ojos. Cojo la mano de mi padre y lo aparto lo más lejos posible de Adam, donde no pueda oírnos.

—Oye, tienes que parar de hacer eso —le pido, pero no puedo evitar sonreírle.

—Hacer ¿qué?

—Portarte como un hombre de las cavernas. Tú quieres mucho a Adam, ¿recuerdas? Es como de la familia. —Mi padre suspira—. ¿Qué te pasa? ¿Por qué te pones así?

—Porque no estás bien —contesta, mirándome a los ojos con una efusividad que me desarma un poquito—. No estás bien y él es tu debilidad. No quiero que te ponga peor.

Sus palabras me atraviesan como esquirlas de cristal. Me arañan la piel y me dejan abrumada. Primero, porque ya sabía yo que no era buena idea dejar que mis padres vieran que no estoy en mi mejor momento, y segundo, porque dé por hecho que él es mi debilidad.

—Oye, él no es mi...

—Claro que sí, Victoria. Desde siempre. Te recuerdo corriendo tras él cuando aún llevabas pañales. Y está bien, me parecía gracioso y hasta adorable, pero este año... Todo es distinto.

—Estoy bien, papá.

—Me refiero a que este año el que corre detrás de ti es él. Y ya no me parece adorable. Principalmente porque no lleva pañales.

Lo miro con sorna.

—Gracias al cielo.

—Sabes a lo que me refiero —dice poniendo los ojos en blanco—. Algo ha cambiado. Creciste adorándolo, te alejaste cuando eras adolescente y ahora... Él ya no te mira con cariño fraternal. Es consciente de tu presencia en todos los sentidos, y te mira como si... Como...

—¿Cómo? —lo presiono.

Suspira, se pasa las manos por el pelo y lo suelta de una vez:

—Como yo miraba a tu madre cuando la sentía inalcanzable. Como la miraba cuando pensaba que nadie sabía lo que sentía. Y eso me acojona tanto que apenas puedo actuar como una persona racional. Y en este matrimonio el racional soy yo, hija, lo que significa que tenemos un problema.

Su intento de aligerar el ambiente no funciona. Puedo leer la preocupación en sus ojos y sé lo que piensa: que esto me causará más daño. Que me pondrá peor. Y me encantaría decirle que se equivoca, pero es que hasta yo tengo mis dudas. Miro a Adam, que intercambia bromas con Mérida, y no puedo evitar sentir cierta emoción, porque me ha escrito un par de veces a lo largo del día y, no conforme con mi silencio, ha venido a buscarme. Eso significa que tiene verdadero interés en hablar conmigo, pero ¿sobre qué? Es lo que me preocupa.

Una mirada a Emily me basta para comunicarnos sin palabras. Tengo que hablar con él, me dice. Y tiene razón, pero no aquí. No con público y, desde luego, no con mi padre pendiente de nosotros.

—Tienes que confiar en mí —le pido a mi progenitor. Él suspira, acaricia mi mejilla y besa mi frente.

—Confío en ti. En quien no confío es en él. —Me río, pero algo debe de intuir en mis ojos, porque susurra—: Quieres ir con él, ¿verdad?

—Anoche nos besamos —admito. Él asiente brusco y no dice nada, seguramente para que siga hablando—. No significa nada, pero... Bueno, deberíamos hablar, supongo.

—Deberíais.

—Estaré bien. Puedo cuidar de mí misma, papá.

Él sonríe, pero no contesta. Una parte de mí se pregunta si es porque no confía en mis palabras. Probablemente. ¿Y puedo culparlo? Solo hay que ver el motivo que me ha traído aquí este año.

—Si te hace daño, aunque sea mínimo, voy a romperle las piernas.

Sonríe mientras habla, pero no evita que un pequeño escalofrío me recorra la espalda. Ahora entiendo por qué es un poli tan respetado.

—Ni se te ocurra amenazarlo, ¿me oyes? —susurro. Él sonríe y yo clavo un dedo en su pecho—. Júralo.

—Juro que no voy a amenazarlo... hoy.

—Papá.

—No presiones más de la cuenta, hija. Esto ya es un logro, créeme. —Suspiro y se ríe, a pesar de todo—. Anda, vete.

—¿No te importa?

—No, ya casi se pone el sol. Volveremos pronto al bungalow.

Asiento y miro a Adam de nuevo. Está riéndose de algo que le ha dicho mi madre. Me acerco y carraspeo para llamar su atención, pero no funciona. Sí, mi padre tiene razón. Se nota que está muy pendiente de mí. Nótese la ironía.

—Eh, Lendbeck, ¿puedes hacer que esa moto alcance una velocidad suficiente para que no me duerma en mitad de un paseo?

Él me mira y sonríe tan lentamente que siento ganas de agarrarme el corazón, por si se me escapa.

—Podemos intentarlo.

Unos minutos después subo en la moto tras él y, cuando arranca, me debato entre agarrarme al asiento o a su cuerpo. La duda se resuelve cuando Adam estira una mano hacia atrás, coge la mía y la lleva a su abdomen. Trago saliva y agradezco que no pueda mirarme ahora, porque seguro que en la cara se me refleja parte de lo que siento. La otra mano la muevo por mí misma. Entrelazo mis dedos y miro por encima de su hombro cómo nos dirigimos a la zona más próxima al bosque. El sol empieza a caer y no puedo evitar pensar que este recuerdo permanecerá en mi mente durante años.

Adam acelera, hace que el corazón me galope y realiza un par de giros destinados, únicamente, a acojonarme. La culpa es mía por haberlo retado, claro, y estoy segura de que habría disfrutado de esto antes, hace solo unos meses, pero ahora... Ahora miro el agua y pienso en eso que dicen de que, a suficiente velocidad, el agua puede ser como el cemento. Si nos caemos ahora..., ¿cuántas posibilidades tendré de sobrevivir? A lo mejor no me muero, pero quizá me parto algo y me quedo en estado vegetal. O en silla de ruedas. Tal vez...

—Victoria. —Su voz suena grave pero lejana.

No me doy cuenta de que la moto ha desacelerado hasta pararse en alta mar. Adam abre mis dedos uno a uno tratando de que lo suelte, pero el pánico me domina y los cierro con más ganas.

—¿Vas a dejarme aquí? ¿Vas a tirarme al agua? —pregunto con voz ahogada.

—No, joder, no. —Sus hombros están rígidos y, cuando vuelve a intentar abrir mis dedos, exhala con frustración—. Vamos, cielo, deja que nos soltemos para que pueda girarme.

Ni siquiera el apelativo funciona. Mi cabeza está en otra parte. ¿Cómo se tomaría mi madre mi muerte? ¿La hundiría? Seguro que sí. A lo mejor no volvería a reírse como ríe ahora, con todas sus ganas y a carcajadas. Le robaría la alegría que la caracteriza y...

—Adam... —Mi voz es demasiado temblorosa, soy consciente de que parezco un ratón acorralado por una serpiente, y me falta echarme a llorar.

—Nena, por favor, me estás matando.

Acaricia mis dedos y, cuando vuelve a intentar soltarlos, lo consigue; poco a poco, pero lo consigue. En cuanto su cuerpo se levanta en la moto, siento el pánico invadirme. Quiero gritar, pero el sonido no sale de mi garganta y no sé a dónde agarrarme. Cuando quiero darme cuenta, Adam está sentado de frente a mí y me abraza con tanta fuerza que tiemblo. Quizá porque empiezo a sentirme segura, o quizá porque aún hay restos del miedo soplándome la nuca. Aspiro su aroma, que me llega mezclado con el salitre, y paso los brazos por su espalda esta vez. Escondo la cara en el hueco de su cuello; no hablo. No sé qué decir. Oigo tambores a lo lejos; seguramente los tocan las personas que se reúnen cada tarde en la playa para ver la puesta de sol. Son bonitos y me ayudan a calmarme. O puede que sean los brazos de Adam y sus labios besando mi hombro y mi cabeza constantemente.

—Mira —susurra en mi oído. Niego con la cabeza y besa mi oreja—. No quieres perderte esto, de verdad.

Lo hago. Abro los ojos solo para que me deje tranquila y me encuentro con el atardecer en todo su esplendor. Suspiro y cierro los ojos, dejando que los últimos rayos me acaricien la cara. Nos quedamos en silencio observando cómo el sol se despide, oyendo los tambores y sintiendo el vaivén del agua. Ni siquiera pienso que aún me rodea con sus brazos. O que mi mejilla reposa en su hombro. O que sus dedos trazan círculos tranquilizadores en mi espalda. No pienso en nada de eso, pero lo siento. Y cuando la esfera ardiente desaparece del todo y queda solo un tono anaranjado en el cielo, suspiro de placer y, por fin, paz.

—Creo que ha sido una de mis mejores puestas de sol —susurro con voz ronca antes de ser consciente de que quizá estas palabras le den demasiada información.

Adam asiente, noto el movimiento en mi mejilla, y besa mi frente.

—Estoy de acuerdo.

Cierro los ojos un segundo para intentar infundirme fuerza. Le debo una explicación, lo sé, pero no quiero hablar de ello. No en exceso, así que me separo de él, pese a todo, y me encojo de hombros.

—Siento el numerito.

—Victoria...

—No. De verdad que no puedo decir más. No ahora.

Él lo acepta, pero su mandíbula está apretada y la preocupación que brilla en sus ojos me encoge un poquito. El problema es que este no es lugar para hablar de ello. No sé si hay un lugar, pero no es este, desde luego.

—Hablemos de lo que pasó anoche, entonces.

Cierro los ojos con pesar. Joder, eso es peor.

—Tranquilo, Lendbeck, sé que era tarde, estábamos bebidos y...

—Yo no estaba bebido. Me tomé un jodido chupito en toda la noche.

—Vale. Pues yo sí. ¿Ya no te acuerdas de que hice de fuente? Tú también, por cierto. ¿Qué tal acabó la fiesta? ¿Remataste con Keira para cumplir con la tradición del verano?

Él bufa, se pasa la lengua por los labios y suspira.

—Me fui después de ti. He pasado la noche en mi mirador de madera. Solo.

—No es de mi incumbencia, pero vale.

—Vale.

¿Por qué estoy tan cabreada? Él se ha portado bien conmigo. Ha sido dulce y paciente y yo me he comportado como una arpía, pero es que hablar de lo de anoche me pone demasiado tensa, e imaginarlo con Keira ha sido una constante durante horas. Desde que me fui. Me he torturado tanto con la imagen que se ha formado en mi cabeza que he acabado por pagarlo con él. Otra vez.

Pasamos unos minutos en silencio. Él mirando al horizonte. Yo mirándolo a él con disimulo. Esto tiene que acabar. Tengo que pedirle disculpas, pero cuando se trata de Adam, simplemente, no me sale. No de forma civilizada y sencilla, al menos.

—¿Estás calmada ya? —pregunta de pronto.

Parece enfadado, pero valoro que, aun así, se preocupe por mí.

—Sí.

—Ha sido un ataque de pánico, ¿verdad? —Asiento. Negarlo no tiene sentido—. ¿Ha pasado ya?

—Sí.

—¿Seguro?

—Sí, Lendbeck. Estoy bien. ¿A qué viene tanta insistencia?

—Bueno, no quiero que luego busques una excusa para esto.

No lo veo venir. Otra vez. Sus labios se estampan en los míos y ahogo una exclamación mientras él me rodea con los brazos y me acerca a su cuerpo hasta que mis pechos rozan el suyo. Dios, esta postura es demasiado íntima. Estamos demasiado pegados. Y su boca... oh, joder, su boca es demasiado. El beso es duro, demandante. Quiere que me ponga a su altura y lo hago. Esta vez soy yo quien pide paso con la lengua y Adam me lo da con un gemido que reverbera directamente entre mis piernas.

Esto no está bien.

Pero es tan bueno...

Él lleva puesta una camisa estampada y arrugada, dejando ver buena parte de su torso, y el bañador. Está informal e irresistible, y es posible que sea consciente de ello. Aun así, no resisto la tentación de posar la palma de mi mano en su pecho. Siento su vello en las yemas de los dedos y mis uñas lo acarician. Adam vuelve a gemir y yo pienso que, como haga eso otra vez, voy a perderme del todo.

—Lendbeck... —jadeo contra sus labios.

—Ni se te ocurra marcharte de nuevo —dice él con la respiración agitada.

Me echo a reír, me aparto de su cuerpo, pese a que sus manos siguen aferradas a mi cintura, y miro en derredor.

—Como no me vaya a nado...

—Tú serías capaz.

Sonrío. La Victoria del pasado probablemente lo hubiese hecho, sí.

Lo miro a los ojos y veo en ellos la determinación. Seguridad. Deseo. Incluso un puntito de arrogancia. Trago saliva y me acerco tentativamente. Despacio. Dándole tiempo a alejarse. No lo hace y, cuando mis labios rozan los suyos, los dos permanecemos con los ojos abiertos. Araño su labio inferior con mis dientes, lo atrapo y lo mordisqueo antes de volver a besarlo. Adam me aprieta tanto contra él que acabo subiendo mis piernas sobre sus muslos. Bastaría con que me alzara un poco para quedar a horcajadas, pero no lo hace, y casi mejor, porque incluso en esta posición puedo notar la dureza que vibra en su bañador y tengo que hacer un esfuerzo sobrehumano por no dirigir mis manos a ese punto.

En cambio, las llevo a su nuca y acaricio su pelo y su cuello mientras seguimos besándonos como si tuviéramos todo el tiempo del mundo. Como si no estuviéramos en alta mar y la noche no se nos estuviera echando encima.

Sus manos bajan por mi espalda y, cuando se cuelan bajo la braguita del biquini, gimo y me separo de su boca lo justo para hablar, aun cuando al hacerlo mis labios siguen rozando los suyos.

—Esas manos...

—La culpa es de tu culo. Lleva un siglo llamándome a gritos.

Me río, incapaz de pensar en el significado de sus palabras, y me muerdo el labio.

—La estamos cagando, Adam.

Él gime y yo elevo una ceja.

—Que me llames por mi nombre me pone como una puta moto.

Vuelvo a reír y él pasa la lengua por mis labios, juguetón, antes de volver a besarme.

Es surrealista.

Es excitante.

Es demasiado bueno.

Sus manos acarician mi culo de una forma que me hace desear acabar con esta tensión sexual de una vez. Aquí y ahora. Es imposible, lo sé, pero si pudiera... Adam parece pensar como yo, porque gime frustrado. Nuestros labios están hinchados; no sé el tiempo que llevamos aquí, pero ya es noche cerrada, así que imagino que han pasado bastantes minutos.

—Tenemos que volver —dice antes de pasarse la mano por el pelo e intentar regular su respiración.

—Sí, tenemos que volver.

Él mira en derredor, traga saliva y vuelve a centrar sus ojos en mí.

—Y tenemos que hablar, Victoria. Hablar de verdad.

—No sabía yo que hasta ahora habíamos hablado de mentira. —Su mirada me hace reír—. De acuerdo, sí. Hablaremos.

—Bien... —Se acerca para besarme de nuevo, pero me inclino hacia atrás.

—Si empezamos otra vez...

Sonríe. Lo entiende perfectamente.

—Bien. Vale. Vámonos.

—Sí.

No nos movemos. Después de unos segundos, lo empujo, porque veo sus ganas de seguir y no estoy segura de poder parar como arranquemos de nuevo.

—Para conducir la moto tienes que darte la vuelta.

Se ríe entrecortadamente, obedece y, cuando arranca el motor, me agarro al sillón. Él vuelve a coger mi mano para ponerla en su vientre, pero me resisto.

—¿Te doy miedo? —pregunta con un matiz de soberbia. Ese que no lo abandona nunca.

—Tengo más miedo de mí misma y de lo que puedo hacerte si te pongo las manos encima.

Ahoga un gemido. Yo me río y volvemos a la playa en medio de un mar físico y otro de confusión, excitación y preguntas sin respuesta.

22

Adam

Cuando entramos en el camping, varios pensamientos me queman desde las entrañas. El primero es que Victoria tiene que poner remedio a lo que sea que provoque sus ataques de pánico. No es normal que los sufra con tanta frecuencia, y tendrá que hablar de ello en algún momento, aunque intuyo que no será esta noche. El segundo, que su boca sabe aún mejor que ayer. Que su culo es glorioso en mis manos. Ese sería el tercer pensamiento. Ella entera es gloriosa, en realidad. Que me haya respondido con tanta fuerza al beso ha sido... ha sido increíble y, al mismo tiempo, me ha hecho pensar en todo el tiempo que he perdido desde... ¿siempre? No lo sé. Mi cabeza sigue hecha un lío. No sé en qué momento empecé a fijarme en ella como en algo más que una niña, pero si tomamos en cuenta las veces que me he cabreado cuando la he visto interactuar con otros, podría decirse que la noche que perdió la virginidad fue determinante. Odié a ese cabrón de Seth. Hoy en día todavía no lo soporto mucho. Siempre he pensado que era porque él se aprovechó de ella, que era menor de edad aún. Ahora voy teniendo los huevos de admitir que tal vez lo que me quemó por dentro fue saber que alguien la había besado y había disfrutado de su intimidad. Alguien que no era yo. Desde entonces todo se descontroló. Nuestra guerra verbal. Nuestros gestos. Mi frustración y sus ganas de provocarme, para mal. Llevamos años metidos en una extraña espiral autodestructiva que, en algún punto, catalogamos como normal. Nos parecía lógico retarnos constantemente. Correcto. Y tal vez no esté mal del todo, porque sé que nada hará que Victoria y yo no nos retemos de continuo, está en nuestra naturaleza, pero me gustaría hacerlo sin que un ramalazo de rabia me recorra por dentro, la verdad.

—¿A dónde vamos? —pregunta ella cuando giro hacia el chiringuito de mi tío por inercia.

—¿No tienes hambre?

—No mucha. Pensé que íbamos a... —Eleva las cejas y me río entre dientes.

—Vamos a... lo que sea que estés pensando, más lo que yo estoy pensando, y puede que alguna cosa más. Pero antes vamos a cenar.

—Bueno, puedo mirarte.

—No, vas a cenar.

—No tengo hambre.

—Cenas sin hambre, entonces.

—No me des órdenes, Lendbeck. Que me hayas tocado el culo no te da tantos derechos.

—Un culo glorioso. ¿Te lo he dicho ya? —Ella se ríe y yo se lo pellizco con disimulo. Cuando se sobresalta, me muerdo el labio. Joder, ojalá pudiera saltarme este paso, pero tiene que comer algo. Es otra de las cosas que me preocupan: lo mal que se alimenta—. Primero, comida. Luego...

—Luego, hablar. Yo no he dicho que vaya a darte el privilegio de tocarme de nuevo.

—Curioso que digas eso cuando mis dedos aún están por aquí —susurro acariciando la parte baja de sus glúteos.

Noto su piel erizarse ante mi contacto y sonrío.

—Capullo engreído —murmura entre dientes.

Me río, beso su mejilla y tiro de su mano en dirección al chiringuito.

—Vamos, te prometo que lo haremos rápido.

—Mmm. ¿Es eso un aviso de que todo lo haces...?

Me giro en seco y hago que nuestros pechos se rocen, porque ella no ha previsto mi movimiento.

—Cuando eso pase, Corleone, porque pasará, será de todo menos rápido.

A lo mejor debería haber controlado mi voz, ronca y grave por los sentimientos que provocan en mí las fantasías que tengo en la cabeza, pero no hay ninguna razón para esconder lo que gritan mis instintos. Ya no.

—Eres tan sumamente arrogante que piensas que voy a lanzarme a tus brazos, ¿verdad?

—No, nena. Pienso que los dos vamos a lanzarnos a los brazos del otro. No será suave. Ni lento. Puede que ni siquiera sea bonito. Pero será bestial. No tengo ninguna duda de eso.

—Suena peligroso.

—Lo es. Como no tengamos cuidado... —Inhalo y hablo con seriedad, porque de verdad lo pienso—. Dios sabe cuánto podemos llegar a jodernos.

Ella guarda silencio porque está de acuerdo conmigo. Es lo que más miedo me da. Somos demasiado intensos juntos. Demasiado explosivos. Y eso es bueno por la parte que toca a lo sexual, seguramente, pero no sé si a nivel personal o sentimental no nos infligiremos un daño irreparable. Acojona. Joder, cómo acojona, pero, por primera vez en la vida, las ganas de arriesgarme pueden más que la prudencia.

—Voy a cenar tarta de queso, y no se te ocurra decirme que no.

Sonrío. Es una mierda de cena, pero menos es nada. Asiento una sola vez y entramos en el chiringuito.

La cena es tirante, pero no en el mal sentido, sino porque la tensión sexual se respira en el ambiente en todo momento. Sinceramente, no sé cómo vamos a poder hablar cuando esto acabe y las ganas nos puedan, así que decido que lo mejor es aprovechar que aún estamos cenando y sacar el tema. Además, estamos bastante alejados del resto de los comensales, por lo que la intimidad es más que suficiente.

—No era verdad —murmuro.

—¿Qué?

—Lo que te dije en la discoteca. Cuando acabé de besarte y repetí tus palabras. No es que me levantara con ganas de regalar besos. Es que quería besarte. A ti. Quería besarte hasta que los dos nos quedáramos sin sentido. —Ella hace amago de hablar, pero la corto—. Como digas que es porque estaba bebido, me voy a cabrear. Solo me tomé un chupito.

—Keira...

—A la mierda con Keira, joder —la interrumpo. Soy consciente de que eso ha sonado fatal—. O sea, me cae bien, pero no fui allí por ella, Victoria. Fui por ti. Porque te vi en Instagram y porque... —Decirle que no soporto que Seth la toque tal vez sea darle mucha información. Información que puede usar en mi contra, así que decido omitir esa parte, al menos de momento—. Quería estar contigo. Solo eso.

—¿Y por qué dejaste que ella se te subiera?

No había sido consciente hasta ahora de la rabia que impregnan sus palabras. Keira siempre le ha caído mal, eso lo sé, y tampoco es que esta haya hecho muchos méritos para ganársela nunca, sino más bien lo contrario, pero nunca lo achaqué a los celos. Yo no... Cierro los ojos y suspiro. Joder, qué imbécil he sido. Si había una mínima posibilidad de que yo le gustara a Victoria, ¿cómo iba a gustarle Keira? Siempre que nos ha visto juntos ha sido en un plano sexual, así que entiendo que siente por ella lo mismo que yo por Seth. Ahora que ya no me engaño, puedo verlo. Antes lo habría disfrazado de desconfianza, pero la verdad es que él no ha dado nunca una muestra que corrobore eso. No es que no sea de fiar, es que es un capullo que ha tenido el privilegio de tocarla y yo, no. Y supongo que, al revés, es igual. Supongo que hay una mínima posibilidad de que a Victoria le pase lo mismo con Keira. Y eso no debería alegrarme, pero, joder, lo hace. Porque si le molesta tanto, significa que yo le importo y...

—Si te digo la verdad, no me esperaba que estuviera allí. Y cuando se subió sobre mí... —Trago saliva, porque de esa escena solo recuerdo a Seth lamiéndola a ella—. Estaba concentrado en otra cosa. No me di cuenta.

Ella se ríe y deja la cucharilla sobre el plato de tarta. Ni siquiera eso se ha comido entero. Tenemos que poner un remedio a su alimentación ya. Bueno, ella tiene que ponerlo, yo solo tengo que abrirle los ojos. Como si fuera poco... Pero, de momento, dejo mis pensamientos de lado y me concentro en su cara de mala leche.

—¿No te diste cuenta de que te ponía las tetas en la cara? Vaya, qué chico tan despistado.

—No, no es eso. De eso sí me di cuenta. —Ella bufa y yo aprieto los dientes. Esto no va como yo pretendía—. Quiero decir que estaba pendiente de otras cosas.

—¿Qué otras cosas podían tenerte tan entretenido como para no ser consciente de que una tía despampanante se te subía encima y casi te cabalgaba con la ropa puesta?

—Hombre, tanto, tanto... —Ella me fulmina con la mirada y yo suspiro. Está visto que lo de dejar a Seth fuera de la ecuación no va a poder ser, así que, de perdidos, y en vista de que esto no tiene pinta de mejorar, decido ser sincero—. Estaba entretenido viendo cómo Seth te tocaba. Perdóname por dejar que Keira me tocara, pero bastante tenía con controlar mi ira.

—No es excusa.

—Lo es, joder, claro que lo es. ¿Tienes idea de lo que siento cuando él o mi hermano te tocan? —Ella parece sorprendida, así que carraspeo e intento no sonar tan dramático—. No me gustó. Dejé que Keira se subiera sobre mí porque quería... —Trago saliva de nuevo; lo que estoy a punto de decir es desagradable.

—¿Querías...? Venga, Lendbeck, ten huevos de hablar claro, por una vez en tu vida.

—Quería hacerte daño —reconozco. Ella abre los ojos con asombro. No se esperaba esto. Bien. Yo tampoco, pero ahora que los sentimientos han empezado a aflorar y los tengo tan revueltos, me toca catalogarlos y vivir con ellos como buenamente pueda—. No estoy orgulloso, pero quería hacerte el mismo daño que tú me causabas a mí.

Eso la sorprende aún más y me maldigo en silencio. Admitir que me hace daño con ciertas actitudes no me ayudará a ganar esta batalla. Luego suspiro, porque estoy cansado de que, incluso en esta ocasión, sienta la conversación como una batalla. Como si uno de los dos tuviera que ganar, cuando lo cierto es que quiero que ganemos los dos, aunque ni siquiera yo sepa a ciencia cierta lo que quiero que salga de aquí o la manera de encauzarlo sin cagarla.

—Lo entiendo —acepta al final, sorprendiéndome—. Lo entiendo mejor de lo que crees.

En ella, eso es como admitir que también quería lo mismo para mí. Lo que me lleva a pensar...

—Victoria...

—Somos destructivos, Adam. —Cierro los ojos. Que me llame por mi nombre y no por mi apellido acarrea demasiadas consecuencias en mí. Reacciono siempre, aunque no quiera—. Tú y yo. Somos destructivos. No sé si podemos... —Sonríe sin humor y se retrepa en la silla—. Ni siquiera sé qué se supone que vamos a hacer ahora.

Tiene razón. No quiero dársela, pero la tiene. Victoria y yo somos una jodida bomba a punto de estallar. Nuestra relación lleva toda una vida basándose en el «ni contigo ni sin ti», y ahora todo ha cambiado y... A lo mejor esto es un suicidio emocional. Seguramente. Pero el caso es que no puedo dejarlo ir. No soporto siquiera la idea de, simplemente, dejarlo pasar. Esa no es una opción, y estoy a punto de explicárselo, pero algo me dice que ella está aún más acojonada que yo, así que me limito a sonreír y dar un sorbo a mi cerveza.

—De momento, yo me muero por tenerte como antes, en la moto, pero en tierra firme y, a poder ser, contigo sobre mí.

—Interesante...

—También puedo ponerme yo sobre, ti, claro, si no es inconveniente.

—Oh, no creo que lo sea.

Su mirada descarada se pasea por mi cuerpo. Al menos, por la parte de mi cuerpo que es visible desde su extremo de la mesa. Se muerde el labio de forma provocativa y juro que estoy a punto de cogerla en brazos y sacarla de aquí. Dios, esta mujer despierta instintos que no terminan de gustarme.

—¿Entonces...? —pregunto.

—Entonces —repite ella—, creo que podemos empezar por una excursión a ese mirador tuyo. —Sonríe con malicia y baja la mirada a mi boca—. Tengo un par de cosas que comprobar en privado.

Ni media palabra más. Pido la cuenta; si no me voy sin pagar es porque no quiero aguantar luego a mi tío advirtiéndome que estoy en la lista de morosos. Intento invitar a Victoria, pero ella insiste en pagar su postre. No discuto. No tengo ganas de que la mínima tontería nos haga estallar por los aires.

Salimos del chiringuito y caminamos con paso rítmico hacia el mirador. Lo hacemos en silencio, dejando que la tensión entre nosotros crezca hasta el punto de volverse insoportable. Tan insoportable que, en cuanto llegamos a los pies del árbol, la arrincono contra las escaleras.

—¿Sabes que hay una contraseña para entrar? —murmuro a escasos centímetros de su boca.

—Ah, ¿sí?

—Ajá. No cualquiera sube a mi guarida.

—Ya he estado, ¿recuerdas?

—Era distinto.

—¿Por qué?

—Porque entonces no pretendía mandar a la mierda ese biquini tan feo.

Ella se ríe y se apoya en el tronco, arqueando un poco la espalda y provocándome.

—¿Qué sabrás tú de moda? Esto es lo último.

—Será lo último, pero es tan feo que duele a la vista.

—Vaya. Y no queremos dañar tu vista, ¿verdad?

—Sería una lástima, porque trabajo haciendo buen uso de ella.

—¿Qué propones, entonces?

—¿No te ha quedado claro? —Me acerco hasta rozar su cuerpo con el mío, paso el dorso de mis dedos por su costado, sonriendo cuando su piel se eriza a mi tacto, y llego a uno de los nudos laterales de la braguita—. Esto, fuera.

Tiro del lazo y hago acopio de toda mi fuerza de voluntad para no mirar abajo, porque sé que la tela ha caído y que solo la sujeta el otro extremo. Extremo del que, por supuesto, me hago cargo enseguida.

—No te atrevas... —sisea con ojos asesinos.

Me río entre dientes, muerdo su labio inferior y tiro del cordón.

—Abre las piernas y déjalo caer, Victoria.

—Ni hablar.

—Lo harás, y luego subirás las escaleras la primera.

Su risa reverbera directamente en mi polla.

—Estás fatal de la cabeza. ¿Quieres verme subir sin bragas solo para alimentar esa mente pervertida que tienes?

—Sí, pero solo cuando adivines la contraseña.

—Ah, ¿que quedarme con el culo al aire no es suficiente? —Niego con la cabeza y mordisqueo sus labios un poco más. Ella hace amago de besarme, pero me retiro—. Cabrón.

Dios, qué divertido es provocarla. Siempre lo ha sido, pero jugar a negarle mis besos y ver cómo se enciende... es otro nivel.

—Vuelve a intentarlo. Y, antes de que digas nada, te advierto que no es ningún insulto.

—Vete a la mierda.

—Eso es un insulto.

—«Recomendación turística», me gusta llamarlo a mí.

Me río y la beso sin preámbulos, pillándola por sorpresa. Meto la lengua en su boca y, cuando la suya me recibe y se enreda con la mía, siento que se me aflojan las rodillas. Jodida Victoria; si supiera el poder que tiene sobre mí, no dudaría en ponerme de rodillas. Y hablando de eso...

—Ve pensando en la contraseña mientras me ocupo de una cosa —susurro en sus labios.

Ella frunce el ceño y, cuando me ve arrodillarme y dar un tirón a las braguitas de su biquini, ahoga un jadeo. Bien, porque así no se ha notado tanto el sonido estrangulado que he soltado yo al ver el tatuaje de su pubis. Trago saliva y paso la yema de mis dedos por él. Es pequeño, tanto que no se vería aunque el biquini fuera diminuto. No sé si es un nombre o unas iniciales, pero en letra pequeña y bonita se lee «Leiply». Justo al lado, un diminuto planeta de líneas simples.

—¿Qué significa? —pregunto con voz ronca.

—Algo que solo me pertenece a mí —dice ella en tono serio.

Miro arriba, a sus ojos, y, pese a la oscuridad, soy capaz de discernir que no va a ceder en esto. He dado contra uno de sus muchos muros y, como sé que no voy a poder derribarlo, me limito a rozarlo por encima.

—¿Lo hizo mi padre? —Ella asiente—. Es precioso.

Su mano se mueve hacia mi hombro, acaricia mi mejilla y luego se posa sobre mi nuca. Me aproxima a ella y yo gimo. ¿Cómo se las ha ingeniado para dominar la situación incluso estando expuesta? Despego su mano de mi nuca y entrelazo nuestros dedos.

—Abre más las piernas —susurro, en un jadeo tan ronco que parece que tenga la voz rota.

Ella obedece, milagrosamente, pero su otra mano intenta sujetarme de alguna forma, así que también entrelazo los dedos de mi mano libre con los de ella. Acerco mi nariz y huelo la sal y su excitación. Joder, qué bueno.

—Esto no será delicado ni lento, pero valdrá la pena, nena.

Victoria gime por respuesta y yo no aguanto más. Paso mi lengua por la abertura de sus labios y, cuando se estremece, me juro no levantarme de aquí hasta que se haya corrido como mínimo una vez. Mi lengua se cuela entre sus pliegues, su humedad se expande, y cuando su sabor entra en mi sistema nervioso, sé, sin ningún tipo de dudas, que voy a hacerme adicto a esto. A ella.

Sus manos aprietan las mías y sus piernas tiemblan cuando chupo justo sobre su clítoris. Gime y se abre aún más. Tan expuesta, tan preciosa, tan entregada. Lamo su abertura de arriba abajo y la penetro con mi lengua lo justo para oírla gemir mi nombre. Gime mi puto nombre y tengo que separarme de ella, porque estoy tan excitado que me marea.

—¿Adam? —pregunta en un susurro tembloroso—. Adam, por favor...

Gimo y regreso a ella, porque no puedo resistirme a su necesidad. A que se muestre aunque sea un poco vulnerable. Está cerca. Lo sé. Me ocupo de ella una y otra vez y, cuando siento que va a llegar, suelto sus manos, agarro sus caderas y la abro más para mí. Mis dedos aprietan su carne y ella se aferra con una mano a mi pelo y con la otra a mi hombro mientras se convulsiona y se aprieta contra mí.

—Así, nena, córrete en mi boca, vamos.

Ella gime más alto; está a punto, pero aún intenta contenerse. Suelto una de sus caderas, busco su entrada con mis dedos y la penetro al tiempo que muerdo su muslo y, luego, chupo su clítoris. Su contención se rompe. Estalla en mi boca de una forma tan bestial que noto mis dedos aprisionados por sus músculos. Su humedad se derrama aún más en mi lengua y procuro lamerla entera. Lo hago hasta que sus rodillas fallan. La agarro con rapidez por las caderas de nuevo y la mantengo pegada al árbol. Su vientre sube y baja con rapidez; beso su ombligo, su torso y el centro de sus pechos a medida que subo por su cuerpo. Cuando llego arriba y vuelvo a estar de pie, mis manos aún la sujetan. Ella me mira con ojos vidriosos, acaricia mi nuca y me acerca a sus labios. La beso con un gemido y me estrecho contra su cuerpo para que note cómo me ha puesto.

—Vamos arriba... Esto no ha acabado, Lendbeck —murmura.

Trago saliva y, cuando se gira para subir, la agarro por la cintura, me pego a su espalda y susurro en su oído:

—Solo para que lo sepas. La contraseña es «Victoria».

Su gemido me arranca una sonrisa que me acompaña mientras la veo subir sin las braguitas del biquini, pero con un orgasmo a cuestas.

Y esto no ha hecho más que empezar.

23

He dejado las bragas del biquini abajo, en el suelo. Eso da una idea bastante exacta de cómo me siento ahora mismo. Desnuda, obviamente, pero también atolondrada. Relajada. Dios, después de un orgasmo así, cualquiera no se relaja. Mareada. El que acaba de practicarme el sexo oral más excitante de toda mi vida es Adam Lendbeck, el niño al que idealicé en mi infancia. El chico con el que soñé buena parte de mi juventud, del que intenté olvidarme durante años. El que odié a ratos. El mismo Adam que me curaba las rodillas cuando me caía corriendo de cría. El mismo que alcanzó la adolescencia y empezó a tirarse a todo lo que se movía durante el verano. Imagino que durante el invierno también, pero yo ahí no lo veía.

Me río, un poco temblorosa, y siento su mano acariciando mi costado. Está a mi lado fumándose un cigarro y mirándome con esa mezcla de misterio e insolencia que tan loca me vuelve. He intentado hacerme cargo de su erección nada más subir, pero me ha detenido y ha dicho que tenemos toda la noche. Yo creo que tiene miedo de irse demasiado pronto, pero no lo digo porque no quiero ofenderlo: este hombre tiene maldad suficiente para cobrarme su indignación negándome más orgasmos. Puede que yo no tenga muchos filtros, pero sé cerrar la boca cuando lo que me juego es algo tan jugoso. De manera literal.

Vuelvo a reír y él no aguanta más.

—¿Qué es tan gracioso?

—Nada. —Eleva una ceja y señalo su cigarro—. ¿Me das? —Su ceja llega casi al nacimiento del pelo.

—Tú odias que fume.

—Sí.

—¿Y vas a fumar?

—Odio muchas cosas que luego hago para demostrar que soy del todo irracional. Por ejemplo, odio el chocolate con limón, pero cada vez que bebo más de la cuenta, lo como.

—¿Chocolate con limón? Dios, es lo más asqueroso que he oído en mucho tiempo. —Me pasa el cigarro y, cuando doy una calada, sisea—. Es increíble que incluso verte hacer eso me la ponga como una piedra.

Me río, se lo devuelvo y me subo sobre él a horcajadas. Su espalda está apoyada en el árbol; el espacio no es demasiado amplio, pero suficiente para los dos. Paso mis manos por sus hombros, enredo los dedos en su nuca y noto su erección cuando me aplasto contra sus caderas. Él entrecierra los ojos con un jadeo y aprieta mi cadera con su mano libre. Saber que ahora mismo solo nos separa la tela de su bañador es tan excitante que apenas puedo concentrarme en las palabras.

—Te has vuelto demasiado descarado desde que te he dejado tocarme el culo. ¿Qué ha sido del Adam que me reprobaba por todo? El chico perfecto, calladito y misterioso.

—No te reprobaba por todo. Y no soy callado. Simplemente no necesito hablar tanto como tú. Tampoco soy misterioso.

—Me mirabas cabreado siempre. Cabreado y misterioso.

—Te miraba empalmado un alto porcentaje de las veces, Victoria.

Se ríe y me muerdo el labio. Su risa es tan ronca, tan jodidamente sexy que a punto estoy de suspirar como una adolescente. Como se ría un par de veces más así, me veo forrando mis carpetas con sus fotos.

—¿De verdad?

—Joder, sí. Has sido la culpable de un uso indiscriminado de clínex después de que pasara un rato pensando en ti. —Muerde mi barbilla—. Y no los usaba porque llorara. O sí, pero por...

—Suficiente. —Suelto una carcajada y me aprieto más contra él—. ¿Desde cuándo?

Él se pone serio de pronto. Apoya la cabeza en el árbol y me mira con esa intensidad que, aunque diga no tener, tiene. Es una intensidad que va con él, que vibra bajo su piel del mismo modo en que lo hace la mía. Por un momento me pregunto cómo demonios vamos a encauzar esto con personalidades tan explosivas. Cuando habla, me centro en él y me olvido de todo lo demás.

—Desde siempre, aunque no lo haya aceptado nunca. Estaba convencido de que solo miraba por ti porque eras más pequeña que yo y tenía que protegerte. Me cabreaba cuando eras adolescente y salías con chicos. Pensaba que eras demasiado pequeña. Y si mi cuerpo reaccionaba como ahora —dice alzándose un poco y clavando su erección en mi centro— me decía que era porque la adolescencia me tenía así, o porque había pensado en alguna de las chicas a las que conocía.

—Mmm, recuerdo los sermones que me dabas.

—Y aparte de la excusa de que eras pequeña, es que ninguno de esos bastardos era bueno para ti.

Trago saliva y busco un indicio de que lo que dice sea mentira. No lo encuentro. Adam es muchas cosas, pero no es un mentiroso.

—¿Y tú sí?

—Yo soy el peor de todos —murmura. Cierra los ojos un segundo, los abre, mira a un lado y da una nueva calada. Expulsa el humo, pero no vuelve a mirarme a mí—. Iba con chicas y me lo pasaba bien, pero si lo hacías tú, me ponía enfermo. Soy un mierda, Victoria.

—No lo eres —susurro.

—La otra noche me peleé con Ethan. —Me mira con tanta culpabilidad que no me nace preguntar—. La ceja me la partió la tabla, pero fue porque me había estado peleando con mi hermano en alta mar. Por ti.

—Adam...

—Normalmente no soy violento, ni celoso. Soy el tipo de persona que considera los celos una muestra de desconfianza inconcebible, pero cuando se trata de ti..., no sé qué pasa. No me gusta lo que siento a veces. Yo no soy un energúmeno, ni un hombre de las cavernas. Me gusta pensar que tengo la mente bastante abierta, pero es que no soportaba que él u otros te tocaran mientras yo me reprimía y autoengañaba constantemente. Es que me arde el alma cuando te veo con otro, Victoria.

Me siento tan conmocionada que apenas puedo digerir sus palabras.

—No parecías interesado en mí. Nunca. O sea, sí, estabas muy pendiente, pero me tratabas como si fuera una cría. Incluso cuando ya éramos adultos.

—Al principio eras una cría. La cosa cambió cuando... —Se calla y da una última calada al cigarro—. Cuando creciste.

—Me moría por ti —susurro sin mirarlo, y en un tono tan bajo que no sé si me ha oído. Cuando su mano aprieta mi cadera y su entrepierna vibra, confirmo que sí.

—No es verdad —murmura con tono ahogado.

—Me moría por ti. —Me reafirmo mientras me atrevo a mirarlo a los ojos. Ojos que ahora están abiertos como platos—. No imaginarías hasta qué punto.

—Cuéntamelo.

—¿Para qué?

—Para que pueda darme de cabezazos en cuanto me quede solo por ser tan imbécil. Cuéntamelo. —Me río nerviosa y carraspeo. No sé si quiero abrirme tanto. Él, que no es tonto, besa la base de mi cuello y luego mi mentón—. Está bien, nena, no tienes que hacerlo.

Cierro los ojos y suelto el aire. Si no le dijera nada, se conformaría. Conozco muy bien a Adam. Puede que albergue sentimientos intensos, pero tiene un autocontrol envidiable. Ya lo quisiera yo para mí. Estoy tentada de contarle que perdí la virginidad con Seth solo porque lo vi con Keira, pero sería exponerme al máximo y todavía no puedo. Aún estoy demasiado confusa con todo esto. No soy estúpida: una relación ahora mismo es inviable. Yo viajo demasiado y él, también. Me quedan aquí solo unos días y luego cada uno volverá a su vida. Abrirme del todo, dejarle ver cuán profunda fue la herida y lo mucho que sangró por él solo servirá para darle un poder que nos hará sentir mal a los dos a la larga, cuando nos separemos. No le cuento lo de Seth, pero sí le doy algo jugoso que lo contente.

—Creo que mis primeras masturbaciones fueron todas en tu honor.

Adam se ríe, apaga el cigarrillo y rodea mi cintura mientras alza las piernas para que lo perciba aún más. Dios, esa erección ya tiene que doler.

—¿Me porté bien en tus fantasías?

—Oh, sí. Reconozco que en muchas hacías lo mismo que has hecho ahí abajo.

—Mmm. ¿Y qué tal la realidad?

—Supera a la ficción, sin ninguna duda. —Adam ríe entre dientes y yo aprovecho para besarlo—. También imaginaba que te lo hacía yo a ti...

Me quedo de rodillas a un lado de su cuerpo. Él sisea cuando mi mano vuela a su bañador. Tiro del cordel y lo libero mientras lo miro a los ojos, porque creo que mirar directamente abajo sería muy descarado. Sin embargo, cuando sujeto su erección caliente y palpitante en mi mano, no puedo evitar echarle un ojo. Sonrío con aprobación y él gruñe, literalmente. Joder, cómo me pone que haga eso.

—Creo que necesito comprobar si esa parte también superará a la ficción —susurro—. Ya sabes. Si sabrá tan bien como imaginaba.

—Siéntete libre de hacer las comprobaciones que estimes oportunas.

Me río. A veces es remilgado hasta para hablar durante el sexo. Beso su cuello mientras él acaricia las zonas de mi cuerpo que le pillan a mano. Mis costados, la parte inferior de mis pechos, mi cuello... Bajo por sus pectorales, acaricio su abdomen con mi nariz y me entretengo en su ombligo más de lo esperado solo para sentir cómo su erección tiembla, ansiosa por mis atenciones. Muevo la mano arriba y abajo con lentitud y, cuando mis labios llegan a su glande, una gota de líquido preseminal me hace ahogar un gemido. Es tan excitante que no me contengo más. Paso la lengua por ella, lo saboreo y oigo a Adam jadear. Lo imagino cerrando los ojos, pero un segundo después siento sus dedos jugar con la parte alta de mi biquini. Lo desabrocha y lo hace caer al mismo tiempo que me llevo su erección a la boca y dejo que mi humedad la rodee. Adam gime y alza las caderas por instinto. Mi mano acaricia sus muslos, sus ingles y sus testículos, mi lengua lo masajea, y sus dedos juegan con mis pezones, endureciéndolos tanto que me duelen. Definitivamente, esto también supera a la ficción. Lo he soñado tanto que procuro no pensar en ello, porque las emociones se me atraviesan. Que solo es sexo, pero es su sexo, y eso basta para volverme loca.

—Para, para, nena —gime Adam, apartándome con suavidad.

Protesto, pero me tumba con cuidado y besa mi mentón antes de acomodarse entre mis piernas. Su erección roza mis muslos y me contorsiono, abriéndome y colándolo en medio, gimiendo aún más alto cuando su glande acaricia mis labios. Adam besa mi cuello y luego baja y lame mis pezones mientras yo me concentro en las hojas de la copa de nuestro árbol y, más allá, en las estrellas, que parecen titilar con más fuerza que nunca esta noche.

—No te imaginas las ganas que tenía de poder lamer estos —susurra soplando sobre uno de mis pezones y haciendo que me arquee. Aprovecha para lamer, chupar y morder suavemente, arrancándome un gemido—. La sesión de fotos fue un puto suplicio.

—¿En serio? —pregunto, sorprendida y excitada.

—Agradecí tanto como maldije llevar un bóxer apretado bajo el bañador. Fue una tortura no poder tocarte como quería. Esas posturas de yoga... —Gime y pasa al otro pezón—. Podría correrme solo recordando cómo te contorsionabas.

—Estás muy explícito esta noche, Lendbeck. —Jadeo y me río cuando atiza mi pezón con su lengua—. Me gusta.

—A mí me gustas tú.

Cierro los ojos y sonrío. Es tan bueno que parece un sueño. Adam abandona mis pechos y, cuando creo que va a penetrarme, sigue bajando y abre de nuevo mis piernas. ¿Va a...? Sí, Dios, sí, repite la hazaña de antes y la mejora, aun cuando pensaba que sería imposible. El orgasmo me llega tan rápido que, aunque intento contenerlo, no puedo. No ayuda que él me jalee con palabras que me elevan de placer. Tiemblo y tiro de sus hombros, instándolo a subir de una vez. Él lo hace y, cuando se cuela entre mis piernas de nuevo, gime en mi oído, pero no es un gemido positivo, sino de frustración.

—Espera, joder, espera. —Cierra los ojos y se apoya sobre los brazos—. No tengo condón.

—¿Qué? ¿No tienes? —Niega con la cabeza y se deja caer, rozando su erección con mi vulva y soltando un quejido lastimero cuando alzo las caderas, buscándolo por inercia—. Mierda, Adam, ¿por qué no tienes?

—Bueno, cuando me he despertado hoy, ni siquiera me hablabas, así que no pensé que podría acabar el día follándote, la verdad. —Suspiro irritada y él se balancea. Acopla el largo de su erección sobre mi vulva y se mueve, rozándome y haciéndome gemir, aun cuando no quiero—. Podemos corrernos así —susurra en mi boca. Me besa cuando me niego a responder—. Será bueno, nena. Será muy bueno.

—Te quiero dentro de mí.

Soy consciente de que sueno como una niña enfurruñada, pero es que de verdad ansiaba tenerlo dentro. Adam se queda quieto un segundo antes de besar mi barbilla y mirarme a los ojos.

—Nunca lo he hecho sin condón, pero si usas anticonceptivos...

Meneo la cabeza, pero rodeo sus hombros y me sereno un poco. Solo un poco.

—No uso. Siempre condón.

Él suspira y asiente.

—No importa, creo que de todas formas puedo convertir esta noche en algo memorable.

Hace amago de descender por mi cuerpo, pero lo retengo.

—No, como antes —susurro—. Ven. —Él me abraza y besa mis labios; su erección vuelve a acariciarme—. ¿De verdad querías hacerlo sin condón conmigo?

Adam asiente, abre mis piernas y consigue que toda su longitud se acople sobre mi abertura. Su glande roza mi clítoris con cada movimiento y su dureza acaricia mis labios, empapándose con mis fluidos. Dios, qué bueno.

—Si tengo que confiar en alguien para hacerlo, no se me ocurre nadie mejor que tú —susurra.

Gimo. Que eso me ponga más caliente solo es una señal de lo pillada que estoy por él, aun cuando he intentado controlarme por todos los medios. No lo he olvidado nunca, no del todo. Había momentos en que sentía que casi lo lograba, pero en cuanto volvía a verlo u oírlo, el sentimiento recobraba fuerza. Por eso sé que separarme de él va a ser duro, pero no quiero pensarlo ahora. Ahora solo quiero sentirlo, disfrutar de su cuerpo y de todo lo que me ofrece, así que muevo las caderas y lo insto a restregarse con más ahínco contra mí. Él sisea, mete una mano bajo mi culo y me alza, haciendo que enrosque las piernas en sus caderas y apretando mi nalga con fuerza. A veces, el movimiento se vuelve tan frenético y mi humedad es tanta que, al deslizarse, su glande queda encajado en la entrada de mi vagina, como si buscase su sitio natural. Adam gime y noto algunas gotas de sudor sobre sus hombros. Lo muerdo y, en medio de una nube de excitación y desesperación, empujo las caderas y hago que se introduzca un poco en mí.

—Joder —jadea, entrando un ápice más. Noto que su polla entra casi entera y me agito, buscando más—. Joder, joder. Qué bueno. —Suspira y sale de mi cuerpo, temblando y apoyando su frente en la mía—. Cómo odio no tener un puto condón.

—Más. Quiero más —suplico; mis caderas lo buscan. Estoy tan desesperada por sentirlo que, en este preciso instante, me dan igual las consecuencias. Lo quiero dentro. Lo necesito dentro—. Adam, por favor... —gimoteo.

Él gruñe, su polla resbala por mi humedad y me la ensarta de una estocada, haciéndome gritar de placer. Dios, es mejor de lo que nunca hubiese imaginado. Me llena de una forma tan excepcional que pierdo el sentido. Él entra y sale varias veces antes de sacarla y soltar un insulto.

Tiembla. Está temblando de pies a cabeza por la necesidad de seguir empujando en mi interior.

—Necesito... —jadea, y niega con la cabeza—. Te necesito tanto, Victoria.

Entierra la cara en mi cuello, me muerde y yo me agarro a sus nalgas y lo impulso hacia abajo.

—Métela de nuevo.

—No... —gime, pero no suena convencido.

Cuelo una mano entre nuestros cuerpos, agarro su polla y restriego con fuerza su glande contra mi clítoris. Estamos tan mojados y pegajosos que necesitaremos una larga ducha después de esto, pero incluso eso es maravilloso. Lo coloco en mi entrada, lo froto a conciencia contra ella, provocándolo, hasta que rompo su contención. Adam empuja y entra de nuevo, haciendo que me arquee.

—Nena, quiero más. Necesito más. —Empuja de nuevo—. Solo un poco más. Solo un poco... —Sus caderas se mueven con brío y el roce de su pubis con el mío me hace estallar en mi tercer orgasmo. Susurro su nombre, o puede que lo grite; estoy tan ida que no soy muy consciente del tono de mi voz. Él ahoga un sonido mitad jadeo, mitad súplica—. Oh, mierda, qué bueno es sentir cómo te corres. —Aprieto los músculos vaginales en respuesta y él se estremece—. Joder, joder, joder.

Empuja un par de veces más y sale de mi cuerpo a tiempo de correrse sobre la parte alta de mi pubis, mi ombligo y mi vientre. La potencia de su eyaculación es tal que siento algunos latigazos en mi pecho. Adam aprieta la mandíbula y cierra los ojos. Está tan guapo que sé, sin ninguna duda, que esta imagen me acompañará el resto de mi vida. Cuando su orgasmo llega a su fin, se deja caer sobre mi cuerpo y me abraza, sin importarle lo más mínimo que esté empapada de semen. De su semen. Gimo, agotada y saciada, y pienso que hay algo placentero y primitivo en compartir una postura tan íntima. Acaricio su espalda con la poca energía que me queda, enredo una mano en su nuca y en su pelo y siento su respiración agitada en mi cuello.

Adam me besa con suavidad; se gira hacia un lado, se tumba de espaldas y me hace ir con él. Me apoya en su pecho y besa mi cabeza con tanto mimo que sé que, con independencia de lo que pase de aquí en adelante, yo he vuelto a caer con todo el equipo. Beso su pecho, apoyo mi mejilla en él y oigo cómo su corazón recupera el ritmo. A medida que sus latidos se apaciguan y que mi propio corazón alcanza la normalidad, una voz interior me grita a pleno pulmón que acabo de complicar mi vida aún más.

Cierro los ojos, siento un nuevo beso sobre mi pelo y decido que da igual todo. Las consecuencias llegarán, pero ahora mismo solo me importa seguir aquí, sobre su cuerpo, donde los ataques de pánico no existen y lo único que me preocupa es cuánto tardaremos en recuperarnos para empezar de nuevo.

Y el resto del mundo que gire tan rápido como quiera, que yo de aquí no me muevo.

24

Adam

—Ya es definitivo que mañana tengo que hacer una visita a la farmacia y comprar la píldora del día después.

Me río ligeramente y me muerdo el labio con cierto aire de culpabilidad. Si solo lo hubiésemos hecho una vez sin condón, habría tenido un pase, pero hemos repetido. Aunque me convencí de que en esta ocasión no la penetraría, en cuanto ha movido las caderas, me he colado en su cuerpo y he empujado como si me fuera la vida en ello. Y, aunque me haya corrido fuera, es un acto del todo irresponsable, pero cuando estoy con ella no pienso con claridad. Y no estar con ella no es una opción, así que...

—Te acompañaré —le digo.

—Eres todo un caballero, ¿eh? —Se ríe y acaricia mi pecho con las uñas—. No me arrepiento —susurra—. Aunque lo hayamos hecho sin condón. Aunque no tengamos una cama y aunque me muera de sed ahora mismo, no me arrepiento.

La miro, con el pelo enredado, los labios hinchados y rojeces en todo el cuerpo gracias a mis besos y mordiscos. Está preciosa. Inspiro con fuerza, porque el nudo que se me forma en el pecho es tal que me dificulta tragar saliva. Me cuesta creer que estemos así; que yo sea el culpable de su satisfacción.

—Déjame fotografiarte —susurro—. Ahora. Así, tal como estás.

Victoria levanta una ceja. No se ofende. Sabe, o espero que sepa, que no se trata de algo erótico. No es solo que estemos impregnados de nuestros flujos y los restos físicos de nuestro placer. Es algo más. El ansia de inmortalizar este momento. La necesidad de conservar una imagen suya así, tal como la veo ahora, para no olvidar que un día, aunque solo sea uno, hicimos estallar nuestro mundo. Ella asiente y yo saco mi móvil y me maldigo por no tener una de mis cámaras aquí. Aun así, enfoco y disparo. Su perfil, su sonrisa, la curva de su cadera brillando todavía, un mordisco en su clavícula. Joder, es una puta fuente de inspiración. Una musa.

—Yo también quiero —dice sorprendiéndome.

Le doy mi móvil y se levanta para enfocar las partes de mi cuerpo que quiere inmortalizar. Cierro los ojos y voy oyendo el sonido que hace el obturador en cada foto nueva. Son varias, pero no sé de qué. Me besa de pronto, muerde mi labio inferior y luego pasa la lengua por él con suavidad. Gimo y me entrego a su boca, al principio con fuerza y, pasados unos instantes, con una ternura que empieza a atragantárseme un poco, porque todo lo que he congelado y retenido durante años está a punto de resquebrajarse, si es que no lo ha hecho ya.

Oigo de nuevo el clic de la cámara, me vuelvo y me percato de que nos ha fotografiado besándonos. Sonrío, le cojo el móvil y vuelvo a besarla. Y a fotografiarnos. Y muerdo su barbilla y disparo de nuevo. Y bajo a su cuello y otra foto. Y otra de mi boca rodeando su pezón, la última, porque el cuerpo se nos incendia y, cuando queremos darnos cuenta, estamos enrevesados uno en los brazos del otro. Sí. Definitivamente, mañana hay que ir a por la píldora del día después, porque yo necesito entrar en su cuerpo de nuevo. La miro y ella, que de tonta no tiene un pelo, me tumba de espaldas, se sube sobre mí, agarra mi erección y me guía hacia su interior. Se deja caer y mueve las caderas mientras reclamo su boca. Esta vez el ritmo es mucho más lento. Estamos cansados, tenemos varios orgasmos a nuestras espaldas y las ansias ya no nos pueden tanto. Por eso lo disfrutamos aún más, porque ahora soy consciente de cómo se eriza su piel cuando soplo sobre su cuello, o sobre su pezón, por ejemplo. Acaricio su estómago y me incorporo, incapaz de quedarme quieto mientras me monta.

—Quiero follarte en una cama, Victoria —susurro con voz ronca—. Y fotografiarte mientras lo hacemos. —Ella gime, y su vagina sufre un espasmo alrededor de mi polla que me hace ahogar una exclamación—. ¿Eso es que sí?

—Sí. Dios, sí.

La beso y la intensidad se vuelve real. Más palpable. Subo mis manos por su espalda, las bajo por sus costados y vuelvo a ascender por su torso, hasta sus pezones. Los pellizco, me aferro a su cuello y la insto a subir y bajar con más brío. Esta vez iba a ser lento, pero la necesito demasiado. Estar dentro de ella es tan jodidamente bueno que siempre acabo queriendo más. Más fuerte. Más adentro. Más apasionado. No voy a cansarme de esto en la vida. En la puta vida. Esa certeza, unida al roce constante y a las contracciones de sus músculos alrededor de mi polla, me llevan otra vez cerca del orgasmo. La acaricio, bajo una de mis manos a su clítoris y lo toco con ímpetu para que llegue conmigo. Ella me rodea por el cuello y su aroma invade mis fosas nasales. Victoria acelera, bota sobre mí y se corre entre espasmos y gemidos que me trago directamente de su boca. Mordiéndola y acariciando sus labios con suavidad cuando los temblores acaban.

—Adam... —gime con voz temblorosa.

—Hueles a ti y a mí. —Me trago un gemido y la miro, satisfecha y laxa sobre mi cuerpo—. Hueles a sexo. A nuestro sexo, nena. Es el puto mejor olor del mundo.

Victoria sonríe, muerde mi barbilla y besa mi mandíbula hasta llegar a mi oreja.

—Córrete —jadea en un susurro—. Así, dentro de mí.

Ahogo un taco de pura satisfacción y pienso de manera fugaz que soy condenadamente malhablado cuando estoy en plena faena, pero me da igual, porque solo imaginar que puedo correrme en su interior hace que algo más intenso y primitivo me tire de las entrañas. Me agarro a su culo y la muevo a mi antojo sobre mí, inclinándola para intensificar mi placer, ahora que ella está satisfecha. No tardo. Apenas unas arremetidas bastan para que eche la cabeza atrás y me corra sintiendo cómo su cuerpo me envuelve. Ahogo un gruñido, o puede que lo deje ir con toda la fuerza que tengo. No lo sé. Lo que sí sé es que ella no deja de acariciarme ni de besarme. Que me susurra palabras que me calientan aún más cuando llega el clímax y palabras dulces que me ayudan a volver a su lado. Apoyo la frente en su hombro, respiro con dificultad y pienso que esta mujer acabará conmigo en todos los sentidos, pero, joder, no pienso quejarme.

—Sí, lo de la píldora ya no es una opción —susurra.

Me río en respuesta y la abrazo más fuerte.

—Iremos cuando quieras. Podríamos pasar el día fuera.

—Por la tarde hay concurso de comer tarta de manzana.

—¿Te has apuntado?

—No. —Hace un mohín adorable, que beso, y suspira—. Seguramente acabaría circulando por las redes con la cara llena de tarta. Que a mí me da igual, pero Alexia se pondría de los nervios, ya sabes. Emily sí se ha apuntado y quiere que la apoye. Daniela también, por cierto.

—Cómo no... —murmuro sonriendo—. Bueno, pues pasamos la tarde aquí.

Ella asiente, vuelve a abrazarme y, cuando baja de mi regazo, se ríe por haber dejado mis piernas llenas de... pues de todo lo que hemos soltado ambos, que no ha sido poco. La beso y, aunque me encantaría abrazarla de nuevo y dormir con ella, entiendo que el amanecer se aproxima y que no podemos estar aquí desnudos como si nada, aunque esta zona sea bastante privada. Nos vestimos, ella con la parte superior del biquini, yo con mi bañador, y bajamos las escaleras con piernas temblorosas y más satisfechos que nunca. Al menos yo. Al llegar abajo, cojo la braguita y se la coloco a Victoria con mimo, anudando los laterales mientras ella se ríe; dice que sería un gesto muy caballeroso si no fuera porque he sido yo quien la ha dejado sin bragas antes de subir al mirador. Me río entre dientes, porque tiene razón, y la beso de nuevo antes de asir su mano y volver al camping. Nos hemos limpiado como hemos podido con clínex, pero necesito una ducha para eliminar del todo los restos.

—Dios, necesito dormir al menos cinco horas. Estoy molida.

—¿Crees que tus padres te dejarán? —pregunto.

—No. Seguramente tengan mil planes organizados, pero voy a intentarlo de todas formas. Cuando me levante, me libraré de ellos para ir al pueblo. ¿Te va bien?

Asiento y ella bosteza, agotada.

Sonrío, acaricio sus dedos con los míos y guardo silencio unos instantes, porque no sé cuándo vamos a volver a estar juntos y solos. Ni siquiera sé si vamos a volver a hacerlo, aunque en el calentón los dos lo hayamos dado por hecho. Y podría irme a casa y no presionar a Victoria, porque sé que eso nunca es buena idea, pero es que soy un poco kamikaze y hay cosas que no puedo aguantarme, así que, cuando llegamos a la entrada del jardín de su bungalow, aprieto su mano y me lanzo.

—Quiero que sigamos así hasta finales de semana. —La miro a los ojos y me callo que, en realidad, quiero esto para siempre. La conozco, y solo conseguiría asustarla y que se aleje. Además, «para siempre» suena muy rotundo, teniendo en cuenta que yo apenas empiezo a admitir todo lo que he sentido durante años y que he disfrazado de todo tipo de sentimientos. Tiempo. Necesitamos tiempo. Aun así, expreso mis deseos inmediatos con firmeza, para que no haya dudas—. Quiero agotar mi reserva de condones contigo, Corleone.

Ella suelta una carcajada, se acerca y me besa con un descaro que me la pondría dura de no ser porque me he corrido tres veces y necesito descansar.

—Hecho —susurra en mi boca—. Ve y duerme, porque el día será movido y la noche… más.

Ahogo un gemido. Tal vez sea interesante arrastrarla a un rincón antes del amanecer y comprobar si puedo cumplir una cuarta vez… Ella, que capta mis intenciones, me dice que no, que le duele todo el cuerpo. Yo lo acepto, pero quedo en buscarla en cuanto se levante para escaparnos al pueblo y comprar la píldora. La beso una vez más. Y otra. Y una última. Y me despido con una sonrisa tontorrona y un ramalazo interno de nostalgia por no poder dormir a su lado. Por un momento me visualizo entrando en el bungalow a escondidas, pero es una utopía si tengo en cuenta que duerme con sus hermanas y que su padre es poli y, por lo tanto, tiene pistola. Que no sé si la ha traído al camping, pero tampoco es algo que quiera comprobar.

Me levanto a las doce. He dormido poco, pero más de lo que esperaba. Miro mi móvil y me encuentro un mensaje de Victoria de hace ocho minutos.

Victoria: Buenos días, Lendbeck. Felicidades, has conseguido que tenga agujetas. Espero que al menos te duela algo a ti también.

Recuerdo todo lo que pasó anoche y me río. Joder. Fue... fue la hostia. Ni siquiera tengo palabras para expresarlo mejor. Cierro los ojos y la veo debajo de mí. Encima. Haciéndome la mejor mamada de mi vida. Dios. La tengo dura solo de pensarlo. Hablando de eso... Alzo la sábana, me hago una foto, aunque sin quitarme el bóxer, y se la mando.

Yo: Sí que me he levantado con un dolor considerable. ¿Cómo lo ves? Me preocupa la hinchazón.

Su respuesta no se hace de rogar.

Victoria: No soy doctora, pero creo que necesitas eliminar líquido sobrante. Conozco una forma, pero tendrías que ponerte en mis manos.

Yo: Soy todo tuyo. Me pongo en tus manos, en tu boca y donde me digas.

Victoria: Insaciable...

Yo: De ti, siempre. ¿Estás lista?

Victoria: Sí. Me he dado una ducha y, en cuanto me tome un café, seré persona de nuevo. ¿Me invitas a comer en el pueblo?

Yo: Dalo por hecho. Nos vemos en recepción en quince minutos. Voy a darme una ducha rápida.

Ella confirma la cita y yo vuelo hacia el baño. Ignoro el ruido procedente de la cocina, donde mis hermanos y mis padres discuten acerca de a saber qué. Me ducho a toda prisa, pero ni por esas me libro de que me interrumpan. Ethan entra en el baño con una sonrisa que me hace poner los ojos en blanco.

—¿Te importa darme un poquito de privacidad?

—Vengo en calidad de gemelo preocupado.

Cierro el grifo, abro la mampara y salgo sin que me importe una mierda que me vea en pelotas. Somos gemelos. No hay nada demasiado distinto entre él y yo. Cojo una toalla y, cuando estoy a punto de enrollármela en las caderas, él me frena.

—¿Qué haces? —pregunto cuando se agacha y me mira directamente la entrepierna.

—Busco rojeces. Escoceduras. Moratones. No sé. La prueba del delito.

Bufo, me envuelvo en la toalla y le hago un corte de mangas.

—Piérdete, ¿quieres?

—Venga, tío. Al menos cuéntame si la besaste.

Para mi alucine, se pone a cantar la mítica canción de *Grease* en la que los amigos animan a Danny Zuko a que cuente todos los detalles de su historia con Sandy. Este tío es gilipollas, en serio. Un gilipollas que canta y baila de muerte, pero gilipollas, al fin y al cabo.

—Ethan.

—¿Qué?

—Piérdete. Tengo prisa.

—¿Vas con ella?

—No.

—Mentira.

—¿Y si sabes que es mentira por qué preguntas?

—Como gemelo, me siento ofendido por tu actitud. Estás saltándote a la torera esta conexión nuestra. De hecho, estoy por pedir cuentas al todopoderoso. Si anoche te corriste fue, en parte, porque te animé. Me merecía al menos sentir el reflejo de algún orgasmo. Si es que hubo orgasmo, porque tú, a tu ritmo, lo mismo te limitaste a acariciarle la rodilla. ¡Bueno! Suponiendo que arreglaras tus cagadas, claro.

—Ethan.

—¿Qué?

—Piérdete.

—Qué repetitivo estás, de verdad. ¿Y a dónde vais? ¿Puedo ir? Si vais a follar, pues me marcho. O me uno. A mí no me importa. Hay mujeres que sueñan con acostarse con gemelos, pero tú eres un puritano.

Cierro los ojos y soporto su perorata durante todo el tiempo que tardo en ponerme un vaquero negro ceñido y con rotos, una camiseta burdeos y unas zapatillas. Tomo las gafas de sol, me echo cera en el pelo y me peino, o más bien me despeino, con las manos. Y Ethan sigue dale que te pego. Al final, porque me tiene hasta las pelotas, porque me da pena o, probablemente, por una mezcla de ambas cosas, suspiro, lo encierro en el cuarto y le hago un gesto para que se calle.

—Sí, lo hicimos, ¿vale? —Su sonrisa de satisfacción es tal que pienso que mi hermano tiene un problema. No es ni medio normal que disfrute tanto uniendo a la gente—. No es nada serio. Creo. Lo hicimos, y tengo claro que estas vacaciones estaremos juntos, pero luego...

—No empieces, Adam.

—¿Que no empiece el qué?

—No empieces a comerte la cabeza ya. Os quedan unos días juntos, ¿no? Pues aprovéchalos. Disfruta de ella, joder. Llevas años esperando este momento y no deberías cargártelo por pensar en el futuro.

—Lo sé. Es lo que tenía pensado hacer.

—Ah, ¿sí?

—Sí.

—Joder, pues qué raro, con lo rayado de la vida que eres en condiciones normales. —Le doy un empujón para poder salir y me retiene—. Vale, vale. Perdona. Oye, ¿no vas a preguntarme qué hice yo ayer? Siento que esta relación es unidireccional. A mí me interesa todo lo tuyo, pero tú pasas de mí.

Suspiro. En eso tiene un poco de razón. No es que no me interese, conste, es que voy tarde y no quiero que Victoria se aburra y se largue sin mí. Aun así, asiento y pregunto:

—¿Qué hiciste ayer?

—Me follé a una tía. Y luego a un tío. Pero no a la vez. Aunque los dos miraron.

Me froto los ojos y le pido al cielo, a Dios, si es que existe, a los ángeles y al mismo Lucifer que me den paciencia.

—Lo tuyo ya es follar por follar, joder.

—Además de verdad. A lo mejor tengo un problema.

—Quizá.

—O a lo mejor es que me encanta follar y ya está. —Me río entre dientes y él suspira—. El caso: los conocí en la discoteca del camping; a mi entender eran amigos, ¿sabes?, estaban juntos, pero en plan colegas. Total, salió la oportunidad de follar con ella y nos fuimos a un bungalow. Él nos siguió y yo, oye, pues tan normal. Me sonrió y me dijo que le encantaba mirar y que a ella no le importaba. Yo le pregunté a la chica y me dijo que le ponía que nos miraran. Pues venga. Nos metemos en faena, acabamos (con buena nota por mi parte, aunque esté feo que yo lo diga) y me quedo tumbado en la cama, pensando en repetir. Total, el tío viene, empieza a chupármela, una cosa lleva a la otra y, claro...

—¿Y estás contándome todos estos detalles porque...?

—Eran pareja. Marido y mujer. Tenían la fantasía de tirarse a un tío por separado, y luego entre los dos, y me usaron. Me siento utilizado. Me agarré un cabreo que flipas.

Lo observo muy serio y con preocupación.

—Lo siento, tío. ¿Qué hiciste cuando lo supiste?

—Hombre, les dije que eso no se hace. Tenían que haberme avisado.

—¿Y qué dijeron?

Él se queda en silencio un momento, mira hacia arriba, hace un mohín y, al final, suspira.

—Me la chuparon a dos bandas. No podía seguir indignándome así, por las buenas.

Me río y me froto los ojos. Ethan es el tío más liberal que conozco. En serio. No sé si podría decir que es bisexual, supongo que sí, porque ha estado alguna que otra vez con hombres, en ocasiones contadas, así que no me pilla de sorpresa. Mi hermano es un enamorado del sexo. Lo prefiere con mujeres, pero si un día, como anoche, se le presenta una oportunidad con un tío y le pone, no lo piensa. No lo ha hecho muchas veces, pero lo ha hecho. Y me gusta esa libertad suya. Me parece bonito que sepa disfrutar de su cuerpo sin ataduras, pero a veces me gustaría que se centrara un poco, porque tanto sexo vacío e insustancial no debe de ser bueno, ¿no?

—¿Te sigues sintiendo usado por ellos? —inquiero al final.

—Un poco, pero como fue consentido... Eso sí, no pienso repetir. Y no porque sean pareja, sino porque me engañaron. A mí, las cosas, claras.

En eso estoy de acuerdo con él. Se lo digo y, después de unos minutos, le comento que he quedado con Victoria y que estará esperándome.

—¿Nos vemos esta tarde? Iremos al concurso de comer tartas.

—¿Te has apuntado? —pregunta sorprendido.

—No, pero Daniela sí, ¿no?

—Sí. Estoy deseando ver al piojo en acción.

Mis tíos, en el pasado, llamaban a mi madre «piojo», y es una tradición que seguimos con mi hermana, a veces. Le molesta muchísimo, y por eso lo hacemos aún más. Ethan, sobre todo. Ethan nació para tocar las pelotas y los ovarios a la gente. Literal y figuradamente hablando.

Salgo pitando de casa, ignorando la sonrisita de sabiondos de mis padres, y en cuanto llego a la recepción, me encuentro con Victoria apoyada en la pared, con un vestido multicolor, zapatillas, el pelo rosa recogido en un moño alto, gafas de sol y cara de mortal aburrimiento.

—Hombre, ya era hora —dice de morros.

La beso por respuesta, abrazándola por la cintura. Ella corresponde, acaricia mi nuca y luego se aparta y mira en derredor.

—¿Qué pasa? —replico.

—Aquí está toda mi familia. Igual no es buena idea confirmarles que estamos follando.

Frunzo el ceño. No me gusta la elección de palabras. O sea, sí, estamos follando, pero también hacemos algo más, ¿no? Decido no darle vueltas a ese tema ahora mismo, porque no quiero amargarme el día, así que no le contesto. La cojo de la mano, salimos y nos marchamos al pueblo.

Nada más entrar en la farmacia, maldigo en arameo para mis adentros. Diego Corleone está haciendo cola. Cuando nos ve, frunce el ceño y se fija en nuestras manos unidas. Pues ha salido como el culo lo de disimular, sí. Nos soltamos, pero ya es en vano.

—¿Qué hacéis aquí? —pregunta sin saludar siquiera.

—Hola, papi. Venimos a comprar. ¿Y tú?

—Tu madre me ha mandado a por su crema reparadora. ¿Qué vais a comprar?

La sospecha está pintada en su cara, y razón no le falta. A ver con qué cara le explico yo a este señor que anoche me tiré a su hija tres veces sin condón y que venimos a por la píldora del día después. Joder. Es que es mala suerte...

—Loción para los piojos —resuelve Victoria—. Me pica muchísimo la cabeza y me he visto uno antes.

—No jodas. —Diego parece preocupado—. Y yo que pensé que esa etapa ya había pasado. Voy a comprar yo también y luego nos la ponemos todos, que lo último que necesito es que cojamos piojos, como cuando estabais en el colegio. —Un escalofrío recorre su espalda—. No quiero ni pensar en esas rachas.

Estoy a punto de decirle a Victoria que se invente otra cosa, porque me veo a toda su familia esta tarde al sol con la loción y el peine de púas para las liendres, pero no sé cómo hacerlo sin que nos pillen, así que me limito a mirarla y dejo que ella solita salga de este embrollo.

—A ver, papá, no creo que sea para tanto.

—Yo lo compro, que tu madre, si no, se pone histérica.

Victoria se queda callada; yo le hago una seña con los ojos y ella se encoge de hombros.

«¿Vas a dejar que tu padre compre loción para toda la familia?», pregunto con la mirada.

«¿Y qué quieres que haga?», parece responder ella.

Resoplo, porque esto es una cagada, y cuando Diego compra, se queda mirándonos y esperando.

—Bueno, ya nos vemos luego en casa —dice Victoria.

—¿A dónde vais ahora?

—A dar una vuelta, supongo.

—Genial. Me apunto.

—Papá...

—No tengo nada que hacer. Me aburro.

—Mira, papá, no quería decírtelo porque me daba corte, pero el caso es que... —Victoria traga saliva, y yo con ella. Joder. Se lo va a decir, este tío se va a poner hecho una fiera y encima me voy a quedar sin más sexo con ella, porque cuando acabe conmigo, seguro que ni siquiera se me levanta—. El caso es que tenía pensado ir a depilarme las ingles.

—Vale. Te acompaño.

—¿Qué? ¡No!

—¿Por qué no?

—Porque soy mayorcita y es algo muy personal.

—Y este, ¿por qué va?

—Mira, papá, Adam viene porque... pues porque sí y punto, joder, es que no te debo tantas explicaciones.

—Victoria, no vas a hacerte las ingles.

—Sí voy...

—Tú tienes el láser hecho, hija. Hasta para mentir hay que servir. —Nos quedamos los dos en silencio. Poco hay que podamos añadir a eso. Él se cruza de brazos y señala el mostrador—. Venga, compra la loción, salimos juntos y luego nos separamos.

Me mira tan serio que lo sé. En el acto sé que él sabe que la loción es una mera excusa. El problema es que Victoria tiene un orgullo comparable solo al de... pues al de su padre, mismamente, por eso se compra una loción de piojos que no necesita ante la atenta mirada de Diego Corleone.

Unos minutos después, salimos; caminamos hacia la plaza y, cuando por fin se va y nos deja a solas, desandamos los pasos y volvemos a entrar en la farmacia.

—Hombre, chicos, ¿qué tal?

Miro a Amelia sin poder creerme que esto esté pasando de verdad. Desvío mis ojos hacia Victoria y resoplo.

—Tu familia es una plaga, Corleone —susurro.

—¡Hola, chicos! ¿Qué tal?

La voz de mi tía Wendy resuena detrás de mi espalda y me vuelvo con los ojos desorbitados. Un carraspeo me hace mirar a mi lado, a Victoria.

—¿Decías?

Joder. Tener intimidad en este pueblo y rodeados de nuestras familias es misión imposible. Si conseguimos comprar la puta píldora y que se la tome, será de milagro. Y si tenemos que armar esto para hacer una compra, no quiero ni imaginarme lo que vamos a tener que liar para volver a tener intimidad. Eso, unido a la sensación de que el tiempo parece escurrírsenos entre las manos, empieza a pesarme como una losa por dentro.

Al final compramos una crema solar que no necesitamos y salimos. Tenemos crema solar, loción de piojos, pero no la píldora, así que caminamos hacia la otra farmacia del pueblo. Por fortuna, al entrar no hay nadie, así que la compramos a toda prisa, como quien pasa coca en un callejón. Salimos, Victoria se la toma y, cuando suspira, sé que va a soltar una de sus burradas. Lo sé, lo noto en su forma de mirarme, en cómo se muerde la sonrisa y en cómo pellizca mi culo.

—Mira el lado positivo. Gracias a esta pastillita no vamos a contribuir a seguir masificando la familia.

Suelto una carcajada, mal que me pese, paso un brazo por sus hombros y la beso mientras emprendemos el camino hacia un restaurante. No puedo negar que en eso tiene toda la razón del mundo.

25

Los días pasan con rapidez. Con demasiada rapidez. Mientras el sol está presente, Adam y yo tenemos tantos planes familiares que estamos juntos, pero como si no, porque no disfrutamos de ninguna intimidad. Primero fue el concurso de tartas, que ganó Daniela. Luego fue la visita a urgencias con Daniela porque, obviamente, se puso mal del estómago; al día siguiente, un poco de surf con sus hermanos y los míos. Cervezas en el chiringuito, partidas de billar, de dardos y hasta de fútbol en la arena. Sesión de manicura y pedicura con mis hermanas y con Edu, porque si no se ponían de morros. Bueno, a Edu lo obligamos. Paseos en motos de agua, y no para darnos el lote, sino para ver delfines o la puesta de sol junto al resto de los chicos. Ha sido una locura y, aunque me alegro, porque he podido desconectar de mi rutina en gran medida, siento que me han faltado horas con él. Solo con él.

Las noches las hemos pasado en el mirador, follándonos de madrugada y desquitándonos de las ganas que acumulábamos durante el día. No hemos conseguido hacerlo en una cama, y aunque parezca una tontería, no lo es, porque yo me moría de ganas por estar cómoda y poder dormir un poco después de correrme con él. Ayer estuvimos a punto de reservar una habitación de hotel, pero es que hasta eso es imposible porque, cuando acabamos la fiesta con los chicos, era de madrugada. No nos compensaba coger el coche y conducir hasta el pueblo. Adam quiso alquilar un bungalow, pero en temporada alta todo está petado y su tío dijo que no, que el camping no es un picadero. Él no le contó que lo iba a usar conmigo, y menos mal, porque para rematar todo esto, mi padre ha seguido comportándose como si tuviera tres años y un extraño fuera a raptarme en cualquier momento. Jesús, el hombre se ha puesto tan intenso que he tenido que hablar con mi madre y decirle que o lo frena ella por las buenas, o lo voy a terminar frenando yo por las malas. Que no quiero, porque lo adoro, pero es que el asunto se le está yendo de las manos. Nunca lo he visto así y, cuando se lo digo, alega que esta vez es distinto. Que ahora todo es distinto. Lo dice con una vehemencia que me ablanda, porque sé que lo único que quiere es que yo no sufra. Sigue preocupado por mí.

No ayudó el hecho de tener un puñetero ataque de pánico cuando estábamos a punto de cenar y Edu y Mérida se peleaban por los trozos de pizza. De pronto sentí que me faltaba el aire, que no podía respirar. El corazón se me aceleró tanto que creí que me daba un infarto, y cuando miré a mi padre con las lágrimas a punto de saltar, lo supo. Él y mi madre me ayudaron cuanto pudieron y, cuando lo peor pasó, volvieron a sugerir que hablara con Samuel Acosta, tío de Adam y psicólogo desde hace mil años. Me negué. No necesito un psicólogo. Esta semana he estado mejor, la frecuencia de los ataques ha disminuido, lo que demuestra que solo es estrés. Puedo con ello. Aun así, a Adam no le dije nada, porque es otro que a veces me mira como si intentara averiguar qué pasa por mi cabeza. ¡Suerte con eso! A veces ni yo misma lo sé.

Tampoco ayuda nada que Alexia me haya llamado hoy avisándome de que tengo en el correo unos billetes para mañana a mediodía. Pensaba que me iría el domingo, pero, al parecer, me necesitan ya. Primera parada: Nueva York. Allí tengo una sesión el lunes por la mañana, una reunión en la comida y, al día siguiente, vuelo hacia Filipinas. Este verano apenas me he paseado por playas paradisiacas. Imperdonable.

Resoplo con ironía y miro hacia el escenario, donde Fran habla por el micrófono. Estamos en plena fiesta ibicenca y está intentando que todo el mundo baile *Paquito, el chocolatero*. Mi madre se anima la primera, claro, a ella no le saca ventaja nadie. El resto se va incorporando a la pista y, cuando la clásica trompeta retumba en los altavoces y oigo las risas de mi familia, pienso que no hay nada más paradisiaco que esto. El único que no se une es Óscar, que está hablando con Julien, el organizador de eventos que Fran le ha presentado para que lo ayude con la fiesta de su restaurante.

Me preocupa mi primo. Parece tenso y estresado todo el tiempo. Apenas lo he visto relajarse, más que cuando ha sido consciente de que solo pensaba en trabajo, y no deja de explicarle al pobre hombre, que está de vacaciones con su familia, asuntos del restaurante. En su defensa diré que Julien parece encantado de ayudar y trabajar con él, pero, aun así, mi primo debería haber disfrutado más de sus vacaciones. De hecho, se iba hoy y, si lo ha pospuesto, ha sido solo para poder hablar con él. También se marcha mañana a primera hora y, por un momento, pienso que, de tener que irme, ojalá pudiera hacerlo con él, a París, donde seguro que me mimaría hasta que me sintiera un poquito mejor por dentro. Suspiro y me olvido de eso. Voy a ir a Nueva York y punto. Cuanto antes lo asuma, mejor.

Cuando siento los brazos de Adam rodearme desde atrás, cierro los ojos y lo confirmo. Aspiro su olor y me aguanto las ganas de llorar, porque mañana nos separaremos hasta... pues no sé. Hasta dentro de unos meses. Un año, si los dos nos liamos con nuestros respectivos trabajos. Dios. Un año sin Adam. Yo no sé si puedo...

—Respira —dice junto a mi oreja—. ¿Qué trama esa cabecita tuya, Corleone?

Sonrío y me trago las lágrimas. Si él supiera... Pero niego con la cabeza, me apoyo en su pecho y me esfuerzo por mantener la sonrisa.

—Nada.

—Estás dejando que te abrace en público delante de tu familia. Algo raro pasa.

Guardo silencio unos segundos. Tiene razón. Trago saliva. Tengo que soltarlo de una vez. Postergarlo más no tiene sentido, pero es que sé que cuando pronuncie las palabras, no habrá marcha atrás. Será una realidad. Y no estoy lista. Ojalá lo estuviera, pero no es así. Por desgracia, el minutero juega en mi contra y el tiempo casi se ha agotado, así que tomo aire con fuerza y lo suelto de golpe, como quien quita una tirita. Mejor un tirón seco que alargar el sufrimiento.

—Me voy mañana.

Por un instante creo que la voz no ha salido de mi cuerpo, pero, cuando siento cómo se envara a mi espalda, entiendo que sí. Respiro. Respiro. Me ordeno seguir respirando y esperando una reacción que, de primeras, no llega y que, cuando lo hace, me deja fría.

—Ah.

Su cuerpo se afloja y yo frunzo el ceño y me vuelvo.

—¿Ah? ¿Es todo lo que vas a decir?

Adam se rasca la barba y pienso en todas las veces que lo he visto hacer eso a lo largo de la vida, pero, sobre todo, estos últimos días, cuando hablábamos de cualquier tema, desnudos en su mirador. Es curioso cómo ciertos gestos cobran importancia y significado según el nivel de intimidad entre dos personas.

—¿Qué quieres que diga? —Se encoge de hombros—. Me estás diciendo que te vas mañana, así, como si nada. Pues «ah» es lo único que se me ocurre.

Vale. Está cabreado.

—Estás cabreado —corroboro más que pregunto.

—No.

—Sí lo estás.

—Que no.

—Que sí.

—Vale, pues sí.

Casi sonrío. Casi. Estoy demasiado tensa para conseguirlo.

—Me he enterado hoy, Adam. Alexia me ha mandado el billete sin preguntar. Yo también pensé que me iría el domingo, como tú.

—¿Cuándo te has enterado? —Guardo silencio y él se pasa la lengua por el interior de la mejilla, que es algo que hace cuando intenta no apretar la mandíbula—. Entiendo que no ha sido hace media hora.

—No —admito—. Fue esta mañana.

—¿Y no se te ha ocurrido contármelo antes de que folláramos en las dunas? —pregunta con malicia—. ¿O es que no querías estropear el polvo?

—Eso ha sido cruel, y tú no eres cruel, Lendbeck.

Él se estruja los ojos con las palmas de las manos y se gira un instante. Veo sus hombros subir y bajar, así que sé que está cogiendo aire. Le doy tiempo. Lo necesita. Adam, de primeras, es impulsivo e intenso, pero luego se calma y observa las cosas con perspectiva. Dios, lo conozco tan bien que no sé cómo demonios ha podido disimular tanto tiempo que yo le ponía. Claro que él tampoco sabía lo mío... De hecho, solo ha visto la punta del iceberg.

Cuando vuelve a girarse y su mirada conecta con la mía, trago saliva.

—No quiero que te vayas. —Baja la mirada y susurra con voz tirante—: No te vayas.

Me aguanto las ganas de llorar, porque no quiero irme, pero esto es lo que hay. Lo abrazo, aunque esté tenso, y él me recibe en su cuerpo y entierra la cara en mi cuello.

—Tú te vas el domingo —murmuro en su oreja—. Solo son unas horas de diferencia.

—Pero pensé que te tendría esas horas de más. Pensé...

Se calla y lo estrecho con más fuerza. Sé lo que quiere decir. Hemos creado un mundo paralelo en el que no existen los compromisos. Nos hemos negado a ver que el tiempo corría en nuestra contra y ahora tenemos que enfrentarnos a la realidad. Los días que hemos tenido para estar juntos han sido poco más que prestados. Un regalo manchado de ironía, que nos ha enseñado lo que podríamos tener si todo fuera distinto. Si estuviésemos en otro momento o si nuestras vidas fueran otras.

—Ven. —Tiro de su mano, miro en derredor y, a pesar de que varios ojos se clavan en nosotros, los ignoro—. Ven conmigo.

Él me contempla muy serio, pero se deja guiar. Lo saco del camping como aquella noche en que él me sacó a mí. Lo arrastro hasta el mirador en silencio y, cuando llegamos, lo abrazo y me permito temblar en sus brazos.

—Ojalá pudiera quedarme así, contigo, infinitos días. —Cierro los ojos, porque creo que esto es lo más cerca que he estado de decirle lo que significa para mí—. Ojalá no tuviera que irme. No quiero, Adam, pero tengo que hacerlo.

—Lo sé.

—Me espera mi vida. La real. Y a ti también.

Él asiente y besa mi cuello.

—¿Me vas a echar de menos? —No contesto, pero el sollozo que ahogo le sirve como respuesta, supongo—. Victoria...

—No. —Carraspeo, me aparto de su cuerpo y lo miro con una sonrisa tan falsa como todas las que dedico a mis seguidores en redes sociales. Fingiendo una alegría que estoy lejos de sentir—. Vamos a disfrutar nuestra última noche. Vamos a hacer que sea memorable sin importar lo que pase mañana.

Él no contesta, pero me besa, así que lo tomo como una aceptación, sobre todo cuando sus manos se cuelan bajo mi ropa y acarician mi piel. El sexo llega como lo ha hecho todas las veces esta semana: fuerte, a ratos, y lento hasta casi agonizar, otros. Placentero como nada que haya sentido antes. Especial. Casi diría que, mientras Adam está en mi cuerpo, dentro de mí, el aire huele distinto. A verano, sí, y a sus sonrisas, a los paseos en moto de agua, a los baños en el mar, a los juegos en la arena, a las carreras por los caminos del camping, a los concursos absurdos, a los bailes en la discoteca y los cócteles compartidos. Huele a todo lo que hemos vivido siempre, cada año desde que tengo uso de razón, pero esta noche, además, huele a besos robados escondidos en los baños, a mordiscos traicioneros en el cuello, o en cualquier otra parte del cuerpo. Huele a orgasmos junto al mar y al sudor mezclado con la sal de nuestras pieles. Huele a lo que somos cuando estamos así de juntos. A nuestra esencia. Y es tan maravilloso como aterrador, porque no sé cómo voy a sobrevivir desde mañana, cuando todo desaparezca. Porque las despedidas, cuando se trata de Adam, siempre son duras, pero esta va a taladrarme tanto por dentro que no sé cómo voy a reponerme. El orgasmo me sobreviene de sorpresa, perdida en recuerdos, pensamientos y sensaciones. Él gime y se deja llevar conmigo, corriéndose y susurrándome palabras de consuelo que no consiguen su cometido. Aun así, sonrío y lo beso, como si no me preocupara en absoluto lo que está por venir.

—Hablaremos por teléfono —dice entonces Adam—. Siempre he sentido curiosidad por el sexo telefónico.

Su respiración aún está agitada por el esfuerzo, pero sé que esas palabras no las ha dicho en pleno éxtasis. Significan más de lo que parece. Lo miro a los ojos y veo que ahí, en alguna parte, hay dolor. Es la primera vez que soy consciente de cuánto le jode separarse de mí, y eso me despierta unas inmensas ganas de llorar.

—¿Querrás tener sexo telefónico conmigo? —pregunto en un susurro.

Sabe muy bien que, aunque las palabras hayan sido esas, el significado es otro. «¿Querrás saber de mí una vez que me vaya?» Porque, hasta el momento, nosotros nos despedíamos y apenas hablábamos hasta que volvíamos a vernos en Los Ángeles, las pocas veces que fui; en Sin Mar, las pocas que vino él, o en algún evento al que él acudiera como fotógrafo y yo como *influencer*. No hacíamos demasiado por mantener un contacto fuera de eso, pese a que, con Ethan, Daniela y hasta con Junior, hablaba de vez en cuando. Sobre todo, con Eth y Dani. Con Adam todo era tenso. Nuestra guerra privada y particular no nos permitía llamarnos ni ponernos al día con asiduidad. Así que no resulta extraño que esté preguntándole esto. Lo sabe, lo adivino en cómo dulcifica su mirada y asiente con solemnidad.

—Siempre.

Trago saliva. Lo beso y procuro, por todos los medios, no llorar. No puedo echarme a llorar ahora. Eso sería muchísimo peor para los dos.

—También están las videollamadas —murmuro.

Él sonríe sin despegar los labios y entierra la cara en mi cuello, pero no me besa ni muerde, como suele hacer, lo que me indica que quizá está escondiéndose de mí.

—Sí —dice con voz ronca—. También.

No suena entusiasmado, pero no puedo culparlo. Enredo mis dedos en su nuca y elevo las caderas.

—¿Cuántas veces crees que podemos corrernos antes del amanecer? —pregunto, dispuesta a levantar nuestro ánimo—. Yo apuesto por cinco para ti y siete para mí.

Adam se ríe entre dientes y muerde mi hombro con suavidad.

—¿Quieres que se me caiga a trozos antes de irte?

—Así me aseguro de que quedas inservible para otras.

Me arrepiento en cuanto las palabras salen de mi boca. No tengo ningún derecho a decir algo así. Adam no es nada mío y puede acostarse con cuantas quiera, me guste a mí o no. Cuando, además, se alza para mirarme, me muerdo el labio y me apresuro a corregirme.

—Quiero decir que...

—Cuatro para mí y ocho para ti. Así me aseguro de que quedas inservible para otros.

Cuando me muerdo el labio con fuerza, no estoy segura de haber contenido a tiempo la exclamación de sorpresa. Sorpresa para bien, porque él... Bueno, quizá, después de todo, siente algo por mí. Algo más que sexo. Cierro los ojos, intento regular mi respiración y me digo que es inútil pensarlo. De momento, debemos separarnos, así que no tiene sentido darle vueltas, pero, joder, cómo me alegra que insinúe que no piensa acostarse con otras. Al menos, eso deduzco de sus palabras. Podría preguntarle, pero entonces tendría que exponer abiertamente mis sentimientos y no estoy lista para tanto. Y menos hoy, que todo sabe a despedida.

Los besos vuelven y lo hacen de manera progresiva. Empezamos tentándonos, con suavidad y poco a poco, pero pronto nuestros jadeos resuenan en este mirador que tan especial se ha vuelto ya para mí. Me aferro a sus hombros y dejo que sus empujones, mis movimientos de cadera y nuestros gemidos entremezclados se hagan cargo de las horas que nos quedan juntos.

El amanecer nos sobresalta desnudos y agotados, pero no cambiaría esta noche por nada del mundo.

—Tengo que ir a casa, ducharme y acabar de preparar la maleta.

—Vale —murmura él mientras se incorpora y se pone el bañador.

No está muy hablador, pero entiendo que, ahora que la noche se ha acabado, el descuento ha empezado de verdad. Caminamos en silencio hacia el bungalow y, con cada paso que doy, siento que un enorme agujero se me abre en el pecho. Al llegar al jardín privado de nuestra casa, trago saliva y me atrevo a mirarlo a los ojos.

—Bueno... —Hago un esfuerzo por sonreír, que él imita. Ninguno de los dos tenemos éxito y solo nos quedamos en un amago—. ¿Me das un abrazo, Lendbeck?

Apenas tengo tiempo de acabar la frase. Su cuerpo rodea el mío con tanto ímpetu que siento que me cuesta un poco respirar, pero no me quejo porque sé que, en cuanto nos separemos, la sensación de asfixia será aún mayor.

—Vendré luego para...

—No. —Lo miro con firmeza, aunque me esté rompiendo por dentro—. Solo voy a ducharme, desayunar y agotar los últimos minutos con mi familia. No tiene sentido que nos despidamos dos veces.

«Ya es bastante duro hacerlo una», pienso. No sé si él lo entiende, pero asiente con brusquedad y se mete las manos en los bolsillos. Quizá se siente rechazado, no lo sé, pero creo que esto es lo mejor para los dos.

—Entonces... ¿hasta la vista? —pregunta frunciendo el ceño, como si las palabras, simplemente, no encajaran.

—Sí —murmuro—. Hasta la vista.

Nos miramos a los ojos y, por un segundo, me parece ver en los suyos el mismo dolor que siento dentro, calándome hasta los huesos. Trago saliva y doy un paso hacia el césped.

—Victoria, yo...

Me vuelvo para encararlo y mi corazón brinca de mala manera.

—¿Sí?

Él me mira como si quisiera decirme un millón de cosas, pero, al final, suspira y asiente una vez, con brusquedad, como si hubiese llegado a alguna decisión interna.

—Gracias por estos días. Gracias por... todo.

Abro la boca, sorprendida. No esperaba eso, la verdad. Frunzo el ceño, porque no sé cómo sentirme al respecto. Bien, supongo, pero, al mismo tiempo, que me dé las gracias por haber hecho algo que me ha salido de forma natural es... raro. Aun así, carraspeo y asiento.

—Gracias a ti también, Lendbeck. Han sido unos días... interesantes.

Esta vez es él quien frunce el ceño, pero ninguno de nosotros dice nada más. Cuando se hace evidente que la conversación acaba aquí, echo a caminar hacia el bungalow. Por un momento estoy tentada de volverme y besarlo una última vez, pero eso solo serviría para empeorar las cosas. Además, noto una tensión rara en el cuerpo. No es como todas las veces en que nos hemos despedido a lo largo de nuestra vida. Esta es distinta. Más rara, más intensa e infinitamente más dolorosa.

Y yo que pensaba que no había nada peor que aquellas despedidas...

—Te prometo que te llamaré en cuanto llegue a casa para enseñarte mi tabla nueva —dice Ethan—. ¡Vas a flipar!

—Vale, pero luego no te quejes si no me gusta y te lo digo.

Ethan refunfuña y se ríe mientras mi padre me mete prisa para que acabe de despedirme de los chicos Acosta. Es hora de volver a casa. Este verano ha sido una porquería, pero al menos ya no soy virgen. Miro a Adam de refilón y veo que él está serio, pero, bueno, Adam siempre está serio. Imagino que estará deseando despacharme para largarse con Keira, así que se lo pongo fácil.

—Oye, Lendbeck, hazte un favor y entrena un poco el tiro con arco cuando vuelvas a Los Ángeles. El año que viene voy a darte una paliza de todas formas, pero al menos no quedarás en ridículo.

Él se ríe, menea la cabeza y se acerca para abrazarme. Trago saliva y me preparo para las sensaciones que van a recorrerme, como cada año desde hace... Desde siempre, en realidad. Su olor a sal y cítricos es lo primero que invade mis fosas nasales y cierro los ojos para disfrutarlo. Luego me acuerdo de cómo se enrollaba con Keira y lo que pasó después y me aparto un poco brusca, porque esta despedida no es como la de otros años. Normalmente nosotros nos abrazamos y luego nos separamos sin más, pero esta vez yo sé que todo ha cambiado; ya no espero nada de Adam. Él tiene su vida por un lado y yo voy a hacer la mía por otro. Nos veremos en un año, y para ese entonces ya no seré la Victoria a la que él conoce. Estoy segura.

—Cuídate mucho, ¿vale? —me pide.

El tono es cariñoso y dulce, como el de un hermano mayor. Un jodido hermano mayor. ¡Como si yo necesitara eso! Estoy a punto de contestarle una bordería cuando la voz de Seth me saca de mis pensamientos.

—¿Te ibas sin despedirte de mí?

Intento no ruborizarme y agradezco que él lo ponga fácil, porque me abraza como si nada, como si siguiéramos siendo amigos a pesar de lo que pasó entre nosotros, y revuelve mi pelo antes de dar un paso atrás.

—Nos vemos en un año —contesto sonriendo.

—Aquí estaré, fiel a mi cita.

Se oye un bufido, pero, cuando miro en torno a mí, no puedo determinar quién ha sido. Al final mi padre se enfada, porque de verdad tenemos que irnos ya, y Emily y yo volvemos a abrazar a todos con rapidez antes de subir al autobús familiar.

Cuando mi padre arranca y empezamos a alejarnos, miro por el cristal trasero y veo a todos los Acosta parados a un lado, sonriendo y diciendo adiós con la mano, menos Adam, que tiene las manos en los bolsillos y escudriña el bus con gesto serio. Al otro lado está Seth, sonriendo y sacudiendo los brazos para despedirnos. Trago saliva y recuerdo cómo pensé que serían las vacaciones y cómo han acabado siendo. Devuelvo la vista al frente y apoyo la cara en el hombro de Emily. Al menos ya no tengo que engañarme más. Ya tengo claro que Adam y yo nunca seremos más que amigos, así que va siendo hora de hacer mi vida sin pensar en el verano o en la próxima vez que lo vea.

De ahora en adelante, y para siempre, Adam solo es uno más del clan Acosta. Se acabó eso de verlo como a alguien especial.

No lo es.

Nunca lo ha sido y nunca lo será.

26

Adam

Estoy agotado. Puede que no dormir haya tenido que ver, pero es algo más. La sensación constante de que todo está mal. Desordenado. Cambiado de sitio. Cierro los ojos y suspiro. Remuevo con la cucharilla una vez más el café solo que tengo frente a mí; no sé por qué, si no le he puesto azúcar. Miro el reloj de la cocina. Apenas son las nueve y cinco, pero Victoria debe de estar a punto de salir del camping. Su avión sale a mediodía, pero tiene que estar antes para facturar, y de aquí al aeropuerto hay casi una hora en coche. Doy dos sorbos al café. Está asqueroso, pero al menos me mantendrá despierto.

—¿No vas a ir a despedirte? —La voz de mi madre me sobresalta.

Me vuelvo y la observo mientras entra en la cocina. Se ha vestido con vaqueros, camiseta básica de tirantes blanca y una coleta. No parece nada del otro mundo, pero está guapa. Ella siempre está guapa. Será su sonrisa, o el brillo constante de sus ojos. No lo sé. Yo solo sé que mi madre siempre está preciosa, y no es amor de hijo.

—No —murmuro.

Podría hacer como que no sé de quién habla, pero es una tontería. A estas alturas todo el mundo intuye lo que ha ocurrido este verano. Victoria y yo no hemos sido especialmente cuidadosos, aunque ella piense que sí, y es imposible ocultar durante mucho tiempo que te estás liando con alguien cuando toda tu maldita familia te rodea. Y luego está Ethan, que es un bocazas y aún más madrero que yo, así que seguro que se ha ido de la lengua.

—Entiendo.

—Ella no quiere. —Ah. Bien. Al parecer es el día de soltar por la boquita. Me reprendo a mí mismo, pero ni así me callo—. Ella no... —Suspiro y me meso el pelo—. Ella no quiere.

Bueno, pues por elocuente no van a darme un premio.

—La entiendo.

Vale. Eso no lo esperaba. Miro a mi madre, que se mueve por la cocina preparando café para ella y, cuando se sienta a mi lado, formulo la pregunta del millón:

—¿Sí?

—Sí. —Sonríe ligeramente y sopla su taza antes de dar un sorbo—. La primera vez que me separé de tu padre quiso llevarme al aeropuerto, pero me negué.

—¿Por qué?

Sé de lo que habla. Mis padres se conocieron en Ibiza. En sus inicios, ella era organizadora de eventos, y su empresa fue contratada para organizar la boda de mi tía Wendy con un tipo que, al parecer, era un imbécil. Menos mal que al final no se casó con él. El caso es que mis padres se enamoraron locamente, pero tuvieron que separarse cuando a ella le llegó la hora de volver a casa, y mi padre regresó a Los Ángeles. Podría encontrar similitudes respecto a mi historia con Victoria, pero la verdad es que todo es distinto, porque ellos ya habían asumido, para cuando se separaron, que querían estar juntos. Victoria y yo... Bueno, no sé bien qué se supone que somos ahora. O qué no somos. O qué tengo que esperar de todo esto.

—No soportaba decirle adiós en el mismo aeropuerto —explica ella, contestando a mi pregunta—. Una cosa era dejarlo en la casa de Ibiza, rodeado de los recuerdos que habíamos creado, y otra, tener una última imagen de él despidiéndome en el aeropuerto. Eso hacía el adiós más definitivo, y no podía soportarlo.

Tiene sentido, supongo, pero ¿será por eso por lo que Victoria no ha querido despedirse de mí? ¿Sentirá ella, como yo, que algo se le va apagando por dentro?

—No sé cómo aguantasteis y salisteis adelante —murmuro—. Es admirable.

—No tanto. Nos queríamos, Adam. Nos queríamos tanto que, simplemente, no concebíamos la vida sin el otro. Y, aun así, no fue fácil. Tuvimos problemas, baches, días muy duros, pero lo importante era que los dos queríamos luchar por aquello, ¿entiendes? Era una cuestión de querer por encima de todas las cosas.

Pienso en ello unos minutos. Entiendo lo que dice, pero me doy cuenta de que nuestras situaciones, al final, sí son distintas.

—Ella no me quiere —susurro—. Y yo no... —Trago saliva, incapaz de acabar la frase.

—¿No la quieres?

Vuelvo a tragar saliva y me refugio en el color negro de mi café. ¿Por qué me cuesta tanto decir que no la quiero? Mierda, es como si me quemaran las venas solo de pensar en ello. Como si no pudiera tolerar la idea de decir en voz alta que no la quiero. Como si me traicionara solo por pensarlo. Me restriego los ojos y suelto un gruñido.

—Ay, mamá...

Ella me abraza por el costado y besa mi hombro con dulzura.

—Está bien, cariño. Todos necesitamos recorrer un camino para llegar a ciertos puntos. Puede que el tuyo sea un poco más largo.

—Aunque yo la quisiera... —mascullo. Solo la posibilidad de admitir algo así hace que me tiemble la voz—. Aunque la quisiera, ella no me quiere, ¿entiendes? Para ella solo he sido...

—Cuidado, Adam —me interrumpe ella—. Piensa con mucho cuidado lo que vas a decir antes de ofenderla imponiéndole sentimientos que no sabes si tiene.

Lleva razón. Iba a decir que para ella solo he sido sexo, pero tampoco soy un completo imbécil. He notado cómo temblaba en mis brazos y cómo provocaba mi propio temblor. Para Victoria no he sido uno más. No ha sido algo insustancial y vacío. De haber sido así, no habría tenido problemas en despedirme hoy, como al resto de la familia. No. Para ella he sido importante. Lo sé y, cuando miro a mi madre, me doy cuenta de que ella también lo sabe. Su sonrisa y la calma de sus ojos me hacen ser consciente de eso y de muchas otras cosas.

—Eres una mujer muy sabia, Daniela Acosta.

—Lo soy. Y preciosa. —Me río y beso su frente mientras ella acaricia mis hombros—. No pensé que sería tan duro.

—¿El qué?

—Esto. Siempre pensé que, cuando llegase el momento de ver a mis hijos desarrollar sentimientos fuertes, sentimientos intensos de verdad por otra persona, yo me alegraría y lo llevaría bien. Nunca contemplé la posibilidad de que tendría que veros sufrir por amor. Es muy duro.

—Mamá, yo no...

—Ay, Adam, que te he parido, no te hagas el tonto conmigo.

—Pero es que yo no sé si...

—Pues si no lo sabes tú, te lo digo yo, que te conozco casi mejor que tú mismo. —Suspira y chasquea la lengua—. Mierda, con lo bien que iba. No le menciones a tu padre esta parte de nuestra charla, ¿vale? Se pone muy pesado con eso de que no os atosigue.

Me río entre dientes, nervioso por sus insinuaciones, tenso por la situación y triste porque ya echo de menos a Victoria.

—Tu secreto está a salvo conmigo. No sabrá que te has portado como toda una mamá osa.

Ella se ríe y besa mi mejilla.

—Para terminar esta charla, solo te diré que, si yo fuera tú, pensaría a fondo en mis sentimientos y actuaría según eso. No dejes que la vida pase sin más, porque es muy triste que el tiempo se te escurra entre los dedos y te limites a pensar en lo que podría ser, en vez de dar los pasos adecuados para descubrirlo por ti mismo.

—El problema es que esos pasos me están llevando al borde de un acantilado. ¿Qué se supone que tengo que hacer cuando llegue? ¿Saltar?

Mi madre guarda silencio unos instantes, sopesando mi pregunta. Cuando responde, lo hace con una escueta sonrisa.

—Pues a lo mejor sí, hijo. A lo mejor es hora de saltar.

Da un último sorbo a su taza y sale de la cocina mientras yo pienso en ello. La idea de no ver a Victoria en un año es, simplemente, inconcebible. No sé si estoy listo para analizar mis sentimientos a fondo, porque me da pavor lo que pueda descubrir. Lo que sí sé es que necesito más de ella. No puedo dejarla ir todavía. No soporto la idea de estar días sin verla. No es solo el sexo. Es la forma en que me abraza, la manera que tiene de reírse de mí y luego besarme para que no me enfade, y los besos que me regala cuando piensa que nadie nos ve. Es su locura envolviéndome a diario y ese maldito pelo rosa enredándose en mis dedos mientras vemos la puesta de sol. Es todo lo que necesito ahora, porque si no la tengo al lado, si hoy no paso el día junto a ella, sentiré que un agujero negro empieza a tragarse partes esenciales de mi ser. Es una cuestión de supervivencia, joder.

Me levanto de la silla, beso a mi madre en el pómulo y salgo corriendo en dirección al bungalow. Tengo que verla una vez más. Si no quiere que la lleve al aeropuerto, vale, pero necesito un beso. Otro beso.

Llego en apenas unos minutos y, cuando toco la puerta, su padre me abre con cara de sorpresa.

—Buenos días. ¿Puede salir Victoria un momento?

Diego frunce el ceño y niega con la cabeza.

—Ya se ha ido.

—¿Qué? —Intento insuflar aire en mis pulmones, pero el movimiento solo consigue ahogarme más—. ¿Cómo...? ¿Cómo que se ha ido?

—Al aeropuerto.

—Pero ibas a llevarla tú.

—Al final se ha ido con Óscar en taxi. Han preferido pagarlo a medias que hacer que tengamos que llevarlos y luego volver.

Hago amago de responder, pero de mi boca no sale nada. Se ha ido. Así de rápido e inesperado. Se ha ido demostrando que eso de los besos apasionados de despedida es cosa de las películas. Doy un paso hacia atrás, sin darme cuenta de que el escalón del porche está próximo, y si no es porque Diego me sujeta por la camisa, me caigo.

—Eh...

—¿Estás bien? —Maldice entre dientes y me endereza—. Entra, anda, voy a prepararte algo.

—No, no, estoy bien.

—Igualmente voy a prepararte algo.

Joder. Lo último que yo necesito es sentarme en una silla mientras Diego Corleone me prepara algo. Emily, Mérida, Edu y Julieta me saludan mientras se organizan para arrancar el día. Julieta tiene ojeras y parece cansada, probablemente porque la apena haberse separado de Victoria. Aun así, sonríe y habla de todo con alegría, aunque sea fingida. Cuando Diego me coloca una taza delante, frunzo el ceño. El primer pensamiento es no bebérmelo, por si acaso ha puesto matarratas dentro.

—No seas imbécil y tómatelo, es una manzanilla.

Su tono brusco y severo me hace carraspear y mirarlo a los ojos. ¿Me habrá leído la mente? Él me mira con una seriedad que me revienta. Entiendo que Diego es serio por naturaleza y, como bien se sabe, la policía no es tonta, así que conoce lo que hay entre Victoria y yo, pero a mí no va a achantarme con esa actitud de padre sobreprotector.

—No soy ningún imbécil. Y perdóname por no fiarme del todo de ti después de cómo me tratas últimamente.

El silencio que se instala en el bungalow es tan incómodo que estoy a punto de largarme. Joder, bastante tengo con la ansiedad que me provoca saber que Victoria va camino de Nueva York y no he podido volver a despedirme de ella. Para mi asombro, él parece sorprendido por mis palabras. Se pasa una mano por la nuca y señala la taza.

—Tómatela, hijo. No soy ningún ogro y jamás te haría daño.

—¿No hay café? —pregunto a Julieta, decidido a ignorar al poli.

—No necesitas café —dice él—. Tómate la maldita manzanilla. —Alguien carraspea, y él suspira con pesar—. Por favor.

Su esfuerzo por mostrarse mínimamente agradable me hace gracia, pero no se me ocurre reírme, claro. Tengo en mucha estima mis huevos, y Diego Corleone sería capaz de prepararse una tortilla francesa con ellos. En realidad, antes de este verano me llevaba genial con él. Me encantaba entrenar junto a él, por ejemplo. El tipo puede tener bastantes más años que yo, pero me cuesta la vida seguirle el ritmo. Además, es buen conversador y, cuando no está poseído por el gen de la sobreprotección en lo que a sus hijos se refiere, es bastante agradable. En realidad, la de las salidas de tono hasta ahora siempre ha sido Julieta, por eso este año me resulta tan raro que él haya pasado a ser el tío que me mira como si me hubiese comido una camada de gatitos y que ella se muestre coherente la mayor parte del tiempo.

Doy un sorbo a la manzanilla mientras la familia retoma la conversación mañanera, y pienso en lo raro que es que Victoria no esté en casa. Por Dios, si hasta huele a su perfume aún. Tamborileo con los dedos sobre la mesa y pienso que no pinto nada aquí. Si ella no está, lo mejor que puedo hacer es irme a casa y empezar a preparar las maletas, porque mañana me voy yo también. Tomarme dos semanas de vacaciones ya ha sido un milagro, teniendo en cuenta el montón de trabajo que tengo pendiente. Necesito volver a Los Ángeles y empezar a poner en orden mi vida.

Necesito... Joder. Necesito recuperar un poco el control sobre mí mismo.

—Muchas gracias por la infusión —digo levantándome—. Voy a ver si hago algo de provecho lo que resta de día.

—Oye, Adam, esta noche vamos a ir a Neptuno a despedirnos de las vacaciones como Dios manda. ¿Te apuntas?

Miro a Emily. Ella también tiene ojeras y los ojos tristes, pero se esfuerza por sonreír. Seguramente ya echa de menos a su hermana y, aun así, es más valiente que yo, porque ella piensa hacer el esfuerzo de salir y seguir con su vida, mientras que yo... Yo es que no pinto nada en Neptuno sin Victoria. Ni en Neptuno, ni en ningún otro sitio.

Entierro el pensamiento hondo, muy hondo, donde ni siquiera yo pueda volver a encontrarlo, y niego con la cabeza en dirección a la gemela de Victoria. Físicamente es casi igual, pero yo podría diferenciarlas a kilómetros de distancia, y no solo por el pelo y lo extravagante que es Victoria, sino porque cada una tiene una esencia, y yo, que también tengo un gemelo, conozco bien la lucha constante entre querer tener tu propia independencia y, al mismo tiempo, mantener la conexión con la persona que compartió el vientre materno contigo durante nueve meses. Emily no lleva bien estar lejos de su gemela, pero hace de tripas corazón, lo asume y sigue adelante. Yo no sé si podría separarme tanto tiempo de Ethan, y eso que el cabrón me pone de los nervios.

—Quiero estar tranquilo —digo por respuesta—. Nos vemos mañana para despedirnos, ¿vale?

Ella asiente y yo miro a Diego y a Julieta antes de despedirme con un gesto. Salgo del bungalow mientras Edu y Mérida se pelean por el último cruasán. La cotidianidad me asfixia. Darme cuenta de que la vida sigue sin Victoria incluso aquí, en la casa de su familia, me ahoga, porque yo no sé si puedo... Yo es que no puedo, joder.

Me voy a casa, discuto con Ethan, más tarde con Daniela y, cuando estoy a punto de discutir con Junior, que es el ser más apacible sobre la faz de la Tierra, me doy cuenta de que tengo un jodido problema de autocontrol, y lo mejor que puedo hacer es quitarme de en medio, así que me voy al mirador con mi cámara y me dedico a hacer fotos durante un rato. Luego saco mi móvil, dispuesto a mandarle un mensaje a Victoria, que aún estará volando, pero pienso que quizá sea demasiado para ella bajar del avión y ver que ya le he escrito. Conociéndola, igual hasta siente que soy un pesado, así que salgo de la aplicación de mensajería y entro en la galería de fotos. Casi por inercia busco las que nos sacamos aquella noche en este mismo sitio. Joder, son buenas, pero no por la parte técnica, sino por todo lo que puedo ver en ellas, ahora que Victoria no está nublándome con su presencia. Su cuerpo desnudo solo es un detalle, pero no lo importante. Sus labios, hinchados por los míos; el mordisco que le di en la clavícula; su sonrisa sobre mi boca; mis dedos cubriendo uno de sus pezones... Son fotos que hablan de lo que hemos sido estos días, pero también de lo que llevamos sintiendo mucho tiempo. Al menos, yo.

Verme así me lleva a darme cuenta de que esto no se ha tratado de un rollo de verano. Ella nunca podría ser eso. Esto es más... Esto viene de atrás, joder. Esto viene de... de toda la vida. De cuando se caía y yo odiaba profundamente la gravilla que ensuciaba sus rodillas de niña. O cuando la pillaba espiándome mientras me besaba con otras y me enfadaba, no porque me espiara, sino porque no quería que viera cómo besaba a otras. O cuando se fue aquella maldita primera noche con Seth, siendo todavía adolescente, y regresó dejando claro que la inocencia había pasado a formar parte del pasado. Dios, cómo odié aquella noche y aquel verano. Cómo odié a Seth. Y no porque le hubiese quitado la virginidad en sí, que también, sino porque... porque no era yo. Joder, no era yo, y ya es hora de admitirlo. Esto viene de cuando estuvo en casa aquella vez, tomando el sol con su bañador iridiscente, y deseé quitárselo y enterrarme en su cuerpo ahí mismo, en el jardín de mis padres. O de cuando la encontré en aquella fiesta organizada por un productor musical, enfundada en un traje negro de cuero que me la puso como una piedra, aunque me desquitara con una modelo y achacara mi estado a llevar ya días sin sexo. Viene de la primera vez que vi sus pechos en internet y pensé que era una mierda haber conocido el tono de sus pezones así y no en persona, aunque luego me reprendiera por pensarlo. Viene de estar toda la puta vida engañándome, primero porque era una niña, luego porque era adolescente y más tarde porque yo era imbécil. Era y soy un imbécil, pero se acabó. Eso se acabó.

Salgo de mi cuarto, donde me he encerrado nada más cenar, y busco a mi madre por toda la casa. La encuentro en el jardín abrazada a mi padre mientras los dos toman una copa de vino y escuchan la última canción que ha compuesto mi progenitor. Trago saliva y obligo al pánico que puja por salir de mi cuerpo a ir hacia abajo. Lo entierro lo más hondo que puedo y carraspeo para llamar su atención.

—Tenemos que hablar. Es importante. Se trata de mí. —Mi madre sonríe—. De Victoria. —Esta vez es mi padre quien alza una ceja y sonríe—. De Victoria y de mí. —Asiento, aprobando para mí mismo mis palabras y afianzándome en lo que siento y pienso. Ya es hora de asumir mis jodidos sentimientos—. De nosotros. Se trata de nosotros.

27

No puedo con esto. Lo sé. Subir en el avión que me ha llevado a Madrid supuso un infierno, pero ahora que estoy en el que me lleva a Nueva York, estoy a punto de sufrir un ataque de nervios. Tengo que respirar. Necesito concentrarme en respirar. Cierro los ojos y ahuyento las imágenes de Adam mirándome durante nuestra última noche juntos. No necesito más alicientes que me creen estrés. No sé qué me pasa, nunca he tenido miedo a volar ni claustrofobia y, sin embargo, el mero hecho de saber que voy a estar aquí casi ocho horas sin poder salir ni sentir el aire en mi cara me ahoga. Trago saliva otra vez, pero es como si tuviera una inmensa pelota en la garganta. Además, aquí hay demasiada gente. Da igual que esté en primera clase. Hay demasiada gente y, joder, hace demasiado calor.

—Perdone —le digo a la azafata cuando pasa por mi lado—. ¿Pueden darle más potencia al aire acondicionado?

Ella me informa de que está a temperatura ambiente y, de hecho, algunos pasajeros tienen frío. Miro a mi alrededor y me doy cuenta de que es cierto. El hombre que viaja en el sillón contiguo al mío incluso tiene una manta de la compañía extendida sobre las piernas. Dios. Yo tengo un calor asfixiante. No es normal. Y la sensación de ahogo crece. Tengo la boca pastosa y un dolor lacerante en la cabeza.

—¿Estás bien? —pregunta mi compañero de asiento.

Niego. Este sillón es espacioso y mullido, pero a mí, de pronto, me parece enano. Y el corazón me late demasiado deprisa. Y los ojos de Adam vuelven a colarse en mi cabeza. Estaba tan serio... Casi diría que parecía triste.

«No lo pienses. No lo pienses. No lo pienses.»

Pero es que no quiero hacer esto. No quiero alejarme de él, ni de mis hermanos, ni de mis primos, ni de mis padres. Ay, Dios, voy a echar mucho de menos a mis padres.

«No lo pienses. No lo pienses. No lo pienses.»

Una sensación de náusea me invade y contengo una arcada. Mi compañero llama a la azafata y, cuando esta aparece, le pide agua para mí. Como si supiera que algo no está bien. A lo mejor es que por fuera parezco tan descompuesta como estoy por dentro. La chica llega de inmediato con un botellín de agua y un vaso que descarto, porque tiemblo demasiado. Me mira con cara de preocupación.

—¿Está bien?

—No puedo respirar —susurro.

Al instante, se me llenan los ojos de lágrimas, porque estoy aquí sola, no conozco a nadie, el corazón me va demasiado deprisa y esto está muy lleno. Joder, está demasiado lleno. Siento un pinchazo en el pecho y me tenso de pies a cabeza. ¿Y si es un infarto? A lo mejor voy a sufrir un infarto en pleno vuelo. No sé si aquí hay médico. No sé si puedo salvarme; ya estamos en pleno vuelo y, entre aterrizar en el aeropuerto más cercano y que alguien me atienda, puede pasar el tiempo suficiente para que mi corazón deje de latir. O reviente. Creo que hay más probabilidad de lo segundo. Oh. Mierda. Qué náuseas.

—Tenga.

Oigo la voz de la azafata, pero mis ojos no se despegan de mis manos, que tiemblan de manera muy extraña. Ella coge una y deposita en ella el botellín. Concentro todos mis esfuerzos en que mi mano deje de temblar y consigo dar un sorbo.

—Estoy bien —afirmo con voz estrangulada—. Estoy bien.

—¿Segura?

Asiento, la miro con esfuerzo y vuelvo a asentir. Ella no parece convencida, pero se aleja después de desplegar la mesa de mi asiento y colocar ahí el vaso de agua.

—Yo también tengo pánico a volar —dice mi compañero.

Lo miro más detenidamente. Es mayor que yo, posiblemente de la quinta de mi padre. Tiene el pelo cano, va vestido con traje de chaqueta. Un traje muy caro, se nota, pero no es presuntuoso. De hecho, esboza una sonrisa muy amable.

—No tengo miedo a volar —susurro, pero me doy cuenta del estado en que me encuentro y lo incongruente que sueno—. No tenía, al menos.

—Puede aparecer en cualquier momento. Yo no sé qué haría sin mis ansiolíticos.

—¿Tienes ansiolíticos? —pregunto de inmediato con los ojos como platos. El hombre me mira serio, muy serio, como si supiera lo que viene a continuación—. ¿Puedes venderme uno?

—Son recetados.

—Te pagaré lo que sea. Lo que quieras. Oye, yo... tengo un ataque de pánico. —Mis ojos vuelven a cargarse de lágrimas que intento que no se derramen, porque todo esto es muy patético y me encuentro fatal, pero estoy tan desesperada que haría cualquier cosa para encontrar un mínimo alivio. Quizá podría pedirle algo a la azafata, pero dudo que sea tan fuerte como lo que él parece tener—. No puedo aguantar así hasta New York. Es que no puedo... No puedo, ¿entiendes?

No sé si es mi desesperación, las lágrimas que ya ruedan por mis mejillas o la certeza de que tiene que pasar más de siete horas sentado a mi lado, pero, al final, y después de meditarlo unos segundos, saca un pastillero del bolsillo interior de su chaqueta y me da una cápsula.

—Trágatela. Es un ansiolítico, así que no debería hacerte daño, pero vas a dormirte.

—Ojalá —murmuro antes de ingerirla y dar un sorbo de agua—. Gracias. Muchas gracias.

El hombre asiente por respuesta y yo cierro los ojos. No porque ya haya surtido efecto, es imposible, pero sí con la esperanza de que lo haga pronto y esta mierda acabe cuanto antes.

Me despierto cuando alguien palmea mi mejilla. Abro los ojos y frunzo el ceño acto seguido, cegada por la luz del día. Cuando enfoco la mirada, veo a Alexia a escasos centímetros de mi cara.

—Gracias a Dios que has vuelto en ti —susurra—. ¿Cómo estás?

Miro en derredor. Estoy en mi apartamento, pero ¿cómo he llegado aquí?

—Bien, estoy bien. Cansada. —Me paso una mano por el pelo y gruño—. ¿Qué hora es? Dios, tengo un dolor de cabeza tremendo.

—Son casi las diez de la mañana.

Hago cuentas. Sigo intentando recordar. El vuelo. Me dormí en el vuelo y me desperté un poco antes de aterrizar. Seguía sintiéndome mal, así que, en cuanto salí y cogí un taxi, di la dirección del apartamento en el que guardo todas mis cosas, y que no considero en absoluto un hogar, y me vine derecha. Encendí el móvil, mandé un mensaje al grupo familiar, otro a Adam y luego lo puse en silencio. Tequila. Cogí una botella en cuanto entré en el salón, me bebí un par de copas y luego...

Joder. Qué mierda.

—¿Qué día es hoy? —pregunto, procurando que no se note mi vergüenza—. ¿Es domingo?

—Sí. Llevo desde ayer intentando contactar contigo. Al final no me ha quedado otra que venir a comprobar cómo estás. Menos mal que tengo llaves.

Dios. Por si no podía caer más bajo... Otra vez la mierda de mezclar alcohol con pastillas. En mi defensa diré que no creí que, después de tantas horas tras la ingesta del ansiolítico, el alcohol fuera a actuar de una forma tan devastadora. Miro mi móvil ignorando la cara de Alexia, porque sé que va a darme un sermón en cualquier momento. Mi familia se alegra de que ya esté aquí y de que el vuelo haya ido bien. Claro, eso es lo que les dije, porque la otra opción, la de contar que convencí a mi vecino de asiento para que me vendiera un ansiolítico en pleno ataque de pánico no me pareció la más acertada. Mi padre hubiera sido capaz de plantarse aquí. Y mi madre con él, por supuesto. Y a Adam... A Adam solo le puse: «Ya en Nueva York, deseando descansar. Besos». Como mensaje, después de todo lo ocurrido entre nosotros, no es el mejor, eso lo reconozco. Quizá por eso no me extraña su respuesta: «Duerme y coge fuerzas. Besos».

Es casi como si supiera que no estaba todo lo bien que debería... Pero no, es imposible que lo haya deducido solo con un mensaje.

—¿Me estás escuchando? —Alexia se pasea ahora frente a mí con evidente frustración—. Tienes que tomar cartas en el asunto, Vic.

Me incorporo hasta sentarme y me doy cuenta de que huelo fatal. A sudor y alcohol. Joder. Estoy hecha un cromo. Me levanto y me dirijo a la maleta ignorando a Alexia. La verdad es que no estoy para sus sermones. Lástima que ella piense de otra forma.

—No se te ocurra moverte de aquí hasta que hablemos.

—Voy a darme una ducha.

—Vic...

—Voy a darme una puta ducha porque el viaje fue un infierno y mis primeras horas en la Gran Manzana, al parecer, también, así que no me jodas, Alexia. Quítate de en medio.

Ella, que se había cruzado en mi camino, da un paso hacia un lado; ha debido de ver en mi cara que voy completamente en serio. Me meto en el baño, abro el grifo de la ducha y agradezco al cielo que tenga modo lluvia y caiga desde el techo, porque Dios sabe que necesito quedarme bajo el agua un ratito para volver a ser persona. Me desnudo y me enfrento al agua, demasiado caliente para lo que necesito. La gradúo para enfriarla, me enjabono el pelo y el cuerpo y luego dejo que la frescura me invada, en una limpieza que espero que arrastre parte de la suciedad que llevo por dentro. Me quedo quieta y no detengo el chorro hasta que siento que mis extremidades tiemblan y que el vello se me ha puesto de punta en todo el cuerpo. La parte positiva es que me siento mucho más despierta.

Me pongo el albornoz que está colgado tras la puerta (supongo que es mío, porque es mi casa, pero ni siquiera lo reconozco) y salgo para someterme al espejo. No tengo buen aspecto. Mis ojeras están profundamente marcadas, pese a que ha sido de las pocas veces en que, después de un vuelo tan largo, he dormido y el jet lag no causa estragos. Solo eso hubiese faltado; claro que aún es pronto para cantar victoria. Estoy pálida a pesar del tono dorado que he cogido en el camping, y el rosa de mi pelo ha perdido intensidad. El agua del mar tiene mucho que ver. Eso, y que el tinte ya no había impregnado con fuerza mi pelo.

—Oye, Alexia —digo, aún mirándome en el espejo.

Ella aparece en el baño, pero no hago el esfuerzo de cerrarme el albornoz. Como asistente, me ha visto desnuda tantas veces en los distintos cambios de vestuario de las sesiones que ya no podría contarlas.

—¿Sí?

—¿Crees que podríamos quedar hoy con Christopher? Ya sé que es domingo, pero necesito un poco de su magia.

—Ya había pensado en ello, por eso saqué tu vuelo para ayer y no para hoy. Imaginaba que íbamos a necesitar un tiempo para ponerte a punto. Vendrá después de comer. Por cierto, está cabreado contigo.

—¿Y eso por qué?

—Ha visto en redes tu pelo rosa. Ya sabes que no lleva bien que alguien más te toque.

Bufo, como si me diera igual, pero no es cierto. Christopher es quien se encarga de mi pelo y de mi vestuario en la mayoría de las ocasiones. Básicamente, porque es uno de los mejores estilistas de Estados Unidos, pero también porque entiende mis gustos, y eso es algo extrañísimo y muy valioso para mí.

—Fue un impulso. Ni siquiera cogió bien el color.

—Bueno, no te preocupes. Haremos que lo arregle. Por cierto, tienes programado un masaje en poco más de una hora, y una sesión facial. Necesitamos regenerar la piel de tu cara.

—Joder, ni que se me estuviera cayendo a trozos.

—No, pero estoy segura de que no te has cuidado lo suficiente pese a exponerte al sol con frecuencia. Tienes que estar radiante mañana.

—¿Para quién es la sesión?

—*Red Velvet*. —Asiento; es una revista bastante conocida a nivel internacional. Dentro de toda la carroña que existe en este mundo, es una empresa comprometida y seria, así que supongo que está bien. Podría ser peor—. Es algo informal, en realidad. Será fácil.

Vuelvo a asentir. No sé qué otra cosa decir. Posar delante de una cámara me apetece tanto como dejarme atropellar por un camión, pero es lo que hay. Esta es mi vida. Recuerdo, sin poder evitarlo, la sesión que Adam me hizo en la playa. Aquella no me pesó. Aquella fue maravillosa. Sonrío y pienso que no fue por la sesión, sino por la persona que había tras la cámara. Recuerdo las fotos y me hago una nota mental para pedírselas. Solo tengo las dos que subí mientras estuve allí. Dos en las que hacía yoga y no se veía mi pecho explícitamente. Necesito las otras, y no porque me parecieran preciosas, que también, sino porque verlas es como verme a través de sus ojos. Como saber qué ve él cuando me mira. Y es tan distinto de lo que ve el resto del mundo...

—¿Te apetece comer aquí o salimos?

Suspiro. No voy a librarme de Alexia en todo el día, y no puedo culparla. Ha esperado paciente dos semanas y ahora le debo, al menos, comprometerme un poco con mi trabajo.

—Lo que tú prefieras —murmuro.

Ella guarda silencio un momento y yo aprovecho para asomarme al ventanal que hay a los pies de la cama. Manhattan se eleva majestuosa, como siempre. Sus calles están llenas de vida, y eso, que antes me parecía un signo de libertad, porque aquí todo el mundo encuentra su hueco, ahora me asfixia. Sí, aquí todo el mundo tiene un hueco, pero también una persona puede perderse con facilidad, y no me refiero solo al sentido geográfico. Es fácil deslizarse por sus calles llena de sueños, pero también lo es perderlo todo; atravesar una marabunta de gente y sentir que nadie te mira. Que no eres nadie. Y lo jodido es que creo que yo convivo con las dos versiones ahora mismo. Una coexistencia que no podré sostener para siempre. Es imposible, y tengo curiosidad por ver qué parte ganará. En qué quedará todo esto.

—Vas a estar bien, Vic. —Alexia apoya una mano en mi hombro y la siento detrás de mí. Trago saliva y ella aprieta la mano, como si supiera en qué estoy pensando—. Es cuestión de adaptarte de nuevo. Todos tenemos bajones.

Asiento. Sí. Supongo que ha sido solo un bajón. Miro el cielo y pienso que en España ahora mismo es por la tarde. Eso me lleva a un mirador con vistas al bosque y al mar y...

No. No puedo seguir por ahí.

—Creo que ese masaje es una buena idea. —Me vuelvo y, cuando me encuentro con la sonrisa sincera de Alexia, me esfuerzo por devolverle el gesto—. Gracias por hacerte cargo.

—Siempre, pequeña.

Mi sonrisa se amplía. Alexia cuidará de mí en la medida de lo posible, aunque solo sea porque a ella le conviene tenerme de buenas y que no vuelva a salir corriendo. No soy tonta. Nosotras trabajamos juntas; ella no es mala persona, pero le interesan más los beneficios que le doy que mi persona. Y está bien, la contraté porque es muy buena en lo suyo, no para que fuera mi amiga y se preocupara por mis sentimientos. Aun así, está haciendo el esfuerzo de entenderme, pese a mis pocas explicaciones, y lo valoro. Me digo a mí misma que todo irá bien. Quizá lo que necesito para olvidar esta estúpida morriña es trabajar y ocupar mi cabeza en otras cosas.

El masaje es bueno; los aceites que usan invaden mis sentidos y, al acabar, mi cuerpo está mucho más relajado. Mi cabeza sigue siendo un atolladero, pero hago el enorme esfuerzo de ignorarme a mí misma y salgo a comer con Alexia. Evito el alcohol, porque el dolor de cabeza que aún persiste en mi nuca es recuerdo suficiente de que hay cosas que no estoy haciendo del todo bien. Hablamos de la sesión de mañana, hacemos fotos para las redes y grabamos un directo sonriendo y brindando con un champán con el que solo me mojo los labios.

Por la tarde, cuando Christopher se presenta en el apartamento, lo hace con una maleta de ruedas negra y enorme, una chaqueta de cuero rosa con tachuelas de brillantes y una mirada matadora.

—No sé cómo puedes dormir después de lo que hiciste.

Intento no reírme y, por el contrario, me muestro arrepentida y le juro que cuidar mi pelo estas dos semanas ha sido horrible. La verdad es que mi pelo no me ha importado lo más mínimo en este tiempo, pero él parece convencido de que mi vida ha sido un infierno por haberme atrevido a teñirme con alguien que no sea él. Después abre la carta de color y señala un verde aguamarina.

—Este.

No es una pregunta. Es una afirmación, y me parece bien. El rosa me ha acompañado en dos semanas muy especiales, pero hasta eso tiene que cambiar ahora.

—Estoy en tus manos, Chris.

—Claro, ahora, para que arregle ese desastre.

—Eres el mejor.

—Lo sé.

Me río entre dientes y me dejo hacer. Cuando acaba y seca mi pelo, me miro en el espejo y sonrío. No está mal.

—Perfecto para la Polinesia —dice Alexia con una sonrisa.

—¿Polinesia? —exclamo frunciendo el ceño—. ¿No era Filipinas?

—Cambio de planes. Primero Polinesia francesa. Irás a Tahití y, de ahí, a Bora Bora. Cuatro días allí y a ver qué pasa con Filipinas, porque es para varios *influencers* y tienen problemas para crear el grupo.

Al decir eso, me acuerdo de Bali y de cómo la lie, pero pronto el pensamiento queda solapado por uno aún peor. De Nueva York a la Polinesia Francesa el vuelo es largo. Largo de narices.

—¿Tienes los billetes? —pregunto con un hilo de voz.

—Claro.

—¿Cuánto tarda el vuelo?

—Pues primero irás a Los Ángeles para hacer escala y, de ahí, a Tahití. Allí un pequeño avión te llevará a Bora Bora. Te espera una isla paradisiaca, una cabaña con todo tipo de lujos y cuatro días de buena vida. Y a cambio solo tienes que dejar que tus seguidores lo vean. ¿No es maravilloso?

No puedo concentrarme en su tono optimista, porque en mi cabeza lo único que cabe ahora mismo es el pensamiento de que tengo que coger tres aviones más. Por Dios santo, si venir aquí ya ha sido una tortura...

—¿Cuántas horas en total? —pregunto.

Soy consciente de que son muchas. Muchísimas. Pero, por alguna estúpida razón, rezo para que diga que no más de cinco o seis. El bloqueo es tal que, pese a conocer la situación geográfica de ambos países, espero un milagro.

—Pues... deja que lo mire. —Alexia saca el móvil y, después de unos minutos, lo señala—. Aquí está. Contando la escala y todo, son diecisiete horas, más o menos. Más lo que tarde el avión en llevarte de Tahití a Bora Bora, pero vamos, eso, después del primer tirón, es pan comido.

Guardo silencio y, tras unos instantes, oigo la voz de Chris:

—Alexia, creo que va a vomitar.

—¿Vic? Cariño, ¿estás bien?

No. Claro que no estoy bien. ¿Cómo voy a estar bien? Los sudores han arrancado de nuevo y, ante la desesperación que me invade, hago lo único que se me ocurre para librarme de esto. Confesar. Les cuento a los dos todo lo ocurrido en mi vuelo hasta aquí. El ansiolítico que pedí a un desconocido. Que rogué, más bien. El alcohol. El episodio que ya sufrí y por el que acabé ingresada, aunque Alexia ya esté enterada de ese. Les aseguro que no puedo, que siento que me va a dar un infarto solo de pensarlo, pero Alexia guarda la compostura y le pide a Chris que nos deje a solas.

—Muchísimas gracias por tu trabajo. Nos vemos mañana en la sesión.

—No. Pediré a mi ayudante que lleve la ropa. Yo tengo mil cosas que hacer.

—De acuerdo. Hablamos, entonces.

Se despiden; noto el beso que Chris me da en la mejilla, pero no lo miro. Suena preocupado y no lo soporto. Cuando Alexia y yo nos quedamos solas, ella se sienta frente a mí y me observa con la resolución que hizo que la contratara en su día.

—No te preocupes por nada, ¿me oyes? Me voy a encargar de esto.

—¿Cómo?

Ella no contesta de inmediato y, cuando lo hace, casi deseo que no hubiese hablado.

—No tienes que sacar ansiolíticos de desconocidos. Podemos prepararte para que lo soportes lo mejor que puedas.

—Los ansiolíticos son con receta.

—Tú por eso no te preocupes. Haré que sea fácil. Confía en mí.

Fácil e ilegal. No hace falta que lo diga con todas las palabras. Siento la garganta cerrada, y las ganas de llorar me sacuden con tanta fuerza que me tapo la cara. Tiemblo. Estoy temblando otra vez, maldita sea. Y, en medio de toda esta desesperación, el deseo de estar lejos, muy lejos, pero no en una isla paradisiaca, sino en medio de un bosque con vistas al mar. En un mirador de madera pequeño y rústico. En sus brazos. Segura. A salvo.

Cojo mi móvil, abro WhatsApp y, con manos trémulas, escribo un «te echo de menos» que sustituyo de inmediato por otras palabras, porque no puedo soportar que él no me eche de menos con la misma intensidad, pero necesito escribirle. Necesito... necesito un hilo de cordura en medio de la locura que es ahora mi cabeza.

Yo: Mi pelo ahora es verde.

Lo envío, dejo caer las lágrimas que he retenido a duras penas y miro a Alexia.

—Si no puedo con esto...

—Podrás. Ni siquiera te enterarás de que estás volando. Yo me encargo de eso.

—¿De dónde vas a sacar los ansiolíticos?

—Me haré cargo de todo. Tú solo tendrás que abrir la boca y tragarte lo que te dé.

Así de fácil.

Así de aterrador.

Cierro los ojos, inhalo y rezo para que esto pase cuanto antes. El problema es que, cuando se acabe, volverá a empezar en otro país, y luego en otro. Y otro. Mi maldita vida es así. ¿Qué voy a hacer después de Bora Bora? ¿Voy a pasar la mitad de mis días drogada para poder soportarlo? Esto está mal. Está fatal, pero no hay otra salida y, cuando la desazón se adueña de mí y empiezo a verlo todo negro, noto la vibración de mi mano. Miro hacia mi móvil y leo su nombre en la pantalla. No puede ser. En España es de madrugada. Me sabe fatal haberlo despertado. Dejo caer un par de lágrimas y miro a Alexia.

—Déjame sola.

—Vic...

—Necesito estar sola.

Ella se levanta, recoge su bolso y, antes de irse, me mira con determinación.

—De verdad, no tienes que preocuparte. Me ocuparé de esto.

Se marcha sin que yo la mire siquiera. No quiero pensar en eso. No quiero pensar en nada salvo en la persona que está al otro lado de la línea, llamando por segunda vez y esperando a que me conecte a lo único que ahora mismo me hace sonreír.

28

Descuelgo el teléfono tiritando y concentro todas mis energías en mostrarme alegre.

—¿Qué haces despierto tan tarde? ¿Estás mirando a la luna y pensando en mí?

—¿Tan tarde? —pregunta.

—Según mi reloj, allí deben de ser algo más de las dos de la madrugada.

El silencio que se produce al otro lado de la línea me hace fruncir el ceño, al menos hasta que habla.

—Victoria, estoy en Los Ángeles. Llevo en casa una hora, más o menos.

Hago un cálculo rápido. Domingo. Mierda. Adam volvía hoy. Cierro los ojos y suspiro. Joder, ni siquiera me acordaba de su vuelo. Hago un esfuerzo por aclarar mi mente y recordar el horario de Los Ángeles. Nueva York va tres horas por delante, así que allí apenas empieza la tarde.

—He vuelto a los líos horarios en un tiempo récord —musito—. De aquí a dos días, no sabré ni en qué día vivo.

—Te entiendo. El jet lag me está jodiendo a lo grande.

—¿Has dormido algo en los vuelos?

—Casi nada. ¿Qué tal fueron los tuyos?

Trago saliva. Ay, si él supiera... Por supuesto, no puede saber, así que me limito a carraspear y murmurar que bien. Pasables. Lo último que necesito es que Adam se preocupe por mí.

—¿Y bien? —pregunto—. ¿Cuál es el motivo de tu llamada?

—Quiero que me mandes una foto de tu pelo verde. —Me río y me levanto de la silla para ir hacia el sofá del apartamento—. Me gustaba rosa.

—Te gustará verde también. No es porque lo diga yo, pero estoy bastante mona.

—Mmm, no tengo ninguna duda, pero necesito una foto.

—La verás en redes mañana.

—No quiero verlo en redes. Quiero verlo ahora. Ya.

—Ahora mismo estamos hablando. Y no me des órdenes. —Oigo un bufido al otro lado y me río—. Eres un mandón.

—Solo era una sugerencia.

—Una sugerencia muy imperativa, Lendbeck.

—Está bien, no me mandes fotos de tu pelo. —Me muerdo el labio, porque lo cierto es que no me importa mandársela—. Hazlo de tu cuerpo.

Suelto una carcajada, me tumbo en el sofá y acaricio mi vientre por inercia.

—¿Para qué quieres una foto de mi cuerpo? Es mi pelo lo que ha cambiado de color. Mis pezones siguen igual que siempre.

—Gracias a Dios. Son unos pezones preciosos —murmura.

Me muerdo una sonrisa y cierro los ojos.

—¿Te lo parecen?

—Oh, sí. Los adoro.

—A ellos también les gustas tú. —Adam jadea. O puede que gruña. No sabría decirlo con exactitud—. ¿Qué harás mañana?

El cambio de tema ha sido intencionado. Mi cuerpo está respondiendo a ciertos estímulos y no creo que hoy sea lo correcto seguir por ahí. No cuando llevamos separados tan poco tiempo. Además, por raro que suene viniendo de mí, que tengo un gran apetito sexual, ahora lo que necesito es oír su voz calmada. Empaparme de su tranquilidad natural, no excitarlo y que acabemos los dos jadeando. Aunque esa opción no la descarto de aquí a nada, teniendo en cuenta hasta qué punto lo reclama mi cuerpo.

—Vuelta al trabajo por la puerta grande. Tengo la agenda tan llena que será un milagro encontrar hueco para inyectarme cafeína en vena.

—¿Cafeína en vena? Dios. Suena de maravilla.

Adam se ríe y oigo el sonido de un roce, seguramente porque está sentándose o acomodándose en el sofá.

—Es como la droga, pero mejor.

El peso que había conseguido quitarme de encima vuelve con fuerza. Recuerdo lo que tomé, el alcohol y la forma en que he amanecido esta mañana, y trago saliva. ¿Qué pensaría él si supiera todo eso...? Probablemente se volvería loco de preocupación, pero, además, se sentiría decepcionado. Yo lo estoy conmigo misma, desde luego.

—¿Qué harás tú?

—Nada del otro mundo —contesto, consciente de que he vuelto a sumirme en el silencio—. Sesión por la mañana para *Red Velvet*, reunión por la tarde y preparar maletas para viajar el martes.

—Próxima parada: Filipinas —dice en tono mecánico, haciéndome reír.

—En realidad, ha habido cambio de planes.

—¿Y eso?

—Un lío con el grupo que va a Filipinas, por lo visto. Me voy a Bora Bora.

—Un sitio feísimo. —Me río, y él lo hace conmigo—. ¿Vas sola?

—Pues no tengo ni idea.

Me doy cuenta de que es cierto: no he preguntado a Alexia si viene alguien conmigo. A veces me acompaña un fotógrafo profesional de su confianza. Otras, un equipo me espera en destino para hacer alguna sesión. Otras hay algún representante allí de la ropa, joyas o lo que sea que tenga que promocionar. Y otras voy sola o con la gente que yo elija y lo hacemos todo a través del móvil. Al inicio solía ser siempre así. Lo prefiero. Es más real. Real dentro del postureo que envuelve mi vida, claro.

—La verdad es que no me importaría estar sola. Llevo apenas unas horas en Nueva York y ya estoy estresada.

—Mientras no te manden a un *influencer* cachas... —murmura él.

Sonrío y me pinzo el labio.

—Y si lo mandan, ¿qué problema habría? —Vale. Esta vez sí gruñe. Suelto una carcajada—. Me hace gracia cuando te pones tan cavernícola.

—No soy cavernícola. No me hace gracia que estés en una playa paradisiaca con un tío más guapo que yo.

—¿Tu ego tiene brechas? Quién lo diría, con lo inmenso y robusto que es.

Adam se ríe entre dientes y suspira.

—Hasta los seres perfectos tenemos alguna inseguridad puntual.

Bufo.

—Ah, ¿sí? ¿Cuál es la tuya? ¿Te agobia tu culo redondo y perfecto? ¿O los hoyuelos de tu sonrisa? ¿O esos ojos que miran con intensidad hasta cuando hablan del tiempo?

—Vaya, vaya... Sin quererlo, acabo de descubrir qué es lo que más te gusta de mí.

—Lo que más me gusta de ti es tu tranca, Lendbeck, no te engañes.

Se ríe a carcajadas y, cuando por fin contesta, tengo la sensación de que lo hace intentando controlar su ataque de risa.

—Me alegra que estés contenta con mi tranca.

—Oh, sí. Hemos hecho buenas migas. Me adora y le tengo cariño. Nos entendemos bien.

—Muy bien, nena, doy fe. Te está saludando, por cierto. Es lo que tiene que la nombres, que despierta y...

Mi risa estalla al imaginarlo empalmado, no por el hecho en sí, sino porque, de alguna forma, Adam consigue que quiera reír por todo.

—Dale un beso de mi parte.

—Preferiría que se lo dieras tú. Con la boca abierta. —Vuelvo a reírme y él me imita—. Ahora en serio. Si mandan a algún *influencer*...

—No pasará nada —lo corto, seria de pronto—. No tengo cabeza para que pase nada con nadie.

—¿Con nadie? —pregunta. No tengo que ver su cara para saber que el tono es dubitativo.

Pienso unos instantes qué contestar. Es delicado. Si digo la verdad, me expongo a no recibir una respuesta que me satisfaga. Si miento, no tendré posibilidad de saber qué siente él. Además, teniendo en cuenta que ha sido quien ha sacado el tema, debería ser sincera, aunque me acojone casi tanto como subir en avión.

—Con nadie que no seas tú —murmuro en voz tan baja que dudo si me ha oído.

Ahora el silencio llega de su parte y mi corazón late tan deprisa que siento que, en una de estas, va a dejarme marca en el pecho. Como un tatuaje desde adentro.

—Me alegra oír eso.

—Te alegrará entonces que te diga que te echo de menos.

—Joder, nena. —Su respiración se vuelve irregular—. Me alegraría más estar a tu lado; así no me echarías de menos, ni yo a ti.

Cierro los ojos y me recuesto de lado en el sofá, invadida de pronto por una sensación que va a caballo entre la alegría extrema al oír sus palabras y la tristeza de no poder estar a su lado.

—¿De verdad?

—De verdad, ¿qué?

—¿Me echas de menos tú también?

—Desde antes de separarnos, cuando te besé sabiendo que ibas a irte.

—Ay, Adam...

Suspira tan fuerte que lo oigo por teléfono.

—Me encanta cuando me llamas por mi nombre en vez de por mi apellido, como si te olvidaras de mantener las distancias.

—Mantener las distancias contigo es imposible. Arrasas con todo.

—Y es un honor. Igualmente, por cierto.

Nos quedamos en silencio unos instantes. Me pregunto si debería colgar ya. Quizá sí, porque llevamos un ratito hablando, pero es que... no estoy lista. Aún no.

—Si te mando una foto de mi pelo, ¿me darás tu opinión sincera?

—Siempre.

—Vale. Espera.

Me alejo el teléfono de la oreja, activo el altavoz, abro la cámara y me siento para hacerme la foto. Está un poco despeinado, pero no me importa; me hago el selfi y lo envío.

—Listo —digo.

Adam no contesta de inmediato, pero oigo cómo trastea y, cuando habla, su voz suena con eco, así que sé que también está con el altavoz.

—Aguamarina. Muy apropiado para la Polinesia.

—Eso mismo opinaron Chris y Alexia. ¿Te gusta?

—Estás preciosa, pero siempre lo estás. Aunque...

—¿Aunque?

—Creo que hay una parte dispareja.

—¿Dispareja?

—Más oscura que otra. No sé. Creo que no está bien del todo. ¿No te has fijado?

Me levanto del sofá y camino hacia el espejo.

—Yo lo veo igual.

—No sé. Creo que es mejor que hagamos videollamada, así me aseguro de que está bien. —Me río, pero él no abandona su papel—. No quiero que salgas a la calle haciendo el ridículo. Es mejor asegurarnos.

—Ajá. Entiendo.

—Lo digo por tu bien, no porque me interese verte en movimiento o porque eche de menos tu sonrisa.

Mi corazón se salta un par de latidos con esas últimas declaraciones y vuelvo a mirarme en el espejo. El masaje, la limpieza facial, la ducha y el arreglo del pelo han mejorado bastante mi imagen. Aún tengo ojeras, pero nadie diría que esta mañana me desperté sin saber dónde estaba, así que accedo.

—Cuelgo y me llamas tú.

—Hecho.

Lo hacemos y, cuando veo su nombre en pantalla de nuevo, esta vez en videollamada, doy la orden a mi corazón de que se mantenga sereno. Solo falta que él lo vea latir desde Los Ángeles, y, a este ritmo, no me extrañaría. Estoy a nada de ser como esas caricaturas en las que el corazón se lleva por delante piel y todo para salir del pecho. Descuelgo y sonrío a la cámara.

Al otro lado, su imagen hace que mi sonrisa se desestabilice, porque no se puede estar más guapo que él. Ni más despeinado, tampoco. Su pelo está de punta en varias direcciones y aplastado por un lateral. Su barba me resulta más larga, aunque es imposible que le haya crecido tanto en dos días. Su sonrisa es comedida, como casi siempre en Adam, y sus ojos siguen siendo penetrantes y vivos.

—Pues estaba equivocado —dice a modo de saludo—. No está disparejo, pero sí muy bonito.

Me río y tironeo de algunos mechones para que lo vea en movimiento.

—¿Sigues pensando que era mejor el rosa?

—Me gustaba el rosa. También me gusta este. —Suspira y se retrepa en el sofá—. Y la cosa es que creo que me gustaría hasta en modo arcoíris.

—Mmm, buena idea.

—No iba en serio, Corleone. —Se ríe entre dientes y se muerde un poco el labio—. Estás preciosa.

No esperaba el cumplido de forma tan directa. Es cierto que Adam y yo nos hemos dicho muchas cosas, la mayoría subidas de tono, desde que nos encontramos este verano, pero nunca nos hemos dedicado piropos como tal fuera de la cama o en un momento cotidiano de una conversación. Era como si eso lo volviera todo demasiado íntimo. Y, sin embargo, aquí estamos.

—Gracias —contesto con sinceridad—. Tú también estás guapo, aunque tienes cara de cansado.

—Dios, estoy agotado, pero quiero aguantar hasta la noche para dormir o el jet lag me joderá durante días.

—Te entiendo. Yo he amanecido esta mañana sin saber dónde estaba.

Me ahorro decirle que ha sido literal.

—Es curioso. Yo he sido consciente de dónde estabas todo el tiempo.

Me muerdo el labio, porque eso ha sido bonito... y triste. Me esfuerzo por sonreír, pero solo consigo un mohín extraño. Adam me mira intensamente, por muy difícil que eso pueda parecer a través de una pantalla. Cuando se da cuenta de que no voy a contestar, carraspea y se retrepa aún más.

—¿Cómo ha ido con Alexia?

—Bien —susurro, recordando todo lo ocurrido hoy y preguntándome de dónde demonios sacará Alexia lo que necesito para viajar—. Ella es... —Carraspeo, intentando encontrar las palabras, y al final me encojo de hombros—. Se ha portado bien.

—Me alegra oír eso.

—A ti no te gusta —susurro.

—No.

—¿Por qué?

—Porque es un mal bicho aprovechado.

—No es cierto. Ella se preocupa por mí. —Adam bufa y me irrito ligeramente—. De verdad se preocupa.

—Vale.

—No me crees.

—No, pero da igual.

—Adam...

—No importa. Si tú estás contenta, está bien.

—Me molesta que tengas una opinión tan mala de ella cuando apenas la conoces.

—La conozco lo suficiente, Victoria.

—Pero...

—No voy a hablar más de ella —zanja, muy serio—. Entiendo tu punto, pero entiende tú el mío. No me gusta y ya está. No tengo que buscar excusas ni mentirte.

En eso tiene razón. Siempre he agradecido su sinceridad, aunque en muchas ocasiones me haya molestado en lo más hondo. Tiene derecho a sentir antipatía por Alexia; yo misma la he experimentado muchas veces, ya que siempre me confunde con su actitud, a veces protectora y otras, demasiado demandante. Y, aun así, me siento un poco molesta, como si Adam no me creyera capaz de elegir bien a la gente que trabaja conmigo.

Cierro los ojos un segundo y niego. Eso no es cierto. Sé que no lo es. Solo es mi cabeza jugándome malas pasadas... otra vez.

—¿Estás bien? —pregunta.

Abro los ojos y me encuentro con su mirada preocupada. Por un momento he olvidado que podía verme, así que me recompongo como puedo y asiento.

—Sí, muy bien, pero creo que debería descansar un poco. Ha sido un día muy largo.

—¿Has cenado?

—Ahora pediré algo a domicilio.

—Tienes que comer, Victoria.

—He dicho que voy a pedir algo a domicilio —contesto de mal genio.

—De acuerdo. —Suspira profundo y sé que está pensando, como yo, en lo tensa que se ha vuelto la conversación—. Entonces te dejo para que descanses. —Su tono sigue siendo serio, comedido—. Oye, Victoria...

—¿Sí?

Adam parece meditar unos instantes qué decir y, al final, sacude la cabeza y sonríe de esa forma tan suya.

—Nada. Descansa.

—Vale. Que sea leve la tarde.

Él asiente por respuesta, me guiña un ojo y luego la pantalla queda en negro. Me trago el extraño nudo que se ha formado en mi pecho, dejo el teléfono a un lado y voy al baño. Hago pis, me lavo los dientes y me meto en la cama. No pido la cena; no tengo hambre y obligarme a comer solo me revolvería el estómago. Pienso en Adam y sé que eso lo molestaría muchísimo. Debería hacerlo. Intentar cenar, aunque sea alguna fruta, pero me limito a mirar los minutos pasar en el reloj del fondo del apartamento, agotada después de la jornada. Pienso levantarme en algún momento a por algo de comer, de verdad, pero cuando quiero darme cuenta, los ojos se me cierran y me abandono al sueño de forma automática.

El lunes, la sesión es un completo infierno. Alexia parece hasta el culo de cafeína: no deja de dar órdenes a todo el mundo y hace que me cambie de ropa en incontables ocasiones. Tanto es así que agota las prendas que Chris ha mandado antes de que la sesión se acabe, lo que me obliga a volver a ponerme algunas de las del principio. Algo que me pone de muy mala hostia, porque, joder, si ya tenía pocas ganas de hacerlo una vez, imagina dos. Me enfado con ella, pero parece darle igual. Es lo malo de esta mujer. A veces parece realmente preocupada por mí, pero otras es como si solo le interesara sacar más y más provecho de mi situación.

Cuando por fin acaba y podemos ir a comer, pido una ensalada César y un café grande. Esta vez, cuando Alexia me pone una copa de champán en la mano, no la rechazo. Necesito algo más fuerte que el café para aguantar la reunión de esta tarde. Reunión que va como el culo, porque no puedo concentrarme pensando en que mañana tendré que coger los dichosos vuelos y Alexia aún no me ha dicho nada respecto a las pastillas que deben ayudarme a pasar por ello. Cuando salimos de allí, he firmado un contrato con una marca de refrescos y ni siquiera he prestado demasiada atención a las condiciones. Supongo que Alexia se habrá hecho cargo. Después de todo, es su trabajo y, por primera vez, creo que no es tan mala idea delegar en ella. Me limitaré a arrastrarme por donde me diga. Obedecer órdenes como un autómata y pensar en el día en que por fin quede libre de todo esto. Frunzo el ceño al darme cuenta de que, si sigo firmando contratos, ese día no llegará pronto.

Mierda. Debería reorganizar mi vida, pero es que todo esto es tan estresante que solo quiero esconder la cabeza bajo tierra y sacarla cuando la situación sea mucho más fácil de llevar.

—Chris te ha hecho llegar al hotel el vestido de esta noche.

—¿Esta noche? —pregunto a Alexia con la cara descompuesta—. ¿Qué pasa esta noche?

—Hay una fiesta en casa de Gary Wilson.

Mierda. Gary Wilson es un productor en auge, que hace muchas más fiestas que películas y que tiene mucho más vicio que talento. Intento mantener la calma, pero me resulta complicado, la verdad.

—Mi vuelo sale mañana temprano y ni siquiera me has dicho si tienes algo que pueda ayudarme. ¿Y ahora quieres que vaya a una fiesta? Estoy muerta, Alexia. Necesito descansar.

—No, lo que necesitas es agotar tu cuerpo para que mañana todo sea más sencillo.

—Oye, mira...

—Hazme caso, Victoria. Sé de lo que hablo. No estoy haciendo esto por fastidiarte. Es cierto que tu presencia en esa fiesta será noticia, algo que nos viene bien, pero además es que te ayudará a cansarte. Eso es lo que necesitas, independientemente de lo que yo pueda conseguirte para antes de que subas al avión.

—¿«Puedas conseguirme»? ¿Pero es que aún no tienes nada?

—No es tan fácil. Contaba con conseguirlo esta noche. Algunos de mis contactos estarán en la fiesta. —Aprieto la mandíbula y ella acaricia mi brazo con dulzura—. Estoy intentando hacer esto de la manera más sencilla posible.

—¿En realidad te importa algo de lo que me pasa? —le espeto de pronto.

Ella tiene la decencia de parecer sorprendida. Buen punto a su favor.

—Por supuesto que sí.

—No lo parece. —Ataco, porque mi nivel de ansiedad es tal que no concibo otra forma de expresarme—. ¿Sabes lo que sí parece? Que te importa una mierda cómo me sienta siempre que cumpla tu extensa agenda de actos, sesiones, reuniones y publicidad.

—Eso no es así, Victoria.

—¿No? ¿Seguro?

—Seguro. Me preocupo por ti. De hecho, mañana volaré contigo para que no tengas que hacerlo sola. —Su declaración logra sorprenderme y ella carraspea, incómoda—. No me gusta que lo pases mal. No soy un ogro, Victoria.

Y así, de pronto, el peso de mis palabras cae sobre mí y me maldigo por ser tan estúpida. El comentario de Adam resuena en mi cabeza y aprieto los dientes. A lo mejor me he dejado llevar por un impulso. Quizá he querido verla como él la ve, cuando lo cierto es que sí intenta hacer por mí todo lo que puede. Quiere que trabaje, es normal: es lo que genera su trabajo, después de todo, pero dudo mucho que Alexia sea capaz de ocasionarme algún mal más allá de presionarme un poco para que cumpla con contratos y compromisos varios.

—Espero que mi vestido de esta noche tenga pedrería. El Señor sabe que necesito algo que brille.

Ella sonríe en el acto y me siento fatal, porque es casi patético que una frase tan simple la haga recuperar su humor. Joder, soy una arpía.

—Estás de suerte. Es negro y brilla tanto como una lluvia de estrellas.

Sonrío y le digo que prefiero vestirme por mi cuenta. Ella queda en mandarme a Chris en un par de horas para ocuparse de mi pelo y me voy a la habitación sola, intentando no pensar, porque está claro que eso no me lleva a nada bueno.

29

La fiesta es como tantas otras fiestas exclusivas de Nueva York. Hay más gente de la que se puede contar, casi todos tienen el móvil en la mano para hacer uso de las redes, y el alcohol corre como si fuera agua. En realidad, más que fiesta, es una excusa para hacer negocios de todo tipo, incluyendo los carnales. Se intercambian favores, números y todo tipo de sustancias con tanta facilidad que lo raro es que alguien siga pensando que aquí se viene a bailar y pasarlo bien sin grandes pretensiones.

Charlo un poco con varios compañeros de profesión, me hago más de un selfi para redes ajenas y uno para la mía oficial, asegurándome de no perder la sonrisa sensual cuando poso con un vestido que se ciñe a mis caderas como si fuese una segunda piel. El escote por delante es bastante discreto, pero mi espalda está completamente libre de tela. En algún momento de la noche, pienso en Adam y en lo mucho que le habría gustado meter la mano y llegar a mi culo sin apenas esfuerzo. Sonrío. Creo que es una de las pocas veces en que lo hago de forma genuina. Luego recuerdo que hoy no hemos hablado y el humor agrio aparece de nuevo.

Cuando un modelo de reconocida fama me pide posar para él y sus redes, acepto y, por un momento, sopeso lo que pensará Adam cuando nos vea juntos. Es evidente que esto despertará varios rumores, y me pregunto si se pondrá celoso. Y cuando me doy cuenta de que quiero que así sea, me detesto un poquito más, porque nunca he sido partidaria de las muestras de celos, y con él, desde siempre, esa parece ser una tónica. Estar celosa de todos los que lo rodean se volvió una costumbre en algún momento, así que supongo que ahora encuentro un placer macabro en saber que él también sufre esos celos.

Cuando la fiesta acaba, la sensación de que soy una mala pécora ha llegado a un punto bastante elevado, pero cuando Alexia me asegura con una sonrisa que tiene algo que me ayudará en el vuelo que debo coger en cuestión de horas, decido que, después de todo, la noche no ha sido tan mala.

Vuelvo al hotel, me acuesto y, al despertar, siento que la ansiedad me ahoga. No llamo a Adam; él aún estará durmiendo y, además, no quiero que sea testigo de cómo me estoy poniendo. En cambio, creo que la opción elegida no es mucho mejor. Aun así, cuando oigo la voz de mi madre al otro lado del teléfono, dejo que los sentimientos me invadan y hablo sin pararme a pensar siquiera en lo que digo.

—Me he estado acostando con Adam.

La risa al otro lado de la línea me tensa de pies a cabeza.

—¿Y para eso me has llamado, cariño? Y yo que pensé que había criado hijos medianamente inteligentes.

—¿Qué?

—Que ya lo sabía, hija. Lo deduje la primera vez que llegaste al bungalow con el pelo revuelto y la boca hinchada. Lo que no entiendo es por qué me lo cuentas ahora.

Boqueo un poco. Debí suponer que disimular frente a Julieta León es más complicado de lo que parece. Bueno, eso y que, a última hora, Adam y yo no nos escondimos casi nada. Nos faltó morrearnos delante de toda la familia. Lo que no entiendo es esta necesidad mía de hablar de pronto. ¡Y con mi madre! Teniendo una gemela, podría haber recurrido a ella. O a Mérida. O a cualquiera de mi medio millón de primos. Pero no. Yo voy y llamo a mi madre. Cierro los ojos con pesar y suspiro. A mí me falta un tornillo, de verdad. No encuentro otra explicación para mi comportamiento últimamente.

—Pues porque... —mis ojos se llenan de lágrimas y parpadeo. Pero ¿qué demonios me pasa?— lo echo mucho de menos —admito en voz baja y a punto de ponerme a llorar.

—Ay, cariño. —El suspiro de mi madre solo logra que las lágrimas se desborden del todo. Mierda. Estoy luciéndome—. Victoria.

—¿Sí? —contesto con un hilo de voz.

—¿Por qué me has llamado a mí? No es conmigo con quien tú quieres hablar. —Sollozo, y ella vuelve a suspirar, como si odiara esta situación—. Habla con él. Díselo.

—No puedo —susurro.

—¿Por qué?

¿Cómo se lo explico? ¿Cómo le digo que mi mundo está patas arriba hasta tal punto que no sé si puedo parar y aceptar mis sentimientos de una vez por todas? ¿Cómo le cuento que llevo toda la jodida vida intentando disimular esto que me come cada vez que pienso en él? Hubo un tiempo en que conseguí adormecerlo lo suficiente como para que no doliera a diario, pero aun así permaneció en alguna parte, dentro de mí, corroyéndome de la peor manera.

—Llevo enamorada de él toda la vida —confieso en voz baja.

—Sí, cariño. Eso también lo sé.

—Joder, lo sabes todo.

Mi madre se ríe.

—Era muy evidente para mí. Te he parido, ¿recuerdas? Sé bien cuándo algo atormenta a mis hijos. O cuándo miran a alguien con deseo contenido.

—Yo quise perder mi virginidad con él.

«Ah, muy bien. Es lo mejor que se le puede contar a una madre. Sí, Victoria. Genial. Cada vez mejor.»

Acallo la voz de mi conciencia y espero a que mi madre reaccione.

—Eso no lo sabía, pero lo suponía. ¿Y no fue así? ¿No fue con él?

—No. Fue con Seth. Y fue porque... —Sigo, porque, total, peor de lo que estoy quedando, ya no voy a quedar—. Fue porque lo vi a él con Keira. Estaban... bueno, eso.

—Entiendo.

Guardo silencio un instante y pienso que, para tratarse de mi madre, está conteniéndose mucho. Ella, que por lo normal es de estallar y actuar de forma impredecible, está mostrándose como una madre racional y serena. No le pega nada.

—El caso es que cuando por fin he estado con él después de tantos años ha sido como... No sé. Creo que ha sido peor. Casi prefería lo que sentía antes.

—Claro, porque entonces no lo habías catado. Lo echabas de menos a él, pero no a lo que erais juntos. No tenías recuerdos sexuales o románticos a los que aferrarte, y ahora sí.

—Joder. ¿Cómo has dado en el clavo?

—Porque hubo un tiempo en que tu padre y yo no lo tuvimos fácil.

—¿No?

—No. —Se ríe, pero sé que no está precisamente feliz—. Lo dejé por un malentendido, entre otras razones, y estuvimos separados un tiempo. Fue un completo infierno ver pasar los días sin tenerlo a mi lado.

—Vaya... No lo sabía.

—Nos olvidamos de aquello hace mucho. No es que os lo ocultáramos, es que creo que los dos preferimos hacer como si esa parte de nuestra relación no hubiese ocurrido.

—Pero al final lo arreglasteis.

—Sí. Es cierto.

—Nosotros no tenemos nada que arreglar. Simplemente no puede ser. Además, no llevamos ni dos días separados y ya hemos discutido.

—¿Por qué habéis discutido? —Se lo cuento y, cuando guarda silencio, frunzo el ceño—. No estarás de acuerdo con él, ¿verdad?

—Ay, hija... Si fuera una madre responsable, no me metería y te diría que eres tú quien tiene que ver las cosas, pero es que he sido testigo de cómo llegaste de apagada. Parecía que después de unos días aquí volvías a brillar, y ahora te noto otra vez... rara.

—¿Rara?

—Sí. Como si la luz se estuviera extinguiendo de nuevo. Yo no sé si es culpa de Alexia, pero está claro que hay algo que no funciona en tu vida. Algo que tienes que cambiar.

—Será que estoy nerviosa porque voy a coger un vuelo en breve. —Me esfuerzo por imprimir un tono alegre. Lo último que necesita mi madre es una preocupación extra—. Estoy temiendo el jet lag.

—Ya...

—Sí.

—Mira, Victoria, voy a decirte esto solo una vez, porque es evidente que, como madre, no debería darte este consejo, pero es que las dos sabemos que yo no soy una madre al uso, así que ahí va: si Adam te importa lo suficiente como para que no estar a su lado te haga sentir perdida y triste, haz lo posible y lo imposible por cambiar la situación. Búscalo. Lánzate de una jodida vez y, si sale mal, a la mierda, te quedarás con el corazón roto y llorarás, pero no estarás mucho peor que ahora mismo. En cambio, ¿te imaginas lo que puedes ganar si sale bien?

—Yo viajo demasiado. Y él también. Es imposi...

—No es imposible, Victoria.

—Pero...

—Tu padre y yo superamos el mazazo que supuso la llegada de Marco. Nos repusimos y seguimos adelante. Tus tíos Esme y Nate aguantaron juntos los vendavales cuando ella era poco más que una muñeca rota debido al bebé que perdió. Tus tíos Álex y Eli superaron los miedos de él y consiguieron construir una familia. Tus tíos Amelia y Einar han logrado crear la suya propia pese a los miedos eternos de ella. Tu abuelo consiguió volver a enamorarse después de perder a su mujer en el parto y de quedarse solo con cuatrillizos. Y tus tíos Marco y Erin... —Mi madre suspira tan fuerte que casi siento su aliento en la cara—. Joder. Lo de ellos ni siquiera tiene nombre. Es la puta superación en persona. ¿Y tú dices que lo tuyo es imposible? —Su tono se ha vuelto firme—. No lo es, Victoria, pero si te dejas vencer por tus miedos una y otra vez, no solo conseguirás perderlo, sino perderte a ti misma en el camino.

Trago saliva y reflexiono acerca de sus palabras. Tiene razón. He sido una cobarde toda mi vida y lo sigo siendo, ahora más que nunca. Cuando por fin he sabido lo que era tener a Adam conmigo, lo he echado de mi lado con excusas. Me despedí de él de forma fría en el camping, y ayer, cuando hablamos, procuré en todo momento ocultar gran parte de mis sentimientos. No le dejé ver lo mucho que lo echo de menos, o lo que significa para mí, porque el miedo a que él no sienta lo mismo me paraliza, pero es que así tampoco me siento a salvo. Ni feliz.

—No sé cómo hacerlo —reconozco en medio de un mar de lágrimas.

—Empieza por lo fácil. Ve a verlo.

—¿Eso es lo fácil? —Me río sin humor—. Además, tengo que hacer un viaje.

—¿Cuántos días estarás en la Polinesia?

—Cuatro desde que llegue.

—Bien, pues hazle hueco a la vuelta. Tienes cuatro días para pensar en ello.

—Mi avión hace escala en Los Ángeles —caigo en la cuenta de pronto—. Podría quedarme allí un par de días cuando regrese y...

El corazón me palpita con fuerza y mi madre se ríe en voz alta.

—Ahí lo tienes. Es tu oportunidad. Sáltale encima, quítale la ropa, hazle de todo a su cuerpo hasta que apenas pueda pensar con coherencia. Llena su piel con la tuya y luego ocúpate de que su alma y su corazón tomen el mismo camino.

Me río, pero sigue sin haber diversión en mi voz. Sin embargo, hay algo más. Hay... esperanza. Una esperanza que no me he permitido tener en mucho tiempo.

—Mamá...

—¿Sí?

—Eres una mujer muy sabia.

—Lo sé. Y estoy buenísima para la edad que tengo.

Suelto una carcajada y cierro los ojos.

—Cierto.

—Solo necesito lanzarme de una vez y operarme las tetas, pero tu padre dice que las prefiere naturales. No sé yo qué les ve a estas dos pelotas caídas, pero, oye, se pone como una moto cuando...

—Bien, esta conversación termina aquí —digo en tono molesto.

Ella suelta una carcajada y chasquea la lengua.

—Perdón, ya sabes cómo soy.

—Sí que lo sé, y por eso te quiero. Pero sigo sin querer saber detalles de vuestra vida sexual.

—Comprensible, hija, comprensible. No le digas a tu padre que te he hablado de que se pone a tope cuando me ve las tetas. Ya sabes que es un poco picajoso. —Gimo, muerta de vergüenza, y vuelve a reírse—. Eres la mezcla perfecta de los dos, pequeña.

—¿Y eso a qué viene? —pregunto.

—Viene a que es maravilloso darme cuenta de eso. De que eres la mezcla perfecta de nuestras esencias. Qué buen polvo debió de ser aquel, coño, con qué talento os hicimos a tu hermana y a ti. Bueno, y a los otros dos.

Me río, le digo que no estoy dispuesta a oír nada más y cuelgo antes de que se lance a contarme cómo fui concebida. No es la primera vez que lo intenta.

Me quedo mirando la pared y sonrío pensando en el abanico de posibilidades que se ha abierto ante mí después de esta charla. Primero tengo que subir en ese maldito avión de camino a la Polinesia, sí, pero ahora, al menos, tengo la ilusión puesta en aguantar hasta llegar a Los Ángeles a mi vuelta y verlo. En persona y sin pantallas de por medio. Intentar, esta vez sí, que Adam Lendbeck pierda la cabeza por mí.

—Tómate esto.

Cojo la cápsula que Alexia me da en el coche privado que nos lleva de camino al aeropuerto.

—¿Qué es?

—Lo que necesitas para estar tranquila.

—Pero ¿qué es?

—Un ansiolítico. ¿Qué, si no? —Su tono es áspero, pero imagino que se debe a que está nerviosa ante la idea de que la líe en el avión—. Venga, Vic, esto te va a ayudar, y tienes que tomarla antes de embarcar para que surta efecto.

Tiene razón. Si no la tomo ahora, no voy a poder evitar el subidón de ansiedad cuando embarque, así que me la trago y doy un sorbo al botellín de agua que me ha ofrecido. Me recuesto en el sillón y espero a que la química obre su magia.

Cuando abro los ojos, no sé dónde estoy, pero Alexia me coge la mano y me sonríe.

—Bienvenida a Los Ángeles —susurra, enseñándome una barrita de cereales—. Ahora tienes que comer algo.

Asiento. Tengo hambre y la boca, seca. Dios, y un dolor de cabeza tremendo. Es como una resaca de las grandes.

Desembarcamos y, cuando encontramos la puerta de embarque por la que tenemos que volver a entrar, me siento y pienso ligeramente que estoy a pocos kilómetros de Adam. No sé si estará en las oficinas de la empresa o en el estudio, o puede que en algún exterior trabajando, pero sería tan fácil llamarlo ahora y acercarme a donde esté...

A la vuelta. Pienso que a la vuelta lo haré, pero no le digo nada a Alexia. No necesitamos más factores estresantes en este viaje.

—Bebe agua —ordena la susodicha a mi lado—. Y tómate esto.

Miro lo que me ofrece con el ceño fruncido.

—¿Otra pastilla? Me duele horrores la cabeza.

—Es normal, es por el estrés. Tómate esto y no te preocupes por nada. Yo me ocupo de ti.

Obedezco. Me la tomo y, cuando embarcamos en el avión, estoy tan calmada que casi siento ganas de sonreír. Joder, no sé qué marca de ansiolíticos es esta, pero quiero una caja siempre lista en mi neceser de aquí en adelante. Se lo digo a Alexia, que sonríe y palmea mi espalda con cariño. Cuando el avión despega, no siento ansiedad, ni miedo, ni ganas de llorar, ni pienso en la muerte. Al revés. Lo único que pienso es que sería jodidamente bueno pasear entre las nubes que nos rodean. Poco después me sumo en un placentero sueño.

Me despierto con su mano zarandeándome y, al abrir los ojos, siento que apenas puedo contener las ganas de vomitar. Ella me ofrece una bolsa que no sé de dónde saca y la cojo. Me convulsiono mientras pienso en el resto de los pasajeros de primera clase, que deben de estar horrorizados ahora mismo. Sin embargo, la azafata aparece solícita y me ayuda a ir al baño, echarme agua en la cara y recomponerme un poco. El avión ya está en tierra, así que no entiendo por qué me siento tan mal.

Salgo la primera con ayuda de Alexia. Imagino que nos han colado para que no demos más espectáculo dentro y acabemos poniendo nerviosos a los pasajeros. En cuanto piso el suelo, agarro a Alexia del brazo.

—No estoy bien —le digo entre temblores—. No sé qué me pasa.

—Tranquila, es normal. Necesitas un poco de café para despejarte. Ven, vamos a conseguirte algo que te despierte.

Alexia me compra un café, pero, lejos de sentirme mejor, los sudores aumentan y mi taquicardia se eleva hasta tal punto que creo que va a darme un infarto. Grito. En algún momento le grito que llame a un médico, pero ella se limita a darme agua y a asegurarme que todo está bien. Cuando estoy tan desesperada como para pedirle ayuda, saca una nueva cápsula y me la pone en la boca. Esta es diferente. Tiene un color distinto a las dos anteriores, y me pregunto qué demonios me ha dado, porque empiezo a dudar que fueran ansiolíticos normales. Se lo pregunto, pero ella afirma que ya está todo solucionado. Me siento en una silla pensando que es probable que me caiga al suelo, porque, de verdad, me encuentro muy mal. Al menos, mi corazón parece latir con normalidad otra vez. De hecho, empieza a latir tan lento que me asusto, esta vez porque me da miedo que se pare. Se lo digo a Alexia, pero ella me asegura que es normal.

—Duérmete, Vic. Pronto estaremos en Bora Bora. Aguanta solo un poco más.

Le hago caso. Ya solo faltan un avión pequeño y un barco. Después de todas estas horas, puedo hacerlo. Tengo que aguantar. Solo es un poco más, pero, joder, qué mal me siento.

Cierro los ojos, pienso en Adam y, sin venir a cuento, derramo un par de lágrimas.

—Ojalá estuvieras aquí... —susurro con la angustia cerrándome la garganta.

—Estoy aquí —murmura Alexia acariciando mi pelo—. No te preocupes por nada. Estoy aquí contigo.

Quiero decirle que no es a ella a quien me refiero, pero el cansancio puede conmigo, así que cierro los ojos y dejo que Alexia se encargue de todo.

El calor me obliga a abrir los ojos un poco, lo justo para darme cuenta de que debemos de estar en Bora Bora, porque el sol me da en la cara y huele a mar. Me siento flotar y, cuando miro hacia un lado, me topo con una cara a escasos centímetros de la mía. Ay, Dios, joder, qué susto. ¿Por qué está este hombre tan cerca? En medio de la nebulosa, miro hacia abajo y me doy cuenta de que estoy flotando de verdad, y no solo en un sueño. ¡Joder! ¡Estoy flotando!

—Tenemos que coger aquel barco.

La voz de Alexia se filtra desde alguna parte. Está cerca, pero no consigo dar a mis ojos la orden de buscarla. Tengo que decirle que estoy flotando. ¿Es que no se da cuenta?

—Mmm. —Bueno, como declaración no es la más elocuente, pero seguro que puedo hacerlo mejor—. Mmm.

Cierro los ojos. Dios. Estoy agotada. Flotar cansa mucho.

—Tranquila, Vic. Ahora en cuanto lleguemos a la cabaña, por fin te daré un café que te espabilará del todo.

La oigo lejana, como si me hablara a través de una burbuja. ¿Café? Yo no quiero café. Yo quiero dormir durante horas y horas y horas. Vuelvo la cara y me encuentro con un pecho firme y que huele ligeramente a sudor. Hago el titánico esfuerzo de volver a abrir los ojos. Vale. Sí. Esto es un torso masculino. A lo mejor, después de todo, no estoy flotando. Intento concentrarme y acabo por deducir, por la voz del hombre pegado a mi cuerpo, que me está llevando en brazos. Cómo se lo agradezco, de verdad, porque creo que no sería capaz de caminar ahora.

Dios. Estoy tan cansada...

Noto cómo mi cuerpo se tambalea. Alguien pregunta si estoy bien y el desconocido que me lleva en brazos responde que sí, que solo estoy un poco cansada. Espero que sea amigo de Alexia, porque, si no, esto podría ser perfectamente un secuestro.

El trayecto en barco no es largo, gracias a Dios, porque estamos rodeados de gente que grita mucho y muy extasiada. Espero llegar a alguna parte donde haya una cama. Necesito dormir durante horas.

El mareo regresa, y las náuseas, y los temblores. Ay. Otra vez, no, por favor. Otra vez, no. Cuando las palpitaciones de mi corazón se vuelven insoportables, deseo con toda mi alma que me dejen aquí, justo donde estoy, en el suelo, para poder hacerme un ovillo y esperar que las sensaciones mengüen.

—Alexia —susurro entre temblores.

Ella acaricia mi pelo y, cuando entreabro los ojos, sonríe.

—Un pasito más y listo. Tendrás cuatro días para descansar y pasarlo bien, Vic. ¿No es genial?

No lo es. Estoy mal. Estoy fatal. ¿Cómo puede ser esto genial? Me siento como si mi corazón fuese a dejar de latir en breve. Es horrible. Es tan horrible que quiero llorar, porque tengo miedo de morir y no parece que le importe demasiado.

—Alexia... —gimo.

Ni siquiera logro que las jodidas lágrimas broten de mis ojos, lo que me angustia aún más, pero ella no contesta ni aparece en mi reducidísimo campo de visión, así que cierro los párpados y pienso que ojalá supiera rezar, porque este, sin duda, es un gran momento para hacerlo.

No sé cuánto tiempo pasa antes de que vuelva a abrir los ojos. Solo sé que ya no estamos en el barco. Mi cuerpo oscila con cada paso que da el hombre que me sujeta. Sin embargo, el intenso olor a mar sigue inundando mis fosas nasales.

Dios, creo que voy a vomitar. Toso y me convulsiono un poco en brazos del hombre, que en vez de dejarme en el suelo, me aprieta más contra su cuerpo.

Joder. Solo quiero que me deje en el suelo. Necesito un mínimo de estabilidad y quietud. No puedo moverme más. Es que no puedo. Gimoteo en señal de protesta y, cuando no recibo respuesta ni suya ni de Alexia, pienso que ojalá tuviera fuerzas para gritarles todo tipo de groserías. Descargaría contra ellos el libro entero de palabrotas con muchísimo gusto, pero la impotencia de no poder hacerlo me lleva a hundirme un poco más en la miseria.

Pienso en Adam para no caer en una espiral que no va a traerme nada bueno. Pienso en él y en sus ojos intensos. Lo imagino mirándome y sonriéndome, acariciándome, jurándome que todo va a estar bien.

—¿¿¿Qué coño ha pasado???

El grito me sobresalta tanto que me tenso. No por las palabras en sí, sino por la voz. Esa voz... Pero no puede ser. Será consecuencia de mis ansias de tenerlo aquí. Joder, estoy empezando a desvariar tanto que ya hasta oigo su voz con claridad.

—Ella está bien —dice Alexia.

—Dámela. —Siento sus manos en mi cuerpo y, cuando el hombre que me sujeta me aferra con fuerza, Adam exclama con el tono de voz más violento que le he oído nunca—: ¡Que me la des, joder!

—Adam, está bien, solo un poco cansada.

—Empieza a rezar para que eso sea verdad, Alexia. Reza todas las oraciones que sepas.

Abro los ojos lo justo para darme cuenta de que el hombre que me sujetaba por fin me ha soltado, pero no en el suelo, como yo quería, sino en otros brazos. Miro hacia arriba y percibo una barba oscura rodeando unos labios que conozco muy bien. Sus ojos están furiosos y no deja de lanzar maldiciones. No puede ser. Es imposible. Es...

—Adam —gimo.

Él me mira justo cuando su olor me golpea. El alivio es tan inmediato que, esta vez sí, encuentro las fuerzas para soltar un par de lágrimas.

—Tranquila, nena —susurra con voz ronca—. Ya estás conmigo. Ya te tengo.

Me aprieta contra su pecho con suavidad, como si temiera hacerme daño, y sus pasos se vuelven tan rápidos que cierro los ojos, porque mi estómago sigue revuelto y mi corazón no se ha estabilizado del todo. Quiero decirle que necesito vomitar. Necesito quedarme quieta en un sitio y no moverme más. Necesito... Dios, necesito tantas cosas, y ni siquiera soy capaz de hablar, pero ya no importa tanto, porque él está aquí. Él se hará cargo, estoy segura. Tan segura como de que me llamo Victoria Corleone León.

Y así, con la seguridad y el alivio que me brindan sentirme protegida por sus brazos, me abandono al cansancio extremo y dejo que él se ocupe de todo.

30

Adam

Entro en la cabaña con Victoria laxa en mis brazos. No sé qué cojones le pasa, pero esto no es simple cansancio, por mucho que Alexia diga que sí. La tumbo con cuidado en la cama y me vuelvo hacia la que es ahora mismo la receptora de mi odio absoluto.

—¿¿¿Qué le has dado??? —gruño, más que pregunto.

—No entiendo...

—Y una mierda que no entiendes. ¿Qué le has dado para que esté así?

—Adam, sé razonable, ¿quieres? Estaba muy nerviosa por el vuelo después de lo que le pasó de España a Nueva York. Yo solo la he ayudado.

Me quedo blanco. Lo sé sin necesidad de mirarme en un espejo. Intento mantener la compostura y rezo para que mi tono sea medianamente neutro cuando pregunto:

—¿Qué le pasó de España a Nueva York? —Alexia se retuerce las manos y estallo—: ¡Habla, joder!

Victoria se agita y me giro de inmediato. Retiro el mechón de pelo que ha caído por su cara y, cuando suspira, vuelvo a mirar a su asistente.

—Tuvo un ataque de pánico y convenció a su compañero de asiento para que le diera uno de los ansiolíticos que él había tomado. Al día siguiente fui a buscarla a su apartamento porque no cogía el teléfono y... Bueno, digamos que celebró su llegada a Nueva York con más tequila del recomendable.

Trago saliva y me restriego los ojos. Pastillas y alcohol otra vez, joder. Debí saberlo. La noté rara en nuestra videollamada. Tenía ojeras y su sonrisa no era completa, pero pensé... No sé, pensé que era porque me echaba de menos. Mierda. Soy tan egocéntrico, tan capullo que pensé que era porque me extrañaba tanto como yo a ella. Me tiro de los pelos, literalmente, antes de contestar a Alexia.

—¿Qué le has dado? —pregunto con voz ronca, consciente de que estoy a un solo paso de saltarle a la yugular—. Dime qué cojones le has dado, Alexia.

—Le di un relajante muscular en Nueva York para hacerle más llevadero el vuelo a Los Ángeles. Cuando aterrizamos, hice que comiera una barrita de cereales, porque estaba como venida abajo, pero antes de despegar volvió a ponerse muy nerviosa, así que le di otro relajante.

Tengo los hombros tan rígidos que creo que, si me muevo un poco, me haré mil pedazos, y eso que Alexia aún no ha acabado. Lo sé por la forma en que me mira, como si tuviera miedo de contar el resto.

—Dímelo todo —le advierto, sacando mi móvil y manteniendo la voz en unos decibelios moderados solo porque no quiero sobresaltar a Victoria, pero estoy a nada de perder el control. Lo noto, y ella debe de notarlo también—. Voy a llamar a mi hermano Junior. Es médico y puede ayudarme con lo que sea que le pase, pero tienes que decirme todo lo que ha tomado, porque es evidente que lo que tiene no es simple cansancio. Ni siquiera tú eres tan estúpida como para no verlo.

Alexia pasa por alto el insulto, lo que me da una idea de lo consciente que es de la realidad.

—Al llegar a Tahití, le di un café para despertarla un poco, pero luego se puso peor, así que... —Traga saliva y carraspea—. Como no quería darle otro relajante muscular, le di un ansiolítico.

Aprieto los dientes antes de contestar. Cierro los ojos y me recuerdo que lo primero es Victoria. Ella es lo primero, así que llamo a Junior, que lo coge con voz extraña. Ni siquiera sé qué hora es en Los Ángeles. Estoy tan agobiado que todo lo que sé es que Victoria sigue muy quieta. Me siento en la cama, a su lado, y le cuento a mi hermano todo lo ocurrido.

—No sé qué hacer, Junior. Está muy blanca. Joder, está blanquísima y... —Miro su cuerpo en busca de alguna señal que me indique su estado, pero estoy tan bloqueado que apenas me salen un puñado de palabras—. Está muy delgada. No sé cómo ha podido perder peso en tan pocos días.

—Cálmate, Adam. Lo del peso ahora mismo es secundario. Tómale el pulso, ¿quieres? —Lo hago con manos temblorosas. Sigo las instrucciones de mi hermano a duras penas y le respondo a todo lo que me pregunta—. Vale, ¿ha vomitado durante el viaje?

—No lo sé —susurro antes de volverme hacia Alexia—. ¿Ha vomitado?

Soy consciente de que, si mi tono con mi hermano es el de un niño asustado al borde del llanto, con Alexia es el de alguien que está a punto de perder los papeles.

—Vomitó, sí.

—¿Cuándo? —pregunta Junior, que la ha oído a través del teléfono.

—¿Cuándo? —le pregunto a ella.

—Nada más aterrizar en Tahití. Le ofrecí una bolsa y pensé que el café ayudaría. Pensé que...

—¿Pensaste que era mejor darle café que una puta comida decente después de tantas horas y pastillas? —ladro—. ¿Pensaste que era mejor someter su cuerpo a la química y hacer que aguantara horas en este estado?

—Solo quería ayudarla.

Gruño en respuesta y oigo vagamente la voz de Junior, que intenta captar mi atención desde el otro lado de la línea.

—Escucha, voy a llamar al hotel. Dime el nombre para que pueda hablar con ellos y gestionar el envío de un médico a vuestra cabaña.

—¿Crees que puede ser grave? —pregunto después de darle el nombre y la ubicación exacta del resort.

—No estoy allí, hermano, pero si tiene pulso, respira bien y ha vomitado, es buena señal. Aun así, quédate pendiente de cualquier cambio y llámame si se produce algo raro. Voy a ponerme a ello ahora mismo.

—Junior...

—Va a estar bien, Adam. Tienes que confiar en eso, ¿de acuerdo? —Asiento, aunque sé que no puede verme—. Te llamaré en cuanto logre contactar con alguien.

Cuelga. Observo a Victoria, vuelvo a comprobarle el pulso y, al percibir que respira, me levanto y cojo a Alexia del brazo para sacarla de la cabaña. El chico que traía a Victoria en brazos ni siquiera ha entrado. Creo que anticipó que aquí la cosa iba a ponerse complicada.

—¡¿A ti qué cojones te pasa en la cabeza?! —grito en cuanto salimos—. ¿Cómo puedes ser tan hija de puta, Alexia? Pero ¿tú sabes lo que has hecho? ¿Sabes la gravedad de esto?

—Adam, cálmate —dice con un siseo. La Alexia arrepentida está dando paso a la verdadera, la Alexia soberbia a la que nadie puede llevar la contraria o entra en combustión—. Hice lo que tenía que hacer para que ella llegara aquí sufriendo lo menos posible.

—Después de que te contara lo del vuelo de España a Nueva York, ¿no se te ocurrió que esto no era buena idea? ¿Es que no te dio por pensar un puto segundo que no podías ponerla en esta situación?

—Ella tiene obligaciones, Adam. Contratos que cumplir, ahora más que nunca, si no quiere que sus breves vacaciones generen aún más impacto en su imagen.

—¡A la mierda las obligaciones! A la mierda los contratos y a la mierda tú, joder. ¡No puedes atentar contra su vida de esta forma!

—No he atentado contra su vida. Esto es mucho menos grave de lo que ella misma se hace. —El golpe que siento dentro es tan potente que me sorprende no estar echando espuma por la boca—. ¿O es mejor empastillarse por su cuenta y regarlo todo con alcohol? ¿Te tengo que recordar que es la segunda vez que lo hace? La primera acabó ingresada y con un lavado de estómago. ¿Y quien estuvo allí, Adam? ¿Fuiste tú? Porque no te vi.

Ni siquiera me molesto en señalarle que yo no tenía ni idea y que, de hecho, llevaba meses sin verla. De haberlo sabido... joder, de haberlo sabido no habríamos llegado a esto. Hubiese frenado la situación como fuera, aun a riesgo de que la propia Victoria me odiara. No pude hacerlo entonces, pero puedo hacerlo ahora. Esto no está bien, maldita sea. Nadie debería tener que someterse a algo así por un trabajo. Nadie debería venderse a tan bajo precio. Y Victoria, menos que nadie. Cierro los ojos, inspiro y me concentro en ordenar mis ideas, porque las ganas de tirar a Alexia al puto mar son demasiado intensas ahora mismo. Qué curioso que, estando en un paraíso, me sienta en el jodido infierno, ¿no?

—Voy a decirte esto solo una vez —murmuro con voz ronca y contenida—. Solo una, y espero que sea suficiente para que lo retengas. Estás despedida, Alexia.

Sus ojos se abren como platos y empieza a negar con la cabeza.

—Tú no puedes...

—Oh, sí, sí puedo. No vas a trabajar más con ella. No vas a acercarte a ella nunca más. Jamás. Antes prefiero clavarme un puto destornillador en la yugular que permitir que te le acerques.

—Es ella quien tiene que tomar esa decisión. Victoria no te va a permitir...

—Su reacción cuando lo sepa es cosa mía. Lo único que tengo claro ahora mismo es que eres un puto veneno a su lado. Solo estás interesada en que firme más contratos. Sabes perfectamente que lleva tiempo sintiéndose mal, pero, aun así, la has presionado. Has llegado al punto de drogarla, Alexia. ¿Te das cuenta de lo que eso implica? ¿Te das cuenta de que has drogado a una persona con pastillas que necesitan receta y que, obviamente, nadie le prescribió? ¿Te das cuenta, Alexia, de que has cometido un acto ilegal e imperdonable?

—Victoria dio su consentimiento.

—¡A la mierda con eso! ¡Si un jodido alcohólico me da permiso para matarlo con tequila, yo no lo hago porque tengo ética! ¿Entiendes lo que significa?

—¿Estás llamando adicta a Victoria? —pregunta con malicia.

Es todo lo que necesita para que mi cuerpo se pegue al suyo tanto que nuestras narices casi se rozan. Alexia tiembla, y no es para menos.

Jamás le pondría una mano encima, no creo que tenga miedo de eso, sino de lo que pueda decir.

—Ni ella es una adicta, ni tú una buena persona. Está mal de ánimos, sabes que no le gustaba su trabajo. Tiene ataques de pánico que cada vez controla menos y una ansiedad que va en aumento. Una buena asistente habría dado un cambio de rumbo. Habría intentado ayudarla de verdad, no con pastillas y promesas vacías. Y mucho menos con chantajes. ¿Te crees que no sé que la obligaste a volver a base de asustarla con las posibles consecuencias por incumplimiento de contrato? —Mi aliento choca con su cara, pero no retrocede ni un paso. Es una arpía, pero una arpía valiente, la verdad—. Vas a alejarte de ella, vas a romper todos los putos contratos vigentes y vas a cargar con las penalizaciones. Sobre sus hombros no recaerá la más mínima responsabilidad, ni en público, ni en privado.

—¿Qué? No, ni hablar. —Se ríe con un punto de histeria y, esta vez sí, se aleja de mí para pasearse de un lado a otro—. ¡No pienso pagar por lo que ella no hace!

—Lo harás.

—Ni lo sueñes. ¡Y te vuelvo a decir que no puedes hacer esto en su nombre! Ni eres su dueño, ni tienes poder alguno sobre ella. Es una mujer libre que toma sus propias decisiones y...

—Es una mujer libre y toma sus propias decisiones... ¡cuando está consciente! ¿Entiendes la puta diferencia? ¡¡¡La has drogado, joder!!! Me importa tres cojones todo ahora mismo. ¡Te quiero lejos de ella y punto!

—Cuando sepa lo que estás haciendo...

—Ya lidiaré con ello entonces.

—Se cabreará contigo.

—¡Bien! Prefiero que se cabree conmigo y tener la conciencia limpia sabiendo que lo he hecho por su salud, que presionarla, manipularla y meterle mierdas en el cuerpo para que haga mi santa voluntad, que es lo que has hecho tú.

Alexia traga saliva y se limpia el sudor de la cara. Aquí hace calor, pero el motivo no es ese, sino la realidad imponiéndose y abriéndose camino. Sabe que aquí termina su manipulación con respecto a Victoria. No va a acercársele más, joder; aunque yo tenga que mover cielo, mar y tierra, no va a acercársele. Y si Victoria se enfada cuando se despierte, bien, que lo haga, pero ella haría lo mismo si alguien atentara contra mi salud, estoy seguro. Es una puta cuestión de seguridad. No pienso permitir que esta arpía tenga la posibilidad de volver a hacerle daño.

Me asomo a la puerta y la miro en la cama, exactamente en la misma postura en que la dejé hace unos minutos. Maldita sea, ojalá Junior llame pronto, porque no sé si mi corazón puede soportar tanta angustia.

—Adam, sé razonable. Es mi cliente más importante.

—Eso debiste pensarlo antes.

Alexia pasa de las súplicas a la soberbia, y viceversa, con tanto ímpetu que empiezo a preguntarme si no tendrá problemas psiquiátricos. Más tarde me doy cuenta de que no; lo único que le ocurre es que no está acostumbrada a no salirse con la suya.

—¿Y si me niego? ¿Qué pasa si decido que no eres nadie para impedirme hacer mi trabajo?

Estoy a punto de arrancar el puto embarcadero sobre el que nos encontramos. A nuestro lado, más allá de la arena blanca y brillante, hay una preciosa selva. Sobre nuestros pies está el mar de la Polinesia Francesa, cristalino y abrumador, de tan bonito como es. Esta cabaña es un sueño para cualquiera. Y, sin embargo, yo solo tengo deseos de arrancar el puto embarcadero de madera. Me froto la frente, porque el dolor de cabeza que se avecina me va a dejar hecho mierda, y cojo aire con fuerza antes de dirigirme a Alexia.

—Arruinaré tu vida —digo con simpleza. Quizá por eso, por la simpleza que destilo, ella se descompone más, porque no hay grandes aspavientos aquí. Solo una verdad que pienso llevar a cabo si no cede—. ¿Te acuerdas de cuando te ofreciste a representar a mi hermana? A llevarla a la cima como cantante. —Hago memoria y pienso en aquellos días. Alexia siempre se ha movido en el mundo de los famosos, no es nueva en estas artes ni mucho menos, y hubo un tiempo en que se encaprichó tanto con mi hermana que hasta intentó engatusarla con regalos carísimos cuando no era más que una adolescente—. Por fortuna, Daniela siempre ha tenido claro lo que no quiere en su vida —sigo. Me callo que lo que Daniela no tiene nada claro es lo que quiere. Eso no es necesario decirlo—. Pero ya entonces pude ver la clase de serpiente que eras. Y después te toleré porque te convertiste en la asistente de Victoria y ella confiaba en ti. Yo no tenía razones de peso para odiarte, pero no me gustabas. Ahora te odio. Te odio tanto que sería capaz de hundir tu carrera profesional solo por esto. Podría. Sabe Dios que solo tengo que mover un par de hilos. Y, sin embargo, no lo haré, porque no soy tan hijo de puta como tú, pero si luchas contra todo esto; si no aceptas alejarte de ella, rescindir esos contratos y dejarla libre de responsabilidades en un máximo de dos días, me encargaré de que no vuelvas a trabajar para nadie, y haré que hasta en el infierno sepan que la drogaste ilegalmente.

—Ni se te ocurra...

—No me subestimes, Alexia. Y-no-me-presiones. Créeme, no te conviene presionarme. Tienes dos días.

El sonido de unas arcadas nos llega a ambos a la vez y entramos con rapidez en la cabaña. Victoria se convulsiona de costado e intenta vomitar, pero de su boca no sale nada.

—¿Ha comido algo aparte de la barrita de cereales? —pregunto sin mirar a Alexia, acuclillándome al lado de Victoria y sujetando su pelo con mimo.

—No —contesta con sequedad—. No necesitaba tener el estómago lleno. Solo habría servido para que vomitara más.

«O para que las putas pastillas no atacaran con tanta fuerza», pienso. Pero, claro, para pensar eso tendría que haber tenido un mínimo de conciencia o no ser tan absolutamente egoísta.

Justo cuando voy a contestarle, aun a riesgo de que volvamos a enzarzarnos en otra discusión, mi hermano me llama y me informa de que un médico viene para acá. Victoria cierra los ojos, se queja y susurra mi nombre en un tono tan apagado que, de no ser porque estoy tan tenso, estresado y cabreado, me echaría a llorar.

—Estoy aquí —musito acercándome a ella y acariciando su mejilla—. Justo aquí.

—No te vayas —gime, y hace un esfuerzo por abrir los ojos, pero de inmediato vuelve a cerrarlos.

—Nunca, nena. Jamás.

La puerta de la cabaña se cierra y miro sobre mi hombro para percatarme de que Alexia se ha ido, y casi mejor, porque no tengo nada más que decirle. Pienso en nuestra conversación telefónica de hace solo un par de días. Contacté con ella para preguntarle el próximo destino de Victoria y, cuando me habló de este sitio, me ofrecí a fotografiarla. Le dije que me gustaría, y ella, que no es tonta, aceptó al instante, porque sabe bien lo que mi nombre como fotógrafo y el sello de la empresa de mi madre significan en los medios, pero también porque se olía una relación de la que, sin duda, pensaba sacar partido. Me apuesto el culo a que ya nos veía posando a los dos en redes. Uno de los fotógrafos de más prestigio y una de las *influencers* del momento. Estoy tan seguro de que se estaba frotando las manos que siento el deseo de buscarla y volver a discutir solo para desahogarme.

No lo hago. Me quedo aquí, pensando en la ilusión que fui dejando crecer cuando confirmé mi colaboración y supe que estaba a horas de volver a abrazar a Victoria. Y es cierto que en nuestra videollamada la noté rara, pero la echaba tanto de menos que imaginé que por su parte sucedía lo mismo. Y estaba tan entusiasmado con darle esta sorpresa que no pensé... Ni siquiera se me ocurrió pensar que ella seguía mal. Que hacía este trabajo porque no le quedaba otra. Que, para ella, venir aquí no era agradable ni bonito. Que solo era una tarea más que tachar de la lista para tener contenta a Alexia y las distintas empresas que la patrocinan.

Me arrodillo a su lado sin dejar de acariciar su pelo, apoyo mi frente en el colchón y me pregunto cuánto tardará en recuperarse, cómo le sentará que me haya tomado la libertad de despedir a Alexia (de lo de amenazarla con dejarla en la miseria ni siquiera hablo) y, sobre todo, cómo demonios vamos a abandonar esta isla sin que tome pastillas como caramelos, sin alcohol y controlando su ansiedad para que el pánico no la invada de nuevo.

Cierro los ojos, exhalo y me doy cuenta de que esto solo puede salir bien con un puto milagro.

Victoria gime mi nombre como si necesitara agarrarse a mí para soportar su estado y pienso que, de momento, todo lo que importa es conseguir que se recupere. Necesito que vuelva a ser mi Victoria de siempre, que esté bien despierta y con todos sus sentidos alerta. Que su cuerpo se estabilice y su mente se despeje. Eso es todo lo que importa ahora mismo. A partir de ahí gestionaremos cada problema uno a uno. Paso a paso. No nos queda otra.

31

Abro los ojos a duras penas y veo a Adam mirándome fijamente. No sé cuánto tiempo ha pasado desde la última vez que los abrí, pero su postura es la misma, y me preocupa que acabe agarrotado. Dios, estoy tan cansada que solo quiero dormir. Intento mantener los ojos abiertos, pero me resulta casi imposible. Él acerca a mis labios una botella de agua y me ayuda a incorporarme para que beba.

—Tienes que beber mucho ahora. Todo lo que puedas, ¿de acuerdo? —Intento obedecer y siento sus labios en mi pelo—. Eso es, pequeña. Genial. ¿Quieres dormir un poco más? —Asiento por respuesta y me tumba en la cama—. De acuerdo. Intenta recordar todos los sueños que estás teniendo; vas a acumular material para un libro cuando te recuperes.

Su sonrisa es lo último que veo antes de dormirme. No es una sonrisa alegre. Ojalá pudiera quedarme despierta un rato, pero mis ojos se cierran y me abandono al cansancio. Me siento como si mi cuerpo pesara dos toneladas. Y mis párpados, otras dos.

Cuando vuelvo a despertar, él sigue en el mismo sitio, pero ya no hay claridad a mi alrededor.

—¿Es de noche? —pregunto con voz pastosa.

—Ajá. Bebe un poco. —Me ofrece de nuevo la botella—. ¿Quieres intentar comer? —Niego con la cabeza y me dejo caer en el colchón—. ¿Más sueño?

—Dios... —murmuro, porque no puedo creerlo, pero sí, sigo agotada.

—Está bien, nena. Solo déjate ir.

Lo último que pienso antes de dormirme es que no sé cómo ha llegado Adam hasta aquí, pero, joder, qué contenta estoy de tenerlo al lado.

Tengo la garganta seca. No sé cuánto tiempo ha pasado, pero tengo la garganta seca. Busco a Adam junto a mi cama y no lo encuentro. Frunzo el ceño y miro en derredor antes de sentir el peso de su brazo sobre mi estómago. Miro a un lado, en el colchón, y lo veo dormido, con el ceño fruncido y vestido con la misma ropa con la que lleva todo el día. Ojalá pudiera despertarlo a besos, pero fundo la poca energía que tengo en coger la botella de agua de la mesilla de noche y beber un poco más. Luego me acurruco junto a su cuerpo y cierro los ojos.

—Mi vida... —murmura en mi oído, besándome y acariciando mi espalda—. Menos mal que te has movido; empezaba a pensar que ibas a quedarte en la postura de la Bella Durmiente para siempre.

—Soy más de Vaiana que de la Bella Durmiente —susurro. Él se ríe entre dientes y besa mi cabeza.

—Estás mejor, ¿verdad?

No son sus palabras, es el tono de su voz, comedido y un tanto asustado, lo que me hace alzar la cabeza y mirarlo a los ojos.

—Estás aquí. ¿Cómo podría estar mal?

Adam sonríe y deja salir el aire a trompicones. Intuyo que lo ha retenido mucho tiempo desde que nos encontramos. Me besa los labios con dulzura y luego me insta a tumbarme.

—Duerme un poco más. Prometo tenerte listo un desayuno de infarto en cuanto amanezca. —Mi estómago ruge ante sus palabras, señal del montón de días que llevo sin comer en condiciones. Adam ríe y besa mi mejilla—. Voy a pedirlo ya.

—¿Qué hora es?

—Las cuatro de la mañana.

—No, ven —digo cuando está saliendo de la cama—. No voy a molestar a nadie a esta hora.

—No importa, están disponibles veinticuatro horas y...

—Ven aquí. No necesito tanto comer como un par de besos y un gran abrazo.

Él me mira muy serio, preocupado por mi alimentación, y está bien, llevo muchos días sin comer, pero aguantar un par de horas más no supondrá un gran cambio en mi organismo. Al final, cuando estiro la mano en su dirección, se convence y viene conmigo a la cama. Nos besamos un par de veces, me abraza, tal como yo quería, y vuelvo a dormir casi sin darme cuenta, porque esta vez pensaba aguantar despierta un ratito. Supongo que esa mierda aún perdura en mi cuerpo.

32

Adam

Recuerdo las palabras del médico mientras veo a Victoria dormir como si no lo hubiese hecho en años. Está bien. Cansada. Drogada, evidentemente, pero bien. Lo que ha tomado tumbaría a un elefante, pero no necesita un lavado de estómago, lo cual es bueno. Solo tiene que dormir, comer y beber mucha agua. Fácil. Puedo ocuparme de todo eso, aunque de momento no haya probado bocado, pero de hoy no pasa. Me levanto de la cama y ordeno un desayuno con fruta, tortitas, tostadas, distintas mermeladas, aceite y un bollo de chocolate, por si acaso.

Alexia no ha vuelto y espero que no lo haga. Tiene dos días para poner los asuntos en orden, así que más le vale no aparecer por aquí si no es para decir que todo está arreglado y que Victoria es libre.

—Adam... —murmura.

—Estoy aquí. Sigo aquí, nena.

Me tumbo a su lado con cuidado y paso un brazo por su abdomen. Victoria no me mira, pero no me extraña: aún está cansada. Y, sin embargo, lo poco que habla es para pronunciar mi nombre y pedirme que no me vaya, algo que me hace sentir bien y mal. Bien, porque me gusta ser el único pensamiento ahora mismo para ella, y mal, porque no me gusta una mierda averiguarlo así, viéndola en este estado.

—Si consigues espabilarte un poco, voy a darte el desayuno de tu vida, y si te portas bien, luego te prepararé un baño con sales en esa bañera tan enorme de ahí —susurro. Ella no me mira, pero no importa. Sigo hablando, porque no hacerlo implica darle vueltas a la cabeza y la migraña está empezando a joderme vivo—. O en el jacuzzi de fuera. No sé si puedo echar sales en él, pero, si tú quieres, lo hacemos y a la mierda. Pagaré uno nuevo si nos lo cargamos. ¿Eso ha sonado pretencioso? Igual sí, ¿verdad? Bueno, vamos a dejarlo en que no creo que nos carguemos el jacuzzi por echar un poco de sales y aceites. —Victoria se queja y se ríe, medio en sueños medio despierta, así que me pego un poco más a su cuerpo—. Está bien. Si no quieres, pues nos quedamos aquí. Total, tampoco tenemos mucho más que hacer.

Ella no contesta y yo me concentro en relajar mi cuerpo todo lo que pueda. Ahora que sé que no está grave, puedo intentarlo. Además, no me vendría mal cerrar los ojos un momento, a ver si así el dolor de cabeza cede.

Abro los ojos desorientado cuando oigo su voz. No sé cuánto tiempo ha pasado, pero la luz del día se filtra por las paredes de cristal del fondo de la cabaña, ofreciendo unas vistas maravillosas del mar. Joder. Han debido de ser horas.

—Están tocando a la puerta.

La miro restregándome los ojos y maldigo. Mierda. No han debido de pasar más que unos minutos y me ha parecido que he dormido horas. Supongo que es a causa del cansancio de haber estado casi todo el tiempo velando a Victoria. Abro la puerta y permito que dispongan el desayuno mientras ella se despereza poco a poco en la cama.

—Tienes hambre —susurra una vez que el chico se ha ido.

—Enseguida te preparo algo.

Cojo un par de tostadas y empiezo a untarlas en mermelada, pero me percato de su sonrisa. Está despierta de verdad. Y sonriendo. Y es maravilloso, así que voy hacia ella, acaricio su cara y rozo sus labios con los míos sin querer profundizar, porque seguramente sigue sin sentirse bien.

—No, tú —dice—. He oído tu barriga rugir mientras dormías.

Frunzo el ceño y miro hacia abajo, a mi estómago.

—¿Cuánto tiempo llevas despierta?

—Un ratito.

Joder, qué cuidador de mierda soy. Si antes me dice el médico que la alimente y me encargue de que beba, antes voy yo y me quedo dormido nada más pedirle el desayuno. Soy lo peor.

—Ten, bebe un poco de agua. —Acerco la botella que hay sobre la mesilla de noche a sus labios y, cuando se incorpora, agradezco en silencio que ya tenga más movilidad—. Ahora vas a comer.

—No tengo...

—Vas a comer, Victoria. Los dos lo haremos. —Ella me mira muy seria, pero al final suspira y asiente, cerrando los ojos un momento—. Túmbate. Descansa. Te lo traeré aquí.

—Esas pastillas me hicieron mierda —susurra.

Aprieto los dientes y mi odio por Alexia crece. Empiezo a darme cuenta de que es probable que, con cada mención de las putas pastillas, mi odio crezca y crezca hasta convertirse en una bola de fuego en mi interior.

—En unas horas más estarás como nueva —murmuro.

Ella asiente, pero no parece convencida del todo. Cuando abre los ojos, tiene una bandeja con comida sobre el regazo.

—Huele de maravilla —dice antes de dar un bocado a la tostada y gemir. Una sensación de triunfo me recorre la columna vertebral—. ¿Puedo saber cómo es que estás aquí?

—Quería darte una sorpresa —admito—, pero la sorpresa me la he llevado yo.

Su cara pasa de esbozar una sonrisa a adoptar un semblante serio. Se sienta derecha en la cama y me alegra ver que ya se mueve con mucha más soltura.

—Lo siento —musita—. No pensé que saldría tan mal. Ella me prometió que se ocuparía y yo... Dios, he sido una estúpida.

—No, no lo has sido.

Quiero decirle que, simplemente, ha confiado en la persona equivocada, pero no quiero que cargue más culpa a su espalda. Además, si esta conversación sigue su curso, voy a tener que informarla de que me he tomado la libertad de despedir a Alexia, y creo que será mejor que se entere cuando esté al cien por cien.

—Adam... —El silencio que sucede a mi nombre me tensa, pero aguanto pacientemente a que reanude lo que iba a decir—: Cuando volví a Nueva York en avión, yo...

—Lo sé. —La corto porque no quiero que se preocupe por eso y parece atormentada—. Lo sé y está bien, nena. No pasa nada.

—¿Cómo lo sabes? —La observo unos instantes y, al final, ella cae—. Alexia.

—Sí, pero no hablemos de eso, ¿vale? Tú preocúpate de descansar.

—Pero es que entre lo de Bali, eso y ahora esto...

—Victoria, mírame. —Ella lo hace con desgana y yo intento borrar cualquier atisbo de duda en mis ojos—. Todo va a estar bien. Te lo prometo.

—No puedes prometerlo. No eres adivino ni tienes una bola del futuro.

Frunce el ceño y, cuando me acerco, acaricia mi barba con las yemas de los dedos. Cierro los ojos por inercia, porque sentir su contacto directo ahora que está totalmente despierta por primera vez en horas me estremece un poco. Un poco bastante.

—Irá bien porque haremos que vaya bien. No se trata de predecir el futuro, sino de asumir lo ocurrido y seguir adelante.

—No sé si puedo. Y tampoco sé si quiero.

—Sí puedes y sí quieres. Ahora estás cansada.

—No. —Abro los ojos y elevo las cejas. Ella se ríe entre dientes y niega con la cabeza—. Estoy cansada, sí, pero me refiero a que, aun así, no sé si puedo seguir adelante.

—Podrás. Yo te ayudaré.

Nos miramos a los ojos unos segundos que parecen minutos; casi puedo sentir las palabras que brotan en su cabeza, pero no lanza. Las yemas de sus dedos se deslizan hacia mis labios y sonríe sin despegar los suyos.

—Ahora mismo todo lo que soy capaz de pensar es que estás aquí. No hay futuro para mí más allá de ti, Lendbeck.

Que use mi apellido en vez de mi nombre es una clara señal de mejoría, o así pienso tomarlo yo. Y luego están sus palabras, que... Dios. Joder. Qué bueno es oírselo decir.

—Recorrería el mundo entero para estar contigo —confieso con voz ronca.

Ella parece tan sorprendida que, de primeras, no habla, pero al final se muerde el labio y sus ojos se llenan de lágrimas, haciéndome maldecir interiormente. Hago amago de limpiárselas, pero menea la cabeza y carraspea.

—Estoy muy sensible y tú tienes un pico de oro. Mala combinación.

—Tú y yo solo combinamos de buenas maneras, cariño. Aquí no existe nada malo.

Victoria se endereza en la cama, enmarca mis mejillas entre sus manos y sonríe.

—Tienes razón. Aquí no existe nada malo.

Posa sus labios sobre los míos. La abrazo por la cintura y le doy mi boca. Ella se aparta, quita la bandeja de comida de encima de sus piernas y se tumba mientras tira de mi camiseta para inclinarme sobre su cuerpo.

—Desayuno —mascullo—. Tienes que desayunar.

—No tengo más hambre, Adam. Quiero... Bueno, en realidad, es simple. —Se encoge de hombros y me mira con una sonrisa escueta—. Quiero que me quites la ropa y hagas que mi cuerpo despierte por completo a base de caricias. Y, cuando lo consigas, prometo pagarte con la misma moneda.

Ahogo un gemido y le muerdo el labio antes de enterrar la cara en su cuello y aspirar su olor con fuerza.

—Necesitas descansar —susurro con voz ronca—. Joder, me encantaría desnudarte y hacerte de todo, pero, de verdad, tienes que descansar.

—Puedo quedarme tumbada —murmura sonriendo. No la veo, pero sé que sonríe, sobre todo cuando baja una mano y la coloca sobre la erección que, obviamente, ya luzco—. No queremos desperdiciar esto, ¿verdad?

—Victoria...

—¿Qué? ¿Acaso no has venido para cumplir mis deseos?

Me río y me apoyo sobre mis brazos, dejando mi cara a escasos centímetros de la suya.

—He venido a trabajar contigo, supuestamente. A fotografiarte.

—Puedes fotografiarme —ronronea, estirándose y enlazando sus piernas en mis caderas—. En realidad, cada vez que recuerdo la noche que acabamos liándonos y retratándonos con tu móvil me pongo tan caliente que tengo que aliviarme solita...

Vale. Mi gemido ahora es más fuerte, y enredo mi lengua con la suya solo unos segundos antes de separarme y conseguir decir algo coherente.

—¿Te has masturbado pensando en mí?

—Millones de veces —susurra—. ¿O te refieres solo a los días que llevamos separados? —Gimo, y ella se ríe—. ¿Qué?

—¿Lo hacías antes? Antes de volver a vernos en el camping, quiero decir.

—Oh, sí.

—Dios. Yo también. —Sus ojos se abren como platos—. Luego me arrepentía, porque pensaba que no estaba bien, pero es que llevo una vida reuniendo imágenes tuyas. De recuerdos, de las fotos que te haces, de las que te hice yo y de las que imaginaba que te hacía.

—Tú ni siquiera me mirabas —musita.

Abro la boca para rebatirlo, pero percibo la nota de dolor que tiñe sus palabras.

—No es cierto.

—Lo es. No en sentido sexual, al menos. Era una cría para ti.

—Sí, al principio sí. Pero luego crecimos y algo empezó a cambiar. —Frunzo el ceño—. Maldita sea, en realidad, no sé definir cuándo, porque todas estas revelaciones me han llegado este año de sopetón, pero sé que reparaba en ti. Lo sé porque hervía de rabia cuando te ibas con Seth, por ejemplo.

Esta vez es Victoria la que abre la boca, pero por la sorpresa. Está tan pasmada que resultaría gracioso de no ser porque empieza a preocuparme que no reaccione.

—¡Tú te tirabas a Keira! Bueno, a Keira y a un millón y medio de chicas antes que a ella.

Su indignación es tal que me impulsa a levantarme. Bien, si lo que pretendía era que se alterara al punto de salir de la cama, lo estoy haciendo de lujo. Joder, no sé cómo tengo un hermano médico, con lo pésimo que soy yo para cuidar de nadie. O lo mismo es que él ha heredado todas las cualidades en ese aspecto.

—Vuelve a la cama, Victoria. Tienes que descansar.

Ella camina con piernas un poco temblorosas, pero no cede.

—A la mierda. No puedes decirme que te cabreabas por lo de Seth.

—¿Por qué no? Es la verdad.

—¡Es injusto! Tú te tirabas a un montón y yo tenía que aguantarme.

—Pero ¿te molestaba?

—¡Pues claro!

—Pues ya está. Es lo mismo.

—¡No lo es!

—Claro que lo es. ¿Cuál es el problema? A mí me molestaba que estuvieras con Seth y a ti te molestaba que estuviera con otras. Es así, lo asumimos y lo olvidamos ahora que estamos juntos.

—¿Estamos juntos?

—Maldita sea, sí. ¿Tan jodidamente mal hago las cosas?

—Menuda boquita de camionero tienes, mono.

—Mierda, Victoria. —Ella se ríe y yo chasqueo la lengua. Me pongo en pie, frustrado—. ¿Estás cabreada o riéndote de mí? Porque ahora mismo me cuesta pillarte el punto, la verdad.

—Estoy cabreada, pero también un poco contenta. —Respira con turbación y se frota la cara—. Dios, estoy desquiciada.

—Pero ¿por qué? ¿Por qué es esto tan importante? —Guarda silencio y suspiro con cansancio—. Solo es el pasado.

—La noche en que perdí la virginidad, ¿la recuerdas?

Pues claro que la recuerdo. Estuve a nada de estrangular a Seth con mis propias manos.

—Imposible olvidarlo.

—Te vi, Adam.

—¿Qué?

—Yo... —Aprieta los dientes y desvía la mirada hacia el mar—. ¿De verdad estamos juntos?

—Por mí, sí.

—¿Y lo seguiremos estando? Después de esta conversación.

—Sí. —Camino hacia ella con cuidado, dándole tiempo a apartarse. No lo hace, y lo agradezco en el alma. Cuando la alcanzo, rodeo su cintura con mis brazos y enlazo mis manos en la parte baja de su espalda—. Ahora dímelo tú: ¿estamos juntos?

Victoria tiembla ligeramente, carraspea y, cuando me mira, me impacta vislumbrar tantos sentimientos en sus ojos.

—Ese ha sido uno de mis mayores sueños, por no decir el mayor, así que...

La estrecho contra mi cuerpo y beso sus labios una vez. Dos. Tres. Joder, estoy tan agradecido de que una mujer como ella me quiera a su lado que me siento en deuda con el destino, y sé que será así por mucho tiempo. Toda mi vida, seguramente.

—¿Y por qué pareces tensa? ¿O triste? ¿O desquiciada? ¿O bipolar?

Victoria se ríe entre dientes y me mira a los ojos. Supongo que lo que viene es importante, porque ella no es de adquirir un semblante tan serio por nada.

—Te vi con Keira. Aquella noche. Te seguí cuando os alejasteis. Ella se rio de mí; sabía que yo estaba colada por ti y tú no lo veías, o no querías verlo. Se rio de mí justo antes de bajarte el pantalón. —Carraspea y mira de nuevo hacia el mar—. No voy a repetir sus palabras, pero dolió.

Dolió mucho. Sobre todo, porque yo había decidido que ese verano iba a perder la virginidad y quería hacerlo contigo. No había más opciones. Pero entonces ocurrió lo de Keira y... —Traga saliva con tanta fuerza que lo oigo desde la distancia que nos separa—. Volví a la hoguera, agarré a Seth y perdí la virginidad con él en un ataque de furia y rabia.

Me quedo mirándola fijamente, intentando que mi cerebro responda a sus palabras, pero es que mi conciencia me grita de tantas formas distintas que apenas puedo prestar atención a nada. De hecho, no me sorprendería darme cuenta de que no estoy respirando. Y debería hacerlo, si pretendo seguir vivo.

—Joder —digo por fin. Como declaración no es la más esclarecedora, así que lo intento de nuevo—: Joder. —Bien, esto no va a mejorar—. Joder. Joder. Joder. —¿Así o más imbécil?—. ¡Joder!

—¿Estás bien? —pregunta Victoria al percatarse de que, obviamente, algo pasa.

—No te imaginas, ni de lejos, hasta qué punto odié a Seth. Y un poco a ti, también. Y es injusto, Dios, es injustísimo teniendo en cuenta que yo estuve antes con otras chicas y aquella misma noche con Keira, pero es que no podía controlarlo. No quería estar contigo porque eras menor. A veces pensaba que cuando fueras mayor de edad... Pero luego todo se complicó más y más y más. Y yo no... —Cierro los ojos y me restriego la cara con las manos—. Maldita sea, yo no tenía ni idea. Si no, todo habría sido distinto y...

—No podemos cambiar aquella noche —dice ella—, pero podemos olvidarlo y seguir adelante. Seth se portó genial, pero no significó nada. Nunca lo ha hecho.

—Me alegra saberlo —susurro—. Y en cuanto a Keira y al resto, yo...

—Lo sé. No significaban nada.

—¿Lo sabes? Quiero decir, es así, pero ¿cómo estás tan segura?

—Porque no las mirabas como me miras a mí ahora.

Dejo ir el aire, esta vez sí, y acorto la distancia entre nosotros.

—Joder, nena. —La abrazo y siento su risa contra mi hombro.

—Hoy van a darte un premio por elocuente.

—Es que... —Quiero decirle tantas cosas... Tantas, tantísimas que decido medir mis palabras, porque no necesita que la atosigue e intuyo que ya es consciente de muchas—. No puedo creerme que ahora estemos así. No, con lo mucho que la he cagado.

—Está bien, Lendbeck. Todo está bien entre nosotros.

—¿De verdad? ¿No me guardas ningún rencor?

—No podría. Tú no hiciste nada malo. Nosotros nunca fuimos nada.

—Nosotros lo fuimos todo —contradigo—. Solo que no éramos conscientes.

Ella sonríe con una dulzura que me atraviesa el pecho. Se pone de puntillas buscando mi boca y se la ofrezco. Yo a Victoria le daría hasta mi sangre, si la quisiera. La beso y dejo que marque el ritmo, porque sé que necesita mantener un ligero control sobre la situación. Sus manos se agarran al borde de mi camiseta, la levanta y, cuando llega a mis axilas, alzo los brazos y termino el trabajo por ella. Sus dedos se aferran a mi pantalón vaquero y estoy a punto de perder la cordura cuando me freno en seco, recordando prioridades, diga lo que diga mi cuerpo.

—No, no. Tenemos que comer. Tú tienes que alimentarte. —La beso una última vez con pasión, pero sin lengua, antes de intentar arrastrarla hacia la cama.

—Está bien, pero déjame hacer pis antes. Tanta agua...

—Sí, sí, ve.

Mientras ella entra en el baño, abro una nueva botella de agua y sirvo un vaso de zumo natural para cada uno. No he hecho más que colocarlos en la bandeja cuando mi chica (joder, qué bien suena) abre la puerta y aparece ante mí desnuda y con un brillo en los ojos que me pone la cabeza del revés.

—Necesito una ducha antes de desayunar. Huelo al viaje, a vómito, a... a todo lo feo que ha pasado desde que llegué. ¿Crees que puedes esperarme?

—El tiempo que haga falta —murmuro.

—No tardaré mucho. No quiero que la comida se enfríe. Aunque... si quieres acompañarme, no voy a negarme.

Me sitúo a su lado antes de que acabe la frase.

—Primero tienes que desayunar —susurro con voz ronca.

—Estoy desnuda.

—Lo sé, y eso solo vuelve la situación más interesante. —Beso sus labios y paso el dorso de mi dedo índice por su pezón, inflándome de orgullo cuando se endurece al mínimo contacto conmigo—. Primero, comer.

Ella entiende el juego. Se va a la ducha, pero solo después de haberse alimentado y de que los dos nos hayamos llevado al límite mirándonos, deseándonos, tentándonos.

Nuestra estancia aquí empezó siendo una mierda, pero el día que acaba de comenzar viene cargado de nuevas y maravillosas promesas.

33

Empezar a estar despejada, poder moverme y haber recuperado en gran parte los sentidos está bien. Es genial. Pero la sensación de Adam rozando mis pezones con tanta levedad que me hace preguntarme si ha podido ser el viento es de otro mundo. Quiere jugar, lo noto en sus ojos y en su postura, y después del viaje infernal y de pasarme todo el día de ayer semiinconsciente, juro que lo único que me apetece es perderme en su cuerpo y en esta excitación que ya corre en dos direcciones.

—A la cama. —Arqueo la ceja ante su sugerencia teñida de orden—. Para comer.

—¿Vas a alimentarme tú?

—Por supuesto. Tengo que encargarme personalmente de que comas lo suficiente como para recargar tus niveles de energía. Te necesito fuerte para... —Sonríe de medio lado y se encoge de hombros—. Te necesito fuerte. Dejémoslo ahí, de momento.

—Pretencioso...

—A la cama —susurra, esta vez con voz más ronca.

Me guía hacia el colchón y, cuando estoy semitumbada sobre los almohadones, coge la tostada que ha untado antes en mermelada y la acerca a mis labios. La orden está impresa en su gesto, no hace falta que hable, así que abro la boca y doy un bocado. Dios, realmente tenía hambre. Ni siquiera era muy consciente de cuánta, pero tenerlo aquí, dándome de comer él mismo, hace que la situación se vuelva sumamente íntima y que yo actúe por instinto. Y mi instinto me dice que coma.

Que coma lo que me ofrece y que me sacie de él luego. Adam debe de ver en mi postura lo que quiero, porque ahoga un gemido y vuelve a acercarme la tostada. Doy un bocado más, me incorporo y beso sus labios.

—Quiero el bollo de chocolate —susurro.

Y, joder, lo digo en un tono tan caliente que no me extraña que sisee. Y yo que pensé que la gente que jugaba con la comida en la cama era ridícula... ¿Por qué nadie me avisó de que, con la persona correcta, esto podía ser tan erótico?

Adam acerca el bollo a mis labios, muerdo y, cuando el chocolate se derrama por la comisura derecha, lo oigo gemir sin disimulo. Sonrío, me relamo y me doy cuenta de que su autocontrol acaba de agrietarse. Bien. Eso es bueno...

—Más...

Que lo pida con un jadeo incluido agranda la grieta y, cuando acerca sus dedos a mi boca, detecto la tensión que recorre su cuerpo. Doy otro mordisco, gimo y pido más. Adam obedece; el chocolate vuelve a derramarse, la grieta se hace profundísima, su autocontrol estalla en pedazos y su lengua encuentra mi barbilla justo antes de que el líquido caiga sobre las sábanas. Lame mi piel con tanta intensidad que me agarro a sus hombros. El bollo se cae, las sábanas se pringan y pienso levemente en el pobre que va a tener que limpiar esto, pero luego sus dientes muerden mi mentón y olvido hasta cómo me llamo y qué hago aquí.

—Tienes que comer más —murmura con voz bronca—. De verdad debes comer más, pero no puedo parar...

Jadeo cuando sus manos encuentran mis caderas y las aprietan, afianzándome sobre el colchón y dando fe de las ganas que me tiene.

—Primero, comer —consigo decir a duras penas. Él gime y yo acaricio su nuca justo antes de agarrar su pelo y tirar hacia atrás con suavidad. El gesto le pone aún más, a juzgar por su rostro—. Dios, tienes una cara hecha para el sexo.

Su sonrisa orgullosa me pone la piel de gallina.

—Lo mismo digo, preciosa. —Vence la rigidez de mi tirón echándose hacia delante y muerde mi labio inferior—. ¿Quieres más chocolate? ¿O prefieres más mermelada? —Pellizca mi pezón y gimo—. Di, Victoria. ¿Qué más quieres?

—A ti —confieso—. A ti. Te necesito.

—No has comido suficiente. Y yo aún no he probado bocado. —Vuelve su cara y, cuando parte un trozo de tortita con el tenedor, siento ganas de matarlo. No quiero comer más, joder, quiero... ¡lo quiero a él! Adam, en cambio, se ríe entre dientes y mete el trozo que ha cortado en mi boca—. Tú ocúpate de masticar esto. A mí me apetece mermelada.

No lo esperaba. Quizá era muy obvio, pero no esperaba que dejara caer la crema pringosa en el centro de mis pechos para, acto seguido, lamerme como si fuese su cuchara favorita. O puede que su pan, a juzgar por el mordisco que recibo en la clavícula justo antes de que repita la operación, esta vez untando mi pecho.

Los minutos pasan y mi cuerpo se va llenando de mermelada de arándanos, primero, y melocotón, después. Estoy pegajosa, pero la lengua de Adam obra tantas maravillas en mi piel que quejarme es la última opción. En cambio, acaricio sus hombros, su nuca y sus brazos cuando se sostiene para meterme un trozo de cualquier alimento en la boca. Y realmente podría ser cualquiera. Podría meterme papel en la boca y yo masticaría igual, porque estoy demasiado absorta en lo que él come y hace con mi cuerpo. En algún punto, su festín debe de ser brutal, porque deja de derramar alimentos por mi piel, se incorpora y da un gran sorbo al zumo de naranja. Se deja una parte, sin embargo, y cuando abre mis piernas y sonríe, niego con la cabeza.

—Ni se te ocurra.

Ahogo una maldición cuando siento el frío deslizarse entre mis piernas y, cuando su lengua encuentra mis pliegues, gimo y contorsiono las caderas intentando acercarme más a él, pero sin dejar de maldecirlo, lo que le hace mucha gracia, a juzgar por su risa entrecortada.

—Estás increíblemente buena mezclada con el zumo —dice él cuando no queda nada, si no contamos lo que ha caído nuevamente en las sábanas. Tengo que dejar una gran propina en este sitio, sin duda—. Sin embargo —continúa con voz ronca—, el sabor no supera al tuyo original.

Su lengua encuentra mi entrada y, cuando me penetra con ella, me tenso, sintiendo mi excitación alcanzar las cotas máximas. Su dedo traza un par de círculos en mi clítoris y me dejo ir gritando su nombre y tirando nuevamente de su pelo para que me dé tregua, porque no deja de besar y lamer todo lo que encuentra a su paso.

—Vas a matarme, joder —exclamo con una sonrisa inmensa mientras intento recuperar un ritmo normal de respiración.

—Lo dicho —murmura él, mirando todavía mi entrepierna—: nada como tu sabor original. Es, eres... —rectifica— eres jodidamente deliciosa, Corleone.

—Te habría quedado precioso sin la palabrota.

—Entonces no sería yo. —Me guiña un ojo antes de subir por mi cuerpo, besar mis labios y girarnos en la cama; él queda tumbado de espaldas y conmigo sobre su cuerpo—. Móntame, Victoria. Te necesito.

Su deseo es tan evidente que solo me nace gemir y besarlo mientras paso una pierna por las suyas y quedo a horcajadas sobre él. Desabrocho el botón de su vaquero y lo deslizo junto con el bóxer, pero no lo desvisto del todo. No tengo tanta paciencia ahora mismo. Vuelvo a sus caderas y me siento sobre su erección. Adam sisea y yo suspiro. La mezcla de fluidos, zumo y restos de mermelada hace de esta unión algo pegajoso y excitante. Me restriego un poco sobre su eje y, cuando la cosa se pone insoportable, me alzo para meterlo en mi interior.

—Condón —musita con voz tensa—. Condón, nena.

Cierro los ojos y maldigo. Ni siquiera recordaba que no estoy cuidándome. Tengo que poner remedio a eso, joder, odio usar preservativo con él. Aun así, sabiendo que no podemos jugárnosla, dejo que busque en su bolsillo trasero, en la cartera, uno. Me lo da, rasgo el envoltorio y lo desenrollo sobre su erección con soltura. Cuando está listo, lo coloco en mi entrada y me dejo caer sobre él de una vez y sin vacilar; Adam gruñe mi nombre y echa la cabeza hacia atrás. Me tumbo sobre su cuerpo y me froto a conciencia para dejarlo tan pringoso como me siento yo. A él parece no importarle lo más mínimo: agarra mis caderas y me apremia a moverme mientras su erección resbala una y otra vez por mi interior.

—Necesitamos un método anticonceptivo eficaz, rápido y que no suponga una barrera —digo en su oído—. Te quiero dentro sin nada de por medio. Quiero que te corras en cada parte de mi cuerpo, incluyendo mi interior. —Adam afianza el agarre y gime en mi oído—. Hasta que no quede una sola parte de mi piel que no haya tenido tu esencia encima.

—Oh, joder, vas a matarme.

—De placer, Lendbeck.

Él resopla y yo roto las caderas.

—Mierda, Victoria. Oh, joder. Mierda santa.

Me río. En la intimidad tiene una boca de camionero que contrasta a las mil maravillas con la imagen de chico bueno, callado y misterioso que ofrece hacia fuera. Muerdo su torso y luego chupo con tantas ganas que sé que dejaré marca, lo que, de una forma un tanto primitiva, me excita aún más.

—¿Más duro? —pregunto a modo de sugerencia.

Él me mira con los ojos más intensos que he visto nunca, aprieta la mandíbula y asiente mientras sus dedos se clavan en mis caderas. Yo acelero el ritmo, me muevo con más fuerza, con movimientos más bruscos, en sintonía con nuestros cuerpos, que parecen pedir más y más. Los dos gemimos, nos besamos, mordemos lo que encontramos a nuestro paso y perdemos constantemente el compás de la respiración. Un nuevo orgasmo empieza a clamar dentro de mi cuerpo, y me tumbo sobre Adam para que mi clítoris se roce con su pubis. Él, que entiende perfectamente lo que busco, se aferra a mi culo y me espolea sin esfuerzo, como si no pesara más que una muñeca.

—Córrete, Victoria —dice con voz ronca—. Córrete para mí. Sobre mí.

Su voz. Mi nombre en su boca. Dios. Nunca nadie pronunciará mi nombre de manera siquiera parecida. Sus movimientos y sus besos acaban por desatar el orgasmo y, cuando me dejo ir, arqueo la espalda, apoyando las manos en su torso e irguiéndome por instinto. Me estiro tanto que la tensión en mi estómago se hace notar, y dejo que los espasmos de mis caderas actúen por voluntad propia mientras Adam afloja su agarre y facilita que viva el clímax libremente. Eso sí, en cuanto nota que me relajo un poco, me tumba en la cama, sobre mi espalda. Se introduce en mi interior y bombea con fuerza. Con tanta fuerza que el placer de mi orgasmo reverbera en mi cuerpo. Es como una réplica. Es como...

—Oh, joder. Creo que... —Gimo y aprieto los músculos vaginales cuando él empuja—. Creo que me voy de nuevo, Adam.

Su gruñido es parte de su respuesta. La otra parte llega en forma de embestidas aún más potentes que hacen que el cabecero de la cama golpee la pared una y otra vez. Resuello, comprimo mi estómago en un puño, o así lo siento, y me concentro en buscar este placer desconocido, porque ya existe, pero está aumentando, como si todo fuese una réplica del anterior orgasmo, pero se estuviera desencadenando otro. Como una maravillosa y excitante tormenta de verano.

—Victoria, mírame —exige justo antes de morder mi barbilla—. Mírame, nena. Quiero ver cómo te corres de nuevo. Vamos.

Abro los ojos a duras penas, porque estoy tan perdida en las sensaciones que no pienso con claridad. Lo miro y, cuando soy consciente del sudor que perla su cuerpo y la tensión que emana de su rostro, gimo, porque verlo así es infinitamente más excitante de lo que imaginé en cualquiera de mis muchas fantasías. Adam deja de embestir con fuerza para friccionarse por completo contra mí. El cambio, tan rápido y brusco, me dispara de nuevo. Gimo cuando su pubis roza mi clítoris y me dejo caer en un abismo de placer que me hace gritar. Lo sé porque su nombre suena en la habitación una y otra vez, y me doy cuenta, segundos después, de que es mi voz la que lo pronuncia a modo de súplica, demanda, orden, deseo, éxtasis y agotamiento. Cierro los ojos, extenuada e incapaz de dar una orden a mi cuerpo, y es entonces cuando oigo su gemido ronco y alto. Su cabeza baja, muerde mi hombro, y Adam se corre entre espasmos que me hacen sentir orgullo y placer al mismo tiempo. Orgullo al saber que esto lo he provocado yo. Placer porque estoy demasiado sensible y cada roce o movimiento suyo se multiplica por mil.

Adam cae desplomado sobre mí, resollando, resbaladizo por el sudor y tan cansado que apenas reúne las fuerzas para rodar hasta el colchón, dejando la frente entre mis pechos. Apoya después la mejilla en ellos y me mira desde ahí con una expresión tan tierna que a punto estoy de echarme a llorar. Dios, lo quiero tanto...

Y es aterrador, siempre lo ha sido, pero ahora, al menos, el sentimiento es correspondido, o eso espero, así que lo llevo mucho mejor de lo que esperaba.

—Creo que ha sido el mejor polvo de mi vida —murmura con una pequeña sonrisa.

—Totalmente de acuerdo. —Se la devuelvo y suspiro cuando siento su barba raspar mi pecho—. Dios, acabo de fundir mi cerebro con esos orgasmos.

Adam se ríe entre dientes, alza una mano y acaricia mi mejilla con dulzura.

—La primera vez que podemos hacerlo con calma en una cama y casi nos la cargamos a empujones.

Me río y paso la mano por su cuerpo desnudo, intentando normalizar de una vez mi respiración.

—Y no hablemos de lo pegajosos que estamos. Dios, es un poco asquerosito. —Nos reímos y nos miramos con cariño—. Aunque nos da la oportunidad de ducharnos juntos, ¿no? A no ser que quieras hacerlo por tu cuenta, claro... —digo a modo de provocación.

—Juntos, mejor. Soy un chico que mira por el medio ambiente. Es mejor que ahorremos agua.

—Ajá.

—Y puede, y solo puede, que esté deseando frotarte entera con el jabón.

Me río y pellizco su costado; él se queja en el acto. Nos dedicamos un par de minutos más de arrumacos y, al final, incómodos por tantos fluidos y restos de comida en nuestra piel, nos metemos en la ducha, donde no repetimos, porque estoy agotada, pero sí nos tocamos y acariciamos a placer.

—Voy a llamar al servicio de habitaciones para que manden a alguien que limpie este desastre —murmura Adam mientras nos secamos.

Me pongo un bañador con escote hasta casi el ombligo y lo miro con una sonrisa cómplice.

—Tenemos que dejar una sustanciosa propina. —Él se ríe en respuesta. Cuando reparo en sus cámaras encima de la mesa, tuerzo el gesto—. Supongo que deberíamos pensar en trabajar un poco.

—No te preocupes ahora por eso. Vamos a disfrutar del día. Ya habrá tiempo para lo demás.

—Tengo que publicar algo en redes.

—No, no tienes que hacerlo. —Adam me abraza por detrás y besa mi cuello—. Vamos a disfrutar solo tú y yo. Deja fuera al resto del mundo —murmura en mi oído.

—No puedo. —Gimo cuando su mano recorre mi pierna—. Alexia se cabreará. De hecho, no sé cómo es que no ha venido ya a dar por culo. Pensé que se alojaría conmigo. —Adam se aleja de mi cuerpo, camina hacia sus cámaras, y yo lo miro frunciendo el ceño, porque la tirantez de sus hombros es evidente—. ¿Qué pasa?

—¿Mmm?

—Pasa algo. No te hagas el tonto, Lendbeck. Te conozco bien.

Él se encoge de hombros, se vuelve y se apoya en la mesa.

—He despedido a Alexia.

—¿Perdón? —pregunto al cabo de unos segundos, cuando consigo procesar sus palabras.

—Que he despedido a Alexia. Por lo que te hizo. Por lo que te lleva haciendo todo este tiempo.

Trago saliva. No sé cómo sentirme al respecto. Una parte de mí se siente inmediatamente aliviada, mientras que otra, pequeña pero insistente, se ofende ante el hecho de que él haya tomado una decisión que, en teoría, me corresponde solo a mí.

—¿Y quién eres tú para despedir a mi asistente? —Oh. Bien. Parece que la parte ofendida ha tomado el control.

—Victoria...

Lo detengo cuando hace amago de aproximarse. No porque no lo quiera cerca, sino por todo lo contrario. Experimento una necesidad de abrazarlo que no me gusta nada. Estamos discutiendo; no puedo refugiarme en sus brazos. No es una opción, por mucho que mi cuerpo y mis sentimientos digan otra cosa.

—No te correspondía, Adam. ¿Tienes idea del follón en el que me has metido?

—No te he metido en ningún follón. Ella va a exonerarte de toda responsabilidad al anular los contratos.

—¿Anular los contratos? —pregunto con un graznido—. ¿Has anulado mis contratos?

—No, lo hará Alexia. Y, oye, sé que no te gusta que haya tomado esta decisión por ti, pero deberías saber que no me arrepiento.

—Ah, ¡genial! Encima me dices con esa parsimonia que no te arrepientes. ¡Esto es la hostia!

—Victoria...

—No, Adam, es que no es tu puto problema lo que yo haga con mi trabajo.

—Lo es, si llegas aquí semiinconsciente y de pastillas hasta el culo. Pastillas que ella te ha suministrado de manera ilegal.

—¡Yo lo consentí, Adam!

—¡Ni siquiera sabías qué coño estabas tomando! ¿Cómo puedes defenderla?

—¡No la defiendo, maldita sea! —Me doy cuenta de lo alterada que estoy e intento reordenar mis ideas y mantenerme fría en este asunto—. Escucha, lo último que necesito ahora mismo es a una Alexia cabreada. Ya es bastante insufrible de buenas, ¿sabes? No necesitaba que...

—¿Estás oyéndote, Victoria? —pregunta en un tono irritante—. ¿Te das cuenta de que estás más preocupada por la reacción de Alexia que por tu propia salud? Te chantajea constantemente, te atosiga, te carga de trabajo, te droga, y a ti te preocupa que se cabree. ¡Es el puto colmo!

—¡Lo que es el colmo es que tú tomes decisiones por mí! Soy una mujer adulta y yo decido con quién trabajo. Y cómo. Y cuándo. —Adam guarda silencio y yo me enervo más, no sé ni por qué—. ¡Di algo!

—¿Qué quieres que diga? No parecías estar en condiciones de decidir mucho cuando un desconocido te trajo en brazos a esta isla.

Odio profundamente las lágrimas que asoman a mis ojos. Me doy la vuelta para que no descubra lo mucho que me han dolido sus palabras, pero cuando lo oigo maldecir, sé que ha sido insuficiente.

—Joder, nena. Escucha. —Maldice de nuevo y se acerca—. Oye... —Su cuerpo se cierne sobre el mío y me abraza por detrás con delicadeza, como si esperase el rechazo en cualquier momento—. Entiendo que no te guste que haya tomado la decisión por ti, y te juro que esto no es un intento de quitarte poder sobre tus decisiones, pero no te imaginas cómo me asusté cuando te vi así. Victoria, yo... yo es que no podía concebir que alguien que te hace eso permanezca a tu lado. Es que no soporto pensar que va a seguir teniendo algún tipo de control sobre ti. —Apoya su frente en mi hombro mientras las lágrimas resbalan por mis mejillas—. Perdóname si crees que me he pasado, pero no me arrepiento. No puedo arrepentirme. Si fuera al revés, sé que tú harías lo mismo.

—Yo no...

—¿No? ¿No odiarías a muerte a cualquiera que me hiciera daño? ¿No te dolería en el alma ver cómo alguien me reduce a un saco de inseguridades andante? ¿No te jodería saber que soy infeliz y que me encuentro dentro de un bucle del que es imposible escapar?

Sollozo y me pinzo el labio con fuerza. Tiene razón. Odiaba mi trabajo. Y Alexia no era buena para mí. Lo sé desde hace tiempo, pero no quise verlo porque... No sé. Porque supongo que me venía bien tener algo a lo que aferrarme en este mundo del que cada vez me siento más despegada. Y porque este trabajo, aunque lo odie, es mi modo de subsistir. No sé hacer otra cosa. No sé a qué más puedo aspirar. No acabé mis estudios y no... Sencillamente, no sé si sirvo para algo más que para exponer mi cuerpo y mi vida al mundo, lo cual es triste de narices.

—Oye, entiendo tus motivaciones, pero yo... necesito pensar un rato. A solas.

El cuerpo de Adam se queda rígido, pero se separa de mí con un carraspeo. Sé que acabo de hacerle daño, y lo odio, pero de verdad creo que necesito tomar distancia para poner mi mente en perspectiva.

—Tómate el tiempo que necesites —susurra—. Yo estaré aquí, esperándote. O, si prefieres quedarte, me iré a pasar el día por ahí.

Niego con la cabeza y me obligo a no llorar antes de volverme y afrontar su mirada. Está dolido, pero también preocupado, y es esto segundo lo que me mata por dentro, porque no puedo asegurarle que no tiene motivos para ello. No, cuando no me fío de mí misma.

—Solo será un rato —murmuro—. Solo... iré a dar un paseo. ¿De acuerdo? —Él asiente y yo carraspeo—. ¿Qué le dijiste al despedirla?

—Tiene dos días para dejarlo todo en orden. No cargarás con ninguna responsabilidad privada ni pública. Rescindirá todos los contratos y serás libre.

Entrecierro los ojos, cruzándome de brazos.

—¿Y aceptó, así, sin más? —Él guarda silencio—. La amenazaste.

—Puede.

—Adam...

—Le dije que hundiría su carrera si no lo hacía. Tengo el poder y la odio lo suficiente para hacerlo. Y antes de que digas nada, tampoco me arrepiento de eso. Siento mucho que mi decisión te duela, ojalá pudiera hacer algo para ayudarte a estar mejor, pero no me arrepiento de nada, y sigo pensando que ese trabajo ya te hacía más mal que bien.

—Pero tú no puedes...

—Recuerda los ataques de pánico. La ansiedad. El estrés. Las pastillas. El alcohol. —Adam menea la cabeza—. Ve a pasear, recuerda todo eso y piensa en lo que pasaría si la situación fuera a la inversa, por favor. Intenta pensar cómo actuarías en consecuencia. Y no es que yo no me ponga en tu piel, que lo hago; es que, cuando la mujer a la que quiero sufre de un modo tan brutal por culpa de un trabajo y de una persona en concreto, lo más lógico es que yo quiera alejarla de eso.

Me echo a llorar al oírlo hablar de mí como la mujer a la que quiere. Necesito preguntarle si es cierto, porque es evidente que lo ha dicho sin pensar, pero antes de eso tengo que reflexionar. Tengo que aclararme las ideas, y lo último que necesito es llevarme a cuestas esas palabras tan importantes para que interfieran en mi raciocinio, así que asiento e inspiro antes de hablar.

—Lo pensaré. Te lo prometo.

Él asiente bruscamente, me tiende las chanclas y un sombrero para protegerme del sol y sale a la terraza con los hombros tan tensos que creo que se partirá en dos en cualquier momento.

Dios, cómo odio hacerle esto. Cómo odio necesitar espacio y un tiempo a solas... pero no puedo actuar de otra forma. No puedo ser de otra forma, aunque quiera. Cuando salgo de la cabaña, miro de reojo la cama, que aún está deshecha, y pienso que es curioso que solo haga unos minutos que estuviéramos ahí, excitados y entregados el uno al otro.

Cierro los ojos y sopeso si algún día Adam y yo dejaremos de tener tantos altibajos y podremos ser una pareja normal o si, por el contrario, estamos destinados a seguir rodando en la montaña rusa más grande del mundo.

Por suerte o por desgracia, el pensamiento desaparece mientras otro mucho más agudo toma cuerpo en mi cabeza.

Y ahora, ¿qué demonios hago con mi vida?

34

Adam

En cuanto oigo la puerta de la cabaña cerrarse, dejo que la tensión de mis hombros ceda y maldigo todo lo que no lo he hecho con ella delante. Sabía que sería difícil, no me sorprende su reacción, pero no esperaba que doliera tanto. No el que esté enfadada, sino su propio dolor. Asumir que se siente tan perdida como para no saber qué hacer con su vida. El miedo que he visto reflejado en sus ojos. Son factores con los que no conté, y no sé cómo ayudarla. Ni siquiera puedo pensar en lo mucho que me acojona lo que esto pueda desencadenar en una isla de la que tenemos que salir en avión en pocos días. Tengo miedo de que el estrés acabe por provocarle otro ataque de pánico. O peor. Que sienta la necesidad de beber y volver a tomar pastillas. Joder. No puede hacer eso, pero no sé cómo evitarlo.

Me tumbo en la hamaca que hay junto al jacuzzi, con vistas al mar, y contemplo el agua cristalina. No tengo ni idea de cómo va a salir todo, pero anticiparme y ponerme en lo peor no me ayudará, así que lo mejor que puedo hacer es distraerme y rezar para que ella llegue pronto a una conclusión. Las ganas de seguirla son tantas que, cuando el servicio de habitaciones se presenta para limpiar, estoy deseando ponerme a hacer la tarea con ellos. Por desgracia, cuando empiezo a recoger, la chica que se está ocupando se mortifica tanto que lo dejo, porque no quiero que parezca que me desagrada cómo realiza su trabajo. Así que cojo el móvil y regreso a la terraza. Reviso el montón de wasaps que tengo pendientes y, por último, echo un vistazo en el grupo familiar, donde hay más de cien mensajes sin leer. Entro y ojeo por encima. Junior ha informado de lo de Victoria y todos están atacados preguntándome. Lo que me lleva a revisar el registro de llamadas perdidas y... Sí. Bien. Igual debería haber avisado de que no es grave y de que ya se encuentra bien, más o menos, porque aún se nota que está cansada. Vuelvo al grupo y tecleo una respuesta para intentar tranquilizarlos a todos.

Adam: Victoria está bien. Ayer durmió todo el día y prácticamente toda la noche, pero hoy está despierta y ya ha desayunado.

Intento obviar el recuerdo de su cuerpo lleno de mermelada, porque incluso con la preocupación que cargo sería capaz de tener una nueva erección, que intuyo que no va a aliviarse como más me gusta, que es con ella, así que me concentro en los mensajes que, de inmediato, empiezan a llenar la pantalla.

Mamá: Ay, menos mal. Que tome mucho zumo, que eso tiene azúcar y reanima el cuerpo.

Ethan: O vodka, que, además del cuerpo, reanima el alma.

Mamá: Eso no funciona, os lo digo por experiencia.

Papá: Totalmente de acuerdo. Oye, hijo, ¿cómo está de ánimo?

Daniela: Anda que si estuviera yo en una isla con un tío bueno iba a perder el tiempo bebiendo zumo.

Ethan: El tío bueno es tu hermano.

Daniela: Agh. Es verdad. No había caído. Qué asco.

Adam: ¡Eh! De ánimo está bien, gracias.

El mensaje es escueto, pero es que no sé qué decir sin sentir que miento. Esta mañana estaba bien. Muy bien. Sin embargo, hace un ratito... Bueno, yo no catalogaría eso como estar bien.

Daniela: Para lo de las pastillas, lo mejor es un buen polvo.

Papá: Daniela, contrólate.

Daniela: Lo digo por lo de expulsar toxinas.

Junior: No sabía que habías hecho la carrera de medicina, igual que yo.

Daniela: Ya salió el medicucho a vacilar de título.

Mis hermanos se enzarzan en una pelea de la que soy testigo porque, por desgracia, estoy en un puto paraíso, pero no tengo nada mejor que hacer, salvo comerme la cabeza y pensar en qué pasará con Victoria y conmigo. ¿Y si me deja? Conociendo el genio que tiene y lo intensa que es, no sería raro. Además, nunca le he conocido ningún novio formal. A lo mejor le dan repelús las relaciones serias, y nosotros la nuestra la establecimos hace solo unas horas. Por Dios, no llevamos ni un día como pareja oficial y ya tenemos una crisis. Como dato, no es el más halagüeño, la verdad.

Trago saliva y estoy a punto de seguir el consejo de mis hermanos y darme al alcohol, pero me recuerdo a tiempo que hacer que Victoria me encuentre borracho no ayudará en nada a solucionar nuestros problemas, así que me entretengo en tocar los huevos y los ovarios a mis hermanos, que es algo que no tiene efectos secundarios para nuestra relación. O no relación. O lo que coño sea que tengamos.

No sé cuánto tiempo pasa, pero al cabo de un rato, mi familia está harta de mí, así que me ignora; la cabaña vuelve a estar reluciente, sin restos de comida que delaten lo que ha pasado esta mañana; mi estómago vuelve a rugir de hambre (y de ansiedad), y Victoria no ha vuelto. Me froto los ojos y pienso que nos quedan aquí apenas tres días, y el tercero realmente no cuenta, porque es el que partimos, así que digamos que nos quedan dos días enteros, sin contar el de hoy, para disfrutar de la jodida Polinesia Francesa, pero de momento se me ha ido más de un día cuidándola mientras yacía inconsciente, y medio, separados y enfadados. Bueno, enfadada ella; yo me limito a morderme las uñas. Si obviamos el increíble sexo de esta mañana, este está siendo el peor viaje de mi vida con diferencia. Y he recorrido casi todo el jodido mundo con una mochila a cuestas. Una vez dormí en un campo rociado de estiércol. Justo encima del puñetero campo. No fue mucho peor que esto. Estaba rodeado de mierda, sí, pero era feliz. Aquí estoy rodeado de paisajes de ensueño y en la mierda. Debería anotar eso y pasárselo a mi padre o a Dylan Carbonell para su nueva canción. Como metáfora, no tiene precio.

Cuando Victoria por fin aparece, yo estoy tan de los nervios que no me sale ni saludarla, por si me suelta un guantazo y se va de nuevo. No sé qué ánimos trae, y eso es lo peor. Está seria, pero no iracunda. Feliz no parece, aunque, vaya, tampoco contaba con eso. Contenida. Supongo que esa es la definición que más se le acerca.

Me paso una mano por el pelo y luego coloco las dos sobre mis caderas mientras la miro fijamente, expuesto a lo que sea que tenga que decir. Y si acaba con esto, pues a la mierda, joder. A ver si al final va a resultar que estamos destinados a no estar juntos y nos empeñamos en un imposible. Somos demasiado impetuosos. Como dos trenes a punto de colisionar. A mí no me gusta ceder y ella se dejaría amputar una pierna antes que hacerlo. A mí me gusta la tranquilidad y ella vive la vida como si estuviera subida en el barco vikingo. Yo soy más de observar que de hablar, y Victoria, cuando no está atravesando ninguna crisis existencial, como es el caso, es de hablar hasta por los codos. Yo me levanto de buen humor y ella es una gruñona. Bueno, menos cuando la despierto con sexo. Está claro que, ahí, la cosa cambia. Ahí no tenemos ningún problema. Pero el caso es que somos muy distintos y, sin embargo, en cosas esenciales, como la vehemencia y el mal humor si sentimos que nos avasallan demasiado, somos iguales. Es demasiado complejo para que funcione, pero, joder, ya no sé cómo seguir adelante sin ella. Estoy jodido. Pero bien jodido.

Esto va a ser peor que cuando intenté independizarme y acabé con Ethan y Daniela viviendo conmigo y sin pagar alquiler. Volví a casa porque, total, para no librarme de ellos, por lo menos me ahorraba los gastos. Y ahora vivo en la puta casa de la piscina de mis padres. Que sí, que está muy bien porque está al otro lado del jardín, y la piscina, como es lógico, queda en el centro, pero... pero es que es la casa de la piscina. La que deberían usar los invitados. Y aun así, Ethan y Daniela duermen conmigo. A veces incluso en mi cama. Son unos plastas, ahora que lo pienso. Junior es el único que no se mete, y hasta él ha tenido sus momentos.

Y Victoria, teóricamente, vive en Nueva York. Que allí no para nunca salvo para deshacer maletas y preparar unas nuevas, pero ahora que ya no tiene trabajo... O lo mismo ha llamado a Alexia y ha decidido que sigue con ella. A saber. Joder, como haya llamado a Alexia voy a cabrearme tanto que entonces sí que no vamos a tener arreglo, porque yo no puedo limitarme a ver cómo jode su vida cada día más.

Estoy tan inmerso en mis pensamientos que no me fijo en cómo Victoria avanza hacia mí hasta que su empujón me tambalea. Mierda. Me ha empujado.

Ah. No. Espera. Me está abrazando. ¿Me está abrazando? ¿Y qué pasa con la pelea? Frunzo el ceño y le devuelvo el gesto, porque el día que yo no le devuelva un abrazo a Victoria Corleone León será porque me han amputado los brazos, pero estoy muy confundido, la verdad.

—Gracias —susurra junto a mi oído justo antes de esconder la cara en mi cuello.

Frunzo más el ceño. A ver si le ha dado una insolación, que esta mujer tiene la manía de llevar su salud al borde del abismo. La aparto un poco de mí para verle la cara y no me avergüenza admitir que busco rojeces o cualquier señal de que, en efecto, le ha dado un golpe de calor, pero solo me encuentro con su piel tersa, suave y del color dorado de siempre.

—¿Gracias? —repito confundido—. ¿No me vas a mandar a la mierda?

Ella se ríe. Y luego se echa a llorar. Ay, joder, pues eso no ayuda a aclararme.

—Ay, Adam...

Vuelve a sollozar y yo la abrazo con fuerza, besando su cabeza y procurando mantener la calma.

—Tranquila —susurro—. Todo va a estar bien.

Mentira. ¿Cómo puedo decirle eso? ¡Es evidente que, si me deja, los dos vamos a estar jodidos! Pero no puedo decirle eso. O igual debería, para que lo piense dos veces antes de dejarme. No, no puedo. Estaría muy feo. Aunque más feo es quedarse sin novia en la Polinesia Francesa. Por estas cosas que me pasan a mí tiene que haber premio y todo. El premio al gafe del año o algo así. Solo yo vengo a una isla paradisiaca para cuidar de mi no novia inconsciente, conseguir que se convierta en mi novia, echar un polvo y perderla. Hay que estar hecho de una pasta especial para llegar a mi nivel.

—Gracias —repite.

—¿Por qué? —pregunto, incapaz de disimular mi desconcierto.

—Por todo. Por venir aquí; por cuidarme; por decirme las cosas a la cara y ser sincero, aunque sepas que eso va a cabrearme; por intentar que reconduzca mi vida; por quitarme la venda que me empeño en ponerme en los ojos... —Vuelve a sollozar y sus brazos se entrelazan detrás de mi nuca—. Por existir, Adam. Por existir para mí.

Cierro los ojos, inhalo y suelto el aire a trompicones. No parece que vaya a dejarme, y estoy por dar gracias al cielo, pero decido que antes es mejor asegurarme.

—¿Estamos juntos?

Ella se ríe y enmarca mis mejillas entre sus manos.

—Tengo la sensación de que formulamos esa pregunta con demasiada frecuencia.

Las lágrimas que se deslizan por sus mejillas dejan un surco que odio, así que las limpio con mis pulgares. Así, los dos nos acariciamos el rostro y nos miramos fijamente.

—Es que tengo la sensación de estar continuamente sobre un trampolín medio roto.

—Te entiendo, pero creo que es hora de dejar claro, para empezar, que, a no ser que pase algo verdaderamente grave, vamos a seguir juntos.

Trago saliva y afianzo un poco mi agarre sobre ella.

—¿Y despedir a tu asistente y dejarte sin trabajo es algo grave?

—Lo sería si lo hubieses hecho con ánimo de controlar mi vida, pero sé que no es así. —Coge aire y lo exhala lentamente—. He estado pensando mucho tiempo. Mucho. Y tienes razón en una cosa: si tú estuvieras en mi situación, si vivieras lo que yo estoy viviendo, haría hasta lo imposible por sacarte de ahí. Alejaría cada cosa o persona que te hiciera caer más, justo como tú has hecho conmigo. —Inspira de nuevo, como si necesitara concentrarse en respirar para no perder la calma—. Alexia no ha sido buena para mí desde hace mucho tiempo. Este trabajo, tampoco. Es hora de asumirlo y empezar a pensar qué demonios haré desde ahora.

El alivio intenta abrirse paso en mi interior, pero lo refreno un poco más. La situación es delicada y no sé si puedo relajarme por completo.

—Ella tiene hasta mañana para ponerlo todo en orden. No le deberás nada. Serás libre y podrás hacer lo que quieras.

—Ya, bueno... Esa es la cosa. No sé muy bien qué quiero hacer. —Frunce el ceño, pero después de un par de segundos sacude la cabeza y sonríe—. Supongo que tengo dinero y tiempo de sobra para decidirlo.

Eso es cierto. Victoria, pese a todo, no es excesivamente derrochadora y ha ganado muchísimo dinero en estos años. Teniendo en cuenta que la mayoría de la ropa cara que lleva es regalada o cedida por las marcas, igual que los complementos, sus ganancias iban destinadas a ahorrar, supongo, porque nunca ha hecho una inversión. No, que yo sepa. Y el hecho de que hable de a qué dedicar ahora su vida me da una idea aproximada de lo perdida que puede encontrarse.

—De momento, lo principal es que te recuperes de tus ataques de pánico —susurro. Y, como soy un mequetrefe y parece que me encantan los problemas, sigo hablando—: Mi tío Samu estaría encantado de tener una charla contigo...

Se tensa en el acto.

—No necesito un psicólogo. Mis problemas de ansiedad proceden del trabajo. Una vez eliminado, todo irá bien. Estoy segura.

—Como quieras.

Presionar ahora no tiene sentido. Decirle que pienso que no le vendría mal hablar con un profesional acerca de esos ataques de pánico, tampoco. Pedirá ayuda cuando la necesite, si es que así lo considera. Tengo que pensar eso para no volverme loco de preocupación.

—¿Entonces? —pregunta ella relajándose de nuevo—. ¿Ahora es cuando viene el polvo de reconciliación?

Me río, primero entre dientes y más tarde, a carcajadas. Me froto los ojos con las palmas de las manos y pienso cómo demonios he podido vivir sin enredarme antes con ella en todos los planos. Es preciosa, lista, graciosa. Adictiva.

La beso con suavidad en los labios mientras cuelo una mano en el escote de su bañador y la llevo hasta su costado, subiendo y acariciando el lateral de su pecho.

—Tenemos una cama limpia y yo vuelvo a tener hambre, pero, si quieres, y para no repetirnos, podemos activar el jacuzzi exterior y ver qué pasa con las burbujas.

Ella me dedica una sonrisa que engloba un montón de promesas y, dos horas después, mi propia sonrisa de satisfacción habla por sí sola. Joder, eso ha sido muy muy bueno.

El resto del día se nos va en comer, hacer el amor y repetirnos una y otra vez lo bueno que es que estemos juntos, por fin.

La noche llega y, con ella, la oportunidad de follar en el mar sin que nadie nos vea, o eso espero, porque las cabañas vecinas están ocupadas y si alguien saliese ahora... Se lo digo a Victoria y noto cómo su interior se contrae alrededor de mi polla. Joder. Un día me matará de gusto, pero no pienso quejarme lo más mínimo.

Las horas pasan con tanta rapidez que, cuando quiero darme cuenta, estamos a punto de afrontar nuestra última noche en la isla. Los días se nos han ido entre nadar, follar, comer, reír, pelearnos por alguna que otra tontería y hasta hacer una excursión en la que tuve la oportunidad de regalarle un collar de perlas negras, típico de la zona, que Victoria me agradeció de maneras muy creativas en cuanto estuvimos a solas. Si cierro los ojos, todavía siento la risa que me brindó esa noche cuando... Dios, qué bueno fue.

Ahora, en cambio, está seria; creo que está pensando en el vuelo de mañana temprano, así que intento por todos los medios despejar su cabeza. La dejo tomando el sol en la terraza y entro en la cabaña para hacer un par de llamadas.

Dos horas después, mientras estamos tumbados en una de las hamacas, la beso y sonrío contra su boca.

—Ponte cualquier cosa, vamos a salir.

—¿Salir a dónde? —pregunta extrañada.

—Tengo una sorpresa para ti.

Victoria insiste en que le cuente de qué se trata, pero no cedo. Simplemente me siento a los pies de la cama y observo cómo elige un vestido corto y veraniego y se deja el pelo, del color del mar, suelto sobre los hombros. Está preciosa. Siempre lo está, en realidad, pero a veces, cuando me detengo y la miro a conciencia, siento que podría parárseme el corazón, maravillado con lo increíble que es.

Cuando salimos de la cabaña, yo solo llevo puesto el bañador y una camiseta negra. No es nuestro atuendo más estudiado, pero eso lo hace aún mejor, porque estos días hemos tomado un montón de fotos con mis cámaras y nuestros móviles, pero ninguna ha acabado en internet. Son nuestras, recuerdos que guardaremos para siempre y en los que nadie puede inmiscuirse, porque son demasiado especiales.

Enlazo sus dedos con los míos y los aprieto cuando se envara ante la visión de un chico con una barca.

—¿A dónde vamos? —vuelve a preguntar.

Yo sonrío, la beso y le guiño un ojo.

—Confía en mí. Te gustará.

Ella no dice nada, tampoco hace ningún gesto, pero sé que la confianza no es un problema. Lo sé desde el momento en que consintió que mi ultimátum a Alexia siguiera adelante y me hiciera cargo del cese de su vida laboral. Puede no parecer demasiado, pero, en Victoria, mostrar tal nivel de implicación es un mundo.

La barca nos lleva hacia una isla cercana y mucho más privada. Bajamos; sigo las indicaciones del chico, que está al tanto del plan, y, cuando llegamos a una playa aparentemente desierta y con una hoguera encendida, sonrío.

Abrazo a Victoria por detrás y la insto a mirar la manta en la que reposa una cesta que contiene nuestra cena y varios refrescos, a falta de una botella de vino. No quiero que Victoria piense en el alcohol, teniendo en cuenta que mañana tenemos que coger el vuelo y lo que ha pasado en los últimos tiempos.

—Adam —dice con voz estrangulada—. ¿Qué has hecho?

Beso su coronilla, luego su pómulo y, cuando mi barbilla se apoya en su hombro y sé que mis labios están lo bastante cercanos a su oído, me explico:

—Cuando me contaste lo de aquella noche, hace años, sentí que me moría un poco —confieso con voz ronca—. Saber que querías perder la virginidad conmigo y que no estuve ahí para ti me hace sentir tan miserable que...

—No es tu culpa. Tú no hiciste nada malo. —Se vuelve, en mis brazos y me mira directamente a los ojos—. No podías saberlo y no estabas obligado a desearme.

Acaricio algunos mechones de su pelo y beso su frente antes de rozar mi nariz con la suya.

—Para mí siempre has sido la primera, aun cuando me empeñaba en no verte como a una mujer —susurro. Ella empieza a negar, pero la corto besando sus labios—. No fui el primero en nuestra adolescencia, y eso me pesará siempre, pero puedo ser el primero en tu nueva vida, si quieres. —Rozo sus labios y trago saliva, porque estoy nervioso—. Quiero que esta noche sea una primera vez para los dos. Que nos hagamos todo tipo de promesas y, más importante que eso aún: que estemos dispuestos a cumplirlas. Que dejemos aquí todos los secretos y todos nuestros miedos. Que hagamos el amor en la playa de la forma en que lo habríamos hecho hace años si yo no hubiera sido tan idiota. —Sus ojos se cargan de lágrimas, pero no me detengo. Ahora que he cogido impulso, no puedo parar—. Perdimos nuestra virginidad sexual con otras personas, pero esa no es la más importante. Al final, la que de verdad importa es la emocional. Esa que trata sobre las inquietudes, los temores, los anhelos más profundos. En mi caso, esa sigue ahí, intacta, esperando que la persona indicada se haga cargo. Esperando que tú te encargues de romperla y adueñarte de todo. Quiero dártelo absolutamente todo, Victoria. Me entrego a ti con todo lo que tengo. Con todo lo que soy. Y sería un jodido honor encargarme de esa virginidad tuya, también. Así que, ¿qué me dices, nena?

35

Parpadeo una, dos, tres veces, pero nada impide que un par de lágrimas rueden por mis mejillas al oír las palabras de Adam. Agradezco en silencio que lo nuestro no saliera bien hace muchos años, porque de haber sabido entonces hasta dónde podía llegar mi amor por él, lo habría pasado de pena al acabar el verano y marcharme del camping.

—No llores —murmura limpiando mis mejillas.

—Es que eres tan... —Chasqueo la lengua y lo abrazo—. Es imposible no enamorarse de ti, Lendbeck.

Sus brazos me rodean, pero su cuerpo se tensa justo antes de apretarme un poco más.

—¿Estás enamorada de mí?

Me pinzo el labio sintiéndome pillada en falta y, por un momento, me planteo mentir, pero luego recuerdo la forma en que ayer se refirió a mí como la mujer a la que quiere y me obligo a tranquilizarme. Si de verdad vamos a hacer lo de la virginidad emocional, bien puedo empezar por esto.

—¿Qué parte de que he estado loca por ti desde que tengo conocimiento es la que no has entendido? —pregunto, elevando las cejas con socarronería. Cuando se muerde una sonrisa, me río—. Tu ego se está inflando, ¿verdad?

—A toda hostia.

Vuelvo a reír y palmeo su brazo antes de empezar a alejarme de su cuerpo.

—Será mejor que le dejemos sitio, entonces. Dime que has traído algo rico de cenar.

—Bocatas.

Arqueo las cejas y me siento en la manta mientras él hace lo propio frente a mí, pero tan cerca que, al cruzar las piernas al estilo indio, mis rodillas rozan las suyas, puesto que está sentado en la misma postura.

—¿Bocatas? ¿En serio? ¿Esa es tu idea de un pícnic romántico?

—La idea era recrear aquellas cenas, ¿te acuerdas? Y cenábamos bocatas y malvaviscos asados.

—Dios, adoraba esa mierda.

—Estás de suerte. —Saca una bolsa de malvaviscos de la cesta y la agita frente a mí—. ¿Ves? No he olvidado lo importante, nena.

Me río y acaricio su cuello antes de quitarle la bolsa.

—Buen chico.

—¿Y bien? ¿Cómo lo haremos? —Mi gesto delata que pienso claramente en sexo, y su risa se eleva de tal forma que algo se calienta en mi interior—. Me refiero a mi proposición. La virginidad emocional. ¿Te interesa?

—Me interesa.

—De acuerdo, entonces quiero que los dos contemos todos nuestros secretos aquí.

—¿Todos, todos?

—Sí.

—¿Incluso los vergonzosos?

—Sobre todo, los vergonzosos.

—A veces, todavía duermo con Boo. —La carcajada de Adam me hace fruncir el ceño—. ¿Qué? ¡Hemos dicho que íbamos a confesarlos todos!

—¿En serio?

—Pero ¡si lo has dicho tú!

—No, me refiero a lo de Boo. ¿Es en serio?

—Ah. —Me río y saco una de las varillas para pinchar los malvaviscos—. Sí, totalmente.

—Dios... ¿Vas a meterlo en nuestra cama alguna vez?

—Sí, pero solo cuando ya hayamos tenido sexo. No quiero traumatizarlo.

Su risa vuelve y yo me acuerdo del muñeco de peluche que tengo desde hace un siglo. Me lo regaló Daniela un verano en que, al parecer, me enamoré de él cuando lo encontré tirado en el césped del camping. Es un león que, a estas alturas, está tan desgastado que la tela apenas conserva color, de tanto como ha sido lavado. Daniela me lo regaló y, cuando nos marchamos, por lo visto lloró durante días porque, obviamente, se había arrepentido. Aun así, cuando volvimos a vernos y se reencontraron, no intentó quitármelo. Yo no lo recuerdo, era demasiado pequeña, pero sí sé que siempre he sentido un cariño especial por Boo.

—Te toca —le digo—. Y más te vale darme algo jugoso, porque confesar lo de Boo no ha sido fácil.

—Pero ¡si es lo primero que has dicho!

—Bueno, porque bajo presión actúo como el culo.

Cuando me besa entre risas, siento que podría acabar el juego ahora mismo, tumbarme sobre la manta y... No. En realidad, no, porque quiero hacer esto bien. Quiero que de verdad nos desnudemos aquí a todos los niveles posibles, y no solo el físico. De hecho, si queremos lograrlo, es importante que nuestra poca ropa se quede justo donde está, porque nos conozco y sé que no aguantaríamos nada sin lanzarnos a los brazos del otro si nos quitamos algo.

—Tengo una fantasía sexual muy cerda que me avergüenza un poco —admite. Mi interés se despierta tan rápido que Adam se ríe—. Está bien. Eh... —Carraspea y chasquea la lengua, mirando al mar—. Quiero correrme en tus bragas. O tanga. O lo que sea que uses un día de estos.

Elevo una ceja y sonrío con sarcasmo.

—¿Eso es todo? Hombre, esperaba algo como que quieres hacer una orgía en una casa encantada.

—Nada de orgías para mí —contesta de inmediato—. Nada de terceras personas. De ninguna manera. Eso no va conmigo. Creo que podría gruñir solo con la idea de imaginarte con otro y... —Su ceño se frunce tanto que me río—. No, en serio, podría hasta ladrar.

—Está bien, está bien —contesto—. Entonces íbamos porque quieres correrte en mis bragas... Bueno, eso podemos hacerlo.

—No he acabado. —Carraspea de nuevo—. Quiero correrme en ellas mientras tú... Eh... —Estoy tentada de abrazarlo, pero dada la connotación sexual de sus palabras, mejor me quedo donde estoy—. Quiero hacerlo mientras me pajeo con tu vulva. —Frunzo el ceño, porque creo que no lo entiendo, y él aclara—: Nos imagino de pie, tú con las braguitas un poco bajadas y los muslos juntos mientras yo meto mi... Pues eso. Mientras me masturbo con tu clítoris, tus labios. Toda tú. Y me pone imaginar que me corro así, sobre ti y tus bragas. —Sus mejillas se tiñen de color y yo pienso que no sabía que una podía sentirse enternecida y caliente como una parrilla al mismo tiempo—. Quiero correrme, ponerte las bragas en tu sitio y que te quedes así... Ya sabes.

—Oh... —digo cuando entiendo lo que quiere decir—. Quieres que me pasee por ahí con tu semen en las bragas.

—Joder, dicho así...

Me río y, esta vez sí, sin poder evitarlo, me tiro sobre su cuerpo y hago que caiga de espaldas sobre la manta, en parte, pero también sobre la arena.

—Considéralo hecho en cuanto tome medidas anticonceptivas y mandemos el condón a la mierda. —Él gime levemente y acaricia mis costados.

—¿No te parece pervertido?

—Un poco. Y tiene un punto cavernícola, también, porque intuyo que lo que te pone es saber que, de alguna forma, tu esencia más íntima está en mi parte más íntima. —Él gime, mortificado, y me río—. Pero también me parece morboso.

—¿Sí?

—Oh, sí. —Su erección se clava en mi estómago y me echo hacia atrás—. Sin embargo, tenemos que seguir con este juego, así que más vale que tomemos distancia ahora mismo.

Él se ríe entre dientes y, cuando volvemos a nuestras posiciones, sus mejillas aún están coloradas. Joder, es tan excitante que el chico misterioso e intenso sea tan morboso...

—Te toca —dice con voz ronca.

Pienso en algo que lo ayude a sobrellevar su vergüenza y desvía el tema. No me cuesta mucho dar con ello.

—Antes de venir aquí tuve una conversación telefónica con mi madre. Le confesé que estoy enamorada de ti y que no sabía qué hacer con respecto a lo nuestro. Bueno, con respecto a nada.

—¿En serio?

—Sí. Ella me dio un par de consejos y, al final, llegamos a la conclusión de que lo mejor era darte una sorpresa a mi vuelta de este viaje. Pensaba plantarme en tu casa de Los Ángeles y pasar contigo unos días allí, hasta que admitieras que teníamos que estar juntos o... Bueno, en realidad no sé si buscaba exactamente eso, pero desde luego quería llegar a alguna conclusión con respecto a lo nuestro.

—¿Ibas a hacerlo de verdad? —exclama con voz incrédula.

—Ajá.

—Joder, nena. —Me besa con suavidad y se relame—. Estoy absoluta y profundamente enamorado de ti, Victoria.

Sus palabras son tan serias y apasionadas como él mismo. Su actitud es la de quien no teme afrontar sus sentimientos. Y, sin embargo, noto en sus ojos el recelo que le da compartir esta información, porque sabe que esto me otorga un poder nuevo, igual que sucede al revés. Esto lo redimensiona todo. Me inclino un poco hacia delante, lo beso con suavidad y me pongo de pie.

—¿A dónde vas? —pregunta con curiosidad, pero con un pequeño deje de temor.

—Tranquilo. —Sonrío y, cuando estoy de pie, alzo mi vestido hasta dejar al descubierto las bragas del biquini. Me las bajo mientras su mirada se vuelve más profunda; me río entre dientes—. No va por ahí, Lendbeck...

—¿Entonces? —replica con voz ronca.

—Esto. —Señalo las siglas tatuadas en mi pubis, junto a un planeta. *Leiply*—. Cuando me preguntaste aquella primera vez, me puse tan arisca que no volviste a hacerlo nunca más.

—No quiero que lo compartas si no estás seg...

—Virginidad emocional, Adam —susurro—. Quiero hacerlo. Y, de cualquier modo, te resultará una tontería.

—No lo creo.

—Yo creo que sí.

—Dime qué significa, Victoria. Solo hazlo, nena.

Suspiro. Tiene razón. No tiene sentido entrar en bucle, lo mejor es soltarlo y punto.

—«*L'essentiel est invisible pour les yeux.*» —Sonrío cuando sus ojos se abren apreciativamente—. Sí. «Lo esencial es invisible a los ojos.» *El principito*. Sé que parece una tontería; al principio pensé en tatuarme la frase original en francés, pero luego pensé que, siendo algo solo para mí, para no olvidar el significado, lo mejor era tatuarme las siglas y no compartirlo con nadie, porque compartir esto significa admitir que, a veces, muchas veces últimamente, he tenido que parar e intentar recordar que lo que ve todo el mundo no es real. No es toda la realidad, al menos. Que soy algo más que una imagen que se vende desde hace años.

Adam se levanta despacio, pasa la yema de un dedo sobre mi tatuaje y traga saliva visiblemente. Luego me abraza y murmura en mi oído:

—Quédate conmigo en Los Ángeles. Sé mi todo, pero de verdad, Victoria. Y deja que yo sea tu todo.

Me muerdo el labio mientras mi corazón late desbocado. ¿Quedarme en Los Ángeles? ¿Por tiempo indefinido? Dios, es una locura. Adam ni siquiera está independizado como tal. Vive en la casa de la piscina, que ya de por sí es una pasada, claro, pero...

—¿Y qué dirán tus padres?

—Estarán felices. Y si no lo estuvieran, daría igual. Te necesito conmigo, Victoria. Solo un tiempo. Si después sientes que necesitas volver a la Gran Manzana porque allí tienes tu piso, pues...

—Nueva York no es mi casa —le digo a Adam muy seria—. Nunca lo he sentido como tal. Tengo el piso allí porque debía tenerlo en alguna parte para hacer y deshacer maletas, pero no... Mi hogar, el único que reconozco como tal, está en Sin Mar. Esa es una de las cosas que siempre me han preocupado, ¿sabes? No ser capaz de crear lo que mis padres crearon. No sentirme nunca más en casa, salvo cuando estoy allí.

Adam enmarca mis mejillas y me besa con ímpetu.

—Prueba. Solo prueba. Y si después de un tiempo Los Ángeles no es tu casa, me mudo contigo.

—Es imposible. Tú trabajas con tu madre y la empresa está allí...

—Montaré una en otro sitio. O trabajaré a distancia. De cualquier forma, ya viajo mucho, así que... —Niega con la cabeza cuando hago amago de hablar—. Necesito que lo intentemos en serio. Necesito saber que los dos estamos dándolo todo. Sé que te pido demasiado, que has sufrido muchos cambios en pocos días y que puede sonar a locura, pero no somos dos desconocidos. Llevamos toda la puta vida preparándonos para esto. Yo llevo toda la puta vida preparándome para ti, Victoria. No tengo ninguna duda. Ya no.

Mierda. Este hombre es capaz de hacerme llorar incluso cuando sus discursos están llenos de palabrotas. Lo abrazo y asiento casi imperceptiblemente.

—Sí. Sí, me quedo contigo.

Y así es como Adam grita de emoción, me coge en brazos y gira conmigo a tanta velocidad que acabo mirando hacia las estrellas con la cabeza embotada y una sonrisa infinita en los labios. Ojalá esta felicidad sea eterna.

El resto de la noche lo pasamos entre confesiones, como que en realidad odio la mantequilla y que a él le encantan las películas de Disney que lo he obligado a ver toda la vida, pero decía que no para hacerse el duro. Le cuento que cuando estoy sola, en invierno, duermo con un pijama de franela horroroso que tiene un agujero enorme en el costado de la camiseta, y él me revela que hubo un tiempo en que pensó en no trabajar para su madre porque sentía que debía demostrar su valía por sí mismo, pero que al final encontró su propio hueco en la empresa y ahora es feliz con su trabajo. Le confieso que me da miedo no saber qué hacer con mi vida, y él promete que lo averiguaremos juntos. Y luego me confiesa que intentó aprender chino, pero solo consiguió enredarse con la profesora y acabar de malas. De muy malas maneras. Nos reímos con algunos de nuestros secretos, nos enternecemos con otros y nos ponemos a cien con algunos, pero no dejamos que los cuerpos tomen el control hasta que sentimos que no queda nada por sacar. Que nos hemos vaciado el uno para el otro y ahora solo queda un lienzo en blanco que podemos pintar juntos, si es que encontramos la manera de no cagarla.

Hacemos el amor en la playa y siento que esta sí es mi primera vez en todo. En entregarme. En preocuparme más por dar que por recibir. En susurrarle que lo quiero mientras llego al clímax. En abrazarlo temblando cuando todo acaba. Tan expuesta estoy, tan abierta en canal, que en mi última confesión comparto el miedo que tengo de no saber qué va a ser de mi futuro y no poder controlar los ataques de pánico.

—Nos ocuparemos de eso, nena. Lo harás bien. Lo harás muy bien.

—Me preocupan mucho los vuelos de mañana —admito—. Si no lo pienso, todo va bien, pero cuando me doy cuenta de que apenas faltan horas... —Siento la garganta cerrada y él aprieta mi mano y me promete que irá bien.

No lo creo al cien por cien, él lo sabe, pero no deja de intentarlo ni un minuto. Y así, temblando y con la sensación de haberle transferido a Adam todo lo que soy y todo lo que tengo, como él mismo ha dicho antes, acabamos una noche que estoy segura de que recordaré siempre como una de las mejores de mi vida.

Por desgracia, la mañana que sucede a la noche no es, ni muchísimo menos, tan tranquila como todas las que hemos pasado aquí. Estoy tan tensa que un dolor punzante se me instala en la cabeza a medida que las maletas se van cerrando. El trayecto en barca y luego en coche hasta la pequeña pista en la que cogeremos el primer avión se me hace eterno y, cuando llegamos, vomito. Y es raro, porque no he conseguido tomar ni siquiera un café.

El primer vuelo es corto. Muy corto. Y, a pesar de que siento náuseas y una ligera sensación de pánico, consigo controlarme. Adam no deja de apretar mi mano y hablarme para que esté distraída, y aunque ayuda, no lo logra al cien por cien.

El problema viene cuando subimos en el gran avión que nos llevará a Los Ángeles. Ocho horas y media es el tiempo que tardará en llegar y, cuando lo pienso, mi respiración se acelera.

—No puedo... —murmuro a la nada, porque no sé si Adam puede oírme.

Mis ojos se llenan de lágrimas y siento cómo sus manos me instan a inclinarme hacia delante. Mete mi cabeza en medio de mis piernas y me habla con calma para que respire hondo.

—Muy bien, eso es. Ahora estírate. Ven, nena. Estírate todo lo que puedas y toma una gran inspiración. Concéntrate solo en mí, ¿de acuerdo? Va a estar bien. Te prometo que va a estar bien.

Funciona, o eso quiero pensar. El avión empieza a moverse, despega y, por un momento, creo que voy a conseguirlo, sobre todo cuando, tras unos minutos, se estabiliza en el aire y todo parece quedar en calma. Yo no dejo de respirar; estoy tensa, me sudan las palmas y noto un hormigueo en manos y pies que no me gusta nada. Se lo digo a Adam, que me asegura que son efectos del pánico.

—Concéntrate en mí. Deja que te cuente cómo acabé con pantalones de cuero en medio del desierto en una sesión fotográfica de lo más surrealista.

Me río, pero de inmediato me echo a llorar.

—¿Hay algún problema? —pregunta la azafata.

—Mi novia está un poco nerviosa. ¿Pueden prepararle una tila o valeriana?

La azafata asiente de inmediato y se marcha mientras yo vuelvo a mirar a Adam.

—Voy a vomitar.

—Bien, vamos al baño —murmura.

Me ayuda a levantarme y recorro el camino a duras penas. Creo que aguanto solo porque tengo el estómago vacío. Me he negado a comer precisamente por si pasaba esto. Entro en el baño y dejo a Adam fuera. Me convulsiono y vomito bilis, porque otra cosa no sale.

—¿Te he contado la vez que Daniela me obligó a ponerme un tanga suyo de color rosa? Con pedrería de imitación en la parte delantera.

La voz de Adam desde el otro lado de la puerta llega tan nítida que me río, porque no puedo imaginar la cara que pondrán algunos pasajeros si lo oyen. Aun así, el llanto me sobreviene. No puedo hacer esto. El corazón me va demasiado deprisa. Dios. Va muy rápido.

—Adam... —me quejo.

La puerta se abre antes de que pueda decir más y él me abraza sin importarle que hace solo unos minutos estuviese doblada sobre el váter de esta pequeña cabina. Doy gracias al cielo por ir en primera clase y me pregunto cómo demonios manejan el pánico los que tienen que ir apretujados en turista.

—Te tengo, nena. Te tengo —susurra acariciando mi espalda. Yo sollozo un poco más.

—¿No podemos pedir una pastilla?

—No, nena.

—O alcohol. De verdad, creo que me sentiría mejor con un poco de alcohol.

El cuerpo de Adam está rígido. Sé que odia verme así y, por un momento, se debate entre hacerme caso o no, pero cuando habla, me deja claro que ni las pastillas ni el alcohol son una solución, aunque ahora mismo gestionar eso sea más difícil que asimilar que una banda de hormigas armadas me ha robado las joyas, por ejemplo.

—Una vez besé a un tío. —Me separo de su cuerpo y lo miro con labios trémulos a causa del llanto, el vómito y el pánico. Sé que mis ojos están rojos y arrugados y mi nariz y mis mejillas, hinchadas y con rojeces, pero él me mira como si fuese la cosa más bonita que ha visto nunca—. Lo hice porque Ethan me aseguró que no sabría si me gustaba si no lo probaba. No es lo mío, pero fue curioso sentir otra barba en mis labios.

—No puedo con esto —susurro de nuevo.

—Y una vez pillé a Junior follándose a nuestra vecina. No habría pasado nada, de no ser porque nuestra vecina fue su niñera hace un tiempo. ¿A que no podrías haberlo imaginado del santurrón de mi hermano? —Me río, mal que me pese, y cierro los ojos—. Eso es. Respira. Irá bien. Conseguiré que vaya bien, nena. Lo conseguiré, aunque sea lo último que haga.

Y así, con esa promesa, vuelvo con él al asiento y me preparo para el resto del viaje.

No es fácil. Juro por mi familia entera que no lo es. Lloro. Tiemblo. Tengo palpitaciones y tomo tres tilas, pero ninguna parece surtir efecto. Eso sí, cuando tocamos tierra, miro a Adam y, en medio de las lágrimas de alivio, consigo suspirar y sonreír.

—Sin pastillas y sin alcohol —murmuro, tan bajito que creo que tiene que leerlo en mis labios.

—Como toda una campeona —dice él, con tanto orgullo que me siento como si hubiese pisado la luna.

Y es raro, porque una parte de mí se siente fracasada y pequeñita, pero otra, una que se va apoderando de todo, me susurra que de esto trata el amor. En esto consiste querer a alguien con todo tu corazón. Él podría haberme dado algunas pastillas y hacer que fuera fácil. Podría haberme prometido que nos encargaríamos de todo una vez que llegásemos a Los Ángeles, y yo lo habría creído, desesperada por sumirme en la inconsciencia. Podría haberme prometido que sería la última, que después no volvería a tomar nada, en cambio, ha decidido enfrentarse a mis miedos, aun cuando yo no era capaz del todo. Ha asumido que iba a ser jodido y se ha quedado a mi lado como una roca inamovible, listo para ayudarme a atravesar mi pánico. Ha hecho que me enfrente a ello y, aunque estoy hecha una mierda físicamente, hay un gran orgullo resurgiendo en mi interior y recordándome que lo he logrado. Lo he logrado, aunque las piernas me tiemblen y sienta el corazón agotado de tanto latir desenfrenado. Lo he logrado, y eso es lo que de verdad importa.

Ahora solo tengo que conseguir dejar de temblar.

36

Adam

Cuando por fin estamos fuera, en suelo firme, me doy la orden de empezar a relajarme y respirar tranquilo. Ha sido infernal. Absolutamente desesperante. Verla sufrir de esa forma y no poder hacer nada por ella, salvo desviar el pensamiento que la hacía entrar en bucle una y otra vez, ha sido una de las cosas más complicadas que he hecho en toda mi vida. Y lo peor es que, mientras la abrazaba y le prometía que todo iría bien, no dejaba de pensar en las veces que ha tenido que viajar sola, asustada y hasta arriba de pastillas. El pensamiento me hace fruncir el ceño por dos razones. La primera, evidentemente, que odio imaginarla así, y la segunda es que ayer enviamos un correo a Alexia preguntando si ya estaba todo en orden respecto a la dimisión de Victoria y, al coger el vuelo hacia aquí, aún no habíamos recibido respuesta. Espero que, al encender el móvil, Victoria tenga un correo suyo o voy a cabrearme mucho. Si se pensaba que iba de farol...

—Necesito un café. —Su voz titubeante me hace parar en seco.

La miro y me doy cuenta de que aquí, fuera del avión, su tez pálida y sus ojeras son aún más evidentes. Asiento y beso su frente antes de tirar de su mano con suavidad.

—Vamos a buscar uno en cuanto recojamos las maletas.

Ella no contesta, pero me regala una sonrisa temblorosa. La beso, porque, joder, aunque tenga aspecto de haber atravesado el infierno, yo la veo preciosa. Será la valentía, que le queda como un guante.

Recogemos las maletas, compramos café para los dos y nos dirigimos a la salida del aeropuerto. Estoy deseando respirar el aire de Los Ángeles. Estoy deseando dormir, también. En parte, es una suerte que el vuelo haya sido tan agotador, porque supongo que así podremos descansar sin problemas cuando caiga la noche pese al cambio horario.

Acaricio su pulgar con el mío y entrelazo nuestros dedos aún más, disfrutando del contacto. Quizá por eso percibo la tensión de su cuerpo cuando cruzamos las puertas que indican la salida.

—¿Todo bien? —pregunto justo antes de oír el primer grito.

—¡Esa Vic cómo mola, se merece una ola!

Mis ojos se desvían de inmediato, buscando entre la gente que espera a sus seres queridos (u odiados, a saber) en el aeropuerto. No me lleva mucho encontrarla; mi hermana Daniela está en el centro, con una pancarta en alto en la que se lee: «¡Bienvenida a casa, cuñada buenorra!». El cartel ahora mismo se bambolea porque ella está haciendo la ola. O intentándolo. Mi cara es un poema, pero no es nada en comparación con la que pongo al ver a mis padres y a mis hermanos imitarla sin ningún pudor. La gente los mira. Mucho. Y yo estoy a punto de morir del puto bochorno cuando mi hermana repite su numerito, esta vez pidiendo un tsunami. La mato. Yo la mato. Y al resto, también. ¡Si hasta Junior está moviendo las caderas! Si mi hermano es un palo, joder, es el único en la familia que no se levanta de la silla en cuanto suena la música. ¿De dónde ha sacado la motivación? Lo habrán drogado.

Tan enfurruñado estoy que no reparo en Victoria hasta que oigo su risa. Su maravillosa y estruendosa risa, a carcajadas.

La primera en correr es Daniela, otra vez, que parece que lleva un año sin ver a mi chica. Me gusta que se quieran tanto. Me encanta. Pero me encantaría más si el abrazo que acaba de tirarlas a las dos al suelo se hubiera producido en un sitio más íntimo. Ellas ríen mientras el resto de la familia se acerca. Todos sonríen. Yo también sonrío, acabo de darme cuenta. Es imposible evitarlo viendo a Victoria mostrar parte de la alegría que ha perdido tras tantas horas ahí dentro, en el avión.

—Bienvenido, hijo —dice mi madre abrazándome.

—No he estado fuera ni una semana, mamá. De verdad, esta familia necesita controlar su dependencia.

—Y esto no es nada, mi amor. Esto no es nada...

—Ah, ¿no?

Mi padre sacude la cabeza.

—Tu hermana quería traer serpentinas y una botella de champán para celebrar que Victoria se queda una temporada. Porque se queda una temporada, ¿verdad? Eres hijo mío, no puedes haberlo hecho tan mal.

—Uy, no tires por ahí, Lendbeck, que tú la cagaste mucho en su día.

—No tanto, cuando estás aquí.

—Buen punto —contesta mi madre antes de besarlo.

—Oh, venga ya. Estoy agotado, no necesito ver cómo os morreáis justo ahora. —Ellos se ríen e intensifican el beso—. En serio, parad, joder.

Mi padre se despega de mi madre lo justo para elevar una ceja y señalarme con el dedo índice.

—No me digas lo que hacer con mi mujer, chico.

Me río, aunque no quiera, porque esa frase ha sido repetida muchas veces en mi casa a lo largo de los años. En realidad, ni siquiera me molesta que se besen. Creo que ya protesto por costumbre. Es una tradición que implantamos de niños, y las buenas tradiciones hay que mantenerlas.

—¡Oh, mierda, Daniela!

Miro al suelo, a Victoria, que chasquea la lengua mientras mi hermana se bebe su café de un sorbo.

—Perdona, cuñadita. Llevo un día de muchos nervios. Ay, qué día más malo.

—Nos ha jodido —dice mi chica mirándome—. Yo casi me muero en ese avión y la que lleva un día malo es ella.

Sus palabras parecen exageradas, pero su cara aún da muestras de lo mal que lo ha pasado y lo que le está costando recuperarse.

—No te lo bebas todo, agonías. —Ethan le arranca el vaso de papel a nuestra hermana y se acaba lo que queda—. Joder, no has dejado casi nada.

Me mira y, como si hubiese sido una señal, Junior me arranca mi vaso y se lo bebe de un trago.

—¡Eh! —exclamo.

—Iba a quitártelo. Era él o yo. Lo necesito más, tío, lo siento.

Bufo y le tiendo la mano a Victoria para que se levante del suelo.

—Bienvenida a casa —murmuro, de morros, mientras la abrazo.

Ella, en cambio, se ríe, pasa un brazo por mi cintura y besa mi mandíbula antes de mirar a mi familia.

—¿A que no sabéis qué? Vuestro hijo por fin se ha dado cuenta de que no puede vivir sin mí. Me ha rogado tanto tanto que me ha dado pena y he decidido quedarme una temporada.

Mis padres ríen, mis hermanos ríen, y yo me cabrearía, de no ser porque estoy tan jodidamente feliz de que estemos aquí que siento que nada podría arruinarme el momento. La estrecho más contra mí y miro a mi familia con una sonrisa radiante.

—Por ahora vamos a quedarnos en la casa de la piscina, pero buscaremos algo.

—No tenéis por qué —replica mi padre—. La casa de la piscina está libre y me gusta teneros cerca.

Asiento una sola vez porque, en realidad, me gusta estar allí. No es que no pueda separarme de mi familia, es que, cuando lo he intentado, se me han pegado como garrapatas, de todas formas.

Victoria abraza a mis padres a modo de respuesta y agradecimiento. Luego abraza a Ethan y Junior, que son los que faltaban, y me sorprende que mi gemelo no aproveche la ocasión para pellizcarle el culo o hacer alguna de esas cosas que tanto me cabreaban en el pasado y que ahora me parecen hasta divertidas. Seguramente porque antes lo envidiaba a muerte y ahora sé que todo es un juego y quien disfruta de ella, en todos los aspectos, soy yo.

Al final conseguimos salir del aeropuerto y repartirnos en dos coches. Las altas palmeras, el sol, el mar de fondo cuando nos acercamos a casa me hacen sonreír como un imbécil. Ya sé que vengo de una isla paradisiaca, pero hay pocas cosas como la vista de Venice Beach al atardecer. Victoria se deja caer sobre mi hombro. Estamos sentados en la parte trasera del descapotable de Ethan. Rectifico. Hay pocas cosas como la vista de Victoria sobre mí con Venice Beach de fondo. Beso su pelo, sonrío y pienso en lo curioso que es que haya recorrido prácticamente todo el mundo haciendo fotos y buscando sentirme completo. Curioso, porque lo que me faltaba siempre había estado cerca. Si no hubiera sido tan idiota...

Niego con la cabeza y desecho el pensamiento. Pensar en que esto pudo ocurrir antes es un error, una tontería. Es ahora, que es lo que importa. Quizá estaba escrito así, si es que existe el destino, que no lo sé.

—Vamos a estar bien —susurra ella cerrando los ojos—. Aquí vamos a estar bien.

Asiento, aunque no me ve, pero no importa. Sé que solo lo dice porque necesita convencerse. La abrazo con fuerza y repito las palabras en mi cabeza una y otra vez.

Vamos a estar bien.

Nuestra primera noche es tranquila. Caemos en la cama rendidos después de convencer a Victoria de que cenemos algo y darnos una ducha conjunta. Sin sexo. Estamos tan cansados que todo lo que queremos es meternos bajo las sábanas y acurrucarnos. Ella está mucho más tranquila, y después de los ataques de pánico del avión y la bajada de adrenalina, se queda exhausta. La abrazo, me acomodo e intento creerme que estamos aquí de verdad. Mi sonrisa al dormirme podría haber iluminado un recinto ferial.

El amanecer, en cambio, se presenta movidito gracias a una sesión de sexo matutino interrumpida por Ethan, que entra en casa sin avisar y se autoinvita a desayunar. Poco después Daniela entra no solo en la casa, sino en la habitación.

—Oye, Vic, ahora que ya no eres *influencer*, ¿van a dejar de mandarte ropa de marca? Porque no sé si te acuerdas, pero solías regalarme un montón de cosas y, claro, no sé qué va a pasar con eso.

Mi chica no se molesta demasiado en taparse, pese a estar desnuda. Yo, sin embargo, subo la sábana hasta su pecho porque, joder, estábamos en mitad de algo importante.

—¡Sal de aquí! —le grito a mi hermana.

—Oye, tranquilito, que esto no va contigo.

—Te vas a o te juro que empezarás a perder tus trapos de marca. Me encargaré de ello personalmente.

—Madre mía, ni bien follado se te quita lo gruñón. —Resopla y guiña un ojo a Victoria—. Luego hablamos de esto.

Victoria se ríe, asiente y, cuando la puerta se cierra, me mira mordiéndose el labio.

—Igual no es mala idea que cambiemos la cerradura.

—Dios, esa es la segunda mejor idea que has tenido en todo el día.

—¿Cuál ha sido la primera? —pregunta.

Desvío los ojos a mi erección, que se ha desinflado un poco, pero no del todo. Ella alza la sábana y acaba lo que habíamos empezado. Sobra decir que le devuelvo el favor en cuanto recupero la respiración y la cordura. Joder, esta mujer acabará conmigo.

El primer día de nuestra nueva vida pinta tan maravilloso que una parte de mí se acojona, pero no la dejo adueñarse de mí. Cuando Alexia envía un correo formal con todo lo necesario para rescindir los contratos pendientes, la euforia es tal que acabamos follando en el baño de la casa principal. A Dios gracias, mis padres y Junior están trabajando, Ethan en el gimnasio y Daniela... Bueno, no sé dónde está, pero no es aquí, así que me conformo.

Después de eso, Victoria hace una videollamada a su familia para informar de la nueva situación y, cuando hago amago de salir, ella niega con la cabeza y me sujeta por la camisa, así que cojo mi cámara, me tumbo en el sofá y la fotografío mientras habla.

El mechón que se retira del ojo sin darse cuenta. El reflejo del sol en ese pelo aguamarina. Sus dientes aprisionando el labio inferior cuando piensa qué decir a continuación. La forma en que se inclina hacia el portátil. La sonrisa específica que guarda para su familia, como si fuese algo especial que solo pertenece a ellos. La emoción cuando se despide y traga saliva, porque los echa de menos y no puede evitar que la tristeza la invada cuando la pantalla se queda en negro. Sus ojos clavados en mí, buscando consuelo.

Dejo la cámara y me levanto para ir hacia ella. Cojo su mano y nos guío a ambos a la casa de la piscina. Mañana tengo que empezar a trabajar, pero hoy el día es nuestro. Pongo *Frozen* en la pantalla del salón y enciendo el aire acondicionado con la suficiente potencia para que la mantita sea necesaria. La acurruco junto a mi cuerpo y dejo que se despeje y distraiga al ritmo de Elsa, Anna y Olaf.

El problema es que luego se empeña en ver *Coco* y, como es normal, acaba llorando a lágrima viva. Maldigo, la abrazo con más fuerza y le prometo que todo estará bien. Y entonces, viéndola temblar y rota, me doy cuenta de que nuestra vida en común no va a ser perfecta. No puede serlo, porque ella está perdida, echa de menos a su gente y libra una de las peores batallas del ser humano: la que ocurre por dentro y contra uno mismo.

Y, aun así, me prometo ayudarla sin descanso para que cada sacrificio suyo valga la pena y los huecos oscuros se rellenen con toda la luz que Victoria merece.

37

Maldigo con todas mis fuerzas el momento en que acepté venir al estudio para ver trabajar a Adam. Llevamos aquí solo dos días y ya me he aburrido tanto quedándome en casa sin hacer nada que ha insistido en que lo acompañara. Tiene una sesión con la modelo Ekaterina Kozlov. Una rusa imponente con piernas kilométricas, el pelo de una sirena, los ojos de una diosa y una boca hecha para el pecado. Y está sin ropa, y mi novio está fotografiándola y animándola para que se contorsione a su santa voluntad. Y no es que yo tenga graves problemas de autoestima, pero, joder, no se puede comparar. Ella es modelo de verdad, no como yo, que solo poso para mis redes. Ella es una diosa y yo soy llamativa por mi físico, pero también por lo extravagante que resulto para mucha gente; por mi personalidad, el estilo de vida que llevo y, por qué no admitirlo, los escándalos que he protagonizado alguna que otra vez. Ella parece un ángel mandado a la Tierra para provocar a hombres y mujeres y conseguir que pequen. Y yo soy... Pues no sé. El demonio pequeñito y porculero, supongo.

Cierro los ojos y me concentro en cambiar el pensamiento. Esto no me afectaría tanto en otra etapa de mi vida, y no me afectaría en absoluto si se tratara de otro chico. El problema es que es Adam, el niño al que idolatré, el adolescente al que idealicé por completo y el hombre al que nunca conseguí olvidar. Es el amor de mi vida, y aunque parezca que estar junto a él es el final de cuento de hadas que todo el mundo espera, no lo siento así, porque esto ha sucedido en un momento en el que dudo de todo. De mí misma, para empezar. ¿Y si se cansa de mis ataques de pánico? ¿Y si se harta de mí cuando hayamos tenido sexo un tiempo indeterminado? Dios, es horrible pensar así, pero no puedo evitarlo. Creo que es cosa del estrés, que no se va. Y no lo entiendo. Alexia ha enviado el correo; tendremos que reunirnos y firmar varios documentos, sí, pero eso no me preocupa. Por fin soy libre y, aunque una gran parte de mí lo celebra, otra está adormecida, como si no pudiera despertar a esa libertad. Como si ese hecho no cambiara nada porque el problema está en mí, y no en lo que hago. O hacía.

—Eso es. Sonríe así, justo así. Lo estás haciendo de maravilla, Katia. Gírate un poco y alza el pecho. Así, perfecto.

Las palabras de Adam me sacan de mis pensamientos. No me extraña que se muestre tan cercano con ella. Lo necesita para hacerla sentir cómoda y que se relaje. Es lo normal. Lo he visto otras veces. Maldita sea, a mí me han tratado con esa misma amabilidad la mayoría de los fotógrafos. A veces, excesiva amabilidad. Y, sin embargo, me pica. Me pica porque no soy tonta, y la sonrisa de la jodida Ekaterina es provocadora. Si pudiera, arrastraría a mi chico al baño más cercano y se dejaría hacer de todo. Lo sé; no es una cuestión de celos, es que se le nota demasiado.

—Muy bien, Katia. Creo que tenemos suficiente de este modelo. ¿Te cambias y seguimos?

Ella asiente y, para mi completa sorpresa, se quita el sujetador frente a todos los aquí presentes, que somos unos cuantos, joder. Están la maquilladora, la chica del vestuario, la representante de la jodida Katia. ¡Estoy yo, que soy una absoluta desconocida! Que sí, que ya sé que yo misma me he desnudado infinidad de veces frente a Alexia o Chris, pero esto es distinto. ¡Esto es una supermodelo restregándole las tetas a mi novio por la cara!

—Puedes hacerlo en el camerino, cielo —dice Adam riéndose—. No hay prisa. Puedo esperar.

—No me importa hacerlo aquí. ¿O molesto?

Su acento ruso ya es de por sí erótico, pero ella imprime a conciencia un tono que me pone los pelos de la nuca de punta. ¿Se está insinuando? Cuando se muerde el labio inferior mirando a mi novio, lo confirmo: se está insinuando.

Lo reconozco. No estoy lista para la furia que me invade por dentro. No estoy nada lista, porque yo nunca he sido una persona celosa. He tenido momentos de pelusa con mis hermanos, claro, pero eso es un asunto fraternal y no cuenta. Esto es... Joder. Esto duele. Duele porque me siento inferior. Pequeñita. Y no sé qué pensará Adam. Trago saliva y procuro que el nudo de ansiedad se diluya. Oh, mierda, no necesito sentir esto justo ahora. Es una mierda. Una pesadilla.

Lo miro, esperando su réplica. Él se encoge de hombros y sonríe.

—Para nada, como tú prefieras.

Luego se vuelve, suelta la cámara sobre una mesita alta y coge un botellín de agua fresca para dar un sorbo. Mira en derredor y, cuando su mirada se clava en la mía, sé que se ha dado cuenta de que algo va mal. Lo sé porque frunce el ceño y camina hacia mí de inmediato. Y me siento aún peor, porque él nunca ha flirteado ni dado señales de querer algo con la modelo, pero yo no dejo de pensar en lo que hubiera pasado de haber estado solos. Ella es una diosa, joder. A lo mejor la hubiese ignorado una o dos veces, pero no se resiste uno a los encantos de una maldita diosa. Es imposible.

—Ven conmigo —dice Adam cogiendo mi mano y sacándome del estudio—. ¡Vuelvo en diez minutos! —grita a nadie en particular.

Atravesamos uno de los pasillos que llevan hacia su despacho. Es amplio y luminoso. No tanto como el de su madre, que es la gran jefa, pero no está nada mal, y la cristalera con vistas a la ciudad siempre me ha parecido una maravilla. La puerta se cierra e, inmediatamente después, siento sus brazos rodear mi cuerpo y su cara tan cerca de la mía que nuestras narices casi se rozan.

—¿Qué va mal? —pregunta.

—Nada. —Mentira. Dios. Qué mentirosa soy—. ¿Por?

No me cree. Lo sé. Pero no insiste. Asiente una sola vez bruscamente y me besa con intensidad. Con tanta intensidad que, cuando quiero darme cuenta, tropiezo con la alfombra. Intento concentrarme, pero es que está avasallando mi cuerpo de una forma que hace que me sea imposible tomar conciencia del espacio. No con su lengua en mi boca y sus manos clavándose en mis caderas. Ahogo una exclamación cuando me gira y me apoya sobre la cristalera. Se pega a mí y alza mi vestido, que es tobillero y tiene una abertura por delante que llega al muslo. Lo enrolla en mi cintura con una maestría que me hace jadear.

—Mira la ciudad, Victoria —susurra con voz ronca en mi oído cuando intento darme la vuelta. Una mano se cuela por mis braguitas y alcanza mi clítoris con tanta prontitud que gimo.

—Lendbeck...

—Mira la ciudad. —Coge una de mis manos con la suya libre y la lleva atrás. La coloca sobre su bragueta y me hace apretar su erección. Dios. Está durísimo. Intento girarme de nuevo, pero se resiste—. No. Quiero que mires ahí fuera. Los Ángeles. Los putos y enormes Ángeles.

—¿Por qué?

—Porque quiero que entiendas que no hay una sola persona ahí fuera, ni en este edificio, que consiga ponérmela así de dura. Solo tú, nena. Solo tú me pones así.

Acaricia mi entrepierna y, cuando uno de sus dedos se cuela en mi interior, me arqueo, buscando darle más facilidad para maniobrar.

—Adam... —Suspiro, y no me avergüenza reconocer que me humedezco tanto que en cuestión de segundos mete un dedo más y resbala sin dificultad por mi interior—. Adam... —repito a modo de súplica.

—Voy a follarte. Dios. Tengo que follarte, Victoria. Ahora mismo.

—Hazlo —ruego.

Oigo cómo abre su cremallera y, cuando mi mano lo busca a tientas y lo agarro, jadea en mi oído.

—Pídemelo —dice con voz grave y bronca—. Pídeme que te folle, nena.

Gimo y echo el culo hacia atrás, buscando la fricción.

—Fóllame, Lendbeck. Por favor, hazlo ya...

Sus dedos salen de mi interior y, antes de poder registrar un solo pensamiento, Adam aparta la braguita a un lado y me penetra de una estocada. Estoy lista, estoy más que lista y, aun así, ahogo un grito por la sorpresa, porque no lo esperaba tan rápido. Tan certero. Tan profundo e intenso. El sonido de sus caderas al chocar contra mi culo hace que me resulte imposible no calentarme más y más. Tanto que, cuando Adam lleva de nuevo la mano a mi entrepierna, solo necesita rozar mi clítoris para que me corra entre espasmos, intentando agarrarme al cristal y apoyando la frente en él, porque, joder, qué bueno es esto.

—Más rápido —pido—. Dame otro, Adam. Dame otro.

Él gruñe, se agarra a mis caderas, me echa el culo más hacia atrás aún e intensifica el movimiento. Es tan potente que tiemblo por dentro. Despego una mano del cristal, busco una de las suyas y, cuando la consigo, la llevo a mi pecho. Él lo entiende a la primera. Baja el escote de mi vestido y pellizca mi pezón sobre el sujetador. Me arqueo y, cuando sus dientes se pasean por mi cuello, un escalofrío recorre mi columna vertebral.

—¿Cómo puedes dudar de que me vuelves loco? —pregunta entre gemidos—. ¿Cómo puedes pensar que no tengo aquí todo lo que quiero? —Sube la mano desde mi pecho a mi clavícula y rodea mi cuello con suavidad—. Me pasaría la vida dentro de ti, joder.

Su mano sube un poco más y vuelve mi mejilla para que lo mire a los ojos. Está serio, concentrado en el movimiento de sus caderas, pero incluso así su mirada me atraviesa.

—Adam... —musito, y tengo la sensación de que es lo único que puedo decir.

—Te quiero, nena. Te quiero tanto que arde. Que duele. Te quiero más que a nada en el mundo, joder.

El orgasmo me sacude con tanta fuerza que mis rodillas se tambalean y Adam pierde el ritmo. Intenta acompasarse a mí, rodea mi cintura con los dos brazos y se balancea lo justo para que recupere la estabilidad. Cuando lo hago, lo miro de nuevo y sonrío temblorosa.

—Yo también te quiero —susurro.

Él gime, estrecha mis caderas y besa mi hombro antes de volver a penetrarme con fuerza como única respuesta. Como si necesitara demostrarme, ahora más que nunca, que va en serio cuando dice que no hay, ni habrá, otra en su vida. El vaivén vuelve a incrementarse, rozando cotas extremas. Sus jadeos se mezclan con los míos y, cuando no puede más, sale de mi cuerpo, provocando mis protestas.

—No tengo condón —gime con voz estrangulada.

Cierro los ojos y maldigo. Joder, por eso es tan bueno. Ni siquiera me había dado cuenta. Me giro y, cuando veo su mano en torno al eje de su erección, bombeando, la sangre se me vuelve a calentar.

—Ven… —susurro con la respiración agitada—. Cumple tu fantasía.

Él abre los ojos como platos, pero no lo dejo pensar en ello. Apoyo la espalda en el cristal y lo acerco a mí. Bajo mis braguitas e introduzco su erección entre mis muslos. Lo insto a moverse, empujando sus caderas, y cuando Adam entrecierra los ojos, sé que está mucho más cerca de lo que me imaginaba. Me besa con fuerza y luego entierra la cara en mi cuello, como si lo abochornara casi tanto como lo excita cumplir esta fantasía. Su erección sigue rozándose con la piel de mis muslos y mi pubis, cada vez con más ímpetu, haciendo fricción incluso en mi clítoris y provocando un cosquilleo que despierta mi cuerpo. No creo que pueda volver a tener un orgasmo pronto, pero me aprovecho del subidón para mover las caderas y ayudarlo. Adam gime mi nombre y, justo cuando siento el primer latigazo de su descarga entre mis piernas, noto sus dientes clavarse en mi hombro. El mordisco es tan inesperado que ahogo un grito y enredo una mano en su nuca. Es eso, inexplicablemente, y junto al roce constante de su polla contra mis labios menores, lo que me hace estallar en un inesperado y placentero orgasmo que, esta vez sí, me deja agotada. Tan agotada que abrazo a Adam por detrás del cuello, porque creo que podría caerme si no me sujeto a él.

—¿Estás bien? —pregunta entre jadeos, intentando recuperar la respiración.

—Mmm —es todo lo que me sale.

Cuando consigo recobrar algo de fuerza, me enderezo y lo miro a los ojos con una sonrisa.

—¿Y ahora tengo que quedarme empapada, no solo de tu orgasmo, todo el día? —Sus mejillas se enrojecen tan rápido que suelto una carcajada—. La verdad es que tiene su aquel... —Lo beso y, cuando acaricia mis labios con los suyos con dulzura, suspiro en su boca—. Te quiero —repito, porque todavía me parece increíble que nos haya salido en medio de un polvo un poco bestia.

—Te quiero —susurra—. ¿Quieres limpiarte? No me importa.

Sus mejillas siguen encendidas, y es raro, porque Adam, por lo general, no se avergüenza de su comportamiento, pero supongo que cumplir tu fantasía más íntima te otorga cierta sensación de triunfo y también un rubor difícil de explicar.

—Me quedo así —murmuro—. Era parte del plan.

—Ya, pero aún no tienes puesto el anillo, ni usamos anticonceptivos...

—No creo que pase nada, Adam.

—¿Segura?

Suspiro y acaricio su barba.

—¿Quieres que me limpie?

Niega con la cabeza y chasquea la lengua antes de reírse y cerrar los ojos.

—Soy un cerdo.

—Un poco, pero me gusta. —Nos reímos y, cuando me besa de nuevo, la dulzura es aún más patente.

—Mi chica perfecta.

—Mi chico perfecto.

—¿Estás mejor de lo que sea que te estuviera afectando hace un ratito?

No lo dice a las claras, pero sé que es consciente de mi ataque de celos. Valoro y agradezco que sea delicado, porque, conociéndome como me conoce, sabrá que el sentimiento me hace sentir un tanto estúpida.

—Acabo de correrme tres veces. Tendría que estar loca para no estar bien.

Adam se carcajea, muerde mi labio inferior y se separa con cuidado de mí. Coloca mis bragas en su sitio y me sonríe de una forma que podría hacer que me calentara de nuevo, si estuviéramos en un sitio más privado y tuviéramos tiempo para recrearnos. Baja mi vestido, se pinza el labio y, cuando me mira, sé lo que piensa. El secreto que empapa mi ropa interior y que lo va a tener como una moto todo el día. Lo sé. Lo veo en sus ojos. Acaba de correrse y quiere más. Y supongo que esa certeza me llena de una superioridad que me acompaña lo que resta de sesión con Ekaterina.

Adam acaba de hacerle las fotos; ella sonríe y me mira con frialdad a la mínima oportunidad, y yo me apoyo en la pared del fondo, recreo en mi cabeza una y otra vez lo que hemos hecho y siento que, por muy perfecta que sea, por muchas mujeres perfectas que fotografíe Adam, soy yo quien llena su cuerpo, su cabeza y su cama cada día.

Y no sé si es un error pensar así, pero, joder, qué bien sienta tener esa certeza.

Unos días después celebro con Adam no solo que mi abogado me haya comunicado que Alexia ha recibido todos los documentos que necesitaba firmados por mí, sino que soy, legalmente, libre. Nada de contratos pendientes, nada de marcas esperando, nada de presión. Celebro eso y que, el mismo día de la famosa sesión con Katia, Adam me acompañó al ginecólogo y por fin me he puesto el anillo anticonceptivo, así que ya podemos despreocuparnos por el tema del preservativo que olvidamos usar en cuanto nos da el calentón. Que, vale, no es que lo hagamos siempre, pero entre la primera vez en el camping y lo del despacho... Sin embargo, ya hemos puesto remedio, y Adam está tan contento que decide poner a prueba el método a base de sexo intenso y caliente en la ducha. Dios, qué bueno es no tener que parar para usar el condón. Creo que voy a hacerme adicta a esta sensación.

Cuando salimos, nos adecentamos para ir a cenar. Adam quiere probar un nuevo restaurante hindú del que le han dado muy buenas referencias.

—¿Me ayudas con la cremallera? —le pido con una sonrisa por encima del hombro.

Él se acerca a los pies de la cama, donde aguardo, aún sin zapatos, que me ayude a vestirme.

—Si no fuera por lo de la ducha, te bajaría el vestido, en vez de subírtelo.

Me río y le aseguro que puede encargarse de eso más tarde, en cuanto volvamos. Él me obliga a prometerlo y, entre risas, besos y unos tocamientos que considero preliminares para cuando regresemos a casa, acabamos de arreglarnos.

La noche es perfecta. Cenamos, bebemos, brindamos y, al acabar, decidimos tomar una copa en uno de los pubs de moda. Algunas personas nos reconocen y sé que nos hacen fotos. Lo noto cuando miro disimuladamente. Bueno, y en el caso de una chica rubia y de ojos saltones, lo noto porque dispara el flash tan cerca de nosotros que casi me ciega. Se lo digo a Adam, que se ríe y me da un beso con lengua para darle material y que tenga algo que contar en su triste vida, según palabras suyas.

—Tiene que ser muy patético si lo más interesante en una noche como esta es hacerle fotos a una pareja que solo toma algo y se morrea a la mínima oportunidad —dice.

Y no puedo evitar estar totalmente de acuerdo con él.

Aun así, pasado un ratito, empiezo a sentirme incómoda por la atención que atraemos. Y eso que esto es Los Ángeles, joder, se supone que aquí la gente está acostumbrada a lidiar con famosos, pero decidimos irnos a casa y dejar la última copa para nuestro salón, donde no hay más cámaras que las de Adam. Se lo digo, y me insinúa que podría hacer uso de ellas esta noche mientras entra en mi cuerpo.

Me intereso de inmediato. Adoro que nos haga fotos mientras tenemos sexo. Quizá porque nunca pensé que pudiera verme en una actitud tan erótica y que, sin embargo, las fotos resultasen más bonitas que vulgares. Adam consigue que hasta el acto más impuro parezca bello. Es un jodido genio, y si no se lo digo tantas veces como lo pienso, es porque su ego ya es lo bastante grande como para que yo lo alimente.

Cuando caemos en la cama después de mucho mucho sudar, y de otra ducha conjunta, esta vez sin sexo, nos dormimos sin apenas darnos las buenas noches, de tan cansados como estamos.

Eso sí, amanecemos en postura de cucharita, abrazados y de buen humor. Al menos hasta que Daniela irrumpe en la habitación y tira una revista sobre nuestros cuerpos.

—Hora de levantarse, chicos. Tenemos problemas.

Frunzo el ceño, me desperezo y no me preocupo por mi desnudez, porque no hay nada que Daniela no haya visto ya mil veces. Adam, en cambio, vuelve a tapar mi pecho cuando la sábana se resbala.

Miro con desgana la revista y vuelvo a bostezar. Imagino que las fotos de anoche ya están publicadas, así que me encojo de hombros y sonrío.

—Vale, nos hicieron fotos, pero fue una gran noche.

—No se trata de eso, Vic.

Cuando Ethan, Junior, Oliver y Daniela (madre) entran también en la habitación, me aferro a la sábana, inquieta.

—¿Qué pasa?

—Es mejor que lo leas tú, cariño —dice Daniela (madre)—. Y también es mejor que salgamos todos para que puedan vestirse.

Todos asienten y nos informan de que estarán en el salón. Yo miro a Adam, que ha cogido la revista y pasa las páginas a toda prisa para llegar al reportaje de dos páginas que me han dedicado. Las fotos no son de ayer. En una aparezco con un vestido corto de noche, el pelo suelto y la mirada perdida. La reconozco al instante. Es una foto de la fiesta a la que Alexia me obligó a ir antes de volar hacia la Polinesia. No era consciente de que me habían fotografiado, y mi cara demuestra que no estaba precisamente feliz de estar allí, pero aparte de eso, no entiendo qué puede haber de malo ahí. Sin embargo, cuando Adam se tensa, empiezo a preocuparme.

—¿Qué ocurre? —pregunto.

Él suspira y lee solo un fragmento del artículo:

—«Fuentes cercanas a la *influencer* aseguran que su representante, Alexia Anderson, se hizo con diversos estupefacientes para el consumo de Victoria Corleone León. Al parecer, la adicción de la joven promesa de las redes sociales viene de atrás, y es uno de los motivos por los que, cada vez más, falta a las marcas e incumple sus compromisos. Íntimamente relacionada desde hace semanas con el prestigioso fotógrafo Adam Lendbeck, según nuestras fuentes, no sabemos qué opinarán los famosos padres de él acerca de que su hijo comparta besos, vida y quizá algo más con una de las futuras muñecas rotas de Hollywood».

Adam deja de leer, aunque hay más. Estampa la revista contra la pared de la habitación y se vuelve para mirarme muy serio.

—Van a pagar por esto. Te lo juro.

Me encantaría asentir, pero la garganta se me cierra, los ojos se me llenan de lágrimas y todo en lo que puedo pensar es en lo que opinarán mis padres cuando lean esto, porque van a leerlo, estoy segura. Y si no lo leen en esta revista, lo leerán en internet, donde el cotilleo tomará forma. Y, si no, lo harán en las redes, cuando mis seguidores se vuelvan locos y empiecen a preguntar en todos mis perfiles y fotos, pidiendo explicaciones. Y mis abuelos. Ay, Dios, ¿qué pensarán mis abuelos? Y Babu. Joder, casi puedo ver sus ojos decepcionados posados en mí. Él, que, al igual que Erin, tuvo una madre adicta, no va a poder soportar que se rumoree que yo también lo soy, aunque se trate de una mentira. Ninguno de los dos podrá.

Y, seamos sinceros, ni siquiera sé si es mentira del todo, porque ¿acaso no rogué por unas malditas pastillas en el avión de vuelta aquí? ¿Acaso no deseé como pocas veces poder beber alcohol? ¿Acaso no acabé ingresada hace solo unos meses por mezclar las dos cosas?

Cierro los ojos e intento dominar el pánico que amenaza con cortarme la respiración y hacer estallar mi corazón.

No estoy lista. No estoy lista para defraudarlos hasta ese punto. No estoy lista para tirar por la borda la reputación de mi familia, de Adam, de los suyos y de todos cuantos me rodean. No estoy lista para hundir sus vidas a la misma profundidad a la que, evidentemente, estoy hundiendo la mía.

No estoy lista, maldita sea.

38

Adam

Ni siquiera me molesto en buscar la ropa interior. Me pongo un pantalón de chándal, una camiseta cualquiera y miro a Victoria, que sigue enredada en las sábanas mirando fijamente hacia la pared del fondo. Está como ida. No tengo ni puta idea de en qué piensa, pero sé que no es bueno. Igual que sé, casi con total seguridad, que me va a costar media vida que se abra y afronte esto sin encerrarse en sí misma.

Me paso una mano por el pelo y pienso de nuevo en el reportaje. Miro de reojo la revista que he estampado contra la pared. Las ganas de leer el resto son tantas como las que tengo de quemarlo. No es la primera vez que salgo en la prensa rosa. Mis padres son famosos. Mi padre, de hecho, participó en un reality sobre tatuajes, lo que solo ayudó a que se hiciera aún más famoso. Y luego está el hecho de que es un jodido compositor de reputación. Mi madre dirige una de las empresas más prestigiosas del panorama. Maldita sea, mi hermano es un célebre coreógrafo y el tipo ha protagonizado tantos escándalos saliendo de fiesta o tirándose a modelos, cantantes, actrices y un largo etcétera que las posibilidades de que no reconozcan mi cara, teniendo en cuenta que somos gemelos, son nulas. Y para rematar están mis propios méritos laborales. En definitiva, estoy acostumbrado a estas mierdas. O eso pensaba, al menos. Hasta hoy, ni siquiera me importaba mucho lo que dijeran los medios sobre mí o sobre mi familia. Daba por hecho que la mitad o más eran rumores inventados, y el resto estaba distorsionado de tal manera que también era falso. Lo entendía. Lo asumía. Era parte de mi vida. Hasta hoy.

Es simple, en realidad. No soporto que le hagan esto. Más que eso, estoy deseando saber quiénes son esas jodidas «fuentes cercanas» para empezar a cortar cabezas. Mi primera sospechosa, por descontado, es Alexia. Tengo unas ganas extremas de llamarla y gritarle solo porque sí. Si ella está metida en esto, y tiene muchas papeletas, va a pagarlo con creces, porque no pienso parar hasta que su carrera se haya ido por el jodido desagüe. Y, aunque algo dentro de mí me diga que no tiene sentido que Alexia hable y asuma que fue ella la que compró las malditas pastillas, no descarto que haya preferido un mal menor con tal de joder a Victoria.

El teléfono de Victoria suena y ella se tensa de inmediato. Me mira con los ojos desorbitados por el miedo.

—Mi madre... Seguro que es mi madre. O mi padre. O Babu. —Cierra los ojos y ahoga una maldición—. Seguro que es mi familia.

—No, nena. —Intento mantener la calma mientras me acerco a ella con uno de sus vestidos veraniegos en la mano. Se lo paso por la cabeza y hablo en susurros, para que se concentre en mi voz—: Esto acaba de salir. Es imposible que sean ellos. Ten, mete las manos. Eso es, acaba de vestirte, voy a ver de quién se trata.

Ella asiente de manera automática. Voy hacia la barra de la cocina y reviso el móvil de Victoria, que se quedó anoche aquí cargando la batería. Las llamadas perdidas son de Chris, su estilista. O el que era su estilista, al menos. Se lo digo, pero ella no quiere hablar con él. Me deja muy claro que no quiere hablar con nadie. Yo asiento, pongo su móvil en silencio y me lo guardo en el bolsillo, redactándome una nota mental para llamarlo dentro de un rato, cuando consiga que ella reaccione.

Mi familia sigue en el salón y, cuando los dos nos presentamos ante ellos, intentamos sacar algo en claro, pero después de mucho discutir, solo hemos conseguido llegar a la conclusión de que mi padre va a hacer varias llamadas, entre ellas a un redactor de la revista, al que conoce, y nosotros vamos a mantener la calma y a no hacer ninguna declaración, ni en los medios ni en nuestras redes sociales.

—Lo mejor es ignorarlo. Si les dais bola, el circo no acabará en meses —dice mi madre. Luego, como ve que Victoria cierra los ojos y tiembla ligeramente, se sienta a su lado en el sofá y acaricia su pelo—. Todo saldrá bien, cariño. No te preocupes por nada.

Ella asiente, pero no contesta. Lleva tanto tiempo sin hablar que estoy por zarandearla un poco. Ese estado de shock no puede ser bueno. A lo mejor ni siquiera es un shock como tal. A lo mejor su cabeza está gritándole cosas inconexas e insanas. Como cuando me dijo en el mar que, si caíamos al agua, podríamos morir. O cuando me preguntó una noche, sin venir a cuento, si no me daba miedo morir mientras dormía; que mi corazón se parase de pronto. La miré y vi el terror en sus ojos; le pregunté por qué pensaba esas cosas y simplemente se encogió de hombros. Es ansiedad. Lo he hablado con mi tío Samuel infinitas veces y me dice que no me preocupe en exceso, que es ansiedad, pero que debe pedir ayuda. Esto no va a ayudar una mierda, desde luego.

Me froto los ojos y pienso qué más tiene que pasar para que Victoria trabaje en recomponerse a sí misma. Que no es por esto que ha pasado. A mí me importa tres mierdas lo que digan de ella o de mí. Es porque ese sufrimiento que a veces la invade no es bueno, ni sano, y me da pavor que acabe por superarla y que cada vez vaya a peor. Aun así, soy muy consciente de que no puedo presionarla, porque en esto, como en todo en la vida, quien tiene que querer dar el paso es ella. Solo espero que los ataques de pánico que, de tanto en tanto, se la comen mengüen, al menos, para que nos den un poco de tregua.

Aprovecho un momento que se queda distraída con mi familia para salir y llamar a Chris, que me pregunta qué demonios está pasando y si sé quién ha podido ser el que hizo la foto en la fiesta y dio el chivatazo. Le explico que no sé nada y me promete informarme si se entera de algo. Cuando cuelgo, aprovecho y llamo a Alexia. No espero que conteste a la primera, la verdad. Quizá por eso me sorprende cuando lo hace, con voz dubitativa. No es tonta, sabe por qué llamo y, antes de darme ocasión de gruñir como un león enjaulado, me jura por lo más sagrado que no tiene nada que ver y que a bastantes problemas se está enfrentando ya por haber comprado pastillas ilegales. Tiene sentido, pero aun así...

—Si sabes algo, me lo dirás.

Mi tono no es el más amigable, eso lo reconozco, así que no me extraña que se niegue.

—No, Adam. Nuestra relación acaba aquí. Intenta manejarlo como puedas y yo haré lo mismo. He accedido a tu petición, Victoria y yo ya no tenemos nada que ver, y no pienso meterme en esto más que por la parte que me toca.

—Si se te ocurre dejarla mal...

—Ni mal, ni bien. Me ha quedado claro que la nena cuenta con vuestro apoyo y, me guste o no, valéis más que yo en este mundillo.

Es una forma cruda de decirlo, pero no puedo llevarle la contraria. Murmuro una despedida y cuelgo, pensando que, aun después de lo que ha dicho, yo no me fío del todo de su palabra.

—Hijo. —Me vuelvo y veo a mi padre acercarse a mí por el césped—. Creo que es mejor que Victoria y tú os quedéis solos un rato. Parece... —Mi padre se muerde el labio, intentando ser delicado—. Parece como ida.

Asiento, aunque me joda, porque tiene razón.

—Creo que necesita una ducha, un café y empezar a ver esto con perspectiva —resumo.

—Estamos con ella. Espero que sepa eso. —Inhala hondo—. Encárgate de que le entre en la cabeza. Los Acosta estamos con ella. Y contigo. Siempre.

Trago saliva y asiento una sola vez, porque estoy a nada de emocionarme, y no necesitamos eso.

—Eres el mejor padre del mundo. —Él chasquea la lengua y niega, pero lo freno—. Lo eres. El puto mejor padre del mundo.

Se ríe entre dientes, me abraza y palmea mi espalda, primero, y mi nuca después.

—Ve a cuidar de tu chica. Yo me encargo de daros intimidad.

Se lo agradezco. Entramos y, tal y como ha prometido, cinco minutos después la casa de la piscina está vacía, a excepción de Victoria, que sigue sentada en el sofá frente al televisor apagado, y yo, que la observo a ella y pienso cómo demonios vamos a gestionar esto. Me concentro y me recuerdo que lo principal es ir paso a paso.

—Vamos, nena. —Me mira cuando estiro una mano en su dirección—. Vamos a la ducha.

—Adam, mi familia...

—Primero, ducha. Después nos encargaremos del resto.

Ella asiente, como si supiera que lo mejor es hacer una cosa de cada vez. Nos duchamos juntos y, aunque me encantaría enjabonarla, dejo que lo haga ella para que se ocupe de algo, por nimio que sea, y deje de pensar.

—Ahora, desayuno.

—No tengo hambre.

—Tú preparas el café y yo, las tostadas —digo ignorando su comentario.

Victoria suele perder el apetito en cuanto se desestabiliza un mínimo, y es una de las cosas que me preocupan, porque ya en condiciones normales come poco. Antes no era así. Hasta hace un año, más o menos, disfrutaba de las comidas y, de hecho, solía atiborrarse en cuanto tenía oportunidad, aunque luego tuviera que bajarlo a costa de hacer ejercicio. Todavía me cuesta medir hasta qué punto le han afectado los últimos meses. No sé cuál es la forma correcta de manejar el tema, pero sé que no quiero discutir ni tampoco dejarlo pasar o quedarme a ver cómo se niega comida tras comida, así que intuyo que lo mejor es ignorar sus protestas y, simplemente, poner la comida frente a su cara para que coma al menos un par de bocados.

No me equivoco. Consigo que se coma media tostada con aceite de oliva traído de España mientras le hablo de lo que podemos hacer para combatir esto e intento que me cuente cómo se siente, porque se ha cerrado en banda.

—Tu familia lo entenderá, Victoria. No has hecho nada malo.

—La madre de mi Babu era adicta. La madre de Buba, de Erin, también. Vivieron un maldito infierno de jóvenes hasta que pudieron escapar, y voy yo y...

—No eres una adicta —sentencio—. No lo eres.

Ella me mira con ojos tan inexpresivos que me asusto un poco, aunque no lo reconozco.

—Esta mañana, cuando leí la noticia, lo primero que pensé fue que ojalá pudiera tomar una de esas pastillas para evadirme de toda esta mierda.

Aprieto la mandíbula y me vuelvo, para que no vea hasta qué punto me ponen nervioso esas palabras.

—Pero no lo has hecho. Pensar algo y llevarlo a cabo son dos cosas distintas.

—Me he tomado el café sin dejar de pensar que ojalá llevara alcohol.

—Es lo mismo. Pensar algo y llevarlo a cabo son dos cosas distintas.

—Adam...

—No eres una adicta, Victoria. —La encaro—. No eres nada de lo que dicen ellos.

—¿Cómo estás tan seguro?

—Porque te conozco, joder. Y ellos, no. Has sufrido problemas de ansiedad y estrés. ¿Se te ha ido de las manos un par de veces? Sí. ¿Significa eso que estás enganchada? No.

—El vuelo desde la Polinesia fue un infierno.

—Tenías ansiedad.

—Y mono.

—No.

—Adam, joder. —Se frota los ojos y su voz tiembla cuando habla—. No me ayuda nada que niegues la realidad.

—Y a mí no me ayuda nada que te flageles por desear un escape a un puto ataque de pánico de ocho horas de duración. Es completamente normal querer algo que te ayude a hacer desaparecer el malestar, pero no lo tomaste y, cuando llegaste a casa, te recompusiste. Si hubieras tenido mono de verdad, habrías acabado en sabe Dios dónde, buscando a la desesperada una pastilla. No habrías dormido una mierda. No habrías podido pensar en otra cosa más que en drogarte. Y no fue así.

Victoria guarda silencio y yo maldigo cuando me doy cuenta de que mi respiración está acelerada. Esto se me va de las manos. Joder, lo noto. Veo cómo ella se distancia de mí para encerrarse en ese mundo de autodestrucción que ha creado en su cabeza y no puedo hacer otra cosa más que intentar alcanzarla y sacarla de ahí una y otra vez, pero es frustrante y doloroso. Enfadarme con ella, desde luego, no la hará volver más rápido, así que hago lo posible por calmarme y, después de un par de minutos, la abrazo con cuidado.

Ella se aferra a mí de inmediato y cierro los ojos, momentáneamente distraído por su olor.

—Lo siento —susurra en mi oído.

Y, no sé por qué, pero creo que esas dos palabras engloban mucho más de lo que a priori parece.

—Soy yo quien lo siente. No tenía que haberme puesto así.

Ella besa la base de mi cuello por toda respuesta y, cuando inspira con fuerza, sonrío un poco. Le gusta olerme tanto como a mí olerla a ella. Busco sus labios, la beso y acaricio su pelo con dulzura.

—Todo irá bien —susurro.

No contesta, pero no importa. Haré que todo vaya bien. Lo conseguiré, aunque sea lo último que haga.

—Sí... —Carraspea y se aparta de mí—. Voy a llamar a mi familia. Aún no saben nada, porque me habrían llamado, y quiero ser yo quien les cuente lo ocurrido.

Asiento. No hay nada que pueda hacer contra eso porque tiene razón. No puede evitarles el mal rato, pero si es ella la encargada de contarlo, será más suave.

La videollamada es tensa. Julieta insulta a medio mundo; Diego guarda un silencio tirante que me pone el vello de la nuca de punta, porque intuyo que su instinto protector desea cargarse a alguien, y sus hermanas y su hermano maldicen como auténticos camioneros. Victoria se mantiene positiva, sin embargo. Tan positiva que es como ver a una actriz representar el papel de su vida. Sonríe, jura que no pasa nada, que no le afecta, y, cuando llega la hora de la verdad, admite que tomó pastillas en el vuelo de España a Nueva York, pero lo hace con la calma y objetividad que luego, en realidad, no aplica.

—Cariño, igual es hora de buscar ayuda —dice su padre—. Hablar con alguien sobre cómo te sientes con respecto a todo esto y...

—Estoy bien, papá. No es necesario. Solo me molesta que penséis que soy una adicta.

—No lo eres —asevera su madre—. Y, si lo fueras, tampoco dejaríamos de quererte. Eres una de las personas más importantes de nuestra vida. Y voy a matar al redactor de esa noticia. Lo mataré con mis propias manos, le arrancaré los ojos y los pondré en un lugar privilegiado de la tienda. Los venderé a precio de oro.

Me río entre dientes. La tienda de artículos de broma, terror y disfraces de Julieta es una maravilla para cualquiera que tenga alma de niño, y para los propios niños.

—Es inútil —asume Victoria—. En un par de días varios medios se habrán hecho eco de esto y muchas personas hablarán de mí en estos términos. No puedes arrancarles los ojos a todos.

—No subestimes a tu madre, cariño —replica Diego—. Y los que ella se deje atrás, los arrancaré yo.

—Bien dicho, poli.

Julieta alza la mano y su marido le choca los cinco como si fuesen un tándem dispuesto a asesinar a cualquiera que ose hacer daño a su pequeña. Es tan bonito como inspirador. Ojalá ella y yo podamos formar un equipo así.

Victoria se ríe, pero la alegría no llega a sus ojos, y yo, que la tengo al lado, puedo verlo. Cuando la videollamada acaba, ella baja la tapa del portátil y suspira, como si estuviera agotada. Seguramente fingir que está mucho mejor de lo que en realidad está le ha supuesto un gran esfuerzo. Pienso entonces en todas las pullas que nos hemos dedicado a lo largo de nuestra vida. En las peleas verbales. En su comportamiento altivo. Y me pregunto cuánto de todo eso no era más que un escudo para que yo no pudiera hacerle daño. Ahora, sabiendo cómo se sentía con respecto a mí, la idea parece encajar. Y me detesto lo indecible por haber sido tan tonto...

No es que Victoria no sea una persona retadora por naturaleza, que lo es. Es que ahora me deja ver cómo se siente y la magnitud de sus pensamientos, los buenos y, sobre todo, los malos. Y esa muestra de confianza me emociona tanto que podría atragantarme intentando pasar el nudo que se me forma en la garganta cuando lo pienso.

—Tienes que ir a trabajar —me recuerda entonces.

—Anularé la sesión de hoy.

—No lo harás —dice con determinación—. Tienes que ir a trabajar e irás. No vas a cambiar tu vida por esto. Ninguno de los dos lo hará.

—¿Y qué harás tú?

Ella parece sopesarlo unos instantes y, al final, sonríe.

—Disfrutar de mi libertad. Al menos no tengo contratos con los que cumplir. —Sonríe y asiente, como intentando convencerme de que su alegría es verdadera—. Vístete de fotógrafo buenorro y ve a disfrutar de las tetas de la modelo de turno. Yo estaré bien.

—No hay un uniforme específico de fotógrafo buenorro, y hoy tengo sesión con tres modelos masculinos.

—Mmm, entonces quizá debería acompañarte. —Frunzo el ceño de inmediato y se ríe, acercándose a mí y acariciándome las caderas—. ¿Estarán sin camiseta?

—Supongo.

—¿Y harán abdominales antes de que los fotografíes? Seguro que sí, para marcarlos más y eso, ¿no? Dios, quizá sí debería ir.

—No vas a venir —decido en el acto—. No vas a babear descaradamente mientras yo les saco fotos.

—¿Y por qué no? No es justo que solo tú te alegres la vista en tu trabajo.

Aprieto los dientes. La idea de verla babear ante tres niñatos fibrosos y, seguramente, mujeriegos me pone de los nervios. Soy celoso. No puedo evitarlo. Ella también lo es, quedó claro con Ekaterina, y esto es algo que iremos gestionando. Por suerte, ninguno de los dos llega al límite, pero no puedo evitar que algo me pinche en el estómago cada vez que pienso en ella deseando a otro. Aun así, y en pro de que se sienta un poco mejor, asiento con la cabeza y suspiro, resignado.

—Si quieres venir, está bien.

Ella me mira sorprendida y, al cabo de unos segundos, sonríe con sinceridad. La primera sonrisa sincera de todo el día. Se pone de puntillas, me besa y menea la cabeza.

—Es imposible no quererte, Lendbeck. ¿Lo sabías? —Acaricia mi barba y besa mi mentón—. Totalmente imposible...

Cierro los ojos, la beso en los labios y paso un dedo por su columna vertebral, disfrutando de que se arquee contra mí, tal como esperaba.

—Lo mismo digo, Corleone.

—Ve a trabajar, piensa mucho en mí y, cuando vuelvas, hazme de todo.

Ronroneo en su boca como un jodido gato, más aún cuando acaricia mi bragueta. No puedo evitarlo. Si esta mujer se me insinúa, yo me vuelvo de gelatina. Mi intención no es que hagamos el amor, pero cuando Victoria se arrodilla en el suelo y baja mi pantalón, sé que no voy a poder parar esto. Lo deseo demasiado. La deseo demasiado. La llevo al dormitorio pocos segundos después de que su boca me envuelva y le demuestro entre besos, caricias y lametones que no hay nada más increíble para mí que estar dentro de su cuerpo, aunque sea en un polvo rápido e intenso. Al acabar, se me ha echado la mañana encima. Me visto con un vaquero con rotos y una camiseta blanca lisa de mangas cortas; cojo la chaqueta vaquera, algo rápido para almorzar por el camino, me despido de ella y le hago prometer que comerá bien, aunque yo no esté. Ella no lo promete como tal, pero sonríe y me pide que no me preocupe.

Cuando estoy a punto de salir, la veo en el sofá, con el mando de la tele en una mano y el móvil en la otra.

—He avisado a tu hermana —me dice—. Toca maratón Disney.

Sonrío, más animado ante la perspectiva de saber que pretende distraerse de alguna forma. Además, me gusta que esté acompañada, por si sufre un ataque de ansiedad. Obviamente, no se lo digo. Me limito a besarla y decirle que me parece una gran idea. Nos despedimos y me marcho a trabajar.

La sesión es un infierno. No por los chicos, que se portan de maravilla, la verdad, sino por mis ganas de volver a casa con Victoria. El descanso me sirve para pensar si mi chica habrá comido al final o no. Conociéndola, quizá se ha olvidado, así que decido mandarle un mensaje para salir de dudas. No me contesta, por lo que le escribo a mi hermana Daniela, que tampoco contesta. Me apuesto el culo a que están tan ensimismadas viendo alguna peli que ni siquiera reparan en el móvil.

Vuelvo al trabajo para rematar la sesión y, cuando por fin la doy por finalizada, me encuentro con un montón de papeleo en mi agenda que no puedo postergar. Me pongo a ello y, al acabar, ya es casi de noche; llevo aquí algo más de ocho horas. Llamo a Victoria para preguntarle si quiere cenar comida china y así comprarla de camino a casa. Estoy seguro de que, aunque haya comido, habrá sido poca cantidad.

Sigue sin cogerlo, así que llamo a Daniela, que descuelga después del tercer toque.

—¡Ya era hora! —exclamo—. ¿Puedes pasarme a Victoria?

—Perdona si la vida no me da para cenar unos plátanos fritos con Nutella y hablar con mi hermano pesado al mismo tiempo.

—¿Habéis salido? Genial. Eso le vendrá bien para despejarse.

—¿De qué demonios hablas? —Se oye un ruido y, acto seguido, mi hermana maldice—. ¡Ya se me ha caído la mejor parte! Esto me pasa por querer hacer dos cosas al mismo tiempo.

No hago caso de su diatriba. El corazón me late tan fuerte en los oídos que apenas puedo registrar nada.

—¿Está Victoria contigo?

—¿Y por qué demonios iba a estar conmigo?

—¿No habéis estado viendo películas en la casa de la piscina?

El silencio que se hace al otro lado de la línea me da la respuesta. Trago saliva y procuro que el pulso no se me acelere demasiado. Tengo que coger el coche, y no es buena idea conducir en el estado de nervios en el que me estoy sumiendo a pasos agigantados.

—Voy para la casa —anuncia mi hermana antes de colgar.

Asiento, aunque sé que no me ve, y corro hacia el coche como si me fuera la vida en ello.

Unos minutos después, el karma me recuerda que los malos actos conllevan malas consecuencias. Resoplo mientras el policía de turno revisa mi documentación y me pone mi correspondiente multa. Miro el reloj digital del coche y tamborileo con los dedos sobre el volante. Casi las nueve de la noche.

—Parece tener mucha prisa —dice el agente.

Cierro los ojos y maldigo. No tengo tiempo para esta mierda.

—Agente, voy corriendo a casa porque creo que mi novia no está bien. Necesito verla cuanto antes. Eso es todo.

Él me mira un instante, luego me pide que abra el maletero y yo me muerdo la lengua, porque ya podía haberme tocado uno que me conociera, aunque fuera por mi apellido. No me ahorraría la multa, pero al menos sería más rápido.

Después de comprobar que no tengo un cadáver en el maletero, o lo que cojones se piense, me multa y me deja ir. Hago acopio de toda mi fuerza de voluntad para no pisar a fondo delante de sus narices y, cuando por fin llego a casa, entro con las piernas tan temblorosas que no sé si estoy andando o corriendo.

Entro en la casa de la piscina rezando para no encontrarla de cualquier forma y mi deseo se cumple. No está tirada en el suelo. Ni en la cama, porque lo compruebo a toda prisa. Ni en la ducha. Ni en la cocina.

No está.

Así de simple.

Me lleva unos instantes percatarme de la presencia de mis hermanos y mis padres. Y me lleva un poco más ver la botella de vodka hecha añicos en la esquina del salón. Y el vaso medio lleno sobre la mesita.

—¿Qué cojones has hecho, nena...? —susurro muerto de miedo.

Es entonces cuando mi hermano gemelo me tiende una nota que cojo con dedos trémulos. Es su letra, la reconocería en cualquier lugar del mundo, y las dos palabras escritas en el papel tienen la misión de arrancarme el corazón de cuajo.

Lo siento...

39

Observo el sol que se cuela por la ventanilla del taxi y parpadeo para evitar las lágrimas que no provocan sus rayos, sino el recuerdo de lo ocurrido en las últimas horas.

Siento el cuerpo entumecido, la nariz hinchada, igual que los ojos, y los labios cortados de tanto como me los he mordido, pero no es nada en comparación con cómo me siento por dentro. Me subo las gafas de sol por el puente de la nariz. Siempre se me resbalan. Adam suele reírse de eso. Solía. Solía. Pasado. Apoyo la cabeza en el asiento y me esfuerzo por recordar todo lo ocurrido hasta llegar aquí.

Todo empezó a desmoronarse, como no podía ser de otra forma, con una mentira. «No cuenta, no lo hago con mala intención», me dije. «Es por su bien, no necesita preocuparse más», me repetí muchas veces antes de oír el clic de la puerta que me indicaba que Adam se había ido a trabajar. No había avisado a Daniela; ni siquiera había tenido intención de hacerlo. En cambio, sí usé el móvil, pero para mal. Hice una de las peores cosas que se pueden hacer cuando eres famosa y alguien suelta una liebre cargada de rumores malintencionados: entré en Google y tecleé mi nombre en el buscador.

La media hora que siguió a ese momento fue tan esclarecedora como desgarradora. Estaba preparada para ver un par de artículos haciéndose eco de la noticia; no pensé, ilusa de mí, que correría tan rápido, teniendo en cuenta que solo hacía unas horas que el día había comenzado y la revista circulaba libremente. La maldita foto de aquella fiesta ya no era la única. Fotos robadas en la playa, en clubes, discotecas e incluso actos oficiales rodaron de mala manera, porque buscaban resaltar en mi cara los síntomas que indicaran que iba colocada. Ríos de tinta gastados en hablar mal de mí. Cuentas en redes sociales insultándome, montajes de Photoshop en los que parecía toda una yonqui, y aunque mis fieles seguidores, que son muchos, intentaron defenderme y darme un voto de confianza, el odio se vertía sin diques y, en estos tiempos, pocas cosas pueden compararse con la malicia y el resentimiento que encierran un teclado y una pantalla. El daño desmedido que puede causarte alguien con un nombre falso es tan tremendo que ni siquiera puedo pensarlo sin que me duela el estómago.

Me echo hacia delante, apoyo la frente en el cristal y dejo que un par de lágrimas se escapen. Estoy exhausta, pero no es de ahora. Empezó en el sofá de casa de Adam, viendo esas fotos, leyendo las cosas tan horribles que decían de mí en tantas partes al mismo tiempo, comparaciones con otras celebridades que ya habían caído presas de sus adicciones, imaginando a mi familia leyendo lo mismo que yo y soportando el horror de tener una hija blanco de insultos, degradaciones y, por si fuera poco, sin estar seguros de si soy adicta al alcohol y las pastillas o no.

La situación me superó tanto que, en un rapto de locura, solo pensé en darles la razón. Tomarme un par de copas y mandarlos a la mierda. Olvidar, de alguna forma, todo lo que había leído y visto. Abrí el armario del salón que contenía el alcohol y agradecí en silencio estar sola. No necesitaba testigos para lo que estaba a punto de hacer. Cogí una botella de vodka porque fue lo primero que encontré. Me senté en el sofá con un vaso, lo llené y, cuando estaba a punto de llevármelo a los labios, lo miré. En ese momento, como si de un fogonazo se tratara, las imágenes de Adam llegaron en tropel.

Adam riendo.

Adam besándome.

Adam retándome con sus palabras. Y con su mirada. Y con su pose.

Adam mordiendo mis labios.

Adam haciéndome el amor.

Adam gimiendo cerca de mi oído.

Adam diciéndome que soy lo que más quiere en el mundo.

Adam prometiéndome que no soy una muñeca rota.

Adam sosteniendo mis miedos.

Adam recomponiendo los trozos de mí que se van rompiendo.

Adam asegurándome que no soy una adicta.

Adam prometiéndome que todo irá bien. Que puedo con esto.

Adam.

Adam.

Adam.

Cerré los ojos y sentí el peso de mis actos sobre los hombros. La horrible certeza de haber manchado lo más sagrado que tenía. Él confió en mí a ciegas y yo... yo no estuve a la altura. Nunca lo estaría. Ese era el problema. Toda la vida soñando con el chico de mirada intensa y misteriosa y, cuando por fin estaba con él, lo echaba a perder por mi necesidad de evadirme de un mundo que me venía cada vez más grande.

La certeza de que no podía seguir sometiendo a Adam a la mierda que yo vivía llegó veloz, directa al corazón. Estrellé la botella contra una esquina y dejé el vaso en la mesa sin probarlo. Lloré. Lloré mucho y muy rápido, porque la claridad de mis actos me sobrevino con tanta intensidad como el dolor. Saqué mi móvil, busqué vuelos inminentes y, al ver que salía uno en apenas tres horas, me levanté, fui a la habitación y recogí mi mochila. Conté el dinero efectivo que tenía, descolgué mi chaqueta de la puerta y miré la cama en la que habíamos hecho el amor solo unas horas antes. El olor a alcohol inundaba cada rincón de la casa, o eso me parecía. Había ensuciado aquel hogar no solo con el alcohol derramado, sino con todo lo que suponía mi presencia. El nudo de la garganta no me dejaba respirar. O quizá fuera la ansiedad. O el mono. Ya no sabía qué demonios era eso que me ahogaba, pero sabía que no podía arrastrar a mi infierno a la persona a la que más quería del mundo. No era justo. Ni siquiera yo podía ser tan egoísta.

Escribir una nota con las dos únicas palabras que podía dedicarle fue un infierno. Salir huyendo de la casa, por el contrario, fue fácil. Esperar al taxi en la puerta, no tanto. Temblaba mucho. Tanto que, cuando por fin llegó, dudé de si me aceptaría o si pensaría que iba colocada. ¿No era ese mi nuevo papel ahora? El de adicta y problemática. Lo segundo nunca me supuso un problema. Lo primero... lo primero acabaría conmigo.

Cerré los ojos y recreé la cara de mi familia. Tristes. Enfadados. Impotentes. Decepcionados. Me pasé una mano por el pelo, me lo recogí en una coleta mal hecha y entré en el taxi. Conseguí susurrar la dirección y recé para que me dejaran embarcar a pesar de mi evidente nerviosismo.

Recorrí el aeropuerto sin pensar en lo que estaba a punto de hacer. Si me paraba a pensar, me echaría atrás, y no podía. No podía mirar a Adam a la cara. No después de leer todas aquellas cosas sobre mí. Ni siquiera entendía cómo pretendía él seguir conmigo. Aquello afectaría no solo a su reputación, sino a la de toda su familia. No era justo para mí, pero mucho menos para ellos. Conozco el juego. Sé lo que viene ahora. Meses de asedio, de tener una cámara pegada a los talones desde que salga de casa hasta que vuelva. De esperar el mínimo despiste o error para sacarlo a relucir y convertirlo en algo sórdido. Es un infierno que he visto otras veces, y no pienso someterlo a eso. Ni a él, ni a sus padres, ni a sus hermanos. Su familia, y un poco la mía también, porque he crecido aguardando los veranos para poder abrazarlos. He sido testigo de casi todos los momentos importantes de cada uno de ellos, y viceversa. Me senté en las rodillas de Oliver cuando no era más que una niña y me dormí en su regazo mientras tocaba el piano para mí. Me dormí en los brazos de Daniela incontables veces mientras ella me tapaba con una toalla de la playa. Abracé a Daniela (hija) y apoyé cada idea alocada que se le ocurrió como si se tratara de otra de mis hermanas. Hice de Ethan mi confidente y de Junior, el perfecto hermano mayor. Son parte de mí, y he conseguido en un puñado de días lo que ellos no han hecho en toda la vida a pesar de ser famosos: convertirlos en un foco de noticias infecciosas y malintencionadas.

Y Adam... Dios. Pensar en lo que le he hecho a él me corta la respiración. No debí ceder y bajar las barreras. Jamás debí dejarle ver hasta qué punto lo quiero. De qué modo lo he querido siempre. Ahogo un sollozo y, cuando el taxista me observa a través del espejo retrovisor con cara de sospecha, me recompongo. No necesito que me apee aquí, en medio de la nada. No después de un vuelo infernal de once horas en el que la azafata no ha dado abasto sirviéndome tilas y mi compañero de asiento ha tenido que sufrir mi ansiedad en todo su apogeo.

He vomitado, he deambulado por el pasillo. He vuelto a vomitar. He tomado infusiones. He vomitado una vez más y, durante las últimas dos horas, ya fuera por el cansancio de llorar sin parar durante horas, por las tilas o por el agotamiento mental, he dormitado. Al aterrizar estaba tan aliviada como exhausta, pero no era nada comparado con la alegría desmedida de mi vecino de asiento.

¿Cuánto tiempo puede durar un ataque de pánico? ¿Se puede vivir en ese estado hasta adaptarse al medio? Quiero decir, ¿es posible entrar en ese bucle y no salir nunca más? Lo pienso mientras me bamboleo con el traqueteo del taxi. Me siento como si estuviera borracha, aunque no haya bebido una gota. La cabeza me va a estallar; el corazón ya no palpita rápido, pero cada latido vibra en mi frente y duele en algún punto de mi cuerpo. Creo que eso es más emocional que literal, pero, joder, duele como partirse las dos piernas al mismo tiempo.

—¿Estás bien? —pregunta el taxista.

Asiento y me esfuerzo en hablar, aunque la voz me salga rota y cuarteada por el llanto sin control de horas.

—Ha sido un vuelo muy largo.

—Ya veo, ya.

Vuelvo a subirme las gafas y pienso levemente que debería haberme puesto un poco de desodorante, al menos. Seguro que aún huelo a vómito, aunque no me haya salpicado en la ropa. Me duele tanto la garganta... Y la cabeza. Y los ojos. Y la nariz. Y, aun así, no es nada en comparación con...

Trago saliva y niego con la cabeza. No voy a volver a eso.

Esto es lo correcto para él. Es más fácil así.

Cuando el taxi atraviesa la entrada del único sitio que he considerado mi hogar, pienso en lo irónico que es que no me salga ni siquiera una sonrisa. Las calles anchas y llenas de jardines de Sin Mar, la urbanización en la que me he criado, me reciben vibrantes, llenas de vida, y recuerdo que, aunque yo me fui de aquí hace mucho tiempo, sus puertas nunca se me cerraron. No de forma definitiva, porque siempre siguió presente en mi cabeza, y eso es todo lo que importa.

La casa de mis padres se alza a la derecha del camino, poderosa y enorme, teniendo en cuenta que es una monumental vivienda que ellos, mis tíos Eli y Álex y mis tíos Einar y Amelia compraron juntos y dividieron en tres de manera vertical. Así, compartimos jardín y patio; cada uno consiguió su intimidad, y estuve lo bastante cerca de la mayoría de mis primos como para considerarlos hermanos, más que otra cosa. Pienso en mis padres, en mi gemela, en Mérida, en Edu, y las lágrimas vuelven a caer. El taxi pasa de largo y, al girar al final de la calle, observo la casa de mis tíos Esme y Nate. Y más allá, al fondo, la que me hace romperme del todo. La casa era originalmente de mi abuelo, pero cuando todos se fueron, ofreció a Marco, mi Babu, la posibilidad de quedarse con la mitad y reformarla a su gusto para construir su hogar junto a Erin. Ellos aceptaron porque no querían irse de Sin Mar, y yo pasé de tenerlo viviendo conmigo a tener que recorrer solo una calle para colarme en su cocina y pedirle que me hiciera una pizza para cenar.

Cuando el taxi frena, siento las piernas paralizadas. Ahora que estoy aquí, después de tantas y tantas horas, no sé si ha sido buena idea. ¿Cómo voy a explicarle que mi cabeza es un caos en el que la razón sale huyendo cada vez que un nuevo golpe me hinca de rodillas? ¿Cómo le cuento que, a veces, me he sentido tan débil de voluntad como para dejar que las pastillas y el alcohol se encargaran de infundirme valentía? ¿Cómo demonios le digo que me he convertido en lo que más odia en el mundo? ¿Y cómo, de qué jodida manera, me enfrento a su decepción?

Ahogo un sollozo y cierro los ojos.

—¿Estás bien, muchacha? —Niego con la cabeza y el taxista chasquea la lengua—. No tienes dinero para pagarme, ¿verdad? Mira que lo sabía... —murmura.

Abro mi mochila y saco, con mano temblorosa, un billete de cien dólares. Se lo tiendo y, cuando abre la boca por la sorpresa, dada la elevada cantidad, ni siquiera protesta porque no le pague en euros.

—Tienes que llevarme a otro sitio —susurro.

—¿No era aquí adonde querías venir?

No tengo tiempo de contestar. El ruido de la puerta abriéndose me hace volver la cara de inmediato. Marco, mi primo, que a veces ejerció de hermano mayor; otras, de tío, y la mayor parte, simplemente, de Babu, recorre el camino, dejando el césped atrás tan rápido que apenas tengo tiempo de pedirle al taxista que acelere.

No puedo hacer esto.

No puedo hacer esto.

No puedo hacer esto.

Abre la puerta del taxi; sus brazos me rodean y me sacan como si no pesara más que una muñeca de trapo.

—Mi niña. —Me rompo. Me estoy rompiendo. Lo sé. Él también lo sabe, porque me aprieta con más fuerza—. Mi vida —susurra con voz ronca—. Ya estás conmigo. Estás en casa, Victoria. Ya estás en casa.

Dejo que su olor me golpee y descubro con cierta sorpresa que, lejos de lo que yo pensaba, aún no estoy seca. Las lágrimas vuelven. Y el temblor. Y el miedo. Y la vergüenza. Y las ganas de perderme para siempre en este agujero negro que se ha empeñado en devorarme.

40

Adam

El teléfono me avisa de que se está quedando sin batería, pero no lo suelto. Reviso mi agenda digital y localizo el número de Natalie. Es una *influencer* para la que trabajé una vez. Se lleva bien con Victoria; no son grandes amigas, pero es que esos cartuchos ya los he quemado. Llevo más de dos horas de reloj llamando a gente sin ton ni son y preguntando por Victoria. Por momentos, creo que es una pésima idea, porque lo último que necesito es que todo el mundo sepa que ha desaparecido, pero la desesperación es tal que, en realidad, decido asumir las consecuencias. Lo primero es encontrarla. El resto se irá dando.

Natalie tampoco sabe nada, y al colgar, miro a mis padres, que me observan con gesto decaído y preocupado.

—Quizá... —apunta mi madre— a lo mejor ha ido a un hotel. ¿Seguro que no habéis discutido, cariño? ¿No le has dicho nada que haya podido...?

—¡No! —exclamo, enfadado y sin dejarla acabar la pregunta, antes de darme cuenta de que no puedo usar este tono—. No, no. Estábamos bien. Me dijo que iba a ver una película con Daniela. Me dijo que...

Me paso una mano por el pelo y cierro los ojos. Aceptar que me mintió con tanta facilidad duele. Duele demasiado. No puedo ni siquiera hablar sin que me tiemble la voz. No dejo de imaginarla tirada en cualquier parte, bebida y asustada. Y si alguien malintencionado la ve, ahora que están corriendo tantas noticias con su nombre...

Deja. De. Pensar. Eso. Joder.

Tomo aire por la nariz y lo expulso por la boca hasta tres veces antes de negar con la cabeza, coger las llaves del coche y despedirme de mi familia.

—Voy contigo —dice mi padre de inmediato, asumiendo que me voy a buscarla por la ciudad.

—No, no. Quédate aquí por si vuelve.

—Voy contigo, Adam. No vas a ir solo.

—Yo iré. —Ethan se adelanta y le toma el relevo a mi padre. Empiezo a sacudir la cabeza, pero me mira muy serio y me quita las llaves del coche—. No vas a conducir así. Yo voy contigo.

Trago saliva y juro que estoy a punto de echarme a llorar. Joder, cómo quiero a este cabrón. Él, que debe de intuir mi estado de nervios, me palmea el brazo con fuerza. Intuyo que le hubiese gustado abrazarme, pero estoy seguro de que eso me rompería del todo.

Salimos de casa bajo la atenta mirada de mis padres, Daniela y Junior, que nos prometen llamar a todos sus contactos para tantear el terreno, y subimos en el coche rumbo a ninguna parte dentro de Los Ángeles. La ciudad nunca me había parecido tan grande como esta noche. Nunca la había sentido tan infinita como ahora, cuando me doy cuenta de que ella puede estar en cualquier sitio.

—Piensa en sus lugares favoritos —me dice Ethan. Al ver que guardo silencio, bloqueado, pone una mano en mi pierna y habla con voz tensa—: Vamos a encontrarla, Adam. Te lo juro por nuestra familia. Vamos a dar con ella.

Asiento y me guardo para mí el pensamiento de que me encantaría tener seis años, por ejemplo, porque así podría dar rienda suelta a las ganas de llorar de miedo y esperar que alguien solucionara mis problemas por mí. Pero no puedo hacerlo. Nadie arreglará esto por mí. A lo mejor ni siquiera yo puedo hacer algo para solucionarlo.

El coche empieza a rodar y los escenarios se suceden a través de los minutos que pasan, incesantes. Venice Beach. El muelle de Santa Mónica. Mirador del cartel de Hollywood. Chinatown. El mirador del observatorio Griffith y hasta el jodido cementerio Forest Lawn, donde casi hay más famosos enterrados que vivos en la propia ciudad. A Victoria le encanta venir aquí porque es un lugar tranquilo y bonito, aunque para mí también sea tétrico, y más aún de noche, pero ahora ella está bebida y siempre ha sido atrevida, así que agoto la posibilidad.

No está. No está en ninguno de los sitios en que la busco. La lista crece y crece. Las horas pasan, mis piernas se tambalean un poco más con cada paso que doy y, pasadas las dos de la madrugada, acepto el consejo de Ethan y empiezo a llamar a los hospitales para preguntar por Victoria Corleone León. En mi puta vida me ha temblado tanto la voz. En ninguno de mis días he sentido tanto alivio reemplazado por miedo como cuando me han dicho que no está ingresada en ninguno de ellos. Alivio, porque no quiero ni imaginarla en un hospital. Acojonado de miedo porque, ¿dónde está, maldita sea?

Mi teléfono muere y, cuando le pido a Ethan el suyo, me informa de que también está apagado.

—Vamos a casa, Adam —dice—. Seguiremos buscándola cuando amanezca.

—No. —Niego con la cabeza—. No puedo hacer eso. Está en alguna parte, Ethan. Está sola, y ha bebido. A lo mejor está asustada, o tiene un ataque de pánico, o... —La voz se me resquebraja y me aprieto los ojos con las palmas de las manos.

—Respira —susurra con suavidad mi hermano, y extiende una mano en mi nuca—. Respira.

—Si le pasa algo, no me lo voy a perdonar nunca, Eth. —La voz se me rompe con mis últimas palabras—. Estoy tan acojonado...

Mi hermano me empuja hacia sí y me abraza con fuerza. No tenemos tiempo para esto, me digo. No importa cómo me sienta yo. Lo único importante es que ella no está en ninguna parte. Como si se la hubiera tragado la maldita ciudad. No puedo dar con ella, y nunca, en toda mi vida, me he sentido tan fracasado como hoy.

Ethan me lleva a un par de lugares más. El karaoke al que acudió una vez con Daniela. La hamburguesería en la que le dio un ataque de risa por un chiste malo que le contó Ethan. El puesto donde le compré un algodón de azúcar cuando era apenas una adolescente y nos visitó en Navidad. Está cerrado, pero qué más da. Tampoco está aquí.

—Vamos a casa, Adam —susurra de nuevo Ethan.

Me rindo, porque ya no queda un solo lugar en el que buscarla. Apoyo la cabeza en el asiento y miro las estrellas mientras el descapotable de Ethan se desliza suavemente. Esta noche, ni siquiera el potente motor parece vibrar con fuerza. Llegamos a casa, bajo del vehículo y, cuando mi padre se acerca a mí, meneo la cabeza, porque antes tengo que hacer algo. Entro en casa, donde mi madre y mis hermanos esperan despiertos. Mi madre tiene los ojos rojos, señal de que ha estado llorando, igual que mi hermana, pero no me detengo a intentar animarlas. No puedo.

—Hijo... —dice mi padre.

—Necesito un móvil —lo corto—. Solo necesito un móvil. —Visualizo justo el de mi padre encima de la mesa y lo cojo. Busco el número de Diego y, cuando aprieto la tecla de llamada, siento que la garganta se me cierra, pero esto es algo que, simplemente, debo hacer.

—Dime, Oli —responde él.

La voz del padre de Victoria me rompe un poco más y me refugio en mi dormitorio. No estoy seguro de poder hacer esto sin echarme a llorar como un crío.

—Tenías razón —susurro con la voz tomada y más ronca de lo que me gustaría—. Lo siento. Lo siento. Yo... creí que podría cuidarla. Pensé que estaría bien conmigo. Creí que bastaría con quererla, pero tú tenías razón. No soy suficiente, ni lo bastante bueno para ella. Lo siento, Diego. De verdad, lo siento. He fracasado y la he perdido. —Maldigo el momento en que se me quiebra la voz y me veo obligado a guardar silencio.

Al otro lado de la línea, los insultos no empiezan de inmediato, como supuse. Oigo una respiración profunda y, cuando habla, su voz suena suave y cariñosa como hacía tiempo que no la oía. Igual que antes de que me atreviera a salir con una de las niñas de sus ojos.

—Llevo una hora intentando dar contigo, hijo —susurra—. Haz la maleta y ven a Sin Mar. Victoria está en casa de Marco.

Me dejo caer sobre la cama, no por voluntad propia, sino porque las rodillas se niegan a sostenerme y, por suerte, el colchón estaba justo detrás de mí.

Está en Sin Mar. Se ha subido en un avión once horas, sola, bebida y sabe Dios en qué estado. Hago un cálculo rápido y el dolor relampaguea en mi pecho al darme cuenta de que probablemente cogió el avión cuando yo ni siquiera había hecho mi descanso en el trabajo. Mientras yo fotografiaba a los tres modelos, ella se alejaba de mí.

—¿Está bien? —me oigo preguntar.

—Lo estará cuando cojas un avión y vengas a por ella.

Sus palabras me sorprenden y, aunque una parte de mí se siente bien al oírlas, otra, la más grande, se deja vencer por el derrotismo.

—Ella no me necesita —susurro.

—Ella te necesita más que a nadie.

—Ha huido de mí.

—Ha huido por ti. Es distinto. —Guardo silencio y lo oigo maldecir—. Oye, Adam, eres como un hijo para mí. Que no me haga gracia pensar en mi hija manteniendo una relación con cualquier tío no borra el cariño que te tengo. Siempre he sido sincero contigo y no tengo ninguna razón para mentirte. Mi hija está en casa de Marco, exhausta y rota de dolor, pensando que lo mejor que puede hacer es alejarse de ti porque estar con ella solo te traerá problemas.

—Eso no es... —Frunzo el ceño y suspiro—. ¿Cómo puede pensar eso?

—Porque está hecha mierda, su ansiedad no le da tregua y los últimos acontecimientos no han contribuido a su recuperación y su autoestima.

—He intentado ayudarla con eso, pero ella no...

Me callo. Decirle que su hija no se deja ayudar no es lo mejor ahora mismo.

—Te necesita. Si no estuviera tan seguro de eso como del amor que siento por mis hijos, no te llamaría. Y si no supiera que la quieres de verdad, como hay que querer, jamás te pediría que hicieras una puta maleta y vinieras a por tu chica.

Trago saliva, me paso una mano por el pelo y suelto de golpe el aire que he retenido unos segundos.

—Diego, no sé si esto es lo que ella quiere. A lo mejor no funciona.

—Funcionará.

—¿Cómo estás tan seguro?

—Porque he sido testigo de cómo te mira desde que tenía uso de razón. La he visto correr detrás de ti en pañales. No de tu hermano, que era exactamente igual que tú. De ti. Siempre de ti. La he visto buscarte cuando los niños se metían con ella, no para que la defendieras, sino para que la ayudaras a pelear. La he visto sufrir cuando te veía con otras chicas y su mente de niña no entendía que eran celos. La vi sufrir aún más cuando creció, fue consciente de lo que sentía y se dio cuenta de que no era correspondida. He sido testigo de las lágrimas que ha derramado en su cama, mientras yo esperaba detrás de la puerta del dormitorio que el dolor cesara. He esperado con ella, en silencio, que algún día vieras todo lo que tenía para darte. Y aunque, cuando el día llegó, mi sobreprotección me hizo comportarme como un capullo, no soy idiota. No tanto como para impedirme ver que no hay fuerza humana en este mundo que consiga que mi hija deje de quererte. No hay nada que ella no haría por ti. Incluso dejarte y autodestruirse para que no cargues con sus problemas. Para que su dolor no te salpique. —Diego carraspea. Tengo la mandíbula apretada como nunca, porque si aflojo, si dejo ir mis emociones ahora, igual me derrumbo, y no puedo permitírmelo—. Te estoy pidiendo, como padre, que vengas y alivies su carga, pero ten por seguro que jamás lo haría si no supiera que eres justo lo que necesita.

Mi silencio no se prolonga más de dos segundos, pero son los dos segundos más tensos de toda mi existencia. Cuando hablo, sobrecogido por sus palabras, la voz me sale en un hilo.

—Cogeré el primer avión que salga hacia España.

Su suspiro de alivio me hace cerrar los ojos y recobrar fuerzas. Ella me necesita. De no ser así, Diego jamás me habría dedicado esas palabras. Si yo no hubiera estado tan centrado en mi dolor y hubiera pensado en lo que ella debe de estar sintiendo... No puedo seguir en este bucle. Es hora de actuar.

—Aquí te espero, hijo —se despide Diego.

Carraspeo, porque el apelativo siempre se me atasca, y murmuro una despedida antes de ponerme de pie, salir al salón e informar a mi familia de lo ocurrido.

Las horas que siguen a esa llamada son las más largas. Más aún que la noche que he pasado buscándola en la ciudad.

El vuelo sale al día siguiente y, en vez de dormir e intentar calmarme, me dedico a llenar una maleta pequeña con ropa y a dar mil y una vueltas al mismo tema.

¿Cómo convenzo a Victoria de que podemos superar esto juntos?

La pregunta me acompaña todo el vuelo, en el que dormito a ratos por puro agotamiento. Cuando llego, el cambio horario causa estragos en mí, pero no me importa. Nada me importa. Diego y Julieta me esperan en el aeropuerto. Parecen fatigados y tristes, pero los dos me abrazan y sonríen, aunque no sean sonrisas completas.

—Gracias al cielo que estás aquí —dice Julieta antes de que las lágrimas escapen de sus ojos.

—Vamos, pequeña —susurra Diego besando su frente y acariciando su espalda—. Prometimos mantenernos positivos.

Ella asiente, se limpia los ojos y sonríe, como si estuviera dispuesta a cumplir esa promesa. El camino hacia Sin Mar es silencioso. Creo que, cuando todo esto pase, tendremos muchas conversaciones, pero ahora mismo mi prioridad es llegar hasta ella. Cuando por fin estoy frente a la casa de Marco, el corazón me late a un ritmo nada aconsejable para mantenerme con vida a largo plazo.

La certeza de que me separan de ella apenas unos metros se me atraganta y amenaza con no dejarme respirar, pero me obligo a dar un paso detrás de otro. Toco el timbre y, cuando Diego, el hijo pequeño de Marco, me abre la puerta, no me sale ni siquiera un saludo. Por fortuna, no es necesario.

—¡Ya era hora, tío! Entra; está en mi cuarto. Casi es la hora de cenar, pero seguro que tampoco esta vez sale. Lleva ahí encerrada desde que llegó, y yo la quiero mucho, pero necesito mi espacio.

Oír a un niño de diez años hablar sobre su espacio hace que mi cabeza se embote, lo cual me lleva a pensar que estoy muy hecho mierda, porque es una conversación simple y no soy capaz de seguirle el hilo. Su hermana mayor me observa desde el salón y sus ojos están tan tristes que siento el deseo de abrazarla y prometerle que todo estará bien, porque es evidente que sufre por Victoria. La adolescencia y su carácter dulce y sensible le estarán haciendo mella.

Aun así, mi prioridad es Victoria, así que subo las escaleras por inercia y me encuentro con Marco en el pasillo. Está cruzado de brazos, con la espalda apoyada en la pared, y mira al suelo, como si intentara encontrar ahí las respuestas a todas sus preguntas.

Cuando alza los ojos y me ve, sonríe, asiente y me abraza con fuerza.

—Bienvenido a casa, Adam.

Cabeceo y miro a Erin, que justo acaba de subir.

—Te estábamos esperando —susurra con una ligera sonrisa—. Se ha quedado dormida hace poco. Deberíamos despertarla para intentar que coma algo; está resultando complicado, pero creo que mejor te dejamos a ti esa labor. ¿Te parece?

Asiento de nuevo. No me extraña que apenas haya comido nada desde que llegó: lleva meses sin apetito. Ellos abandonan el pasillo y yo me enfrento a la puerta que me separa de Victoria. Giro la manilla, abro y trago saliva antes de adentrarme en el dormitorio.

Victoria está en la cama de Diego, tapada hasta los hombros con una colcha de estrellas y planetas, porque el chico es aficionado a la astrología, entre otras cosas. Me acerco, me acuclillo a su lado y siento un pinchazo en el pecho cuando me percato de los cercos azulados que rodean sus ojos y la palidez de su rostro. Alzo una mano y acaricio su mejilla; me doy cuenta de lo mucho que tiemblo. Aprieto los dientes y me concentro en respirar y calmarme. Ella no necesita descubrir mi estado de ánimo. No todavía.

Sus párpados titubean antes de abrirse y de que enfoque la vista. Mi corazón da un traspié y, cuando sus ojos se clavan en los míos, hago acopio de toda la fuerza que me queda para dedicarle una escueta sonrisa sin separar los labios.

—Mi chica... —susurro a modo de saludo.

—¿Adam?

Su voz suena tan devastada que cierro los ojos y dejo que el dolor me recorra la espina dorsal antes de obligarme a abrirlos de nuevo. Acaricio su mejilla y me pregunto, con cierta desesperación, qué hará falta para recomponerla.

¿Qué se necesita para reconstruir los pedazos de una persona tan rota?

Soy consciente, en medio de una profunda incertidumbre, de que no tengo ni la más remota idea.

41

Los primeros minutos en casa de Babu son caóticos. Nollaig, mi prima, me abraza por un costado con fuerza, como si, por apretar más, el dolor fuese a salir antes de mi cuerpo. Intento reprimir el llanto. Nollaig es una niña sensible y dulce que a menudo se deja llevar por sus sentimientos. Se parece tanto en algunas cosas a mi tía Amelia que se me hace rarísimo que no lleven la misma sangre. De hecho, la hija de mi tía Amelia es mucho más bruta.

—¿Quieres una infusión?

—¿O jugar a la Play? —propone mi primo Diego, arrancándome la primera sonrisa entrecortada en muchas horas.

—No creo que jugar a la Play la ayude mucho, colega, pero gracias por ofrecerte —dice Babu.

—Creo que lo mejor es que la dejemos con papá un ratito —interviene Buba, o sea, Erin—. Seguro que tienen mucho que hablar.

Diego protesta; Nollaig no lo hace, pero se nota cuánto le cuesta despegarse de mí. Le doy un apretón y un beso en su precioso pelo del color del fuego y la insto a alejarse con una sonrisa, como prometiendo que voy a estar bien. Una estupidez que no se tragaría nadie.

—Voy a prepararte una infusión —susurra Babu.

—Yo la hago —murmura su mujer, y le acaricia la nuca antes de salir con mis primos del salón.

Quiero decirle que siento mucho irrumpir así en su casa. Pedirle perdón, no solo por venir sin avisar, sino por todo lo demás. Por todo lo que he hecho desde hace un tiempo. La necesidad de disculparme es tal que las palabras no me salen, así que guardo silencio e intento reagruparlas en mi cabeza.

—Cuéntame qué te atormenta, pequeña. Deja que te ayude.

Y así es como vuelven las lágrimas. Los hipidos. Los tartamudeos. Y, en medio de toda esa fiesta, la confesión. Las pastillas, el alcohol, los ataques de pánico que han ido a más, el mono, aunque Adam diga que no.

Adam. Ay, Adam. Cómo dueles, joder.

Babu me escucha en silencio. Frunce las cejas de vez en cuando, chasquea la lengua y, cuando acabo, suelta un suspiro tan prolongado que creo que se ha quedado sin aire en los pulmones.

—Ni siquiera sé por dónde empezar a deshacer el lío de tu cabeza.

—¿Me odias mucho?

—Yo no te voy a odiar nunca, Victoria. Jamás.

—Pero te he defraudado.

—No es cierto.

—Sí lo es. Me estoy portando como ella —susurro—. Ya sabes... como tu madre.

Babu aprieta la mandíbula y noto de inmediato cómo tensa los hombros y su cuerpo se vuelve un bloque de hielo. Aun así, cuando habla, su tono de voz es controlado, y admiro esa capacidad para mantenerse en sus casillas. Mi padre suele decir que es aprendido. Que cuando lo conoció, era como una jodida bomba a punto de estallar, pero, sinceramente, me cuesta imaginarlo así.

—Tú nunca serás como ella, mi vida.

—Pero tomé las pastillas y el alcohol y...

—Su mayor problema no era ser adicta, aunque pueda parecerlo. —Lo miro con los ojos como platos. Él se sienta en la mesita del salón, frente a mí—. Partiendo de la base de que tu situación no se parece en nada a la de ella, lo que hizo a la mujer que me parió la peor persona y madre del mundo no fue su adicción. Ayudó mucho, no te lo niego, pero fueron su maldad, su capacidad para torturar y vender a su hijo como si no valiera más que una piedra lo que la convirtieron en un desecho humano. Tú jamás harías daño a nadie a conciencia.

—Tiré a un fotógrafo a un arrozal, ya te lo he dicho.

—Bueno, joder, tiraste a un fotógrafo a un arrozal. Yo me metí en incontables líos. Robé y peleé tanto con tu padre que el pobre por poco se queda calvo de tirarse de los pelos. Y, sin embargo, nada de eso me convierte en una mala persona. —Niego con la cabeza, pero me frena antes de que pueda hablar—. Sé lo que estás pensando. He pasado por eso, pequeña. Créeme, he pasado por todas las fases de autodestrucción existentes en este mundo. Tú no te pareces en absolutamente nada a ella y no me has defraudado.

—Yo tengo la sensación de que sí. A ti y a Buba.

Él me mira en silencio un momento y luego, para mi sorpresa, se levanta y sale del salón. Cuando vuelve, lo hace con su mujer.

—No vas a creerme si te lo digo yo en su nombre, así que cuéntaselo todo y veamos qué piensa ella.

—Dirá lo mismo que tú —farfullo—. Solo queréis que me sienta mejor.

—Yo no le he contado nada. Compruébalo tú misma.

Ella se mantiene estable, mirándome fijamente, pero sin acercarse demasiado, dándome mi espacio. Aprendí hace mucho que Erin es una experta en eso. Sabe cuándo una persona necesita cierta distancia emocional y física.

La miro con atención. No mido el tiempo que pasamos así, pero podrían ser cinco minutos enteros sin problemas. Cualquier persona se habría desesperado ya, pero ellos permanecen sentados frente a mí, uno al lado del otro, mirándome mientras yo me retuerzo las manos, tiro de un hilo de mi camiseta y me ojeo las puntas del pelo. Están quemadas. Necesito un corte.

—Solo para que lo sepas —dice Erin pasado un tiempo indefinido—. He avisado a tus padres de que estás aquí. —Alzo la cara de golpe y ella sonríe con dulzura—. No vendrán hasta que demos luz verde.

Que mis padres sean capaces de aguardar a que los avise para que vengan a verme, cuando lo normal en ellos sería entrar aquí arrasando en busca de su niña, me da una idea aproximada de lo preocupados que están por mí. Ellos y, a estas alturas, probablemente toda la familia. Decido dejar el silencio para otro momento. He venido a confesar y a enfrentarme a la decepción de todos, así que no sirve de nada que me quede parada como una estatua. Abro la boca y le cuento a Erin todo lo que ya le he contado a Marco. Ella hace justo lo mismo que él. Mantiene una expresión neutra y asiente para que entienda que sigue escuchándome. Cuando acabo, sin embargo, al contrario que mi tío, se adelanta y me abraza con fuerza.

—Mi niña... —susurra con cariño, acariciando mi espalda y haciendo que las lágrimas broten de nuevo—. Vas a estar bien.

—Pero no lo estoy. Ahora. No estoy bien.

—Lo sé, pero lo estarás. Solo necesitas ayuda.

Pienso en todas las veces que Adam me ha pedido que busque ayuda. En todas las indirectas. En el ofrecimiento permanente de que hablase con su tío Samuel. Me negué en redondo porque pensaba que mi ansiedad acabaría pasando. Que no era tan importante como para pedir ayuda profesional, pero no es cierto. En realidad, me daba miedo admitir que estoy en un punto en que me es más fácil sumirme en el caos de mi cabeza que afrontar los problemas de cara. He tenido que tocar fondo para darme cuenta de que no puedo seguir así. No sé salir de este lío por mí misma y, a pesar de ello, cierro los ojos y me siento como una completa fracasada.

—No sé cómo hacerlo. No sé cómo dejar de estropearlo todo.

La voz vuelve a temblarme. Erin besa mi cabeza y se separa de mí, estirando las manos para que me levante.

—Vamos a empezar por una ducha, un caldo calentito que hará tu Babu ahora mismo y dormir.

—Pero yo... —Las jodidas lágrimas vuelven a mis ojos—. ¿No estáis defraudados? ¿Por qué no me odiáis?

Ella sonríe con dulzura y él chasquea la lengua antes de enmarcar mis mejillas entre sus manos.

—Yo no puedo odiarte por estar jodida. No, cuando yo mismo lo estuve y tú fuiste una de las responsables de llevarme hacia la luz. Eres una de las personas a las que más quiero en el mundo; eres parte de mí, no solo porque llevemos la misma sangre. Tú y tus hermanos me disteis la fuerza para salir adelante. Me disteis vida, Victoria. ¿Cómo voy a odiarte si gracias a vosotros comprendí que merecía otra oportunidad? —Las lágrimas corren por mis mejillas, silenciosas. Miro a Erin y me doy cuenta de que por las suyas también, pero se las limpia en el acto—. Tú no has defraudado a nadie más que a ti misma, que ya es bastante. Ahora lo ves todo muy negro, lo sé, lo entiendo y hasta lo respeto, pero no busques en nosotros justificación para el resentimiento que sientes contra ti. En esta casa, en toda esta familia, solo vas a encontrar amor incondicional, pequeña. Solo eso.

Agacho la cabeza y siento las emociones rebasarme. No puedo con esto ahora. Estoy demasiado cansada. Demasiado dolorida. Demasiado... demasiado todo.

—Primero, ducha —susurra Erin, sujetándome por un lado y sacándome del salón.

Miro al hombre de pelo negro, hombros anchos y sonrisa rápida, que un día estuvo mucho más roto que yo. Lo miro y pienso en lo que ha significado para mí. Antes de subir las escaleras, inspiro y, cuando hablo, mi voz suena cansada, apenas un susurro, pero espero que me oiga.

—Tú también me das vida a mí, Babu.

Él cierra los ojos y sé, cuando mi tía me insta a subir, que sus propios sentimientos están al límite.

—Sube, pequeña —musita con voz ronca cuando ya no lo veo.

Los minutos siguientes los paso bajo el chorro del agua caliente. Más tiempo del que acostumbro. Mucho más. Tanto como para que me sienta mal, porque odio desperdiciar agua. Salgo, me envuelvo en una toalla y, cuando tocan un par de veces en la puerta del baño pidiendo permiso, lo doy.

Buba entra con un pijama y ropa interior suya. Me sorprende darme cuenta de que yo no he traído nada. Y que no me haya dado cuenta hasta ahora me sorprende aún más. Así de jodida estoy.

—Te he preparado el cuarto de Diego.

—¿Y qué pasa con él? ¿Y el cuarto de invitados?

—Él dormirá con Nollaig en la cama nido. La suya es normal, y creo que preferirás estar sola a compartir habitación. La de invitados... —Suelta un resoplido y una risa entrecortada—. Marco y yo nos hemos montado un gimnasio al que no sacamos el más mínimo partido, salvo para fines... —Carraspea, y sus mejillas se encienden tanto que sonrío—. Pues eso.

—Me queda claro. El cuarto de Diego está bien, si a él no le importa.

—No le importa. Y si así fuera, lo haría igualmente, porque tiene diez años y aquí mandamos nosotros. O eso nos gusta pensar. —Consigue que sonría de nuevo y asiento, incapaz de mantener una conversación coherente ahora mismo—. Vístete y métete en la cama. Ahora te subimos el caldo.

No respondo, y sé que ella tampoco espera que lo haga cuando sale y cierra suavemente. Me quito la toalla, me pongo el pijama y frunzo el ceño: el pantalón me queda ancho. No es problema, porque tiene cordón en la cintura, pero yo siempre he tenido más caderas que Erin.

—Ahí tienes otra demostración de lo mucho que la estás cagando últimamente —me digo a mí misma.

Cierro los ojos, exhausta. Inhalo con fuerza, retengo el aire en mis pulmones tres segundos y lo suelto lentamente. Repito la operación tantas veces que, cuando abro los ojos, estoy mareada, pero mucho más calmada.

Voy al dormitorio de Diego. Sonrío un poco a Babu, que está sentado en el borde de la cama con un tazón de caldo. Una de dos: o es de sobre, o ya estaba hecho y lo han calentado para mí, porque es imposible que lo haya elaborado tan rápido. Lo pruebo y confirmo que es casero. El caldo de Marco es inconfundible. Tiene el efecto del chocolate caliente en Navidad. Me reconforta y calienta el cuerpo de dentro afuera. Sanando, en parte, algunas de las heridas que escuecen.

Él no se aleja de mí. No habla. Creo que es consciente de que no puedo más. Cuando termino, coge el tazón, besa mi frente y me tapa.

—Babu —susurro cuando está a punto de salir.

—¿Sí?

—¿Pueden venir mis padres?

Él sonríe y asiente.

—Ahora mismo —contesta con voz dulce y ronca.

Creo que no pasan ni tres minutos desde que la puerta se cierra hasta que se abre de nuevo dando paso a Diego Corleone y Julieta León. El quejido que brota de mi garganta es todo lo que necesitan para meterse en la cama conmigo. Mi madre es pequeña; mi padre, altísimo, y aunque esta cama tiene algo más de un metro de anchura, estamos apretados, pero no me quejo cuando siento sus manos, sus labios y sus respiraciones cerca de mí.

—Lo siento... —murmuro.

Ellos ahogan mis palabras entre besos y susurros tranquilizadores que, como cuando era niña, consiguen relajarme y me sumen en el primer sueño reparador en lo que me parece una eternidad.

Al despertar, no se han ido, y, además, el cuarto está lleno. Lleno hasta los topes. Mi hermana Emily descansa junto a mi cama. Mérida y Edu están acurrucados en una esquina, apretados, porque alrededor de la pared, en el suelo, están todos mis primos. Todos. Noah, Ariadna, Björn, Lars, Eyra, Valentina, Nollaig y Diego. Solo falta Óscar porque vive en París, pero estoy segura de que no tardaré en recibir una llamada suya. Todos están dormidos, apretujados, vestidos, algunos con zapatos y otros descalzos. Abrazados. Unidos por mí. El calor es insoportable, en parte por el abrazo estrecho de mis padres y en parte por lo atestado que está el dormitorio. Por la ventana entra la luz de la farola de la calle, así que asumo que he dormido toda la tarde y que ya es de noche. Hago amago de levantarme y mi padre me sujeta por la cintura.

—Me hago pis —susurro.

—Ve, cariño. Yo me ocupo de que el poli no vaya a hacer guardia a la puerta —dice mi madre, sacándome una sonrisa.

Me levanto de la cama, esquivo piernas, zapatos y algún que otro brazo y salgo de puntillas. Y ahí, en el pasillo, a lo largo, están los que faltan. Mis tíos Esme, Nate, Amelia, Einar, Álex, Eli y mis abuelos, cada uno en un sillón que alguien ha debido de subir para ellos. Tengo que agarrarme a la puerta para no caerme de la impresión. Me sostiene el miedo a despertarlos, o puede que sea el amor de una familia que en las buenas sabe estar y en las malas es capaz de recorrer medio mundo para reconfortar al que lo necesite. Entro en el baño, hago pis y, cuando me lavo las manos y me miro en el espejo, las lágrimas vuelven a brotar. No sé qué pasa. Puede que siga soltando lastre. A lo mejor es la emoción de saber que todos están aquí por mí. Quizá, en última instancia, mis ojos estén reclamando en forma de lágrimas saladas a la única persona que falta aquí.

Respira, Victoria. Respira.

He hecho lo mejor para él. Yo podré esconderme aquí un tiempo, los medios me olvidarán y, cuando comprueben que no estamos juntos, lo dejarán en paz. A él y a su familia. Es lo mejor, me repito, pero cada minuto que pasa y no estoy a su lado siento como si me arrancaran un jirón de piel. Aun así, me mantengo en mis trece y me niego a ceder a la tentación de encender mi móvil para contestar a las llamadas que seguro que ha hecho.

No tiene sentido darle más vueltas. Es lo mejor para él. Punto. Yo ni siquiera tengo un futuro. No sé qué va a ser de mí. No sé si sirvo para algo más que para vender mi propia imagen o una supuesta vida perfecta. Ni siquiera sé qué quiero hacer el día de mañana. He sido tan irresponsable que me he limitado a vivir sin pensar en el después, y ahora, al intentarlo, solo veo un enorme vacío y a mí misma intentando descubrir cómo redirigir mi vida y quedar satisfecha con mis decisiones. Me siento mucho peor ahora que cuando todo el mundo me preguntaba a los quince qué quería ser de mayor. Seguramente porque me he dado cuenta de que ya soy mayor y sigo sin tener una respuesta.

Dios. Ni siquiera sé qué talentos tengo. Antes era extravertida, alegre, simpática, sociable y me desenvolvía casi en cualquier ambiente, pero esta versión de mí misma es... Me siento...

Cierro los ojos y niego con la cabeza. No. No más autodestrucción por hoy. Simplemente, no puedo con más por hoy.

Vuelvo a mi dormitorio, enfoco la vista en mis hermanos y primos e intento convencerme de que todo irá bien. Lo intento con todas mis fuerzas, pero cuando vuelvo a quedarme dormida, no he conseguido gran cosa, la verdad.

El día siguiente es raro. Todos intentan animarme; algunos han pedido días libres en el trabajo; otros van y vienen; mis padres me miman en exceso; mi gemela intenta hacerme cambiar de opinión con respecto a Adam; me atiborran de caldo y, cuando me desespero y juro que no quiero más, me dan un plato de macarrones. Se agradece, la verdad.

Después de comer, estoy tan cansada, otra vez, que me disculpo y subo al dormitorio de Diego para dormir una siesta. El pequeño se queja, pero su padre lo intercepta de inmediato. En realidad, podría irme a mi casa, donde mis padres aún tienen preparada mi habitación, pero no sé si puedo enfrentarme a los recuerdos de mi niñez. No sé si estoy lista para entrar en el dormitorio en el que a menudo me sentí invencible y asumir que he vuelto por la puerta de atrás.

Me meto en la cama, cierro los ojos y, aunque trato de evitarlo, lo último que acude a mi mente antes de dormirme es la cara de Adam.

Sueño con él. Estamos el mirador del camping, observando las dunas, bebiendo a morro zumo de naranja con pulpa y riéndonos, pero no sé de qué. Su brazo reposa sobre mis hombros y, aunque el suelo está duro y el tronco del árbol se clava en mi espalda, me siento feliz. Adam acaricia mi mejilla y lo siento tan real que los párpados me tiemblan. Miro al Adam de mi sueño. Él sigue con un brazo sobre mis hombros mientras con el otro sostiene el zumo, así que no entiendo de dónde viene esa sensación, pero el caso es que vuelve.

Me evado de los brazos de Morfeo gracias a su olor. Percibo su tacto en mi mejilla, pero es su olor lo que logra que mis ojos se abran y lo busquen de manera inconsciente.

Cuando se encuentran con una versión de Adam pálida, ojerosa y visiblemente cansada, me digo a mí misma que es parte del sueño. Parpadeo, pero él vuelve a acariciar mi mejilla con suavidad.

—Mi chica...

Sonríe, pero no es una sonrisa alegre. Es una sonrisa que engloba todo lo ocurrido en los últimos días. La impotencia, la tristeza, la desesperación.

—¿Adam? —susurro, muerta de miedo por si desaparece si me atrevo a parpadear de nuevo.

Él cierra los ojos un segundo, como si le doliera en el alma oírme. Cuando los abre, sus dedos vuelven a rozar mi mejilla, y me mira con tanta intensidad que siento que me ahogo en sus iris.

Y ahora, ¿qué?

42

Adam

—¿Qué haces aquí? —pregunta.

Mis dedos dejan su pómulo y se posan en su pelo. No estoy seguro de mi pulso y prefiero que no vea hasta qué punto estoy jodido. Conociendo la situación, también se culparía de eso.

—Echaba de menos a mi novia —murmuro, intentando sonar calmado.

—Adam...

—Sigues siendo mi novia. —Hace amago de protestar, pero niego con la cabeza—. No has roto conmigo, y yo no pienso romper contigo nunca. Me ha costado una vida entera, literalmente, aceptar lo que siento por ti, y no pienso dejar de hacerlo ahora.

Ella suspira, y en sus ojos vislumbro tal vacío que me acojono más. Mucho más.

—¿Puedes abrazarme?

Acaricio algunos mechones más de pelo y me recuerdo respirar. Asiento, intentando no parecer muy torpe, y trepo a la cama. Pienso un instante si quedarme sobre la colcha, pero no quiero que capte el más mínimo atisbo de duda con respecto a mi acercamiento. Si molesto, me lo dirá. Puede que esté jodida, pero sigue siendo muy clara con respecto a lo que piensa y siente, o eso espero. Alzo la colcha de estrellas, me meto debajo y me estiro junto a su cuerpo. Victoria me abraza con tanta fuerza que caigo de espaldas en el colchón. Apoya la mejilla en mi pecho y yo cierro los ojos, deseando poder acompasar el ritmo de mi corazón.

No funciona, pero no dice nada. No habla. No se mueve. Su perfume asciende por mis fosas nasales y todo lo que puedo ver es su coronilla.

Centro mi vista en el techo y cuento las estrellas que alguien ha colgado con hilo de pescar. Juraría que forman constelaciones, pero estoy tan cansado que no puedo asegurarlo. Desvío la mirada hacia un lado y me fijo en la parte superior de la cómoda. Una gorra de Spiderman, un tirachinas, una lámpara-proyector; una foto de Marco, Erin y sus hijos; una cantimplora y una prenda de ropa hecha una bola.

Es una habitación muy bonita, si tenemos en cuenta que pertenece a un niño de diez años. Dentro de poco desaparecerán muchas cosas debido a la pubertad, pero, aun así, será bonita. Trago saliva y, cuando noto mi camiseta mojada, cierro los ojos y me atrevo a poner una mano en su espalda. No sé cuánto tiempo llevamos así, pero no me importa. Su cuerpo está pegado al mío, y durante las últimas horas pensé que eso sería imposible, así que, por mí, podemos quedarnos aquí lo que nos resta de vida.

—No debiste venir —susurra con voz ahogada—. No tendrías que estar aquí, pero, Dios, cómo te echaba de menos...

Me estrujo los ojos con la palma de la mano libre. Intento adaptarme al hilo de sus pensamientos y la estrecho, avisándola de que voy a moverla. La hago girar y la coloco sobre su espalda. Me quedo a su lado, de costado, esperando leer en su cara. Ella, que me conoce, se tapa con el antebrazo y resopla, como si estuviera cansada de sí misma y de llorar. Probablemente así sea.

—Victoria, mírame. —Niega con la cabeza y suspiro, resuelto a tener paciencia—. No voy a irme de aquí hasta que me mires.

—No tendrías que haber venido.

—Me regalaron el vuelo. —Ella bufa y acaricio su barbilla—. Es verdad. Gané un viaje en la yincana que hice por Los Ángeles buscándote. —La tensión de su brazo cede un poco, pero no se lo quita de la cara—. Ya podemos decir que has conseguido volverme loco de todas las formas posibles. ¿Podemos volver a la de antes? Esta no me está gustando mucho.

Victoria se ríe y luego se echa a llorar, lo que me da una idea de cómo se siente. Me arriesgo y bajo mi cara lo justo para besar su barbilla. Eso hace que tiemble más, pero no se queja. Aun así, no toco sus labios. Sería propasarme demasiado en su estado.

—No sé cómo dejar de perjudicarte —confiesa en voz baja—. Estar contigo supone someterte a toda la mierda que me rodea. Y estar sin ti es... Bueno, aquí estás.

—Mírame —suplico, porque esto ya no se considera petición a secas—. Si vamos a hablar con sinceridad, mírame, Victoria. No soporto oír tu voz sin ver tus ojos.

Ella cede. Retira el brazo poco a poco y, cuando sus ojos se clavan en los míos, vuelvo a sentir el golpe en el vientre. Hay tanta tristeza en ellos... Me pregunto cuántas veces tendré que mirarla para acostumbrarme a verla así de hundida. Probablemente nunca lo haga, reconozco para mis adentros un instante después.

—Tú no lo entiendes, pero esto es lo mejor para ti.

—Eres tú la que no lo entiende. Lo mejor para mí es levantarme cada día a tu lado. —Hace amago de protestar, pero meneo la cabeza—. Lo mejor para mí es que no me mientas nunca más. Jamás. Lo mejor para mí es verte al volver a casa. Cualquier casa. La de la piscina. El mirador del camping. Esta cama infantil. Cualquier sitio en el que tú estés es casa para mí. —Vuelve a intentar hablar, pero no la dejo—. Escucha, escúchame, nena: no te pido que vuelvas a Los Ángeles si no quieres. Nos quedaremos aquí. Viajaré a la ciudad para hacer mis sesiones y, las que no pueda realizar, las anularé. Cogeré las vacaciones de todo el año si necesitas un tiempo, y una puta excedencia si necesitas más.

—No sé si quiero quedarme aquí —consigue decir cuando paro para respirar.

—Entonces alquilaremos una caravana y nos iremos por ahí a recorrer mundo. Tú con tu pelo de colores y yo con mis vaqueros más rotos, esos que tanto te gustan.

Victoria sonríe un poco y siento que quizá, solo quizá, no esté todo perdido.

—Echarías de menos la fotografía.

—Llevaría mi cámara, y tú eres lo que más me gusta fotografiar. Invéntate otra excusa.

—A la larga, no te bastaría.

—Me sobraría.

—No es verdad.

—Lo es.

—Te sacaría de quicio al segundo día.

—Sí, y luego harías uno de esos comentarios que me hacen estallar en carcajadas y se me pasaría.

—No sé conducir caravanas. Te tocaría hacerlo todo.

—Me parece bien. Puedes leer el mapa. O dejárselo a Siri y disfrutar de las vistas, porque tienes la orientación de un chimpancé ciego. —Se ríe y reúno valor—. Pero te quiero igual.

—Mis ataques de pánico... No van a cesar. No puedes ayudarme con eso.

—No. No puedo. Y con todo lo que eso me mata, creo que es hora de que reconozcas que necesitas ayuda.

Trago saliva. Me acojona este tema porque siempre se ha mostrado hermética al respecto, pero no es algo que podamos seguir esquivando.

—No quiero tumbarme en un diván a contarle mis penas a un desconocido.

—Cuéntaselas a mi tío Samu.

—Menos. No quiero hablar con nadie de la familia, y tu tío se considera familia.

—Entonces buscaremos a alguien que preste consulta a través de internet. O a domicilio. O en el parque. Maldita sea, secuestramos a un psicólogo y lo metemos en la caravana. No puede ser tan complicado. —Su risa vuelve, y acaricio su frente para retirar un mechón que está a punto de tapar su precioso ojo—. Deja las excusas con respecto a ese tema.

Victoria cierra los ojos, pero se arquea hacia mis dedos, buscando inconscientemente mi contacto. Aprieto la mandíbula porque, joder, ¿por qué tiene que ser tan complicado todo esto? ¿Por qué, simplemente, no puedo prometerle que todo irá bien a sabiendas de que será así? ¿Es que nunca vamos a tenerlo fácil…?

—Buscaré ayuda —susurra—, pero aún no sé cómo lo haré.

—Eso sirve, para empezar.

—Pero no voy a volver contigo. —Mi cuerpo se envara y me siento en la cama, herido, aunque no vaya a reconocerlo en voz alta. Ella, que me conoce bien, se incorpora y pone una mano en mi espalda—. Es lo mejor para vosotros. Para ti. En Los Ángeles, una foto mía va a empezar a cotizarse a precio de oro. Querrán captar una imagen mía bebiendo, o tomando pastillas, aunque solo esté metiéndome un maldito chicle en la boca. —Agacho la cabeza y siento sus dedos en la nuca—. No bebí. —La miro por encima de mi hombro—. Reventé la botella cuando me di cuenta de lo que estaba haciendo. No probé el alcohol que serví en el vaso.

La botella de vodka rota en casa. Dios. Parece que hace un siglo de eso.

—¿No bebiste? —Niega con la cabeza y no puedo evitar que mi cuerpo se relaje un poco. Asiento y vuelvo a mirar hacia el suelo—. Me alegro.

—Adam…

—¿Es porque ya no me quieres, en realidad? —pregunto sin mirarla—. ¿O es un castigo por no haber reconocido antes que estaba loco por ti? ¿Es una especie de karma? ¿Tengo que estar equis años sufriendo por ti para que la balanza se equilibre?

—No —musita, pegándose a mi espalda—. No. Dios. No. ¿Cómo puedes pensar algo así? —No contesto; siento su frente en mi nuca—. Jamás te castigaría así. Nunca te haría daño a conciencia. Te quiero demasiado, Lendbeck.

—Me quieres demasiado, pero me dejas contra mi voluntad. Me dejas fuera de tu vida porque tú has decidido que tú tienes que luchar contra esto sola y tú tienes que hacer lo que tú crees que es mejor para mí y mi familia. Tú. Tú. Tú. ¿No lo ves, Victoria? Estás atándome de pies y manos. Me dejas sin opciones, en una especie de limbo en el que yo no tengo voz ni voto. —Trago saliva y procuro no sonar resentido, pero creo que no me sale muy bien—. No sabes lo aterrador que es estar en manos de la persona a la que quieres y saber que está deseando deshacerse de ti...

—No es así. No es así, Adam. ¿Cómo puedes pensar eso?

—Te fuiste mientras yo trabajaba. Me miraste a los ojos, me mentiste y luego te metiste en un avión sola, aguantando tu propio pánico con tal de alejarte de mí. ¿Qué quieres que piense?

—Lo he hecho por vosotros. Por ti.

—Y porque es más fácil echarme de tu vida que quedarte a mi lado y luchar contra todo lo que se nos ponga por delante. —Su silencio me hace agachar la cabeza aún más. Me froto la cara y me pongo en pie, maldiciéndome—. Lo siento, lo último que necesitas es que yo...

—No, está bien —me corta—. Tienes derecho a estar enfadado.

—No estoy enfadado, Victoria. Estoy acojonado, y triste, muy triste, pero no estoy enfadado, ni decepcionado. Te lo aclaro ya porque sé que será la siguiente conclusión en tu cabecita. Necesitas con tanta desesperación que te diga que me has defraudado que me pregunto si, en realidad, no es la forma de librarte de mí. Y no sabes cuánto me odio por pensar así, pero es que... joder, míranos. No puedo hacer que me entiendas, y después de esta conversación ni siquiera sé a dónde voy a ir. Tú estás destrozada y tienes mil motivos para ello, pero te estoy diciendo que estoy aquí para sostenerte y aguantar lo que sea a tu lado. Te estoy suplicando que no me deseches como si fuese un trapo que ya no te sirve.

—Yo solo quería ahorrarte el infierno que supone estar a mi lado.

—El infierno es no estar a tu lado. El infierno, para mí, es tener que asumir que no voy a poder besarte más y que, desde ahora, solo tendré un puñado de recuerdos y una lista demasiado larga de cosas que quería hacer contigo y ya no sucederán.

—Adam...

—Quería recorrer el mundo contigo, literalmente. En caravana, avión o haciendo autostop. No mentí antes. Podría colgarme una mochila e irme el tiempo suficiente para ver mundo y olvidarnos de todo. El dinero no es un problema para ninguno de los dos. Quería hacer el amor contigo en medio del desierto. Y en la selva. Y en algún hotel de Tokio, por ejemplo. —Sus lágrimas se desatan, pero no me freno, porque si esto es lo último que vamos a decirnos, no quiero quedarme con nada dentro—. Quería prepararte una tarta de galletas el día de tu cumpleaños. Sería feísima, porque cocino de pena, pero te compraría unas velas originales y te la llevaría a la cama para que soplaras y pidieras un deseo. Y en mi cumpleaños, te cedería mi propio deseo, porque el mío estaría cumplido solo con tenerte a mi lado. Y ya sé que cocinas peor que yo, que ya es decir, pero no importa, me hubiese bastado una vela en una magdalena.

—Me encantan las magdalenas —susurra con voz temblorosa.

Suelto una risa seca, porque no puedo creerme que eso sea lo que ha conseguido hacerla reaccionar.

—Quería que nadáramos entre tiburones. O entre delfines. O entre orcas. Podríamos nadar entre chanquetes y yo sería feliz, maldita sea. Quería que subiéramos a la torre Eiffel juntos y que grabáramos nuestros nombres en el árbol del mirador del camping. Quería pedirte matrimonio en un restaurante caro. O en la playa. O en la cama, después de un polvo espectacular. Quería verte vestida de blanco en una iglesia, o de rojo en una ceremonia civil, o de Pocahontas en Las Vegas. —Cojo aire y acabo de soltar todo el lastre. ¿Qué más da si me quedo emocionalmente desnudo frente a ella? No va a irme peor de lo que ya me ha ido—. Quería un hijo tuyo, Victoria. Quería besar tu vientre abultado y hablarle a la personita que hubiésemos creado juntos. Quería que me insultaras el día del parto y llorar cuando la certeza de haber dado vida llegase a nosotros en forma de llanto. Y si no hubiésemos podido tener hijos, habría querido adoptar. Y si tú no hubieses querido hijos, yo habría propuesto adoptar un perro. O un gato. O una serpiente de cascabel. Y si no hubieses querido mascota, también habría estado bien. Habríamos tenido un peluche como mascota y una muñeca como bebé, y yo habría sido igual de feliz porque lo que de verdad quería, por encima de todo, era estar contigo. Solo eso. Estar contigo cada día de mi vida.

Las lágrimas caen por sus mejillas y mi voz está tan rota que trago saliva, intentando recuperar la compostura. Ella baja de la cama y viene hacia mí con paso lento. Se planta a escasos centímetros y alza una mano trémula para acariciar mi mejilla.

—Te mereces a alguien mucho mejor que yo.

—No hay nadie mejor que tú para mí.

—¿Y si vuelvo a cagarla dentro de un mes? ¿O en un año? ¿O en diez?

—Lo arreglaremos. Siempre que no huyas de nuevo de mí, lo arreglaremos.

—No huía de ti. —Sacude la cabeza y el movimiento hace que rueden más lágrimas—. Huía por ti.

Recuerdo unas palabras prácticamente idénticas de Diego y casi sonrío, porque es una mezcla tan perfecta de sus padres que parece un milagro andante.

—No puedes decidir por mí qué batallas quiero o no quiero librar.

Ella apoya la frente en mi pecho; sus brazos se enredan en mi cintura y, aunque me muero por abrazarla, no lo hago, porque me da miedo que vuelva a alejarse de repente.

—No sé qué voy a hacer con mi vida. No sé qué futuro profesional me espera.

—Has abandonado un camino, Victoria. ¿Sabes cuántos hay en el mundo? Ya encontrarás otro que recorrer. Uno que te aporte felicidad verdadera, además. Tu forma de ganarte la vida no es lo único que te define. Eres más que tu profesión, sea cual sea.

Ella vuelve la cabeza para dejar la mejilla apoyada en mi torso.

—¿Me abrazas ya o tengo que suplicarlo?

Cierro los ojos y la abrazo con tanta fuerza que se queja en mi oído. La alzo y beso su cuello mientras unos espasmos agitan mi cuerpo, fruto de la tensión, supongo.

—Victoria... —digo con voz ronca.

—Esto no va a ser fácil, Adam. No puedo prometerte eso, pero... —Se ríe entrecortadamente antes de echarse a llorar y buscar que nuestras frentes se rocen—. Llevo toda la vida enamorada de ti, y acabas de decir cosas tan bonitas que estás perdonado si en los próximos dos años olvidas las fechas importantes.

—Eres tú la de la memoria de pez —contesto sonriendo y sin atreverme a besarla, aunque me muera por hacerlo.

—Un mes —susurra—. Un mes recorriendo el mundo. No más. Luego volvemos a casa y nos enfrentamos a lo que haga falta. —Guardo silencio, pero la pregunta debe de estar reflejada en mis ojos, porque ella sonríe y asiente—. Los Ángeles. Los jodidos y famosos Ángeles.

—¿Estás segura?

—Sí. Es hora de copiarte y ser valiente. Luchar por encontrar mi sitio, pero contigo al lado. —Trago saliva, emocionado, y ella frunce los labios—. Pero todavía no. Aún no...

—Un mes —susurro a mi vez, sonriendo con sinceridad por primera vez en muchas muchas horas—. Un mes me parece perfecto.

—Y cada vez que te pida que evitemos un avión, me convencerás de lo contrario.

—Pero buscarás ayuda de todas formas.

Victoria asiente, sube las manos por mis brazos y las apoya en mis hombros con ternura.

—Lo haré mañana. Pero ahora... ¿puedes besarme? Porque creo que, después de todo lo que has dicho, si me besas, seré incapaz de alejarme de ti de nuevo.

No tiene que repetirlo. Mis labios se estrellan contra los suyos con tanto ímpetu que los dos nos quejamos y, aun así, noto su sonrisa abrirse paso. Cuelo mi lengua en su boca, pidiendo permiso, y cuando encuentro la suya, nos enredamos en un baile que acaba con ella subida a mis caderas y mis brazos apretándola, porque aún no me fío del todo de que no intente escapar de nuevo.

Sin embargo, no lo hace. Nos quedamos en medio de la habitación de un niño de diez años y, entre cómics, constelaciones colgadas del techo, sábanas de estrellas y ropa desordenada, le juro una y mil veces que, pese a todo, es lo mejor que me ha pasado.

La sonrisa que me devuelve es suficiente respuesta, pero cuando, además, me repite que lleva toda la vida soñando conmigo, mi pecho se hincha tanto que por poco no tenemos que abrir las ventanas para dejar sitio al orgullo.

Estoy a punto de arrastrarla al suelo y hacerle el amor ahí, porque mancillar la cama de un crío no me parece de recibo. Ella lo intuye en mi mirada y muerde mi labio inferior y baja la mano a mi bragueta. Cierro los ojos, gimo y, cuando estoy a punto de quitarle la camiseta de pijama que lleva, la puerta se abre y entran en tropel padres, hermanos, primos, tíos, abuelos y hasta las mascotas de la familia. Victoria se ríe, nerviosa ante la posibilidad de que, de haber entrado dos minutos más tarde, la hubiesen encontrado sin ropa y entregada al placer de la carne.

Yo, por mi lado, dejo con una sonrisa que todos nos muestren su alegría por haberlo arreglado. Recibo besos, abrazos y apretones de mano intentando que mi alivio no resulte excesivo, porque sé que esto no es más que el inicio de un camino que no se presenta fácil. Nos queda mucho por hacer; por luchar, pero creo que Victoria ha entendido, por fin, que la única forma de superar cada bache es permanecer juntos.

Y, de todas maneras, ya nos preocuparemos de lo que está por venir a partir de mañana.

Hoy solo importamos ella, yo y la gran idea de ser valientes.

Epílogo

El villancico del *Tamborilero* suena a toda hostia por los altavoces. Raphael tendrá la voz muy bonita, pero como yo tenga que oírlo una vez más, voy a terminar tirando el ordenador por la ventana. Entre este, el burrito sabanero y el góspel que Daniela se empeña en poner en bucle, estoy a punto de perder los nervios.

Y, aun así, no puedo quejarme, porque las sugerencias son aceptadas siempre que sean canciones navideñas. El problema es que, después de dos días todos juntos en el camping, empiezo a estar cansada de oír lo mismo una, y otra, y otra vez. La primera te hace gracia y te empapas del espíritu navideño. La segunda te hace gracia y te tomas un chocolate caliente mientras tarareas. La tercera te hace gracia y te haces un selfi con el árbol de Navidad detrás. A partir de la décima, la cosa pierde gracia. Y en la reproducción número dos millones, te hallas a nada de perder la compostura por culpa de un villancico.

Tan ensimismada estoy que me sobresalto al sentir sus manos acariciar mis costados, un segundo antes de que sus largos y elegantes dedos se entrelacen a la altura de mi estómago.

—Quita esa cara de asesina. Si el pobre tamborilero te viera, saldría corriendo...

Me río. Es increíble que me conozca tan bien como para saber lo que estaba pensando.

—Ya puede esta gente dar gracias por lo bien follada que estoy. Esto, con el ánimo un poco bajo, es peor que un suicidio a base de pellizcos.

Adam se ríe junto a mi oído y estrecha más su abrazo.

—¿Lo de estar bien follada lo dices porque estás saciada y no quieres más o porque pretendes seguir así?

Sus palabras hacen que mi vientre se agite. Me vuelvo, encaro su mirada divertida y me muerdo el labio de la forma que sé que lo pondrá a mil.

—¿Tú qué crees?

—Que estoy tardando en sacarte de aquí y apoyarte contra la puerta del lavabo más cercano. O contra un árbol. —Me paso la lengua por el labio que acabo de morderme y sus ojos se oscurecen—. A decir verdad, me vale cualquier superficie, horizontal o vertical.

Estoy a nada de decirle que sí, que nos vamos a cualquier parte en la que podamos estar solos, cuando un estruendo resuena por encima del *Tamborilero*. Nos volvemos y vemos a mi primo Óscar recoger del suelo una bandeja con canapés que él mismo ha preparado. Es tan raro ver a Óscar meter la pata en algo relacionado con la cocina que frunzo el ceño.

—Está raro —murmuro.

—Está enfermo —explica mi tío Álex, que ha aparecido desde alguna parte.

Me sobresalto y me aparto un poco de Adam por impulso. Rezo para que no haya oído nuestra conversación de hace unos instantes y, cuando me doy cuenta de que, de haber sido así, habría montado el pollo, me relajo. Luego caigo en sus palabras y me preocupo. Es increíble que mi tío Álex pueda despertar tantas emociones en una persona con solo dos palabras, pero tiene ese don desde... Pues desde siempre, a decir verdad.

—¿Enfermo? —Escudriño a mi primo. Su jersey celeste hace juego con sus preciosos ojos, y el pantalón negro le queda como un guante. Tanto que, si no fuera mi primo, probablemente le habría echado un par de ojeadas a su culo—. No parece enfermo —comento; lo veo igual de guapo que siempre.

—Pues lo está. Tiene la enfermedad más antigua del mundo.

—¿Eh?

—Amor.

Mi tío se mete en la boca un canapé de fresa con hierbas aromáticas y queso cremoso que en la vida hubiese pensado que estaba tan bueno como está. Adam y yo esperamos pacientemente a que siga y, cuando no lo hace, me desespero.

—¿Cómo que amor? ¿Te puedes explicar?

—No puedo. No sé cómo va la cosa exactamente.

—¿Y entonces por qué dices que tiene amor?

—Porque lo tiene. Reconozco a un hombre que sufre de amor en cuanto lo veo. ¿No ves que hace muchos años fui uno de ellos? Y, además, es mi hijo. Solo le vi esa cara cuando su profesora de inglés se casó. Al pobre le costó meses superar que no iba a esperar a que él creciera para convertirse en su marido.

Nos reímos al recordar esa historia, pero de inmediato vuelvo a ponerme seria. ¿Óscar sufriendo por amor? Bueno, no diré que es imposible, pero es uno de los chefs más prestigiosos del momento, además de guapísimo, simpático, educado, cercano y, en definitiva, el hombre perfecto, junto con mi chico, que parece tan confundido como yo. ¿Quién no querría estar con alguien como él?

—¿Y quién es ella?

—Ella es... especial. —Sonríe de una forma misteriosa y sigue—. Pero no sé mucho, por desgracia. Eso sí, de estas vacaciones no se escapa sin contármelo todo. A mí, secretos, los justos. Y cuando se trata de mis hijos, más.

—Pues Valentina te guarda unos cuantos —contesto con recochineo.

A ver, que no es que me guste molestar. Es que... Bueno, quizá sí me gusta un poco molestar. Y lo consigo, porque sus labios se tuercen en un mohín de evidente disgusto.

—No tengo ni idea de a quién ha podido salir esta niña —murmura.

Adam y yo nos reímos, porque de todos es sabido que mi tío era un golfo hasta que Eli apareció en su vida, así que, en cierto modo, creo que Valentina solo es el karma proyectando su reflejo.

Tanto le disgusta la conversación a Álex que se aleja rezongando y buscando a su hija, quien, en este momento, está haciendo un concurso de beber chupitos con Björn y Lars mientras Ethan cronometra. Antes de cenar. Esos tres tienen un aguante que ni una legión de vikingos. Y ahí es donde recuerdo que, en realidad, Björn y Lars tienen sangre vikinga. Lo de ella no tiene excusa ni explicación, pero ese cuerpo tan menudo aguanta casi más que mis primos. Cuando ven a mi tío acercarse, los dos se envaran, y Ethan se guarda en el bolsillo el móvil con el que los cronometra y se va sin decir ni adiós. Me río y doy un sorbo a mi vaso.

—Si nos damos prisa, llegamos a uno rapidito en el mirador —susurra Adam.

Lo miro y me doy cuenta de que, lejos de reírse, me observa con esperanza. La carcajada que tenía lista se corta en seco y, en su lugar, mi estómago se contrae, porque me encanta hacerlo en el mirador. Y sí, ya sé que es diciembre, que hace muchísimo frío, aunque estemos en el sur, y que estamos a punto de cenar, pero es que la opción de desnudar a Adam, aunque sea parcialmente...

—Ni se os ocurra, tortolitos. —Daniela nos interrumpe, empuja a su hermano y se coloca frente a mí—. Tenemos que hablar, socia.

—Ahora no, Daniela —digo mirando a Adam sobre su hombro. Se muerde el labio con tanta sensualidad que ahogo un gemido.

—Dios, qué grimilla me ha dado eso sabiendo que estás pensando cosas guarras con mi hermano. —Se vuelve y despacha a Adam—. Ale, ale, flus, flus. Vete a jugar con tus camaritas por allí, anda, que tenemos cosas importantes que hablar.

—Me voy, pero no pienso dejártela más de cinco minutos. —Adam me sonríe y me guiña un ojo—. Por ahora te me escapas.

—No quiero escaparme.

¿Estoy haciendo un puchero? Sí. Dios. Sí. Estoy haciendo un puchero. Daniela hace el sonido de una arcada; Adam se ríe entre dientes y me besa.

—Cinco minutos y te rescato. Prometido.

Le miro el culo mientras se aleja y, cuando Daniela resopla, centro mi atención en ella.

—Vale, vale —murmuro—. Dime.

—Tenemos un problema con el próximo viaje programado para Dubái. Nos han cambiado el horario del primer vuelo y nos han jodido el enlace entero. Putas compañías, de verdad te lo digo.

Me río, porque Daniela es tan dramática que es imposible que no se me pegue algo. Pienso en la agencia de viajes de lujo que montamos hace apenas un mes y aún experimento un ligero mareo, pero esta vez del bueno. Reconozco que, cuando me hizo la propuesta para que fuera su socia, porque por fin sabía a qué quería dedicarse, me costó un poco decidirme. Apenas llevaba unas semanas instalada nuevamente en la casa de la piscina con Adam, intentando normalizar nuestra rutina. Había empezado a acudir en serio a un psicólogo que nos recomendó Samu durante nuestro viaje, cuando Adam insistió en que hablara con él para tener, al menos, algunas pautas cuando se presentasen los ataques de pánico. Y, aunque al principio no me apetecía, luego me ayudó. No me psicoanalizó, pero sí me dio muy buenos consejos y me prometió buscarme a alguien de confianza en Los Ángeles.

Cuando Daniela me hizo la propuesta, yo todavía me sentía en pañales en mi nueva vida. Aún había mañanas en que despedir a Adam cuando se marchaba a trabajar y quedarme en casa se me hacía cuesta arriba. Y otras en las que solo quería quedarme sola para poder pensar y tener mi espacio. No sabía si sumar una empresa a mi escasa estabilidad emocional era buena idea, pero cuando me enseñó el plan que había diseñado, me enamoré. No pude evitarlo. Vi la oportunidad de organizar esos viajes que tanto había disfrutado un día y que tan bien conocía en muchos casos. Tenía contacto en muchos países con hoteles, trabajadores y empresas privadas que podían ayudarnos y trabajar con nosotras.

Era un buen plan. Uno bueno de verdad, y no una locura, como pensé en un principio, así que le dije a Daniela que probaría, solo con la condición de poder salirme si la ansiedad me ganaba de nuevo. Ella añadió y firmó la cláusula sin ningún problema y, ahora mismo, habiendo transcurrido algo más de un mes, siento que nací para organizar viajes a otras personas. Que sean de lujo solo es un plus que me permite derrochar dinero ajeno en planes interesantes.

—¿Me estás escuchando? —pregunta Daniela exasperada.

—Ella, no sé, pero yo te escucho. Siempre. Vamos, Daniela. Deja a tu cuñada en paz.

La voz grave de Shane, su novio, hace acto de presencia. Le sonrío en el acto. Me gusta Shane. Me gusta mucho. No solo su pelo perfectamente arreglado, su sonrisa serena y sus trajes de etiqueta (cara). Es un hombre con los pies en la tierra y que, de alguna manera, consigue calmar a nuestra Dani. Entró en la agencia el día que la inauguramos y, cuando intenté atenderlo, miró a mi cuñada y dijo: «Me lo organizará ella, si no te importa». Y ese fue el día que vi a mi querida cuñada quedarse en blanco ante alguien. Después de una reunión para organizarle una semana de relax en Bora Bora, él le pidió que lo acompañara. Surrealista. Pero más lo fue que ella aceptara. Se largó la segunda semana después de la apertura a la misma cabaña en la que habíamos estado Adam y yo, en una especie de homenaje, según ella, y volvió loca de amor por él. Al principio pensé que era demasiado raro, y repentino. Que no podía ser cierto. Pero luego los vi juntos y... no sé. Parecían felices.

—No me riñas como si fuese una niña, Shane. No lo soporto. —Él la mira de una forma que me pone colorada incluso a mí—. Madre mía, ¡me pones tan cachonda!

Shane se ríe entre dientes y yo me veo obligada a carraspear. O sea, este hombre es el sexo con piernas. Por Dios, qué calor de pronto.

—Se acabó el tiempo.

La voz tensa de Adam a mi espalda me hace sonreír. Me vuelvo y lo veo serio, examinando a su recién adquirido cuñado con todo el odio del mundo. Ah. Mi chico no lleva muy bien que su hermanita tenga novio. Es casi dulce. Casi, porque él y Ethan se comportan de un modo un poco tocapelotas con este tema. De hecho, este último le hizo un test de aceptación en la familia. ¡Un test de aceptación! Me pareció el colmo, pero por más que les digo que tienen que dejar a Shane en paz, no me hacen caso.

En este momento, en cambio, sé que el problema no es la sobreprotección hacia Daniela. Es el hecho de que, probablemente, me ha visto sonrojarme y ha sentido un chispazo de celos. No puedo culparlo. Yo todavía me vuelvo loca cuando sé que va a fotografiar a modelos. Me callo. Intento que no me afecte, porque no me gusta sentirme así. Y porque no tengo derecho a desconfiar. Pero eso no quiere decir que no me moleste pensar en él retratando a chicas semidesnudas durante horas.

—Soy toda tuya —susurro.

—Pero ¡no hemos hablado lo de Dubái!

—Dubái. Maravilloso lugar. ¿Cuándo vamos? —pregunta Shane mientras aleja a Daniela de mí.

Ella se emboba y él me guiña un ojo con disimulo. Me río en agradecimiento y, cuando Adam frunce el ceño, lo aliso con la yema de mi dedo índice.

—Te quiero.

Su cara se dulcifica al instante. Me besa y me abraza con delicadeza.

—Yo también te quiero. Mucho.

La famosísima *All I Want For Christmas Is You,* de Mariah Carey, comienza a sonar mientras yo alzo los brazos.

—¡Alabado sea el Señor! Ya era hora, joder.

—¡Ya está aquí Santa Claus!

El grito procede de las puertas principales, que se abren de par en par para dar paso a Ethan vestido de Santa Claus, barriga enorme incluida, y a todo un puñetero regimiento de elfos, renos y muñecos de nieve encabezados por Valentina, Björn y Lars. También hay un Spiderman que no sé qué pinta, pero lo está dando todo con el inicio de la canción.

—La madre que me parió —susurra Adam viendo a su hermano dar las pautas para que el baile quede más o menos coordinado.

Voy a ser sincera, porque no conozco otra forma de explicar esto. El único que defiende el papel es Eth, que para eso es un profesional. Mi prima Valentina ha enseñado las bragas dos veces y no hemos llegado al primer estribillo; Björn y Lars tienen la misma capacidad para bailar que una foca con ataques epilépticos (heredada de mi tío Einar), y el resto, directamente, es un cromo. Spiderman ha decidido que hacer el pino en un espacio reducido es buena idea y, con la misma patada, ha herido a dos renos. Creo que uno es Noah. Se ha cagado en su puta madre. Mi primo Diego ha soltado tal carcajada que todos lo hemos mirado. Quizá Santa no lo ha impresionado tanto, pero Spiderman repartiendo hostias a diestro y siniestro se ha ganado su corazón.

Mi madre, que no se pierde una, se arremanga el vestido de gala y se mete en el baile. No se sabe ni un paso, pero eso nunca ha sido impedimento para ella.

—¡Mamá, quita! ¡Esto es de profesionales, no de viejos!

Vale. Pues Spiderman es mi hermano Edu, y mi madre, en respuesta, le da tal empujón que, al pillarlo desprevenido, lo manda contra Valentina, que estaba enseñando las bragas otra vez, no sé bien por qué. Esta choca con Lars, que, con la coordinación que tiene, termina de liar la marrana. Asistimos, con la boca abierta, a un gran efecto dominó. Podría decir que creo que será el último del año, pero queda una semana para acabarlo y no tengo tanta fe en esta panda de mequetrefes.

Los integrantes de la coreografía no tardan en caer. Solo queda en pie Ethan. En el último segundo, ha dado uno de esos saltos imposibles y se ha apartado. Se pone las manos en la cintura y niega con la cabeza.

—Es la última vez que intento que hagáis algo decente. No he visto más descoordinación en mi vida. Qué vergüenza, de verdad. —Se vuelve y busca a mi primo Diego—. ¡Ho, ho, ho! ¡No te preocupes, campeón! Mi equipo estará como nuevo para dejar los regalos esta noche bajo el árbol. ¿Has sido bueno este año?

—Corta el rollo, Eth. Sé que eres tú. Además, Santa Claus no existe.

—Claro que existe. ¡Soy yo! No sé quién es Eth.

—Tío, te has puesto las Vans con tu nombre.

Ethan mira hacia abajo, al par de Vans que se personalizó hace mucho, y chasquea la lengua.

—Mierda. —Carraspea y pone una mano en el hombro del niño—. Me las ha prestado, porque son chulísimas, pero soy Santa. De verdad.

—Ya, lo que tú digas...

El niño se da la vuelta y deja a mi cuñado con cara de pasmo. Yo suelto una carcajada. Esto es tan surrealista que, si lo cuento, no me creen. Me vuelvo, miro a Adam, que está en shock, y mi risa aumenta.

—Adoro a esta familia.

—¿Acaban de hacer...? —Intenta hablar y, al final, menea la cabeza—. ¿Sabes qué? Ni siquiera voy a intentar definir esta escena.

—Justo estaba pensando eso —secundo riéndome. *El tamborilero* empieza a sonar de nuevo y gruño. Esta vez es él quien se ríe.

—Asumo que, si una Navidad cualquiera me da por pedirte matrimonio, no puedo poner esta canción de fondo, ¿no? Y también debería sacar de la ecuación al grupo de bailarines.

El corazón me sube a la garganta. Su sonrisa no me tranquiliza lo más mínimo.

—¿Vas a pedirme matrimonio? —susurro, sin poder aguantarme.

Él roza mis labios y hace que el mundo desaparezca. Juro que lo hace. No oigo los gritos, las discusiones ni los cánticos de varios en la familia. No oigo nada, sino el sonido de mi corazón, retumbándome en el pecho y la cabeza.

—Algún día —pronuncia sobre mis labios—. Pero no con esta canción.

La melodía cambia de inmediato y Adam se ríe entre dientes. Yo me pongo blanca.

—Adam...

—Quizá con esta.

Me tenso. Sabe bien que no me gustan las pedidas a lo grande. Yo, con toda la atención que he atraído en estos años, he tenido más que de sobra. Lo hemos hablado muchas veces y, aun así, si ahora saca un anillo, voy a decirle que sí y saltarle encima con todas mis ganas.

—Adam... —repito.

—No será ahora. Y no será delante de tu familia, ni de la mía, ni de un grupo nefasto de baile. Eso no es para nosotros. —Suspiro, contenta de que lo entienda, y siento sus labios de nuevo—. Pero en algún momento, Victoria, lo quiero todo. De ti, todo.

Cierro los ojos, aspiro su aroma y sonrío.

—Te lo voy a dar, Lendbeck.

Trago saliva y pienso en todo lo ocurrido este verano. En el mes viajando por el mundo con una mochila sobre los hombros, su cámara y mi pelo, que ahora es de todos los colores porque Adam dice que adora ver el arcoíris en mí. Pienso en la carretera, los barcos y los pocos aviones cogidos. En el pánico, pero también en su mano sosteniendo la mía. Pienso en mi primera sesión de terapia y en lo temblorosa que salí. Lo mío con la ansiedad era serio y debía admitirlo. No iba a dejar de tener pánico en un día, ni en dos, pero Adam me abrazó y me prometió que lo conseguiría. Que lo haríamos juntos. Y me permití albergar esperanza y creerlo de verdad.

Pienso en el beso que me dio Adam en el muelle de Santa Mónica cuando éramos conscientes de que teníamos un paparazzi a muy poca distancia. Y en cómo habló de mí en una entrevista que le hicieron, refiriéndose a su novia como su apoyo principal y única musa. Aquel día lloré de emoción, no pude evitarlo.

También pienso en Adam y en mi padre tomando una cerveza en casa mientras veían la tele y comentaban el partido, aunque mi chico diga que el fútbol europeo es una mierda comparado con el americano y mi padre entre en crisis y reniegue de él cada vez que lo oye. En el fondo, se adoran, y eso es tan palpable como los brazos que ahora mismo aprieto solo para percibir cómo me sujetan. De su relación con mi madre no puedo decir mucho. Se quieren tanto que hacen videollamadas cuando no estoy y hablan de cosas tan fascinantes como la mejor manera de preparar *slime* casero.

—Tengo que sacarte de aquí —susurra Adam.

—La cena...

—Tengo que sacarte de aquí, nena.

Sonrío, acaricio su barba y asiento. Lo entiendo. La necesidad, el deseo de estar a solas cuando nos rodea mucha gente y perdernos en el otro. Abrazarnos y sentir que somos uno. Que nada puede conmigo mientras él esté a mi lado para soportar los golpes, porque no está resultando fácil: la terapia es dura y queda mucho camino por delante, pero tenerlo junto a mí es como contar con la chuleta perfecta para el examen más complicado del mundo. Irá bien. Algún día, los dolores de cabeza, los mareos, el vértigo, las palpitaciones y los ataques de pánico desaparecerán. Aprenderé a manejarlo. De momento, he dado el primer paso hacia la estabilidad: pedir ayuda. Aceptar que no es culpa mía y no esperar que desaparezca de un día a otro. A partir de ahí, solo queda luchar, rodeada y arropada por la gente que me quiere.

Salimos del camping a escondidas, o casi, porque cuando estoy a punto de cerrar la puerta, me encuentro con la mirada de mi madre, cejas arqueadas incluidas. Abro la boca para decir algo, pero me guiña un ojo y me hace un gesto con la mano para que nos vayamos. Sé que nos defenderá cuando mi padre se enfade porque nos hemos ido con todo a punto para empezar la cena de Nochebuena. Y no pondrá una cara demasiado mala cuando volvamos tarde y, con suerte, despeinados.

Llegamos al mirador tiritando. Al menos, yo. Adam se quita su abrigo y, aunque protesto, me hace ponérmelo antes de subir.

—Es una tontería, porque pienso acabar desnuda.

Su risa detrás de mí me calienta. Juro que no es solo una metáfora. Es que el calor nace en mí cuando él ríe.

Es bonito volver a sentir cierta calma después de una tormenta tan larga. Aún nos queda mucho por hacer. Al final Alexia no fue la que filtró la foto y la noticia de las pastillas, pero sí sabía quién había sido. El fotógrafo al que tiré al arrozal en Bali resultó no ser tan inofensivo como yo pensaba. Al principio, cuando lo descubrimos, me negué a denunciarlo. Pensaba que me lo merecía por lo que le había hecho, pero cuando supimos que estaba intentando concertar entrevistas para hablar de mi supuesto problema de adicción, hablé largo y tendido con Adam y decidí que, aunque yo no hubiese obrado bien aquel día, no merezco todo lo que pretendía hacer contra mí, así que denuncié y aún estamos a la espera de la resolución. Y será difícil, pero por fin tengo claro que debo luchar por lo que quiero. Por lo que creo, por fin, que merezco.

He librado muchas batallas. La peor, sin duda, contra mí misma. Todavía lo hago, sería inútil mentir, pero ahora me levanto por las mañanas con esperanza. Con esperanza, y con su risa en mi oído. Es más de lo que alguna vez pensé que tendría.

—¿Todo bien, Corleone?

Abandono mis pensamientos y me percato de que estoy a medio subir las escaleras. Las manos de Adam aferran mis caderas, como si temiera que pudiera caer. Me vuelvo, sonrío y asiento mientras me inclino sobre su cuerpo y lo obligo a mantener el equilibrio en estos estrechos escalones de madera.

—Un día serás mi marido, Lendbeck.

Él se ríe.

—Por supuesto que sí.

—Y el padre de mis hijos. Quiero más de uno. Quizá más de dos.

—Creo que podré hacerlo —dice con voz ronca.

Lo miro impresionada por la emoción en sus palabras. No me había dado cuenta de que, hasta ahora, ha sido él quien siempre ha hablado del futuro. Yo me limito a sonreír y decirle que sí, que ojalá, porque el deseo es intenso. Le prometo que se lo quiero dar todo, pero nunca he sacado el tema. Como si temiera hacerlo, por si todo se desvanecía. Manteniéndome cauta por si mis miedos, al final, ganaban la batalla. Pero no más.

Ya no más.

—Te quiero —repito, porque siempre me parece que no lo digo lo suficiente.

Adam no contesta. Me besa y sube los escalones conmigo en brazos, algo complicado dada la altura del mirador. Cuando empiezo a sentir un poco de vértigo, llegamos. Me baja; hago amago de sentarme, pero me retiene.

—Victoria... —Traga saliva. No lo veo, pero oigo el movimiento y me pregunto qué le pasará.

—¿Tienes frío? ¿Quieres tu abrigo?

Él alza su jersey hasta pasárselo por la cabeza. Se queda frente a mí con el torso desnudo, temblando. Voy hacia él para darle calor y, cuando nuestros cuerpos se rozan, Adam acaricia mi mejilla. Besa mi nariz, baja su mano y entrelaza nuestros dedos. Hace que acaricie su torso, y no me niego. El día que me niegue a acariciar a Adam será el día que deje de respirar.

—Aquí —susurra.

Al principio no lo entiendo, pero él aprieta mis dedos contra su pecho y entonces, al forzar un poco la vista, lo veo. Trago saliva y Adam, con su mano libre, saca su móvil, enciende la linterna y lo ilumina.

Mi nombre. Mi jodido nombre en su torso, justo encima de su corazón. Algo clásico, de no ser porque hasta para eso ha demostrado ser original.

—¿Un punto y coma en vez de la «i»? —pregunto.

—Pensé en un ancla. En el infinito. En un corazón e incluso en un arcoíris que me recordara a tu pelo, pero nada me parecía tan adecuado como esto. El punto y coma se usa, literalmente, cuando un autor o autora tiene el poder de acabar una frase, pero decide no hacerlo y darle continuidad de otra forma. —Toma aire, nervioso, y sigue—: Hace muchos años, un grupo de gente empezó a tatuárselo como parte de un proyecto para representar la lucha por la salud mental y dar visibilidad a enfermedades y trastornos como la depresión, la autolesión, la ansiedad o la adicción. Un movimiento dirigido a mostrar la esperanza y el amor a todos los que luchen contra algo tan poderoso como ellos mismos.

Las lágrimas brotan de mis ojos de manera irremediable. Pienso en las pastillas que deseé con más fuerza de la que debería y me muerdo la lengua. Me gusta pensar que no crucé la línea, pero no soy tonta. Sé que bailé sobre el límite. Me quedé tan cerca como para avergonzarme y arrepentirme de los deseos que albergué en ciertos momentos. Podría haber sido mucho peor, y, si no lo fue, se lo debo a él, en una gran gran parte. Él, que no me dejó ni siquiera cuando lo merecí, y que me prometió una y otra vez que todo estaría bien, aun cuando yo no era capaz de creer una sola palabra.

—No sé qué decir —susurro con voz ahogada.

—Tu nombre, Victoria, y este símbolo me recuerdan a diario nuestra meta. Me llevan a la promesa de que nunca voy a dejarte luchar sola. Nunca tendrás que enfrentarte a tus miedos más profundos a oscuras, porque yo estaré a tu lado, haciendo lo posible y lo imposible por darte un poco de luz de la manera que sea. El punto y coma en tu nombre, sobre mi corazón, somos nosotros cada vez que tenemos la gran idea de ser valientes.

Intento enjugarme las lágrimas, pero caen tan deprisa que es imposible. Acaricio mi nombre sobre su piel y cierro los ojos, sintiendo todo lo que emana del cuerpo de Adam cuando estamos juntos.

Sonrío y pienso en la chica alocada que fui primero. En la que se perdió en un mundo al que no pertenecía, después. En la que parecía no encontrar nunca el camino de vuelta a casa y nadaba entre ataques de pánico y ansiedad. En la que buscó la salida fácil y dejó que otros decidieran por ella, y en esta que soy ahora, asumiendo que, en el fondo, todas esas chicas seguirán conmigo para siempre. Y vendrán muchas más, espero. Conoceré versiones de mí misma que me gustarán y otras con las que tendré que aprender a lidiar, pero creo que de eso trata mi vida. Soltar lastre, aprender a aceptarme con todos mis lados oscuros y, con suerte, devolver a Adam parte de la luz que él me da a diario.

Agradecimientos

Dar un paso más en este sueño tan loco siempre es complicado. El miedo, a veces, juega malas pasadas, pero, por suerte, yo estoy rodeada de gente bonita que me ha hecho el camino un poquito más fácil y me ha recordado constantemente todo lo que merece la pena de este mundillo.

Gracias a Alberto, mi marido, por aguantar con paciencia y una sonrisa cada locura, berrinche, drama, exaltación o, en definitiva, cualquier muestra de sentimientos de lo más intensita. Tienes el cielo ganado.

A mis niñas, Paula y Alba, por ser los motores de mi mundo. Qué difícil es esto de compaginarlo todo, pero cuánto compensa cada esfuerzo por vosotras.

A mis padres, por ayudarme cada día, no solo haciendo de canguros, sino animándome y dándome fuerzas cuando siento que todo se complica demasiado. Sois los mejores.

A mi hermana Marina y a mi cuñado, por estar siempre al pie del cañón y disfrutar de cada novedad tanto o más que yo.

A mis tíos, tías, primos, primas y a mis abuelas, que hablan de «la escritora de la familia» con la boca llena de amor. Gracias por el apoyo constante.

A Redlips, por empezar en esta locura conmigo y no soltarme la mano jamás. Eres especial, siempre lo he dicho y siempre lo diré. ¿Quién nos iba a decir que llegaríamos a esto? Sigues siendo de las mejores partes de este sueño.

A Susanna Herrero, por venirte arriba conmigo SIEMPRE. Da igual lo que diga, piense o insinúe. Qué maravilloso es saber que estarás ahí para decir: «Que sí, tía, a tope». Gracias por sentirlos tan tuyos y quererlos tanto como yo. Y gracias por entrar en mi vida. Siempre.

A Alejandra Beneyto, por ser la voz de mi cordura, muchas veces. Por los ánimos, los audios tranquilizadores y no abandonar tu puesto jamás, y eso que a veces no lo pongo fácil. Por ser una AMIGA, en mayúscula.

A Nuria, por estar a mi lado en la intimidad, ayudarme, aconsejarme y darme apoyo. Mil gracias por tu amistad.

Al resto de las compañeras y amigas que he encontrado en este mundillo. Escritoras, blogueras, instagramers, youtubers y personas en general que dedicáis vuestro tiempo a los libros, ya sea escribiendo o leyendo. Hacéis de este mundillo un lugar mejor.

A mis lectoras, siempre. Pedisteis esto muchas muchas veces. Ojalá, llegados a este punto, sintáis que no os he defraudado. Mil gracias por darme alas.

A Mireia, mi editora, por darme la oportunidad de lanzarlos al mundo de un modo que no pensé nunca.

Y a ti, que lees esto, espero que Adam y Victoria te hayan enamorado tanto como a mí. ¿Nos vemos en el siguiente?